卷 4

General Collection of Eight Great Literators' Essays of the Tang and Song Dynasties

唐宋八大家散文总集

新版校评 修订本

郭预衡 郭英德◎主编

苏洵

朱小健◎校评

曾巩

魏崇武◎校评

河北出版传媒集团
河北人民出版社

苏洵散文集

朱小健　校评

前　言

一

苏洵，字明允，眉州眉山（今四川省眉山县）人。为别于其子苏轼、苏辙，人称老苏。生于宋真宗大中祥符二年（1009），卒于宋英宗治平三年（1066），享年五十八岁。

苏洵出身寒微，其兄苏澹、苏涣均以文学举进士，独苏洵性喜游荡，年已壮仍不用功读书，其父苏序亦不加约束。年二十七方始发愤，谢绝平素往来少年，潜心读书作文。一年后，举进士不中，又举茂材异等，亦不中。于是将平常所作文辞数百篇全部焚毁，闭门研读，五、六年不事写作。终于精通《六经》、百家之学，从此下笔顷刻数千言。

至和二年（1055），户部侍郎知益州张方平访知苏洵，荐为成都学官。嘉祐元年（1056），苏洵携二子进京，通过张方平、雷简夫举荐得识翰林学士欧阳修。欧阳修十分赞赏苏氏文章，认为其文有荀子遗风，于是将他所作之文二十二篇上呈朝廷。一时士大夫争相传阅，学者竞效其文。宰相韩琦亦喜苏洵之作，举荐于朝。嘉祐三年（1058）、四年（1059），朝廷两次召苏洵试舍人院，洵均以病辞不就。嘉祐五年（1060），被任命为秘书省试校书郎。六年（1061）任霸州文安县主簿，与陈州项城令姚阐一起编纂太常礼书。治平二年（1065），编成《太常因革礼》一百卷。三年（1066）四月二十五日病逝。

苏洵著述，有《谥法》三卷、《皇祐谥录》二十卷（已佚）、《太常因革礼》一百卷（与姚阙合编）、《易传》十卷（未完稿，后由苏轼续成）、《文集》二十卷（今存十六卷）。

苏洵一生经历了宋真宗、仁宗、英宗三朝。其时朝廷对外一味妥协退让，对实力并不强大的契丹、西夏，频频割地纳贿以求苟安；国内经济虽有发展，然土地兼并严重，朝廷滥赏无度，官府执法不严，百姓生活困顿。面对这样的社会现实，苏洵提出了一整套治国方略，强调要以威治国，以法行事，以择吏为改革关键，以御敌为当务之急。

苏洵认为治理国家首先要“定所上（尚）”，就是要确定治国的根本方针。而要定所上就要“先审其强弱以为之谋”，国强应该推行宽松的惠政，国弱则适宜实施严厉的威政。北宋势弱，所以必须“上（尚）威”，要“一赏罚，一号令，一举动，无不一切出于威。严用刑法而不赦有罪，力行果断而不牵于众人之是非。用不测之刑，用不测之赏，而使天下之人视之如风雨雷电，遽然而至，截然而下，不知其所从发而不可逃遁”（《审势》）。只有这样，才能使百姓检点谨慎，猾吏畏刑守法，从而使国家局势振兴富强。

要树立朝廷权威，一定要加强法制。“古者以仁义行法律，后世以法律行仁义”（《议法》）。宋代法律远比古代完备，但却“狱讼常病多，盗贼常病重”，就是因为一些人“习于犯禁而遂不改”。例如“吏与县官敛怨于下”，“为吏而商”，“富商豪贾内以大，出以小”，以至“法明禁之，而人明犯之，是不有天子之法也，衰世之事也”（《申法》）。所以苏洵提出去除郊赦之制等主张（《上皇帝书》），力主强化刑法的实施，以求服民心、得民情。

法律的实施需要教化的辅佐，而法律要通过官吏来执行，教化也要依靠官吏去实现，所以吏治十分重要。苏洵认为人君治理天下一定要有“腹心之臣”（《远虑》），而“腹心之臣”的求得，则要做到用人唯贤，“无择于势，布衣寒士而贤则用之，公卿之子弟而贤则用之，武夫健卒而贤则用之，巫医方技而贤则用之，胥史贱吏而贤则用之”（《广士》）。求得贤人后还要礼贤下士，“必其待之如礼，而后可以责之如法”（《任相》）；还要注重考核，赏罚分明，做到“有官必有课，有课必有赏罚”；从而推诚奖善，远佞亲贤，平治天下。苏洵一生宦途坎坷，对当时盛行的任子荫补、父官子承的政策极为反感，认为这是“以不学之人而居不甚惜之官，其视民如草芥也固宜”，必须坚决铲除。

面对契丹、西夏的不断侵扰，苏洵旗帜鲜明地反对贿敌政策。他举六国赂秦而亡的史实说明“六国破灭，非兵不利，战不善，弊在赂秦”，而北宋“以天下之大，下而从六国破亡之故事，是又在六国下矣”（《六国》）。贿敌政策的结果只能是“虏日益骄，而贿日益增”，“贿益多则赋敛不得不重，赋敛重则民不得不残。故虽名为息民，而其实爱其死而残其生也。名为外忧，而其实忧在内也”。敌人“日益富，中国日以贫”，从而导致国家的灭亡（《审敌》）。所以应该立即停止贿赂，抗击并战胜敌人。

苏洵“颇好言兵”（曾巩《苏明允哀词》）。他不仅力主抗敌，还写了《权书》（共十篇）、《兵制》、《御将》、《制敌》等众多专论军事的文章，具体论述了为将用兵、攻守制胜的战略战术。他主张兵民合一，“三时纵之，一时集之”，“在野督其耕，在阵督其战，则其人皆良农也，皆精兵也”（《兵制》）。寓兵于民，既能减轻国家负担，还能杜绝悍兵作乱。他提出要任用才将，“将有二：有贤将，有才将”，“贤将既不多有，得才者而任之可也”，只要不是“大奸剧恶”，都“不可责以廉隅细谨”，要“全其才以适于用”（《御将》），才能保证战争的胜利。他强调战争的正义性，“凡兵上（尚）义，不义，虽利勿动。非一动之为害，而他日将有所不可措手足也。夫惟义可以怒士。士以义怒，可与百战”（《心术》）。只有正义的战争才能激发士气，才能百战百胜。在具体的战略战术上，他认为用兵要“知理”、“知势”、“知节”，要善于捕捉战机（《心术》）；要因地制宜，“背城而战，阵欲方、欲踞、欲密、欲缓”，使战士不胆怯而坚守，“面城而战，阵欲直、欲锐、欲疏、欲速”，使士兵不畏死而速战（《法制》）；要以己之长制敌之短，“吾之所短，吾抗而暴之使之疑而却；吾之所长，吾阴而养之，使之狎而堕其中”（《心术》）；要注重全局，有取有舍，“士不能皆锐，马不能皆良，器械不能皆利，故其兵必有上、中、下辈”，以己下兵委敌上兵，以己上兵攻敌中兵，以己中兵击敌下兵，“则敌三克吾一，而吾三克敌二，况其上兵虽胜，而中兵、下兵既为吾克，其势不能独完，亦终为吾所并耳”（《制敌》）；要避实就虚、避强就弱，应“攻敌所不守，守敌所不攻”，“正道”、“奇道”、“伏道”并用（《攻守》）；要兵贵实用，避免纸上谈兵，不能像孙武那样只是“言兵之雄”（《孙武》）。

苏洵的政论，涉及吏治、法治、田制、兵制等多个方面，内容丰富，议论精辟。虽然时有书生的迂阔，却处处显现出他的一片忧国忧民的热忱。他的政治主张和军事思想是建立在其较为进步的哲学思想和历史观念上的。

苏洵认为天地五行、风雨雷电都是客观存在，有它自己的客观规律，社会历史也有自己发展的客观规律。把自然与社会规律牵合到一起，“观天地之象以为爻，通阴阳之变以为卦，考鬼神之情以为辞”，只不过是为了加强统治，使“天下视圣人如神之幽，如天之高，尊其人而其教亦随而尊”（《易论》）。他还提出义利相互为用的观点，“义者，所以宜天下，而亦所以拂天下之心。苟宜也，宜乎其拂天下之心也”。宜是适合，拂是违反，义既有适合天下之心的一面，也有违反天下之心的一面，因为天下有君子也有小人，适合君子之心，就必然违反小人之心。由于义有这样的两重性，所以它必须和利结合在一起才能得天下人心。“君子乐以趋徒义，而小人悦怿以奔利义”，小人也是追求义的，只不过他们追求的是与利结合的义，“义利、利义相为用，天下运诸掌矣”（《利者义之和论》）。这种辩证的观点，显然比传统的“何必曰利，亦有仁义而已矣”（《孟子·梁惠王上》）的认识要进步。这种对立统一的朴素辩证观点，在苏洵的政论中是贯穿始终的。在他的著作中，刚和柔、远和近、喜和怒、逆和顺、大和小、强和弱、智和愚、常和时、本和末、长和短、难和易、安和危、多和寡、得和丧、存和亡、正和奇、动和静、内和外等等，都具有这种相生相克、相互为用的关系。

苏洵认为社会历史是在不断发展演变的，不同的时代有不同的社会风尚，“夏之上（尚）忠，商之上（尚）质，周之上（尚）文”，都是“视天下之所宜上（尚）而固执之”，因而“易以为治”（《审势》）。时代发展到了宋代，风俗时尚、法律政策也都要随之变化，“古之法简，今之法繁。简者不便于今，而繁者不便于古。非今之法不若古之法，而今之时不若古之时也”（《申法》）。正是本着这种历史发展观点，他才提出了那些针对时局切中时弊的政治见解和军事主张，从而博得了“真王佐才也”，“用之则为帝王师”，“岂惟西南之秀，乃天下之奇才耳”（雷简夫《上张文定书》），“博于古而宜于今，实有用之言，非特能文之士也”（欧阳修《荐布衣苏洵状》）的赞叹。

如果说苏洵的政论散文体现了一个忧国忧民的知识分子的远见卓识，那他的那些杂记、书信则表现出一个卓然自守的失意文人的高洁情操。

苏洵的杂记散文，常借物寓意。如《木假山记》，记其家藏之三峰木山，开篇写道：

> 木之生，或蘖而殇，或拱而夭，幸而至于任为栋梁则

伐。不幸而为风之所拔，水之所漂，或破折，或腐；幸而得不破折，不腐，则为人之所材，而有斧斤之患。其最幸者，漂沉汩没于湍沙之间，不知其几百年，而其激射啮食之余，或仿佛于山者，则为好事者取去，强之以为山，然后可以脱泥沙而远斧斤。而荒江之濆，如此者几何！不为好事者所见，而为樵夫野人所薪者，何可胜数！则其最幸者之中，又有不幸者焉。

树木经历夭殇、砍伐、漂没、破折、腐烂，劫后余生被好事者收取作为木假山而存留人间，实属不易。木假山如此，人生道路又何尝不是这样？仕途险恶，人事沉浮，历尽磨难，功成名就的能有几人？苏洵“本田野匹夫，名姓不登于州闾”，“尝欲侥幸于陛下之科举，有司以为不肖，辄以摈落”（《上皇帝书》），要是没有欧阳修等人的举荐，他也只能“为樵夫野人所薪”。这里写的是木假山，也是在写人，其实就是在写自己：

予见中峰魁岸踞肆，意气端重，若有以服其旁之二峰。二峰者庄栗刻峭，凛乎不可犯，虽其势服于中峰，而岌然无阿附意。吁！其可敬也夫，其可以有所感也夫！

此文作于嘉祐三年（1058），苏洵多次科举失意，嘉祐元年（1056）四十八岁时才以文闻名京师，然却求官未遂，满腹经纶无处施展。嘉祐二年（1057），与他多年相濡以沫的妻子程氏去世，使他的心情更加郁闷。但他虽不得志却决不肯与世沉浮，“岌然无阿附意”，不正是他清高自守、卓然自立的精神的写照吗？

苏洵反对荫补任子制度，对窒息人才的科举制度也深恶痛绝，认为“夫人固有才智奇绝而不能为章句、名数、声律之学者，又有不幸而不为者。苟一之以进士、制策，是使奇才绝智有时而穷也”（《广士》）。他自己既是一个不能为科举者，“虽欲勉强扶病戮力，亦自知其疏拙，终不能合有司之意”（《上皇帝书》)；也是一个不肯为科举者，“仆已老矣，固非求仕者，亦非固求不仕者。自以闲居田野之中，鱼稻蔬笋之资，足以养生自乐，俯仰世俗之间，窃观当世太平；其文章议论，亦可以自足于一世。何苦乃以衰病之身，委曲以就有司之权衡，以自取轻笑哉”(《答雷太简书》)。这是说自己没有必要去应试科举。“仆岂欲试者？惟其平生不能区区附合有司之尺度，是以至此穷困。今乃以五十衰病之身，奔走万里以就试，不亦为山林之士所轻笑哉？自思少年尝举茂才。中夜起坐，裹饭携饼，待晓东华门外，逐队而入，屈膝就席，俯首据案。其后每思至此，即为寒心。今齿日益老，尚安能使达官贵人复弄其文墨，以穷其所不知邪？”(《与梅圣俞书》）这是说自己不屑于去应试科举，同时也是对科举制度的严厉鞭挞。

正是这种对科举制度的不满，使他在朝廷两次下诏让他去舍人院策试时作出了拒绝应试的选择。他的理由是：“向者《权书》、《衡论》、《几策》，皆仆闲居之所为。其间虽多言今世之事，亦不自求出之于世，乃欧阳永叔以为可进而进之。苟朝廷以为其言之可信，则何所事试？苟不信其平居之所云，而其一日仓卒之言，又何足信邪？”（《答雷太简书》）这是说，我的文章著作你们都看到了，观点文笔俱在，可评可点，可信可否，何必还要再搞什么策试？不注重真才实学，只凭“一日仓卒之言”选拔人才，正是科举制度的根本弊病，苏洵的批判是切中要害的。

苏洵虽然拒绝赴京应试，却并非主张出世隐遁，所以在嘉祐五年（1060）还是接受了朝廷的任命，担任了秘书省试校书郎，希冀着能实现胸中的抱负。校书郎仅位列九品，而且还是个“试”职，苏洵心中充满了矛盾苦涩。他说：“《礼》曰：‘仕而未有禄者，君有馈焉，曰献；使焉，曰寡君；违而君薨，弗为服也。’古之君子重以其身臣人者，盖为是也哉！子思、孟轲之徒，至于是国，国君使人馈之，其词曰：‘寡君使某有献于从者。’

布衣之尊，而至于此，惟不食其禄也。今洵已有名于吏部，执事其将以道取之邪，则洵也犹得以宾客见；不然，其将与奔走之吏同趋于下风，此洵所以深自怜也。”（《上欧阳内翰第五书》）过去虽然潦倒，还能保持布衣之尊，如今领取了朝廷的俸禄，就要为人驱使，求为宾客也难了。内心的怅惘和盘托出，毫无矫饰。这些书信较为完整真实地显示出了苏洵的人格情操，苏洵的痛楚，折射出了那个时代的正直文人学者的共同命运。

二

中唐时期韩愈、柳宗元为首发起的古文运动，虽然动摇了骈文的统治地位，但到了晚唐、五代，又渐趋衰落，华而不实的骈文重新统治了文坛。北宋初年，柳开、王禹偁、姚铉、穆修等人曾提倡过韩、柳古文，但由于文坛积习难移，而他们自己又没能创作出高水平的典范作品，未能形成风气。到了北宋中期，由于朝廷的支持，欧阳修大力倡导古文革新，苏氏父子、曾巩、王安石等人积极响应，创作了一大批古雅雄健、文道相足、朴实平正、清新隽永的典范散文，终于成就了古文革新的不败大业。苏洵的创作实践和文论主张，对古文革新运动的成功也起了重要的推动作用。

苏洵的散文格调高古，气势磅礴而论说周密。他在《谏论上》中说：“龙逢、比干，吾取其心，不取其术；苏秦、张仪，吾取其术，不取其心。”公开承认自己对纵横家那种纵横恣肆、感情充沛、酣畅淋漓、咄咄逼人、妙喻连篇、生动形象的雄辩文风的喜好。他的文章被人评为“博辩宏伟”，“纵横上下，出入驰骤，必造于深微而后止”（欧阳修《苏明允墓志铭》），正是这种风格的表现。比如他的《远虑》是要说治理国家不可以没有“腹心之臣”，文章一开篇写道：

圣人之道，有经，有权，有机；是以有民，有群臣，而又有腹心之臣。曰经者，天下之民举知之可也；曰权者，民不得而知矣，群臣知之可也；曰机者，虽群臣亦不得而知矣，腹心之臣知之可也。夫使圣人而无权，则无以成天下之务；无机，则无以济万世之功。然皆非天下之民所宜知。而机者，又群臣所不得闻。群臣不得闻，谁与议？不议不济。然则所谓腹心之臣者，不可一日无也。

开宗明义地指出治天下不可一日无机，不可一日无腹心之臣，紧接着指出三代圣人似无机而实有机，而后代人君有成就者如齐桓、晋文、阖庐、勾践、汉高祖、唐太宗等无不有机，个个都有腹心之臣，代代皆因腹心之臣而成大业。然后从有腹心之臣虽恶亦或济，无腹心之臣虽善亦不克；创业需腹心之臣，守成亦需腹心之臣；天下之事只可以委之以腹心之臣等诸方面论证腹心之臣不可无。站在论辩对方的立场，从圣人无机、君子不用机、守成无须机等角度设问辩驳，高屋建瓴，洋洋洒洒，把道理说得十分深透；具体细节面面俱到，堵隙塞漏细致入微，不给对方留下任何空子。说透了道理自然是“深”，注意了细节已然是“微”，文章至此确已“造于深微”而可“后止”了，然苏洵却笔锋一转，直指“近世之君抗然于上，而使宰相眇然于下，上下不接，而其志不通”的弊端，振聋发聩地喊出：“百官泛泛于下，而天子茕茕于上，一旦有卒然之忧，吾未见其不颠沛而殒越也。”真个是锋芒毕露，气势逼人。无怪有人说此文是“文如怒马，奔逸绝尘而不可羁制，大略老苏之文，有此一段奇迈奋迅之气”（茅坤《唐宋八大家古文钞》）。这种出入经史百子，议论证据古今的宏迈行文，具有极大的艺术感召力。

意繁枝茂，曲折多变而结构谨严，是苏洵散文的又一特色。苏洵行文转折极多，常是一节未了，一节又生。其文初读似觉意多词杂，各为片段，细研方知其首尾相应，环环相扣，节节珠联，一线贯穿。如《〈春秋〉论》，本“《春秋》，天子之事也”

(《孟子·滕文公下》)之说，论孔子定《春秋》以褒贬代天子行赏罚，试观其文：

> 赏罚者，天下之公也；是非者，一人之私也。位之所在，则圣人以其权为天下之公，而天下以惩以劝；道之所在，则圣人以其权为一人之私，而天下以荣以辱。

这是说赏罚是天子之公权，作为圣人的孔子，只能有褒贬是非的私权。

> 《春秋》赏人之功，赦人之罪，去人之族，绝人之国，贬人之爵，诸侯而或书其名，大夫而或书其字，不惟其法，惟其意，不徒曰此是彼非，而赏罚加焉。

是说孔子修定《春秋》，实际上起到了代天子赏罚诸侯、大夫的作用，而这正是孔子所要反对的僭越之事。这不是自相矛盾吗？为什么会这样呢？

> 夫子之作《春秋》也，非曰孔氏之书也，又非曰我作之也，赏罚之权不以自与也。曰此鲁之书也，鲁作之也。有善而赏之，曰鲁赏之也。有恶而罚之，曰鲁罚之也。

原来孔子并不认为《春秋》是自己的著作，而是把它看做鲁国的国书，因而其中的赏罚也就都是鲁国的赏罚。

> 《春秋》之赏罚自鲁而及于天下，天子之权也。鲁之赏罚不出境，而以天子之权与之，何也？曰：天子之权在周，夫子不得已而以与鲁也。

鲁国的赏罚之权也只应该局限在鲁国国内，代天子行赏罚仍是僭越。苏洵又辩驳说这是因为周平王昏庸，只能由周公之国鲁国代其行权。

> 夫子欲鲁如齐桓、晋文，而不遂以天子之权与齐、晋者，何也？齐桓、晋文阳为尊周，而实欲富强其国。故夫子与其事而不与其心。周公心存王室，虽其子孙不能继，而夫子思周公而许其假天子之权以赏罚天下。

这是说鲁君衰弱无力，但系周公之后，赏罚天下须“有周公之心，而后可以行桓、文之事”，故明知“鲁君之才不足以行周公之事”，也只能选择鲁来代天子行赏罚。

> 夫子叹礼乐征伐自诸侯出，而田常弑其君，则沐浴而请讨。然则天子之权，夫子固明以与鲁也。

这是说孔子不仅以《春秋》褒贬为赏罚，还把实际的征伐大权也交给了鲁君。

> 子贡之徒不达夫子之意，续《经》而书孔丘卒。夫子既告老矣，大夫告老而卒不书，而夫子独书。夫子作《春秋》以分天下，而岂私一孔丘哉？

是说子贡等人续《春秋》，把本为鲁国的《春秋》当做了孔子的《春秋》。

> 《春秋》有天子之权，天下有君，则《春秋》不当作；天下无君，则天下之权吾不知其谁与。天下之人，乌有如周公之后之可与者？与之而不得其人则乱，不与人而自与则僭，不与人、不自与而无所与则散。呜呼！后之《春秋》，乱邪？僭邪？散邪？

是说司马迁、班固的史书“有是非而无赏罚”，符合史书体例；而后代人效法《春秋》以褒贬为赏罚则实为过。

全文所论赏罚为天子之权、《春秋》为鲁国之书、鲁君继周公之业、子贡违孔子之意、后人悖史书之例数事，事事独立又事事相关，行文一节高过一节，论辩一波未伏一波又起，左萦右拂，袅娜百折，首尾相应，浑然天成。这种曲折多变而结构谨严的文笔，无疑也加强了文章的感人气势。

用典纯熟，妙喻连篇而生动贴切，也是苏洵散文的特色。他在文中常常征引历史典故来作论据，有时甚至整段引用，以典代论，用确凿的史实来造成逼人的气势。如《谏论上》提出游说之术有五：“理谕之，势禁之，利诱之，激怒之，隐讽之”。如何理谕之？他说：

> 触詟以赵后爱女贤于爱子，未旋踵而长安君出质；甘罗以杜邮之死诘张唐，而相燕之行有日；赵卒以两贤王之意语燕，而立归武臣。此理喻之也。

这里并没有详细论述什么是“理喻之”，只是列举了三个史实：一、秦攻赵，赵求救于齐，齐要赵以长安君为质方肯出兵，赵太后不同意。触詟去劝赵太后说：“今媪尊长安君之位而不及今有功于国，一旦山陵崩，长安君何以自托？”赵太后醒悟过来，出长安君为人质。二、吕不韦派张唐相燕，张唐不乐意。甘罗对张唐说，范雎要攻赵，白起不赞成，结果被害于杜邮。现在吕不韦亲自请你相燕，你不肯行，“臣不知卿之死处矣”。张唐乃相燕。三、秦末农民起义中，武臣自立为赵王而被燕将俘虏。赵卒前往说燕将：“张耳、陈余与武臣下赵数十城，此亦各欲南面而王。今囚赵王，两君必分赵自立。夫以一赵尚易（轻）燕，况以两贤王乎？”燕于是归武臣。三例一举，所谓“理喻之”的含义自然清楚明白。其他四术，与此一样，都是仅列三条史实，其意自明。这些史实典故，在苏洵的时代，读书人个个皆知，具有强大的说服力。

苏洵极善比喻，常以尽人皆知的事物、现象来阐明精邃的道理。如《谏论下》论人君宜刑赏并用而使臣必谏：

> 今有三人焉，一人勇，一人勇怯半，一人怯。有与之临乎渊谷者，且告之曰：“能跳而越此，谓之勇，不然为怯。”彼勇者耻怯，必跳而越焉，其勇怯半者与怯者则不能也。又告之曰：“跳而越者与千金，不然则否。”彼勇怯半者奔利，必跳而越焉，其怯者犹未能也。须臾，顾见猛虎暴然向逼，则怯者不待告，跳而越之如康庄矣。然则人岂有勇怯哉？要在以势驱之耳。

用这样的比喻来说明先王“以赏为千金，以刑为猛虎”，而使臣下“不得不极言规失”，生动贴切而醒人耳目，被人誉为“引喻极当”（郎晔《经进本老泉先生文集》），“以喻相形，悠扬爽逸”（陆粲《三苏文范》）。类似的比喻在苏洵的文章中比比皆是，如用“善养身者，先审阴阳”来投药石，比喻“善制天下者，先审其强弱以为之谋”（《审势》）；用“欲移江河而行之山”比喻“风俗之不可复反”（《〈书〉论》）；用“若水之走下”比喻“民之苦劳而乐逸”（《〈易〉论》）。这些清新浅显的妙喻，使他的散文富有极强的可读性和极高的文学品味。

苏洵散文的语言古朴凝炼，意味隽永而内涵丰富。他的大块文章固然气势汪洋，蕴含丰富，即便是一些不足百字的短文，也同样极富内涵，令人读之回味无穷。如《名二子说》：

> 轮、辐、盖、轸，皆有职乎车，而轼独若无所为者。虽然，去轼，则吾未见其为完车也。轼乎，吾惧汝之不外饰也。
>
> 天下之车莫不由辙，而言车之功者，辙不与焉。虽然，车仆马毙，而患亦不及辙。是辙者，善处乎祸福之间也。辙乎，吾知免矣。

寥寥八十余字，说明了苏轼、苏辙兄弟命名的原因，体现出苏轼豪放不羁、“不外饰”，苏辙深沉不露、“善处乎祸福之间”的不同性格，充盈着苏洵对二子的担心和希望。同时，关于车轼平凡而不可或缺，车辙有劳无功亦无祸的评论，又饱含着无穷的哲理，其实际所论已远远超出为二子命名，精炼的语言中透露出极为深邃丰富的思想内容。曾巩评论苏洵之文是“少或百字，多或千言，其指事析理，引物托喻，侈能尽之约，远能见之近，大能使之微，小能使之著，烦能不乱，肆能不流。其雄壮俊伟，若决江河而下也；其辉光明白，若引星辰而上也”（《苏明允哀词》）。这样的评价，苏洵是当之无愧的。

苏洵的散文创作与他的文论主张是完全一致的。在他的政论书信中，有许多虽然零散却相当深刻的文论观点。

首先，苏洵强调文章应该有为而作。他在《太玄论上》中说："君子之为书，犹工人之作器也，见其形以知其用。"认为读书人写文章一定要有用，要"言必中当世之过"（苏轼《凫绎先生诗集叙》），要能解决实际问题。本着这种精神进行创作，他才敢说自己的《权书》"施之于今，无所不可"（《上韩枢密书》）。其文亦被称为"讥时之弊"，"皇皇有忧天下心"之作（雷简夫《上韩忠献书》）。

其次，苏洵还强调不同文体应有不同的特点和写法。他在《史论上》中说道："大凡文之用四：事以实之，词以章之，道以通之，法以检之。此经、史所兼而有之者也。虽然，经以道法胜，史以事词胜。经不得史无以证其褒贬，史不得经无以酌其轻重。经非一代之实录，史非万世之常法。体不相沿，而用实相资焉。"兼而有之，说的是经、史写作有共通法则。体不相沿，用实相资，是说经、史创作各有特色而又相互为用，不同文体当有不同作法。

再有，苏洵还强调作文应该朴实真诚，符合实际。他奉命编纂太常礼书，对那种"以为祖宗所行不能无过差不经之事，欲尽芟去"的做法严加驳斥："洵等所编者，是史书之类也。遇事而记之，不择善恶，详其曲折，而使后世得知而善恶自著者，是史之体也。若夫存其善者，而去其不善，则是制作之事，而非职之所及也。"（《议修礼书状》）坚持善恶必书，实事求是。他为杨美球父作墓志铭，坚决不肯采用别人提供的不符事实的《行状》（见《与杨节推书》），也是这种原则立场的体现。

另外，苏洵还强调创作的文贵自然，有感而发。他在《仲兄字文甫说》中论到风水相激而自然成文，说："此二物者，岂有求乎文哉？无意乎相求，不期而相遭，而文生焉。是其为文也，非水之文也，非风之文也，二物者非能为文，而不能不为文也，物之相使而文出于其间也。故曰，此天下之至文也。”这实际上是强调了创作要有积累，须有体会，才有灵感。他说自己的《权书》是“不得已而言之之书”（《权书叙》），说自己读书“时既久，胸中之言日益多，不能自制，试出而书之，已而再三读之，浑浑乎觉其来之易矣”（《上欧阳内翰第一书》），也都是这种观点。

正是这些精辟深刻的文论主张和丰富卓绝的创作实践，奠定了苏洵在中国散文发展史上的重要地位。

三

欧阳修《苏明允墓志铭》、张方平《文安先生墓表》、曾巩《苏明允哀词》均称苏洵有《文集》二十卷，而陈振孙《直斋书录解题》、晁公武《郡斋读书志》、马端临《文献通考》著录苏洵《嘉祐集》均为十五卷，可知南宋以降原二十卷本《文集》已佚。《嘉祐集》之名，当为南宋人因苏洵在嘉祐年间以文章名闻京师而改。明、清通行的十五卷本《嘉祐集》，据清人考证亦非陈、晁著录之旧。今存苏洵文集较好的本子，一是明刊十六卷本《苏老泉先生全集》，一是《四库全书》所收徐乾学传是楼藏十六卷本《嘉祐新集》。本书主要依据这两个本子所收散文，加之别处辑得之佚文，依文体重行编排，名曰《苏洵散文集》。凡不见于此二本者，则在该篇题解中注明出处。本书以明刊十六卷本《苏老泉先生全集》为底本，参校其他版本，为省篇幅，不出校记。曾枣庄、金成礼《嘉祐集笺注》考证翔实，本书参考采用了其中一些资料，谨此说明并致谢意。

朱小健

1994年11月

于北京师大老鸳鸯楼

六、碑　　志

七、祭　　吊

八、杂　　体

一　论说

审　势

治天下者定所上。所上一定，至于万千年而不变，使民之耳目纯于一，而子孙有所守，易以为治。故三代圣人，其后世远者至七八百年。夫岂惟其民之不忘其功，以至于是，盖其子孙得其祖宗之法而为据依，可以永久。夏之上忠，商之上质，周之上文，视天下之所宜上而固执之，以此而始，以此而终，不朝文而暮质，以自溃乱。故圣人者出，必先定一代之所上。周之世，盖有周公为之制礼，而天下遂上文。后世有贾谊者说汉文帝，亦欲先定制度，而其说不果用。今者天下幸方治安，子孙万世帝王之计，不可不预定于此时。然万世帝王之计，常先定所上，使其子孙可以安坐而守其旧。至于政弊，然后变其小节，而其大体卒不可革易。故享世长远，而民不苟简。

今也考之于朝野之间，以观国家之所上者，而愚犹有惑也。何则？天下之势有强弱，圣人审其势而应之以权。势强矣，强甚而不已则折；势弱矣，弱甚而不已则屈。圣人权之，而使其甚不至于折与屈者，威与惠也。夫强甚者，威竭而不振；弱甚者，惠亵而下不以为德。故处弱者利用威，而处强者利用惠。乘强之威以行惠，则惠尊；乘弱之惠以养威，则威发而天下震慄。故威与惠者，所以裁节天下强弱之势也。然而不知强弱之势者，有杀人之威而下不惧，有生人之惠而下不喜。何者？威竭而惠亵故也。

故有天下者，必先审知天下之势，而后可与言用威惠。不先审知其势，而徒曰我能用威、我能用惠者，末也。故有强而益之以威，弱而益之以惠，以至于折与屈者，是可悼也。譬之一人之身，将欲饮药饵石以养其生，必先审观其性之为阴、其性之为阳，而投之以药石。药石之阳而投之阴，药石之阴而投之阳。故阴不至于涸，而阳不至于亢。苟不能先审观己之为阴与己之为阳，而以阴攻阴，以阳攻阳，则阴者固死于阴，而阳者固死于阳，不可救也。是以善养身者，先审其阴阳；而善制天下者，先审其强弱以为之谋。

昔者周有天下，诸侯太盛。当其盛时，大者已有地五百里，而畿内反不过千里，其共势为弱。秦有天下，散为郡县，聚为京师，守令无大权柄，伸缩进退，无不在我，其势为强。然方其成、康在上，诸侯无小大，莫不臣伏，弱之势未见于外。及其后世失德，而诸侯禽奔兽遁，各固其国以相侵攘，而其上之人卒不悟，区区守姑息之道，而望其能以制服强国。是谓以弱政济弱势，故周之天下卒毙于弱。秦自孝公，其势固已骎骎焉日趋于强大。及其子孙已并天下，而亦不悟，专任法制以斩挞平民。是谓以强政济强势，故秦之天下卒毙于强。周拘于惠而不知权，秦勇于威而不知本，二者皆不审天下之势也。

吾宋制治，有县令，有郡守，有转运使，以大系小，丝牵绳联，总合于上。虽其地在万里外，方数千里，拥兵百万，而天子一呼于殿陛间，三尺竖子驰传捧诏，召而归之京师，则解印趋走，惟恐不及。如此之势，秦之所恃以强之势也。势强矣，然天下之病，常病于弱。噫！有可强之势如秦，而反陷于弱者，何也？习于惠而怯于威也，惠太甚而威不胜也。夫其所以习于惠而惠太甚者，赏数而加于无功也；怯于威而威不胜者，刑弛而兵不振也。由赏与刑与兵之不得其道，是以有弱之实著于外焉。何谓弱之实？曰官吏旷惰，职废不举，而败官之罚不加严也；多赎数赦，不问有罪，而典刑之禁不能行也；冗兵骄狂，负力幸赏，而维持姑息之恩不敢节也；将帅覆军，匹马不返，而败军之责不加重也；羌胡强盛，陵压中国，而邀金缯、增币帛之耻不为怒也。若此类者，大弱之实也。久而不治，则又将有大于此，而遂浸微浸消，释然而溃，以至于不可救止者乘之矣。然愚以为弱在于政，不在于势，是谓以弱政败强势，今夫一舆薪之火，众人之所惮而不敢犯者也。举而投之河，则何热之能为？是以负强秦之势，而溺于弱周之弊，而天下不知其强焉者，以此也。

虽然，政之弱，非若势弱之难治也。借如弱周之势，必变易其诸侯，而后强可能也。天下之诸侯，固未易变易，此又非一日之故也。若夫弱政，则用威而已矣，可以朝改而夕定也。夫齐，古之强国也，而威王又齐之贤王也，当其即位，委政不治，诸侯并侵，而人不知其国之为强国也。一旦发怒，裂万家封即墨大夫，召烹阿大夫与常誉阿大夫者，而发兵击赵、魏、卫。赵、魏、卫尽走请和，而齐国人人震惧，不敢饰非者，彼诚知其政之弱，而能用其威以济其弱也。况今以天子之尊，藉郡县之势，言脱于口而四方响应，其所以用威之资固已完具。且有天下者患不为，焉有欲为而不可者？今诚能一留意于用威，一赏罚，一号令，一举动，无不一切出于威。严用刑法而不赦有罪，力行果断而不牵于众人之是非。用不测之刑，用不测之赏，而使天下之人视之如风雨雷电，遽然而至，截然而下，不知其所从发，而不可逃遁。朝廷如此，然后平民益务检慎，而奸民猾吏亦常恐恐然惧刑法之及其身，而敛其手足，不敢辄犯法。此之谓强政。政强矣，为之数年，而天下之势可以复强。愚故曰：乘弱之惠以养威，则威发而天下震慄。然则以当今之势，求所谓万世为帝王，而其大体卒不可革易者，其上威而已矣。

或曰：当今之势，事诚无便于上威者。然孰知夫万世之间其政之不变，而必曰威邪？愚应之曰：威者，君之所恃以为君也。

一日而无威，是无君也。久而政弊，变其小节，而参之以惠，使不至若秦之甚，可也；举而弃之，过矣。或者又曰：王者任德不任刑。任刑，霸者之事，非所宜言。此又非所谓知理者也。夫汤、武皆王也，桓、文皆霸也。武王乘纣之暴，出民于炮烙斩刖之地，苟又遂多杀人、多刑人以为治，则民之心去矣。故其治一出于礼义。彼汤则不然。桀之德固无以异纣，然其刑不若纣暴之甚也，而天下之民化其风，淫惰不事法度。《书》曰："有众率怠弗协。"而又诸侯昆吾氏首为乱。于是诛锄其强梗、怠惰、不法之人，以定纷乱。故《记》曰：商人"先罚而后赏"。至于恒、文之事，则又非皆任刑也。桓公用管仲，仲之书好言刑，故桓公之治常任刑。文公长者，其佐狐、赵、先、魏皆不说以刑法，其治亦未尝以刑为本，而号亦为霸。而谓汤非王而文非霸也，得乎？故用刑不必霸，而用德不必王，各观其势之何所宜用而已。然则今之势，何为不可用刑？用刑何为不曰王道？彼不先审天下之势，而欲应天下之务，难矣！

【解题】

本文作于至和二年（1055）。作者提出治理天下必须确定"所上（尚）"，而定所上须先审时度势。针对时局，主张宋代政治应当"上威"，颇中时弊。行文结构严谨，论述环环相扣，雄辩有力。

审　敌

中国，内也；四夷，外也。忧在内者，本也；忧在外者，末也。夫天下无内忧必有外惧，本既固矣，盍释其末以息肩乎？曰未也。古者夷狄忧在外，今者夷狄忧在内。释其末可也，而愚不识方今夷狄之忧为末也。古者，夷狄之势，大弱则臣，小弱则遁；大盛则侵，小盛则掠。吾兵良而食足，将贤而士勇，则患不及中原，如是而曰外忧可也。今之蛮夷，姑无望其臣与遁，求其志止于侵掠而不可得也。北胡骄恣，为日久矣，岁邀金缯以数十万计。曩者，幸吾有西羌之变，出不逊语以撼中国。天子不忍使边民重困于锋镝，是以虏日益骄，而贿日益增，迨今凡数十百万而犹慊然未满其欲，视中国如外府，然则其势又将不止数十百万也。夫贿益多，则赋敛不得不重；赋敛重，则民不得不残。故虽名为息民，而其实爱其死而残其生也。名为外忧，而其实忧在内也。外忧之不去，圣人犹且耻之；内忧而不为之计，愚不知天下之所以久安而无变也。

古者匈奴之强，不过冒顿。当暴秦刻剥，刘、项战夺之后，中国滥然矣。以今度之，彼宜遂入践中原，如决大河，溃蚁壤，然卒不能越其疆以有吾尺寸之地。何则？中原之强，固百倍于匈奴，虽积衰新造，而犹足以制之也。五代之际，中原无君，石晋苟一时之利，以子行事匈奴，割幽、燕之地，以资其强大。孺子继立，大臣外叛，匈奴扫境来寇，兵不血刃而京师不守，天下被其祸。匈奴自是始有轻中原之心，以为可得而取矣。及吾宋景德中，大举来寇，章圣皇帝一战而却之，遂与之盟以和。夫人之情胜则狃，狃则败，败则惩，惩则胜。匈奴狃石晋之胜，而有景德之败，惩景德之败，而愚未知其所胜，甚可惧也。

虽然，数十年之间，能以无大变者，何也？匈奴之谋必曰：我百战而胜人，人虽屈而我亦劳。驰一介入中国，以形凌之，以势邀之，岁得金钱数十百万。如此数十岁，我益数百千万，而中国损数百千万；吾日以富，中国日以贫，然后足以有为也。天生北狄，谓之犬戎。投骨于地，狺然有争者，犬之常也。今则不然，边境之上，岂无可乘之衅？使之来寇，大足以夺一郡，小亦足以杀掠数千人，而彼不以动其心者，此其志非小也。将以蓄其锐而伺吾隙，以伸其所大欲，故不忍以小利而败其远谋。古人有言曰："为虺弗摧，为蛇奈何？"匈奴之势，日长炎炎。今也柔而养之，以冀其卒无大变，其亦惑矣。且今中国之所以竭生民之力，以奉其所欲，而犹恐恐焉惧一物之不称其意者，非谓中国之力不足以支其怒也。然以愚度之，当今中国虽万万无有如石晋可乘之势者，匈奴之力虽足以犯边，然今十数年间，吾可以必无犯边之忧。何也？非畏吾也，其志不止犯边也。其志不止犯边，而力又未足以成其所欲为，则其心惟恐吾之一旦绝其好，以失吾之厚赂也。然而骄傲不肯少屈者，何也？其意曰邀之而后固也。鸷鸟将击，必匿其形。昔者冒顿欲攻汉，汉使至，辄匿其壮士健马。故《兵法》曰："词卑者进也，词强者退也。"今匈奴之君臣，莫不张形势以夸我，此其志不欲战明矣。阖庐之入楚也因唐、蔡，勾践之入吴也因齐、晋。匈奴诚欲与吾战耶，曩者陕西有元昊之叛，河朔有王则之变，岭南有智高之乱，此亦可乘之势矣。然终以不动，则其志之不欲战又明矣。吁！彼不欲战而我遂不与战，则彼既得其志矣。《兵法》曰："用其所欲，行其所能，废其所不能。于敌反是。"今无乃与此异乎？且匈奴之力既未足以伸其所大欲，而夺一郡，杀掠数千人之利，彼又不以动其心，则我勿赂而已。勿赂，而彼以为辞，则对曰："尔何功于吾？岁欲吾赂，吾有战而已，赂不可得也。"

虽然，天下之人必曰："此愚人之计也。天下孰不知赂之为害，而无赂之为利，顾势不可耳。"愚以为不然。当今夷狄之势，如汉七国之势。昔者高祖急于灭项籍，故举数千里之地以王诸将。项籍死，天下定，而诸将之地因遂不可削。当是时，非刘氏而王者八国。高祖惧其且为变，故大封吴、楚、齐、赵同姓之国以制之。既而信、越、布、绾皆诛死，而吴、楚、齐、赵之强反无以制。当是时，诸侯王虽名为臣，而其实莫不有帝制之心。胶东、胶西、济南又从而和之，于是擅爵人，赦死罪，戴黄屋，刺客公行，匕首交于京师。罪至章也，势至逼也。然当时之人，犹且徜徉容与，若不足虑，月不图岁，朝不计夕，循循而摩之，煦煦而吹之，幸而无大变。以及于孝景之世；有谋臣曰晁错，始议削诸侯地以损其权。天下皆曰诸侯必且反。错曰："固也。削亦反，不削亦反。削之则反疾而祸小，不削则反迟而祸大。吾惧其不及今反也。"天下皆曰晁错愚。吁！七国之祸，期于不免。与其发于远而祸大，不若发于近而祸小。以小祸易大祸，虽三尺童子皆知其当然。而其所以不与错者，彼皆不知其势将有远祸；与知其势将有远祸，而度己不及见，谓可以寄之后人，以苟免吾身者也。然则错为一身谋则愚，而为天下谋则智。人君又安可舍天下之谋，而用一身之谋哉！今日匈奴之强不减于七国，而天下之人又用当时之议，因循维持以至于今，方且以为无事。而愚以为天下之大计，不如勿赂。勿赂则变疾而祸小，赂之则变迟而祸大。畏其疾也，不若畏其大；乐其迟也，不若乐其小。天下之势，如坐弊船之中，骎骎乎将入于深渊。不及其尚浅也舍之，而求所以自生之道，而以濡足为解者，是固夫覆溺之道也。圣人除患于未萌，然后能转而为福。今也不幸养之以至此，而近忧小患又惮而不决，则是远忧大患终不可去也。赤壁之战，惟周瑜、吕蒙知其胜；伐吴之役，惟羊祜、张华以为是。然则宏远深切之谋，固不能合庸人之意。此晁错所以为愚也。

虽然，错之谋犹有遗憾。何者？错知七国必反，而不为备反之计，山东变起，而关内骚动。今者匈奴之祸，又不若七国之难制。七国反，中原半为敌国；匈奴叛，中国以全制其后。此又易为谋也。然则谋之奈何？曰：匈奴之计不过三：一曰声，二曰形，三曰实。匈奴谓中国怯久矣，以吾为终不敢与之抗。且其心常欲固前好，而得厚赂以养其力。今也遽绝之，彼必曰战而胜，不如坐而得赂之为利也。华人怯，吾可以先声胁之，彼将复赂我。于是宣言于远近：我将以某日围某所，以某日攻某所，如此谓之声。命边郡休士卒，偃旗鼓，寂然若不闻其声。声既不能动，则彼之计将出于形。除道翦棘，多为疑兵以临吾城，如此谓之形。深沟固垒，清野以待，寂然若不见其形。形又不能动，则技止此矣，将遂练兵秣马以出于实。实而与之战，破之易尔。彼之计必先出于声与形，而后出于实者，出于声与形，期我惧而以重赂请和也；出于实，不得已而与我战，以幸一时之胜也。夫勇者可以施之于怯，不可以施之于智。今夫叫呼跳踉以气先者，世之所谓善斗者也。虽然，蓄全力以待之，则未始不胜。彼叫呼者，声也；跳踉者，形也。无以待之，则声与形者亦足以乘人于卒；不然，徒自弊其力于无用之地，是以不能胜也。韩许公节度宣武军，李师古忌公严整，使来告曰："吾将假道伐滑。"公曰："尔能越吾界为盗邪？有以相待，无为虚言。"滑帅告急，公使谓曰："吾在此，公安无恐。"或告除道翦棘，兵且至矣。公曰："兵来不除道也。"师古诈穷，迁延以遁。愚故曰：彼计出于声与形而不能动，则技止此矣。与之战，破之易耳。方今匈奴之君有内难，新立，意其必易与。邻国之难，霸王之资也。且天与不取，将受其弊。贾谊曰："大国之王，幼弱未壮，汉之所置傅相，方握其事。数年之后，大抵皆冠，血气方刚，汉之傅相以病而赐罢，当是之时而欲为安，虽尧舜不能。"呜呼！是七国之势也。

【解题】

本文作于至和二年（1055）。通篇论说宋朝的安边之策，力主停止贿赂，积极应战。议论精明，行文婉转。举七国之乱为例，剀切入里。后来苏轼、苏辙议论边事，往往本此。

权 书 叙

人有言曰：儒者不言兵。仁义之兵，无术而自胜。使仁义之兵无术而自胜也，则武王何用乎太公？而牧野之战，"四伐、五伐、六伐、七伐乃止齐焉”，又何用也？《权书》，兵书也，而所以用仁济义之术也。吾疾夫世之人不究本末，而妄以我为孙武之徒也。夫孙氏之言兵为常言也，而我以此书为不得已而言之之书也。故仁义不得已，而后吾《权书》用焉。然则权者，为仁义之穷而作也。

【解题】

权书即变通之书，全书11篇，约作于皇祐三年（1051）至嘉祐元年（1056）之间。本篇总论全书宗旨，提出战争是不得已而为之之事，所以把兵书称为权书。“叙”即“序”，作者避父苏序讳而作“叙”。

心术

为将之道，当先治心，泰山崩于前而色不变，麋鹿兴于左而目不瞬，然后可以制利害，可以待敌。

凡兵上义，不义，虽利勿动。非一动之为害，而他日将有所不可措手足也。夫惟义可以怒士。士以义怒，可与百战。

凡战之道，未战养其财，将战养其力，既战养其气，既胜养其心。谨烽燧，严斥堠，使耕者无所顾忌，所以养其财；丰犒而优游之，所以养其力；小胜益急，小挫益厉，所以养其气；用人不尽其所欲为，所以养其心。故士常蓄其怒、怀其欲而不尽。怒不尽则有余勇，欲不尽则有余贪，故虽并天下而士不厌兵。此黄帝之所以七十战而兵不殆也。不养其心，一战而胜，不可用矣。

凡将欲智而严，凡士欲愚。智则不可测，严则不可犯，故士皆委己而听命，夫安得不愚？夫惟士愚，而后可与之皆死。

凡兵之动，知敌之主，知敌之将，而后可以动于险。邓艾缒兵于穴中，非刘禅之庸，则百万之师可以坐缚。彼固有所侮而动也。故古之贤将，能以兵尝敌，而又以敌自尝，故去就可以决。

凡主将之道，知理而后可以举兵，知势而后可以加兵，知节而后可以用兵。知理则不屈，知势则不沮，知节则不穷。见小利不动，见小患不避。小利小患不足以辱吾技也，夫然后可以支大利大患。夫惟养技而自爱者，无敌于天下。故一忍可以支百勇，一静可以制百动。

兵有长短，敌我一也。敢问吾之所长，吾出而用之，彼将不与吾校；吾之所短，吾蔽而置之，彼将强与吾角，奈何？曰：吾之所短，吾抗而暴之，使之疑而却；吾之所长，吾阴而养之，使之狎而堕其中。此用长短之术也。

善用兵者，使之无所顾，有所恃。无所顾，则知死之不足惜；有所恃，则知不至于必败。尺箠当猛虎，奋呼而操击，徒手遇蜥蜴，变色而却步，人之情也。知此者，可以将矣。袒裼而按剑，则乌获不敢逼；冠胄衣甲，据兵而寝，则童子弯弓杀之矣。故善用兵者以形固，夫能以形固，则力有余矣。

【解题】

本篇论为将治兵之道，强调战争的正义性，提出用兵要知理、知势、知节，要善于捕捉战机，以己之长制敌之短。凡论七事，段落分明而一意相贯。

法　　制

将战，必审知其将之贤愚：与贤将战，则持之；与愚将战，则乘之。持之则容有所伺而为之谋，乘之则一举而夺其气。虽然，非愚将勿乘。乘之不动，其祸在我。分兵而迭进，所以持之也；并力而一战，所以乘之也。

古之善军者，以刑使人，以赏使人，以怒使人。而其中必有以义附者焉。不以战，不以掠，而以备急难，故越有君子六千人。韩之战，秦之斗士倍于晋，而出穆公于淖者，赦食马者也。兵或寡而易危，或众而易叛，莫难于用众，莫危于用寡。治众者法欲繁，繁则士难以动；治寡者法欲简，简则士易以察。不然，则士不任战矣。惟众而繁，虽劳不害为强。

以众入险阻，必分军而疏行。夫险阻必有伏，伏必有约。军分则伏不知所击，而其约携矣。险阻惧蹙，疏行以纾士气。

兵莫危于攻，莫难于守，客主之势然也。故城有二不可守：兵少不足以实城，城小不足以容兵。夫惟贤将能以寡为众，以小为大。当敌之冲，人莫不守，我以疑兵，彼愕不进，虽告之曰“此无人”，彼不信也。度彼所袭，潜兵以备，彼不我测，谓我有余，夫何患兵少？偃旗仆鼓，寂若无气，严戢兵士，敢哗者斩，时令老弱登埤示怯，乘懈突击，其众可走，夫何患城小？

背城而战，阵欲方、欲踞、欲密、欲缓。夫方而踞，密而缓，则士心固，固则不慑。背城而战，欲其不慑。面城而战，阵欲直、欲锐、欲疏、欲速。夫直而锐，疏而速，则士心危，危则致死。面城而战，欲其致死。

夫能静而自观者，可以用人矣。吾何为则怒，吾何为则喜，吾何为则勇，吾何为则怯？夫人岂异于我？天下之人，孰不能自观其一身？是以知此理者，涂之人皆可以将。平居与人言，一语不循故，犹且愕而忌。敌以形形我，恬而不怪，亦已固矣。是故智者视敌有无故之形，必谨察之，勿动。疑形二：可疑于心，则疑而为之谋，心固得其实也；可疑于目，勿疑，彼敌疑我也。是故心疑以谋应，目疑以静应。彼诚欲有所为邪，不使吾得之目矣。

【解题】

本篇论说用兵的法度、准则，从审敌将、使人、行军、守城、作战等方面说明了用兵的最高准则就是要审情度势来确定战略战术。

强　　弱

知有所甚爱，知有所不足爱，可以用兵矣。故夫善将者，以其所不足爱者，养其所甚爱者。士之不能皆锐，马之不能皆良，器械之不能皆利，固也，处之而已矣。

兵之有上、中、下也，是兵之有三权也。孙膑有言曰："以君下驷与彼上驷，取君上驷与彼中驷，取君中驷与彼下驷。"此兵说也，非马说也。下之不足以与其上也，吾既知之矣，吾既弃之矣。中之不足以与吾上，下之不足以与吾中，吾不既再胜矣乎？得之多于弃也，吾斯从之矣。彼其上之不得其中、下之援也，乃能独完耶？故曰：兵之有上、中、下也，是兵之有三权也。三权也者，以一致三者也。

管仲曰："攻坚则瑕者坚，攻瑕则坚者瑕。"呜呼！不从其瑕而攻之，天下皆强敌也。汉高帝之忧在项籍耳，虽然，亲以其兵而与之角者，盖无几也。随何取九江，韩信取魏、取代、取赵、取齐，然后高帝起而取项籍。夫不汲汲于其忧之所在，而彷徨乎其不足恤之地，彼盖所以孤项氏也。秦之忧在六国，蜀最僻最小，最先取；楚最强，最后取，非其忧在蜀也。诸葛孔明一出其兵，乃与魏氏角，其亡宜也。取天下，取一国，取一阵，皆如是也。

范蠡曰："凡阵之道，设右以为牝，益左以为牡。"春秋时楚伐隋，季梁曰："楚人上左，君必左，无与王遇。且攻其右，右无良焉，必败。偏败，众乃携。"盖一阵之间，必有牝牡左右，要当以吾强攻其弱耳。唐太宗曰："吾自兴兵，习观行阵形势，每战视敌强其左，吾亦强吾左；弱其右，吾亦弱吾右。使弱常遇强，强常遇弱。敌犯吾弱，追奔不过数十百步。吾击敌弱，常突出自背反攻之，以是必胜。”后之庸将，既不能处其强弱以败，而又曰：“吾兵有老弱杂其间，非举军精锐，以故不能胜。”不知老弱之兵，兵家固亦不可无。无之，是无以耗敌之强兵，而全吾之锐锋，败可俟矣。

故智者轻弃吾弱，而使敌轻用其强，忘其小丧，而志于大得，夫固要其终而已矣。

【解题】

本篇论说如何使用强兵、弱兵。征引历代高明军事家言行，说明用兵者应弃己之弱而使敌人轻用其强以致胜。

攻　守

古之善攻者不尽兵以攻坚城，善守者不尽兵以守敌冲。夫尽兵以攻坚城，则钝兵费粮而缓于成功；尽兵以守敌冲，则兵不分而彼间行袭我无备。故攻敌所不守，守敌所不攻。

攻者有三道焉，守者有三道焉。三道：一曰正，二曰奇，三曰伏。坦坦之路，车毂击，人肩摩，出亦此，入亦此，我所必攻，彼所必守者，曰正道。大兵攻其南，锐兵出其北，大兵攻其东，锐兵出其西者，曰奇道。大山峻谷，中盘绝径，潜师其间，不鸣金，不挝鼓，突出乎平川，以冲敌人腹心者，曰伏道。故兵出于正道，胜败未可知也；出于奇道，十出而五胜矣；出于伏道，十出而十胜矣。何则？正道之城，坚城也；正道之兵，精兵也。奇道之城，不必坚也，奇道之兵，不必精也。伏道则无城也，无兵也。攻正道而不知奇道与伏道焉者，其将木偶人是也。守正道而不知奇道与伏道焉者，其将亦木偶人是也。

今夫盗之于人，抉门斩关而入者有焉，他户之不扃键而入者有焉；乘坏垣坎墙趾而入者有焉。抉门斩关，而主人不知察，几希矣；他户之不扃键，而主人不知察，太半矣；乘坏垣坎墙趾而主人不知察，皆是矣。为主人者，宜无曰门之固，而他户墙隙之不恤焉。夫正道之兵，抉门之盗也；奇道之兵，他户之盗也；伏道之兵，乘垣之盗也。

所谓正道者，若秦之函谷，吴之长江，蜀之剑阁是也。昔者六国尝攻函谷矣，而秦将败之；曹操尝攻长江矣，而周瑜走之；钟会尝攻剑阁矣，而姜维拒之。何则？其为之守备者素也。刘濞反，攻大梁，田禄伯请以五万人别循江淮，收淮南、长沙以与濞会武关。岑彭攻公孙述，自江州溯都江，破侯丹兵，径拔武阳，绕出延岑军后，疾以精骑赴广都，距成都不数十里。李愬攻蔡，蔡悉精卒以抗李光颜而不备愬，愬自文成破张柴，疾驰二百里，夜半到蔡，黎明擒元济。此用奇道也。汉武攻南越，唐蒙请发夜郎兵，浮船牂牁江，道番禺城下，以出越人不意。邓艾攻蜀，自阴平由景谷攀木缘磴，鱼贯而进，至江油而降马邈，至绵竹而斩诸葛瞻，遂降刘禅。田令孜守潼关，关之左有谷曰禁，而不知之备，林言、尚让入之，夹攻关而关兵溃。此用伏道也。

吾观古之善用兵者，一阵之间，尚犹有正兵、奇兵、伏兵三者以取胜，况守一国，攻一国，而社稷之安危系焉者，其可以不知此三道而欲使之将耶？

【解题】

本篇论攻守战法，主张避实击虚，用奇兵、伏兵袭敌致胜。

用　间

孙武既言五间，则又有曰："商之兴也，伊挚在夏；周之兴也，吕牙在商。故明君贤将能以上智为间者，必成大功。此兵之要，三军所恃而动也。”

按《书》：伊尹适夏，丑夏归亳。《史》：太公常事纣，去之归周。所谓在夏在商诚矣，然以为间，何也？汤、文王固使人间夏、商邪？伊、吕固与人为间邪？桀、纣固待间而后可伐邪？是虽甚庸，亦知不然矣。

然则，吾意天下存亡寄于一人。伊尹之在夏也，汤必曰：“桀虽暴，一旦用伊尹，则民心复安，吾何病焉。”及其归亳也，汤必曰：“桀得伊尹不能用，必亡矣，吾不可以安视民病。”遂与天下共亡之。吕牙之在商也，文王必曰：“纣虽虐，一旦用吕牙，则天禄必复，吾何忧焉。”及其归周也，文王必曰：“纣得吕牙不能用，必亡矣，吾不可以久遏天命。”遂命武王与天下共亡之。然则夏、商之存亡，待伊、吕用否而决。

今夫问将之贤者，必曰能逆知敌国之胜败。问其所以知之之道，必曰不爱千金故能使人为之出万死以间敌国，或曰能因敌国之使而探其阴计。呜呼！其亦劳矣。伊、吕一归，而夏、商之国为决亡。使汤、武无用间之名与用间之劳，而得用间之实，此非上智，其谁能之？

夫兵虽诡道，而本于正者，终亦必胜。今五间之用，其归于诈，成则为利，败则为祸。且与人为诈，人亦将且诈我。故能以间胜者，亦或以间败。吾间不忠，反为敌用，一败也；不得敌之实，而得敌之所伪示者以为信，二败也；受吾财而不能得敌之阴计，惧而以伪告我，三败也。夫用心于正，一振而群纲举；用心于诈，百补而千穴败。智于此，不足恃也。

故五间者，非明君贤将之所上。明君贤将之所上者，上智之间也。是以淮阴、曲逆义不事楚，而高祖擒籍之计定，左车、周叔不用于赵、魏，而淮阴进兵之谋决。呜呼！是亦间也。

【解题】

本篇针对《孙子·用间》，论述用兵应“本于正”，不应用诈，要用间也只能用“上智之间”。

孙　武

求之而不穷者，天下奇才也。天下之士，与之言兵，而曰我不能者几人？求之于言而不穷者几人？言不穷矣，求之于用而不穷者几人？呜呼！至于用而不穷者，吾未之见也。

《孙武十三篇》，兵家举以为师。然以吾评之，其言兵之雄乎！今其书论奇权密机，出入神鬼，自古以兵著书者罕所及。以是而揣其为人，必谓有应敌无穷之才。不知武用兵乃不能必克，与书所言远甚。吴王阖庐之入郢也，武为将军，及秦、楚交败其兵，越王入践其国，外祸内患，一旦迭发，吴王奔走，自救不暇，武殊无一谋以弭斯乱。若按武之书以责武之失，凡有三焉。《九地》曰：“威加于敌，则交不得合。”而武使秦，得听包胥之言，出兵救楚，无忌吴之心。斯不威之甚，其失一也。《作战》曰：“久暴师则钝兵挫锐，屈力殚货，则诸侯乘其弊而起。”且武以九年冬伐楚，至十年秋始还，可谓久暴矣，越人能无乘间入国乎？其失二也。又曰：“杀敌者，怒也。”今武纵子胥、伯嚭鞭平王尸，复一夫之私忿以激怒敌，此司马戌、子西、子斯所以必死仇吴也。勾践不颓旧冢而吴服，田单谲燕掘墓而齐奋，知谋与武远矣。武不达此，其失三也。然始吴能以入郢，乃因胥、嚭、唐、蔡之怒，及乘楚瓦之不仁，武之功盖亦鲜耳。夫以武自为书，尚不能自用，以取败北，况区区祖其故智余论者而能将乎？且吴起与武，一体之人也，皆著书言兵，世称之曰“孙吴”。然而吴起之言兵也，轻法制，草略无所统纪，不若武之书词约而意尽，天下之兵说皆归其中。然吴起始用于鲁，破齐；及入魏，又能制秦兵；入楚，楚复霸。而武之所为反如是，书之不足信也固矣。

今夫外御一隶，内治一妾，是贱丈夫亦能，夫岂必有人而教之？及夫御三军之众，阖营而自固，或且有乱，然则是三军之众惑之也。故善将者，视三军之众与视一隶一妾无加焉，故其心常若有余。夫以一人之心，当三军之众，而其中恢恢然犹有余地，此韩信之所以多多而益善也。故夫用兵，岂有异术哉？能勿视其众而已矣。

【解题】

本篇论能言未必能行，能行未必能言。强调用兵贵在实用，对比孙武、吴起成文。末段议论精当，与《心术》“为将之道当先治心”互相阐发。

子　　贡

君子之道，智信难。信者，所以正其智也，而智常至于不正；智者，所以通其信也，而信常至于不通。是故君子慎之也。世之儒者曰：徒智可以成也。人见乎徒智之可以成也，则举而弃乎信。吾则曰：徒智可以成也，而不可以继也。

子贡之以乱齐、灭吴、存鲁也，吾悲之。彼子贡者，游说之士，苟以邀一时之功，而不以可继为事，故不见其祸。使夫王公大人而计出于此，则吾未见其不旋踵而败也。吾闻之：王者之兵，计万世而动；霸者之兵，计子孙而举；强国之兵，计终身而发；求可继也。子贡之兵，是明日不可用也。故子贡之出也，吾以为鲁可存也，而齐可无乱，吴可无灭。何也？田常之将篡也，惮高、国、鲍、晏，故使移兵伐鲁，为赐计者，莫若抵高、国、鲍、晏吊之，彼必愕而问焉，则对曰：“田常遣子之兵伐鲁，吾窃哀子之将亡也。”彼必诘其故，则对曰：“齐之有田氏，犹人之养虎也。子之于齐，犹肘股之于身也。田氏之欲肉齐久矣，然未敢逞志者，惧肘股之捍也。今子出伐鲁，肘股去矣，田氏孰惧哉？吾见身将磔裂，而肘股随之，所以吊也。”彼必惧而咨计于我，因教之曰：“子悉甲趋鲁，压境而止，吾请为子潜约鲁侯以待田氏之变，帅其兵从子入讨之。”彼惧田氏之祸，其势不得不听。归以约鲁侯，鲁侯惧齐伐，其势亦不得不听。因使练兵搜乘以俟齐衅，诛乱臣而定新主，齐必德鲁，数世之利也。

吾观仲尼以为齐人不与田常者半，故请哀公讨之。今诚以鲁之众，从高、国、鲍、晏之师，加齐之半，可以轘田常于都市，其势甚便，其成功甚大，惜乎赐之不出于此也。齐哀王举兵诛吕氏，吕氏以灌婴为将拒之，至荥阳，婴使使谕齐及诸侯连和，以待吕氏变，共诛之。今田氏之势，何以异此？有鲁以为齐，有高、国、鲍、晏以为灌婴，惜乎赐之不出于此也。

【解题】

本篇批评子贡用兵任智弃信的做法。认为战争不能靠智“邀一时之功”，而应以信谋“数世之利”，颇具战略眼光。

六　国

六国破灭，非兵不利、战不善，弊在赂秦。赂秦而力亏，破灭之道也。或曰：六国互丧，率赂秦耶？曰：不赂者以赂者丧，盖失强援，不能独完，故曰弊在赂秦也。

秦以攻取之外，小则获邑，大则得城。较秦之所得，与战胜而得者，其实百倍。诸侯之所亡，与战败而亡者，其实亦百倍。则秦之所大欲，诸侯之所大患，固不在战矣。思厥先祖父暴霜露、斩荆棘，以有尺寸之地。子孙视之不甚惜，举以予人，如弃草芥，今日割五城，明日割十城，然后得一夕安寝。起视四境，而秦兵又至矣。然则诸侯之地有限，暴秦之欲无厌，奉之弥繁，侵之愈急，故不战而强弱胜负已判矣。至于颠覆，理固宜然。古人云："以地事秦，犹抱薪救火，薪不尽，火不灭。"此言得之。齐人未尝赂秦，终继五国迁灭，何哉？与嬴而不助五国也。五国既丧，齐亦不免矣。燕、赵之君，始有远略，能守其土，义不赂秦。是故燕虽小国而后亡，斯用兵之效也。至丹以荆卿为计，始速祸焉。赵尝五战于秦，二败而三胜。后秦击赵者再，李牧连却之。洎牧以谗诛，邯郸为郡，惜其用武而不终也。且燕、赵处秦革灭殆尽之际，可谓智力孤危，战败而亡，诚不得已。向使三国各爱其地，齐人勿附于秦，刺客不行，良将犹在，则胜负之数，存亡之理，当与秦相较，或未易量。

呜呼！以赂秦之地封天下之谋臣，以事秦之心礼天下之奇才，并力西向，则吾恐秦人食之不得下咽也。悲夫，有如此之势，而为秦人积威之所劫，日削月割，以趋于亡。为国者无使为积威之所劫哉！夫六国与秦皆诸侯，其势弱于秦，而犹有可以不赂而胜之之势。苟以天下之大，下而从六国破亡之故事，是又在六国下矣。

【解题】

本篇借六国因赂秦而亡的史实来针砭朝廷厚赂强敌契丹的弊政，力主抗敌制胜。首尾相应，结构严谨。为老苏文章之名篇。

项　　籍

吾尝论项籍有取天下之才，而无取天下之虑；曹操有取天下之虑，而无取天下之量；刘备有取天下之量，而无取天下之才。故三人者，终其身无成焉。且夫不有所弃，不可以得天下之势；不有所忍，不可以尽天下之利。是故地有所不取，城有所不攻，胜有所不就，败有所不避，其来不喜，其去不怒，肆天下之所为而徐制其后，乃克有济。

呜呼！项籍有百战百胜之才，而死于垓下，无惑也。吾观其战于钜鹿也，见其虑之不长，量之不大，未尝不怪其死于垓下之晚也。方籍之渡河，沛公始整兵向关，籍于此时若急引军趋秦，及其锋而用之，可以据咸阳，制天下。不知出此，而区区与秦将争一旦之命，既全钜鹿，而犹徘徊河南、新安间。至函谷，则沛公入咸阳数月矣。夫秦人既已安沛公而仇籍，则其势不得强而臣。故籍虽迁沛公汉中，而卒都彭城，使沛公得还定三秦，则天下之势在汉不在楚。楚虽百战百胜，尚何益哉？故曰：兆垓下之死者，钜鹿之战也。

或曰：虽然，籍必能入秦乎？曰：项梁死，章邯谓楚不足虑，故移兵伐赵，有轻楚心，而良将劲兵尽于钜鹿。籍诚能以必死之士，击其轻敌寡弱之师，入之易耳。且亡秦之守关，与沛公之守，善否可知也。沛公之攻关，与籍之攻，善否又可知也。以秦之守而沛公攻入之，沛公之守而籍攻入之，然则亡秦之守，籍不能入哉？或曰：秦可入矣，如救赵何？曰：虎方捕鹿，罴据其穴搏其子，虎安得不置鹿而返？返则碎于罴明矣，军志所谓攻其必救也。使籍入关，王离、涉间必释赵自救。籍据关逆击其前，赵与诸侯救者十余壁蹑其后，覆之必矣。是籍一举解赵之围，而收功于秦也。战国时魏伐赵，齐救之，田忌引兵疾走大梁，因存赵而破魏。彼宋义号知兵，殊不达此，屯安阳不进，而曰待秦敝。吾恐秦未敝，而沛公先据关矣。籍与义俱失焉。

是故古之取天下者，常先图所守。诸葛孔明弃荆州而就西蜀，吾知其无能为也。且彼未尝见大险也，彼以为剑门者可以不亡也。吾尝观蜀之险，其守不可出，其出不可继，兢兢而自完，犹且不给，而何足以制中原哉？若夫秦、汉之故都，沃土千里，洪河大山，真可以控天下，又乌事夫不可以措足如剑门者而后曰险哉？

今夫富人必居四通五达之都，使其财布出于天下，然后可以收天下之利。有小丈夫者，得一金，椟而藏诸家，拒户而守之，呜呼！是求不失也，非求富也。大盗至，劫而取之，又焉知其果不失也？

【解题】

本篇批评项籍“据户而守”导致失败的战略失误。主张主动进攻，以攻为守，夺取战略上的有利地位。行文大量排比，气势磅礴。

高　祖

汉高祖挟数用术，以制一时之利害，不如陈平；揣摩天下之势，举指摇目以劫制项羽，不如张良。微此二人，则天下不归汉，而高帝乃木强之人而止耳。然天下已定，后世子孙之计，陈平、张良智之所不及，则高帝常先为之规画处置，以中后世之所为，晓然如目见其事而为之者。盖高帝之智，明于大而暗于小，至于此而后见也。

帝尝语吕后曰：“周勃厚重少文，然安刘氏必勃也。可令为太尉。”方是时，刘氏既安矣，勃又将谁安邪？故吾之意曰：高帝之以太尉属勃也，知有吕氏之祸也。

虽然，其不去吕后，何也？势不可也。昔者武王没，成王幼，而三监叛。帝意百岁后将相大臣及诸侯王有武庚禄父者，而无有以制之也。独计以为家有主母，而豪奴悍婢不敢与弱子抗。吕后佐帝定天下，为大臣素所畏服，独此可以镇压其邪心，以待嗣子之壮。故不去吕后者，为惠帝计也。

吕后既不可去，故削其党以损其权，使虽有变而天下不摇。

是故以樊哙之功，一旦遂欲斩之而无疑。呜呼！彼岂独于哙不仁耶？且哙与帝偕起，拔城陷阵，功不为少矣。方亚父嗾项庄时，微哙诮让羽，则汉之为汉，未可知也。一旦人有恶哙欲灭戚氏者，时哙出伐燕，立命平、勃即斩之。夫哙之罪未形也，恶之者诚伪未必也，且高帝之不以一女子斩天下之功臣，亦明矣。彼其娶于吕氏，吕氏之族若产、禄辈，皆庸才不足恤，独哙豪健，诸将所不能制，后世之患，无大于此矣。夫高帝之视吕后也，犹医者之视堇也，使其毒可以治病，而无至于杀人而已矣。樊哙死，则吕氏之毒将不至于杀人，高帝以为是足以死而无忧矣。彼平、勃者，遗其忧者也。哙之死于惠之六年也，天也。使其尚在，则吕禄不可绐，太尉不得入北军矣。

或谓哙于帝最亲，使之尚在，未必与产、禄叛。夫韩信、黥布、卢绾皆南面称孤，而绾又最为亲幸，然及高祖之未崩也，皆相继以逆诛。谁谓百岁之后，椎埋屠狗之人，见其亲戚乘势为帝王而不欣然从之邪？吾故曰彼平、勃者遗其忧者也。

【解题】

本篇论汉高祖有远见，与《项籍》篇论项籍“无取天下之虑”相互印证。存吕后以制天下，用周勃以制吕氏，立论奇妙，行文壮伟。

衡论叙

事有可以尽告人者，有可告人以其端而不可尽者。尽以告人，其难在告；告人以其端，其难在用。今夫衡之有刻也，于此为铢，于此为石，求之而不得，曰是非善衡焉，可也；曰权罪者，非也。始吾作《权书》，以为其用可以至于无穷，而亦可以至于无用。于是又作《衡论》十篇。呜呼！从吾说而不见其成，乃今可以罪我焉耳。

【解题】

衡论即权衡国家政治得失之书，全书11篇，作于《权书》之后，约在皇祐三年（1051）至嘉祐元年（1056）之间。

远 虑

圣人之道，有经、有权、有机；是以有民、有群臣，而又有腹心之臣。曰经者，天下之民举知之可也；曰权者，民不得而知矣，群臣知之可也；曰机者，虽群臣亦不得而知矣，腹心之臣知之可也。夫使圣人而无权，则无以成天下之务；无机，则无以济万世之功。然皆非天下之民所宜知。而机者，又群臣所不得闻。群臣不得闻，谁与议？不议不济。然则所谓腹心之臣者，不可一日无也。

后世见三代取天下以仁义，而守之以礼乐也，则曰圣人无机。夫取天下与守天下，无机不能。顾三代圣人之机，不若后世之诈，故后世不得见耳。有机也，是以有腹心之臣。禹有益，汤有伊尹，武王有太公望。是三臣者，闻天下之所不闻，知群臣之所不知。禹与汤、武倡其机于上，而三臣共和之于下，以成万世之功。下而至于桓、文，有管仲、狐偃为之谋主；阖庐有伍员，勾践有范蠡、大夫种。高祖之起也，大将任韩信、黥布、彭越，裨将任曹参、樊哙、滕公、灌婴，游说诸侯任郦生、陆贾、枞公，至于奇机密谋，群臣所不与者，惟留侯、酂侯二人。唐太宗之臣多奇才，而委之深、任之密者，亦不过曰房、杜。

夫君子为善之心与小人为恶之心，一也。君子有机以成其善，小人有机以成其恶。有机也，虽恶亦或济；无机也，虽善亦不克。是故腹心之臣，不可以一日无也。司马氏，魏之贼也，有贾充之徒为之腹心之臣以济。陈胜、吴广，秦民之汤、武也，无腹心之臣以不克。何则？无腹心之臣者，无机也，有机而泄也。夫无机与有机而泄者，譬如虎豹食人而不知设陷阱，设陷阱而不知以物覆其上者也。

或曰：机者创业之君所假以济耳；守城之世，其奚事机而安用夫腹心之臣？呜呼！守成之世，能遂熙然如太古之世矣乎？未也，吾未见机之可去也。且夫天下之变，常伏于燕安，田文所谓“主少国危，大臣未附”，如此等事，何世无之？当是之时，而无腹心之臣，可为寒心哉！昔者高祖之末，天下既定矣，而又以周勃遗孝惠、孝文。武帝之末，天下既治矣，而又以霍光遗孝昭、孝宣。盖天下虽有泰山之势，而圣人常以累卵为心。故虽守成之世，而腹心之臣不可去也。

《传》曰：“百官总己以听于冢宰。”彼冢宰者，非腹心之臣，天子安能举天下之事委之三年，而不置疑于其间邪？又曰：“五载一巡狩。”彼无腹心之臣，五载一出，捐千里之畿，而谁与守邪？今夫一家之中，必有宗老，一介之士，必有密友，以开心胸，以济缓急。奈何天子而无腹心之臣乎？

近世之君抗然于上，而使宰相眇然于下，上下不接，而其志不通矣。臣视君如天之辽然而不可亲，而君亦如天之视人，泊然无爱之之心也。是以社稷之忧，彼不以为忧；社稷之喜，彼不以为喜。君忧不辱，君辱不死。一人誉之则用之，一人毁之则舍之。宰相避嫌畏讥且不暇，何暇尽心以忧社稷？数迁数易，视相府如传舍。百官泛泛于下，而天子茕茕于上。一旦有卒然之忧，吾未见其不颠沛而殒越也。

圣人之任腹心之臣也，尊之如父师，爱之如兄弟，握手入卧内，同起居寝食，知无不言，言无不尽，百人誉之不加密，百人毁之不加疏，尊其爵，厚其禄，重其权，而后可以议天下之机，虑天下之变。太祖之用赵中令也，得其道矣。近者寇莱公亦诚其人，然与之权轻，故终以见逐，而天下几有不测之变。然则其必使之可以生人杀人而后可也。

【解题】

本篇论治国不可无“机”，不可无腹心之臣。盖因范仲淹推行新政不成而作。笔力雄浑奇迈，忧国忧民之心跃然纸上。

御 将

人君御臣，相易而将难。将有二：有贤将，有才将。而御才将尤难。御相以礼，御将以术；御贤将之术以信，御才将之术以智。不以礼，不以信，是不为也；不以术，不以智，是不能也。故曰：御将难，而御才将尤难。

六畜，其初皆兽也，彼虎豹能搏、能噬，而马亦能蹄，牛亦能触。先王知能搏、能噬者不可以人力制，故杀之；杀之不能，驱之而后已。蹄者可驭以羁绁，触者可拘以楅衡，故先王不忍弃其才而废天下之用。如曰是能蹄，是能触，当与虎豹并杀而同驱，则是天下无骐骥，终无以服乘邪？先王之选才也，自非大奸剧恶如虎豹之不可以变其搏噬者，未有不欲制之以术而全其才以适于用。况为将者，又不可责以廉隅细谨，顾其才何如耳。汉之卫、霍、赵充国，唐之李靖、李勣，贤将也；汉之韩信、黥布、彭越，唐之薛万彻、侯君集、盛彦师，才将也。贤将既不多有，得才者而任之可也。苟又曰是难御，则是不肖者而后可也。结以重恩，示以赤心，美田宅，丰饮馔，歌童舞女，以极其口腹耳目之欲，而折之以威，此先王之所以御才将也。

近之论者或曰：将之所以毕智竭虑，犯霜露，蹈白刃而不辞者，冀赏耳。为国家者，不如勿先赏以邀其成功。或曰：赏所以使人，不先赏，人不为我用。是皆一隅之说，非通论也。将之才固有小大：杰然于庸将之中者，才小者也；杰然于才将之中者，才大者也。才小志亦小，才大志亦大。人君当观其才之大小，而为之制御之术，以称其志。一隅之说，不可用也。夫养骐骥者，丰其刍粒，洁其羁络，居之新闲，浴之清泉，而后责之千里。彼骐骥者，其志常在千里也，夫岂以一饱而废其志哉？至于养鹰则不然，获一雉，饲以一雀；获一兔，饲以一鼠。彼知不尽力于击搏，则其势无所得食，故然后为我用。才大者，骐骥也，不先赏之，是养骐骥者饥之而责其千里，不可得也；才小者，鹰也，先赏之，是养鹰者饱之而求其击搏，亦不可得也。是故先赏之说，可施之才大者；不先赏之说，可施之才小者，兼而用之可也。

昔者汉高祖一见韩信而授以上将，解衣衣之，推食哺之。一见黥布，而以为淮南王，供具饮食如王者。一见彭越，而以为相国。当是时，三人者未有功于汉也，厥后追项籍垓下。与信约期而不至，捐数千里之地以畀之，如弃敝履。项氏未灭，天下未定，而三人者已极富贵矣。何则？高帝知三人者之志大，不极于富贵，则不为我用。虽极于富贵而不灭项氏，不定天下，则其志不已也。至于樊哙、滕公、灌婴之徒则不然，拔一城，陷一阵，而后增数级之爵，否则，终岁不迁也。项氏已灭，天下已定，樊哙、滕公、灌婴之徒，计百战之功，而后爵之通侯。夫岂高帝至此而啬哉？知其才小而志小，虽不先赏，不怨；而先赏之，则彼将泰然自满，而不复以立功为事故也。噫！方韩信之立于齐，蒯通、武涉之说未去也，当此之时而夺之王，汉其殆哉！夫人岂不欲三分天下而自立者？而彼则曰："汉王不夺我齐也。"故齐不捐，则韩信不怀；韩信不怀，则天下非汉之有。呜呼！高帝可谓知大计矣。

【解题】

本篇论御将应根据不同对象采用不同的方术。议论弘博，笔调清扬，结构缜密，浑然天成。

任 相

古之善观人之国者，观其相何如人而已。议者常曰：将与相均。将特一大有司耳，非相侔也。国有征伐，而后将权重；有征伐无征伐，相皆不可一日轻。相贤邪，则群有司皆贤，而将亦贤矣；将贤邪，相虽不贤，将不可易也。故曰：将特一大有司耳，非相侔也。

任相之道与任将不同。为将者大概多才而或顽钝无耻，非皆节廉好礼，不可犯者也。故不必优以礼貌，而其有不羁不法之事，则亦不可以常法御。何则？豪纵不趋约束者，亦将之常态也。武帝视大将军，往往踞厕，而李广利破大宛侵杀士卒之罪，则寝而不问。此任将之道也。若夫相，必节廉好礼者为也，又非豪纵不趋约束者为也，故接之以礼而重责之。

古者相见于天子，天子为之离席起立；在道，为之下舆；有病，亲问；不幸而死，亲吊。待之如此其厚。然其有罪，亦不私也。天地大变，天下大过，而相以不起闻矣；相不胜任，策书至而布衣出府免矣；相有他失，而栈车牝马归以思过矣。夫接之以礼，然后可以重其责而使无怨言；责之重，然后接之以礼而不为过。礼薄而责重，彼将曰：主上遇我以何礼，而重我以此责也？甚矣。责轻而礼重，彼将遂弛然不肯自饬。故礼以维其心，而重责以勉其怠，而后为相者莫不尽忠于朝廷而不恤其私。吾观贾谊书，至所谓“长太息”者，常反复读不能已。以为谊生文帝时，文帝遇将相大臣不为无礼，独周勃一下狱，谊遂发此。使谊生于近世，见其所以遇宰相者，则当复何如也？夫汤、武之德，三尺竖子皆知其为圣人，而犹有伊尹、太公者为师友焉。伊尹、太公非贤于汤、武也，而二圣人者特不顾以师友之，以明有尊也。

噫！近世之君姑勿责于此，天子御坐见宰相而起者有之乎？无矣。在舆而下者有之乎？亦无矣。天子坐殿上、宰相与百官趋走于下，掌仪之官名而呼之，若郡守召胥吏耳，虽臣子为此亦不为过，而尊尊贵贵之道，不若是亵也。

夫既不能接之以礼，则其罪之也，吾法将亦不得用。何者？不果于用礼而果于用刑，则其心不服。故法曰：有某罪而加之以某刑。及其免相也，既曰有某罪，而刑不加焉，不过削之以官，而出之大藩镇，此其弊皆始于不为之礼。贾谊曰："中罪而自弛，大罪而自裁。"夫人不我诛，而安忍弃其身，此必有大愧于其君。故人君者，必有以愧其臣，故其臣有所不为。武帝尝以不冠见平津侯，故当天下多事，朝廷忧惧之际，使石庆得容于其间而无怪焉。然则必其待之如礼，而后可以责之如法也。且吾闻之，待以礼而彼不自效以报其上，重其责而彼不自勉以全其身，安其禄位，成其功名者，天下无有也。彼人主傲然于上，不礼宰相以自尊大者，孰若使宰相自效以报其上之为利？宰相利其君之不责而丰其私者，孰若自勉以全其身，安其禄位，成其功名之为福？吾又未见去利而就害、远福而求祸者也。

【解题】

本篇论君主任相之道。认为宰相是国君的心腹之臣，君主应"接之以礼而重责之"，以宰相为师为友，使之尽责尽力。持论平允，意蕴深厚。

重　远

武王不泄迩，不忘远，仁矣乎？曰：非仁也，势也。天下之势犹一身，一身之中，手足病于外，则腹心为之深思静虑于内，而求其所以疗之之术；腹心病于内，则手足为之奔掉于外，而求其所以疗之之物。腹心、手足之相救，非待仁而后然。吾故曰：武王之不泄迩，不忘远，非仁也，势也。势如此其急，而古之君独武王然者，何也？人皆知一身之势，而武王知天下之势也。夫不知一身之势者，一身危；而不知天下之势者，天下不危乎哉？秦之保关中，自以为子孙万世帝王之业，而陈胜、吴广乃楚人也。由此观之，天下之势，远近如一。

然以吾言之，近之可忧，未若远之可忧之深也。近之官吏贤邪，民誉之歌之；不贤邪，讥之谤之。誉歌讥谤者众则必传，传则必达于朝廷，是官吏之贤否易知也。一夫不获其所，诉之刺史，刺史不问，裹粮走京师，缓不过旬月，挝鼓叫号，而有司不得不省矣。是民有冤易诉也。吏之贤否易知，而民之冤易诉，乱何从始邪？远方之民，虽使盗跖为之郡守，梼杌、饕餮为之县令，郡县之民，群嘲而聚骂者，虽千百为辈，朝廷不知也。白日执人于市，诬以杀人，虽其兄弟妻子闻之，亦不过诉之刺史。不幸而刺史又抑之，则死且无告矣。彼见郡守县令据案执笔，吏卒旁列，箠械满前，骇然而丧胆矣。则其谓京师天子所居者当复如何？而又行数千里，费且百万，富者尚或难之，而贫者又何能乎？故其民常多怨而易动。吾故曰：近之可忧，未若远之可忧之深也。

国家分十八路，河朔、陕右、广南、川峡实为要区。河朔、陕右，二虏之防，而中国之所恃以安。广南、川峡，货财之源，而河朔、陕右之所恃以全。其势之轻重如何哉？曩者北胡骄恣，西寇悖叛，河朔、陕右尤所加恤，一郡守、一县令，未尝不择。至于广南、川峡则例以为远官，审官差除，取具临时，窜谪量移，往往而至。凡朝廷稍所优异者，不复官之广南、川峡，而其人亦以广南、川峡之官为失职庸人，无所归，故常聚于此。呜呼！知河朔、陕右之可重，而不知河朔、陕右之所恃以全之地之不可轻，是欲富其仓而芜其田，仓不可得而富也。矧其地控制南夷、氐蛮，最为要害。土之所产又极富夥，明珠大贝，纨锦布帛，皆极精好，陆负水载，出境而其利百倍。然而关讥、门征、僦雇之费，非百姓私力所能办，故贪官专其利，而齐民受其病。不招权、不鬻狱者，世俗遂指以为廉吏矣；而招权鬻狱者，又岂尽无？呜呼！吏不能皆廉，而廉者又止如此，是斯民不得一日安也。方今赋取日重，科敛日烦，罢弊之民不任，官吏复有所规求于其间矣。淳化中，李顺窃发于蜀，州郡数十望风奔溃。近者智高乱广南，乘胜取九城如反掌。国家设城池，养士卒，蓄器械，储米粟，以为战守备；而凶竖一起，若涉无人之地者，吏不肖也。

今夫以一身任一方之责者，莫若漕刑。广南、川峡既为天下要区，而其中之郡县又有为广南、川峡之要区者，其牧宰之贤否，实一方所以安危。幸而贤则已。其戕民黩货，的然有罪可诛者，漕刑固亦得以举劾。若夫庸陋选耎不才而无过者，漕刑虽贤明，其势不得易置，此犹弊车躄马而求仆夫之善御也。郡县有败事，不以责漕刑则不可。责之，则彼必曰：败事者某所，治某所者某人也，吾将何所归罪？故莫若使漕刑自举其人而任之。他日有败事，则谓之曰：尔谓此人堪此职也，今不堪此职，是尔欺我也。责有所任，罪无所逃，然而择之不得其人者盖寡矣。其余郡县虽非一方之所以安危者，亦当诏审官俾勿轻授。赃吏、冗流勿措其间，则民虽在千里外，无异于处畿甸中矣。

【解题】

本篇论边吏“招权鬻狱”、边民“多怨而易动”之时弊，提出必须重视边远地区官吏的选择任用，不可轻易让“失职庸人”充当，才能保证国家的安定。

广　士

古之取士，取于盗贼，取于夷狄。古之人非以盗贼、夷狄之事可为也，以贤之所在而已矣。夫贤之所在，贵而贵取焉，贱而贱取焉。是以盗贼下人、夷狄异类，虽奴隶之所耻，而往往登之朝廷，坐之郡国，而不以为怍。而绳趋尺步，华言华服者，往往反摈弃不用。何则？天下之能绳趋而尺步，华言而华服者众也。朝廷之政，郡国之事，非特如此而可治也。彼虽不能绳趋而尺步，华言而华服，然而其才果可用于此，则居此位可也。

古者，天下之国大而多士大夫者，不过曰齐与秦也。而管夷吾相齐，贤也，而举二盗焉；穆公霸秦，贤也，而举由余焉。是其能果于是非而不牵于众人之议也，未闻有以用盗贼、夷狄而鄙之者也。今有人非盗贼，非夷狄，而犹不获用，吾不知其何故也。夫古之用人，无择于势。布衣寒士而贤则用之，公卿之子弟而贤则用之，武夫健卒而贤则用之，巫医方技而贤则用之，胥史贱吏而贤则用之。今也，布衣寒士，持方尺之纸，书声病剽窃之文，而至享万钟之禄；卿大夫之子弟，饱食于家，一出而驱高车，驾大马，以为民上；武夫健卒，有洒扫之力，奔走之旧，久乃领藩郡，执兵柄；巫医方技，一言之中，大臣且举以为吏。若此者，皆非贤也，皆非功也，是今之所以进之之涂多于古也。而胥史贱吏独弃而不录，使老死于敲榜趋走，而贤与功者不获一施，吾甚惑也。不知胥吏之贤，优而养之，则儒生武士或所不若。

昔者汉有天下，平津侯、乐安侯辈皆号为儒宗，而卒不能为汉立不世大功；而其卓绝隽伟，震耀四海者，乃其贤人之出于吏胥中者耳。夫赵广汉，河间之郡吏也；尹翁归，河东之狱吏也；

张敞，太守之卒吏也；王尊，涿郡之书佐也。是皆雄隽明博，出之可以为将，而内之可以为相者也，而皆出于吏胥中者，有以也。夫吏胥之人，少而习法律，长而习狱讼，老奸大豪畏惮慑伏，吏之情状，变化出入，无不谙究。因而官之，则豪民猾吏之弊，表里毫末毕见于外，无所逃遁。而又上之人择之以才，遇之以礼，而其志复自知得自奋于公卿，故终不肯自弃于恶以贾罪戾，而败其终身之利。故当此时，士君子皆优为之，而其间自纵于大恶者，大约亦不过几人，而其尤贤者，乃至成功如是。

今之吏胥则不然，始而入之不择也，终而遇之以犬彘也。长吏一怒，不问罪否，袒而笞之；喜而接之，乃反与交手为市。其人常曰：长吏待我以犬彘，我何望而不为犬彘哉？是以平民不能自弃为犬彘之行，不肯为吏矣，况士君子而肯俯首为之乎？然欲使之谨饰可用如两汉，亦不过择之以才，待之以礼，恕其小过，而弃绝其大恶之不可贳忍者，而后察其贤有功而爵之禄之贵之，勿弃之于冗流之间。则彼有冀于功名，自尊其身，不敢匄夺，而奇才绝智出矣。

夫人固有才智奇绝而不能为章句、名数、声律之学者，又有不幸而不为者。苟一之以进士、制策，是使奇才绝智有时而穷也。使吏胥之人得出为长吏，是使一介之才无所逃也。进士、制策网之于上，此又网之于下，而曰天下有遗才者，吾不信也。

【解题】

本篇论拓广取士途径，主张在考试之外还应优养吏胥贤士。所斥当时非贤而举、无功受禄的情况，折射出作者怀才不遇、屡试不第的痛楚。

养　　才

夫人之所为，有可勉强者，有不可勉强者。煦煦然而为仁，孑孑然而为义，不食片言以为信，不见小利以为廉，虽古之所谓仁与义与信与廉者，不止若是，而天下之人亦不曰是非仁人，是非义人，是非信人，是非廉人，此则无诸己而可勉强以到者也。在朝廷而百官肃，在边鄙而四夷惧，坐之于繁剧纷扰之中而不乱，投之于羽檄奔走之地而不惑，为吏而吏，为将而将，若是者，非天之所与，性之所有，不可勉强而能也。道与德可勉以进也，才不可强揠以进也。今有二人焉，一人善揖让，一人善骑射，则人未有不以揖让贤于骑射矣。然而揖让者未必善骑射，而骑射者舍其弓以揖让于其间，则未必失容。何哉？才难强而道易勉也。吾观世之用人，好以可勉强之道与德，而加之不可勉强之才之上，而曰我贵贤贱能。是以道与德未足以化人，而才有遗焉。然而为此者，亦有由矣。有才者而不能为众人所勉强者耳。何则？奇杰之士，常好自负，疏隽傲诞，不事绳检，往往冒法律，触刑禁，叫号讙呼，以发其一时之乐而不顾其祸。嗜利酗酒，使气傲物，志气一发，则倜然远去，不可羁束以礼法。然及其一旦翻然而悟，折节而不为此，以留意于向所谓道与德可勉强者，则何病不至？奈何以朴樕小道加诸其上哉！

夫其不肯规规以事礼法，而必自纵以为此者，乃上之人之过也。古之养奇杰也，任之以权，尊之以爵，厚之以禄，重之以恩，责之以措置天下之务，而易其平居自纵之心，而声色耳目之欲又已极于外，故不待放恣而后为乐。今则不然，奇杰无尺寸之柄、位一命之爵、食斗升之禄者过半，彼又安得不越法逾礼而自快邪？我又安可急之以法，使不得泰然自纵邪？今我绳之以法，亦已急矣；急之而不已，而随之以刑，则彼有北走胡、南走越耳。噫！无事之时既不能养，及其不幸，一旦有边境之患，繁乱难治之事，而后优诏以召之，丰爵重禄以结之，则彼已憾矣。夫彼固非纯忠者也，又安肯默然于穷困无用之地而已邪？

周公之时，天下号为至治，四夷已臣服，卿大夫士已称职。

当是时，虽有奇杰无所复用，而其礼法风俗尤复细密，举朝廷与四海之人无不遵蹈，而其八议之中犹有曰议能者。况当今天下未甚至治，四夷未尽臣服，卿大夫士未皆称职，礼法风俗又非细密如周之盛时，而奇杰之士复有困于簿书米盐间者，则反可不议其能而恕之乎？所宜哀其才而贳其过，无使为刀笔吏所困，则庶乎尽其才矣。

或曰：奇杰之士有过得以免，则天下之人孰不自谓奇杰而欲免其过者？是终亦渍法乱教耳。曰：是则然矣。然而奇杰之所为，必挺然出于众人之上。苟指其已成之功以晓天下，俾得以赎其过；而其未有功者，则委之以难治之事而责其成绩，则天下之人不敢自谓奇杰，而真奇杰者出矣。

【解题】

本篇论才与德的关系，认为才难强而道易勉，主张用非常之举养非常之才。

申　法

古之法简，今之法繁。简者不便于今，而繁者不便于古。非今之法不若古之法，而今之时不若古之时也。先王之作法也，莫不欲服民之心。服民之心，必得其情。情然邪，而罪亦然，则固入吾法矣。而民之情又不皆如其罪之轻重大小，是以先王忿其罪而哀其无辜，故法举其略，而吏制其详。杀人者死，伤人者刑，则以著于法，使民知天子之不欲我杀人伤人耳。若其轻重出入，求其情而服其心者，则以属吏。任吏而不任法，故其法简。今则不然，吏奸矣，不若古之良；民偷矣，不若古之淳。吏奸则以喜怒制其轻重而出入之，或至于诬执；民偷则吏虽以情出入，而彼得执其罪之大小以为辞。故今之法纤悉委备，不执于一，左右前后，四顾而不可逃。是以轻重其罪，出入其情，皆可以求之法，吏不奉法，辄以举劾。任法而不任吏，故其法繁。古之法若方书，论其大概，而增损剂量则以属医者，使之视人之疾，而参以己意。今之法若鬻履，既为其大者，又为其次者，又为其小者，以求合天下之足。故其繁简则殊，而求民之情以服其心则一也。

然则今之法不劣于古矣，而用法者尚不能无弊。何则？律令之所禁，画一明备，虽妇人孺子皆知畏避，而其间有习于犯禁而遂不改者，举天下皆知之而未尝怪也。先王欲杜天下之欺也，为之度以一天下之长短，为之量以齐天下之多寡，为之权衡以信天下之轻重。故度、量、权衡、法必资之官，资之官而后天下同。今也，庶民之家刻木比竹，绳丝缒石以为之，富商豪贾内以大，出以小。齐人适楚，不知其孰为斗，孰为斛，持东家之尺而校之西邻，则若十指然。此举天下皆知之而未尝怪者一也。先王恶奇货之荡民，且哀夫微物之不能遂其生也，故禁氏采珠贝；恶夫物之伪而假真，且重费也，故禁民糜金以为涂饰。今也，采珠贝之民溢于海滨，糜金之工肩摩于列肆。此又举天下皆知之而未尝怪者二也。先王患贱之凌贵而下之僭上也，故冠服器皿皆以爵列为等差，长短大小莫不有制。今也，工商之家曳纨锦，服珠玉，一人之身循其首以至足，而犯法者十九。此又举天下皆知之而未尝怪者三也。先王惧天下之吏负县官之势以侵劫齐民也，故使市之坐贾，视时百物之贵贱而录之，旬辄以上。百以百闻，千以千闻，以待官吏之私儥；十则损三，三则损一以闻，以备县官之公籴。今也，吏之私儥而从县官公籴之法，民曰公家之取于民也固如是，是吏与县官敛怨于下。此又举天下皆知之而未尝怪者四也。先王不欲人之擅天下之利也，故仕则不商，商则有罚；不仕而商，商则有征。是民之商不免征，而吏之商又加以罚。今也，吏之商既幸而不罚，又从而不征，资之以县官公籴之法，负之以县官之徒，载之以县官之舟，关防不讥，津梁不呵。然则为吏而商，诚可乐也。民将安所措手？此又举天下皆知之而未尝怪者五也。若此之类，不可悉数，天下之人耳习目熟，以为当然；宪官法吏目击其事，亦恬而不问。

夫法者，天子之法也。法明禁之，而人明犯之，是不有天子之法也，衰世之事也。而议者皆以为今之弊，不过吏胥骫法以为奸，而吾以为吏胥之奸由此五者始。今有盗白昼持梃入室，而主人不知之禁，则逾垣穿穴之徒，必且相告而恣行于其家。其必先治此五者，而后诘吏胥之奸可也。

【解题】

本篇论古今治国由人治变为法治，法律由简入繁，颇具历史发展观念。指责当时“习于犯禁而遂不改”的五种弊端，如“为吏而商”等行为，是有法不依的恶果。指出法令无论繁简，关键在于严格执行。

议　法

古者以仁义行法律，后世以法律行仁义。夫三代之圣王，其教化之本出于学校，蔓延于天下，而形见于礼乐。下之民被其风化，循循翼翼，务为仁义，以求避法律之所禁。故其法律虽不用，而其所禁亦不为不行于其间。下而至于汉、唐，其教化不足以动民，而一于法律，故其民惧法律之及其身，亦或相勉为仁义。唐之初，大臣房、杜辈为《刑统》，毫厘轻重，明辩别白，附以仁义，无所阿曲。不知周公之刑何以易此？但不能先使民务为仁义，使法律之所禁不用而自行如三代时，然要其终，亦能使民勉为仁义。而其所以不若三代者，则有由矣，政之失，非法之罪也。是以宋有天下，因而循之，变其节目而存其大体。比闾小吏奉之以公，则老奸大猾束手请死，不可漏略。然而狱讼常病多，盗贼常病众者，则亦有由矣，法之公而吏之私也。夫举公法而寄之私吏，犹且若此，而况法律之间又不能无失，其何以为治？

今夫天子之子弟，卿大夫与其子弟，皆天子之所优异者，有罪而使与氓隶并笞而偕戮，则大臣无耻而朝廷轻，故有赎焉，以全其肌肤而厉其节操。故赎金者，朝廷之体也，所以自尊也，非与其有罪也。夫刑者，必痛之而后人畏焉；罚者不能痛之，必困之而后人惩焉。今也，大辟之诛，输一石之金而免。贵人近戚之家，一石之金不可胜数，是虽使朝杀一人而输一石之金，暮杀一人而输一石之金，金不可尽，身不可困。况以其官而除其罪，则一石之金又不皆输焉，是恣其杀人也。且不笞不戮，彼已幸矣，而赎之又轻，是启奸也。

夫罪固有疑，今有人或诬以杀人而不能自明者，有诚杀人而官不能折以实者，是皆不可以诚杀人之法坐。由是有减罪之律，当死而流。使彼为不能自明者邪，去死而得流，刑已酷矣；使彼为诚杀人者邪，流而不死，刑已宽矣，是失实也。故有启奸之衅，则上之人常幸，而下之人虽死而常无告。有失实之弊，则无辜者多怨，而侥幸者易以免。

今欲刑不加重，赦不加多，独于法律之间变其一端，而能使不启奸，不失实，其莫若重赎。然则重赎之说何如？曰：古者五刑之尤轻者止于墨，而墨之罚百锾。逆而数之，极于大辟，而大辟之罚千锾。此穆王之罚也。周公之时，则又重于此。然千锾之重，亦已当今三百七十斤有奇矣。方今大辟之赎，不能当其三分之一。古者以之赦疑罪而不及公族，今也贵人近戚皆赎，而疑罪不与。《记》曰：“公族有死罪，致刑于甸人，虽君命宥，不听。”今欲贵人近戚之刑举从于此，则非所以自尊之道，故莫若使得与疑罪皆重赎。且彼虽号为富强，苟数犯法而数重困于赎金之间，则不能不敛手畏法。彼罪疑者，虽或非其辜，而法亦不至残溃其肌体，若其有罪，则法虽不刑，而彼固亦已困于赎金矣。夫使有罪者不免于困，而无辜者不至陷于笞戮，一举而两利，斯智者之为也。

【解题】

本篇论赎刑，主张重赎。斥贵人近戚死罪轻赎之弊而引古人赦疑罪之例，极具说服力。

兵　　制

三代之时，举天下之民皆兵也，兵民之分自秦、汉始。三代之时，闻有诸侯抗天子之命矣，未闻有卒伍叫呼衡行者也。秦、汉以来，诸侯之患不减于三代，而御卒伍者乃如蓄虎豹，圈槛一缺，咆勃四出，其故何也？三代之兵耕而食，蚕而衣，故劳，劳则善心生。秦、汉以来，所谓兵者，皆坐而衣食于县官，故骄，骄则无所不为。三代之兵皆齐民，老幼相养，疾病相救，出相礼让，入相慈孝，有忧相吊，有喜相庆，其风俗优柔而和易，故其兵畏法而自重。秦、汉以来，号齐民者，比之三代，则既已薄矣，况其所谓兵者，乃其齐民之中尤为凶悍桀黠者也，故常慢法而自弃。夫民耕而食，蚕而衣，虽不幸而不给，犹不我咎也。今谓之曰：尔毋耕，尔毋蚕，为我兵，吾衣食尔。他日一不充其欲，彼将曰：向谓我毋耕毋蚕，今而不我给也。然则怨从是起矣。夫以有善心之民，畏法自重而不我咎，欲其为乱，不可得也。既骄矣，又慢法而自弃，以怨其上，欲其不为乱，亦不可得也。

且夫天下之地不加于三代，天下之民衣食乎其中者，又不减于三代，平居无事，占军籍，畜妻子，而仰给于斯民者，则遍天下不知其数，奈何民之不日剥月割，以至于流亡而无告也？其患始于废井田，开阡陌，一坏而不可复收。故虽有明君贤臣焦思极虑，而求以救其弊，卒不过开屯田，置府兵，使之无事则耕而食耳。呜呼！屯田府兵，其利既不足以及天下，而后世之君又不能循而守之，以至于废。陵夷及于五代，燕帅刘守光又从而为之黥面涅手之制，天下遂以为常法，使之判然不得与齐民齿。故其人益复自弃，视齐民如越人矣。太祖既受命，惩唐季、五代之乱，聚重兵京师，而边境亦不曰无备；损节度之权，而藩镇亦不曰无威。周与汉、唐，邦镇之兵强；秦，郡县之兵弱。兵强故末大不掉，兵弱故天下孤睽，周与汉、唐则过，而秦则不及。得其中者，惟吾宋也。

虽然，置帅之方则远过于前代，而制兵之术吾犹有疑焉。何者？自汉迄唐，或开屯田，或置府兵，使之无事则耕而食，而民犹且不胜其患。今屯田盖无几，而府兵亦已废，欲民之丰阜，势不可也。国家治平日久，民之趋于农者日益众，而天下无莱田矣。以此观之，谓斯民宜如生三代之盛时，而乃戚戚嗟嗟无终岁之畜者，兵食夺之也。三代井田，虽三尺童子知其不可复。虽然，依仿古制，渐而图之，则亦庶乎其可也。

方今天下之田在官者惟二：职分也，籍没也。职分之田，募民耕之，敛其租之半而归诸吏；籍没则鬻之，否则募民耕之，敛其租之半而归诸公。职分之田遍于天下，自四京以降至于大藩镇，多至四十顷，下及一县亦能千亩。籍没之田不知其数，今可勿复鬻，然后量给其所募之民，家三百亩以为率。前之敛其半者，今可损之，三分而取其一，以归诸吏与公。使之家出一夫为兵，其不欲者，听其归田而他募，谓之新军。毋黥其面，毋涅其手，毋拘之营。三时纵之，一时集之。授之器械，教之战法，而择其技之精者以为长，在野督其耕，在阵督其战，则其人皆良农也，皆精兵也。夫籍没之田既不复鬻，则岁益多。田益多则新军益众，而向所谓仰给于斯民者，虽有废疾死亡，可勿复补。如此数十年，则天下之兵，新军居十九而皆力田不事他业，则其人必纯固朴厚，无叫呼衡行之忧，而斯民不复知有馈饷供亿之劳矣。

或曰：昔者敛其半，今三分而取一，其无乃薄于吏与公乎？曰：古者公卿大夫之有田也以为禄，而其取之亦不过什一。今吏既禄矣，给之田则已甚矣。况三分而取一，则不既优矣乎？民之田不幸而籍没，非官之所待以为富也。三分而取一，不犹愈于无乎？且不如是，则彼不胜为兵故也。或曰：古者什一而税，取之薄，故民胜为兵，今三分而取一，可乎？曰：古者一家之中，一人为正卒，其余为羡卒，田与追胥竭作。今家止一夫为兵，况诸古则为逸，故虽取之差重而无害。此与周制稍甸县都役少轻，而税十二无异也。夫民家出一夫而得安坐以食数百亩之田，征繇科敛不及其门，然则彼亦优为之矣。

【解题】

本篇论改革兵制，主张寓兵于民，认为只有兵民合一，才既可减轻国家负担，又能杜绝悍兵作乱。所论虽迂阔而忧民之心可见。

田　　制

古之税重乎？今之税重乎？周公之制，园廛二十而税一，近郊十一，远郊二十而三，稍甸县都皆无过十二，漆林之征二十而五。盖周之盛时，其尤重者至四分而取一，其次者乃五而取一，然后以次而轻，始至于十一，而又有轻者也。今之税虽不啻十一，然而使县官无急征，无横敛，则亦未至乎四而取一与五而取一之为多也。是今之税与周之税，轻重之相去无几也。

虽然，当周之时，天下之民歌舞以乐其上之盛德，而吾之民反戚戚不乐，常若擢筋剥肤以供亿其上。周之税如此，吾之税亦如此，而其民之哀乐何如此之相远也？其所以然者，盖有由矣。周之时用井田，井田废，田非耕者之所有，而有田者不耕也。耕者之田资于富民，富民之家地大业广，阡陌连接，募召浮客，分耕其中，鞭笞驱役，视以奴仆，安坐四顾，指麾于其间。而役属之民，夏为之耨，秋为之获，无有一人违其节度以嬉。而田之所入，己得其半，耕者得其半。有田者一人，而耕者十人，是以田主日累其半以至于富强，耕者日食其半以至于穷饿而无告。夫使耕者至于穷饿，而不耕不获者坐而食富强之利，犹且不可；而况富强之民输租于县官，而不免于怨叹嗟愤。何则？彼以其半而供县官之税，不若周之民以其全力而供其上之税也。周之十一，以其全力而供十一之税也，使以其半供十一之税，犹用十二之税然也。况今之税，又非特止于十一而已，则宜乎其怨叹嗟愤之不免也。噫！贫民耕而不免于饥，富民坐而饱以嬉，又不免于怨，其弊皆起于废井田。井田复，则贫民有田以耕，谷食粟米不分于富民，可以无饥。富民不得多占田以锢贫民，其势不耕则无所得食，以地之全力供县官之税，又可以无怨。是以天下之士争言复井田。

既又有言者曰：夺富民之田以与无田之民，则富民不服，此必生乱。如乘大乱之后，土旷而人稀，可以一举而就。高祖之灭秦，光武之承汉，可为而不为，以是为恨。吾又以为不然。今虽使富民皆奉其田而归诸公，乞为井田，其势亦不可得。何则？井田之制，九夫为井，井间有沟。四井为邑，四邑为丘，四丘为甸，甸方八里。旁加一里为一成，成间有洫，其地百井而方十里。四甸为县，四县为都，四都方八十里。旁加十里为一同，同间有浍，其地万井而方百里。百里之间为浍者一，为洫者百，为沟者万。既为井田，又必兼修沟洫。沟洫之制：夫间有遂，遂上有径。十夫有沟，沟上有畛。百夫有洫，洫上有涂。千夫有浍，浍上有道。万夫有川，川上有路。万夫之地，盖三十二里有半，而其间为川为路者一，为浍为道者九，为洫为涂者百，为沟为畛者千，为遂为径者万。此二者非塞溪壑，平涧谷，夷丘陵，破坟墓，坏庐舍，徙城郭，易疆垅，不可为也。纵使能尽得平原广野而遂规画于其中，亦当驱天下之人，竭天下之粮，穷数百年专力于此，不治他事，而后可以望天下之地尽为井田，尽为沟洫。已而又为民作屋庐于其中，以安其居，而后可。吁！亦已迂矣。井田成而民之死，其骨已朽矣。古者井田之兴，其必始于唐、虞之世乎？非唐、虞之世，则周之世无以成井田。唐、虞启之，至于夏、商稍稍葺治，至周而大备。周公承之，困遂申定其制度，疏整其疆界，非一日而遽能如此也，其所由来者渐矣。

夫井田虽不可为，而其实便于今，今诚有能为近井田者而用之，则亦可以苏民矣乎。闻之董生曰："井田虽难卒行，宜少近古，限民名田以赡不足。"名田之说，盖出于此。而后世未有行者，非以不便民也，惧民不肯损其田以入吾法，而遂因之以为变也。孔光、何武曰："吏民名田无过三十顷，期尽三年，而犯者没入官。"夫三十顷之田，周民三十夫之田也。纵不能尽如周制，一人而兼三十夫之田，亦已过矣；而期之三年，是又迫蹙平民，使自坏其业，非人情，难用。吾欲少为之限，而不禁其田尝已过吾限者，但使后之人不敢多占田以过吾限耳。要之数世，富者之子孙，或不能保其地以复于贫，而彼尝已过吾限者，散而入于他人矣。或者子孙出而分之以无几矣。如此，则富民所占者少而余地多，余地多则贫民易取以为业，不为人所役属，各食其地之全利。利不分于人，而乐输于官。夫端坐于朝廷，下令于天下，不惊民，不动众，不用井田之制，而获井田之利，虽周之井田，何以远过于此哉？

【解题】

本篇针对北宋土地集中、贫富悬殊的现实，提出少复古田制来解民困，虽属空谈，亦是有感而发。

《易》论

圣人之道，得《礼》而信，得《易》而尊。信之而不可废，尊之而不敢废。故圣人之道所以不废者，《礼》为之明，而《易》为之幽也。

生民之初，无贵贱，无尊卑，无长幼，不耕而不饥，不蚕而不寒，故其民逸。民之苦劳而乐逸也，若水之走下。而圣人者，独为之君臣，而使天下贵役贱；为之父子，而使天下尊役卑；为之兄弟，而使天下长役幼。蚕而后衣，耕而后食，率天下而劳之。一圣人之力，固非足以胜天下之民之众，而其所以能夺其乐而易之以其所苦，而天下之民亦遂肯弃逸而即劳，欣然戴之以为君师，而遵蹈其法制者，《礼》则使然也。圣人之始作《礼》也，其说曰：天下无贵贱，无尊卑，无长幼，是人之相杀无已也。不耕而食鸟兽之肉，不蚕而衣鸟兽之皮，是鸟兽与人相食无已也。有贵贱，有尊卑，有长幼，则人不相杀；食吾之所耕，而衣吾之所蚕，则鸟兽与人不相食。人之好生也甚于逸，而恶死也甚于劳，圣人夺其逸、死，而与之劳、生，此虽三尺竖子知所趋避矣。故其道之所以信于天下而不可废者，《礼》为之明也。

虽然，明则易达，易达则亵，亵则易废。圣人惧其道之废，而天下复于乱也，然后作《易》。观天地之象以为爻，通阴阳之变以为卦，考鬼神之情以为辞。探之茫茫，索之冥冥，童而习之，白首而不得其源，故天下视圣人如神之幽，如天之高，尊其人而其教亦随而尊。故其道之所以尊于天下而不敢废者，《易》为之幽也。

凡人之所以见信者，以其中无所不可测者也；人之所以获尊者，以其中有所不可窥者也。是以《礼》无所不可测，而《易》

有所不可窥，故天下之人信圣人之道而尊之。不然，则《易》者岂圣人务为新奇秘怪以夸后世邪？圣人不因天下之至神，则无所施其教。卜筮者，天下之至神也。而卜者，听乎天而人不预焉者也；筮者，决之天而营之人者也。龟，漫而无理者也，灼荆而钻之，方功义弓，惟其所为，而人何预焉？圣人曰：是纯乎天技耳，技何所施吾教？于是取筮。夫筮之所以或为阳、或为阴者，必自分而为二始。挂一，吾知其为一而挂之也；揲之以四，吾知其为四而揲之也；归奇于扐，吾知其为一、为二、为三、为四而归之也；人也。分而为二，吾不知其为几而分之也，天也。圣人曰：是天人参焉，道也，道有所施吾教矣。于是因而作《易》，以神天下之耳目，而其道遂尊而不废。此圣人用其机权以持天下之心，而济其道于无穷也。

【解题】

本篇为《六经论》之一。《六经论》约作于皇祐三年（1051）至嘉祐元年（1056）之间。全书共6篇，分论《易》、《礼》、《乐》、《诗》、《书》、《春秋》。本篇论《易》，认为《易》实为补《礼》之不足而作。

《礼》　论

夫人之情，安于其所常为，无故而变其俗，则其势必不从。圣人之始作《礼》也，不因其势之可以危亡困辱之者以厌服其心，而徒欲使之轻去其旧，而乐就吾法，不能也。故无故而使之事君，无故而使之事父，无故而使之事兄，彼其初，非如今之人知君父兄之不事则不可也，而遂翻然以从我者，吾以耻厌服其心也。

彼为吾君，彼为吾父，彼为吾兄，圣人曰：彼为吾君父兄，何以异于我？于是坐其君与其父以及其兄，而己立于其旁，且俯首屈膝于其前以为礼，而谓之拜，率天下之人，而使之拜其君父兄。夫无故而使之拜其君，无故而使之拜其父，无故而使之拜其兄，则天下之人将复嗤笑，以为迂怪而不从。而君父兄又不可以不得其臣子弟之拜而徒为其君父兄，于是圣人者又有术焉，以厌服其心，而使之肯拜其君父兄。然则圣人者，果何术也？耻之而已。

古之圣人将欲以《礼》治天下之民，故先自治其身，使天下皆信其言。曰：此人也，其言如是，是必不可不如是也。故圣人曰：天下有不拜其君父兄者，吾不与之齿。而使天下之人亦曰：彼将不与我齿也。于是相率以拜其君父兄，以求齿于圣人。

虽然，彼圣人者，必欲天下之拜其君父兄，何也？其微权也。彼为吾君，彼为吾父，彼为吾兄，圣人之拜不用于世，吾与之皆坐于此，皆立于此，比肩而行于此，无以异也，吾一旦而怒，奋手举梃而搏逐之可也。何则？彼其心常以为吾侪也，不见其异于吾也。圣人知人之安于逸而苦于劳，故使贵者逸而贱者劳；且又知坐之为逸，而立且拜者之为劳也，故举其君父兄坐之于上，而使之立且拜于下。明日彼将有怒作于心者，徐而自思之，必曰：此吾向之所坐而拜之，且立于其下者也。圣人固使之逸而使我劳，是贱于彼也，奋手举梃以搏逐之，吾心不安焉。刻木而为人，朝夕而拜之，他日析之以为薪，而犹且忌之。彼其始木焉，已拜之犹且不敢以为薪，故圣人以其微权而使天下尊其君父兄。而权者又不可以告人，故先之以耻。

呜呼！其事如此，然后君父兄得以安其尊而至于今。今之匹夫匹妇，莫不知拜其君父兄，乃曰拜起坐立，《礼》之末也。不知圣人其始之教民拜起坐立，如此之劳也。此圣人之所虑，而作《易》以神其教也。

【解题】

本篇论《礼》。认为《礼》所规定法制、仪式，是圣人为使民知耻辱，尊其君父兄而采用的形式，不过是一种治世方法。

《乐》　论

礼之始作也，难而易行。既行也，易而难久。天下未知君之为君，父之为父，兄之为兄，而圣人为之君父兄；天下未有以异其君父兄，而圣人为之拜起坐立；天下未肯靡然以从我拜起坐立，而圣人身先之以耻。呜呼！其亦难矣。天下恶夫死也久矣，圣人招之曰：来，吾生尔。既而其法果可以生天下之人，天下之人视其向也如此之危，而今也如此之安，则宜何从？故当其时，虽难而易行。既行也，天下之人视君父兄如头足之不待别白而后识，视拜起坐立如寝食之不待告语而后从事。虽然，百人从之，一人不从，则其势不得遽至乎死。天下之人，不知其初之无礼而死，而见其今之无礼而不至乎死也，则曰圣人欺我。故当其时，虽易而难久。

呜呼！圣人之所恃以胜天下之劳逸者，独有死生之说耳。死生之说不信于天下，则劳逸之说将出而胜之。劳逸之说胜，则圣人之权去矣。酒有鸩，肉有堇，然后人不敢饮食。药可以生死，然后人不以苦口为讳。去其鸩，彻其堇，则酒肉之权固胜于药。圣人之始作礼也，其亦逆知其势之将必如此也，曰：告人以诚，而后人信之，幸今之时吾之所以告人者，其理诚然，而其事亦然，故人以为信。吾知其理，而天下之人知其事，事有不必然者，则吾之理不足以折天下之口，此告语之所不及也。告语之所不及，必有以阴驱而潜率之，于是观之天地之间，得其至神之机，而窃之以为乐。

雨，吾见其所以湿万物也；日，吾见其所以燥万物也；风，吾见其所以动万物也。隐隐磤磤，而谓之雷者，彼何用也？阴凝而不散，物蹷而不遂，雨之所不能湿，日之所不能燥，风之所不能动，雷一震焉而凝者散，蹷者遂。曰雨者，曰日者，曰风者，以形用；曰雷者，以神用。用莫神于声，故圣人因声以为乐。为之君臣、父子、兄弟者，礼也。礼之所不及，而乐及焉。正声入乎耳，而人皆有事君、事父、事兄之心，则礼者固吾心之所有也，而圣人之说，又何从而不信乎？

【解题】

本篇论《乐》。认为圣人制《乐》，亦是济《礼》之不足。

《诗》论

人之嗜欲，好之有甚于生，而愤憾怨怒，有不顾其死。于是《礼》之权又穷。《礼》之法曰：好色不可为也。为人臣，为人子，为人弟，不可以有怨于其君父兄也。使天下之人皆不好色，皆不怨其君父兄，夫岂不善？使人之情皆泊然而无思，和易而优柔，以从事于此，则天下固亦大治。而人之情，又不能皆然。好色之心驱诸其中，是非不平之气攻诸其外，炎炎而生，不顾利害，趋死而后已。噫！礼之权止于死生，天下之事不至乎可以博生者，则人不敢触死以违吾法。今也，人之好色与人之是非不平之心，勃然而发于中，以为可以博生也，而先以死自处其身，则死生之机固已去矣。死生之机去，则《礼》为无权。区区举无权之《礼》以强人之所不能，则乱益甚，而《礼》益败。

今吾告人曰：必无好色，必无怨而君父兄。彼将遂从吾言，而忘其中心所自有之情邪？将不能也。彼既已不能纯用吾法，将遂大弃而不顾吾法。既已大弃而不顾，则人之好色与怨其君父兄之心，将遂荡然无所隔限，而易内窃妻之变，与弑其君父兄之祸，必反公行于天下，圣人忧焉。曰：禁人之好色而至于淫，禁人之怨其君父兄而至于叛，患生于责人太详。好色之不绝，而怨之不禁，则彼将反不至于乱。

故圣人之道，严于《礼》而通于《诗》。《礼》曰必无好色，必无怨而君父兄；《诗》曰好色而无至于淫，怨而君父兄而无至于叛。严以待天下之贤人，通以全天下之中人。吾观《国风》婉娈柔媚而卒守以正，好色而不至于淫者也；《小雅》悲伤诟讟，而君臣之情卒不忍去，怨而不至于叛者也。故天下观之，曰圣人固许我以好色，而不尤我之怨吾君父兄也。许我以好色，不淫可也；不尤我之怨吾君父兄，则彼虽以虐遇我，我明讥而明怨之，使天下明知之，则吾之怨亦得当焉，不叛可也。夫背圣人之法而自弃于淫叛之地者，非断不能也。断之始，生于不胜。人不自胜其忿，然后忍弃其身。故《诗》之教，不使人之情至于不胜也。

夫桥之所以为安于舟者，以有桥而言也。水潦大至，桥必解，而舟不至于必败。故舟者，所以济桥之所不及也。吁！《礼》之权穷于易达，而有《易》焉；穷于后世之不信，而有《乐》焉；穷于强人，而有《诗》焉。吁！圣人之虑事也盖详。

【解题】

本篇论《诗》。提出《诗》亦为济《礼》之穷而作，通篇以“色”、“怨”二事反复成文，道出《诗》《礼》一贯之说，立意颇新。

《书》　论

风俗之变，圣人为之也。圣人因风俗之变而用其权。圣人之权用于当世，而风俗之变益甚，以至于不可复反。幸而又有圣人焉，承其后而维之，则天下可以复治；不幸其后无圣人，其变穷而无所复入，则已矣。

昔者，吾尝欲观古之变而不可得也，于《诗》见商与周焉而不详。及观《书》，然后见尧舜之时，与三代之相变如此之亟也。自尧而至于商，其变也皆得圣人而承之，故无忧。至于周，而天下之变穷矣。忠之变而入于质，质之变而入于文，其势便也。及夫文之变，而又欲反之于忠也，是犹欲移江河而行之山也。人之喜文而恶质与忠也，犹水之不肯避下而就高也。彼其始未尝文焉，故忠质而不辞；今吾日食之以太牢，而欲使之复茹其菽哉？呜呼！其后无圣人，其变穷而无所复入，则已矣。周之后而无王焉，固也。其始之制其风俗也，固不容为其后者计也，而又适不值乎圣人，固也，后之无王者也。

当尧之时，举天下而授之舜，舜得尧之天下，而又授之禹。方尧之未授天下于舜也，天下未尝闻有如此之事也。度其当时之民，莫不以为大怪也。然而舜与禹也，受而居之，安然若天下固其所有，而其祖宗既已为之累数十世者，未尝与其民道其所以当得天下之故也，又未尝悦之以利，而开之以丹朱、商均之不肖也。其意以为天下之民以我为当在此位也，则亦不俟乎援天以神之，誉己以固之也。

汤之伐桀也，嚣嚣然数其罪而以告人，如曰彼有罪，我伐之宜也。既又惧天下之民不己悦也，则又嚣嚣然以言柔之曰："万方有罪，在予一人。予一人有罪，无以尔万方。"如曰我如是而为尔之君，尔可以许我焉尔。吁！亦既薄矣。至于武王而又自言其先祖父偕有显功，既已受命而死，其大业不克终，今我奉承其志，举兵而东伐，而东国之士女束帛以迎我，纣之兵倒戈以纳我。吁！又甚矣。如曰吾家之当为天子久矣，如此乎，民之欲我速入商也。伊尹之在商也，如周公之在周也。伊尹摄位三年而无一言以自解，周公为之纷纷乎急于自疏其非篡也。

夫固由风俗之变而后用其权，权用而风俗成，吾安坐而镇之，夫孰知大风俗之变而不复反也？

【解题】

本篇论《尚书》。赞扬上古风俗的淳厚，慨叹时移势易，不可复返。

《春秋》论

赏罚者，天下之公也；是非者，一人之私也。位之所在，则圣人以其权为天下之公，而天下以惩以劝；道之所在，则圣人以其权为一人之私，而天下以荣以辱。

周之衰也，位不在夫子，而道在焉，夫子以其权是非天下可也。而《春秋》赏人之功，赦人之罪，去人之族，绝人之国，贬人之爵，诸侯而或书其名，大夫而或书其字，不惟其法，惟其意，不徒曰此是此非，而赏罚加焉。则夫子固曰：我可以赏罚人矣。赏罚人者，天子、诸侯事也。夫子病天下之诸侯、大夫僭天子、诸侯之事，而作《春秋》，而己则为之，其何以责天下？位，公也；道，私也。私不胜公，则道不胜位。位之权得以赏罚，而道之权不过于是非。道在我矣，而不得为有位者之事，则天下皆曰位之不可僭也如此。不然，天下其谁不曰道在我？则是道者，位之贼也。曰：夫子岂诚赏罚之邪，徒曰赏罚之耳，庸何伤？曰：我非君也，非吏也，执涂之人而告之曰：某为善，某为恶，可也。继之曰：某为善，吾赏之；某为恶，吾诛之，则人有不笑我者乎？夫子之赏罚何以异此？

然则何足以为夫子？何足以为《春秋》？曰：夫子之作《春秋》也，非曰孔氏之书也，又非曰我作之也，赏罚之权不以自与也。曰：此鲁之书也，鲁作之也。有善而赏之，曰鲁赏之也。有恶而罚之，曰鲁罚之也。何以知之？曰：夫子系《易》谓之《系辞》，言孝谓之《孝经》，皆自名之，则夫子私之也。而《春秋》者，鲁之所以名史，而夫子托焉，则夫子公之也。公之以鲁史之名，则赏罚之权固在鲁矣。

《春秋》之赏罚自鲁而及于天下，天子之权也。鲁之赏罚不出境，而以天子之权与之，何也？曰：天子之权在周，夫子不得已而以与鲁也。武王之崩也，天子之位当在成王，而成王幼，周公以为天下不可以无赏罚，故不得已而摄天子之位，以赏罚天下，以存周室。周之东迁也，天子之权当在平王，而平王昏。故夫子亦曰：天下不可以无赏罚。而鲁，周公之国也，居鲁之地者，宜如周公不得已而假天子之权以赏罚天下，以尊周室，故以天子之权与之也。

然则假天子之权宜如何？曰：如齐桓、晋文可也。夫子欲鲁如齐桓、晋文，而不遂以天子之权与齐、晋者，何也？齐桓、晋文阳为尊周，而实欲富强其国。故夫子与其书而不与其心。周公心存王室，虽其子孙不能继，而夫子思周公而许其假天子之权以赏罚天下。其意曰：有周公之心，而后可以行桓、文之事。此其所以不与齐、晋而与鲁也。夫子亦知鲁君之才不足以行周公之事矣，顾其心以为今之天下无周公，故至此。是故以天子之权与其子孙，所以见思周公之意也。

吾观《春秋》之法，皆周公之法，而又详内而略外，此其意欲鲁法周公之所为，且先自治而后治人也明矣。夫子叹礼乐征伐自诸侯出，而田常弑其君，则沐浴而请讨。然则天子之权，夫子固明以与鲁也。子贡之徒不达夫子之意，续《经》而书孔丘卒。夫子既告老矣，大夫告老而卒不书，而夫子独书。夫子作《春秋》以公天下，而岂私一孔丘哉？呜呼！夫子以为鲁国之书，而子贡之徒以为孔氏之书也欤！

迁、固之史有是非而无赏罚，彼亦吏臣之体宜尔也。后之效夫子作《春秋》者，吾惑焉。《春秋》有天子之权，天下有君，则《春秋》不当作；天下无君，则天下之权吾不知其谁与。天下之人，乌有如周公之后之可与者？与之而不得其人则乱，不与人而自与则僭，不与人、不自与而无所与则散。呜呼！后之《春秋》，乱邪？僭邪？散邪？

【解题】

本篇论《春秋》的褒贬儆世作用。行文首尾相应，层层递进，意多而不杂。

《洪范》论叙

《洪范》其不可行欤？何说者之多，而行者之寡也？曰：诸儒使然也。譬诸律令，其始作者非不欲人之难犯而易避矣，及吏胥舞之，则千机百阱。吁！可畏也。夫《洪范》亦犹是耳。吾病其然，因作三论，大抵斥末而归本，援经而击传，刬磨瑕垢，以见圣秘。复列二图，一以指其谬，一以形吾意。噫！人吾知乎？不吾知，其谓吾求异夫先儒，而以为新奇也。

【解题】

《洪范论》约作于皇祐三年（1051）至嘉祐元年（1056）之间，分上、中、下及《叙》、《后叙》等5篇。上篇论《洪范》九畴间关系，认为以皇极为归统的治理天下之道所以不行，是由于汉儒解经不明。中篇论刘向、刘歆解经的失误，并作二图加以说明。下篇论孔安国、郑玄、孔颖达等解经的失误。《后叙》进一步论刘向、夏侯胜之误。本篇则是介绍写作缘起。（上、中、下篇及《后叙》之解题从略）

《洪范》 上

《洪范》之原出于天，而畀之禹，禹传之箕子。箕子死，后世有孔安国为之注，刘向父子为之传，孔颖达为之疏。是一圣五贤之心，未始不欲人君审其法，从其道矣。禹与箕子之言，经也。幽微宏深，不可以俄而晓者，经之常也。然而所审当得其统，所从当得其端，是故宜责孔、刘辈。今求之于其所谓《注》与《传》与《疏》者而不获，故明其统，举其端，而欲人君审从之易也。

夫致至治总乎大法，树大法本乎五行，理五行资乎五事，正五事赖乎皇极。五行，含罗九畴者也；五事，检御五行者也；皇极，裁节五事者也。傥综于身，验于气，则终始常道之次，靡有不顺焉。然则含罗者，其统也；裁节者，其端也。执其端而御其统，古之圣人正如是耳。今夫皇极之建也，貌必恭，恭作肃；言必从，从作乂；视必明，明作哲；听必聪，聪作谋；思必睿，睿作圣。如此则五行得其性，雨、旸、燠、寒、风皆时，而五福应矣。若夫皇极之不建也，貌不恭，厥咎狂；言不从，厥咎僭；视不明，厥咎豫；听不聪，厥咎急；思不睿，厥咎蒙。如此，则五行失其性，雨、旸、燠、寒、风皆常，而六极应矣。噫！曰得、曰时、曰福，人君孰不欲趋之？曰失、曰常、曰极，人君孰不欲逃之？然而罕能者，诸儒之过也。

夫禹之畴，分之则几五十矣。诸儒不求所谓统与端者，顾为之传，则向之五十又将百焉。人之心一，固不能兼百，难之而不行也。欲行之，莫若归之易；百归之五十，五十归之九，九归之三。三，五行也，五事也，皇极也。而又以皇极裁节五事，五事得而五行从，是三卒归之一也。然则所守不亦约而易乎？所守约而易，则人君孰欲弃得取失，弃时取常，弃福取极哉？以一治三，以三治九，以九治五十，以五十治百，天意也，禹意也，箕子意也。

《洪范》　中　并图

或曰：古人言《洪范》莫深于歆、向之《传》，吾尝学而得之矣。今观子之论，子其未之学耶？何遽反之也？子之论曰："皇极裁节五事，其建不建为五事之得失。"《传》则拟五事而言之，其咎、其罚、其极与五事比，非所以裁节五事也。子又曰："皇极建则五福应，皇极不建则六极应。"《传》则条福、极而配之貌与言、与视、与听、与思、与皇极，又非皇极兼获福、极也。然则刘之《传》，子之论，孰得乎？

曰：尔以箕子之知《洪范》与歆、向之知，孰愈？必曰：箕子之知愈也。则吾从之。彼歆、向拂箕子意矣，吾复何取哉？虽然，彼岂不知求从箕子乎？求之过深，而惑之愈甚矣。歆、向之惑，始于福、极分应五事，遂强为之说，故其失浸广而有五焉。今其《传》以极之恶、福之攸好德归诸貌，极之忧、福之康宁归诸言，极之疾、福之寿归诸视，极之贫、福之富归诸听，极之凶短折、福之考终命归诸思。所谓福止此而已，所谓极则未尽其弱焉，遂曲引皇极以足之。皇极非五事匹，其不建之咎，止一极之弱哉，其失一也。且逆而极，顺而福，《传》之例也。至皇之不极，则其极既弱矣，吾不识皇之极，则天将以何福应之哉？若曰：五福皆应，则皇之不极，恶、忧、疾、贫、凶短折，曷不偕应哉？此乃自废其例，其失二也。箕子谓咎曰狂、僭、豫、急、蒙而已，罚曰雨、旸、燠、寒、风而已。今《传》又增咎以眊，增罚以阴，此其揠圣人之言以就固谬。况眊与蒙无异，而雨可兼阴，而别名之，得乎？其失三也。《经》之首五行而次五事者，徒以五行天而五事人，人不可以先天耳。然五行之逆顺，必视五事之得失，使吾为传，必以五事先五行。借如《传》，貌之不恭，是谓不肃，厥咎狂，则木不曲直，厥罚常雨。其余亦如之。察刘之心非不欲尔，盖五行尽于思，无以周皇极，苟如庶验增之，则虽蠢亦怪骇矣。故离五行、五事而为解，以蔽其衅，其失四也。《传》之于木，其说以为貌矣，及火、土、金、水，则思、言、视、听殊不及焉，自相驳乱，其失五也。

夫九畴之于五行可以条而入者惟二，箕子陈之，盖有深旨矣。五事一也，庶验二也。验之肃、乂、哲、谋、圣，一出于五事；事之貌、言、视、听、思，一出于五行。此理之自然，可不条而入之乎？其他八政、五纪、三德、稽疑、福极，其大归虽无越于五行、五事，非可条而入之者也。条而入之，非理之自然，故其《传》必钩牵扳援，文致而强附之，然后可以仅知此福此极之所以应此事者。立言如此，其亦劳矣。

且《传》于福、极既尔，则于八政、五纪、三德、稽疑亦当尔。而今又不尔，何也？《经》曰："五，皇极。皇建其有极。敛时五福，用敷锡厥庶民。"此言皇极建而五福备。使《经》云皇极之不建，则必以六极易五福矣，焉在其条而入之乎？且皇极，九畴之尤贵者，故圣人位之于中，以贯上下，譬若庶验。然曰雨、曰旸、曰燠、曰寒、曰风、曰时，时于雨、旸、燠、寒、风，各冠其上耳，又可列之以为一验乎？若是则刘之《传》惑且强明矣。噫！《传》之法，二刘唱之，班固志之。后之史志五行者，孰不师而效之？世之读者又孰不从而然之？是以胶为一论，莫有考正，吾得无言哉！

一图指《传》之谬

出猎不宿，饮食不享，出入不节，夺民农时，及有奸谋。	木不曲直 貌之不恭，是谓不肃。	厥咎狂 厥罚常雨	厥极恶，说曰顺之，其福攸好德。
弃法律，逐功臣，杀太子，以妾为妻。	火不炎上 言之不从，是谓不乂。	厥咎僭 厥罚常旸	厥极忧，说曰顺之，其福康宁。
治宫室，饰台榭，内淫乱，犯亲戚，侮父兄。	稼穑不成 视之不明，是谓不哲。	厥咎豫 厥罚常燠	厥极疾，说曰顺之，其福寿。
好战功，轻百姓，饰城郭，侵边境。	金不从革 听之不聪，是谓不明。	厥咎急 厥罚常寒	厥极贫，说曰顺之，其福富。
简宗庙，不祷祠，废祭祀，逆天时。	水不润下 思之不睿，是谓不圣。	厥咎蒙 厥罚常风	厥极凶短折，说曰顺之，其福考终命。
	皇之不极	厥咎眊 厥罚常阴	厥极弱。

一图形今之意

皇极之建	貌恭肃 言从乂 视明哲 听聪谋 思睿圣	木曲直 金从革 火炎上 水润下 土稼穑	时雨 时旸 时燠 时寒 时风	五福
皇极不建	貌不恭（狂） 言不从（僭） 视不明（豫） 听不聪（急） 思不睿（蒙）	木不曲直 金不从革 火不炎上 水不润下 土不稼穑	常雨 常旸 常燠 常寒 常风	六极

《洪范》 下

吾既剔去《传》疵以粹《经》，犹有秘处而先儒不白其意，或解失其旨者非一，今辨正以申之。

《经》曰："鲧陻洪水，汩陈其五行，帝乃震怒，不畀《洪范》九畴。"夫五行，一畴耳，一汩而九不畀。盖五行纲九畴，纲坏而目废也。然则五行之汩，非五事之失乎？五事之失，非皇极之不建乎？盖箕子微见其统与端矣。《经》之次第五行也以生数，至于五事也，求之五行则相克，何也？从五常，斯与相克合矣。先民之论五行也：水性智而事听，火性礼而事视，木性仁而事貌，金性义而事言，土性信而事思。及其论五常也，以为德莫大于仁，仁或失于弱，故以义断之；义或失于刚，故以礼节之；礼或失于拘，故以智通之；智或失于诈，故以信正之。此五常次第所以然也。五事从之，所以亦然也。三，八政，曰食、曰货、曰祀、曰宾、曰师，五者不以官名之。郑康成以食为稷，以货为司货贿，以宾为大行人，是三百六十官，箕子于九畴中区区焉错举其八耳。孔颖达则曰：司货贿、大行人皆事主，非复民政。夫事虽非民，亦未害为政，孔之失滋甚焉，吾以为不然。箕子言国家之政无越是八者。周公制礼酌而用之，故建六官以主八政：食与货则天官，祀与宾则春官，师则夏官，司空则冬官，司徒则地官，司寇则秋官。此得其正矣。

"七，稽疑，择建立卜筮人"，孔安国谓"知卜筮人而立之"。夫知卜筮人天下不为鲜矣，孜孜然以择，此为事则委琐，不亦甚乎？吾意卜筮至神，人所谅而从者。导之善人，必谅而从之，蜀庄是矣；导之恶人，亦谅而从之，丘子明是也。圣人惧后人轻其职使，有如丘子明辈，故曰"择建立卜筮人"，谓择贤也。不然，司空、司徒、司寇，其择之又当甚于此云者，彼天子之卿不若卜筮之官为后世所轻，虽妇人孺子知其不可不择故也。呜呼！圣人之言枝分派别，不得其源，纷莫可晓。譬之日月、五星、十二次、二十八宿，使昧者观之，固愦愦如也，不知晷度躔次的不可从紊，差之渺忽，寒暑乖逆。吾故于《洪范》明其统，举其端，削刘之惑，绳孔之失，使经义炳然，如巩衡中窥天文矣。

《洪范》后叙

吾论《洪范》以五福六极系皇极之建与不建．而且不与二刘之增眊与阴，或者犹以刘向、夏侯胜之说为惑。刘向之言："皇极之建，总为五福；皇极之不建，不能主五事；下与五事齿而均获一极，犹平王之诗降而为《国风》。"夏侯胜之言曰："天久阴不雨，臣下将有谋上者。"已而果然。以刘向之说，则皇极之不建，不可系以六极；以夏侯胜之说，则眊与阴不可废。是皆不然。

夫福、极之于五事，非若庶验也。阴阳而推之，律历而求之，人事而揆之，庶验之通于五事，可指而言也，且圣人之所可知也。今指人而谓之曰：尔为某事，明日必有某福；尔为某事，明日必有某极。是巫觋卜相之事也，而圣人何由知之？故吾以为皇极之建，五事皆得，而五福皆应；不曰应某事者，必某福也。皇极不建，五事皆失，而六极皆应；不曰应某事者，必某极也。五事之间得与失参焉，则亦不曰必某福，必某极应也，亦曰福与极参焉耳。今刘以为皇极建而为五事主，故加之五福；及其不建也，不加之以六极，而以平王之诗为说。其意以为不建则不能为五事主，故不加之六极以为贬也。今有人有九命之爵，及有罪而曰削其爵，使至一命以贬之，曰贬可也，此犹平王之诗降而为《国风》，曰降可也。若夫有罪人当具五刑，而曰是人也，罪大不当加之以五刑，姑以墨辟论，以重其责，是得为重其责耶？今欲重不建之罪，不曰六极皆应，而曰独弱之极应，乃引平王之诗以为说，平王之诗固不然也。且彼圣人者，岂以天下之福与极止于五与六而已哉？盖亦举其大概耳。夫天地之间，非人力所为而可以为验者多矣，圣人取其尤大而可以有所兼者五，而使其余者可以遂见焉。今也，力分其一端以为二，而必曰阴为阴，雨为雨。且《经》之庶验有曰旸矣，而岂独遗阴哉？盖阴之极盛于雨，而圣人举其极者言也。吾观二刘之传“金不从革”，与传“常雨”也，乃言雷电雨雪皆在；而独于此别雨与阴，何也？

然则夏侯胜之言何以必应？曰：事固有幸而中者。公孙臣以汉为土德而黄龙当见，黄龙则见矣，而汉乃火德也。可以一黄龙而必谓汉为土德耶？必不可也。其所谓眊者蒙矣，胡复多言哉？

史论引

史之难其人久矣。魏、晋、宋、齐、梁、隋间，观其文则亦固当然也。所可怪者，唐三百年，文章非三代两汉无敌，史之才宜有如丘明、迁、固辈，而卒无一人可与范晔、陈寿比肩。巢子之书，世称其详且博，然多俚辞俳状，使之纪事，当复甚乎其尝所讥诮者。惟子馀《例》为差愈。吁！其难而然哉。夫知其难，故思之深，思之深，故有得。因作《史论》三篇。

【解题】

《史论》约作于皇祐三年（1051）至嘉祐元年（1056）之间，分上、中、下及本篇《引》4篇。《引》论修史之难及本文写作缘由。上篇论经、史之间的区别和互补作用。中篇论《史记》、《汉书》的修史原则，归结为隐而章、直而宽、简而明、微而切四个特点。下篇论司马迁、班固、范晔、陈寿修史的失误。行文运笔老到，有断有识，裁决如流，论说纲繁目净，明快晓畅。（上、中、下三篇解题从略）

史论 上

史何为而作乎？其有忧也。何忧乎？忧小人也。何由知之？以其名知之。楚之史曰《梼杌》，梼杌，四凶之一也。君子不待褒而劝，不待贬而惩，然则史之所惩劝者独小人耳。仲尼之志大，故其忧愈大。忧愈大，故其作愈大。是以因史修经，卒之论其效者，必曰“乱臣贼子惧”。由是知史与经皆忧小人而作，其义一也。其义一，其体二，故曰史焉，曰经焉。大凡文之用四：事以实之，词以章之，道以通之，法以检之。此经、史所兼而有之者也。虽然，经以道法胜，史以事词胜。经不得史无以证其褒贬，史不得经无以酌其轻重。经非一代之实录，史非万世之常法。体不相沿，而用实相资焉。

夫《易》、《礼》、《乐》、《诗》、《书》，言圣人之道与法详矣，然弗验之行事。仲尼惧后世以是为圣人之私言，故因赴告策书以修《春秋》，旌善而惩恶，此经之道也。犹惧后世以为己之臆断，故本《周礼》以为凡，此经之法也。至于事则举其略，词则务于简。吾故曰：经以道法胜。史则不然，事既曲详，词亦夸耀，所谓褒贬，论赞之外无几。吾故曰：史以事词胜。使后人不知史而观经，则所褒莫见其善状，所贬弗闻其恶实。吾故曰：经不得史无以证其褒贬。使后人不通经而专史，则称谓不知所法，惩劝不知所祖。吾故曰：史不得经无以酌其轻重。经或从伪赴而书，或隐讳而不书，若此者众，皆适于教而已。吾故曰：经非一代之实录。史之一纪、一世家、一传，其间美恶得失固不可以一二数。则其论赞数十百言之中，安能事为之褒贬，使天下之人动有所法如《春秋》哉？吾故曰：史非万世之常法。夫规矩准绳所以制器，器所待而正者也。然而不得器则规无所效其圆，矩无所用其方，准无所施其平，绳无所措其直。史待经而正，不得史则经晦，吾故曰：体不相沿，而用实相资焉。

噫，一规、一矩、一准、一绳，足以制万器。后之人其务希迁、固实录可也，慎无若王通、陆长源辈嚣嚣然冗且僭，则善矣。

史 论 中

迁、固史虽以事辞胜，然亦兼道与法而有之，故时得仲尼遗意焉。吾今择其书有不可以文晓而可以意达者四，悉显白之。其一曰隐而章，其二曰直而宽，其三曰简而明，其四曰微而切。

迁之传廉颇也，议救阏与之失不载焉，见之《赵奢传》；传郦食其也，谋挠楚权之缪不载焉，见之《留侯传》。固之传周勃也，汗出洽背之耻不载焉，见之《王陵传》；传董仲舒也，议和亲之疏不载焉，见之《匈奴传》。夫颇、食其、勃、仲舒，皆功十而过一者也。苟列一以疵十，后之庸人必曰：智如廉颇，辩如郦食其，忠如周勃，贤如董仲舒，而十功不能赎一过，则将苦其难而怠矣。是故本传晦之，而他传发之，则其与善也，不亦隐而章乎？

迁论苏秦，称其智过人，不使独蒙恶声；论北宫伯子，多其爱人长者。固赞张汤，与其推贤扬善；赞酷吏，人有所褒，不独暴其恶。夫秦、伯子、汤、酷吏，皆过十而功一者也。苟举十以废一，后之凶人必曰：苏秦、北宫伯子、张汤、酷吏，虽有善不录矣，吾复何望哉？是窒其自新之路，而坚其肆恶之志也。故于传详之，于论于赞复明之，则其惩恶也，不亦直而宽乎？

迁表十二诸侯，首鲁讫吴，实十三国，而越不与焉。夫以十二名篇，而载国十三，何也？不数吴也。皆诸侯耳，独不数吴，何也？用夷礼也。不数而载之者，何也？周裔而霸盟上国也。《春秋》书哀七年，公会吴于鄫；书十二年，公会吴于橐皋；书十三年，公会晋侯及吴子于黄池。此其所以虽不数而犹获载也。若越区区于南夷，豺狼狐狸之与居，不与中国会盟以观华风，而用夷狄之名以赴，故君子即其自称以罪之。《春秋》书定五年，於越入吴；书十四年，於越败吴于槜李；书哀十三年，於越入吴。此《春秋》所以夷狄畜之也。苟迁举而措之诸侯之末，则山戎猃狁亦或庶乎其间。是以绝而弃之，将使后之人君观之曰：不知中国礼乐，虽勾践之贤，犹不免乎绝与弃。则其尊中国也，不亦简而明乎？

固之表八而王侯六，书其人也，必曰某土某王若侯某。或功臣外戚则加其姓，而首目之曰号谥姓名。此异姓列侯之例也。诸侯王其目止号谥，岂以其尊，故不曰名之邪？不曰名之，而实名之，岂以不名则不著邪？此同姓诸侯王之例也。王子侯其目为二，上则曰号谥名名之，而曰名之，杀一等矣。此同姓列侯之例也。及其下则曰号谥姓名。夫以同姓列侯而加之异姓之例，何哉？察其故，盖元始之间，王莽伪褒宗室而封之者也，非天子亲亲而封之者也。宗室，天子不能封，而使王莽封之，故从异姓例，示天子不能有其同姓也。将使后之人君观之曰：权归于臣，虽同姓不能有，名器诚不可假人矣。则其防僭也，不亦微而切乎？

噫！隐而章，则后人乐得为善之利；直而宽，则后人知有悔过之渐；简而明，则人君知中国礼乐之为贵；微而切，则人君知强臣专制之为患。用力寡而成功博，其能为《春秋》继，而使后之史无及焉者，以是夫！

史 论 下

或问：子之论史，钩抉仲尼、迁、固潜法隐义，善矣。仲尼则非吾所可评，吾惟意迁、固非圣人，其能如仲尼无一可指之失乎？曰：迁喜杂说，不顾道所可否；固贵谀伪，贱死义。大者此既陈议矣，又欲寸量铢称以摘其失，则烦不可举，今姑告尔其尤大彰明者焉。

迁之辞淳健简直，足称一家。而乃裂取六经、传记，杂于其间，以破碎汩乱其体。五帝、三代《纪》多《尚书》之文，齐、鲁、晋、楚、宋、卫、陈、郑、吴、越《世家》，多《左传》、《国语》之文，《孔子世家》、《仲尼弟子传》多《论语》之文。夫《尚书》、《左传》、《国语》、《论语》之文，非不善也，杂之则不善也。今夫绣绘锦縠，衣服之穷美者也，尺寸而割之，错而纫之以为服，则绨缯之不若。迁之书无乃类是乎！其《自叙》曰“谈为太史公”，又曰“太史公遭李陵之祸”，是与父无异称也。先儒反谓固没彪之名，不若迁让美于谈，吾不知迁于纪、于表、于书、于世家、于列传，所谓太史公者，果其父耶？抑其身耶？此迁之失也。

固赞汉自创业至麟趾之间，袭蹈迁论以足其书者过半。且褒贤贬不肖，诚己意也。尽己意而已，今又剽他人之言以足之，彼既言矣，申言之何益？及其传迁、扬雄，皆取其《自叙》，屑屑然曲记其世系。固于他载，岂若是之备哉？彼迁、雄自叙可也，己因之，非也。此固之失也。

或曰：迁、固之失既尔，迁、固之后为史者多矣，范晔、陈寿实巨擘焉，然亦有失乎？曰：乌免哉！晔之史之传，若《酷吏》、《宦者》、《列女》、《独行》，多失其人。间尤甚者，董宣以忠毅，概之《酷吏》；郑众、吕强以廉明直谅，概之《宦者》；蔡琰以忍耻妻胡，概之《列女》；李善、王忳以深仁厚义，概之《独行》，与夫《前书》张汤不载于《酷吏》，《史记》姚、杜、仇、赵之徒不载于《游侠》，远矣。又其是非颇与圣人异，论窦武、何进，则戒以宋襄之违天，论西域则惜张骞、班勇之遗佛书。是欲相将苟免以为顺天乎？中国叛圣人以奉戎神乎？此晔之失也。寿之志三国也，纪魏而传吴、蜀。夫三国鼎立称帝，魏之不能有吴、蜀，犹吴、蜀之不能有魏也。寿独以帝当魏而以臣视吴、蜀，吴、蜀于魏何有而然哉？此寿之失也。

噫！固讥迁失，而固亦未为得；晔讥固失，而晔益甚；至寿复尔。史之才诚难矣，后之史宜以是为监，无徒讥之也。

《太玄》论　上

苏子曰：言无有善恶也，苟有得乎吾心而言也，则其辞不索而获。夫子之于《易》，吾见其思焉而得之者也；于《春秋》，吾见其感焉而得之者也；于《论语》，吾见其触焉而得之者也。思焉而得，故其言深；感焉而得，故其言切；触焉而得，故其言易。圣人之言，得之天而不以人参焉。故夫后之学者，可以天遇，而不可以人得也。方其为书也，犹其为言也；方其为言也，犹其为心也。书有以加乎其言，言有以加乎其心，圣人以为自欺。后之不得乎其心而为言，不得乎其言而为书，吾于扬雄见之矣。

疑而问，问而辩，问辩之道也。扬雄之《法言》，辩乎其不足问也，问乎其不足疑也。求闻于后世，而不待其有得，君子无取焉耳。《太玄》者，雄之所以自附于夫子，而无得于心者也。

使雄有得于心，吾知《太玄》之不作。何则？疡医之不为疾医，乐其有得于疡也。疾医之不能为，而丧其所以为疡，此疡医之所惧也。若夫妄人砺针磨砭，乃欲为俞跗、扁鹊之事，彼诚无得于心，而侈于外也。使雄有孟轲之书，而肯以为《太玄》邪？惟其所得之不足乐，故大为之名以侥幸于圣人而已。且夫《易》之所为作者，雄不知也。以为为数邪？以为为道邪？惟其为道也，故六十卦而无加，六十四卦而无损。及其以为数，而后有六日七分之说生焉。圣人之意曰：六十四卦者，《易》也；六日七分者，吾以为历也。在历以数胜，在《易》以道胜。然则《易》之所为作，其亦可知矣。

盖自汉以来，《六经》始有异论。夫圣人之言无所不通，而其用意固有所在也。惟其求而不可得，于是乃始杂取天下奇怪可喜之说而纳诸其中。而天下之工乎曲学小数者，亦欲自附于《六经》，以求信于天下，然而君子不取也。

《太玄》者，雄所以拟《易》也。观其始于一而终于八十一，是即乘之极而不可加也。从三方之算而九之，并夜于昼，为二百四十有三日，三分其方而一，以为三州；三分其州而一，以为三部；三分其部而一，以为三家。此犹六十之不可加；而六十四之不可损也。雄以为未也，从而加之，曰《踦》，又曰《嬴》，曰：吾以求合乎三百六十有五与夫四分之一者也。曰《踦》也，曰《嬴》也，是何为者？或曰以象四分之一。四分之一在《嬴》而不在《踦》。踦者，斗之二十六也。或曰以象闰。闰之积也，起于《难》之七，而于此加焉，是强为之辞也。且其言曰：譬诸人，增则赘，而割则亏。今也，重不足于历，而轻以其书加焉，是不为《太玄》也，为《太初历》也。圣人之所略，扬雄之所详；圣人之所重，扬雄之所忽，是其为道不足取也。

道之不足取也，吾乃今求其数。求合乎三百六十有五与夫四分之一者，固雄意也。赞之七百三十有一，是日之三百六十有五与夫四分之一也。后之学者曰：吾不知夫二十八宿之次，与夫日行之度也，而于《太玄》焉求之，则吾惧夫积日之无以处也。历者，天下之至微，要之千载而可行者也。四分而加一，是四岁而加一日也，率四岁而加之，千载之后，吾恐大冬之为大夏也。且夫四分其日而赞得二焉，故赞者可以为偶，而不可以为奇，其势然也。雄之所欲加者四分之三，而所加者四，是其为数不足考也。

君子之为书，犹工人之作器也。见其形以知其用，有鼎而加柄焉，是无问其工之材不材与其金之良苦，而其不可以为鼎者，固已明矣。况乎加《踦》与《嬴》，而不合乎二十八宿之度，是柄而不任操，吾无取也已。

【解题】

《〈太玄〉论》约作于嘉祐五年（1060），是对扬雄《太玄》的批评。文分三篇，上篇论扬雄之说为道不足取，为数不足考；中篇论《太玄》与《易》数之别；下篇论《太玄》占卜之法与《易》不符。（中、下两篇解题从略）

《太玄》论　中

四分日之一，或曰一百分日之二十五，在四以为一，在百以为二十五，唯其所在而加之，岂有常数哉？六日七分者，以八十言者也。苟有以适于用，吾斯从而加之矣。《坎》、《离》、《震》、《兑》各守其方，而六十卦之爻分散于三百六十日。圣人不以五日四分日之一者害其为《易》，而以七分者加焉，此非有所法乎？日月星辰之度，天地五行之数也，以其上之不可以八，而下之不可以六，故以七分者加之，使夫《易》者亦不为无用于历而已矣。夫八十分与夫七分者，皆非其所以为《易》也。上下而为卦，九、六而为爻，此其所以为《易》也。圣人不于其所以为《易》者加之，故加焉而不害其为《易》。若夫四位而为首，九行而为赞，此正其所以为《太玄》者也。而雄于此加焉，故吾不知其为《太玄》也。始于《中》之一，而讫于《养》之九，阙焉而未见者，四分日之三而已矣。以一百八分而为日，以一分而加之，一首之外尽八十一首，而四分日之三者可以见矣。观《周》之一，知昼夜之不在乎奇偶，而在其所承；观《中》之九，知休咎之不在乎昼夜，而在其所处。故积其分至于《养》之九，而可以无患。盖《易》之本六日以为卦，《太玄》之初四日有半以为首，而皆以四百八十七分，求合乎二十八宿之度，加分而其数定，去《踦》、《赢》而其道胜，吾无憾焉耳。

《太玄》论　下

《太玄》之策三十有六，虚三，而三十有三用焉。曰：其说出于《易》。《易》曰“大衍之数五十，其用四十有九”，是雄之所以为虚三之说也。夫大衍之数，是数之宗，而万物之所取用也。今夫蓍，亦用者之一而已矣，或用其千万，或用其一二，唯其所用而蓍也，用其四十有九焉。五者生之终也，十者成之极也。生之终，成之极，则天下又何以过之？故曰五十。五十者，五十有五云也。非四十有九而益一云也。天下之数于是宗焉，则《玄》无乃亦将取之？且夫四十有九者，岂有他哉？极其所当用之数而取之于大衍者，衍其所当用之策数，而举其大略焉耳。吾将以老阳之九而明之，则夫七八六者，可以从而见焉。今夫一爻而三变，一变而挂一，是三用也。四四揲之，归奇于扐，是十用也。既扐而数其余，是三十有六用也。三与十、与三十六，而四十九之数成焉，增之则赢，损之则亏。四十有九足以成爻，而未始有虚一之道，吾不知先儒何从而得之也。圣人之所为，当然而然耳，区区于天地五行之数而牵合于其间者，亦见其劳而无取矣。圣人观乎三才之体而取诸其象，故八卦皆以三画，及其欲推之于六十四也，则从而六之，吾又不知先儒之何以配乎六也。圣人之意，直曰非六无以变。非六无以变，是非四十九无以揲也。《太玄》之算极于三，以三而计之，挂其一，再扐其五，而数其余之二十七，是亦三十三之数，不可以有加也。今其说曰三六，又曰二九，又曰倍天之数，又曰地虚三以扮天三，皆求《易》之过也。

夫卜筮者，圣人所以探吉凶之自然，故为是不可逆知之数，而寓诸其无心之物，故虽折草毁瓦，而皆有以前祸福之兆。圣人惧无以自神其心，而交于冥莫恍惚之间也，故择时日，登龟取蓍而庙藏焉。圣人之视蓍龟也，若或依之以自神其心，而非蓍龟之能灵也。况乎区区牵合于天地五行之数，其说固已迂矣。卜筮者，为不可逆知者也。旦筮用三经皆奇，夕筮用三纬，日中夜中用二经一纬，皆奇偶杂。则是吉凶之纯驳不在其逢，而在其时。使夫旦筮者不为大休，则为大咎，而日中夜中与夫夕筮者，大休大咎终不可得而遇也。《中》之九曰：“颠，灵气形反”，当昼而凶，盖有之矣。占从其辞不从其数，其谁曰不可？吾欲去其《踦》与其《赢》，加其首之一分，损其蓍之三策，不从其数之可以逆知，而从其辞之不可以前定，庶乎其无罪也。

《太玄》总例　并引

吾既作《〈太玄〉论》，或者读扬子之书未知其详，而以意诘吾说，病辞之不给也，为作此例。凡雄之法与夫先儒之论，其可取者皆在。有未尽，传之己意，曰姑观是焉。盖雄者好奇而务深，故辞多夸大，而可观者鲜。始之以十八策，中之以三十六，终之以七十二，积之以二万六千二百四十四，张而不已，谁不能然？盖总例之外无观焉。

【解题】

《〈太玄〉总例并引》约作于嘉祐五年（1060），共十三篇，是对《太玄》的介绍和批评。作者认为《太玄》实是用汉代盛行的阴阳五行说来解《易》而用于历数，因攗取其中与《易》相符者为《总例》。（以下十二篇解题从略）

四　　位

《玄》首之数，在乎方、州、部、家。初揲而得之为家，逆而次之极于方。凡所以谓之方、州、部、家者，义不在乎其数也，取天下有别之名而加之耳。夫天下之大，所以略别之者谓之方，方之中分之稍详者谓之州，举一类而为之所者谓之部，举一人而为之别者谓之家。盖方者别之大，而家者其小别者也。故《玄》，家一一而转而有八十一家，部三三而转而有二十七部，州九九而转而有九州，方二十七而转而有三方，四者旋相为配，而无所不遇，故有八十一首。

九　　赞

方、州、部、家之于《玄》，一首而加一算，故四位皆及于三，而其算止于八十一，率一算而九赞系之。赞者，所以为首之日，而算者所以为首之次也。故二者并行，而其用各异。非如《易》之六画有以应乎六爻之辞也。《玄》之大体以二赞而当一日，赞之奇偶或以为昼，或以为夜。奇首之昼在乎赞之奇，偶首之昼在乎赞之偶，率十有八赞而后九日备。一首而九赞，其势然也。故于九赞之间，三三相附以当天之始、中、终，地之下、中、上，与人之思、祸、福，三者自相变，而皆可以当其一首之赞。故《玄》之所以有九行者，亦以其赞言也。五行之次：水始于一、六，土终五、十，而《玄》数不及十。说者以为：土，君象也；水、火、木、金四者，当先后于土者也。至于八十一首之间，则亦以九九相从，以当天、地、人三者之变，与夫九行之数。故举其首之当水，与天之始始、地之下下、人之思内者以为九天。

八十一首

一首而九赞，二赞为一日，率一首而四日有半。奇首之次九，为偶首初一之昼，故自奇之一至于偶之一，而后得为五日。观范望之注而考之其星度，则奇首之九赞为五日，而偶首止于四。《玄棿》曰“九日平分”，范说非也。盖一首之数定，而八十一首之数从可知矣。日之周天三百六十五度四分度之一，《玄》之八十一首而未增《踦》、《赢》也，当其三百六十四度有半，于天度为不及，故《踦》与《赢》者，又加其一度焉。夫方、州、部、家之算，虽无与乎赞之日，然及夫推而求其日也，皆举算而以九乘焉。故夫算者，亦可以通之于日也。四位皆及于三，而周天之日亦可以概见于其中矣。三方之算，五十有四，九之，半之为二百四十三日；三州之算，十有八，九之，半之为八十一日；三部之算，六，九之，半之为二十七日；三家之算，三，九之，半之为十三日有半，而《踦》、《赢》不与焉。故列方、州、部、家之极数，而以所得之日，系之其下而为图。

三　方

《中》	一二	牛 冬至	三四		五六		七八		九	《周》	一		二三		四五		六七		八九	女
《礥》	一二		三四		五六		七八		九	《闲》	一		二三		四五	小寒	六七		八九	
《少》	一二		三四		五六	虚	七八		九	《戾》	一		二三		四五		六七		八九	
《上》	一二		三四		五六		七八	危 大寒	九	《干》	一		二三		四五		六七		八九	
《狩》	一二		三四		五六		七八		九	《羡》	一		二三		四五		六七		八九	
《差》	一二	立春	三四		五六	室	七八		九	《童》	一		二三		四五		六七		八九	
《增》	一二		三四		五六		七八		九	《锐》	一		二三		四五	雨水	六七		八九	
《达》	一二	壁	三四		五六		七八		九	《交》	一		二三		四五		六七		八九	
《耎》	一二	奎	三四		五六		七八		九	《傒》	一	惊蛰	二三		四五		六七		八九	
《从》	一二		三四		五六		七八		九	《进》	一		二三		四五		六七	娄	八九	
《释》	一二		三四	春分	五六		七八		九	《格》	一		二三		四五		六七		八九	
《夷》	一二	胃	三四		五六		七八		九	《乐》	一		二三		四五		六七	清明	八九	
《争》	一二		三四		五六		七八		九	《务》	一		二三		四五	昴	六七		八九	
《事》	一二		三四		五六		七八		九	《更》	一	谷雨	二三		四五		六七		八九	毕
《断》	一二		三四		五六		七八		九	《毅》	一		二三		四五		六七		八九	
《装》	一二		三四	立夏	五六		七八		九	《众》	一		二三	觜	四五		六七		八九	参
《密》	一二		三四		五六		七八		九	《亲》	一		二三		四五		六七		八九	井 小满

《敛》一二　三四　五六　七八　九《强》一　二三　四五　六七　八九

《晬》一二　三四　五六　七八　九《盛》一　二三　芒种　四五　六七　八九

《居》一二　三四　五六　七八　九《法》一　二三　四五　六七　八九

《应》一二　三四　五六　夏至　七八　九《迎》一　二三　鬼　四五　六七　八九

《遇》一二　柳　三四　五六　七八　九《灶》一　二三　四五　六七　八九　小暑

《大》一二　三四　五六　七八　九《廓》一　二三　四五　星　六七　八九

《文》一二　三四　五六　七八　九《礼》一　张　二三　四五　大暑　六七　八九

《逃》一二　三四　五六　七八　九《唐》一　二三　四五　六七　八九

《常》一二　三四　五六　七八　立秋　九《度》一　翼　二三　四五　六七　八九

《永》一二　三四　五六　七八　九《昆》一　二三　四五　六七　八九

三　州

《减》一二　处暑　三四　五六　七八　九《唫》一　轸　二三　四五　六七　八九

《守》一二　三四　五六　七八　九《翕》一　二三　四五　白露　六七　八九

《聚》一二　三四　五六　七八　角　九《积》一　二三　四五　六七　八九

《饰》一二　三四　五六　七八　秋分　九《疑》一　二三　四五　亢　六七　八九

《视》一二　三四　五六　七八　九《沈》一　二三　四五　氐　六七　八九

《内》一二　三四　寒露　五六　七八　九《去》一　二三　四五　六七　八九

《晦》一二　三四　五六　七八　房　九《曹》一　二三　四五　六七　霜降　八九　心

《穷》	一 二	三 四		五 六	七 八	九	《割》	一	尾	二 三	四 五		六 七	八 九	
《止》	一 二	三 四		五 六	七 八	九	《坚》	一	立冬	二 三	四 五		六 七	八 九	

九　部

《成》	一 二	三 四		五 六	七 八	九	《阙》	一	箕	二 三	四 五		六 七	八 九	
《失》	一 二	三 四	小雪	五 六	七 八	九	《剧》	一		二 三	四 五	斗	六 七	八 九	
《驯》	一 二	三 四		五 六	七 八	九	《将》	一		二 三	四 五		六 七	八 九	大雪

三　家

《难》	一 二	三 四		五 六	七 八	九	《勤》	一		二 三	四 五		六 七	八 九	
《养》	一 二	三 四		五 六	七 八	九									

揲　法

三十有六而策视焉。天以三分，终于六成，故十八策。天不施，地不成，因而倍之，地则虚三以扮天。故蓍之数三十有六，而揲用三十三。别一以挂于左手之小指，中分其余以三数之，并余以扐。再扐之后而三数其余，七为一，八为二，九为三。八扐而四位成。雄之说曰："一扐之后，而数其余。"夫一挂一扐之多不过乎六，既六，而其余二十七者可以为九，而不可以为八九，况夫不至于六哉。《太玄》，雄作，其揲法宜不谬，意者传之失也。王涯之说，一扐之后而三三数之，三七之余而一一数之，及八以为二，及九以为三。不及八，不及九，从三三之数而以三七为一，是苟以牵合乎一扐之言，而不知夫八者须挂一扐三而后成，而扐终不可以三也。《易》之三揲也，每分辄挂而列乎三指之间。《玄》之再扐也，再扐不挂，而归于初扐之指。吾于其挂而后分也见焉。《易》分而后挂，故每分辄挂，挂必异处，故列乎三指之间；《玄》挂而后分，故再扐不挂。再扐不挂，故归于初扐之指。指者，视其挂者也。然则不再扐，吾知雄之不先挂也。

占　法

占有四：曰星，曰时，曰数，曰辞。星者，二十八宿与五行之从违也。如《中》、水、牛、北方宿，则是星从。否则违。时者，所筮之时，与所遇之首之从违也。如冬至以后筮，而反遇应以丁之首，则是时违。否则从。数者，首赞奇、偶之从违也。一、三、五、七、九，阳家之昼，阴家之夜。二、四、六、八，阳家之夜，阴家之昼。昼词多休，夜词多咎。《太玄》因经纬以分三表，南北为经，东西为纬。一、六水，在北，二、七火，在南，五土，在中，故一、二、五、六、七为经。三、八木，在东，四、九金，在西，故三、四、八、九为纬。取三经以为旦筮之一表，一、五、七是也。取纬以为夕筮之一表，三、四、八是也。取二经一纬以为日中、夜中筮之一表，二、六、九是也。今夫旦筮而遇奇首，曰一从、二从、三从，是谓大休；遇偶首则曰一违、二违、三违，是谓大咎。日中、夜中筮而遇偶首，曰一从、二从、三违，始、中休，终咎；遇奇首，则曰一违、二违、三从，始、中咎，终休。夕筮而遇奇首，曰一从、二违、三违，始休，中、终咎；遇偶首则曰一违、二从、三从，始咎，中、终休。大率如此。辞者，辞之从违也。各观其表之辞，观始终，决从违。

推　玄　算

家：一置一，二置二，三置三。部：一勿增，二增三，三增六。州：一勿增，二增九，三增十八。方：一勿增，二增二十七，三增五十四。四位之积算，则是其首去《中》之策数也。

求表之赞

置首去《中》策数，惟其所遇之首而置之，如《应》去《中》四十一，则置四十一。减一而九之。如《应》置四十一，则减一为四十。以九乘四十，得三百六十。增赞，惟其所求之赞而增之，一则增一，二则增二。半之则得赞去冬至日数矣。如《应》首九之得三百六十。若求《应》一赞，则增一为三百六十一，半得百八十有半，则是《应》之一去冬至百八十日有半也。偶为所得日之夜，奇为所得日之昼。此非一首之间，一为奇而二为偶者也。半之而奇谓之奇，半之而偶谓之偶。若不增一，为百八十日，则是《法》首日之夜；增一则奇，乃是明日《应》首之昼。九之者，为赞也。一首九赞。减一者，为增赞也。容有不尽求其九赞，故减而后增。半之者，为日也。二赞为一日。求星从牵牛始，除算尽，则是其日也。如《应》之一，去冬至百八十日有半，以二十八宿之度，自牛以下除之尽，百八十算有半，即是《应》之一日，在《井》，二十九度半也。除算尽，则是其日也者，星之度、日之日也。日一日而行一度。斗振而进日，违天而退。日行与斗建异，日自北而西，西而南，南而东，东而复于北。斗自北而东，东而南，南而西，西而复于北。《玄》日书斗书，如求星之法，逆而求之可也。而月不书。

历法

十九岁为一章。二十七章、五百一十三岁为一会。三会、八十一章、千五百三十九岁为一统。三统、九会、二百四十三章、四千六百一十七岁为一元。一章闰分尽，一会月蚀尽，一统朔分尽，一元六甲尽。“自子至辰，自辰至申，自申至子。是为三元。冠之以申，而章、会、统、元，与月蚀俱没。”此雄之自述云尔。夫尽者生于不齐者也。不齐之积而至于齐，是以有尽也。斗与天而东，日违天而西。终日而成度，尽度而成期。故不齐者，非出于斗与日，出于月也。日舒而月速，于是有晦朔、弦望、进退之不齐。惟其不齐，故要之于四千六百一十七岁，而后四者皆尽。又从而三之，万有三千八百五十一岁。冬至朔旦复得甲子，而十二辰尽也。此五尽者，历之所以有法也。今《玄告》曰："《玄》日书斗书，而月不书。"夫七百三十一赞，二赞而为一日，固其势不得书月也。苟月而不书，则夫历法之可见于《玄》者，止于一期。而此五尽也，雄之所强存而已。是故列其一期之法于前，而存其五尽之数于后，盖不详云。

辨奸论

事有必至，理有固然，惟天下之静者乃能见微而知著。月晕而风，础润而雨，人人知之。人事之推移，理势之相因，其疏阔而难知，变化而不可测者，孰与天地阴阳之事，而贤者有不知，其故何也？好恶乱其中而利害夺其外也。

昔者山巨源见王衍曰："误天下苍生者，必此人也。"郭汾阳见卢杞曰："此人得志，吾子孙无遗类矣。"自今而言之，其理固有可见者。以吾观之，王衍之为人，容貌言语固有以欺世而盗名者，然不忮不求，与物浮沉，使晋无惠帝，仅得中主，虽衍百千，何从而乱天下乎？卢杞之奸，固足以败国，然而不学无文，容貌不足以动人，言语不足以眩世，非德宗之鄙暗，亦何从而用之？由是言之，二公之料二子，亦容有未必然也。

今有人口诵孔、老之言，身履夷、齐之行，收召好名之士、不得志之人，相与造作言语，私立名字，以为颜渊、孟轲复出，而阴贼险狠，与人异趣，是王衍、卢杞合而为一人也，其祸岂可胜言哉！夫面垢不忘洗，衣垢不忘浣，此人之至情也。今也不然，衣臣虏之衣，食犬彘之食，囚首丧面而谈《诗》、《书》，此岂其情也哉？凡事之不近人情者，鲜不为大奸慝，竖刁、易牙、开方是也。以盖世之名而济其未形之患，虽有愿治之主、好贤之相，犹将举而用之，则其为天下患必然而无疑者，非特二子之比也。

孙子曰："善用兵者无赫赫之功。"使斯人而不用也，则吾言为过，而斯人有不遇之叹，孰知其祸之至于此哉？不然，天下将被其祸，而吾获知言之名，悲夫！

【解题】

本文作于嘉祐八年（1063）。所谓奸人，即王安石。文中"凡事不近人情者，鲜不为大奸慝"之论，实为卓见。惟谓王安石为奸，则不足取。或谓此文非苏洵所作。

谏论 上

古今论谏，常与讽而少直，其说盖出于仲尼。吾以为讽、直一也，顾用之之术何如耳。伍举进隐语，楚王淫益甚；茅焦解衣危论，秦帝立悟。讽固不可尽与，直亦未易少之。吾故曰：顾用之之术何如耳。

然则仲尼之说非乎？曰：仲尼之说，纯乎经者也；吾之说，参乎权而归乎经者也。如得其术，则人君有少不为桀、纣者，吾百谏而百听矣，况虚己者乎？不得其术，则人君有少不若尧、舜者，吾百谏而百不听矣，况逆忠者乎？然则奚术而可？曰：机智勇辩如古游说之士而已。夫游说之士，以机智勇辩济其诈，吾欲谏者以机智勇辩济其忠。请备论其效。周衰，游说炽于列国，自是世有其人。吾独怪夫谏而从者百一，说而从者十九；谏而死者皆是，说而死者未尝闻。然而抵触忌讳，说或甚于谏。由是知不必乎讽，而必乎术也。

说之术可为谏法者五：理谕之，势禁之，利诱之，激怒之，隐讽之之谓也。触龙以赵后爱女贤于爱子，未旋踵而长安君出质；甘罗以杜郵之死诘张唐，而相燕之行有日；赵卒以两贤王之意语燕，而立归武臣；此理而谕之也。子贡以内忧教田常，而齐不得伐鲁；武公以麋虎胁顷襄，而楚不敢图周；鲁连以烹醢惧垣衍，而魏不果帝秦；此势而禁之也。田生以万户侯启张卿，而刘泽封；朱建以富贵饵闳孺，而辟阳赦；邹阳以爱幸悦长君，而梁王释；此利而诱之也。苏秦以牛后羞韩，而惠王按剑太息；范雎以无王耻秦，而昭王长跪请教；郦生以助秦凌汉，而沛公辍洗听计；此激而怒之也。苏代以土偶笑田文，楚人以弓缴感襄王，蒯通以娶妇悟齐相，此隐而讽之也。五者，相倾险诐之论。虽然，施之忠臣，足以成功。何则？理而谕之，主虽昏必悟；势而禁之，主虽骄必惧；利而诱之，主虽怠必奋；激而怒之，主虽懦必立；隐而讽之，主虽暴必容。悟则明，惧则恭，奋则勤，立则勇，容则宽，致君之道尽于此矣。吾观昔之臣言必从，理必济，莫如唐魏郑公。其初实学纵横之说，此所谓得其术者欤？

噫！龙逢、比干不获称良臣，无苏秦、张仪之术也；苏秦、张仪不免为游说，无龙逢、比干之心也。是以龙逢、比干吾取其心，不取其术；苏秦、张仪吾取其术，不取其心，以为谏法。

【解题】

《谏论》上、下两篇，写作时间不详。上篇论臣应以机智勇辩来进谏尽忠，下篇论君宜刑赏并用使臣必谏。论臣进谏之“术”文势圆括，证据确凿；说用臣之“势”贴情近理，比喻奇特。（下篇解题从略）

谏　论　下

夫臣能谏，不能使君必纳谏，非真能谏之臣；君能纳谏，不能使臣必谏，非真能纳谏之君。欲君必纳乎，向之论备矣；欲臣必谏乎，吾其言之。

夫君之大，天也；其尊，神也；其威，雷霆也。人之不能抗天、触神、忤雷霆，亦明矣。圣人知其然，故立赏以劝之，《传》曰“兴王赏谏臣”是也。犹惧其选耎阿谀，使一日不得闻其过，故制刑以威之，《书》曰“臣下不正，其刑墨”是也。人之情非病风丧心，未有避赏而就刑者，何苦而不谏哉？赏与刑不设，则人之情又何苦而抗天、触神、忤雷霆哉？自非性忠义、不悦赏、不畏罪，谁欲以言博死者？人君又安能尽得性忠义者而任之？

今有三人焉，一人勇，一人勇怯半，一人怯。有与之临乎渊谷者，且告之曰：“能跳而越此，谓之勇，不然为怯。”彼勇者耻怯，必跳而越焉，其勇怯半者与怯者则不能也。又告之曰：“跳而越者与千金，不然则否。”彼勇怯半者奔利，必跳而越焉，其怯者犹未能也。须臾，顾见猛虎暴然向逼，则怯者不待告，跳而越之如康庄矣。然则人岂有勇怯哉？要在以势驱之耳。君之难犯，犹渊谷之难越也。所谓性忠义、不悦赏、不畏罪者，勇者也，故无不谏焉。悦赏者，勇怯半者也，故赏而后谏焉。畏罪者，怯者也。故刑而后谏焉。先王知勇者不可常得，故以赏为千金，以刑为猛虎，使其前有所趋，后有所避，其势不得不极言规失，此三代所以兴也。末世不然，迁其赏于不谏，迁其刑于谏，宜乎臣之噤口卷舌，而乱亡随之也。间或贤君欲闻其过，亦不过赏之而已。呜呼！不有猛虎，彼怯者肯越渊谷乎？此无他，墨刑之废耳。三代之后，如霍光诛昌邑不谏之臣者，不亦鲜哉！

今之谏赏，时或有之；不谏之刑，缺然无矣。苟增其所有，有其所无，则谀者直，佞者忠，况忠直者乎？诚如是，欲闻谠言而不获，吾不信也。

制　　敌

兵何难？曰：难乎制敌。曷难乎制敌？曰：古者六师之中，士不能皆锐，马不能皆良，器械不能皆利，故其兵必有上、中、下辈。力扼虎，射中的，捕敌敢前，攻垒敢先乘，上兵也；习行阵，晓击刺，进而进，退而退，中兵也；奔则蹶，负则喘，迎刃而殪，望敌而走，下兵也。凡上兵一支中兵十，中兵十支下兵百。此非独吾有，敌亦不无也。为将者不以计用之，而曰敌以上兵来，吾无上兵乎？以中兵来，吾无中兵乎？以下兵来，吾无下兵乎？然则胜负何时而决也？夫胜负久而不决，不能无老师费财。吾故曰难乎制敌也。

若其善兵者则不然。堂然而阵，填然而鼓，视敌之兵有挺刃大呼而争奋者，此其上兵也，以吾下兵委之。满镞而向之，其色动，介马而驰之，其辙乱者，此其下兵也，以吾中兵袭之。夫如此，敌之上兵乐吾下兵之易攻也，必尽锐不顾而击之，吾得以上兵临其中，中兵临其下，此皆以一克十，以十克百之兵也，焉往而不胜哉！是则敌三克吾一，而吾三克敌二。况其上兵虽胜，而中兵、下兵既为吾克，其势不能独完，亦终为吾所并耳。噫！一失而三得。与三失而一得，为将者宜何取耶？

昔田忌与齐诸公子逐射，孙膑见其马有上中下，因教之曰："以君下驷与彼上驷，取君上驷与彼中驷，取君中驷与彼下驷。"忌从之，一不胜而再胜，卒获千金。夫膑之说乃吾向之说也。徒施之射，是以知其能获千金而止耳。苟取而施之兵，虽穰苴、吴起，何以易此哉！

【解题】

本文论制敌之策当以己之下兵对敌之上兵，以己之上兵击敌之中兵，以己之中兵击敌之下兵，以求一失两胜。与《权书·强弱》所论相近而文意甚浅。写作时间不详。

喾妃论

《史记》载帝喾元妃曰姜原，次妃曰简狄。简狄行浴，见燕坠其卵，取吞之，因生契，为商始祖。姜原出野，见巨人迹，忻然践之，因生稷，为周始祖。

其祖商、周，信矣；其妃之所以生者，神奇妖滥，不亦甚乎？商、周有天下七八百年，是其享天之禄以能久有社稷，而其祖宗何如此之不祥也！使圣人而有异于众庶也，吾以为天地必将构阴阳之和，积元气之英以生之，又焉用此二不祥之物哉？燕坠卵于前，取而吞之，简狄其丧心乎！巨人之迹隐然在地，走而避之且不暇，忻然践之，何姜原之不自爱也？又谓行浴出野而遇之，是以简狄、姜原为淫佚无法度之甚者。帝喾之妃，稷、契之母，不如是也。

虽然，史迁之意，必以《诗》有"天命玄鸟，降而生商"，"厥初生民，时维姜原。生民如何，克禋克祀。以弗无子，履帝武敏歆。攸介攸止，载震载夙，载生载育，时维后稷"而言之。吁！此又迁求《诗》之过也。毛公之传《诗》也，以玄鸟降为祀郊禖之候，履帝武为从高辛之行。及郑之笺而后有吞践之事。当毛之时，未始有迁史也。迁之说出于疑《诗》，而郑之说又出于信迁矣。故天下皆曰圣人非人，人不可及也。甚矣，迁之以不祥诬圣人也！夏之衰，二龙戏于庭，藏其漦，至周而发之，化为鼋，以生褒姒，以灭周。使简狄而吞卵，姜原而践迹，则其生子当如褒姒以妖惑天下。奈何其有稷、契也？

或曰：然则稷何以弃？曰：稷之生也，无灾无害，或者姜原疑而弃之乎？郑庄公寤生，惊姜氏，姜氏恶之，事固有然者也。吾非恶夫异也，恶夫迁之以不祥诬圣人也。弃之而牛羊避，迁之而飞鸟覆，吾岂恶之哉？楚子文之生也，虎乳之，吾固不恶夫异也。

【解题】

本文批评《史记》关于契、后稷出生传说的记载，体现出作者维护礼教正统的观念和对男女之别的重视。写作时间不详。

管仲论

管仲相桓公，霸诸侯，攘戎狄，终其身齐国富强，诸侯不叛。管仲死，竖刁、易牙、开方用，桓公薨于乱，五公子争立，其祸蔓延，讫简公，齐无宁岁。夫功之成，非成于成之日，盖必有所由起；祸之作，不作于作之日，亦必有所由兆。则齐之治也，吾不曰管仲，而曰鲍叔；及其乱也，吾不曰竖刁，易牙、开方，而曰管仲。何则？竖刁、易牙、开方三子，彼固乱人国者，顾其用之者，桓公也。夫有舜而后知放四凶，有仲尼而后知去少正卯。彼桓公何人也？顾其使桓公得用三子者，管仲也。

仲之疾也，公问之相。当是时也，吾以仲且举天下之贤者以对。而其言乃不过曰竖刁、易牙、开方三子，非人情，不可近而已。呜呼！仲以为桓公果能不用三子矣乎？仲与桓公处几年矣，亦知桓公之为人矣乎？桓公声不绝乎耳，色不绝乎目，而非三子者则无以遂其欲。彼其初之所以不用者，徒以有仲焉耳。一日无仲，则三子者可以弹冠相庆矣。仲以为将死之言，可以絷桓公之手足邪？夫齐国不患有三子，而患无仲；有仲，则三子者三匹夫耳。不然，天下岂少三子之徒？虽桓公幸而听仲，诛此三人，而其余者，仲能悉数而去之邪？呜呼！仲可谓不知本者矣。因桓公之问，举天下之贤者以自代，则仲虽死，而齐国未为无仲也，夫何患？三子者不言可也。

五霸莫盛于桓、文。文公之才不过桓公，其臣又皆不及仲，灵公之虐不如孝公之宽厚，文公死，诸侯不敢叛晋，晋袭文公之余威，得为诸侯之盟主者百有余年。何者？其君虽不肖，而尚有老成人焉。桓公之薨也，一乱涂地，无惑也。彼独恃一管仲，而仲则死矣。夫天下未尝无贤者，盖有有臣而无君者矣。桓公在焉，而曰天下不复有管仲者，吾不信也。仲之书有记其将死，论鲍叔、宾胥无之为人，且各疏其短，是其心以为是数子者皆不足以托国；而又逆知其将死，则其书诞谩不足信也。

吾观史鳅以不能进蘧伯玉而退弥子瑕，故有身后之谏；萧何且死，举曹参以自代。大臣之用心，固宜如此也。夫国以一人兴，以一人亡。贤者不悲其身之死，而忧其国之衰，故必复有贤者而后可以死。彼管仲者，何以死哉！

【解题】

本文论管仲临死不能举贤自代，导致齐国政治衰乱。立论新颖别致，行文纵横捭阖，结构圆活紧凑。写作时间不详。

明　　论

天下有大知，有小知。人之智虑有所及，有所不及。圣人以其大知而兼其小知之功，贤人以其所及而济其所不及；愚者不知大知，而以其所不及丧其所及。故圣人之治天下也以常，而贤人之治天下也以时。既不能常，又不能时，悲夫殆哉！夫惟大知，而后可以常，以其所及，济其所不及，而后可以时。常也者，无治而不治者也；时也者，无乱而不治者也。

日月经乎中天，大可以被四海，而小或不能入一室之下，彼固无用此区区小明也。故天下视日月之光，俨然其若君父之威。故自有天地而有日月，以至于今，而未尝可以一日无焉。天下尝有言曰：叛父母，亵神明，则雷霆下击之。雷霆固不能为天下尽击此等辈也，而天下之所以兢兢然不敢犯者，有时而不测也。使雷霆日轰轰焉绕天下以求夫叛父母、亵神明之人而击之，则其人未必能尽，而雷霆之威无乃亵乎？故夫知日月雷霆之分者，可以用其明矣。

圣人之明，吾不得而知也，吾独爱夫贤者之用其心约而成功博也，吾独怪夫愚者之用其心劳而功不成也。是无他也，专于其所及而及之，则其及必精；兼于其所不及而及之，则其及必粗。及之而精，人将曰是惟无及，及则精矣。不然，吾恐奸雄之窃笑也。

齐威王即位，大乱三载，威王一奋而诸侯震惧二十年，是何修何营邪？夫齐国之贤者，非独一即墨大夫，明矣，乱齐国者，非独一阿大夫与左右誉阿而毁即墨者几人，亦明矣。一即墨大夫易知也，一阿大夫易知也，左右誉阿而毁即墨者几人易知也，从其易知而精之，故用心甚约而成功博也。

天下之事，譬如有物十焉，吾举其一，而人不知吾之不知其九也。历数之至于九，而不知其一，不如举一之不可测也，而况乎不至于九也！

【解题】

本文论治理天下应当用人智虑所及济其不及，达到用心约而成功博之境。议论自然，比喻贴切，笔调轻逸。写作时间不详。

三子知圣人污论

孟子曰："宰我、子贡、有若，知足以知圣人污。"吾为之说曰：污，下也。宰我、子贡、有若三子者，其智不足以及圣人高深幽绝之境，而徒得其下者焉耳。宰我曰："以予观于夫子，贤于尧舜远矣。"子贡曰："由百世之后，等百世之王，莫之能违也。"有若曰："出乎其类，拔乎其萃，自生民以来，未有夫子之盛也。"是知夫子之大矣，而未知夫子之所以大矣，宜乎谓其知足以知圣人污而已也。

圣人之道一也，大者见其大，小者见其小，高者见其高，下者见其下，而圣人不知也。苟有形乎吾前者，吾以为无不见也，而离娄子必将有见吾之所不见焉，是非物罪也。太山之高百里，有却走而不见者矣，有见而不至其趾者矣，有至其趾而不至其上者矣，而太山未始有变也。有高而已耳，有大而已耳，见之不逃，不见不求见，至之不拒，不至不求至。而三子者，至其趾也。

颜渊从夫子游，出而告人曰："吾有得于夫子矣。"宰我、子贡、有若从夫子游，出而告人曰："吾有得于夫子矣。"夫子之道一也，而颜渊得之以为颜渊，宰我、子贡、有若得之以为宰我、子贡、有若，夫子不知也。夫子之道，有高而又有下，犹太山之有趾也。高则难知，下则易从。难知，故夫子之道尊；易从，故夫子之道行。非夫子下之而求行也，道固有下者也。太山非能有趾，而不能无趾也。

子贡谓夫子曰："夫子之道至大也，故天下莫能容夫子。夫子盍少贬焉。"夫子不悦。夫有其大，而后能安其大；有其小焉，则亦不狭乎其小。夫子有其大，而子贡有其小。然则无惑乎子贡之不能安夫夫子之大也。

【解题】

本文论孟子对宰我、子贡、有若三人的评价，认为孔子学说有高有下，而三人只学到了其下。写作时间不详。

利者义之和论

义者，所以宜天下，而亦所以拂天下之心。苟宜也，宜乎其拂天下之心也。求宜乎小人邪？求宜乎君子邪？求宜乎君子也，吾未见其不以至正而能也。抗至正而行，宜乎其拂天下之心也。然则义者，圣人戕天下之器也。伯夷、叔齐殉大义以饿于首阳之山，天下之人安视其死而不悲也。天下而果好义也，伯夷、叔齐其不以饿死矣。虽然，非义之罪也，徒义之罪也。武王以天命诛独夫纣，揭大义而行，夫何恤天下之人？而其发粟散财，何如此之汲汲也？意者，虽武王亦不能以徒义加天下也。《乾·文言》曰："利者，义之和。"又曰："利物足以和义。"呜呼！尽之矣。君子之耻言利，亦耻言夫徒利而已。

圣人聚天下之刚以为义，其支派分裂而四出者为直、为断、为勇、为怒，于五行为金，于五声为商。凡天下之言刚者，皆义属也。是其为道决裂惨杀而难行者也。虽然，无之则天下将流荡忘反，而无以节制之也。故君子欲行之，必即于利；即于利，则其为力也易；戾于利，则其为力也艰。利在则义存，利亡则义丧，故君子乐以趋徒义，而小人悦怿以奔利义，必也。天下无小人，而后吾之徒义始行矣。呜呼！难哉。

圣人灭人国，杀人父，刑人子，而天下喜乐之，有利义也。与人以千乘之富而人不奢，爵人以九命之贵而人不骄，有义利也。义利、利义相为用，天下运诸掌矣。五色必有丹而色和，五味必有甘而味和，义必有利而义和。《文言》之所云，虽以论天德，而《易》之道本因天以言人事。说《易》者不求之人，故吾犹有言也。

【解题】

本文论利与义的关系，认为义利结合才能治天下。写作时间不详。

孔子论

苏子曰：此孔子之所以圣矣。盖田氏、六卿不服，则齐、晋无不亡之道；三桓不臣，则鲁无可治之理。孔子之用于世，其政无急于此者矣。

彼晏婴者亦知之，曰田氏之僭，惟礼可以已之。在礼，家施不及国，大夫不收公利。齐景公曰："善哉，吾今而后知礼之可以为国也。"婴能知之，而莫能为之，婴非不贤也，其浩然之气以直养而无害，塞乎天地之间者，不及孔孟也。孔子以羁旅之臣，得政期月，而能举治世之礼，以律亡国之臣，堕名都，出藏甲，而三桓不疑其害己，此必有不言而信，不怒而威者矣。孔子之圣见于行事，至此为无疑也。婴之用于齐也，久于孔子；景公之信其臣也，愈于定公。而田氏之祸不少衰，吾是以知孔子之难也。孔子以哀公十六年卒，十四年陈恒弑其君，孔子沐浴而朝，告于哀公，请讨之。吾是以知孔子之欲治列国之君臣，使如《春秋》之法者，至于老且死而不忘也。

或曰：孔子知哀公与三子之必不从，而以礼告也欤？曰：否，孔子实欲伐齐。孔子既告公，公曰："鲁为齐弱久矣，子之伐之将若之何？"对曰："陈恒弑其君，民之不予者半。以鲁之众，加齐之半，可克也。"此岂礼告而已哉？哀公患三桓之逼，常欲以越伐鲁而去之。夫以强邻伐国，民不予也，皋如出公之事，断可见矣，岂若从孔子而伐齐乎？若从孔子而伐齐，则凡所以胜齐之道，孔子任之有馀矣。既克田氏，则鲁之公室自张，三桓不治而自服也。此孔子之志也。

【解题】

本文论孔子行事过人之处。写作时间不详。文见《古今图书集成·学行典》卷一四六。

二　书简

上府倅吴职方书

洵窃谓蜀之土，墙万山，堑大江，膏田百同，蟠乎其中，故天下之地，险固沃美无如蜀者。即蜀而言，益，诸郡之纲领；嘉，诸蛮之孔道。故蜀之地大且要，无如益与嘉者。执事始受诏天子相益，尝受命大司权领嘉事，未几归益，今又以事如嘉而还矣。是益徯执事以治，而嘉徯执事以安，一身而二任焉。故蜀之吏自府漕刑外，职大责重无如执事者。职大责重，古君子居之，未尝不竭已之才，而又得择群言舆谋以辅其志，广其聪，远其明，而能成功。故蜀之吏宜不以贵故忽卑贱之言，亦无如执事者。

洵，通义穷百姓，读经史、学计策外无他长。执事爰弟里行君气质刚正，非妄许可者，不知洵不肖，读其文而怜其穷，故尝幸过之，而又尝使人以书而候问其死生，若故旧然。洵常德之，思有以报，而未获其所。执事之始如嘉也，前郡尉张君谓洵曰："吴公经是，语及子，且知子矣。"夫其弟待之如故旧，其兄未识而语及之，且知之焉，然则如洵者宜如何哉？不效其所有于执事以补万一，而以浅陋为解，则非执事待洵意也。况执事职大任重，必不以贵故忽其言耶！今洵之所有，而执事之所当闻者，蜀之利害也，请为执事言其略。

夫蜀有三患，其二将形，其一既萌。何哉？人性骄侈，耀宝贿，盛纨锦。赀蓄未能百金，而炫诸外已若古程、卓辈，故使穷民恶盗得以萌窥劫心。李顺之乱实根于此，今又何知草莽间无李顺耶？此将形之一患也。疲兵怯弱，或有变故，常恃客军，故客军常曰：“有他盗能御我者？”少不若意，则瞠视大叫。疲兵畏避不暇，何敢议斗？王均、刘旰之乱，实根于此。今又何知军伍中无王均、刘旰耶？此将形之患二也。去岁邕管逋寇，南诏为之囊橐，倡言于其国曰：“砥尔戈，秣尔马，吾将逞志于蜀。”今郡县欲广其备具，多其戍役，则民不堪，否则惧其乘我虚隙。此既萌之患一也。夫一方而三患具，安危缓急宜曰何如？而昧者犹谓今之患独在南诏，而又曰残虏非吾敌。不知是三患幸而不发则已，不幸而有一起，二者必从而兴，其势如大鼎弱足之折，余必随之。苟有位者不皇皇汲汲蚤夜思其谋，则亦见坐漏船之中，而不知茹焉鄭鄭焉者也。然则何为而可？曰西南民性与东北尤异。怯不能守，嗜利而好荡，是以易乱；勇不能固，慑刑而重迁，是以易制。今其骄侈之风，虽欲化以俭德，固未可岁月待。得强明吏擿其奸，发其非，诛之徙之，则盗可以消矣。

疲兵虽号怯弱，然武王以之而克商，诸葛孔明以之服西南蛮，抑魏氏兵不敢出战，杨仪乘其余尚能走孟达。今之人亦古之人耳，何强弱之远乎？盖不训练之过。窃见疲兵惟忠勇、宁远二军粗识教令，他不过负担而役，捆屦而食，奈何责其斗耶？今欲为之计，莫若择客军之精锐者为之师而教之，明其号令，一其勇怯，信其赏罚，不旬月可与之赴汤火、蹈白刃，则客军知所顾忌，不敢动矣。犍为之西南，汉源之东南，庐山之西北，沿边杂虏，自汉以降，肆逆效勇，犹可历数。然则非有雄谋大志，惟暴之则逆，惠之则顺。譬之狗然，临之以箠，鲜不吠噬；豢之以食，可使捍盗。西汉以钩町兵破姑缯、叶榆。后公孙述窃据，大姓龙、傅、董、尹氏为汉保境。由是观之，其人盖有时而忠也。况今数百年来，慑服帖息，苟重之以惠，则彼独忠于古哉？所宜密委边守常加宽恤，其人之商于吾境者，严讥而薄征之，疾则医之，死则殡之，使其至如归焉。彼将益乐吾德而求为我用矣，则向所谓邕管逋寇之在南诏者，又安能数千里越求为我用之虏而犯我哉？纵使尽力能攻而越之，则其锐兵坚甲固已缺顿于沿边杂虏，而我坐收其弊，擒之易耳。今郡县大修攻守战斗之具，而愚民汹汹惊顾间，有瘗金而囊糗以待窜匿者，故洵敢以此说为献。执事幸置之胸中，异日府公漕刑必将咨计执事，执事择其说之可者发之，幸甚。

吁！执事权略智调，视措置岷蜀，其犹指挥仆妾辈耳，何待洵言耶？虽然，居山者知虎豹之迹，居泽者识蛟蜃之穴。洵诚惧执事不若洵家于此，闻见习熟，而得之之详也，以是不敢缄默。平生所学《春秋》、《洪范》、礼乐律历，皆著之书，非遇执事闲燕讲道时，未敢以赘。《兵论》三篇，冀执事观之，而知洵与大迂儒腐生盖少异矣。

【解题】

本文约作于皇祐元年（1049）至至和元年（1054）间。吴职方即吴照邻。此文论蜀中政治弊端，语颇恳切。上呈已作，亦有求官意。文见《成都文类》卷二十一。

上张文定公书

窃以士之进拜于王公贵人之前者，未始不以颂美而求悦，未始不以诉穷而求哀。夫颂美而谓人悦之，诉穷而谓人哀之，浅之为丈夫也。闻其颂美而悦，闻其诉穷而哀，亦浅之为丈夫也。今洵将以不肖之身恩明公，其将何辞以叩明公之知哉？曰：明公之美不胜颂也，洵不颂也；洵之穷不足诉也，洵不诉也。今有人焉，文为天下师，行为天下表，才为天下宗，言为天下法，天下其曰斯人何如人也？后世其曰斯人何如人也？区区而颂其美，是天高海广之论，无益之甚也。故曰明公之美不胜颂也，洵不颂也。洵饥焉而天下不皆饥，洵寒焉而天下不皆寒，洵何恤哉？故曰洵之穷不足诉也。

然则卒无说乎？曰何遽无也。先民有言曰："貌言华也，至言实也，苦言药也，甘言疾也。"夫以貌言、甘言悦人者，是以不贤人期人也；以至言、苦言悦人者，是以贤人期人也。明公柅车之初，洵访诸官吏、胥史，皆曰明公严而明；访之布衣、儒生，皆曰明公恭而有礼；访诸闾里、编户，皆曰明公廉而仁；访诸军旅、士伍，皆曰明公威而有信。夫官吏、胥史、布衣、儒生、闾里、编户、军旅、士伍之知明公也固不尽，其已如是矣，洵其可不以贤人期明公，而悦之以至言、苦言邪？

昔者皋陶戒舜曰："兢兢业业，一日二日万几。"贾谊说汉文帝曰："当今之势，如抱火厝之积薪之下而寝其上，火未及然。"此言忧惧之甚也。夫舜，圣主也，天下至治之时也；汉文，贤君也，亦天下至治之时也；而二臣犹以忧惧之言闻之，然则不忧惧而能有立者鲜矣。今之人皆曰："器大者不忧，量广者不惧，忧与惧者庸妄人耳。"夫庸妄人之忧惧，非洵所云也。洵所云者圣贤之忧惧也，忧而思所以谋之，惧而思所以安之也。今明公坐大宇下，望之如神人，僚佐胥史趋走汗慄，宾客之请见者皆俯伛曲拳而后入。如是，谁敢以忧惧之言闻诸明公者？虽然，洵敢言之。夫蜀之境，壤狭而民夥，虽号富庶，然亦贫匮者众矣。是以一挠之，则不堪命者十数年，故其人多怨而易动。里巷小民亦尝历评镇蜀者，自吕公而下，曰某公仁、某公明、某公贪、某公暴。仁、明、贪、暴之名，百世不磨，此贤人君子之所畏也，惟明公以此思惧。编籍之中不能无凶民，军伍之中不能无悍卒。西南徼外，杂虏棋布星列。总而言之，其众近数千万，御得其道，则敛足屏气，皆吾臣，皆吾妾；御失其道，则圜视而起，皆吾雠，皆吾敌。此贤人君子之所尤畏者也，惟明公以此思忧。

惧则思所以安之，忧则思所以谋之，非不忽草茅贫贱之言不能也。洵，草茅贫贱者也，愚朴自负，不识忌讳，惟知天下之事有不便民者，辄抗言之。言之不足以快愤懑，奋笔而书之。近所著《机策》一篇，《权书》十篇，凡二万言。虽不知王公大人可以当其意否，而自谓尽古今之利害，复皆易行而非迂阔浮诞之言也。今录而献明公，明公择而行之。

兹外复有一说，太祖既受孟昶降，念所以镇蜀者，遂辍吕公于台铉之间而任焉。今明公才烈勋业入为宰相，佐天子调阴阳、正百官已晚矣，而犹数千里尹蜀者，吾皇之心亦太祖之心邪？吁！吾皇之急贤，则明公之归朝有不期岁矣。惟明公早夜汲汲以思其谋，无使措置未备，而传召东至，则蜀民数百年之幸也。

【解题】

此信约作于至和元年（1054）。张文定公即张方平，字安道，谥文定，官至参知政事，当时知益州。苏洵上书给张方平自荐，颇得赏识，被举荐为成都学官。文见《成都文类》卷二十一。

谢张文定公书

古之君子期擅天下之功名，期为天下之儒人，而一旦不幸，陷于不义之徒者有矣。柳子厚、刘梦得、吕化光，皆才过人者，一为二王所污，终身不能洗其耻。虽欲刻骨刺心，求悔其过而不可得，而天下之人且指以为党人矣。洵每读其文章，则爱其才；至见其陷于党人，则悲其不幸。故虽自知其不肖，不足以希望古之君子，而尝自洁清以避耻远辱。王公贵人，可以富贵人者，肩相摩于上；始进之士，其求富贵之者，踵相接于下。而洵未尝一动其心焉，不敢不自爱其身故也。

贫之不如富，贱之不如贵，在野之不如在朝，食菜之不如食肉，洵亦知之矣。里中大夫皆谓洵曰："张公，我知其为人。今其来必将有所举，宜莫若子；将求其所以为依，宜莫如公。"洵笑曰："我则愿出张公之门矣，张公许我出其门下哉?"居数月，或告洵曰："张公举子。"闻之愀然自贺曰："吾知免矣。"吾尝怪柳子厚、刘梦得、吕化光数子，以彼之才游天下，何容其身辱如此！恐焉惧其操履之不固，以蹑数子之踪。今张公举我，吾知免矣。

孟子曰："观远臣以其所主。"韩子曰："知其主可以信其客。"张公做事固信于天下，得为张公客者，虽非贤人，而天下亦不敢谓之庸人矣。昨有得天下不得谓之庸人者几人? 而我则当。知我者可以吊刘梦得、吕化光、柳子厚数子之不幸，而贺我之幸也。数百里一拜于前，以为谢者，正为此耳。

【解题】

此信作于至和二年（1055）。张方平在这年举荐苏洵为成都学官，苏洵写此信谢他。文见《成都文类》卷二十一。

上张侍郎第一书

侍郎执事：明公之知洵，洵知之，明公知之，他人亦知之。洵之所以获知于明公，明公之所以知洵者，虽暴之天下，皆可以无愧。今也，将有所私告于执事。念将以屑屑之私，坏败其至公之节，欲忍而不言而不能，欲言而不果，勃然交于胸中，心不宁而颜忸怩者累月而后决。窃见古之君子，知其人也忧其人，以至于其父母、昆弟、妻子，以至于其亲族、朋友，忧之固其责也。虽然，自我求之，则君子讥焉。知之而不忧，不忧而求人忧，则君子交讥之。洵之意以为宁在我，而无宁在明公，故用此决其意而发其言，以私告于下执事，明公试一听之。

洵有二子轼、辙，齠龀授经，不知他习，进趋拜跪，仪状甚野，而独于文字中有可观者。始学声律，既成，以为不足尽力于其间，读孟、韩文，一见以为可作。引笔书纸，日数千言，坌然溢出，若有所相。年少狂勇，未尝更变，以为天于之爵禄可以攫取。闻京师多贤士大夫，欲往从之游，因以举进士。洵今年几五十，以懒钝废于世，誓将绝进取之意。惟此二子，不忍使之复为湮沦弃置之人。今年三月，将与之如京师。一门之中，行者三人，而居者尚十数口。为行者计，则害居者；为居者计，则不能行。栖栖焉无所告诉。夫以负贩之夫，左提妻、右挈子，奋身而往，尚不可御；有明公以为主，夫焉往而不济？今也望数千里之外，茫然如梯天而航海，蓄缩而不进，洵亦羞见朋友。

明公居齐桓、晋文之位，惟其不知洵，惟其知而不忧，则又何说？不然，何求而不克？轻之于鸿毛，重之于泰山，高之于九天，远之于万里，明公一言，天下谁议？将使轼、辙求进于下风，明公引而察之。有一不如所言，愿赐诛绝，以惩欺罔之罪。

【解题】

此信作于嘉祐元年（1056）春。张侍郎即张方平，张至和元年（1054）以户部侍郎知益州，故称。信为求举荐而作，然笔力甚雄。

上张侍郎第二书

省主侍郎执事：洵始至京师时，平生亲旧，往往在此，不见者盖十年矣。惜其老而无成，问所以来者。既而皆曰：“子欲有求，无事他人，须张益州来乃济。”且云：“公不惜数千里走表为子求官，苟归，立便殿上，与天子相唯诺，顾不肯邪？”

退自思公之所与我者，盖不为浅。所不可知者，惟其力不足而势不便；不然，公于我无爱也。闻之古人：“日中必熭，操刀必割。”当此时也，天子虚席而待公，其言宜无不听用。洵也与公有如此之旧，适在京师，且未甚老，而犹足以有为也。此时而无成，亦足以见他人之无足求，而他日之无及也已。

昨闻车马至此有日，西出百余里迎见。雪后苦风，晨至郑州，唇黑面烈，僮仆无人色。从逆旅主人得束薪缊火，良久，乃能以见。出郑州十里许，有导骑从东来，惊愕下马立道周。云宋端明且至，从者数百人，足声如雷，已过乃敢上马徐去，私自伤至此。伏惟明公所谓洁廉而有文，可以比汉之司马子长者，盖穷困如此，岂不为之动心，而待其多言邪！

【解题】

此信写于嘉祐元年（1056）冬，因求官未遂而再次上书张方平请求举荐。

与雷太简纳拜书

赵郡苏某袖书再拜知郡殿丞之前：夫礼隆于疏，杀于亲。以兄之亲，而酌则先秦人，盖此见其情焉。某与执事道则师友，情则兄弟，伛偻跪拜，抗拜于两楹之间，而何以为亲？愿与执事结师友之欢，隆兄弟之好。谨再拜庑下，执事其听之，勿辞。不宣。

【解题】

此信写于至和二年（1055）。雷太简，名简夫，此时知雅州。苏洵写信与他结识，后雷简夫曾写信给张方平、欧阳修、韩琦举荐苏洵。文见《东莱标注老泉先生文集》卷十一。

答雷太简书

太简足下：前月辱书，承谕朝廷将有召命，且教以东行应诏。旋属郡有符，亦以此见遣。承命自笑，恐不足以当，遂以疾辞，不果行。计太简亦已知之。

仆已老矣，固非求仕者，亦非固求不仕者。自以闲居田野之中，鱼稻蔬笋之资，足以养生自乐，俯仰世俗之间，窃观当世之太平；其文章议论，亦可以自足于一世。何苦乃以衰病之身，委曲以就有司之权衡，以自取轻笑哉？然此可为太简道，不可与流俗人言也。

向者《权书》、《衡论》、《几策》，皆仆闲居之所为。其间虽多言今世之事，亦不自求出之于世，乃欧阳永叔以为可进而进之。苟朝廷以为其言之可信，则何所事试？苟不信其平居之所云，而其一日仓卒之言，又何足信邪？恐复不信，祇以为笑。

久居闲处，终岁幸无事。昨为州郡所发遣，徒益不乐尔。杨曼至今未归，未得所惠书。岁晚，京师寒甚，惟多爱。

【解题】

此信作于嘉祐三年（1058）底。雷太简，名简夫，曾知坊州、阆州、雅州。这年朝廷召苏洵试舍人院，苏洵以病辞不就。因雷简夫曾举荐过自己，故写此信说明自己辞试的原因，表示了自己对科举制度的不满。

上韩枢密书

太尉执事；洵著书无他长，及言兵事，论古今形势，至自比贾谊。所献《权书》，虽古人已往成败之迹，苟深晓其义，施之于今，无所不可。昨因请见，求进末议，太尉许诺，谨撰其说。言语朴直，非有惊世绝俗之谈、甚高难行之论，太尉取其大纲，而无责其纤悉。

盖古者非用兵决胜之为难，而养兵不用之可畏。今夫水激之山，放之海，决之为沟塍，壅之为沼沚，是天下之人能之。委江河，注淮泗，汇为洪波，潴为大湖，万世而不溢者，自禹之后未之见也。夫兵者，聚天下不义之徒，授之以不仁之器，而教之以杀人之事。夫惟天下之未安，盗贼之未殄，然后有以施其不义之心，用其不仁之器，而试其杀人之事。当是之时，勇者无余力，智者无余谋，巧者无余技。故其不义之心变而为忠，不仁之器加之于不仁，而杀人之事施之于当杀。及夫天下既平，盗贼既殄，不义之徒聚而不散，勇者有余力则思以为乱，智者有余谋则思以为奸，巧者有余技则思以为诈。于是天下之患杂然出矣。盖虎豹终日而不杀，则跳踉大叫，以发其怒；蝮蝎终日而不螫，则噬啮草木，以致其毒。其理固然，无足怪者。

昔者刘、项奋臂于草莽之间，秦、楚无赖子弟千百为辈，争起而应者，不可胜数。转斗五六年，天下厌兵，项籍死，而高祖亦已老矣。方是时，分王诸将，改定律令，与天下休息。而韩信、黥布之徒，相继而起者七国，高祖死于介胄之间而莫能止也。连延及于吕氏之祸，讫孝文而后定。是何起之易而收之难也！刘、项之势，初若决河，顺流而下，诚有可喜。及其崩溃四出，放乎数百里之间，拱手而莫能救也。呜呼！不有圣人，何以善其后？

太祖、太宗，躬擐甲胄，跋履险阻，以斩刈四方之蓬蒿。用兵数十年，谋臣猛将满天下，一旦卷甲而休之，传四世而天下无变，此何术也？荆、楚、九江之地不分于诸将，而韩信、黥布之徒无以启其心也。虽然，天下无变，而兵久不用，则其不义之心蓄而无所发，饱食优游，求逞于良民。观其平居无事，出怨言以邀其上；一日有急，是非人得千金，不可使也。往年诏天下缮完城池，西川之事，洵实亲见。凡郡县之富民，举而籍其名，得钱数百万，以为酒食馈饷之费。杵声未绝，城辄随坏，如此者数年而后定。卒事，官吏相贺，卒徒相矜，若战胜凯旋而待赏者。比来京师，游阡陌间，其曹往往偶语，无所讳忌。闻之土人，方春时，尤不忍闻。盖时五六月矣，会京师忧大水，锄耰畚筑列于两河之堧，县官日费千万，传呼劳问之声不绝者数十里，犹且睊睊狼顾，莫肯效用。且夫内之如京师之所闻，外之如西川之所亲见，天下之势今何如也？

御将者天子之事也，御兵者将之职也。天子者，养尊而处优，树恩而收名，与天下为喜乐者也，故其道不可以御兵。人臣执法而不求情，尽心而不求名，出死力以捍社稷，使天下之心系于一人，而己不与焉。故御兵者，人臣之事，不可以累天子也。

今之所患，大臣好名而惧谤。好名则多树私恩，惧谤则执法不坚。是以天下之兵豪纵至此，而莫之或制也。顷者狄公在枢府，号为宽厚爱人，狎昵士卒，得其欢心。而太尉适承其后。彼狄公者知御外之术，而不知治内之道，此边将材也。古者兵在外，爱将军而忘天子；在内，爱天子而忘将军。爱将军所以战，爱天子所以守。狄公以其御外之心而施诸其内，太尉不反其道，而何以为治？

或者以为兵久骄不治，一旦绳以法，恐因以生乱。昔者郭子仪去河南，李光弼实代之。将至之日，张用济斩于辕门，三军股栗。夫以临淮之悍，而代汾阳之长者，三军之士，竦然如赤子之脱慈母之怀，而立乎严师之侧，何乱之敢生？且夫天子者，天下之父母也；将相者，天下之师也。师虽严，赤子不以怨其父母；将相虽厉，天下不以咎其君，其势然也。天子者，可以生人杀人，故天下望其生：及其杀之也，天下曰：是天子杀之。故天子不可以多杀。人臣奉天子之法，虽多杀，天下无以归怨，此先王所以威怀天下之术也。

伏惟太尉思天下所以长久之道，而无幸一时之名；尽至公之心，而无恤三军之多言。夫天子推深仁以结其心，太尉厉威武以振其堕。彼其思天子之深仁，则畏而不至于怨；思太尉之威武，则爱而不至于骄。君臣之体顺，而畏爱之道立，非太尉吾谁望邪？不宜。洵再拜。

【解题】

此信写于嘉祐元年（1056）。韩枢密即韩琦，字稚圭，位至宰相，当时是枢密使。信中规劝韩琦严肃军纪，议论精到而笔力纵横，辞严气劲而情真意切。

上韩丞相书

洵年老无聊，家产破坏，欲从相公乞一官职。非敢望如朝廷所以待贤俊，使之志得道行者，但差胜于今，粗可以养生遗老者耳。去岁蒙朝廷授洵试校书郎，亦非敢少之也。使朝廷过听，而洵侥幸，不过得一京官，终不能如汉唐之际所以待处士者。则京官之与试衔，又何足分多少于其间，而必为彼不为此邪？然其所以区区无厌，复有求于相公者，实以家贫无赀，得六七千钱，诚不足以赡养，又况忍穷耐老，望而未可得邪？

凡人为官，稍可以纾意快志者，至京朝官始有其仿佛耳。自此以下者，皆劳筋苦骨，摧折精神，为人所役使，去仆隶无几也。然天下之士，所以求之如不及，得之而喜者，彼诚少年，将有所忍于此，以待至于纾意快志者也。若洵者，计其年岂足以有待邪？今且守选数年，然后得窥尚书省门，又待阙岁余而到任。幸而得免于负犯废放，又守选，又待阙，如此十四五年，谨守以满七八考，又幸而有举主五六人，然后敢望于改官。当此之时，洵盖七十矣。譬如豫章橘柚，非老人所种也。

洵久为布衣，无官长拘辖，自觉筋骨疏强，不堪为州县趋走拜伏小吏。相公若别除一官，而幸与之，愿得尽力。就使无补，亦必不至于恣睢漫漶，以伤害王民也。今朝廷糊名以取人，保任以得官，苟应格者，虽屠沽不得不与。何者？虽欲爱惜而无由也。今洵幸为诸公所知似不甚浅，而相公尤为有意。至于一官，则反复迟疑不决者累岁。嗟夫！岂天下之官以洵故冗邪？

洵少时自处不甚卑，以为遇时得位，当不卤莽。及长，知取士之难，遂绝意于功名，而自托于学术，实亦有得而足恃。自去岁以来，始复读《易》，作《易传》百余篇。此书若成，则自有《易》以来，未始有也。今也亦不甚恋恋于一官，如必无可推致之理，亦幸明告之，无使其首鼠不决，欲去而迟迟也。

世人施恩则望报，苟有以相博，则叩之也易。今洵已潦倒，有二子又皆抗拙如洵，相公岂能施此不报之恩邪？相公往时为洵言，欲为欧阳公言子者数矣，而见辄忘之，以为怪。洵诚惧其或有意欲收之也，而复忘之，故忍耻而一言。不宣。洵再拜。

【解题】

此信写于嘉祐六年（1061）。韩丞相即韩琦，字稚圭，嘉祐三年（1058）任宰相。信为求官而作，辞甚动情。

上韩昭文论山陵书

四月二十三日，将仕郎、守霸州文安县主簿、礼院编纂苏洵，惶恐再拜上书昭文相公执事，洵本布衣书生，才无所长，相公不察而辱收之，使与百执事之末，平居思所以仰报盛德，而不获其所。今者，先帝新弃万国，天子始亲政事，当海内倾耳侧目之秋，而相公实为社稷柱石莫先之臣，有百世不磨之功。伏惟相公将何以处之？

古者天子即位，天下之政必有所不及安席而先行之者。盖汉昭即位，休息百役，与天下更始，故其为天子曾未逾月，而恩泽下布于海内。窃惟当今之事，天下之所谓最急，而天子之所宜先行者，辄敢以告于左右。

窃见先帝以俭德临天下，在位四十余年，而宫室游观无所增加，帏簿器皿弊陋而不易，天下称颂，以为文景之所不若。今一旦奄弃臣下，而有司乃欲以末世葬送无益之费，侵削先帝休息长养之民，掇取厚葬之名而遗之，以累其盛明。故洵以为当今之议，莫若薄葬。窃闻顷者癸酉赦书既出，郡县无以赏兵，例皆贷钱于民。民之有钱者，皆莫肯自输，于是有威之以刀剑，驱之以笞箠，为国结怨，仅而得之者。小民无知，不知与国同忧，方且狼顾而不宁。而山陵一切配率之科又以复下，计今不过秋冬之间，海内必将骚然，有不自聊赖之人。窃惟先帝平昔之所以爱惜百姓者如此其深，而其所以检身节俭者如此其至也，推其平生之心而计其既没之意，则其不欲以山陵重困天下，亦已明矣。而臣下乃独为此过当逾礼之费，以拂戾其平生之意，窃所不取也。且使今府库之中，财用有余，一物不取于民，尽公力而为之，以称遂臣子不忍之心，犹且获讥于圣人；况夫空虚无有，一金以上非取于民则不获，而冒行不顾，以徇近世失中之礼，亦已惑矣。

然议者必将以为古者君子不以天下俭其亲。以天下之大，而不足于先帝之葬，于人情有所不顺。洵亦以为不然。使今俭葬而用墨子之说，则是过也；不废先王之礼，而去近世无益之费，是不过矣。子思曰，“三日而殡，凡附于身者必诚必信，勿之有悔焉耳矣；三月而葬，凡附于棺者必诚必信，勿之有悔焉耳矣。”古之人所由以尽其诚信者，不敢有略也，而外是者则略之。昔者华元厚葬其君，君子以为不臣。汉文葬于霸陵，木不改列，藏无金玉，天下以为圣明，而后世安于太山。故曰莫若建薄葬之议，上以遂先帝恭俭之诚，下以纾百姓目前之患，内以解华元不臣之讥，而万世之后以固山陵不拔之安。

洵窃观古者厚葬之由，未有非其时君之不达，欲以金玉厚其亲于地下，而其臣下不能禁止，僶俛而从之者；未有如今日之事，太后至明，天子至圣，而有司信近世之礼，而遂为之者。是可深惜也。且夫相公既已立不世之功矣，而何爱一时之劳而无所建明？洵恐世之清议，将有任其责者。

如曰诏敕已行，制度已定，虽知不便，而不可复改。则此又过矣。盖唐太宗之葬高祖也，欲为九丈之坟，而用汉氏长陵之制，百事务从丰厚。及群臣建议以为不可，于是改从光武之陵，高不过六丈，而每事俭约。夫君子之为政，与其坐视百姓之艰难而重改令之非，孰若改令以救百姓之急？不胜区区之心，敢辄以告。惟恕其狂易之诛，幸甚，幸甚！不宣。洵惶恐再拜。

【解题】

此信作于嘉祐八年（1063）。韩昭文即韩琦，字稚圭，位至宰相，嘉祐六年加昭文馆大学士，监修国史，故称。山陵即帝王坟墓。嘉祐八年（1063）三月，仁宗逝世，英宗即位，任命韩琦为山陵使，厚葬仁宗，苏洵作此信劝谏。

上富丞相书

相公阁下：往年天子震怒，出逐宰相，选用旧臣堪付属以天下者，使在相府，与天下更始，而阁下之位实在第三。方是之时，天下咸喜相庆，以为阁下惟不为宰相也，故默默在此；方今困而后起，起而复为宰相，而又值乎此时也，不为而何为？且吾君之意，待之如此其厚也，不为而何以副吾望？故咸曰：“后有下令而异于他日者，必吾富公也。”朝夕而待之，跂首而望之。望望然而不获见也，戚戚然而疑。呜呼！其弗获闻也，必其远也；进而及于京师，亦无闻焉。不敢以疑，犹曰：天下之人如此其众也，数十年之间如此其变也，皆曰贤人焉。或曰：彼其中则有说也，而天下之人则未始见也。然而不能无忧。

盖古之君子，爱其人也则忧其无成。且尝闻之，古之君子，相是君也，与是人也，皆立于朝，则使吾皆知其为人皆善者也，而后无忧。且一人之身而欲擅天下之事，虽见信于当世，而同列之人一言而疑之，则事不可以成。今夫政出于他人而不惧，事不出于己而不忌，是二者，惟善人为能，然犹欲得其心焉。若夫众人，政出于他人而惧其害己，事不出于己而忌其成功，是以有不平之心生。夫或居于吾前，或立于吾后，而皆有不平之心焉，则身危。故君子之出处于其间也，不使之不平于我也。

周公立于明堂以听天下，而召公惑。何者？天下固惑乎大者也，召公犹未能信乎吾之此心也。周公定天下，诛管、蔡，告召公以其志，以安其身，以及于成王。故凡安其身者，以安乎周也。召公之于周公，管、蔡之于周公，是二者亦皆有不平之心焉，以为周之天下，公将遂取之也。周公诛其不平而不可告语者，告其可以告语者，而和其不平之心。然则非其必不可以告语者，则君子未始不欲和其心。天下之人，从士而至于卿大夫，宰相集处其上，欲有所为，何虑而不成？不能忍其区区之小忿，以成其不平之衅，则害其大事。是以君子忍其小忿以容其小过，而杜其不平之心，然后当大事而听命焉。且吾之小忿，不足以易吾之大事也，故宁小容焉，使无芥蒂于其间。

古之君子与贤者并居而同乐，故其责之也详；不幸而与不肖者偶，不图其大而治其细，则阔远于事情而无益于当世。故天下无事而后可与争此，不然则否。昔者诸吕用事，陈平忧惧，计无所出。陆贾入见说之，使交欢周勃。陈平用其策，卒得绛侯入北军之助以灭诸吕。夫绛侯，木强之人也，非陈平致之而谁也？故贤人者致其不贤者，非夫不贤者之能致贤者也。

曩者，今上即位之初，寇莱公为相，惟其侧有小人不能诛，又不能与之无忿，故终以斥去。及范文正公在相府，又欲以岁月尽治天下事，失于急与不忍小忿，故群小人亦急逐之，一去遂不复用，以殁其身。伏惟阁下以不世出之才，立于天子之下，百官之上，此其深谋远虑必有所处，而天下之人犹未获见。

洵，西蜀之人也，窃有志于今世，愿一见于堂上。伏惟阁下深思之，无忽。

【解题】

此信写于嘉祐元年（1056）。富丞相即富弼，字彦国，至和二年（1055）任宰相而无建树，故作者写信对他进行批评忠告。

上文丞相书

昭文相公执事：天下之事，制之在始；始不可制，制之在末。是以君子慎始而无后忧；救之于其末，而其始不为无谋。谋诸其始而邀诸其终，而天下无遗事。是故古者之制其始也，有百年之前而为之者也。盖周公营乎东周，数百年而待乎平王之东迁也。然及其收天下之士，而责其贤不肖之分，则未尝于其始焉，而制其极。盖尝举之于诸侯，考之于太学，引之于射宫而试之弓矢，如此其备矣。然而管叔、蔡叔，文王之子；而武王，周公之弟也，生而与之居处，习知其性之所好恶，与夫居之于太学，而习之于射宫者，宜愈详矣。然其不肖之实，卒不见于此时。及其出为诸侯监国，临大事而不克自定，然后败露，以见其不肖之才。且夫张弓而射之，一不失容，此不肖者或能焉，而圣人岂以为此足以尽人之才？盖将为此名以收天下之士，而后观其临事，而黜其不肖。故曰：始不可制，制之在末。于此有人求金于沙，敛而扬之，惟其扬之也精，是以责金于扬，而敛则无择焉。不然，金与沙砾皆不录而已矣。故欲求尽天下之贤俊，莫若略其始；欲求责实于天下之官，莫若精其终。

今者天下之官自相府而至于一县之丞尉，其为数实不可胜计。然而大数已定，余吏滥于官籍。大臣建议减任子、削进士，以求便天下。窃观古者之制，略于始而精于终，使贤者易进，而不肖者易犯。夫易犯故易退，易进故贤者众，众贤进而不肖者易退，夫何患官冗？今也艰之于其始，窃恐夫贤者之难进，与夫不肖者之无以异也。

方今进退天下士大夫之权，内则御史，外则转运，而士大夫之间洁然而无过，可任以为吏者，其实无几。且相公何不以意推之？往年吴中复在犍为，一月而发二吏。中复去职，而吏之以罪免者，旷岁无有也。虽然，此特洵之所见耳，天下之大则又可知矣。国家法令甚严，洵从蜀来，见凡吏商者皆不征，非追胥调发，皆得役天子之夫，是以知天下之吏犯法者甚众。从其犯而黜之，十年之后将分职之不给。此其权在御史、转运，而御史、转运之权实在相公，顾甚易为也。

今四方之士会于京师，口语籍籍，莫不为此。然皆莫肯一言于其上，诚以为近于私我也。洵，西蜀之人，方不见用于当世，幸又不复以科举为意，是以肆言于其间而可以无嫌。伏惟相公慨然有忧天下之心，征伐四国以安天下，毅然立朝以威制天下，名著功遂，文武并济。此其享功业之重而居富贵之极，于其平生之所望无复慊然者。惟其获天下之多士，而与之皆乐乎，此可以复动其志，故遂以此告其左右，惟相公亮之。

【解题】

此信写于嘉祐元年（1056）。文丞相即文彦博，字宽夫，仁宗时位至宰相。信中论选拔官员应“略于始而精于终”，对当时选官的腐败弊端加以针砭。

上田枢密书

天之所以与我者，夫岂偶然哉？尧不得以与丹朱，舜不得以与商均，而瞽叟不得夺诸舜。发于其心，出于其言，见于其事，确乎其不可易也。圣人不得以与人，父不得夺诸其子，于此见天之所以与我者不偶然也。

夫其所以与我者，必有以用我也。我知之不得行之，不以告人，天固用之，我实置之，其名曰弃天。自卑以求幸其言，自小以求用其道，天之所以与我者何如，而我如此也，其名曰亵天。弃天，我之罪也；亵天，亦我之罪也；不弃不亵，而人不我用，非我之罪也，其名曰逆天。然则弃天、亵天者其责在我，逆天者其责在人。在我者，吾将尽吾力之所能为者，以塞夫天之所以与我之意，而求免乎天下后世之讥。在人者，吾何知焉？吾求免夫一身之责之不暇，而暇为人忧乎哉？

孔子、孟轲之不遇，老于道涂而不倦不愠不怍不沮者，夫固知夫责之所在也。卫灵、鲁哀、齐宣、梁惠之徒之不足相与以有为也，我亦知之矣，抑将尽吾心焉耳。吾心之不尽，吾恐天下后世无以责夫卫灵、鲁哀、齐宣、梁惠之徒，而彼亦将有以辞其责也。然则孔子、孟轲之目将不瞑于地下矣。

夫圣人贤人之用心也固如此。如此而生，如此而死，如此而贫贱，如此而富贵，升而为天，沉而为渊，流而为川，止而为山，彼不预吾事，吾事毕矣。窃怪夫后之贤者之不能自处其身也，饥寒穷困之不胜而号于人。呜呼！使其诚死于饥寒穷困邪，则天下后世之责将必有在。彼其身之责不自任以为忧，而我取而加之吾身，不已过乎？

今洵之不肖，何敢以自列于圣贤？然其心亦有所不甚自轻者。何则？天下之学者，孰不欲一蹴而造圣人之域，然及其不成也，求一言之几乎道而不可得也。千金之子，可以贫人，可以富人。非天之所与，虽以贫人富人之权，求一言之几乎道，不可得也。天子之宰相，可以生人，可以杀人；非天之所与，虽以生人杀人之权，求一言之几乎道，不可得也。今洵用力于圣人贤人之术亦已久矣。其言语，其文章，虽不识其果可以有用于今而传于后与否，独怪其得之之不劳。方其致思于心也，若或起之；得之心而书之纸也，若或相之。夫岂无一言之几乎道？千金之子，天子之宰相，求而不得者，一旦在己，故其心得以自负，或者天其亦有以与我也。

曩者，见执事于益州，当时之文，浅狭可笑，饥寒穷困乱其心，而声律记问又从而破坏其体，不足观也已。数年来退居山野，自分永弃，与世俗日疏阔，得以大肆其力于文章。诗人之优柔，骚人之精深，孟、韩之温淳，迁、固之雄刚，孙、吴之简切，投之所向，无不如意。常以为董生得圣人之经，其失也流而为迂；晁错得圣人之权，其失也流而为诈；有二子之才而不流者，其惟贾生乎！惜乎今之世，愚未见其人也。作策二道，曰《审势》、《审敌》，作书十篇曰《权书》。洵有山田一顷，非凶岁，可以无饥。力耕而节用，亦足以自老。不肖之身不足惜，而天之所与者不忍弃，且不敢亵也。执事之名满天下，天下之士用与不用在执事，故敢以所谓《策》二道、《权书》十篇者为献。平生之文，远不可多致，有《洪范论》、《史论》七篇，近以献内翰欧阳公。度执事与之朝夕相从，而议天下之事，则斯文也其亦庶乎得陈于前矣。若夫其言之可用与其身之可贵与否者，执事事也，执事责也，于洵何有哉！

【解题】

此信写于嘉祐元年（1056）。田枢密即田况，字元钧，当时任枢密副使。此信本为求田况举荐自己而作，然立说宏伟，文字峻绝，颇为自重。

上欧阳内翰第一书

内翰执事：洵布衣穷居，尝切有叹。以为天下之人不能皆贤，不能皆不肖。故贤人君子之处于世，合必离，离必合。往者天子方有意于治，而范公在相府，富公为枢密副使，执事与余公、蔡公为谏官，尹公驰骋上下，用力于兵革之地。方是之时，天下之人，毛发丝粟之才，纷纷然而起，合而为一。而洵也，自度其愚鲁无用之身，不足以自奋于其间，退而养其心，幸其道之将成，而可以复见于当世之贤人君子。不幸道未成，而范公西，富公北，执事与余公、蔡公分散四出，而尹公亦失势，奔走于小官。洵时在京师，亲见其事，忽忽仰天叹息，以为斯人之去，而道虽成，不复足以为荣也。既复自思，念往者众君子之进于朝，其始也，必有善人焉推之；今也，亦必有小人焉间之。今之世无复有善人也，则已矣；如其不然也，吾何忧焉！姑养其心，使其道大有成而待之，何伤？退而处十年，虽未敢自谓其道有成矣，然浩浩乎其胸中若与曩者异。而余公适亦有成功于南方，执事与蔡公复相继登于朝，富公复自外入为宰相，其势将复合为一。喜且自贺，以为道既已粗成，而果将有以发之也。既又反而思其向之所慕望爱悦之而不得见之者，盖有六人。今将往见之矣，而六人者已有范公、尹公二人亡焉，则又为之潸然出涕以悲。呜呼！二人者不可复见矣！而所恃以慰此心者，犹有四人也，则又以自解。思其止于四人也，则又汲汲欲一识其面，以发其心之所欲言。而富公又为天子之宰相，远方寒士未可遽以言通于其前。余公、蔡公远者又在万里外。独执事在朝廷间，而其位差不甚贵，可以叫呼扳援而闻之以言。而饥寒衰老之病，又锢而留之，使不克自至于执事之庭。夫以慕望爱悦其人之心，十年而不得见，而其人已死，如范公、尹公二人者；则四人之中，非其势不可遽以言通者，何可以不能自往而遽已也？

执事之文章，天下之人莫不知之，然窃自以为洵之知之特深，愈于天下之人。何者？孟子之文，语约而意尽，不为巉刻斩绝之言，而其锋不可犯。韩子之文，如长江大河，浑浩流转，鱼鼋蛟龙，万怪惶惑，而抑遏蔽掩，不使自露。而人自见其渊然之光、苍然之色，亦自畏避，不敢迫视。执事之文，纡余委备，往复百折，而条达疏畅，无所间断。气尽语极，急言竭论，而容与闲易，无艰难劳苦之态。此三者，皆断然自为一家之文也。惟李翱之文，其味黯然而长，其光油然而幽，俯仰揖让，有执事之态。陆贽之文，遣言措意，切近的当，有执事之实。而执事之才，又自有过人者。盖执事之文，非孟子、韩子之文，而欧阳子之文也。夫乐道人之善而不为谄者，以其人诚足以当之也。彼不知者，则以为誉人以求其悦己也。夫誉人以求其悦己，洵亦不为也。而其所以道执事光明盛大之德，而不自知止者，亦欲执事之知其知我也。

虽然，执事之名满于天下，虽不见其文，而固已知有欧阳子矣。而洵也，不幸堕在草野泥涂之中，而其知道之心，又近而粗成。而欲徒手奉咫尺之书，自托于执事，将使执事何从而知之，何从而信之哉？洵少年不学，生二十五岁，始知读书，从士君子游。年既已晚，而又不遂刻意厉行，以古人自期。而视与己同列者，皆不胜己，则遂以为可矣。其后困益甚，然后取古人之文而读之，始觉其出言用意，与己大异。时复内顾，自思其才则又似夫不遂止于是而已者。由是尽烧曩时所为文数百篇，取《论语》、《孟子》、《韩子》及其他圣人、贤人之文，而兀然端坐，终日以读之者七八年。方其始也，入其中而惶然，博观于其外，而骇然以惊。及其久也，读之益精，而其胸中豁然以明，若人之言固当然者，然犹未敢自出其言也。时既久，胸中之言日益多，不能自制，试出而书之，已而再三读之，浑浑乎觉其来之易矣，然犹未敢以为是也。近所为《洪范论》、《史论》凡七篇，执事观其如何？嘻！区区而自言，不知者又将以为自誉以求人之知己也。惟执事思其十年之心如是之不偶然也而察之！

【解题】

此信约写于嘉祐元年（1056）。欧阳内翰即欧阳修，字永叔，时为翰林学士。此信为献书求见而作。文笔结构巧妙，首段历叙诸君子离合而将自己求进之未成夹叙其中，显示抱负而不直露，末段说十年慕悦之心亦与首段相呼应而浑成一体。

上欧阳内翰第二书

内翰谏议执事：士之能以其姓名闻乎天下后世者，夫岂偶然哉？以今观之，乃可以见。生而同乡，学而同道，以某问某，盖有曰吾不闻者焉；而况乎天下之广，后世之远，虽欲求仿佛，岂易得哉？古之以一能称，以一善书者，愚未尝敢忽也。今夫群群焉而生，逐逐焉而死者，更千万人不称不书也。彼之以一能称，以一善书者，皆有以过乎千万人者也。

自孔子没，百有余年而孟子生；孟子之后，数十年而至荀卿子；荀卿子后乃稍阔远，二百余年而扬雄称于世；扬雄之死，不得其继，千有余年，而后属之韩愈氏；韩愈氏没三百年矣，不知天下之将谁与也？且夫以一能称，以一善书者，皆不可忽，则其多称而屡书者，其为人宜尤可贵重。奈何数千年之间，四人而无加，此其人宜何如也？天下病无斯人，天下而有斯人也，宜何以待之？

洵一穷布衣，于今世最为无用，思以一能称、以一善书而不可得者也。况夫四子者之文章，诚不敢冀其万一。顷者张益州见其文，以为似司马子长。洵不悦，辞焉。夫以布衣，而王公大人称其文似司马迁，不悦而辞，无乃为不近人情？诚恐天下之人不信，且惧张公之不能副其言，重为世俗笑耳。若执事，天下所就而折衷者也。不知其不肖，称之曰："子之《六经论》，荀卿子之文也。"平生为文，求于千万人中使其姓名仿佛于后世而不可得，今也一旦而得齿于四人者之中，天下乌有是哉？意者其失于斯言也。执事于文称师鲁，于诗称子美、圣俞，未闻其有此言也。意者其戏也。

惟其愚而不顾，日书其所为文，惟执事之求而致之。既而屡请而屡辞焉，曰："吾未暇读也。"退而处，不敢复见，甚惭于朋友，曰："信矣，其戏也！"虽然，天下不知其为戏，将有以议执事，洵亦且得罪。执事怜其平生之心，苟以为可教，亦足以慰其衰老，惟无曰荀卿云者，幸甚。

【解题】

此信约写于嘉祐二年（1057）。信中感谢欧阳修器重自己的文章，又埋怨欧阳修"未暇读"己之作，企盼得到重用。文字起伏顿挫而自然。

上欧阳内翰第三书

洵启：昨出京仓惶，遂不得一别。去后数日，始知悔恨。盖一时间变出不意，遂扰乱如此，怏怅，怏怅！不审日来尊履何似？

二子轼、辙竟不免丁忧。今已到家月余，幸且存活。洵道途奔波，老病侵陵，成一翁矣。自思平生羁蹇不遇，年近五十，始识阁下，倾盖晤语，便若平生，非徒欲援之于贫贱之中，乃与切磨议论，共为不朽之计。而事未及成，辄闻此变。孟轲有云："行或使之，止或尼之。"岂信然邪?

洵离家时，无壮子弟守舍，归来屋庐倒坏，篱落破漏，如逃亡人家。今且谢绝过从，杜门不出，亦稍稍取旧书读之。时有所怀，辄欲就阁下评议。忽惊相去已四千里，思欲跂首望见君子之门庭，不可得也。

所示范公碑文，议及申公事节，最为深厚。近试以语人，果无有晓者。每念及此，郁郁不乐。阁下虽贤俊满门，足以啸歌俯仰，终日不闷，然至于不言而心相谕者，阁下于谁取之?

自蜀至秦，山行一月，自秦至京师，又沙行数千里。非有名利之所驱，与凡事之不得已者，孰为来哉？洵老矣，恐不能复东。阁下当时赐音问，以慰孤耿。病中无聊，深愧疏略，惟千万珍重。

【解题】

此信作于嘉祐二年（1057)。这年四月苏洵之妻程氏在家乡病逝，五月，父子三人闻讣仓卒返蜀，抵家月余后作此信。

上欧阳内翰第四书

洵启：夏热，伏惟提举内翰尊候万福。向为京兆尹，天下谓公当由此得政；其后闻有此授，或以为拂世戾俗，过在于不肯卤莽。然此岂足为公损益哉?

洵久不奉书，非敢有懈，以为用公之奏而得召，恐有私谢之嫌。今者洵既不行，而朝廷又欲必致之。恐听者不察，以为匹夫而要君命，苟以为高而求名，亦且得罪于门下，是故略陈其一二，以晓左右。

闻之孟轲曰："仕不为贫，而有时乎为贫。"洵之所为欲仕者，为贫乎？实未至于饥寒而不择。以为行道乎？道固不在我。且朝廷将何以待之？今人之所谓富贵高显而近于君，可以行道者，莫若两制。然犹以为不得为宰相，有所牵制于其上，而不得行其志。为宰相者，又以为时不可为，而我将有所待。若洵又可以行道责之邪？

始公进其文，自丙申之秋至戊戌之冬，凡七百余日而得召。朝廷之事，其节目期限，如此之繁且久也。使洵今日治行，数月而至京师；旅食于都市以待命，而数月间得试于所谓舍人院者；然后使诸公专考其文，亦一二年；幸而以为不谬，可以及等而奏之，从中下相府，相与拟议，又须年载间，而后可以庶几有望于一官。如此，洵固以老而不能为矣。人皆曰求仕将以行道，若此者，果足以行道乎？既不足以行道，而又不至于为贫，是二者皆无名焉，是故其来迟迟，而未甚乐也。

王命且再下，洵若固辞，必将以为沽名而有所希望。今岁之秋，轼、辙已服阕，亦不可不与之俱东。恐内翰怪其久而不来，是以略陈其意。拜见尚远，惟千万为国自重。

【解题】

此信作于嘉祐四年（1059）夏。嘉祐三年（1058）十一月，苏洵闻朝廷召试舍人院，以病辞未就。这年六月，朝廷再召苏洵，洵致信欧阳修，表示将奉召进京。

上欧阳内翰第五书

内翰侍郎执事：洵以无用之才，久为天下之弃民，行年五十，未尝见役于世。执事独以为可收，而论之于天子，再召之试，而洵亦再辞。独执事之意，叮宁而不肯已。朝廷虽知其不肖，不足以辱士大夫之列，而重违执事之意，譬之巫医卜祝，特捐一官以乞之。自顾无分毫之功有益于世，而王命至门，不知辞让，不畏简书、朋友之讥，而苟以为荣。此所以深愧于执事，久而不至于门也。

然君子之相从，本非以求利，盖亦乐乎天下之不知其心，而或者之深知之也，执事之于洵，未识其面也，见其文而知其心；既见也，闻其言而信其平生。洵不以身之进退出处之间有谒于执事，而执事亦不以称誉荐拔之，故有德于洵。再召而辞也，执事不以为矫，而知其耻于自求；一命而受也，执事不以为贪，而知其不欲为异。其去不追，而其来不拒；其大不荣，而其小不辱。此洵之所以自信于心者，而执事举知之。故凡区区而至门者，为是谢也。

《礼》曰："仕而未有禄者，君有馈焉，曰献；使焉，曰寡君；违而君薨，弗为服也。"古之君子重以其身臣人者，盖为是也哉！子思、孟轲之徒，至于是国，国君使人馈之，其词曰："寡君使某有献于从者。"布衣之尊，而至于此，惟不食其禄也。今洵已有名于吏部，执事其将以道取之邪，则洵也犹得以宾客见；不然，其将与奔走之吏同趋于下风，此洵所以深自怜也。惟所裁择。

【解题】

此信作于嘉祐五年（1060）。这年苏洵被任为秘书省试校书郎，他写此信给欧阳修，说明自己两辞诏试和就任校书郎的经过和态度，感谢欧阳修的知遇，并希望欧阳修能继续以礼待己。流露出就任九品小官而失去布衣之尊的怅惘。

贺欧阳枢密启

伏审光奉帝诏，入持国枢，士民欢哗，朝野响动。共惟国家所以设枢密之任，乃是天下未能忘威武之防。虽号百岁之承平，未尝一日而无事。兵不可去，职为最难。任文教则损国威，专武事则害民政。

伏自近岁，屡更大臣。皆由省府而来，以答勋劳之旧。一历二府，遂超百官，既无跂足之求，仅若息肩之所。自闻此命，欣贺实深。盖因物议之所归，以慰民心之大望。伏惟某官一时之杰，举代所推。经世之文，服膺已久；致君之略，至老不衰。顾惟平昔起于小官，曷尝须臾忘于当世？以为天下之未大治，盖自贤者之在下风。自今而言，夫复何难？愿因千载之遇，一新四海之瞻。

洵受恩至深，为喜宜倍。尝谓未死之际，无由知王道之大行；不意临老之年，犹及见君子之得位。阻以在外，阙于至门。仰祈高明，俯赐亮察。

【解题】

本文作于嘉祐五年（1060）。为贺欧阳修任枢密副使而作。文见《皇朝文鉴》卷一二一。

上王长安书

判府左丞阁下：天下无事，天子甚尊，公卿甚贵，士甚贱。从士而逆数之，至于天子，其积也甚厚，其为变也甚难。是故天子之尊至于不可指，而士之卑至于可杀。呜呼！见其安而不见其危，如此而已矣。

卫懿公之死，非其无人也，以鹤辞而不与战也。方其未败也，天下之士望为其鹤而不可得也；及其败也，思以千乘之国与匹夫共之而不可得也。人知其卒之至于如此，则天子之尊可以栗栗于上，而士之卑可以肆志于下，又焉敢以势言哉！故夫士之贵贱，其势在天子；天子之存亡，其权在士。世衰道丧，天下之士学之不明，持之不坚，于是始以天子存亡之权，下而就一匹夫贵贱之势。甚矣夫，天下之惑也！持千金之璧以易一瓦缶，几何其不举而弃诸沟也？

古之君子，其道相为徒，其徒相为用。故一夫不用乎此，则天下之士相率而去之。使夫上之人有失天下士之忧，而后有失一士之惧。今之君子，幸其徒之不用，以苟容其身。故其始也轻用之，而其终也亦轻去之。呜呼！其亦何便于此也。

当今之世，非有贤公卿不能振其前，非有贤士不能奋其后。洵从蜀来，明日将至长安，见明公而东。伏惟读其书而察其心，以轻重其礼，幸甚幸甚！

【解题】

此信约作于嘉祐元年（1056）。王长安即王拱辰，时知永兴军京兆府。信中主张重视士。

上韩舍人书

舍人执事：方今天下虽号无事，而政化未清，狱讼未衰息，赋敛日重，府库空竭，而大者又有二虏之不臣。天子震怒，大臣忧恐，自两制以上宜皆苦心焦思，日夜思念，求所以解吾君之忧者。

洵自惟闲人，于国家无丝毫之责，得以优游终岁，咏歌先王之道以自乐，时或作为文章，亦不求人知。以为天下方事事，而王公大人岂暇见我哉？是以逾年在京师，而其平生所愿见如君侯者，未尝一至其门。有来告洵以所欲见之之意，洵不敢不见。然不知君侯见之而何也？天子求治如此之急，君侯为两制大臣，岂欲见一闲布衣，与之论闲事邪？此洵所以不敢遽见也。

自闲居十年，人事荒废，渐不喜承迎将逢，拜伏拳跽。王公大人苟能无以此求之，使得从容坐隅，时出其所学，或亦有足观者。今君侯辱先求之，此其必有所异乎世俗者矣。

孟子曰："段干木逾垣而避之，泄柳闭门而不纳，是皆已甚。迫，斯可以见矣。"呜呼！吾岂斯人之徒欤？欲见我而见之，不欲见而徐去之，何伤？况如君侯，平生所愿见者，又何辞焉？不宣。洵再拜。

【解题】

此信作于嘉祐二年（1057）春。韩舍人即韩绛，字子华，官至同中书门下平章事。信为谢韩绛知己而作，辞情动人。

与吴殿院书

洵启：京师会遇，殊未及从容，属家有变，故仓遽西走，遂不得奉别，快怅不可胜言也。向每见君侯，谈论辄尽欢。而在京师逾年，相见至少，诚恐宪官职重，是以不敢数数自通，然亦老懒不出之故。及今相去数千里，求复一见，不可得也。

曩曾议及故友史沆骨肉沦落荆楚间，慨然太息，有收恤之心。沆有兄经臣者，虽卧病，而志气卓然，以豪杰称乡里，使得摄尺寸之柄，当不卤莽。常以为沆死而有经臣者在，或万一能有所雪，今不幸亦已死矣。追思沆平生孤直不遇，而经臣亦以刚见废，又皆以无后死。当其生时，举世莫不仇疾，惟君侯一人独为哀闵，而数年间兄弟相继沦丧，使仁人之心不克少施。呜呼！岂其命之穷薄至于此耶！

经臣死，家无一人，后事所属办于朋友。今其家遗孤骨肉存者，独沆有弱女在襄州耳，君侯尚可以庇之，使无失所否？阻远未能一一，伏惟裁悉。不宣。洵白。

【解题】

此信作于嘉祐二年（1057）。吴殿院即吴中复，字仲庶，曾任殿中侍御史，故称。此信为求吴中复庇护已故史沆之女而作。

与梅圣俞书

圣俞足下：揆间忽复岁晚，昨九月中尝发书，计已达左右。洵闲居经岁，益知无事之乐，旧病渐复散去。独恨沦废山林，不得圣俞、永叔相与谈笑，深以嗟惋。

自离京师，行已二年，不意朝廷尚未见遗，以其不肖之文犹有可者，前月承本州发遣赴阙就试。圣俞自思，仆岂欲试者？惟其平生不能区区附合有司之尺度，是以至此穷困。今乃以五十衰病之身，奔走万里以就试，不亦为山林之士所轻笑哉？自思少年尝举茂才，中夜起坐，裹饭携饼，待晓东华门外，逐队而入，屈膝就席，俯首据案。其后每思至此，即为寒心。今齿日益老，尚安能使达官贵人复弄其文墨，以穷其所不知邪？

且以永叔之言与夫三书之所云，皆世之所见。今千里召仆而试之，盖其心尚有所未信，此尤不可苟进，以求其荣利也。昨适有病，遂以此辞。然恐无以答朝廷之恩，因为《上皇帝书》一通以进，盖以自解其不至之罪而已。不知圣俞当见之否。冬寒，千万加爱。

【解题】

此信作于嘉祐三年（1058）底。梅圣俞，名尧臣，诗人，官至尚书都官员外郎。信中说明自己辞试之由，并抨击当时科举制度。“中夜起坐，裹饭携饼，待晓东华门外，逐队而入，屈膝就席，俯首据案”，形象地描绘出了应试举子的可怜可悲。

与杨节推书

洵白：节推足下：往者见托以先丈之埋铭，示之以程生之《行状》。洵于子之先君，耳目未尝相接，未尝辄交谈笑之欢。夫古之人所为志夫其人者，知其平生，而闵其不幸以死。悲其后世之无闻，此铭之所为作也。然而不幸而不知其为人，而有人焉告之以其可铭之实，则亦不得不铭。此则铭亦可以信《行状》而作者也。今余不幸而不获知子之先君，所恃以作铭者，正在其《行状》耳。而《状》又不可信，嗟夫难哉！

然余伤夫人子之惜其先君无闻于后，以请于我；我既已许之，而又拒之，则无以恤乎其心。是以不敢遂已，而卒铭其墓。凡子之所欲使子之先君不朽者，兹亦足以不负子矣，谨录以进如左。然又恐子不信《行状》之不可用也，故又具列于后。

凡《行状》之所云，皆虚浮不实之事，是以不备论。论其可指之迹。《行状》曰："公有子美琳，公之死由哭美琳而恸以卒。"夫子夏哭子，止于丧明，而曾子讥之，而况以杀其身，此何可言哉？余不爱夫吾言，恐其伤子先君之风。《行状》曰："公戒诸子无如乡人，父母在而出分。"夫子之乡人，谁非子之宗与子之舅甥者，而余何忍言之？而况不至于皆然，则余又何敢言之？此铭之所以不取于《行状》者，有以也，子其无以为怪。洵白。

【解题】

此信约作于嘉祐四年（1059）冬。杨节推即杨美球，曾任安靖节度推官，故称。信中说明自己为杨美球父作墓志铭而不取《行状》之由，表明作者创作的求实态度。

上余青州书

洵闻之，楚人高令尹子文之行曰："三以为令尹而不喜，三夺其令尹而不怒。"其为令尹也，楚人为之喜，而其去令尹也，楚人为之怒。己不期为令尹，而令尹自至。夫令尹子文岂独恶夫富贵哉？知其不可以求得，而安其自得，是以喜怒不及其心，而人为之嚣嚣。嗟夫！岂亦不足以见己大而人小邪？脱然为弃于人，而不知弃之为悲；纷然为取于人，而不知取之为乐；人自为弃我、取我，而吾之所以为我者如一，则亦不足以高视天下而窃笑矣哉！

昔者，明公之初自奋于南海之滨，而为天下之名卿。当其盛时，激昂慷慨，论得失，定可否，左摩西羌，右揣契丹，奉使千里，弹压强悍不屈之虏，其辩如决河流而东注诸海，名声四溢于中原而滂薄于戎狄之国，可谓至盛矣。及至中废而为海滨之匹夫，盖其间十有余年，明公无求于人，而人亦无求于明公者。其后，适会南蛮纵横放肆，充斥万里，而莫之或救。明公乃起于民伍之中，折尺箠而笞之，不旋踵而南方乂安。夫明公岂有求而为之哉？适会事变以成大功，功成而爵禄至，明公之于进退之事，盖亦绰绰乎有余裕矣。

悲夫！世俗之人纷纷于富贵之间而不知自止。达者安于逸乐而习为高岸之节，顾视四海饥寒穷困之士，莫不颦蹙呕哕而不乐；穷者藜藿不饱，布褐不暖，习为贫贱之所摧折，仰望贵人之辉光，则为之颠倒而失措。此二人者，皆不可与语于轻富贵而安贫贱。何者？彼不知贫富贵贱之正味也。夫惟天下之习于富贵之荣，而忸于贫贱之辱者，而后可与语此。

今夫天下之所以奔走于富贵者，我知之矣，而不敢以告人也。富贵之极，止于天子之相。而天子之相，果谁为之名？岂天为之名邪？其无乃亦人之自相名邪？夫天下之官，上自三公，至于卿、大夫，而下至于士。此四人者，皆人之所自为也，而人亦自贵之。天下以为此四者绝群离类，特立于天下而不可几近，则不亦大惑矣哉！盍亦反其本而思之？夫此四名者，其初盖出于天下之人，出其私意以自相号呼者而已矣。夫此四名者，果出于人之私意所以自相号呼也，则夫世之所谓贤人君子者，亦何以异此？有才者为贤人，而有德者为君子，此二名者夫岂轻也哉？而今世之士得为君子者，一为世之所弃，则以为不若一命士之贵，而况以与三公争哉？且夫明公昔者之伏于南海，与夫今者之为东诸侯也，君子岂有间于其间？而明公亦岂有以自轻而自重哉？洵以为明公之习于富贵之荣，而狃于贫贱之辱，其尝之也，盖已多矣。是以极言至此，而无所迂曲。

洵，西蜀之匹夫，尝有志于当世，因循不遇，遂至于老。然其尝所欲见者，天下之士盖有五六人。五六人者已略见矣，而独明公之未尝见，每以为恨。今明公宋朝，而洵适在此，是以不得不见。伏惟加察，幸甚！

【解题】

此信约作于嘉祐五年（1060）。余青州即余靖，字安道，时知青州。信中论仕途沉浮不可刻求，然有道有德自当有功业。行文气势宏放，一意贯底。

谢赵司谏书

洵启：向家居眉阳，以病懒不获问从者。常以为阁下之所在，声之所振，德之所加，士以千里为近，而洵独不能走二百里一至于门，纵不获罪，固以为君子之弃人矣。

今年秋始见太守窦君京师，乃知阁下过听，猥以鄙陋上塞明诏。不知阁下何取于洵也？洵固无取，然私独喜，以为可辞于世者，其不以驰骛得明矣。

洵不识阁下，然仰闻君子之风，常以私告于朋友。特恨其身之不肖，不得交于当世，以遍致阁下之美。所告者皆饥寒自谋不暇之人，虽告而无益。然犹以素不相识之故，得免于希势苟附之嫌，是其不识贤于识也。

今世之所尚，相见则以数至门为勤，不相见则以数致书为忠。夫数至门者，虚礼无用；数致书者，虚词无观。得其无用与其无观而加喜，不得而怒，此与婴儿之好恶无异。今阁下举人而取于不相识之中，则其去世俗远矣。

寓居雍丘，无故不至京师，詹望君子，日以复日。顷者朝廷猥以试校书郎见授，洵不能以老身复为州县之吏，然所以受者，嫌若有所过望耳。以阁下知我，故言及此，无怪。

【解题】

此信作于嘉祐五年（1060）。为谢赵司谏举荐自己而作。赵司谏即赵抃，字阅道，曾任右司谏。

与孙叔静帖

久承借示新文及累为访临，甚荷勤眷。文字已细观，甚善甚善。必欲求所未至，如《中正论》引舜为证，此是时文之病。凡论意立而理明，不必觅事应付。诚未之思，专此不宣。

【解题】

此信约作于嘉祐八年（1063）。孙叔静，名鼛，十五岁时游太学，颇受苏洵赞赏，与苏轼亦友善。

与提举监丞帖

洵顿首再拜。昨日道中草草上记，方以为惧。介使口武伏奉教翰，所以眷藉勤厚，见于累纸。感服情眷，愧怍益甚。晨兴薄凉，伏惟台候万福。洵以病暑加眩，意思极不佳。所以涉水迂途，不敢入城府者，畏人事也。宠谕常每每行仰戢爱，与之重深。欲力疾少承绪言，但闻台候不甚清快，冒暑远行非宜。兼水浸道途，恐今晚亦未能至彼。虚烦大旆之出，曷若相忘于江湖？不过廿日后便可承颜。或同途为鄱阳之行，如何？更几见察，幸甚。匆匆拜此，不宣。洵顿首再拜，提举监丞兄台坐。

【解题】

此信具体写作时间不详。提举监丞，可能就是陆绾，字权叔，曾提举江淮茶税。文见《三希堂法帖》九册。

与君懿郎中帖

洵顿首。前辱顾临，末由诣谢。承惠教，只增愧悚。晴暖，尊体佳胜。旦夕走，前次人还，且此布谢。不宣。洵再拜君懿郎中仁兄阁下。

钱已如数领讫，何用忙也！

【解题】

此信写作时间不详。文见《六艺之一录》卷三百九十三。

三　序跋

论诸家谥法

《周公》之书，文尤繁杂不经。《春秋》次之，比《周公》甚简，而微为不乱。《广谥》最简，比二书差为齐一。沈约所取以成书，约采诸家，其书最详。贺琛因而增之，尤详备。而皆病于无所去取。扈蒙新书，其意妄伪，反为五家之所非笑。

【解题】

本文评论六家谥法之失。具体写作时间不详，当作于嘉祐六年（1061）至治平二年（1065）之间。文见《玉海》卷五十四。

谥 法 总 论

嘉祐六年七月，诏修礼书。十月，诏古谥法有不可用者，以属修书之吏，臣洵实典其事。按治论谥者起于今文《周书·谥法》之篇，今文既以鄙野不传，其《谥法》之上篇独存，又简略不备。诸儒所传只有《周公》、《春秋》、《广谥》、沈约、贺琛、扈蒙六家之书。

《周公》、《春秋》为名尤古，然条贯尤为杂乱而不精，《广谥》又疏略而不尽。独沈约、贺琛纪纲粗备，然琛好加以己意，务为多而无穷。扈蒙最后出，酌取诸家，简而不精。六书之中，稍近古而可据者，莫如沈约。然亦非古之《谥法》，约言之详矣。其最旧者见于《世本》、《大戴礼》，而约之时已不见于其书，约徒得刘熙《乘舆》之所增广。与《广谥》以为据依，不闻有所谓《周公》，《春秋》者也。琛又因约，而加之以其意。今《周公》、《春秋》之法，往往反取琛之新法而载之其书。至王彦威、苏冕之书，因前人之法，附世人之谥，非有他也。贾山有言："古者圣王作谥，不过三四十字。"而蔡邕《独断》所载，亦不过四十有六。臣受诏之三年二月，而《谥法》乃定，凡一百六十有八。

贺琛之法有君谥、臣谥、妇人谥，离而为三，今取而合之。妇人有谥自周景王之穆后始，匹夫有谥自东汉之隐者始，宦者有谥自东汉之孙程始，蛮夷有谥自东汉之莎车始。自《周公》以来，籍而记之，为三十五卷。善者可以劝，恶者可以惧，善恶之失当者可以长叹息也。

【解题】

本文为苏洵《谥法》的自叙。约作于治平二年（1065）。文见《玉海》卷五十四。

四　赠序

送吴侯职方赴阙引

因天地万物有可以如此之势，而寓之于事，则其始不强而易成，其成也穷万物而不可变。圣人见天地之间以物加物，而不能皆长，不能皆短，于是有度。见一人之手不能盛江河之沙砾，而太山之谷纳一石而不加浅，于是有量。见物横于空中，首重而末举，于是有权衡。长短之相形，大小之相盛，轻重之相抑昂，皆物之所自有，而度量权衡者因焉。故度量权衡，家有之而不可阙。至于后世，有作者出，以为因物之自然以成物，不足以见吾智，于是作器，使之不击而自鸣，不触而自转，虚而欹，水实其中，而覆半，而端如常器。呜呼！殆矣，吾见其朝作而暮废也。

夫不忍而谓之仁，忍而谓之义。见蹈水者不忍而拯其手，而仁存焉；见井中之人，度不能出，忍而不从，而义存焉。无伤其身而活一人，人心有之；不肯杀其身以济必不能生之人，人心有之。有人焉，以为人心之所自有，而不足以惊人也，乃曰：“杀吾身虽不能生人，吾为之。”此人心之所自有邪？强之也。强不能以及远。使人之心不忍杀人，而亦不以无故杀其身，是亦足以为仁矣乎？呜呼！有余矣。谁能不忍视人之死，而亦不肯妄杀其身者，然则异世惊众之行，亦无有以加之也。

吴侯职方有名于当时，其胸中泊然无崖岸限隔，又无翘然跃然务出奇怪之操，以震撼世俗之志。是诚使刻厉险薄之人，见之将不识其所以与常人异者。然使之退而思其平生大方，则淳淳浑浑不可遽测。此所谓能充其心之所自有，而天下之君子也。吴侯有名于世三十年，而犹于此为远官。今其东归，其不碌碌为此官也哉！

【解题】

本文作于至和二年（1055）。吴侯职方即吴照邻。文中论世宦浮沉，语多感慨。

送石昌言使北引

昌言举进士时，吾始数岁，未学也。忆与群儿戏先府君侧，昌言从旁取枣栗啖我，家居相近，又以亲戚故，甚狎。昌言举进士，日有名。吾后渐长，亦稍知读书，学句读、属对、声律，未成而废。昌言闻吾废学，虽不言，察其意甚恨。后十余年，昌言及第第四人，守官四方，不相闻。吾以壮大，乃能感悔，摧折复学。又数年，游京师，见昌言长安，相与劳苦如平生欢，出文十数首，昌言甚喜，称善。吾晚学无师，虽日为文，中甚自惭，及闻昌言说，乃颇自喜。今十余年，又来京师，而昌言官两制，乃为天子出使万里外强悍不屈之虏庭，建大旆，从骑数百，送车千乘，出都门，意气慨然。自思为儿时，见昌言先府君旁，安知其至此！

富贵不足怪，吾于昌言独有感也。丈夫生不为将，得为使，折冲口舌之间足矣。往年彭任从富公使还，为我言，既出境，宿驿亭，闻介马数万骑驰过，剑槊相摩，终夜有声，从者怛然失色。及明，视道上马迹，尚心掉不自禁。凡虏所以夸耀中国者多此类，中国之人不测也。故或至于震惧而失辞，以为夷狄笑。呜呼！何其不思之甚也！昔者奉春君使冒顿，壮士、大马皆匿不见，是以有平城之役。今之匈奴，吾知其无能为也。孟子曰：“说大人者，藐之。”况于夷狄！请以为赠。

【解题】

本文作于嘉祐元年（1056）。石昌言，名扬休，官至刑部员外郎、知制诰。嘉祐元年（1056）出使契丹，苏洵作此文送他。

五　奏议

上皇帝书

嘉祐三年十二月一日，眉州布衣臣苏洵谨顿首再拜，冒万死上书皇帝阙下。臣前月五日，蒙本州录到中书札子，连牒臣：以两制议上翰林学士欧阳修奏臣所著《权书》、《衡论》、《几策》二十篇，乞赐甄录。陛下过听，召臣试策论舍人院，仍令本州发遣臣赴阙。臣本田野匹夫，名姓不登于州闾。今一旦卒然被召，实不知其所以自通于朝廷。承命悸恐，不知所为。以陛下躬至圣之资，又有群公卿之贤，与天下士大夫之众，如臣等辈，固宜不少，有臣无臣，不加损益。臣不幸有负薪之疾，不能奔走道路，以副陛下搜扬之心，忧惶负罪，无所容处。臣本凡才，无路自进。当少年时，亦尝欲侥幸于陛下之科举，有司以为不肖，辄以摈落。盖退而处者，十有余年矣。今虽欲勉强扶病戮力，亦自知其疏拙，终不能合有司之意。恐重得罪，以辱明诏。且陛下所为千里而召臣者，其意以臣为能有所发明，以庶几有补于圣政之万一。而臣之所以自结发读书，至于今兹，犬马之齿几已五十，而犹未敢废者，其意亦欲效尺寸于当时，以快平生之志耳。今虽未能奔伏阙下，以累有司，而犹不忍默默卒无一言而已也。天下之事，其深远切至者，臣自惟疏贱，未敢遽言；而其近而易行，浅而易见者，谨条为十通，以塞明诏。

其一曰：臣闻利之所在，天下趋之。是故千金之子欲有所为，则百家之市无宁居者。古之圣人，执其大利之权，以奔走天下，意有所向，则天下争先为之。今陛下有奔走天下之权而不能用，何则？古者赏一人而天下劝，今陛下增秩拜官，动以千计，其人皆以为己所自致，而不知戮力以报上之恩。至于临事，谁当效用？此由陛下轻用其爵录，使天下之士积日持久而得之。譬如佣力之人，计工而受直，虽与之千万，岂知德其主哉？是以虽有能者，亦无所施，以为谨守绳墨，足以自致高位。官吏繁多，溢于局外，使陛下皇皇汲汲求以处之，而不暇择其贤不肖，以病陛下之民，而耗竭大司农之钱谷。此议者所欲去而未得也。臣窃思之，盖今制，天下之吏，自州县令录幕职而改京官者，皆未得其术，是以若此纷纷也。今虽多其举官而远其考，重其举官之罪，此适足以隔贤者而容不肖。且天下无事，虽庸人皆足以无过，一旦改官，无所不为。彼其举者曰："此廉吏，此能吏。"朝廷不知其所以为廉与能也，幸而未有败事，则长为廉与能矣。虽重其罪，未见有益，上下相蒙，请托公行。莅官六七考，求举主五六人，此谁不能者？臣愚以为，举人者当使明著其迹曰：某人廉吏也，尝有某事以知其廉；某人能吏也，尝有某事以知其能。虽不必有非常之功，而皆有可纪之状，其特曰廉能而已者不听。如此，则夫庸人虽无罪而不足称者不得入其间，老于州县，不足甚惜。而天下之吏必皆务为可称之功，与民兴利除害，惟恐不出诸己。此古之圣人所以驱天下之人，而使争为善也。有功而赏，有罪而罚，其实一也。今降官罢任者，必奏曰某人有某罪，其罪当然，然后朝廷举而行之。今若不著其所犯之由，而特曰此不才贪吏也，则朝廷安肯以空言而加之罪？今又何独至于改官而听其空言哉？是不思之甚也。或以为如此，则天下之吏，务为可称，用意过当，生事以为己功，渐不可长。臣以为不然。盖圣人必观天下之势而为之法。方天下初定，民厌劳役，则圣人务为因循之政与之休息；及其久安而无变，则必有不振之祸。是以圣人破其苟且之心，而作其怠惰之气。汉之元、成，惟不知此，以至于乱。今天下少惰矣，宜有以激发其心，使踊跃于功名，以变其俗。况乎冗官纷纭如此，不知所以节之，而又何疑于此乎？且陛下与天下之士相期于功名，而毋苟得，此待之至深也。若其宏才大略，不乐于小官而无闻焉者，使两制得以非常举之，此天下亦不过几人而已。吏之有过而不得迁者，亦使得以功赎，如此，亦以示陛下之有所推恩，而不惟艰之也。

其二曰：臣闻古者之制爵禄，必皆孝弟忠信，修洁博习，闻于乡党，而达于朝廷以得之。及其后世不然，曲艺小数，皆可以进。然其得之也，犹有以取之，其弊不若今之甚也。今之用人最无谓者，其所谓任子乎。因其父兄之资以得大官，而又任其子弟，子将复任其孙，孙又任其子，是不学而得者尝无穷也。夫得之也易，则其失之也不甚惜。以不学之人，而居不甚惜之官，其视民如草芥也固宜。朝廷自近年始有意于裁节，然皆知损之而未得其所损，此所谓制其末而不穷其源，见其粗而未识其精，侥幸之风少衰而犹在也。夫圣人之举事，不惟曰利而已，必将有以大服天下之心。今欲有所去也，必使天下知其所以去之之说，故虽尽去而无疑。何者？恃其说明也。夫所谓任子者，亦犹曰信其父兄而用其子弟云尔。彼其父兄固学而得之也，学者任人，不学者任于人，此易晓也。今之制，苟幸而其官至于可任者，举使任之，不问其始之何从而得之也。且彼任于人不暇，又安能任人？此犹借资之人，而欲从之丐贷，不已难乎？臣愚以为父兄之所任而得官者，虽至正郎，宜皆不听任子弟。惟其能自修饰，而越录躐次，以至于清显者乃听。如此，则天下之冗官必大衰少，而公卿之后皆奋志为学，不待父兄之资。其任而得官者，知后不得复任其子弟，亦当勉强，不肯终老自弃于庸人，此其为益岂特一二而已？

其三曰：臣闻自设官以来，皆有考绩之法。周室既亡，其法废绝。自京房建考课之议，其后终不能行。夫有官必有课，有课必有赏罚。有官而无课，是无官也；有课而无赏罚，是无课也。无官无课，而欲求天下之大治，臣不识也。然更历千载而终莫之行，行之则益以纷乱，而终不可考，其故何也？天下之吏不可以胜考，今欲人人而课之，必使入于九等之中，此宜其颠倒错谬而不若无之为便也。臣观自昔行考课者，皆不得其术，盖天下之官皆有所属之长，有功有罪，其长皆得以举刺。如必人人而课之于朝廷，则其长为将安用？惟其大吏无所属，而莫为之长也，则课之所宜加。何者？其位尊，故课一人而其下皆可以整齐；其数少，故可以尽其能否而不谬。今天下所以不大治者，守令丞尉贤不肖混淆，而莫之辨也。夫守令丞尉贤不肖之不辨，其咎在职司之不明。职司之不明，其咎在无所属而莫为之长。陛下以无所属之官，而寄之以一路，其贤不肖当使谁察之？古之考绩者，皆从司会而至于天子。古之司会，即今之尚书，尚书既废，惟御史可以总察中外之官。臣愚以为可使朝臣议定职司考课之法，而于御史台别立考课之司。中丞举其大纲，而属官之中，选强明者一人，以专治其事。以举刺多者为上，以举刺少者为中，以无所举刺者为下。因其罢归而奏其治要，使朝廷有以为之赏罚。其非常之功，不可掩之罪，又当特有以偿之，使职司知有所惩劝，则其下守令丞尉不容复有所依违。而其所课者又不过数十人，足以求得其实。此所谓用力少而成功多，法无便于此者矣。今天下号为太平，其实远方之民穷困已甚，其咎皆在职司。臣不敢尽言，陛下试加采访，乃知臣言之不妄。

其四曰：臣闻古有诸侯，臣妾其境内，而卿大夫之家亦各有臣。陪臣之事其君，如其君之事天子。此无他，其一境之内，所以生杀予夺、富贵贫贱者，皆自我制之，此固有以臣妾之也。其后诸侯虽废，而自汉至唐，犹有相君之势。何者？其署置辟举之权，犹足以臣之也。是故太守、刺史坐于堂上，州县之吏拜于堂下，虽奔走顿伏，其谁曰不然？自太祖受命，收天下之尊归之京师，一命以上皆上所自署，而大司农衣食之。自宰相至于州县吏，虽贵贱相去甚远，而其实皆所与比肩而事主耳。是以百余年间，天下不知有权臣之威，而太守、刺史犹用汉唐之制，使州县之吏事之如事君之礼。皆受天子之爵，皆食天子之禄，不知其何以臣之也。小吏之于大官，不忧其有所不从，惟恐其从之过耳。今天下以贵相高，以贱相谄，奈何使州县之吏，趋走于太守之庭，不啻若仆妾，唯唯不给。故大吏常恣行不忌其下，而小吏不能正，以至于曲随谄事，助以为虐。其能中立而不挠者，固已难矣。此不足怪，其势固使然也。夫州县之吏，位卑而禄薄，去于民最近，而易以为奸。朝廷所恃以制之者，特以厉其廉隅，全其节概，而养其气，使知有所耻也。且必有异材焉，后将以为公卿，而安可薄哉？其尤不可者，今以县令从州县之礼。夫县令官虽卑，其所负一县之责，与京朝官知县等耳。其吏胥人民，习知其官长之拜伏于太守之庭，如是之不威也，故轻之；轻之，故易为奸。此县令之所以为难也。臣愚以为州县之吏事太守，可恭逊卑抑，不敢抗而已，不至于通名赞拜、趋走其下风。所以全士大夫之节，且以儆大吏之不法者。

其五曰：臣闻为天下者，必有所不可窥。是以天下有急，不求其素所不用之人。使天下不能幸其仓卒，而取其禄位，惟圣人为能然。何则？其素所用者，缓急足以使也。临事而取者，亦不足用矣。《传》曰："宽则宠名誉之人，急则用介胄之士。"今者所用非所养，所养非所用。国家用兵之时，购方略，设武举，使天下屠沽健儿皆能徒手攫取陛下之官。而兵休之日，虽有超世之才，而惜斗升之禄。臣恐天下有以窥朝廷也。今之任为将帅，卒有急难而可使者，谁也？陛下之老将，曩之所谓战胜而善守者，今亡矣。臣愚以为可复武举，而为之新制，以革其旧弊。且昔之所谓武举者盖疏矣，其以弓马得者，不过挽强引重，市井之粗材；而以策试中者，亦皆记录章句，区区无用之学。又其取人太多，天下之知兵者不宜如此之众。而待之又甚轻，其第下者不免于隶役。故其所得皆贪污无行之徒，豪杰之士耻不忍就。宜因贡士之岁，使两制各得举其所闻，有司试其可者，而陛下亲策之。权略之外，便于弓马，可以出入险阻，勇而有谋者，不过取一二人，待以不次之位，试以守边之任。文有制科，武有武举，陛下欲得将相，于此乎取之，十人之中，岂无一二？斯亦足以济矣。

其六曰：臣闻法不足以制天下。以法而制天下，法之所不及，天下斯欺之矣。且法必有所不及也，先王知其有所不及，是故存其大略，而济之以至诚。使天下之所以不吾欺者，未必皆吾法之所能禁，亦其中有所不忍而已。人君御其大臣，不可以用法，如其左右大臣而必待法而后能御也，则其疏远小吏当复何以哉？以天下之大而无可信之人，则国不足以为国矣。臣观今两制以上，非无贤俊之士，然皆奉法供职无过而已，莫肯于绳墨之外为陛下深思远虑，有所建明。何者？陛下待之于绳墨之内也。臣请得举其一二以言之。夫两府与两制，宜使日夜交于门，以讲论当世之务，且以习知其为人，临事授任，以不失其才。今法不可以相往来，意将以杜其告谒之私也。君臣之道不同，人臣惟自防，人君惟无防之，是以欢欣相接而无间。以两府、两制为可信邪，当无所请属；以为不可信邪，彼何患无所致其私意，安在其相往来邪？今两制知举，不免用封弥誊录，既奏而下御史，亲往莅之，凛凛如鞫大狱，使不知谁人之辞，又何其甚也。臣愚以为如此之类，一切撤去，彼稍有知，宜不忍负。若其犹有所欺也，则亦天下之不才无耻者矣。陛下赫然震威，诛一二人，可以使天下奸吏重足而立，想闻朝廷之风；亦必有倜傥非常之才，为陛下用也。

其七曰：臣闻为天下者可以名器授人，而不可以名器许人。人之不可以一日而知也久矣。国家以科举取人，四方之来者如市，一旦使有司第之，此固非真知其才之高下大小也，特以为姑收之而已。将试之为政，而观其悠久，则必有大异不然者。今进士三人之中，释褐之日，天下望为卿相，不及十年，未有不为两制者。且彼以其一日之长，而擅终身之富贵，举而归之，如有所负。如此，则虽天下之美才，亦或怠而不修；其率意恣行者，人亦望风畏之，不敢按。此何为者也？且又有甚不便者。先王制其天下，尊尊相高，贵贵相承，使天下仰视朝廷之尊，如太山乔狱，非扳援所能及。苟非有大功与出群之才，则不可以轻得其高位。是故天下知有所忌，而不敢觊觎。今五尺童子，斐然皆有意于公卿，得之则不知愧，不得则怨。何则？彼习知其一旦之可以侥幸而无难也。如此，则匹夫轻朝廷。臣愚以为三人之中，苟优与一官，足以报其一日之长。馆阁台省，非举不入。彼果不才者也，其安以入为？彼果才者也，其何患无所举？此非独以爱惜名器，将以重朝廷耳。

其八曰：臣闻古者敌国相观，不观于其山川之险、士马之众，相观于人而已。高山大江，必有猛兽怪物，时见其威，故人不敢亵。夫不必战胜而后服也，使之常有所忌，而不敢发；使吾常有所恃，而无所怯耳。今以中国之大，使夷狄视之不甚畏，敢有烦言以渎乱吾听。此其心不有所窥，其安能如此之无畏也？敌国有事，相待以将；无事，相观以使。今之所谓使者亦轻矣，曰此人也，为此官也，则以为此使也。今岁以某，来岁当以某，又来岁当以某，如县令署役，必均而已矣。人之才固有所短，而不可强；其专对、捷给、勇敢，又非可以学致也。今必使强之，彼有仓惶失次，为夷狄笑而已。古者，大夫出疆，有可以安国家、利社稷则专之。今法令太密，使小吏执简记其旁，一摇足，辄随而书之。虽有奇才辩士，亦安所效用？彼夷狄观之，以为樽俎谈燕之间，尚不能办，军旅之际，固宜其无人也。如此，将何以破其奸谋而折其骄气哉？臣愚以为奉使宜有常人，惟其可者，而不必均。彼其不能者，陛下责之以文学政事，不必强之于言语之间，以败吾事。而亦稍宽其法，使得有所施。且今世之患，以奉使为艰危，故必均而后可。陛下平世使人，而皆得以辞免；后有缓急，使之出入死地，将皆逃邪？此臣又非独为出使而言也。

其九曰：臣闻刑之有赦，其来远矣。周制八议，有可赦之人而无可赦之时。自三代之衰，始闻有肆赦之令，然皆因天下有非常之事，凶荒流离之后，盗贼垢污之余，于是有以沛然洗濯于天下。而犹不若今之因郊而赦，使天下之凶民，可以逆知而侥幸也。平时小民畏法，不敢趑趄，当郊之岁，盗贼公行，罪人满狱，为天下者将何利于此？而又糜散帑廪，以赏无用冗杂之兵，一经大礼，费以万亿。赋敛之不轻，民之不聊生，皆此之故也。以陛下节用爱民，非不欲去此矣。顾以为所从来久远，恐一旦去之，天下必以为少恩；而凶豪无赖之兵，或因以为词而生乱。此其所以重改也。盖事有不可改而遂不改者，其忧必深；改之，则其祸必速。惟其不失推恩，而有以救天下之弊者，臣愚以为先郊之岁，可因事为词，特发大号，如郊之赦与军士之赐，且告之曰："吾于天下非有惜乎推恩也，惟是凶残之民，知吾当赦，辄以犯法，以贼害吾良民。今而后赦不于郊之岁，以为常制。"天下之人喜乎非郊之岁而得郊之赏也，何暇虑其后？其后四五年而行之，七八年而行之，又从而尽去之，天下晏然不知，而日以远矣。且此出于五代之后、兵荒之间，所以姑息天下而安反侧耳，后之人相承而不能去，以至于今。法令明具，四方无虞，何畏而不改？今不为之计，使奸人猾吏养为盗贼，而复取租赋以啖骄兵，乘之以饥馑，鲜不及乱矣。当此之时，欲为之计，其犹有及乎？

其十曰：臣闻古者所以采庶人之议，为其疏贱而无嫌也。不知爵禄之可爱，故其言公；不知君威之可畏，故其言直。今臣幸而未立于陛下之朝，无所爱惜顾念于其心者。是以天下之事，陛下之诸臣所不敢尽言者，臣请得以僭言之。陛下擢用俊贤，思致太平，今几年矣。事垂立而辄废，功未成而旋去，陛下知其所由乎？陛下知其所由，则今之在位者，皆足以有立；若犹未也，虽得贤臣千万，天下终不可为。何者？小人之根未去也。陛下遇士大夫有礼，凡在位者不敢用亵狎戏嫚，以求亲媚于陛下。而谗言邪谋之所由至于朝廷者，天下之人皆以为陛下不疏远宦官之过。陛下特以为耳目玩弄之臣，而不知其阴贼险诈，为害最大。天下之小人，无由至于陛下之前，故皆通于宦官，珠玉锦绣所以为赂者络绎于道，以间关龃龉贤人之谋。陛下纵不听用，而大臣常有所顾忌，以不得尽其心。臣故曰：小人之根未去也。窃闻之道路，陛下将有意去而疏之也。若如所言，则天下之福。然臣方以为忧，而未敢贺也。古之小人有为君子之所抑，而反激为天下之祸者，臣每痛伤之。盖东汉之衰，宦官用事，阳球为司隶校尉，发愤诛王甫等数人，磔其尸于道中。常侍曹节过而见之，遂奏诛阳球，而宦官之用事，过于王甫之未诛。其后窦武、何进又欲去之，而反以遇害。故汉之衰至于扫地而不可救。夫君子之去小人，惟能尽去，乃无后患。惟陛下思宗庙社稷之重，与天下之可畏，既去之，又去之；既疏之，又疏之。刀锯之余必无忠良，纵有区区之小节，不过闱闼扫洒之勤，无益于事。惟能务绝其根，使朝廷清明，而忠言嘉谟易以入，则天下无事矣。惟陛下无使为臣之所料，而后世以臣为知言，不胜大愿。

曩臣所著二十二篇，略言当世之要。陛下虽以此召臣，然臣观朝廷之意，特以其文采词致稍有可嘉，而未必其言之可用也。天下无事，臣每每狂言，以迂阔为世笑。然臣以为必将有时而不迂阔也。贾谊之策不用于孝文之时，而使主父偃之徒得其余论，而施之于孝武之世。夫施之于孝武之世，固不如用之于孝文之时之易也。臣虽不及古人，惟陛下不以一布衣之言而忽之。不胜越次忧国之心，效其所见。且非陛下召臣，臣言无以至于朝廷。今老矣，恐后无由复言，故云云之多至于此也，惟陛下宽之。臣洵诚惶诚惧，顿首顿首，谨书。

【解题】

本文作于嘉祐三年（1058）。是苏洵由欧阳修举荐而被召试舍人院后给宋仁宗上的书。书中以病辞试，然后提出了十条施政纲领，大力主张革新吏治。反复数千言，段段有情绪，洋溢出一片忧国真情，亦透露出久试不第的愤懑。

议修礼书状

右，洵先奉敕编礼书，后闻臣寮上言，以为祖宗所行不能无过差不经之事，欲尽芟去，无使存录。洵窃见议者之说，与敕意大异。何者？前所授敕，其意曰纂集故事而使后世无忘之耳，非曰制为典礼而使后世遵而行之也。然则洵等所编者，是史书之类也。遇事而记之，不择善恶，详其曲折，而使后世得知而善恶自著者，是史之体也。若夫存其善者，而去其不善，则是制作之事，而非职之所及也。而议者以责洵等，不已过乎？

且又有所不可者。今朝廷之礼虽为详备，然大抵往往亦有不安之处，非特一二事而已。而欲有所去焉，不识其所去者果何事也？既欲去之，则其势不得不尽去，尽去则礼缺而不备。苟独去其一，而不去其二，则适足以为抵牾龃龉而不可齐一。

且议者之意，不过欲以掩恶讳过，以全臣子之义，如是而已矣。昔孔子作《春秋》，惟其恻怛而不忍言者而后有隐讳。盖桓公薨，子般卒，没而不书，其实以为是不可书也。至于成宋乱，及齐狩，跻僖公，作丘甲，用田赋，丹桓宫楹，刻桓宫桷，若此之类，皆书而不讳，其意以为虽不善而尚可书也。今先世之所行，虽小有不善者，犹与《春秋》之所书者甚远，而悉使洵等隐讳而不书，如此，将使后世不知其浅深，徒见当时之臣子至于隐讳而不言，以为有所大不可言者，则无乃欲益而反损欤？

《公羊》之说灭纪灭项，皆所以为贤者讳，然其所谓讳者，非不书也，书而迂曲其文耳。然则其实犹不没也。其实犹不没者，非以彰其过也，以见其过之止于此也。今无故乃取先世之事而没之，后世将不知而大疑之，此大不便者也。班固作《汉志》，凡汉之事，悉载而无所择。今欲如之，则先世之小有过差者，不足以害其大明，而可以使后世无疑之之意，且使洵等为得其所职，而不至于侵官者。

谨具状申提举参政侍郎，欲乞备录闻奏。

【解题】

本文作于嘉祐六年（1061），是作者任霸州文安县主簿时为修礼书写的奏议。文中力主实录，认为礼书即史书，不能掩恶讳过。文末“参政侍郎”，指时任参知政事的欧阳修。

上《六家谥法》议

谨按世之以谥著书而可以名家者止于六家，其王彦威之徒皆祖述旧文，无所增损。六家之中，其名《周公》者最无条贯，同谥异条，或分见数处，纷纭杂乱，难以省览。其余《春秋》、《广谥》、沈约、贺琛、扈蒙，虽纲目具存，而脱谬已甚，或当时之妄误，或传写之讹失，有司行用，实难依据。

臣等今已讲求别本，证之史传，别其同异，去其重复，刊谬补缺，务令完正。其有讹谬已久，世俗承用不复疑，如以“壮”为“庄”，以“僭”为“替”，如是者亦不敢辄改。皆随件加注，凡注数十百条，号曰《六家谥法》二十卷。

【解题】

本文作于嘉祐六年（1061）。是《六家谥法》的简介。文见

《宋代蜀文辑存》卷四。

谢相府启

朝廷之士，进而不知休；山林之士，退而不知反。二者交讥于世，学者莫获其中。洵幼而读书，固有意于从宦；壮而不仕，岂为异以矫人？上之则有制策诱之于前，下之则有进士驱之于后。常以措意，晚而自惭。盖人未之知，而自炫以求用；世未之信，而有望于效官。仰而就之，良亦难矣。以为欲求于无辱，莫若退听之自然。有田一廛，足以为养；行年五十，将复何为？

不意贫贱之姓名，偶自彻闻于朝野。向承再命以就试，固以大异其本心。且必试而审观其才，则上之人犹未信其可用；未信而有求于上，则洵之意以为近于强人。遂以再辞，亦既获命。于匹夫之贱，而必行其私意；岂王命之宠，而敢望其曲加？

昨承诏恩．被以休宠，退而自顾，愧其无劳。此盖昭文相公左右元君，舒惨百辟。德泽所畅，刑威所加，不旸而熙，不寒而栗。顾惟无似，或谓可收，不忍弃之于庶人，亦使与列于一命。上以慰夫天下贤俊之望，下以解其终身饥寒之忧。仰惟此恩，孰可为报？

昔者孟子不愿召见，而孔子不辞小官。夫欲正其所由得之之名，是以谨其所以取之之故。盖孟子不为骄，孔子不为卑，苟穷其心，则各有说。虽自知其不肖，常愿附其下风。区区之心，惟所裁择！

【解题】

此文作于嘉祐五年（1060）。为谢任命自己为秘书省试校书郎而作。

六 碑志

丹棱杨君墓志铭

杨君讳某，字某，世家眉之丹棱。曾大父讳某，大父某，父某，皆不仕。君娶某氏女，生子四人：长曰美琪，次曰美琳，次曰美珣，其幼美球。美球尝从事安靖军，余游巴东，因以识余。嘉祐二年某月某日，君卒，享年若干。四年十一月某日，葬于某乡某里。将葬，从事来请余铭，以求不泯于后，余不忍逆。盖美琳先君之丧一月而卒，美琪、美珣皆志于学，而美球既仕于朝。铭曰：

岁在己亥月在子，培高穴深托后土。夫子骨肉归安此，生有四息三哭位。后昆如云不胜记，其后岂不富且贵？嘱余作铭赖其季，更千万年岂不伟？

【解题】

本文作于嘉祐四年（1059）。杨君，即杨美球之父，参见《与杨节推书》解题。

雷太简墓铭

呜呼太简，不显祖考。不有不承，隐居南山。德积声施，为取于人。不猷不求，既获不庸。有功不多，我铭孔悲。

【解题】

本文写作时间不详。雷太简，名简夫，曾举荐过苏洵。文见《宋代蜀文辑存》卷四。

七 祭吊

祭史彦辅文

呜呼彦辅，胡为而然，胡负于天？谁不寿考，而于彦辅，独啬其年？谁不富贵，使终贱寒？谁无子孙，诜诜戢戢，满眼蚳蝝？于天何伤，独爱一孺，使殒其传？幨幨其帷，其下惟谁，有童未冠。彦辅从子，带绖而哭，稽颡来前。天高茫茫，恸哭不闻，谁知此冤？

辍哭长思，念初结交，康定、宝元。子以气豪，纵横放肆，隼击鹏骞。奇文怪论，卓若无敌，悚怛旁观。忆子大醉，中夜过我，狂歌叫讙。予不喜酒，正襟危坐，终夕无言。他人窃惊，宜若不合，胡为甚欢？嗟人何知，吾与彦辅，契心忘颜。飞腾云霄，无有远迩，我后子先。挤排涧谷，无有险易，我溺子援。破窗孤灯，冷灰冻席，与子无眠。旅游王城，饮食寤寐，相恃以安。庆历丁亥，诏策告罢，予将西辕。慨然有怀，吾亲老矣，甘旨未完。往从南公，奔走乞假，遂至于虔。子时亦来，止于临江，系马解鞍。爱弟子凝，仓卒就狱，举家惊喧。及秋八月，予将北归，亦既具船。有书晨至，开视惊叫，遂丁大艰。故乡万里，泣血行役，敢其生还？中途逢子，握手相慰，曰无自残。旅宿魂惊，中夜起行，长江大山。前呼后应，告我无恐，相从入关。归来几何，子以病废，手足若挛。我嘉子心，壮若铁石，益固而坚。瞋目大呼，屋瓦为落，闻者竦肩。子凝之丧，大临呕血，伤心破肝。我游京师，强起来饯，相顾留连。我还自东，二子丧母，归怀辛酸。子病告革，奔走往问，医云已难。问以后事，口不能语，悲来塞咽。

遗文坠稿，为子收拾，以葺以编。我知不朽，千载之后，子名长存。呜呼彦辅，天实丧之，予哭寝门。白发斑斑，疾病来加，卧不能奔。哭书此文，命轼往奠，以慰斯魂。尚飨！

【解题】

本文作于嘉祐二年（1057）。史彦辅，名经臣，与苏洵同举制策，甚友善。史去世后，苏洵曾上书吴中复求他庇荫史经臣弟史沆之女。

祭亡妻文

呜呼！与子相好，相期百年。不知中道，弃我而先。我徂京师，不远当还。嗟子之去，曾不须臾。子去不返，我怀永哀。反复求思，意子复回。人亦有言，死生短长，苟皆不欲，尔避谁当？我独悲子，生逢百殃。

有子六人，今谁在堂？唯轼与辙，仅存不亡。咻呴抚摩，既冠既昏。教以学问，畏其无闻。昼夜孜孜，孰知子勤？提携东去，出门迟迟。今往不捷，后何以归？二子告我：母氏劳苦。今不汲汲，奈后将悔。大寒酷热，崎岖在外。亦既荐名，试于南宫。文字炜炜，叹惊群公。二子喜跃，我知母心。非官实好，要以文称。我今西归，有以藉口。故乡千里，期母寿考。归来空堂，哭不见人。伤心故物，感涕殷勤。

嗟予老矣，四海一身。自子之逝，内失良朋。孤居终日，有过谁箴？昔予少年，游荡不学。子虽不言，耿耿不乐。我知子心，忧我泯没。感叹折节，以至今日。呜呼死矣，不可再得！

安镇之乡，里名可龙。隶武阳县，在州北东。有蟠其丘，惟子之坟。凿为二室，期与子同。骨内归土，魂无不之。我归旧庐，无不改移。魂兮未泯，不日来归。

【解题】

本文作于嘉祐二年（1057）。苏洵妻子程氏在这年四月去世，十一月，苏洵葬其妻，并作此文。

祭任氏姊文

昔我曾祖，子孙满门。姊之先人，实惟其孙。不幸而亡，又不有嗣。后世飨祀，其托在姊。祭于女家，闻者欷歔。姊不永存，后益以疏。姊之未亡，洵作《族谱》。昆弟诸子，可以指数。念姊之先，其后为谁？周旋反复，不见而悲。悲其早丧，宜姊寿考。春秋荐献，终姊之老。今姊永归，遂及良人。皆葬于原，送哭酸辛。姊之子孙，恭愿良谨。当有达者，以塞此恨。跪读此文，告以无憾。鬼神有知，尚克来鉴。尚飨！

【解题】

本文约作于嘉祐二年至四年（1057—1059）间。任氏姊，可能是苏洵堂伯父苏昭越的女儿。

祭侄位文

嘉祐五年六月十四日，叔洵以家馔酒果祭于亡侄之灵。

昔汝之生，后余五年。余虽汝叔父，而幼与汝同戏，如兄弟然。其后，余日以长，汝亦以壮大。余适四方，而汝留故国。余既归止，汝乃随汝仲叔旅居东都，十有三岁而不还。今余来东，汝遂溘然至死而不救，此岂非天邪？

嗟夫！数十年之间，与汝出处参差不齐，曾不如其幼之时。方将与汝旅于此，汝又一旦而殁。人事之变，何其反复而与人相违？嗟余伯兄，其后之存者，今日以往，独汝季弟与汝之二孺，此所以使余增悲也。

汝殁之五日，汝家将殡汝于京城之西郊，魂如有知，于此永别。尚飨！

【解题】

本文作于嘉祐五年（1060）。侄位，为苏洵伯兄苏澹之子。

祭史亲家祖母文

嗟人之生，其久几何？百年之间，游者如麻。反顾而思，可泣以悲。

夫人之孙，归于子辙。自初许嫁，以及今日。旻天不吊，祸难荐结。始自丁亥，天崩地坼，先君殁世。次及近岁，子妇之母，亦以奄弃。顾惟荼毒，谓亦止此。谁知于今，乃或有甚。室家不祥，死而莫救。及于夫人，亦罹此咎。子丧其妣，妇丧祖母。谁谓人生，而至于是。叹嗟伤心，悲不能止！

【解题】

本文具体写作时间不详，约在嘉祐末年或治平年间。史亲家祖母，指苏辙妻子史氏之祖母。

八　杂体

苏 氏 族 谱

苏氏之《谱》，谱苏氏之族也。苏氏出自高阳，而蔓延于天下。唐神龙初，长史味道刺眉州，卒于官，一子留于眉，眉之有苏氏自是始。而《谱》不及焉者，亲尽也。亲尽则曷为不及？谱为亲作也。凡子得书而孙不得书，何也？以著代也。自吾之父以及吾之高祖，仕不仕，娶某氏，享年几，某日卒，皆书，而他不书，何也？详吾之所自出也。自吾之父以至吾之高祖，皆曰讳某，而他则遂名之，何也？尊吾之所自出也。《谱》为苏氏作，而独吾之所自出得详与尊，何也？《谱》，吾作也。

呜呼！观吾之《谱》者，孝弟之心可以油然而生矣。情见乎亲，亲见于服，服始于衰，而至于缌麻，而至于无服。无服则亲尽，亲尽则情尽，情尽则喜不庆，忧不吊；喜不庆，忧不吊，则涂人也。吾之所以相视如涂人者，其初兄弟也。兄弟，其初一人之身也。悲夫，一人之身分而至于涂人，此吾《谱》之所以作也。其意曰：分而至于涂人者，势也。势，吾无如之何也已。幸其未至于涂人也，使之无至于忽忘焉可也。呜呼！观吾之《谱》者，孝弟之心可以油然而生矣。

系之以诗曰：吾父之子，今为吾兄。吾疾在身，兄呻不宁。数世之后，不知何人。彼死而生，不为戚欣。兄弟之亲，如足于手，其能几何？彼不相能，彼独何心！

苏氏讳钎不仕，娶黄氏，享年若干，七月二十六日卒。	子祈	无嗣			
	子福	子宗夐	子昭凤	子惟赞	子垂象
					子垂正
					子垂范
				子惟善	子垂则
			子昭庆	子惟德	子 珫
			子昭文	子 湑	子 瑗
				子 沉	
				子 浩	
				子 渐	
				子 洙	
			子宗艺	无 嗣	
			子宗夐	无 嗣	
	子 礼	子 暭	子昭翰	子文质	子士元
				子文圭	子士能
					子士良
					子士宁
					子士嘉
					子士宗
		子 晙	子昭遇	无 嗣	
			子昭远	无 嗣	
			子昭逸	无 嗣	
			子昭建	无 嗣	
		子 暕	无 嗣		
	子 祐	子宗霭	子昭玘	子文实	子惟忠
					子惟恭
				子文宝	无 嗣
			子昭现	子文采	子士祥
		子宗著	子德谦	子 永	
	子讳祜	子宗善	子昭图	子惟益	子允元

不仁，娶李氏。享年五十四，七月三十日卒。				子允滋
			子惟吉	无嗣
		子昭越	无嗣	
	子宗晏	子昭	无嗣	
	子宗昪	子德荣	子哲	子珵
				子瑜
		子德升	子淳	子舟
		子德元	子汶	
	子讳杲，不仕，娶朱氏，享年五十一，六月八日卒。	子讳序，仕至大理评事，娶史氏，享年七十五，五月十一日卒。	子澹	子位
				子佾
			子涣	
			子洵	
	子宗晁	无嗣		
	子德	子子勋	子慎言	子庆昌
				子复圭
			子澄	

【解题】

苏洵关于族谱的文章共6篇。《苏氏族谱》，《族谱后录》上、下篇，《苏氏族谱亭记》作于至和二年（1055）；《大宗谱法》、《谱例》作于嘉祐五年（1060）。《族谱》为苏氏家谱，并说明自己作谱因由。《后录》上、下篇对《族谱》具体叙述，上篇述作谱目的、方法及苏氏谱系，下篇述先人事迹。《族谱亭记》为教化乡人、训诫子孙而作。《大宗谱法》介绍宗法之例。《谱例》是为《苏氏族谱》和《欧阳氏谱》所作的序（以下五篇解题从略）。

族谱后录上篇

苏氏之先出于高阳，高阳之子曰称，称之子曰老童，老童生重黎及吴回。重黎为帝喾火正，曰祝融，以罪诛，其后为司马氏。而其弟吴回复为火正。吴回生陆终，陆终生子六人：长曰樊，为昆吾；次曰惠连，为参胡；次曰篯，为彭祖；次曰求言，为会人；次曰安，为曹姓；季曰季连，为芈姓。六人者皆有后，其后各分为数姓。昆吾始姓己氏，其后为苏、顾、温、董。当夏之时，昆吾为诸侯伯，历商而昆吾之后无闻。至周有忿生，为司寇，能平刑以教百姓，周公称之，盖《书》所谓司寇苏公者也。司寇苏公与檀伯达皆封于河，世世仕周，家于其封，故河南、河内皆有苏氏。六国之际，秦及代、厉，其苗裔也。至汉兴，而苏氏始徙入秦。或曰：高祖徙天下豪杰以实关中，而苏氏迁焉。其后曰建，家于长安杜陵。武帝时为将，以击匈奴有功，封平陵侯。其后世遂家于其封。建生三子：长曰嘉，次曰武，次曰贤。嘉为奉车都尉。其六世孙纯，为南阳太守。生子曰章，当顺帝时为冀州刺史，又迁为并州，有功于其人，其子孙遂家于赵郡。其后至唐武后之世，有味道者。味道，圣历初为凤阁侍郎，以贬为眉州刺史，迁为益州长史，未行而卒。有子一人不能归，遂家焉。自是眉始有苏氏。

故眉之苏，皆宗益州长史味道；赵郡之苏，皆宗并州刺史章；扶风之苏，皆宗平陵侯建；河南、河内之苏，皆宗司寇忿生；而凡苏氏皆宗昆吾樊；昆吾樊宗祝融、吴回。盖自昆吾樊至司寇忿生，自司寇忿生至平陵侯建，自平陵侯建至并州刺史章，自并州刺史章至益州长史味道，自益州长史味道至吾之高祖，其间世次皆不可纪，而洵始为《族谱》以纪其族属。《谱》之所记，上至于吾之高祖，下至于吾之昆弟，昆弟死而及昆弟之子。曰：呜呼！高祖之上不可详矣。

自吾之前，而吾莫之知焉，已矣；自吾之后，而莫之知焉，则从吾《谱》而益广之，可以至于无穷。盖高祖之子孙，家授一《谱》而藏之。其法曰：凡嫡子而后得为谱，为谱者皆存其高祖，而迁其高祖之父，世世存其先人之谱，无废也。而其不及高祖者，自其得为谱者之父始，而存其所宗之谱，皆以吾《谱》冠焉。其说曰：此古之小宗也。古者有大宗，有小宗。《传》曰："别子为祖，继别为宗，继祢者为小宗。有百世不迁之宗，有五世则迁之宗。百世不迁者，别子之后也。宗其继别子之所自出者，百世不迁者也。宗其继高祖者，五世则迁者也。"别子者，公子及士之始为大夫者也。别子不得祢其父，而自使其嫡子后之，则为大宗，故曰："继别为宗。"族人宗之，虽百世，而大宗死，则为之齐衰三月，其母妻亡亦然。死而无子，则支子以其昭穆后之，此所谓百世不迁之宗也。别子之庶子又不得祢别子，而自使其嫡子为后，则为小宗，故曰："继祢者为小宗。"小宗五世之外，则易宗。其继祢者，亲兄弟宗之；其继祖者，从兄弟宗之；其继曾祖者，再从兄弟宗之；其继高祖者，三从兄弟宗之；死而无子，则支子亦以其昭穆后之。此所谓五世则迁之宗也。凡今天下之人，惟天子之子与始为大夫者，而后可以为大宗，其馀则否。独小宗之法，犹可施于天下。故为族谱，其法皆从小宗。

凡吾之宗，其继高祖者。高祖之嫡子祈。祈死无子，天下之宗法不立，族人莫克以其子为之后，是以继高祖之宗亡而虚存焉。其继曾祖者，曾祖之嫡子宗善，宗善之嫡子昭图，昭图之嫡子惟益，惟益之嫡子允元。其继祖者，祖之嫡子讳序，序之嫡子澹，澹之嫡子位。其继祢者，祢之嫡子澹，澹之嫡子位，曰：呜呼！始可以详之矣。百世之后，凡吾高祖之子孙，得其家之

《谱》而观之，则为小宗。得吾高祖之子孙之《谱》而合之，而以吾《谱》考焉，则至于无穷而不可乱也。是为《谱》之志云尔。

族谱后录下篇

苏氏之先自昆吾以来，其最显者司寇忿生，三代之事，其闻于今不详。周公作《立政》而特称之，以教太史。其后周室衰，司寇之子孙亦曰苏公，遭谗作诗以刺暴公，名曰《彼何人斯》。惟此二人，见于《诗》、《书》，是以其传至今。自苏氏入秦，而平陵侯建、典属国武始显。迁于赵，而并州刺史章、益州长史味道始有闻于世。迁于眉，而至于今无闻，夫是惟谱不立也。自昆吾至《书》之苏公，五百有馀年；自《书》之苏公至《诗》之苏公，二百有馀年，自《诗》之苏公至平陵侯建、典属国武，七百有馀年；自平陵侯建、典属国武，至并州刺史章，二百有馀年；自并州刺史章，至益州长史味道，五百有馀年；自益州长史味道，至吾之高祖，二百有馀年。以三十年而一易世，则七十有馀世也。七十有馀世，亦容有贤不贤焉。不贤者随世磨灭，不可得而闻，而贤者独有七人。七十有馀世，其贤者亦容不止于七人矣，而其馀不传，则谱不立之过也。故洵既为《族谱》，又从而记其所闻先人之行。

昔吾先子尝有言曰："吾年少而亡吾先人，先世之行，吾不及有闻焉。盖尝闻其略曰：苏氏自迁于眉而家于眉山，自高祖泾则已不详。自曾祖釿而后稍可记。曾祖娶黄氏，以侠气闻于乡闾。生子五人，而吾祖祜最少最贤，以才干精敏见称，生于唐哀帝之天祐二年，而殁于周世宗之显德五年，盖与五代相终始。殁之一年，而吾太祖始受命。是时王氏、孟氏相继据蜀，蜀之高才大人皆不肯出仕，曰不足辅。仕于蜀者皆其年少轻锐之士，故蜀以再亡。至太祖受命，而吾祖不及见也。吾祖娶于李氏。李氏，唐之苗裔，太宗之子曹王明之后世，曰瑜，为遂州长江尉，失官。家于眉之丹棱。祖母严毅，居家肃然，多才略，犹有窦太后、柴氏主之遗烈。生子五人，其才皆不同。宗善、宗晏、宗昪，循循无所毁誉。少子宗晁，轻侠难制。而吾父杲最好善，事父母极于孝，与兄弟笃于爱，与朋友笃于信，乡闾之人，无亲疏皆敬爱之。娶宋氏夫人，事上甚孝谨，而御下甚严。生子九人，而吾独存。善治生，有余财。时蜀新破，其达官争弃其田宅以入觐，吾父独不肯取。曰：'吾恐累吾子。'终其身，田不满二顷，屋弊陋不葺也。好施与，曰：'多财而不施，吾恐他人谋我，然施而使人知之，人将以我为好名。'是以施而尤恶使人知之。族叔父玩尝有重狱，将就逮，曰：'入狱而死，妻子以累兄。请为我诇狱之轻重，轻也以肉馈我，重也以菜馈我。馈我以菜，吾将不食而死。'既而得释，玩曰：'吾非无他兄弟，可以寄死生者惟子。'及将殁，太夫人犹执吾手曰：'盍以是属子之兄弟。'笑曰：'而子贤，虽非吾兄弟，亦将与之；不贤，虽吾兄弟，亦将弃之。属之何益？善教之而已。'遂卒。卒之岁，盖淳化五年。推其生之年，则晋少帝之开运元年也。"此洵尝得之先子云尔。

先子讳序，字仲先，生于开宝六年，而殁于庆历七年。娶史氏夫人，生子三人：长曰澹，次曰涣，季则洵也。先子少孤，喜为善而不好读书。晚乃为诗，能白道，敏捷立成。凡数十年，得数千篇，上自朝廷郡邑之事，下至乡闾子孙畋渔治生之意，皆见于诗。观其诗虽不工，然有以知其表里洞达，豁然伟人也。性简易，无威仪，薄于为己而厚于为人。与人交，无贵贱皆得其欢心。见士大夫曲躬尽敬，人以为谄，及其见田父野老亦然，然后人不以为怪。外貌虽无所不与，然其中心所以轻重人者甚严。居乡闾，出入不乘马，曰："有甚老于我而行者，吾乘马，无以见之。”敝衣恶食，处之不耻，务欲以身处众之所恶，盖不学《老子》而与之合。居家不治家事，以家事属诸子。至族人有事就之谋者，常为尽其心，反复而不厌。凶年尝鬻其田以济饥者，既丰，人将偿之，曰：“吾自有以鬻之，非尔故也。”卒不肯受。力为藏退之行，以求不闻于世。然行之既久，则乡人亦多知之，以为古之隐君子莫及也。以涣登朝，授大理评事。史氏夫人，眉之大家，慈仁宽厚。宋氏姑甚严，夫人常能得其欢，以和族人。先公十五年而卒，追封蓬莱县太君。

洵闻之，自唐之衰，其贤人皆隐于山泽之间，以避五代之乱。及其后，僭伪之国相继亡灭，圣人出而四海平一，然其子孙犹不忍去其父祖之故，以出仕于天下，是以虽有美才，而莫显于世。及其教化洋溢，风俗变改，然后深山穷谷之中，向日之子孙乃始振迅，相与从官于朝。然其才气，则既已不若其先人质直敦厚，可以重任而无疑也。而其先人之行，乃独隐晦而不闻，洵窃深惧焉。于是记其万一而藏之家，以示子孙。至和二年九月日。

苏氏族谱亭记

匹夫而化乡人者，吾闻其语矣。国有君，邑有大夫，而争讼者诉于其门；乡有庠，里有学，而学道者赴于其家。乡人有为不善于室者，父兄辄相与恐曰：“吾夫子无乃闻之？”呜呼！彼独何修而得此哉？意者其积之有本末，而施之有次第耶？

今吾族人犹有服者不过百人，而岁时蜡社不能相与尽其欢欣爱洽，稍远者至不相往来，是无以示吾乡党邻里也，乃作《苏氏族谱》，立亭于高祖坟茔之西南而刻石焉。既而告之曰：“凡在此者，死必赴，冠、娶妻必告。少而孤则老者字之，贫而无归则富者收之。而不然者，族人之所共诮让也。”

岁正月，相与拜奠于墓下。既奠，列坐于亭。其老者顾少者而叹曰：“是不及见吾乡邻风俗之美矣。自吾少时，见有为不义者，则众相与疾之，如见怪物焉，栗然而不宁。其后少衰也，犹相与笑之。今也则相与安之耳，是起于某人也。夫某人者，是乡之望人也，而大乱吾俗焉。是故其诱人也速，其为害也深。自斯人之逐其兄之遗孤子而不恤也，而骨肉之恩薄；自斯人之多取其先人之赀田而欺其诸孤子也，而孝悌之行缺；自斯人之为其诸孤子之所讼也，而礼义之节废；自斯人之以妾加其妻也，而嫡庶之别混；自斯人之笃于声色，而父子杂处，欢哗不严也，而闺门之政乱；自斯人之渎财无厌，惟富者之为贤也，而廉耻之路塞。此六行者，吾往时所谓大惭而不容者也。今无知之人皆曰：某人何人也，犹且为之。其舆马赫奕、婢妾靓丽，足以荡惑里巷之小人；其官爵货力，足以摇动府县；其矫诈修饰言语，足以欺罔君子。是州里之大盗也，吾不敢以告乡人，而私以戒族人焉。仿佛于斯人之一节者，愿无过吾门也。”

予闻之惧，而请书焉。老人曰：“书其事而阙其姓名，使他人观之，则不知其为谁；而夫人之观之，则面热内惭，汗出而食不下也。且无彰之，庶其有悔乎！”予曰：“然。”乃记之。

大宗谱法

《苏氏族谱》，小宗之法也。凡天下之人，皆得而用之，而未及大宗也。

大宗之法，冠以别子，由别子而列之，至于百世而至无穷，皆世自为处，别其父子，而合其兄弟。父子者，无穷者也；兄弟者，有穷者也。无穷者相与处则害于无穷，其势不得不别。然而某之子某，某之子某，则是犹不别也，是为大宗之法云尔。

故为大宗之法三世，自三世而推之，无不及也；人设二子而广之，无不载也。盖立法以为谱，学者之事也。由谱而知其先以及其旁子弟，以传于后世，是古君子之所重，而士大夫之所当知也。以学者之事不立，而古君子之所重，与士大夫之所当知者随废，是学者之罪也。于是存之《苏氏族谱》之末，以俟后世君子有采焉。

别子

一世　别子之嫡子甲

庶子乙

二世　甲之嫡子丙

庶子丁

乙之嫡子戊

庶子己

三世　丙之嫡子庚

庶子辛

丁之嫡子壬

庶子癸

戊之嫡子子

庶子丑

己之嫡子寅

庶子卯

谱　例

古者，诸侯世国，卿大夫世家，死者有庙，生者有宗，以相次也，是以百世而不相忘。此非独贤士大夫尊祖而贵宗，盖其昭穆存乎其庙，迁毁之主存乎其太祖之室，其族人相与为服，死丧嫁娶相告而不绝，则其势将自至于不忘也。自秦、汉以来，仕者不世，然其贤人君子犹能识其先人，或至百世而不绝，无庙无宗而祖宗不忘，宗族不散，其势宜亡而独存，则由有谱之力也。盖自唐衰，谱牒废绝，士大夫不讲，而世人不载。于是乎由贱而贵者，耻言其先，由贫而富者不录其祖，而谱遂大废。

昔者，洵尝自先子之言而咨考焉，由今而上得五世，由五世而上得一世，一世之上失其世次，而其本出于赵郡苏氏，以为《苏氏族谱》。他日欧阳公见而叹曰："吾尝为之矣。"出而观之，有异法焉。曰："是不可使独吾二人为之，将天下举不可无也。"洵于是又为《大宗谱法》，以尽谱之变，而并载欧阳氏之《谱》以为《谱例》，附以欧阳公《题刘氏碑后》之文，以告当世之君子，盖将有从焉者。

名二子说

轮、辐、盖、轸，皆有职乎车，而轼独若无所为者。虽然，去轼，则吾未见其为完车也。轼乎，吾惧汝之不外饰也。

天下之车莫不由辙，而言车之功者，辙不与焉。虽然，车仆马毙，而患亦不及辙。是辙者，善处乎祸福之间也。辙乎，吾知免矣。

【解题】

本文作于庆历七年（1047）。文中说明为两个儿子起名的缘由，体现出苏轼豪放不羁，苏辙深沉不露的不同性格，充盈着对二子的担心与希望。语言精炼，内涵丰富，饱含哲理。

仲兄字文甫说

洵读《易》至《涣》之六四，曰：“涣其群，元吉。”曰：嗟夫，群者，圣人所欲涣以混一天下者也。盖余仲兄名涣，而字公群，则是以圣人之所欲解散涤荡者以自命也，而可乎？他日以告，兄曰：“子可无为我易之?”洵曰：“唯。”

既而曰：请以文甫易之，如何？且兄尝见夫水之与风乎？油然而行，渊然而留，渟洄汪洋，满而上浮者，是水也，而风实起之。蓬蓬然而发乎大空，不终日而行乎四方，荡乎其无形，飘乎其远来，既往而不知其迹之所存者，是风也，而水实形之。今夫风水之相遭乎大泽之陂也，纡余委蛇，婉蜒沦涟，安而相推，怒而相凌，舒而如云，蹙而如鳞，疾而如驰，徐而如徊，揖让旋辟，相顾而不前，其繁如縠，其乱如雾，纷纭郁扰，百里若一，汩乎顺流，至乎沧海之滨，磅礴汹涌，号怒相轧，交横绸缪，放乎空虚，掉乎无垠，横流逆折，渍旋倾侧，宛转胶戾，回者如轮，萦者如带，直者如燧，奔者如焰，跳者如鹭，跃者如鲤，殊状异态，而风水之极观备矣！故曰：“风行水上涣，”此亦天下之至文也。然而此二物者，岂有求乎文哉？无意乎相求，不期而相遭，而文生焉。是其为文也，非水之文也，非风之文也，二物者非能为文，而不能不为文也，物之相使而文出于其间也。故曰，此天下之至文也。

今夫玉非不温然美矣，而不得以为文；刻镂组绣，非不文矣，而不可与论乎自然。故夫天下之无营而文生之者，惟水与风而已。昔者君子之处于世，不求有功，不得已而功成，则天下以为贤；不求有言，不得已而言出，则天下以为口实。呜呼 j 此不可与他人道之，惟吾兄可也。

【解题】

本文介绍作者为兄易字之由。文中论风水相依相激自然成文，体现了苏洵强调文贵自然，有积累才有灵感的文论观点。具体写作时间不详。

题张仙画像

洵尝于天圣庚午重九日至玉局观无碍子卦肆中见一画像，笔法清奇，云：乃张仙也，有祷必应。因解玉环易之。洵尝无嗣，每旦露香以告，逮数年乃得轼，又得辙，性皆嗜书。乃知真人急于接物，而无碍子之言不妄矣。故识其本末，使异时欲祈嗣者，于此加敬云。

【解题】

此文约作于庆历末年。

张益州画像记

至和元年秋，蜀人传言有寇至，边军夜呼，野无居人，妖言流闻，京师震惊。方命择帅，天子曰："毋养乱，毋助变。众言朋兴，朕志自定。外乱不作，变且中起，不可以文令，又不可以武竞，惟朕一二大吏。孰为能处兹文武之间，其命往抚朕师？"乃推曰：张公方平其人。天子曰："然。"公以亲辞，不可，遂行。冬十一月至蜀，至之日，归屯军，撤守备，使谓郡县："寇来在吾，无尔劳苦。"明年正月朔旦，蜀人相庆如他日，遂以无事。

又明年正月，相告留公像于净众寺，公不能禁。眉阳苏洵言于众曰："未乱，易治也；既乱，易治也；有乱之萌，无乱之形，是谓将乱，将乱难治，不可以有乱急，亦不可以无乱弛。是惟元年之秋，如器之欹，未坠于地。惟尔张公，安坐于其旁，颜色不变，徐起而正之。既正，油然而退，无矜容。为天子牧小民不倦，惟尔张公。尔繄以生，惟尔父母。且公尝为我言：'民无常性，惟上所待。人皆曰蜀人多变，于是待之以待盗贼之意，而绳之以绳盗贼之法。重足屏息之民，而以砧斧令。于是民始忍以其父母妻子之所仰赖之身，而弃之于盗贼，故每每大乱。夫约之以礼，驱之以法，惟蜀人为易。至于急之而生变，虽齐、鲁亦然。吾以齐、鲁待蜀人，而蜀人亦自以齐、鲁之人待其身。若夫肆意于法律之外，以威劫其民，吾不忍为也。'呜呼！爱蜀人之深，待蜀人之厚，自公而前，吾未始见也。"皆再拜稽首曰："然。"苏洵又曰："公之恩在尔心，尔死在尔子孙，其功业在史官，无以像为也。且公意不欲，如何？"皆曰："公则何事于斯？虽然，于我心有不释焉。今夫平居闻一善，必问其人之姓名与乡里之所在，以至于其长短大小美恶之状，甚者或诘其平生所嗜好，以想见其为人。而史官亦书之于其传，意使天下之人，思之于心，则存之于目；存之于目，故其思之于心也固。由此观之，像亦不为无助。"苏洵无以诘，遂为之记。

公，南京人，为人慷慨有大节，以度量容天下。天下有大事，公可属。系之以诗曰：

天子在祚，岁在甲午。西人传言，有寇在垣。庭有武臣，谋夫如云。天子曰嘻，命我张公。公来自东，旗纛舒舒。西人聚观，于巷于途。谓公暨暨，公来于于。公谓西人："安尔室家，无敢或讹。讹言不祥，往即尔常。春尔条桑，秋尔涤场。"西人稽首，公我父兄。公在西囿，草木骈骈。公宴其僚，伐鼓渊渊。西人来观，祝公万年。有女娟娟，闺闼闲闲。有童哇哇，亦既能言。昔公未来，期汝弃捐。禾麻芃芃，仓庾崇崇。嗟我妇子，乐此岁丰。公在朝廷，天子股肱。天子曰归，公敢不承？作堂严严，有庑有庭。公像在中，朝服冠缨。西人相告，无敢逸荒。公归京师，公像在堂。

【解题】

本文作于嘉祐元年（1056）。张益州即张方平，字安道，曾知益州，故称。文中颂扬张方平在蜀政绩，语多回转而苍劲浑深，诗文相映，枝挺叶繁。

木假山记

木之生，或蘖而殇，或拱而夭，幸而至于任为栋梁则伐。不幸而为风之所拔，水之所漂，或破折，或腐；幸而得不破折，不腐，则为人之所材，而有斧斤之患。其最幸者，漂沉汩没于湍沙之间，不知其几百年，而其激射啮食之余，或仿佛于山者，则为好事者取去，强之以为山，然后可以脱泥沙而远斧斤。而荒江之濆，如此者几何！不为好事者所见，而为樵夫野人所薪者，何可胜数！则其最幸者之中，又有不幸者焉。

予家有三峰，予每思之，则疑其有数存乎其间。且其蘖而不殇，拱而不夭，任为栋梁而不伐：风拔水漂而不破折、不腐；不破折，不腐，而不为人所材，以及于斧斤；出于湍沙之间，而不为樵夫野人之所薪，而后得至乎此，则其理似不偶然也。

然予之爱之，则非徒爱其似山，而又有所感焉；非徒爱之，而又有所敬焉。予见中峰魁岸踞肆，意气端重，若有以服其旁之二峰。二峰者庄栗刻峭，凛乎不可犯，虽其势服于中峰，而岌然无阿附意。吁！其可敬也夫，其可以有所感也夫！

【解题】

本文作于嘉祐三年（1058）。这年苏洵从溪叟得木山三峰，置于庭中，作记志之。文中论木假山历尽磨难而得留人间，实为借物寓意，感慨人生。末段评论中峰魁岸、旁二峰“无阿附意”，显示了作者虽不得志却不肯与世沉浮的情操。

老翁井铭

丁酉岁，余卜葬亡妻，得武阳安镇之山。山之所从来甚高大壮伟，其末分而为两股，回转环抱。有泉坌然出于两山之间而北附，右股之下畜为大井，可以日饮百余家。卜者曰吉，是其葬书为神之居。盖水之行常与山俱，山止而泉冽，则山之精气势力自远而至者，皆畜于此而不去，是以可葬无害。

他日乃问泉旁之民，皆曰是为老翁井。问其所以为名之由，曰：“往岁十年，山空月明，天地开霁，则常有老人苍颜白发，偃息于泉上。就之则隐，而入于泉，莫可见。”盖其相传以为如此者久矣。因为作亭于其上，又甃石以御水潦之暴，而往往优游其间，酌泉而饮之，以庶几得见所谓老翁者，以知其信否。然余又闵其老于荒榛岩石之间，千岁而莫知也，今乃始遇我而后得传于无穷。遂为铭曰：

山起东北，翼为南西。涓涓斯泉，坌溢以弥。敛以为井，可饮万夫。汲者告吾，有叟于斯。里无斯人，将此谓谁。山空寂寥，或啸而嬉。更千万年，自洁自好。谁其知之，乃讫遇我。惟我与尔，将遂不泯。无溢无竭，以永千祀。

【解题】

本文作于嘉祐二年（1057）。这年四月苏洵妻子程氏逝世，苏洵返蜀葬妻，此为卜葬墓地而作。其时苏洵求官不得，心绪抑郁，文多哀颓之气。

极乐院造六菩萨记

始予少年时，父母俱存，兄弟妻子备具，终日嬉游，不知有死生之悲。自长女之夭，不四五年而丁母夫人之忧，盖年二十有四矣。其后五年而丧兄希白，又一年而长子死，又四年而幼姊亡，又五年而次女卒。至于丁亥之岁，先君去世，又六年而失其幼女，服未既而有长姊之丧。悲忧惨怆之气，郁积而未散，盖年四十有九而丧妻焉。嗟夫j三十年之间，而骨肉之亲零落无几!

近将南去，由荆楚走大梁，然后访吴、越，适燕、赵，徜徉于四方，以忘其老。将去，慨然顾坟墓，追念死者，恐其魂神精爽，滞于幽阴冥漠之间，而不复旷然游乎逍遥之乡，于是造六菩萨并龛座二所。盖释氏所谓观音、势至、天藏、地藏、解冤结、引路王者，置于极乐院阿弥如来之堂。庶几死者有知，或生于天，或生于四方上下，所适如意，亦若余之游于四方而无系云尔。

【解题】

此文作于嘉祐四年（1059）。时苏轼、苏辙服母丧期满，全家将南行经荆、楚赴京，行前苏洵作此记以告死者。

彭州圆觉禅院记

人之居乎此也，其必有乐乎此也。居斯乐，不乐，不居也。居而不乐，不乐而不去，为自欺，且为欺天。盖君子耻食其食而无其功，耻服其服而不知其事，故居而不乐，吾有吐食脱服以逃天下之讥而已耳。天之畀我以形，而使我以心驭也。今日欲适秦，明日欲适越，天下谁我御？故居而不乐，不乐而不去，是其心且不能驭其形，而况能以驭他人哉？

自唐以来，天下士大夫争以排释老为言，故其徒之欲求知于吾士大夫之间者，往往自叛其师以求容于吾。而吾士大夫亦喜其来而接之以礼。灵师、文畅之徒，饮酒食肉以自绝于其教。呜呼！归尔父子，复尔室家，而后吾许尔以叛尔师。父子之不归，室家之不复，而师之叛，是不可以一日立于天下。《传》曰，“人臣无外交。”故季布之忠于楚也，虽不如萧、韩之先觉，而比丁公之贰则为愈。

予在京师，彭州僧保聪来求识予甚勤。及至蜀，闻其自京师归，布衣蔬食以为其徒先，凡若干年，而所居圆觉院大治。一日，为予道其先师平润事，与其院之所以得名者，请予为记。予佳聪之不以叛其师悦予也，故为之记曰：

彭州龙兴寺僧平润讲《圆觉经》有奇，因以名院。院始弊不葺，润之来，始得隙地以作堂宇。凡更二僧，而至于保聪，聪又合其邻之僧屋若干于其院以成。是为记。

【解题】

本文写作时间不详。彭州，即今四川彭县。文为禅院记，然叙保聪不叛其师，亦有感而发。

王荆州画像赞

太山崇崇，东海滔滔，蟠为山东。公惟齐人，齐方千里，而吾独见公。公在荆州，或象其仪，白发红颜。谓公方壮，公生辛丑，天子之老。谁谓公老，其威桓桓，镇天子之南邦。

【解题】

本文作于嘉祐四年（1059）。王荆州，未详其人。

吴道子画五星赞

世称善画，曹兴、张繇。墙破纸烂，兵火所烧。至于有唐，道子姓吴。独称一时，蔑张与曹。历岁数百，其有几何？或镵于碑，以获不磨。吾世贫窭，非有富豪。堂堂五行，道子所摹。岁星居前，不武不挑。求之古人，其有帝尧。盛服佩剑，其容昭昭。荧惑惟南，左弓右刀。赫烈奋怒，木石焚焦。震怛下土，莫敢有骄。崔崔土星，瘦而长腰。四方远游，去如飞飙。倏忽万里，远莫可昭。太白惟将，宜其壮夫。今惟妇人，长裙飘飘，抱抚四弦，如声嘈嘈。辰星北方，不丽不妖。执笔与纸，凝然不嚣。妆非今人，唇敷黑膏。唯是五星，笔势莫高。昔始得之，烂其生绡。及今百年，墨昏而消。愈后愈远，知其若何？吾苟不言，是亦不遭。

【解题】

此文写作时间不详。吴道子，唐代画家，曾在长安、洛阳寺观中作佛道壁画三百多幅。

曾巩散文集

魏崇武　校评

前　言

曾巩（1019～1083），字子固，宋建昌军南丰县（今江西南丰）人。祖父曾致尧仕至尚书户部郎中，直史馆，赠右谏议大夫，追封密国公。父亲曾易占，历知如皋、玉山，赠光禄卿，追封鲁国公。

曾巩自幼聪敏好学，读书过目成诵。十二岁能文，落笔惊人。十六七岁时，已通读六经，立志成为优秀的古文家。年未二十，已名闻四方。景祐三年（1036），十八岁的曾巩赴京赶考，名落孙山，但结识了来京游玩的王安石，两人成为密友。庆历元年（1041），曾巩入太学，上书欧阳修并献杂文时务策两编。欧阳修十分惊奇，说："过吾门百千人，独于得生为喜。"（曾巩《上欧阳学士第二书》）然而，庆历二年曾巩再次落榜而归，欧阳修作《送曾巩秀才序》予以抚慰、勉励。面对家乡人的冷嘲热讽，曾巩并未消沉，而是力学不止。由于欧阳修的延誉，曾巩文名大盛，"由庆历至嘉祐初，公之声名在天下二十余年"（林希《墓志》），"自朝廷至闾巷海隅障塞，妇人孺子皆能道公姓字。其所为文，落纸辄为人传去，不旬月而周天下。学士大夫手抄口诵，唯恐得之晚也"（曾肇《亡兄行状》）。这期间，曾巩多次上书欧阳修，表达对时政的看法，并推荐王安石、王回、王向等人。曾巩与王安石之间诗文寄赠相当频繁，他们相互支持，相互鼓励，表现了真挚的友谊。

由于家事拖累和身患疾病，十五年中，曾巩一直未能再参加科举。嘉祐二年（1057），欧阳修任主考官，大胆革除科举积弊，排抑险怪奇涩的“太学体”，文风为之一变，曾巩与弟弟曾牟、曾布，从弟曾阜和妹婿王无咎一行全部考中进士。嘉祐三年，曾巩任职太平州（今安徽当涂一带）司法参军，负责办理一州的刑法事务。五年，由欧阳修保荐，被召入京编校史馆书籍，历馆阁校勘、集贤校理，兼判官告院。到熙宁二年（1069）自求外任止，曾巩在京城生活了大约九年时间，先后校定古籍十数种，如《战国策》、《新序》等等，所作序文历来评价很高。熙宁元年，入充英宗实录院检讨官，不足一月即罢去。

熙宁二年，曾巩出知越州（今浙江绍兴市），在州治和救济灾民等方面，作出了一定的贡献。四年，改知齐州（今山东济南）。齐州盗贼、恶霸横行，曾巩对他们进行了坚决的制裁，使社会治安明显好转。这期间，正值王安石变法高潮，曾巩对新法虽有异议，但对其合理部分却能认真执行，灵活掌握，推行农田水利、募役、保甲、青苗等法收到很大实效。由于为官清廉，政绩斐然，曾巩深受齐州百姓爱戴。后来，齐州百姓在千佛山上修建曾公祠，刻石像纪念他。六年夏，徙知襄州，亦有平反冤狱的德政。九年，改知洪州（今江西南昌），遇瘟疫流行，曾巩迅速采取一系列应急措施，对患病军民进行救助，有效地遏制了瘟疫的蔓延。十年，授直龙图阁，移知福州军州事，兼福建路兵马钤辖。福州佛教盛行，寺庙占地严重，一些上层僧侣贿赂官府，谋求私利。曾巩对佛院住持制度进行改革，以选举制取代延聘制，杜绝了僧侣的钻营行为。又废除不法寺院，逮捕违法恶僧，打击了他们的嚣张气焰。此外，福建路治安很乱，曾巩在治内恩威并施，措施得力，使福州治安大为好转。元丰元年（1078），召判太常寺。曾巩北上至江宁府（今南京市），却接到朝廷要他改知明州（今浙江宁波）的命令。二年正月，曾巩到明州上任。仅过五个月，又徙知亳州（今安徽亳州市），七月到任。亳州属地也多有盗贼，曾巩推行保甲法的成功经验，使亳州的社会治安很快稳定下来。同时，他对州县公文表报制度进行了改革，改变公文表报繁多的现象，又整肃了官僚机构的办事作风，使办事效率大为提高。

元丰三年，移知沧州（今河北沧县东南），十月途经京都开封时，受到神宗召见。神宗对曾巩的才干、学识大加赞赏，把他留在三班院供事。四年七月，曾巩被任命为史馆修撰，专典史事，负责修撰五朝史事。然而，由于某些人的挟私报复，加上曾巩所撰写的《太祖皇帝总叙》不合神宗之意，结果五朝国史未能成书。不过，曾巩将搜集到的史料以会要体编撰成《隆平集》二十卷，成为《宋史》、《通鉴》的资料来源之一。五年四月，曾巩官拜中书舍人，并负责官制更改工作。不久，卧病不起。六年四月十一日，曾巩在江宁府病逝，享年六十五岁。南宋理宗时，追谥文定。

曾巩年谱共有七种：宋朱熹《曾子固年谱》一卷（已佚），清姚范《南丰年谱》一卷、孙葆田《曾南丰年谱》一册、杨希闵《曾文定公年谱》一卷，近代王焕镳《曾南丰先生年谱》、周明泰《曾子固年谱》，以及《曾巩家系图并年谱》（阙名）。此处作品系年据周谱。

曾巩是一个尊道崇儒的古文家。明宁瑞鲤《重刻曾南丰先生文集序》云：

> **先生之文至矣！乃六经之羽翼，人治之元龟。自孟轲氏以后，未有臻斯盛者也。**

这一评价还是很有代表性的。曾巩自幼刻苦学习儒家经典，因为“家世为儒，故不业他”（《上欧阳学士第一书》）。他相信“经者乃万世之法”（《黄河》），“于天地人事，无不备者”（《上欧阳舍人书》），因而能自觉遵守孔孟之道，并以之为依据，来研究现实问题。他常常在文章中直接引用六经语句，或予以发挥，于是有人说“其《元丰类稿》言近指远，大者衷于谟训，而小者中于尺度。至论古今治乱得失、是非成败、人贤不肖，以及弥纶当世之务，斟酌损益，必本六经”（赵师圣《曾南丰先生文集序》）。曾巩道统观念极强，强调“学有统”、“道有归”（《新序目录序》），对于违背儒家思想的学说一概明确加以反对。例如，在《梁书目录序》、《分宁县云峰院记》、《菜园院佛殿记》、《鹅湖院佛殿记》、《兜率院记》、《说非异》等文中，出于对国计民生的关心，对于佛门“不劳于谋议，不用其力，不出赋敛”却大肆浪费国财民力以兴建宫殿的现象给予批判，甚至将矛头直接对准佛教徒本身：

有卑世主、轻海内之实，盛从诡谲嵬琐恣睢之邪情，驰骛祓祥倾荡怪神之邪说，离君臣，叛父子，捐耒耜桑柘之务，髡而缁，不俪不嗣，辟而无用。（《说非异》）

又云：

浮屠利心无足，而假无欲也；行为险秽，而强高言淡泊也。（同上）

措辞十分激烈。曾巩还辟道教，如《仙都观三门记》等，但态度相对和缓得多，只是据经义指出其不合儒家礼制之处。此外，他在《筠州学记》中说：“刑、名、兵家之术，则狃于暴诈，惟知经者为善矣。”这样的例子不胜枚举，难怪明代方孝孺说：“子固俨尔儒者，故其文粹白纯正，出入礼乐法度中。”（《逊志斋集》卷十二）

曾巩涉猎极广，所谓“六艺百家史氏之籍，笺疏之书，与夫论美刺非、感微托远、山镵冢刻、浮夸诡异之文章，下至兵权、历法、星官、兵工、山农、野圃、方言、地记、佛老所传”（《南轩记》），都曾研习。《类要序》一文也主张学者要涉猎百家，拓宽知识面。但正如曾巩自己所说：“吾之所学者虽博，而所守者可谓简。”即始终以儒家学说为根本。因而，他强调写文章必须合于圣人之道，要“当于理”（《王子直文集序》），并以此衡量天下文章。突出的例子是他对司马迁及《史记》的批评。他从维护儒家正统思想的角度出发来审视《史记》，认为其“蔽害天下之圣法、是非颠倒而采摭谬乱者，亦岂少哉”（《南齐书目录序》）。对当时人，他称赞孙都官的文章“其归要不离于道”（《答孙都官书》），而对李沿不重视义理、“汲汲乎辞”提出了尖锐的批评（《答李沿书》）。

曾巩散文还体现了宋学对汉学的批判。“庆历以前，学者尚文辞，多守章句注疏之学”（宋吴曾《能改斋漫录》卷二引《国史》），曾巩却不受这种学术风气的影响，“学与众违，而言行少合于世”（《与杜相公书》），他所担忧的是“圣人之道泯泯没没，其不绝若一发之系千钧”（《上欧阳学士第一书》），自认“迂阔”而不悔。他批判汉学，指责汉代经生“争为章句训诂之学，以其私见妄臆穿凿为说”，对能破去百家传注、回复先王之道的学者大加推重。如《王深父文集序》：

> 其破去百家传注，推散缺不全之经，以明圣人之道于千载之后，所以振斯文于将坠，回学者于既溺，可谓道德之要言，非世之别集而已也。

而曾巩对扬雄的推尊，也与扬雄冲破当时章句笺注之学而务明儒道颇有关系。曾巩常常论及性理，于是很为一些理学家所推崇，如朱熹自称“二十许时便喜读南丰之文，而窃慕效之”（《朱子文集·跋曾南丰帖》），而有些人甚至说曾巩“首明理学”（元刘壎《隐居通议》），“其文当濂洛未兴之先，已能开性命之宗，无事理之障”（明艾南英《易三房同门稿序》，《天佣子集》卷二），“实开南宋理学一门”（清袁枚《书茅氏八家文选》），等等。这当然也有些过当。曾巩所讲的“性理”并未超出传统儒家学说的范围，与理学家们所讲的“性理”有很大的区别。但他在文章中常常发挥经旨，也确实为宋学的发展推波助澜，对理学的形成和发展也有一定的影响。

然而，曾巩比起宋初一些单纯以儒学相号召的古文家来，他的文章具有更强烈的政论色彩，包含了更多的现实内容。早在未中进士以前，曾巩就多次上书范仲淹、杜衍、欧阳修、蔡襄等陈述当时的急务，讨论宰相、谏官的职责等等，并多次推荐王安石。他于皇祐元年撰写的《本朝政要策》五十首，系统地考察了宋朝考课、训兵、边籴、贡举、佛教、契丹、刑法、水利等等五十个事项，涉及政治、军事、教育、宗教、外交、财政等各个方面，展示了他较广阔的政治视野。曾巩深受欧阳修根于早期儒学、注重经世实用思想的影响，吸取了早期儒家“民惟邦本”、“民为贵”的思想，十分关注民生疾苦。他认为人民的福祸是人君决定去取的惟一准则，并认为自古以来“未有民富且安而乱者也。其乱者，率常民贫而且不安也”，主张削减“靡靡然食民之食”的兵、佛、老（《上欧阳舍人书》）。入仕以后，曾巩对时政和民生的关心有增无减。在一些送人出任地方官的赠序中如《送江任序》、《送李材叔知柳州序》、《送蔡元振序》等中都勉励他们恪尽职守、造福百姓，显示了对吏治的重视。对已有出色治绩、深受百姓爱戴的官员（如丁琰），曾巩自称“爱之特深”，在屡屡拒绝求文者的同时，却因为丁琰调任而主动作了《送丁琰序》。在他自己出任地方官时，更是身体方行，打击豪暴、平定盗贼、兴修水利、减赋赈饥、储药救疫等等政绩，都可以见诸记载，可谓能言能行。他的一些文章写得不厌其详，如《越州赵公救灾记》、《广德湖记》等等，是因为文中所涉及的问题对国计民生来说十分重要。《救灾议》一文被叶适批评为“何至恳迫繁缕如此”，岂不知曾巩如此不惮辞费，乃是出自对民生疾苦的真切关怀。曾巩对时政和民生的关心贯穿在许多文章中，充分体现了儒学的入世精神。

曾巩还十分重视教化的作用。他在《与王介甫第二书》

中说：

> 夫我之得行其志而有为于世，则必先之以教化，而待之以久，然后乃可以为治，此不易之道也。

他在为赴外任的官员所作的赠序中都要勉励他们致力教化。他认为“教化既成，道德同而风俗一”（《王子直文集序》），国家就容易治理。因而曾巩提倡办学，《宜黄县县学记》、《筠州学记》等文对此都有所阐发。而从自身修养的角度出发，曾巩遵循《大学》“修齐治平”的规律，十分重视治学。他曾两次上书神宗皇帝全面陈述对治学的见解。《熙宁转对疏》云：

> 《大学》所以以诚意正心修身治其国家天下，而要其所以为始者，致其知也。故臣以谓正其本者，在得之于心而已。得之于心者，其术非他，学焉而已焉。

《自福州召判太常寺上殿札子》也专门陈述“诚意正心修身治国家天下之道必本于学”的道理。“先觉”之后，则有“觉斯民”的责任。致力于治学和教化，正是大学之道的两个阶段。重教化则轻刑政。如《刑赏论》主张行舜时“忠厚之教”，主张薄刑。《叙盗》主张“待教而诛”，反对“不待教而诛”，《洪范传》亦云“教之不率，然后刑之”。这是曾巩继承儒家仁政思想的表现。

曾巩时时称引先王之道，但又认为后世并非不可以有所损益。他在《洪范传》中提出“有常有变”的命题。《礼阁新仪目录序》一文更是直率地说：

> 古今之变不同，而俗之便习亦异，则亦屡变其法以宜之，何必一二以追先王之迹哉？

《为治论》亦有类似的思想。此外，他在《唐论》、《唐令目录序》等文中对贞观之治的赞赏、叹慕还表明他有法后王的思想。然而，曾巩的变革要求是有限的。法可变，道不能变。《战国策目录序》中有这样的著名论断：

> 盖法者，所以适变也，不必尽同；道者，所以立本也。不可不一，此理之不易者也。

从这可看出曾巩的根本立场。熙宁间，曾巩对王安石变法持有异议，终于导致这对密友的疏远。

曾巩虽强调创作要尊经明道，但又主张文道并重。在这点上，他既不同于深受纵横家思想影响的苏洵、苏轼的离道为文，也不同于王安石的以治教政令为文。他宣扬传统儒家之道，依据经典来论述现实问题，又不同于二程专谈性理之学，作哲学思辨。曾巩在《寄欧阳舍人书》中强调作者必须“畜道德而能文章”，二者不可偏废。重道者易于轻文。而曾巩对于那些虽不合道却极有伟辞的文学家还是表现出了宽容的态度，并给予相当的肯定，如对李白：

> 白之诗连类引义，虽中于法度者寡，然其辞闳肆隽伟，殆骚人所不及，近世所未有也。(《李白诗集后叙》)

他认为司马迁“亦不可不谓隽伟拔出之才、非常之士也”(《南齐书目录序》)。此外，曾巩还用“伟丽可喜”、“闳深隽美”等语评文，可见他对文辞还是相当重视的。曾巩主张文道并重，实为清代桐城派“义法论”的先导。

宋代以来，关于曾巩散文风格的说法很多，比如：“纡徐而不烦，简奥而不晦”(《宋史》本传)、“衍裕雅重”(宋王震《南丰先生文集序》)、“纡徐委曲”(宋吕本中《童蒙诗训》)、“简严静重”(宋朱熹《朱子文集》卷十四)、“峻洁”(《朱子语类》卷一三九)、“密而古”(宋陈造《江湖长翁文集》卷三十一)、“古雅”(元金履祥《三苏文范》卷首)、“自然”(元刘壎《隐居通议》卷十八)、“敦厚凝重”(明郑瑗《井观琐言》卷一)、“典重醇深”(明艾南英《易三房同门稿序》)、“醇厚”(清吴振乾《唐宋八大家类选序》)、“柔美”(清姚鼐《复鲁絜非书》)、“温而定”(清恽敬《大云山房文稿》二集《目录序说》)、“尔雅深厚”“柔婉”(清刘熙载《艺概·文概》)、“平易”(清林纾《春觉斋论文》)等等。概括起来,曾巩散文的主要面貌是典重而平易、含蓄而峻洁。然而,曾巩早期文章却另有一番面貌,宋代王震在《南丰先生文集序》中说:

> 异时齿发壮,志气锐,其文章之慓鸷奔放、雄浑瑰伟,若三军之朝气,猛兽之抉怒,江湖之波涛,烟云之姿状,一何奇也。

欧阳修则在《送吴生南归》一诗中提到了对曾巩早期文风的改造:

> 我始见曾子,文章初亦然。昆仑倾黄河,渺漫盈百川。决疏以导之,渐敛收横澜。东溟知所归,识路到不难。

后来曾巩在任太平州司法参军时,又受到知州张伯玉的影响,于是文风逐渐变得简洁平易起来。不过,曾巩投拜欧阳修(庆历二年)之前的文章所存无几,使我们难以体会到欧阳修、王震所说的早期文风的特点。然而,曾巩后来的文章也并非都很简洁,某些篇也残留着喜好铺叙的毛病,如《太祖皇帝总叙》一文,神宗看了,不高兴地说:“且一篇之赞,已如许之多,成书将复几何?”(徐度《却扫编》)另外,清代魏禧也认为曾文有些“滮漫”,王夫之甚至批评曾文:“如听村老判事,止此没要紧话,扳今掉古,牵曳不休,令人不耐。”(《薑斋诗话》卷二)这当然就过于夸大其辞、以偏概全了。

曾巩散文在当时就很受推重,除欧阳修、王安石外,梅尧臣、苏轼、苏辙、陈师道、吕南公、秦观等对曾文也都评价很高。降及南宋,曾巩散文依然影响很大。朱熹喜读曾文,年轻时常常加以效慕,又说“人要会作文章,须取一本西汉文与韩文、欧阳文、南丰文”(《朱子语类》卷一三九),还特地为曾巩作年谱。清张伯行《唐宋八大家文钞·曾文引》云:“今观朱子之文,波澜规矩似亦从南丰来。”吕祖谦在编选《古文关键》时,取曾巩而不取王安石。元代刘壎自称“特嗜”曾巩散文（《隐居通议》）。元末明初人朱右（字伯贤）首定“唐宋八大家”之目，编选《八先生文集》（已佚），确立了曾巩在散文史上的重要地位。明代唐宋派代表人物王慎中、唐顺之、茅坤、归有光以及清代桐城派代表人物方苞、刘大櫆、姚鼐等人更是把曾巩奉为圭臬。《元丰类稿》在明代至少刊印了十六次，唐顺之编纂的《文编》、茅坤编选的《唐宋八大家文钞》都选入了曾巩的作品。清代刻本更多，许多人将模仿曾巩散文作为入门途径，评价时人的作品也往往以欧、曾为标准。当然，由宋至清，也有过一些贬抑曾巩的评论，如叶适、屠隆、袁宗道、王夫之、袁枚等等，但不成主导。

然而，“五四”以来，随着桐城派末流被打倒，备受桐城派推崇的曾巩也受到冷落。解放前出版的十多部中国文学史著作或不提曾巩，或只提名，未加论述。只有王焕镳、周明泰所作的两种曾巩年谱为这时期最突出的学术成果。而解放后前三十年，曾巩遭到了古典文学研究界异乎寻常的冷落，前三十年，全国学术报刊没有一篇研究曾巩的文章，只有几种文学史和文学批评史著作有点论述。直到进入八十年代，才渐趋正常，陆续取得一些科研成果，其概况可参看李震《曾巩研究的历史和现状》（《文学遗产》1986 年 3 期）和《近十年来的曾巩研究》（《语文导报》1987 年 3 期）。除了以上两篇文章所提及的论文论著外，1983 年江西南丰“纪念曾巩逝世九百周年学术讨论会”收到的论文由江西省文研所编选为《曾巩研究论文集》结集出版（江西人民出版社 1986 年 12 月），成为引人注目的学术成果。而从 1987 年到现在，国内学者所发表有关曾巩的学术论文只有十多篇，在深度和广度上也没有多大进展。1993 年 4 月出版的作家评传《曾巩》（夏汉宁著，中华书局）综合了此前的研究成果，作了较为详尽的表述。

曾巩一生著述甚丰。曾肇、林希、韩维分别为曾巩所作的行状、墓志、神道碑都记载曾巩身后有《元丰类稿》五十卷、《续元丰类稿》四十卷、《外集》十卷行世。另外又有《金石录》五百卷、《隆平集》二十卷（史学专著）、《卫道录》、《大学稽中传》、《礼经类编》、《杂职》、《诗经教考》等等。然而《续元丰类稿》及《外集》于宋南渡后散佚，今仅存《元丰类稿》五十卷和《隆平集》二十卷。《元丰类稿》始刻于北宋元丰年间，后又有南宋开禧间赵汝励刻本，元大德八年丁思敬刻本，明正统十二年邹旦刻本、成化八年杨参刻本、嘉靖四十一年黄希宪刻本、嘉靖间王抒刻本、隆庆五年邵廉刻本及曾文受刻本、万历二十五年曾敏行等刻本、崇祯十一年曾懋爵刻本等等。清代刻本更多，影响较大的有：康熙三十二年彭期刻本（重行分类编排，合并卷帙，更名《曾文定公全集》）、四十九年曾国光西爽堂刻本、五十六年顾崧龄刻本。现存最早也最完整的刻本是元大德八年丁思敬刻本，校勘精审，明清诸刻本都源出此本。而明清诸刻本中又以康熙五十六年顾崧龄刻本校勘最精、流传最广、影响最大。另外，该刻本还辑录了集外文二卷，成为保存曾文最多的版本。

选集数量极多，现存最早有宋刻本《曾南丰先生文粹》十卷，现藏北京图书馆。另外，有一部金代中叶平水版刻本《南丰曾子固先生集》三十四卷值得重视。该本源出北宋旧椠，保留了北宋的避讳字，虽脱误较多，蠹蚀、残破、漶漫处不少，但其所收诗文有许多不见于现存《元丰类稿》，当中更有一些仅见于此本，它们很可能就是《续元丰类稿》和《外集》中的作品，加上此本今成为孤本，尤其值得珍视。现藏北京图书馆，中华书局1986年影印出版。

到现代，曾巩诗文集也曾铅印出版，但在篇目上没有新的补充，标点、校勘也不很精审。近年来，国内古籍整理工作取得了较好的成绩，1984年11月，中华书局出版了陈杏珍、晁继周点校的《曾巩集》（上、下册），是当时国内最完备的曾巩作品总集，辑佚部分收诗三十三首、词一首、文七十八篇，并附录了曾巩传记资料和曾巩著作主要版本序跋。前面关于版本情况的介绍，即主要参考了其前言中的内容。1992 年 8 月，由巴蜀书社出版的《全宋文》第二十九册收录了曾巩散文，点校者仍为陈、晁二人，但比《曾巩集》又多辑得佚文三篇，即《论常平三等粜籴斛斗不便状》、《局事多暇帖》和《游信州玉山小岩记》，可谓最新成果。

此次校评，以中华书局本《曾巩集》为基础，适当参校他本（按体例，不出校记）。各类作品按作年先后重新编排，作年不详者列后。大体每篇文章后面，均试作简要解题，如有不当之处，望不吝赐教。

魏崇武

1995 年 1 月 14 日

目　录

一、论　说

二、记　　叙

三、书　　简

四、序　跋

五、赠　序

六、传　记

七、奏　议

八、诏　　册

九、碑　　志

十、祭　　吊

十一、杂　　体

一　论说

为人后议

《礼》，大宗无子，则族人以支子为之后。为之后者，为所后服斩衰三年，而降其父母期。《礼》之所以如此者，何也？以谓人之所知者近，则知亲爱其父母而已；所知者远，则知有严父之义。知有严父之义，则知尊祖；知尊祖，则知大宗者上以继祖，下以收族，不可以绝，故有以支子为之后者。为之后者，以受重于斯人，故不得不以尊服服之。以尊服服之而不为之降己亲之服，则犹恐未足以明所后者之重也。以尊服服之，又为之降己亲之服，然后以谓可以明所后者之重，而继祖之道尽，此圣人制礼之意也。

夫所谓收族者，《记》称与族人合食，序以昭穆，别以礼义之类。是特诸侯别子之大宗，而严之如此。况如《礼》所称天子及其始祖之所自出者，此天子之大宗，是为天地、宗庙、百神祭祀之主，族人万世之所依归，而可以不明其至尊至重哉！故前世人主有以支子继立而崇其本亲，加以号位，立庙奉祀者，皆见非于古今。诚由所知者近，不能割弃私爱，节之以礼，故失所以奉承正统、尊无二上之意也。若于所后者以尊服服之，又为之降己亲之服，而退于己亲，号位不敢以非礼有加也，庙祀不敢以非礼有奉也，则为至恩大义，固已备矣。而或谓又当易其父母之名，从所后者为属，是未知考于《礼》也。《礼》，“为人后者，为所后者之祖父母、父母、妻、妻之父母、昆弟、昆弟之子若子”者，此其服为所后者而非为己也。为其父母期，为其昆弟大功，为其姊妹适人者小功，皆降本服一等者，此其服为己而非为所后者也。使于其父母，服则为己，名则为所后者，则是名与实相违，服与恩相戾矣。圣人制礼，不如是之舛也。且自古为人后者，不必皆亲昆弟之子，族人之同宗者皆可为之，则有以大功、小功昆弟之子而为之者矣，有以缌麻、袒免、无服昆弟之子而为之者矣。若当从所后者为属，则亦当从所后者为服。从所后者为服，则于其父母，有宜为大功、为小功、为缌麻、为袒免、为无服者矣。而圣人制礼，皆为其父母期，使足以明所后者重而已，非遂以谓当变其亲也。亲非变则名固不得而易矣。戴德、王肃《丧记》曰：为人后者，为其父母降一等，服齐衰期，其服之节、居倚庐、言语、饮食，与父在为母同，其异者不祥、不禫。虽除服，心丧三年。故至于今，著于服令，未之有改也。岂有制服之重如此，而其名遂可以绝乎！又崔凯《丧服驳》曰：本亲有自然之恩，降一等，则足以明所后者为重，无缘乃绝之矣。夫未尝以谓可以绝其亲，而辄谓可以绝其名，是亦惑矣。且支子所以后大宗者，为推其严父之心以尊祖也。顾以尊祖之故，而不父其父，岂本其恩之所由生，而先王教天下之意哉！又《礼》“适子不可为人后”者，以其传重也，“支子可以为人后”者，以非传重也。使传重者后己宗，非传重者后大宗，其意可谓即乎人心而使之两义俱安也。今若使为人后者以降其父母之服一等，而遂变革其名，不以为父母，则非使之两义俱安，而不即乎人心莫大乎如是也。夫人道之于大宗，至尊至重，不可以绝，尊尊也。人子之于父母，亦至尊至重，不可以绝，亲亲也。尊尊、亲亲，其义一也，未有可废其一者。故为人后者，为之降其父母之服，《礼》则有之矣；为之绝其父母之名，则《礼》未之有也。

或以谓欲绝其名者，盖恶其为二，而使之为一，所以使为人后者之道尽也。夫迹其实，则有谓之所后，有谓之所生；制其服，则有为己而非为所后者，有为所后而非为己者。皆知不可以恶其为二，而强使之为一也。至于名者，盖生于实也，乃不知其不可以恶其为二而欲强使之为一，是亦过矣。藉使其名可以强使之为一，而迹其实之非一，制其服之非一者，终不可以易，则恶在乎欲绝其名也。故古之圣人知不可以恶其为二而强使之为一，而能使其属之疏者相与为重，亲之厚者相与为轻，则以礼义而已矣。何则？使为人后者，于其所后，非己亲也，而为之服斩衰三年，为其祭主，是以义引之也。于其所生，实己亲也，而降服齐衰期，不得与其祭，是以礼厌之也。以义引之，则属之疏者相与为重；以礼厌之，则亲之厚者相与为轻，而为人后之道尽矣。然则欲为人后之道尽者，在以礼义明其内，而不在于恶其为二而强易其名于外也。故《礼·丧服·齐衰不杖期》章曰："为人后者为其父母服。"此见于经为人后者于其本亲称父母之明文也。汉蔡义以谓宣帝亲谥宜曰悼，魏相以谓宜称尊号曰皇考，立庙。后世议者皆以其称皇立庙为非，至于称亲、称考，则未尝有以为非者也。其后魏明帝尤恶为人后者厚其本亲，故非汉宣加悼考以皇号，又谓后嗣有由诸侯入继正统者，皆不得谓考为皇，称妣为后。盖亦但禁其猥加非正之号，而未尝废其考妣之称。此见于前世议论为人后者于其本亲称考妣之明文也。又晋王坦之《丧服议》曰：罔极之重，非制教之所裁，昔日之名，非一朝之所去。此出后之身所以有服本亲也。又曰：情不可夺，名不可废，崇本叙恩，所以为降。则知为人后者未有去其所出父母之名，此古今之常理，故坦之引以为制服之证。此又见于前世议论为人后者于其本亲称父母之明文也。是则为人后者之亲，见于经，见于前世议论，谓之父母，谓之考妣者，其大义如此，明文如此。至见于他书及史官之记，亦谓之父母，谓之考妣，谓之私考妣，谓之本亲。谓之亲者，则不可一二数，而以为世父、叔父者，则不特

《礼》未之有，载籍已来固未之有也。今欲使从所后者为属，而变革其父母之名，此非常异义也。不从经文与前世数千载之议论，亦非常异义也。而无所考据以持其说，将何以示天下乎？且中国之所以为贵者，以有父子之道，又有《六经》与前世数千载之议论以治之故也。今忽欲弃之而伸其无所考据之说，岂非误哉！

或谓：为人后者，于其本亲称父母，则为两统二父，其可乎？夫两统二父者，谓加考以皇号，立庙奉祀，是不一于正统，怀贰于所后，所以著其非，而非谓不变革其父母之名也。然则加考以皇号与《礼》及世之称皇考者有异乎？曰：皇考一名而为说有三。《礼》曰：曰考庙，曰王考庙，曰皇考庙，曰显考庙，曰祖考庙。是则以皇考为曾祖之庙号也。魏相谓汉宣帝父宜称尊号曰皇考，既非《礼》之曾祖之称，又有尊号之文，故魏明帝非其加悼考以皇号。至于光武亦于南顿君称皇考庙，义出于此，是以加皇号为事考之尊称也。屈原称："朕皇考曰伯庸。"又晋司马机为燕王告祢庙文，称："敢昭告于皇考清惠亭侯。"是又达于群下，以皇考为父殁之通称也。以为曾祖之庙号者，于古用之；以为事考之尊称者，于汉用之；以为父殁之通称者，至今用之。然则称之亦有可有不可者乎？曰：以加皇号为事考之尊称者，施于为人后之义，是干正统，此求之于《礼》而不可者也；达于群下以皇考为父殁之通称者，施于为人后之义，非干正统，此求之于《礼》而可者也。然则以为父殁之通称者，其不可如何？曰：若汉哀帝之亲，称尊号曰恭皇，安帝之亲，称尊号曰孝德皇，是又求之于《礼》而不可者也。且《礼》，父为士，子为天子，祭以天子，其尸服以士服。子无爵父之义，尊父母也。前世失礼之君崇本亲以位号者，岂独失为人后奉祀正统、尊无二上之意哉！是以子爵父，以卑命尊，亦非所以尊厚其亲也。前世崇饰非正之号者，其失如此，而后世又谓宜如期亲故事增官广国者，亦可谓皆不合于《礼》矣。

夫考者，父殁之称，然施于礼者，有朝廷典册之文，有宗庙祝祭之辞而已。若不加位号，则无典册之文；不立庙奉祀，则无祝祭之辞，则虽正其名，岂有施于事者？顾言之不可不顺而已。此前世未尝以为可疑者，以《礼》甚明也。今世议者纷纷，至于旷日累时，不知所决者，盖由不考于《礼》，而率其私见也。故采于经，列其旨意，庶得以商榷焉。

【解题】

本文作于宋英宗治平二年（1065）。英宗治平年间至神宗初年，欧阳修方执政于朝，在关于英宗生父濮王称号的所谓“濮议之争”中，欧阳修因直言屡遭打击，遂多次上书乞避位。曾巩撰此文“据经以断众惑”，为老师辩护，可惜此文未见于世。直到十年后，欧阳修退老于家，曾巩才出示此文。欧阳修感叹地说：“此吾昔者愿见而不可得者也。”（见林希《墓志》）并赞美此文“笔力雄赡，固不得称赞，而引经据古，明白详尽，虽使聋盲者得之，可以释然矣”。清何焯评：“此等文，后惟子朱子能之。”（《义门读书记》，后同）

公族议

天子之适子继世以为天子，其别子皆为诸侯。诸侯之适子继世以为诸侯，其别子各为其国之卿大夫，皆有采地。别子之适子继世以食其采地，其族人百世宗之，此之谓大宗。其别子亦各仕于其国为卿大夫，其适子兄弟宗之，五世而止，此之谓小宗。盖天子之适子继世以为天子，其别子世为诸侯。诸侯之适子继世以为诸侯，其别子各为其国之卿大夫，世食采地，皆传于无穷。夫岂有服尽而绝其禄位，衣食嫁娶使之自谋者乎？非特如此也。昔周公兼制天下，立七十一国，姬姓居五十三人，盖兄弟之国者十有五人，姬姓之国者四十人，其可见者，则管、蔡、郕、霍、鲁、卫、毛、聃、郜、雍、曹、滕、毕、原、酆、郇、邘、晋、应、韩、凡、蒋、邢、茅、胙、祭之属是也。其称兄弟之国者十有五人，则周之近属。其称姬姓之国者四十人，则周之同姓而已。其爵命之，使传国至于无穷，夫岂以服为断乎？至于宗庙之数，天子七，诸侯五。而祭法，虞、夏、商、周禘郊祖宗，远或至于数十世之上，亦皆未尝以服为断也。其推而上之，报本于祖宗，至不可为数，推而下之，广骨肉之恩，至于无穷。盖其积厚者其流泽远，有天下之功者受天下之报，其理势次序固然也，是岂可以拘于常见，议于锱铢之内乎？故服尽而戚单者，所以节人之常情，而为大宗小宗之数，安可以论帝者之功德，而为广亲亲之法乎？

昔武王克商，未及下车而封黄帝、唐虞之后，下车而封夏、商之后，其在异代，尚特显之，其急如此。况受重于祖宗，推原功德之所自出，其可以天下之大，而俭于骨肉之恩，以不满足海内之望乎？

孟子曰：仁人之于兄弟也，亲爱之而已矣。亲之欲其贵也，爱之欲其富也。先王推是心以及于同姓之间，故有土分之，有民分之，有宝玉分之，有宝器分之。成王、康王之言曰："吾无专享文武之功，是皆无所不尽其厚，未有从夫略者也。"盖《诗·裳裳者华》，刺时弃贤者之类，绝功臣之世，而《传》栾、郤、胥、原、狐、续、庆、伯，陪臣之族耳，其降在皂隶，叔向亦以为晋国之忧，况于帝者之功德与天地等，而可使七八世之子孙夷于闾巷之凡民乎？

后世公族无封国采地之制，而有列于朝，有赐于府，是亦亲而贵之、爱而富之之意也。其名书于宗籍者，繁衍盛大，实国家之庆。有司虽费，非多于天下之国七十有一，而姬姓独居者五十三人也。其亦求中以节之而已矣。顾令袒免以外毋与官，衣食嫁娶使之自谋，是亦不考于古矣，何其野于礼也。以世莫能辨，故作《公族议》，使好学者得详焉。

【解题】

作年不详。文章主张天子推恩公族，目的在于维护公族的利益，然而不免显得迂腐、不切实际。何焯指出："此为荆公裁减宗室恩例而作。"

讲 官 议

孔子之语教人曰：不愤悱不启发。举一隅不以三隅反，则不告也。孟子之语教人曰：有答问者。荀子之语教人曰："不问而告谓之傲，问一而告二谓之囋。傲，非也。囋，非也。君子如响。"故礼无往教而有待问，则师之道，有问而告之者尔。世之挟书而讲者，终日言，而非有问之者也，乃不自知其强聒而欲以师自任，何其妄也！

古之教世子之法，太傅审父子君臣之道以示之，少傅奉世子以观太傅之德行而审喻之。则示之以道者，以审喻之为浅，故不为也。况于师者，何为也哉？正己而使观之者化尔。故得其行者，或不得其所以行；得其言者，或不得其所以言也。仰之而弥高，钻之而弥坚，德如是，然后师之道尽。故天子不得而召也，诸侯不得而友也，又况得而臣之乎？此伊尹、太公、子思、孟子之徒所以忘人之势，而唐虞三代大有为之君所以自忘其势也。

世之挟书而讲于禁中者，官以侍为名，则其任故可知矣。乃自以谓吾师道也，宜坐而讲，以为请于上，其为说曰："必如是，然后合于古之所谓坐而论道者也。"夫坐而论道，谓之王公，作而行之，谓之卿大夫，语其任之无为与有为，非以是为尊师之道也。且礼于朝，王及群臣皆立，无独坐者；于燕皆坐，无独立者，故坐未尝以为尊师之礼也。昔晋平公之于亥唐，坐云则坐。曾子之侍仲尼，子曰参复坐。则坐云者，盖师之所以命学者，未有果师道也，顾仆仆然以坐自请者也，则世之为此者非妄欤？故为此议以解其惑。

【解题】

作年不详。作者引经据典，以证明某些教书先生之喋喋不休“以师自任”以及禁中讲官之请求“坐而论道”之妄，主张为师者必须以正己修身为务，认为这样才能真正尽师道。吕献可弹劾王安石十件事，第三件即指责王安石为侍讲请求“坐而讲说”。明茅坤却评：“严紧而峻。必因当时伊川争坐讲，故有此议。”（《唐宋八大家文钞》，后同）何焯则又认为“此议似亦为介甫发”，又称赞“文甚紧洁”。清张伯行认为此议过激。

救灾议

河北地震、水灾，隳城郭，坏庐舍，百姓暴露乏食。主上忧悯，下缓刑之令，遣拊循之使，恩甚厚也。然百姓患于暴露，非钱不可以立屋庐；患于乏食，非粟不可以饱，二者不易之理也。非得此二者，虽主上忧劳于上，使者旁午于下，无以救其患、塞其求也。

有司建言，请发仓廪与之粟，壮者人日二升，幼者人日一升，主上不旋日而许之，赐之可谓大矣。然有司之所言，特常行之法，非审计终始，见于众人之所未见也。今河北地震、水灾所毁败者甚众，可谓非常之变也。遭非常之变者，亦必有非常之恩，然后可以振之。今百姓暴露乏食，已废其业矣，使之相率日待二升之廪于上，则其势必不暇乎他为，是农不复得修其畎亩，商不复得治其货贿，工不复得利其器用，闲民不复得转移执事，一切弃百事，而专意于待升合之食以偷为性命之计，是直以饿殍之养养之而已，非深思远虑为百姓长计也。以中户计之，户为十人，壮者六人，月当受粟三石六斗，幼者四人，月当受粟一石二斗，率一户，月当受粟五石，难可以久行也。不久行，则百姓何以赡其后？久行之，则被水之地，既无秋成之望，非至来岁麦熟，赈之未可以罢。自今至于来岁麦熟，凡十月，一户当受粟五十石。今被灾者十余州，州以二万户计之，中户以上及非灾害所被、不仰食县官者去其半，则仰食县官者为十万户，食之不遍，则为施不均，而民犹有无告者也；食之遍，则当用粟五百万石而足，何以办此？又非深思远虑为公家长计也。至于给授之际，有淹速，有均否，有真伪，有会集之扰，有辨察之烦，厝置一差，皆足致弊。又群而处之，气久蒸薄，必生疾疠，此皆必至之害也。且此不过能使之得旦暮之食耳，其于屋庐构筑之费，将安取哉？屋庐构筑之费既无所取，而就食于州县，必相率而去其故居，虽有颓墙坏屋之尚可完者，故材旧瓦之尚可因者，什器众物之尚可赖者，必弃之而不暇顾，甚则杀牛马而去者有之，伐桑枣而去者有之，其害又可谓甚也。今秋气已半，霜露方始，而民露处，不知所蔽，盖流亡者亦已众矣。如是不可止，则将空近塞之地。空近塞之地，失战斗之民，此众士大夫之所虑而不可谓无患者也。空近塞之地，失耕桑之民，此众士大夫所未虑而患之尤甚者也。何则？失战斗之民，异时有警，边戍不可以不增尔；失耕桑之民，异时无事，边籴不可以不贵矣。二者皆可不深念欤？万一或出于无俚之计，有窥仓库，盗一囊之粟、一束之帛者，彼知已负有司之禁，则必鸟骇鼠窜，窃弄锄梃于草茅之中，以扞游徼之吏，强者既嚣而动，则弱者必随而聚矣。不幸或连一二城之地，有枹鼓之警，国家胡能晏然而已乎？况夫外有夷狄之可虑，内有郊祀之将行，安得不防之于未然，销之于未萌也？

然则为今之策，下方纸之诏，赐之以钱五十万贯，贷之以粟一百万石，而事足矣。何则？令被灾之州为十万户，如一户得粟十石，得钱五千，下户常产之赀，平日未有及此者也。彼得钱以完其居，得粟以给其食，则农得修其畎亩，商得治其货贿，工得利其器用，闲民得转移执事，一切得复其业，而不失其常生之计，与专意以待二升之廪于上，而势不暇乎他为，岂不远哉？此可谓深思远虑，为百姓长计者也。由有司之说，则用十月之费，为粟五百万石；由今之说，则用两月之费，为粟一百万石。况贷之于今而收之于后，足以赈其艰乏，而终无损于储偫之实，所实费者，钱五钜万贯而已。此可谓深思远虑，为公家长计者也。又无给授之弊、疾疠之忧，民不必去其故居，苟有颓墙坏屋之尚可完者，故材旧瓦之尚可因者，什器众物之尚可赖者，皆得而不失。况于全牛马，保桑枣，其利又可谓甚也。虽寒气方始，而无暴露之患；民安居足食，则有乐生自重之心；各复其业，则势不暇乎他为，虽驱之不去，诱之不为盗矣。夫饥岁聚饿殍之民，而与之升合之食，无益于救灾补败之数，此常行之弊法也。今破去常行之弊法，以钱与粟一举而赈之，足以救其患，复其业。河北之民，闻诏令之出，必皆喜上之足赖，而自安于畎亩之中，负钱与粟而归，与其父母妻子脱于流转死亡之祸，则戴上之施，而怀欲报之心，岂有已哉？天下之民，闻国家厝置如此恩泽之厚，其孰不震动感激，悦主上之义于无穷乎？如是而人和不可致、天意不可悦者，未之有也。人和洽于下，天意悦于上，然后玉辂徐动，就阳而郊；荒夷殊陬，奉币来享；疆内安辑，里无嚣声，岂不适变于可为之时，消患于无形之内乎？此所谓审计终始，见于众人之所未见也。不早出此，或至于一有枹鼓之警，则虽欲为之，将不及矣。

或谓方今钱粟恐不足以办此。夫王者之富，藏之于民，有余则取，不足则与，此理之不易者也。故曰："百姓足，君孰与不足？百姓不足，君孰与足？”盖百姓富实而国独贫，与百姓饿殍而上独能保其富者，自古及今，未之有也。故又曰“不患贫而患不安”，此古今之至戒也。是故古者二十七年耕，有九年之畜，足以备水旱之灾，然后谓之王政之成。唐水汤旱而民无捐瘠者，以是故也。今国家仓库之积，固不独为公家之费而已，凡以为民也，虽仓无余粟，库无余财，至于救灾补败，尚不可以已，况今仓库之积，尚可以用，独安可以过忧将来之不足，而立视大民之死乎？古人有言曰：“剪爪宜及肤，割发宜及体。”先王之于救灾，发肤尚无所爱，况外物乎？且今河北州军凡三十七，灾害所被十余州军而已。他州之田，秋稼足望，今有司于籴粟常价斗增一二十钱，非独足以利农，其于增籴一百万石，易矣。斗增一二十钱，吾权一时之事，有以为之耳。以实钱给其常价，以茶荈香药之类佐其虚估，不过捐茶荈香药之类，为钱数钜万贯，而其费已足。茶荈香药之类，与百姓之命孰为可惜，不待议而可知者也。夫费钱五钜万贯，又捐茶荈香药之类，为钱数钜万贯，而足以救一时之患，为天下之计，利害轻重，又非难明者也。

顾吾之有司能越拘挛之见，破常行之法，与否而已，此时事之急也，故述斯议焉。

【解题】

本文作年不详。提出有关河北震灾、水灾救济办法的一项具体建议：鉴于此次灾情特别严重，必须改变每天发放口粮、单纯活口的做法，实行一次性高额赈贷，以利灾民生产自救。文章设想周到，议论深微。叶适曾批评说：“米百万斛，钱五十万贯尔，何至恳迫繁缕如此？若大议论，又将安出？”（《习学记言序目》卷五十）他对曾巩为何如此不惮辞费表示不解。事实上，这正是曾巩一贯关心民生疾苦的表现。何焯即称赞这篇文章为“有实用文字”。张伯行亦称“深思远虑，无微不彻，真经济有用之文”（《唐宋八大家文钞》，后同）。

太　学

郡立刺史，所以主其治也。郡之不治，刺史之过也。黜一刺史、立一刺史而已矣，夫岂遂污其郡哉？邑有县令，亦所以主其治也。邑不治，县令之过也。黜一县令、立一县令而已矣，岂遂污其邑哉？今有人曰，郡不治则污其郡，邑不治则污其邑，则以为狂惑之人也。

今夫太学之设，何以异于是？天子立太学，立官以掌之，立师以教之，所以兴教化也，所以出礼乐，所以萃贤材也，所以养俊髦也。俊髦不能养，贤材不能萃，礼乐不能出，教化不能兴，则官师之过也。当黜其为官而屏其为师者，而别置其能官能师，则岂遂隳其学哉？向者国家兴学校自京师始，天下之人倾耳而听，竦目而视，其皆以为三代之治复起于今日，而今日之治复为于三代也。既而官师非其人，措置非其宜，怨谤并起而天下窃笑，其实皆官师之过也。黜一官师、立一官师可矣，而议者皆以为太学之过，官师未出而太学废。呜呼！太学何过哉？

今愚愿立一官师，使居其职，以恢大其业，而无罪太学，前所谓养俊髦、萃贤材、出教化、兴礼乐无所不可者。若不度其本，不推其源，案而责之曰：此学之过，废之而已矣。是刺史不治而污其郡，县令不治而污其邑也。治天下者当为如何？

【解题】

此文作年不详。表达了作者反对隳废太学的观点。开篇用郡邑不治作比，将有争议的问题引向无可争议，说理有力。

议 茶

农桑贡赋，王道之本也；管榷杂税，王道之末也。善为国者，重其本而轻其末，不善为国者反是。由尧舜至文武，皆重其本者也。由秦汉至隋唐，重其本，故薄征轻敛，而天下有仁义之俗焉；重其末，故急徭横赋，而县官遂兴管榷之利焉。管榷之利，茶其首也。当汉武之时，其食国用皆不足，虽群臣献策，尽笼天下之货，然茗荈之利犹不之取，历代议者亦未尝一言及之。至唐永泰中，天下耗竭，莫或为计，乃有赵赞首陈税之策。贞元之后，又兼张滂之谋，虽权宜立制，功不合于古，然亦未至于榷也。逮乎文宗，当李训辅之，恣为诡说以惑其听，内则协郑注奸邪之议，外则资王涯刻暴之苦，始立使号以榷茶为名。茶之有榷，自此始也。于时新令一出，所暴虐者甚众，以是故身伏大诛。尔后贤臣继世，一兴一废，或以惨急而行之，或以仁慈而议之。如裴休者，则欲去榷复税以十二之法；如令狐楚者，则欲通商惠众，以增上下之便。虽深究利害各极当时之宜，然行之一朝，流弊千载。

我国家勃兴昌运，抚有方国，四圣接武，泽流生民。所先者仁义之化也，所行者礼乐之教也，所敦者农桑之业也，所后者管榷之利也。然卒所以资国用而足兵食者，唯货一扃尤为剧大。自曩岁群臣定议随土宜而制之，或禁其私鬻以充郡县之课，或通商人以泄县官之利，各任其俗，成乎便宜。

以今观之，则禁者诚非，而通者诚是也。何则？茗者，山林之所产也；山林者，人力之所营也。所营者博，则所生者众。所生者众，则所赋者余。所赋者余，则常生之业毕出于是矣。今乃申严号令，窒其私鬻之路，欲使民利一归于公，虽敛之计诚得其术，曾不知敝生于下而抵冒之狱阒然而起矣。及其不胜也，然后从而加之，民或至死亡而不惧令，或至峻烈而无益，久不易则无乃伤仁慈之政乎？而又上之而急，继以干艘，一岁之庸，动逾百倍，伤财暴众，无大于此，故曰禁者诚非也。今若普治天下，均其常法，上则蓄之以大扃，下则通之于商人。其直也，就中都而入之；其茗也，由外郡而与之。俾夫周旋海内，自受其益，所过关市，则悉增其税，所至郡国，则悉弛其禁。大可以减县官每岁之用，小可以息生民抵冒之狱，此谋一立，万世利之。故曰通者诚是也。二者之论，期于一择。

【解题】

此文作年不详。回顾了榷茶的历史及其带来的社会问题，主张通商取税，便益上下。反对管榷，以避免社会动荡不安的局面。

议　酒

榷酤之兴久矣，桑羊建白之，武帝力行之，千秋奏罢之，新莽重立之，绝于魏，起于陈，盛于唐，大备于当今之世，其源益深，其本益固，其所害者多，所利者寡。虽有非常之智，弗能去其害也；虽有不世之略，弗能益其利也。盗滥日益起，争夺日益繁，狱讼日益长，刑辟日益峻。非酌以便宜而建以中道，则淳厚之化其何以致哉？昔武帝之世，骋志四夷，兵资国用皆所不赡，则置之者乃其権也。孝昭之世，海内休息，务以仁政，绥怀于民，则废之者亦其宜矣。虽新莽诡制，强复其法，然历东汉魏晋，数百年间而弗复用焉。及陈氏膺统，文帝当御，始下诏令恢而袭之。至于有唐，厥制渐备，或定其酤之税，或别为三等之目，可否相半，损益相兼，行于一时，稍得其便。厥后京都免榷，以优乎大众之聚，五州榷曲，以当乎鬻卖之利，随所利害，以为定法。载在前史，灼有明验。

我宋绍位，有三制焉。王城之中，则征其蘖而不征其市；闽蜀之地，则取其税而不禁其私；四方郡国，则各有常榷。军旅之饷，非是不能给也；帑藏之实，非是不能充也；岁时之课，非是不能足也；醝茗之扃，非是不能并也。其名虽异而其课则同，其法则三而其利则一。课既同，利既一，则天下之制可以尽一矣。然朝廷所以不一者，盖将优遐迩之徼而重畿内之民。诚深利矣，孰若兼四海而利之？且盗滥争夺，天下之公患也；狱讼刑辟，天下之大殃也。今使王城之中则亡其公患，闽蜀之地则弃其大殃，其余郡国则兼殃患而有之。呜呼！亦仁者之所非也。

愚以谓京都之内则宜遵旧常之法；天下郡国则宜通闽蜀之制。无损于课而课以之集，不烦于刑而刑以之省。可以导仁政，可以消争心。前所谓酌其便宜而建以中道者，莫大于此。

【解题】

此文与《议茶》一篇在写法、观点上都极其相似。指出宋朝三制的利弊，主张四方郡国也应实行通商取税之法，反对榷酤。作年不详。

财　用

荀卿言富国之道，曰节用裕民而善藏其余，节用以礼，裕民以政。所谓裕民者，取之有制，使之优厚之谓也；所谓节用者，使之出入有度，足以相掩之谓也。善哉！荀卿言富国而先及民者，知本欤！比咸平、景德，虽有北警之役，而国用民力上下交足者，其是道哉？

今日无向者之警役，而藏于国者或寡，赋于民者或多。何哉？且节用经制、百官谨职皆如向之时，胡为国用民力不加焉？是亦天时之水旱，兵食之多冗，管榷之未通。姑当乘丰而储备，利商而通货，练兵而去冗。昔尧汤水旱而民无捐瘠者，备先具也。唐大历后，国费能给者，刘晏辈利商转货也。兵贵精，昔曹公以五千敌众万，故冗食可省也。如是，其民赋少省，国用少充，庶几民裕国足，如荀卿之言也。

【解题】

此篇只是发挥荀子的理论，并引史实加以证明，提出解决宋朝国用民力不足的办法。作年不详。

丘乘一

可以均天下之土地而定军赋之法，唯井田为最备。其法之可见，唯周为最著。《周官》：王畿千里，天子正位于其内，而卿遂分治于其外。必以土均之法稽其人民，故小司徒以九地之别，为其三等任人之制。凡役之起，则家无过于一人，而其余为羡。故六卿六遂之中，有正卒、有羡卒五等。建国之制虽殊，而出军之数固不易于是也。盖天子六军，而成国半之。若鲁者有因周之成国，宜有三军者也。然僖公之颂曰“公车千乘”，又曰“公徒三万”，夫其徒三万者，固合于三军之制矣，其车千乘者，兵车一为卒七十五人，千乘常七万五千人，此六军之制也，鲁安得而有之？故明策以访于学者。夫鲁虽侯国，而出军之法不殊于畿内，故其三郊三遂之中，亦有正卒，有羡卒。颂之称曰“公车千乘”者，兼其正卒、羡卒之数而言之也。又曰“公徒三万”者，举其正卒之成数而言之也。僖公能复先君之土宇，而其车徒之盛如此，故颂者尽之，非兵赋之异也。

【解题】

“公车千乘”、“公徒三万”出自《诗经·鲁颂·泮水》，作者以正卒、羡卒解之，以证明兵赋不异。作年不详。

议 钱 上

夫制世御俗非一谋可尽也，便民益国非一术可该也。是以圣人在上，随轻重而御之。民所重则御之以轻，民所轻则御之以重。有刀布之法，有币帛之制。刀布者，货之流也；币帛者，货之源也。流非源不蓄，源非流不行。二者循环，迭相为救，此圣人有国御天下之大柄也。尧以是传之舜，舜以是传之禹，禹以是传之汤，汤以是传之文王。文王已前德之盛者也，故其道虽立而其迹不传。

逮乎武王建祚，师望佐业，外则通三币之货，内则制九府之常，或名之刀，或名之布，或名之泉。刀者取其利也，布者取其散也，泉者取其流也。流则天下之用足，散则天下之财阜，利则天下之民和。民和而后廉取兴，财阜而后礼义浃，用足然后德化被。管子用之，所以辅桓公而成开塞之术也。周景变之，所以隳祖构而忘小大之法也。缘此而下，废兴不常。西汉以来，其制屡易，陈七福者有焉，述操柄者有焉，锡铜山者有焉，废五铢者有焉，创鹿币者有焉，建三官者有焉。晋宋而后，俗化渐薄，上先其制，下成其私，有风飘水浮之轻，有线环赤郭之异。百名千品，莫可胜述。远近流俗，益用苦之。李唐受命，尽扫其辙，文之以年纪，创之以事宜，规模小大，最为折衷，天下得以从其便，人主得以操其权，较之古先，诚得其术。

我国家划去伪乱，袭有唐休烈，鼓铸有常职，辇运有常数，盗滥有常禁，出纳有常经，稽其本末可谓详矣。然比岁以来，邦用颇乏。于民也，有困穷耗费之苦；于国也，无丰盈羡给之余。议者纷起，莫从其便。或曰：宜铸为大钱，以加千百之直。或曰：宜兼造铁制，以同闽蜀之法。大可以益国，小可以便民。行于一时，足见其利。铸为迂远之谈，苟简之谋也，非所谓利于经人也。夫久为大钱，则民失其用，失其用则众易其业，易其业则困匮生而奸滥起矣。兼造铁则国重其禁，重其禁则俗违其便，违其便则抵冒作而刑辟烦矣。且今之刀布有四患焉：蓄而不行，一患也；盗铸日积，二患也；于用甚轻，三患也；岁铸不给，四患也。夫伐山取谷鼓铸，而泉有不行者，兼并聚之也；法令峻烈，甚于水火，而民或盗铸者，薄利诱之也；大小之法，与前无异，而用之甚轻者，异物害之也；宝货之路出于羡余，而岁铸不给者，浮费夺之也。为今之策，不若去四患而立四利。何谓四利？塞兼并一也，严法令二也，禁异物三也，节浮费四也。四利既立，四患可除。当今之宜，莫便于此。

【解题】

本文作年不详。简明扼要地叙述了币制的变迁史，指出各代施为的利弊，在此背景下观照宋代币制，否定铸大钱、兼造铁的建议，提出了去四患而立四利的解决邦用困乏的办法。

议　钱　下

问：自古钱法，未有如国家之折衷者。然比年以来，铜产耗竭，鼓铸不能供。欲案其旧法而弗变，则患乎铜之不给；欲铸乎大者以兼乎小者，则患乎民之窃铸也。敢问何行而后可？

对：自古钱法，轻与重，大与小，诚莫如国家之折衷也。然所以制之之术，行之之道，有所未至焉。何以言之？今夫淮浙之间，盗铸盈市而法令不能严，有司不能知，天下之狱，未尝闻梏一铸钱者。故公钱益少而私钱益多，此未至者一也。

海外之郡，如高丽、交趾之国，一器一皿皆铜为之。彼以铜非己地所出，乃多聚奇产无名之货来鬻于中国。中国之人爱其异而贪其宝，争以泉货而市之。彼得泉以归，则铸为铜器以便其俗。故钱日益以少，而民日益以贫，而国家不知禁焉，此未至者二也。

边要之地，宿兵者三世矣；河汾之间，兴师者数年矣。所以充彼之求，足彼之用者，莫先乎泉也。鼓之铸之不绝于时，一至塞下无复返者，此中国之泉所以耗而边民之豪得以聚而积之也。故中国之物其直轻，由于钱寡也；塞下之物其直重，由于钱多也。国家诚能止钱货之运而若谷若帛，募富商巨贾致于塞下，使就取其符于江淮京洛间，或泉或货，杂支以偿之。若此二三岁，而中国之泉不营而自给矣。当今之策，莫此为便，而国家不知行焉，此未至者三也。

夫释老之徒以铜为器，其徒日益广，其器日益增。所增之器，有销钱而铸焉者，有市铜而铸焉者。国家虽有其禁，又宽而不举。以日销之钱而供日增之器，以日耗之铜而给日兴之铸，是何异拔树而附枝乎？今诚能稍严其禁，以为之限，是亦策之一得也，而国家不知行焉，反谓于国体有纤削之谓，此未至者四也。

此四者，泉货之弊根在焉。泉之有此四者，犹水之有四窦，木之有四蠹也。今诚能窒其四窦，拔其四蠹，则不变旧法而泉可足矣。苟四窦未能窒，四蠹未能拔，虽一变其法而为苟且之利，愚恐有损而无益也。且变法者谓铜之耗竭矣，苟为铜之耗竭，则虽以一大者当百小者，然后可行焉。其次则以一大者当五十小者，然后可行焉。其下则以一大者当二十小者，然后可行焉。夫民诱于薄利，虽销一为二，犹且为之，况百十之多乎？使兵在其颈，犹将窃铸而不已也。欲严其禁，则抵冒盈天下；欲宽其禁，则奸滥盈天下。若之何而可为哉？且变法之祸见于前世矣。汉武时改钱法而铸白金，于是吏民盗铸而死者不胜数。王莽之世，又为泉货六品，与贝化龟宝之类参而行之，天下破业而陷刑者相望于道。吴孙权亦铸大钱，为千百之直，上下非便，从而罢之。唐明皇时，从第五锜之策，铸为三品，法愈严而犯愈多，商农之业皆失其利，有饿而死者，有刑而死者，此皆变法之祸也。今不窒其四窦而拔其四蠹，而欲袭前世已然之祸，愚未知其可也。

【解题】

本篇作年不详。指出了当时钱法的四个弊端，希望朝廷能对症下药加以解决，而不可抛开这些问题不顾而轻言变法。条陈缕指，细致详明。

义　仓

世之言治法者，莫不以三代唐虞为之本而两汉隋唐为之末。然三代唐虞之法未必行于今而皆得其便，两汉隋唐之法未必行于今而皆失其利也。故善言治者，不在乎援古高论，在乎当而已矣；善言法者，不在乎超世迈俗，在乎宜而已矣。

夫义仓者不兴于唐虞之世也，不建于三代之君也，不起于两汉之时也，盖始于隋而盛于唐者也。其道以振乏为本，以恤民为先，以博施为法，以乐输为率，以众赖为便，以义和为名。各于其社树之以仓，各令其民入之以谷。设其官守，严其戒令。丰岁则劝课而输之，凶年则发彻而散之。不烦于刑而民乐从，不费于国而民无困。于上有救贫恤饥之政，于下无转沟殍壑之苦。以言其济施，则仁之厚者也；以言其输入，则义之广者也；以言其取与，则和之至者也。其在隋则长孙倡而始之，其在唐则戴胄举而行之。文帝从长孙之计，于是民俗以安，国费以省，邦储以厚，而卒能成大业之始焉。及太宗从戴胄之言，于是和气以洽，仁风以畅，王业以固，而卒能成贞观之风焉。降及天皇，其法始敝，弗以为博施之本而为军国之费，弗以乐输之赋而为征取之科。自是之后，名存而实废矣。由此观之，前世所以恤民而后世所以暴民，明主所以为治而昏主所以为乱者，其义仓之谓乎？

国家革五代之苛，建一王之治，于兹有年矣。租赋之调不为不中也，配敛之科不为不节也，赈恤之政不为不行也，敝滥之源不为不究也。然此岁以来，急于边费，以征以取，浸暴于常。而又有聚敛之臣，贪残之吏，剥下以奉上，刻私而徇公，往往窃前世恤民之法而为当今敛民之调者，累累皆是，则义仓者亦其一端也。夫昔之所谓义仓者，以义为本而行乎赈恤者也；今之所谓义仓者，以义为名而务于诛求者也。昔之义仓，务所以安之；今之义仓，务所以掊之。昔之义仓，则立仓于社，聚谷于众，年丰则取之，民饥则与之，不令而民从，不督而民劝，故曰以义为本而行乎赈恤也；今之义仓，则有仓之号而无仓之制，有义仓之名而无义仓之实，约租之多寡而增其数，计人之丰约而定其籍，年丰则有以取之，民饥则无与赈之，故曰义为名而务于诛求者也。诚能复隋唐之法而建其仓，探隋唐之本而行其义，则恤灾弭患、安民泰俗无大于此者。苟不如是而徒立其号，以为征取之术，则不若勿行之愈也。

【解题】

本文作年不详。先写义仓的兴起及其原则、目的，然后对当时借义仓之名以诛求、违背当初建仓目的的做法提出严厉的批评。显然作者对此是十分痛心的。

废　　官

传曰：修废官，四方之政行焉；举逸民，天下之民归心焉。明策谓修废官者，如何而为废耶？逸民者，如何而为逸耶？施之于今，修其官者何职？招其人者何方？以考于承学之人。

夫无其官而不补，有其官而不修，皆废官也。无其官而不补，则五官废而五行失其性之类是也；有其官而不修，则乐官不陈诗，国史不明及之类是也。士之术业修、道德备而不见于天下者，此逸民也。伊尹之于莘、太公之于北海是也。修废官则事无不举矣，故曰四方之政行焉；举逸民则人乐为用矣，故曰天下之人归心焉。宜于今者，莫若修先王法度之政而备其官，其责任也明，其绌陟也果。修先王责任之制而兴其贤，使豪杰之士不遗佚于闾巷穷僻之中，如此则任者举汲汲于成天下之务，处者举欣欣于赴天下之用矣。所修者不在一职，所招者不必异礼，而圣人之意得，当今之务适矣。

【解题】

本文作年不详。全篇都在解释首句的内容，行文十分严紧。

黄　　河

知今者莫若考古，知古者莫若师经。经者，万世之法也。自教学废而经术不盛行于天下，言理者舍经而各师其意，此后世之患也。

若治水之说亦有焉。昔是之时，水害遍于中国，尧能得禹之材而属任之，禹能知水之性而顺导之，然后水之害熄。其法之可见者，《禹贡》是也。自禹功立而更三代，千有余年无水害。周定王之时，河始徙禹之迹，自此水之为中国害者特河耳。

汉以来言治河者众矣。齐人延年则以谓宜出之匈奴。许商、韩牧则以谓宜复其故道。田蚡、谷永则以谓宜属之天事。关并、贾让则以谓宜弃水冲之地以肆其行，穿溉漕之渠以短其势。王横则以谓宜徙之宽平。王延世则以谓宜为堤防。平当则以谓堤防不可以为固。张戎则以谓宜弛灌溉之防，使水得自去。

数说者各异，然未尝知图患者莫若究其原，究原者莫若求之经，求经者莫若《禹贡》之可信，而各率私意，次进其说，故考之而无本，推之而难行，此舍经之害也。

方汉之时，经术虽不盛行于天下，然学经者犹不尽废，而害已然。至今千有余年，言经者益少矣，决事者用私见耳。故明策以谓《禹贡》之学久废，而以访问于学者，此可谓于千载之论中其所大蔽，当今之务明其所太本也。

夫《书》称五行，水曰润下，则就下者水之性也。禹知其然而治之，欲使顺其归。盖地之形，雍州高而兖冀下，故其有事也，始兖冀而终于雍，此高下先后之异也。天下至广，百川至众矣，使小水皆致其力，则功有所不逮而日有所不给也。故治江之道，使之顺则河、潜皆得合而行；治河之道，使之顺则漳、滏皆得附而泄。它水皆然。故用力少而败功多，用日近而见效远。故所谓治其大而小者从之，能知其要者也。曰江、曰淮、曰河、曰济，经渎之所最大而施功之所最多，此其名之尤章章可见者也。计其力则州十有二师，九州当二十七万人，计其日则四年而毕，此用力多少之数也。夫禹之于水，知其地形高下、所治先后，又知其法之要，又能审其名，揆其功，定计于此，然后施功于彼，此所以能去水之败也。

宋兴，百川循道，为败者不过于河，兴国之间，防村之决为尤甚。当此之时，劳十万之众，然后复理，天予为赋诗，比《瓠子》之歌。今横胡、商胡再决，自天子大臣谋救讲利害之勤矣，明策访《禹贡》之法于学者，必将要之可行。夫古今之变虽殊然也，形之高下不易，至于明其所治之先后小大与其法之要，而辨其名、审其用人之多少，定计于此，然后施功于彼，则禹之迹有不得尽循，禹之法有不得而改也，在详酌而法之耳。

【解题】

本文论及治理黄河的问题，举汉代诸人的议论而加以否定，力主遵用大禹治水之法。作年不详。

国 体 辨

或曰："事之弊，作而更之欤？安而弗顾欤？"曰：作而更之也。"人之不善，按而诛之欤？安而弗顾欤？"曰：按而诛之也。"然而作而更弊，世以为纷纷也；按而诛不善，世以为刻讦也。何谓欤？"曰：有以也。事之体有小大，罪之情有深浅。彼以系者大而罪也深，任忠义者之视之也，则皦然反之，蹇然辨之，作而更之，按而诛之，恐未果也。何则？为国家天下之计然也。人见忠义者之然也，不识其心而希之也，曰："事皆然也，我顾不能然欤？"当其坐于府，立于庭，而议之以四方。使彼其系者小而罪也浅，而皦然反之，蹇然辨之，作而更之，按而诛之。恐不果也，甚者构而侈之也。为国家天下之计乎？则未然也。于是欢然厌其纷纷也，病其刻讦也。岂惟厌且病欤？当世诚有任忠义者为其所当然，则上必思彼纷纷者之所行，刻讦之所存，而皆让焉。诚有任忠义者为其所当然，则不之见信；幸而信，则奸与庸者，得扳厌且病之事而间之矣。嗟夫！事有似之而不然者，此是非之所以乱，虚实之所以昧，不可恶也欤！恶则如何？亦察焉。其请而更者利害也，大系于国家天下也，循之有理也，则固忠义者之事；其请而诛者，奸佞也，大系于国家天下也，循之有理也，则固忠义之事也。反是也，则末矣。"然则弊之细也，恶之浅也，安而弗顾欤？"曰：考其弊而更之，得其大者焉；审其罪而诛之，当其深者焉。则细且浅者熄焉。睹细者浅者之可忧，抑其不熄，则徐徐而治可也，岂安而弗顾也欤？

或曰："彼虽纷纷也，刻讦也，然其于事也，情欤？"曰：或情不情焉杂也，然则凡彼之所美也，有让而不情，情而不以其地，则罪始让者欤？否则彼之纷纷也，刻讦也，或情不情时也，罪忠义亦可欤！

【解题】

文章指出，尽管一些邀功之徒使忠义者蒙冤，被人“厌其纷纷”、“病其刻讦”，而忠义者为国家天下着想，还是应该大胆革弊诛恶。文章设一问一答，逐渐把问题引向深入。作年不详。

邪正辨

正者一，邪者十，乌知正者之为正，邪者之为邪欤？曰：考其实焉尔。言者曰：“某正人也。”必考焉，其言与行果正也，犹曰无乃其迹然欤？必也本其情，情果正也，斯正人也。曰：“某邪人也。”必考焉，其言与行果邪也，亦曰无乃其迹然欤？必也本其情，情果邪也，斯邪人也。必本其情者为之，迹亦可以必信也。迹之未可以信者，有无之，有似之，有构之者也。以正人焉，俟之勿疑之也，有间之必辨焉，不阴受之也。以邪人焉，处之勿迩之也，有助之必辨焉，不阴受之也。审邪正之术循是也，不失矣。

抑未尽于是也。孰谓未尽？任与责之之谓也。正者曰：“天下未治也。”以天下之事考之，见未治焉，安得不任之以救其未治也？邪者曰：“已治矣。”则思曰：我之天下未治也。正者曰：“用是策可以治。”以先王之道、人之情考之，见可以治焉，安得不用其策邪？邪者曰：“彼策也，不可用。”则思曰：我考之可用也，必也待其终而质其效。不戾于其始也，有赏，戾则有咎。未至于其终而质其效，赏与咎无所委焉。不苟然而易也，任与责之之术如是也。故正者得尽其道，邪者不得其间于冥冥之间，于计也素定，于信用也不轻以蔽，于号令也一，于赏罚也明，于治也几矣。考之其实尔，此之谓也。不知正者之为正，邪者之为邪，岂异焉？不此之尚而已。言者曰：“某正人也，某邪人也。”因亦曰“某正人也，某邪人也”，于其言与行则未之考也。苟考焉，则亦其迹而已矣，或无之，或似与构之者也，于其情则未之考也。以正人俟之，或疑焉，有间之者则阴受之，不之辨也；以邪人处之，或迩焉，有助之者则阴受之，不之辨也。正者曰：“天下未治也。”邪者曰：“已治也。”邪者胜正者十常八九。以天下之事考之耶？则未尝也。任正者之策，邪者曰“可置”，则必置之。以先王之道、人之情考之，待其终而质其效，正者赏与咎耶？则未尝也，其于是非用舍苟焉而已也。夫然，故正者不得尽其道，邪者得间之于冥冥之间，于计无必定也，于信用轻以蔽也，于号令也二，于赏罚也不明，于治也疏矣。正与邪两尊焉，一日而有败，乌有职其责者欤？

或曰：“大贤大佞之不可以考其实也。”曰：子之言不可以考其实者，不以大贤之为贤，大佞之为佞，或无其迹欤？吾固言之也，无其迹则孰由而知之欤？必也本其情之谓也。本其情，是亦考其实矣，岂不可欤？知不循其迹，又不本其情，而欲知其贤与佞，顾非不可欤？然则子之言者，恶其迹之难知也。吾云尔者，以其情而知之也，其意易者鲜矣。

【解题】

本文作年不详。指出了辨别邪正的方法以及人们对于邪正应有的态度，并论述了信任正人、疏远邪人的重要性，正说反说，层层推进，说理透彻。

号　令　辨

令必行，则民信上而尊其令，令二三则反此。天下之所以归其上者，以令行也。今也，朝与一事焉，暮或夺之；暮夺一事焉，或不越宿而与之。二三孰甚焉？使民安所从而守之耶？又不务实也，故令发于朝，出于市，布于野，民则曰："非必行也，非可信也。"脱然去之而莫顾，已而果不行不信也。是不独道民二也，又滋之使易其上也。所以使民能一其归者几何？其不损焉，行之乎久，得无失势重以召败耶？然则如之何？曰：要之议于朝也，稽其本末，审其利害，为可久之意焉，如斯而已，可也。

【解题】

文章指出朝廷朝令夕改以致失掉威信的弊端，建议慎重对待即将发出的号令。欧阳修《论按察官吏第二状》亦云："改更虽数，号令虽烦，上下因循，了无所益"，认为弊在"不责实效"。二文角度虽有所不同，但同样反映出北宋朝廷朝令夕改的事实。作年不详。

时 俗 辨

时之人，非皆不知事之本末、势之治乱也，然而举天下之务者，惟利而已。凶年野无其青草而租赋取盈也，徙人杀人以锢山泽之货，与税与酒而犹曰不严也。民之馑而死者相比，而不肯发义仓一粒，虽发常平之仓，斗不五十则六十其价也，强之输绢而曰和买，不更其价而曰折发，变纤悉之财皆计而争之，如此者以为利上也，无贵贱，无智愚，拘拘然穷身力而行之，犹恐不暨焉。曰复流亡，曰弛岁敛，曰劝耕殖，曰兴水利，如此者皆益民也，虽诏书丁宁，皆使其文而已，莫有一缀一心者焉，况穷身力而行之也？此非其性工于利上而专于疾民也，以利者有司之所甚急，民者有司所甚忽也。成俗几百年，所以百姓未厚而仁政未兴也。为时之计者，安得不损天下之浮费而下求其利之术焉？既然矣，则官者庶几忧其本、爱其民，百姓可厚而仁政可举也，先王之所以为天下者，归然而已矣。或曰：费不可损也已。而曰：布冠弋绨，丁时之匮也，有安之者，所以致足也，况其过于彼者乎？推是以在己也，至于他费，有不可损邪？

【解题】

本文作年不详。批判了那些惟利是图、不关心民生疾苦的官吏，因为他们的做法显然与作者的民本思想和仁政理想冲突。

说　　势

周之初，天下列为诸侯而居者以千数，力小易使也，势便易治也，此所以不惟承号令、奉职贡而已，固实有以翼戴天子也。及其衰也，大国兼数千里而王，令之不能，诛之不能，加之并为六国，合为秦，而周亡矣。非封建罪也，地过王制也。汉兴，袭其衰制，寻亦大乱。

秦人壤列国而郡县之，其势诚小而易使也，尺兵不得制，斗粟不得专，视徙置守宰若弈棋然尔。势甚便，而治岂得行也？上之与吏，吏之与民，不异于燕赵之相观，一有变则翻而从寇尔，而能有以翼戴天子乎？故一夫唱叛而秦灭矣，非郡县罪也，守宰亡具甚耳。

今病封建者必曰用秦法，病郡县者必曰用周制，皆不得其理也。且从而更其事，以为天下可得更乎？否也。天下之存亡，视其大伦大法之治乱耳。其次惟其所制，制之使力小而易使，势便而易治，皆善也。地过王制，势夺于下，皆害也。借使韩、魏、燕、赵列为百里之国而侯，虽至今存可也。秦之郡县，势足以自治，力足以自卫，虽以万世无患可也。天下之势岂不诚易知哉？

后世矫前之敝法，寝藩镇权，功成求遂矣。然而尚未反守宰之分职，伸州县之干翼，岂计之善也？万一水旱疾疫，其或有觊幸之人出者，州县其胡以备之？徐乐、山涛之论，可不念耶？诚念之，不难择人而任之，分势而使之，如斯而已矣。

【解题】

本文作年不详。分析了封建制与郡县制的优缺点，指出将二者截然对立、非此即彼的做法的错误，认为适度的分权是国家长治久安的保证。

说用

物有根而殖柯叶，而茂芽若穗，而实。翼而天飞，足而陆走，喙而鸣息，而食啮者其形类多矣。非有主于虚空以蕃而息之者欤？吾观其用亦密矣。彼使之水而濡，火而焚，雷而动，风霆而鸣，霜雪而悴，雨露而滋硕，则世得而知之矣。若其裁之为形，散之为声，充之为气，始终之为死生，则非水也、火也、雷也、风霆也、霜雪也、雨露也所能使为之也，世固不可测其所以为也。然而万物相得以生，是则其用非密耶？

今夫群而居，缝而衣，燧而食，筑土石、构竹木而庐者，其嗜欲众矣。非有制而一之者，则其争滋不息，吾观其用也密矣。彼立之君臣、父子、夫妇、兄弟之序，为之衣食饮用之物，节之以仪，通之以声，习之以言，束缚之以刑，则世皆得而知之矣。若其扰之使相亲，和之使相悦，厚之使相让以不争，结之使乐出其死而不顾其私，迁之使去于利而就于谊，则非序也、物也、仪也、声也、气也、言也、形也所能使为之也，世固不测其所以为也。然而万民相得以治，是则其用亦非密耶？吾有以而知之矣。

生而死万物者，阴与阳也。运于内而莫显于外，不可得而穷其妙也。世之以水、火、雷、风、雪、霜、雨、露而求之者，妄也。亲而善万人者，仁与义也。兴于上而阴被于下，驯于其心而不可强通于其耳目，不可得而识其微也。世之侈于仪，繁于声音，执于器，据于文字，以力驱而法缚者之求之也愈妄。《易》曰："阴阳不测之谓神。"又曰："显诸仁，藏诸用。"善播万物、善教万民者为之也。

【解题】

本文作年不详。说万物之生死而归于阴阳之用，说万民之治乱而归于仁义之用，要求人们能透过外部现象而看到本质问题，表达了作者重礼乐教化、轻刑政的思想。文章通过"用"之密与非密的对举，启发读者深入思考。

说 言

上之收群言，其务当而已。诚使贵且信者，其言非必不可以听也。贱且疏者，其言是则必可舍乎？否也，期为有补于治而已。夫然则岂惟上之失得可质焉？天下之邪正举白矣。

昔舜之达四聪、明四目也，故元凯在下不能抑也，四凶在上不能盖也，其治由此而已。昧者反此，喜是其所用，不广听，于其所忽，杂然当否莫有主也。岂惟上之失得不闻焉？天下之阴狡者举进矣。秦之敝以斯、高，汉之莽、禹，晋以荀、贾，唐以牛、李、裴、卢，其大效然已，可不惩欤？

或曰："不已察耶？"曰："绳其大慝，纾其小过，诛其实，弛其文，何察焉？"噫！吾有为而言之也，使贵且信者皆得其人，兹说其不可以已耶？

【解题】

此文作年不详。主张皇帝广开言路。行文质朴，言简意明。

说 非 异

人不能相持以生，于是圣人者起，绍天开治。治者罔不云道德仁义礼智，六达而不悖，然后人乃克群游族处，生养舒愉。历选列辟无有改此者也。

独浮屠崛起西陲荒忽枭乱之地，假汉魏之衰世，基僭迹，文诡辩，奋丑行。至晋梁，破正擅邪，鼓行中国。有卑世主、轻海内之实，盛从诡谲嵬琐恣睢之邪情，驰骛祓祥倾荡怪神之邪说，离君臣，叛父子，捐耒耜桑柘之务，髡而缁，不俪不嗣，辟而无用。意者在削灭典刑，划学刮语，寝礼崩乐，涂民视听。遂将除唐虞，汩沉三代，杜塞仲尼之训检，自贤其淫，妄然使天下混然不知是非治乱之所存，为言动居处皆变诸夷狄。缅惟在昔，尊礼义而上治，畴圮废而克终？故圣明者称唐虞，暴乱者蹈幽厉，况欲尽泛扫人之所以生息之道，漂荡圣贤数千载功业，专遂己之私，而可以行之哉！虽宿儒硕生，绳其僻邪乖剌，勤恳于策书，然世主莫之寤，其波流汗漫无其救止。其徒相与唱而大之，习为诪张幻惑，下祸降休，若探诸箧。与百姓交于道而接于市，悉天下之财什伍而奉焉。其庐益侈，其众益蕃，其辩益枝叶，耗费无穷而怪乱无极，耗矣，衰哉！孰抑而正之与？

或曰："斯嫉其迹庶矣，盍究其源？其源情性奭然，与孔子异意，凡为之者，不爱官争能，贤失唯印组为务，逐逐然相轧也。"曰：否。明先王之道，内足以不惑，外足以行事。情性有不平欤？背而之他，将失其平，尚何有于孔子之意？官也以行吾道，能也以治，不能或争。而轧之者，自其戾先王之道，而教义不行也。尊教兴义，则上让而下竞，畴轧之乎？谋末而遗本，以售其辞，斯害也已。浮屠利心无足，而假无欲也；行伪险秽，而强高言淡泊也。恶在其为贤哉！则又以谓为愚者设之，故鬼神之相司察、冥报阴谪、灾福相胜相摩之说，以震恐于其心，觊其惑惧而创艾，是又惑也。其以冥报阴谪之可畏，孰与畏刑而慕赏哉？謇謇者陈礼义，损益灼然著乎其前。当世之法，生杀、出入、升黜、成败，焯乎迫于其心，而犹不知省而避也，奚暇顾未至之祓祥哉？若晋魏梁隋之间，蹈道者乡劝，而抵触者衰止欤？否也。则浮屠之说，无益已可知矣。

今者虞庠夏校之制未备，而塔庙丛于海宇，缘南亩、操机杼之民寡，而断发胡服之隶肩相摩、踵相交也；缀学立制、补礼改乐之道未极，而蛮貊之音眩中国者，骊驾联驷不足载，邃宇高栋不足容也；声明文物之具未完，而洪钟坌鼓之声铿锵于闾阎也。崇奉之侈，古之未极者，今复尽行之矣。民父子粝粱之食，褐衣之袭，举损之矣。是以在下不免乎有冻饿之民，操瓢囊而为沟中瘠也。

为今之策，先民所谓复其人，庐其居，明先王之道以导之，出于中计，斥祷祠之末，制厌胜之蒐，学自上先焉，场庙勿新也，诵试勿数也，冠而隶籍，五百髡其一人，为老子学，捶提仁义，截绝礼法，乱人伦，耗桑农之务，其源不可不深为制，仿此颇损其数，亦创艾之一端也。王者正德以应天，纯仁以得民，群天下之智愚，而告之以往古，教之以至顺，粲焉！寰宇之间，形气之内，圣人之典章存焉。可以外运造化，内沾毫芒，寖之以纯嘏矣！恶用胡夷之治、荒唐之学哉？

【解题】

本文作年不详。据南宋李攸编撰的《宋朝事实》卷七载，宋初全国僧尼已有四十五万八千多人，之后还有增无减。本文尖锐地批评佛教有违三纲五常、耗费天下财力，指责佛教徒利欲熏心、愚弄百姓，对统治者过于崇奉佛教而损害民生的做法表示了异议，要求朝廷对佛教加以抑制。曾巩辟佛十分坚定，此文写得上下驰骋，理直气盛，有异于曾巩其他文章。

说学

古者乡党学校少长为序，以州处，其有司所施用十有二教，举用六德六行六艺，节用五礼六乐，纠用八刑，论用其乡之老，其体惟以化民成俗为教之意。故其士之入朝、在乡、居家皆有法度而不为非，所以励世而育材也。周之所以垂七八百年而治为称首者用此。

自乡党之制废不行，学校虽存者亦非古。故其处无长少，施无十有二教，举无六德行艺，节无礼乐，纠无八刑，论无其乡之老，惟课试文字之习否以为务，其体未尝志于化民成俗，故其士之入朝、在乡、居家皆无法度，而为亦无所不至，求其所以励世而育材，可乎?

今议者曰：宜郡立学校，使天下士师弟子为位以居学。曰：讲古传业，亦周之盛也。予独以谓教之之意不如古，虽设学无益也。噫！古之制不必尽用也，其意不可改也，故原古之事以存之，庶夫有通治乱者能用之。

【解题】

本文作年不详。对比了古今学校教育之形同实异，指出教育必须立足于化民成俗，这样才能励世育才，强调必须师古教之之意而不必尽师古制。这与他变法不变道的思想一脉相承。

说官

古者命官各因其材，而致于久也，则必总核而升绌之，所以适于治之要也。帝王之法皆然，而尤详于舜。舜之分任九官，其人皆禹、稷、皋陶仁智大人也。然而即知水土，必以为司空，不以为虞；知五教，必以为司徒，不以为士师，以有宜也。三年一考绩，九年一绌陟。水土不治责司空，蛮夷奸宄不禁责士师，以有守也。其法之大较，鲧一以不胜任而殛死焉，盖明其材，分付责任，久其岁时，严其诛赏也如此。故百官各尽其能，务治其业而以赴功，则舜无为已。

后世不然，自公卿大夫至于百执事，每一官之阙，则有司诎指计资之先后而升之，不然则择其或有执重、或得人间之誉者而升之。升之者一涂人之材，而偏历群有司之任，未尝计其能否、优劣、宜不宜也，用人之敝至不精于大臣，况其他耶？此苟全其私而忘其所以公进贤退不肖之弊也，深戾所谓各因其材也。而当迁者概以三岁为限断，少者再岁、一岁，甚者不穷月盈时而迁耳，非可以至夫三年、九年，屡考而又绌陟也。即天下迁举，每岁得失可责吏部乎？天下钱谷，每岁登耗可责度支乎？自公卿大夫至于州县吏，莫非居其位而不任其责者也。万事之众，王者独治而已。而吏之输钱赎罪，或免于位，或徙或诛者，一切触法耳，非为不胜任也。是一皆违古，进之不循其材，用之不久其时，侵其职而忘其责，故百官之于万务也，皆怠而忽，为国或百年，上之事繁且勤，而不足以致治也。噫！何久而不思变也？曰：如之何而可？曰：求庶于古而变之。

【解题】

本文作年不详。分析了舜能无为而治的原因，指出宋朝没有合理的考核、升黜制度，而造成官吏徇私舞弊、玩忽职守的恶果，要求斟酌古制而进行变革。欧阳修干脆指陈：“方今天下凋残，公私困急，全由官吏冗滥者多。”（《再论按察官吏状》）

说　宫

室堂奥备然后为宫。宫，贤有力者之所有也。若乃为之，则非贤有力者之所能也。故有材木于此，虽累千万，必待匠人焉。尔匠人之为之也，广轮高下、横邪曲直，一板以上皆有法也。巧既发于心，绳墨刀尺皆应于手，其成也必善。巧既夺于心，绳墨刀尺皆戾于手，且以高者为庳，直者为钩也，其卒可以成自善乎？有若公输在，肯舍法度而利之乎？不肯，则将得拙工，而嗜利者从之，为之穷岁月，耗材与力，至竭而已耳。

今夫天下之为公也，人主之所安而有也，州县有司之为室堂隅奥也，万机之为材木也，人主之所不能自治也，其势必付之人。付之而当且颛，则辑矣。付之而当否未前定，又一一束缚之，其异于戾匠人也亡矣。有圣且贤，肯枉道而就之乎？不肯，则易而他使。使圣且贤则犹是也，又易而他使，则得庸者邪者而从之与之，日夜力为之，至尽败万事而已耳。秦之亡其宫也，以此。

【解题】

本文用造宫比喻治国，用匠人比喻人臣，讽谏皇帝任用贤能而给予自主权，避免庸者邪者得用而亡国的局面。此文写来环环相扣，简明扼要，说理透彻。作年不详。

说　内　治

古者公侯卿大夫士，非惟外行淑也，盖亦有闺门之助焉。考《诗》之二《南》，言后夫人之事，明妇人之于夫也，不独主酒食、奉巾栉而已，固实有以辅佐之也。先王之制，闺门之内，姆保师傅，车服珮玉，升降进退，起居奉养，皆有条法。妇人少习而长安焉，故禔身正家莫有过也。

近世不然，妇人自居室家，已相与矜车服，耀首饰，辈聚欢言以侈靡，悍妒大故，负力阀贵者，未成人而嫁娶，既嫁则悖于行而胜于色，使男事女，夫屈于妇，不顾舅姑之养，不相悦则犯而相直，其良人未尝能以责妇，又不能不反望其亲者，几少矣。其于舅姑然尔，而况于夫之昆弟、相与为等夷者乎？有祀祭、宾客之礼，不自为具，而使人为之。浣濯之服，蚕桑之务，古天子后礼安而常行者也，而今之庶人孽妾羞言之。姆保师傅、佩玉仪节、采蘋蘩、贽枣修之事，则族而笑曰："我岂能是？是非我宜也。"一切悖礼，相趋于骄骜淫僻而已，求其所以辅佐夫，可乎？

噫！古士庶人之妻，知秉礼义，服训导，而今王公大人之匹反不能，可怪也。剪缕之不工，刻画之不善，则耻而学焉；至大伦大法之不修，则晦然安之，吾未见其可也。古语曰：福之兴，莫不本乎室家；道之衰，莫不始乎阃内。岂非风俗之厚薄，人道之邪正，寿夭之原系于此欤？其可以忽然流恣而不返欤？曰：如之何而可返？曰：放今之敝，考古之制，而先之于公卿大夫之家，兹可也。《易》曰：正家而天下定。吾说岂疏乎？

【解题】

文章称引古代妇女"知秉礼义，服训导"，反衬宋代一些妇女的悖礼行为以及她们骄奢、懒惰的恶劣风气，强调内治对于齐家治国的重要意义。作年不详。

说　遇　下

王者之贵，普天之下，其义莫不为臣妾，尊至极也。然而三公也进见，在舆为下御，坐即起。其于诸侯，曰伯父伯舅而不名也。至于群臣，皆变容色，正冠服而俟之。其于进退疾病死丧之事，虽小未尝不勤，义至厚而恩至亡量也。非徒用其礼而已，乃所以推其情而见于下也。上下之情交，则治道之所由出也。

近世自王公大臣之进见，皆俯首侧身，屏息以听仪相者疾呼姓名敕进，使拜舞已，则立而侍。设有宴享，则郎中以降皆坐于庑下，与上视为等仵，王者遇之，体貌颜色未尝为之变也，而曾起且下，又不名乎。其于进退疾病死丧，未尝皆备其礼也。自公卿莫能得其从容，而况于疏远之臣庶乎？上下之情间然可知矣。至有罪故，则又困辱而刑之。此所以使偷安幸进之利深，无节自薄之俗胜，百官之于上，苟若而已，能无因败而利之者邪？国家之治最甚已，可无变欤？

【解题】

文章大胆指责近世皇帝不能待臣下以礼，认为君臣之间无情无义，则国家不能臻于至治，指出这种情形必须改变。这篇文章表现的思想还是相当大胆的。作年不详。

说　　夷

夷狄负其险力蕃鸷也，辄引而窥中国。议者曰：不蚤痛剪其株枿，浸淫至此不禁也。或者又曰：有数。夫壤之有蚁也，与木之有蠹也，与肉之有虫与人体肤之有疾也，是岂不以先有败而生耶？推而观之，则凡孽之生，皆以物先有败也，而独夷狄为病非中国之先有败耶？故凡孽之生，则物滋不善，夷狄之病攻而中国亦益不宁。或曰不蚤杀，或曰有数，是皆妄，吾独以敝生于不自治尔。天下之敝，常生于不自治。既而岂不思复治之？诚尚有可治之时，即能修其政令，择材而任职，使百姓乐于为上用，则彼岂独不识也？之无间可窥乎，然而且肯妄寇犯以触死乎？《诗》、《书》以来可质也，未有内自治而夷狄汩之者也，其汩于夷狄者，率不自治者也。善也，严尤之论之也。不自治而至乎御者，其有上策乎？

【解题】

此文认为国家遭受外敌侵扰，首先在于“不自治”，必须寻找内因。这种认识可谓清醒而正确，在当时北宋受到辽国严重威胁的形势下，有一定的现实意义。作年不详。

唐　论

成康殁而民生不见先王之治，日入于乱，以至于秦，尽除前圣数千载之法。天下既攻秦而亡之，以归于汉。汉之为汉，更二十四君，东西再有天下，垂四百年。然大抵多用秦法，其改更秦事，亦多附己意，非放先王之法而有天下之志也。有天下之志者，文帝而已。然而天下之材不足，故仁闻虽美矣，而当世之法度，亦不能放于三代。汉之亡，而强者遂分天下之地。晋与隋虽能合天下于一，然而合之未久而已亡，其为不足议也。代隋者唐，更十八君，垂三百年，而其治莫盛于太宗之为君也。诎己从谏，仁心爱人，可谓有天下之志。以租庸任民，以府卫任兵，以职事任官，以材能任职，以兴义任俗，以尊本任众，赋役有定制，兵农有定业，官无虚名，职无废事，人习于善行，离于末作，使之操于上者，要而不烦，取于下者，寡而易供，民有农之实，而兵之备存，有兵之名，而农之利在，事之分有归，而禄之出不浮，材之品不遗，而治之体相承，其廉耻日以笃，其田野日以辟，以其法修则安且治，废则危且乱，可谓有天下之材。行之数岁，粟米之贱，斗至数钱，居者有余蓄，行者有余资，人人自厚，几致刑措，可谓有治天下之效。夫有天下之志，有天下之材，又有治天下之效，然而不得与先王并者，法度之行，拟之先王未备也；礼乐之具，田畴之制，庠序之教，拟之先王未备也；躬亲行阵之间，战必胜，攻必克，天下莫不以为武，而非先王之所尚也；四夷万里，古所未及以政者，莫不服从，天下莫不以为盛，而非先王之所务也。太宗之为政于天下者，得失如此。

由唐虞之治五百余年而有汤之治，由汤之治五百余年而有文武之治，由文武之治千有余年而始有太宗之为君。有天下之志，有天下之材，又有治天下之效，然而又以其未备也，不得与先王并而称极治之时。是则人生于文武之前者，卒五百余年而一遇治世，生于文武之后者，千有余年而未遇极治之世也。非独民之生于是时者之不幸也。士之生于文武之前者，如舜禹之于唐，八元八凯之于舜，伊尹之于汤，太公之于文武，率五百余年而一遇。生于文武之后千有余年，虽孔子之圣、孟轲之贤而不遇，虽太宗之为君而未可以必得志于其时也，是亦士民之生于是时者之不幸也。故述其是非得失之迹，非独为人君者可以考焉，士之有志于道而欲仕于上者可以鉴矣。

【解题】

本文对唐太宗为政得失作出自己的评价，托古讽今，含蓄吞吐。从文章题意看，似应重点论述唐太宗“不得与先王并”这一层意思，但实际上议论不多，而对唐太宗的“志”、“材”、“效”却写得笔墨酣畅，俯仰感慨。因为他对贞观之治在内心深处是极其倾倒的。他在《唐令目录序》、《上欧蔡书》中也表现了这一点。茅坤评：“文格似弱，而其议则正当。”何焯称赞说：“峻洁。此等议论，自曾、王以前，无人道来。”姚鼐编《古文辞类纂》选入此文。作年不详。

论　　习

治乱之本在君之好恶，好恶在所习。少习也正，其长也必贤；少习也不正，其长难与共为治矣。不幸而然，则将磨之。孰能磨之？择人焉。朝夕相与俱，出入言动相缀接焉，是则可磨之也。主然而是者助之，主然而违者替之，不释则极论之。勉焉。除其蔽欲而接之以道，不见邪者而变焉，其志素定矣，然后可与共为治。其为大体，不亦艰且勤与？然于习之也，有渐矣，古之所以为治者，岂异焉？此众官不有任也，岂必人之不材也？朝夕未尝相与居也，出入言动未尝相缀接也，是焉而不能助，违焉而不能替，不释而莫之极论也。其蔽欲日益固，其为道日益拙，所见寺人女妇邪者也。其志素定矣未也？其可共为治乎？其为大体，不亦怠且忽欤？

噫！宰相虽尊也，然其见也有间矣。置斯职也，不慎欤！使职此者不尽也，而寺人女妇得其心，其谁曰可也？噫！左右侍从之官，其非所谓常伯、侍郎、给事、谏议、司谏、正言欤！

【解题】

本文论及君主习性对于天下治乱的重要影响，而把希望寄托在君主身边的各种侍从官身上。作年不详。

论　　贫

古者有常农无常兵，今也有常兵无常农，兵日以愈蕃，农日以愈贫，治之所以未孚者以此也。举天下之地连千亩而不耕者何数？举天下之民投为兵者相望焉。莫若始今募兵者比而田，因弛旧兵也。或曰：何谓也？旧兵之享利也多，而病于政甚矣。惠养戒驭少不至焉，辄怨且戾不可止；不持一物而从出入，往往有怠色；以之值敌焉，则惧而溃；使之田与废之，不可也。识其敝之所以然且存之，害不有大于此者耶？莫若择旷田，募今投而为兵者伍而耕，暇而隶武，递入而卫，旧兵之耗也勿完焉？如斯而已矣。井甸田车之制未可复也，宜于今者非此欤？谋于庙，行于天下，不先此，吾不识其能为治也已。

【解题】

作者针对北宋兵冗农贫而旷田多的现状，以及由此带来的恶果，提出了募兵而耕的两全其美的办法。作年不详。

为治论

夫修先王之法度，而先之以笃好力行之义以成其化，则其体虽大，四海九州虽广，其治不难至也。不先之以笃好力行之义，则虽有良法不能行。不守之以法度之具，则虽有笃好之能，至与两者之皆废。则其体虽小，其去人虽近，有不能集于治者。

或谓：先王之法度去今千有余岁，不可行也。夫修先王之法度，非必服古衣冠，乘车出入，席地而坐，用俎豆之器、俪皮之聘，然后为治也。复农于田，复士于学，复官于职，复兵于耕，复佛老于无，以正民之业，制礼节用以养民之财，修仁义之施以教民之俗，先王之法度，大者不过乎此。而因今之器，顺今之变以行之，归之乎不失其所为之本，不务其末而已，时之相去虽万岁可行也。

楚汉陈隋之际，天下争于战攻，人之在者少矣，耕之废孰有甚于此时？而文帝、太宗能养之以少求广爱之思，诱之以自然之势，则数岁之间，耕者有余食，然则农非不可复于田也。

秦既焚书册，绌礼义，绝天下之学，未有酷于此时。而汉武以来立学校，专之以经，励之以行，其制未可谓备也。其中间又或存或熄，然而士皆蒸薰渐渍，至于东汉之日，怀道德、救衰微之君子皆由大学而出，然则士非不可以复于学也。

秦、隋之亡，在位者皆不称其任，人才之不见，未有甚于此时也。及汉、唐受命，高祖、太宗设百职之员，充其选者皆向时之士，非借才于异世也。用变业而示之，则人人自奋，争出其才，求将相则得将相，求百执事则得百执事之才，欲除敝则敝革，欲修政则政举，无求而不得，无为而不成。由是观之，顾所以厉之而所以用之如何耳。汉武之末，纲纪大坏矣，官之耗乱未有甚于此时也。及宣帝总核名实，信赏必罚，而公卿百官皆称其职，然则官非不可复其职而使也。

隋唐之际，无井田之法千有余岁，兵之易农未有久于此时。天宝之后，将立于军二百余年。而至周，天子又军中之所立。天下之势劫于兵之骄，患于兵之不可用，未有极于此时。而太宗能开府设卫，则兵归于田。世宗能诛其奔军之将，则行师四方无不如其意者。然则兵非不可复于耕而使也。

武宗之时，佛入中国千年，人之相化，家酣而户溺矣。然而一朝去之，受冠带而为民者几五十万，曾无一人之阻，然则佛老非不可复于无也。

魏、唐之际，毛玠、杨绾之势耳，然而变千岁之奢，不旋日而效，然则何患乎制礼节用之不可行也？

秦、隋之后，灭廉耻、扞文纲，未有如此之熟烂也。然而文帝、太宗一日变之，则人人自厚，大臣至耻言人过，百姓至不烦于刑，然则何患乎仁义之不可施、俗之不可变也？

凡吾之欲行者，此各引一端，崇其所善，择之而未精，为之而未详，然而亦各随其小大深浅而如其计，见其效。苟有大有为之心，则知明先主之法度而用之，先之以笃好力行之义以成其化，其说非迂，其道易行也。

昔秦设首功之科，驱人于敌场，非伤即死然，而士皆靡然乐斗而喜战，此岂徒畏法哉？以秦之笃好力行之以移其俗也。今为治不改其业，不违其欲，所行者常礼，所为者常道，谨其节文而尊其行，养之以学校，而率之以身行，示之以所好恻怛恳诚之心，其亦孰有不从而劝者乎？且民之生不见先王之法度，不闻其教而日习于今之俗，故不能无恶也。使皆粲然日见恭俭之节、仁义之施，晓然皆知其行之易成，其物之易足，上之所好之在此也，则亦何为而不率乎古之人？

得其时、推此道以行于天下者，唐、虞、禹、汤、文、武之君，皋、夔、益、稷、伊尹、太公、周公之臣是也。不得其时，守此道以俟后世者，孔孟是也。其法已行，其效已见，告后之人使取而则之者，六经是也。然而士之欲有为者，言之欲切而反疏，行之欲通而反泥，遂若不可以为者，何也？昔周之衰，诸子之徒散之诸侯，管、晏、孙、吴、申、商之徒是也。诸侯用之，或伯或强，仪、秦之说至倾覆也，亦安中国者各十余年，彼岂不效见于一时哉？然而孔子恶其小，曾子耻其卑，至于孟子，尤独患之，何也？盖以其非尽爱人之意，非极于治人之体，非醇于教人之法，非备于防人之具，为之以亟而见于事者陋，欧之以势而强于民者薄，偷合于诸侯而用，焉可也？本之以先王之法度，推之以化导之方，则彼恶足以论乎？

今其为失固已明矣，非必过人之智而后知也。天下之士固尽学于孔子矣，而欲有为者复不能自信，此亦千岁以来学者之患也。何哉？世之学孔子者，读书求治乱之际，未尝不知其治由先王之道，其乱由后世之失也。欲有为于当世，莫若推其所学于孔子，而知者力行之，就其所以为治乱之故，其于公事最切，而于计最通也。而先王之道，有非俗之所能就；后世之失，有非俗之所能去。方其势牵于上下也，不能去之而不苟，一则仆仆焉而求进其说，一则乐其与之合而自小也。于是则宁贬道而随其失，不从先王而从近世，至不胜其弊也。欲治人之所为者反病之，欲正人而自我者反违之，其为之以亟，其欧之以薄，举其一，遗其二，急其末，忘其本，一切不异于诸子之为，又从而为说，曰近俗而易行者，尚无可奈何，安能以迂远之道为？呜呼！何其惑也！

夫所为者得，固可以救其失，所行者大，固可以兼其小，未有所为者失而其效反得，所行者小而其至反大。此所谓言之欲切而反疏，行之欲通而反泥也。

为此者有原讲之而不明，守之而不固，汲汲乎欲有为者，固不可以为者是也。使其得君矣，则先王之法度，其说非高，其具甚易，何顾而为彼乎？孔子于周之末世，守二帝三王之道而不苟，孟子亦于其后守孔子之道而不苟。二子者，非不欲有为也，知不本先王之法度则不可以行，不得可为之势则不可以行，不得可为之势则不可以强通。故曰“用之则行，舍之则藏”。又曰可以进则进，可以止则止。守之以终身，传之以待后之学者，此二子之见所以异于众也。

故闾巷之匠，规矩指画不可以非，不可以苟作而妄从，虽不用于世，其法度犹存，其为技犹良者，天下之知为匠者也；规矩指画既非矣，苟作而妄从矣，虽用于世，其法度已亡，其为技已卑者，天下之贱工也。天下之士亦若是自守而不苟者，天下之知为治者也；乐其与之合而自小者，天下之贱士也。天下之知为治者，有不用则非在乎人；天下之贱士有用有不用，非常在乎己。士之欲学圣人之道而仕者，得吾言而考之，其庶矣。

【解题】

本文作年不详。表达了作者法先王的思想。作者枚举汉唐两代的成功经验，以证明先王法度之可行，并号召儒士笃好力行之，在不违背根本原则的前提下可根据实际情况作灵活变通，可谓兼顾理论与实践。作者侃侃而谈，写来曲折详尽，而又明畅易晓。

刑 赏 论

《书》记皋陶之说曰："罪疑惟轻，功疑惟重。"释者曰：刑疑附轻，赏疑从重，忠厚之至也！夫有大罪者，其刑薄则不必当罪；有细功者，其赏厚则不必当功。然所以为忠厚之至者，何以论之？

夫圣人之治也，自闺门、乡党至于朝廷皆有教，以率天下之善，则有罪者易以寡也；自小者、近者至于远大皆有法，以成天下之务，则有功者易以众也。以圣神渊懿之德而为君于上，以道德修明之士而为其公卿百官于下，以上下交修而尽天下之谋虑，以公听并观而尽天下之情伪。当是之时，人之有罪与功也，为有司者推其本末以考其迹，核其虚实以审其情，然后告之于朝而加其罚、出其赏焉，则其于得失岂有不尽也哉？然及其罪丽于罚、功丽于赏之可以疑也，以其君臣之材非不足于天下之智，以其谋虑非不通于天下之理，以其观听非不周于天下之故，以其有司非不尽于天下之明也。然有其智而不敢以为果，有其通与周与明而不敢以为察也。必曰罪疑矣而过刑，则无罪者不必免也；功疑矣而失赏，则有功者不必酬也。于是其刑之也，宁薄而不敢使之过；其赏之也，宁厚而不敢使之失。

夫先之以成教以率之矣，及其有罪也，而加恕如此焉；先之以成法以导之矣，及其不功也，而加隆如此焉。可谓尽其心以爱人，尽其道以待物矣，非忠厚之至则能然乎？皋陶以是称舜，舜以是治其天下。

故刑不必察察当其罪；赏不必予予当其功，而天下化其忠，服其厚焉。故曰:“与其杀不辜，宁失不经，好生之德洽于民心。”言圣人之德至于民者，不在乎其他也。

及周之治，亦为三宥三赦之法，不敢果其疑，而至其政之成也，则忠厚之教行于牛羊而及于草木。汉文亦推是意以薄刑，而其流也，风俗亦归厚焉。盖其行之有深浅，而其见效有小大也，如此,《书》之意岂虚云乎哉?

【解题】

“罪疑惟轻，功疑惟重”二句出自《尚书·大禹谟》，此文通篇都在解释和发挥这两句及其释辞的意思，推崇薄刑厚赏的仁教，认为忠厚之教能化民成俗。作年不详。

治　之　难

以天下而行唐虞三代之道，不唐虞三代如者，无有也。然而治之难也，何故?治世非无小人也，其信正人也，固其相参非庸者也，虽有，正人弗病也。唐之时四罪立唐之朝，周之时三监在周之廷，唐尧、周公大圣人也，其辨之也不疑，其知之也果，彼虽幸而至乎大臣诸侯之间也，绌矣，于正人焉无病也。汉元之初，萧望之相汉，刘向、周堪、张猛为之腹心。东汉之末，李固、陈蕃、杜乔相汉，李膺、范滂之徒布据禁寺。光大矣，天下仰而待治也。去斯时则已矣，使克其所施，功德万计哉。孝元、桓、灵，常主也，主其相参者，史高、稚圭、韦成、胡广、赵戒而下庸者也，而邪者嚣其间，其于辨众贤之不明，而用之也不果，虽进而立于公卿之内，儇然而危矣，可得天下国家之安乎?呜呼!治之难也。以此观天下者，不观小人、正人、贵贱、升黜，观其用否如何耳，则治乱审矣。

【解题】

本文指出治之难不在有小人，而在于不能辨别贤愚，不能信任正人、疏远小人。作年不详。

《洪范》传

"惟十有三祀，王访于箕子。王乃言曰：'呜呼！箕子。惟天阴骘下民，相协厥居，我不知其彝伦攸叙。'箕子乃言曰：'我闻在昔，鲧陻洪水，汨陈其五行，帝乃震怒，不畀洪范九畴，彝伦攸斁，鲧则殛死。禹乃嗣兴，天乃锡禹洪范九畴，彝伦攸叙。'"何也？武王叹而谓箕子："天不言而默定下民相助协顺其所居。居，谓所以安者也。而我不知其常理所次叙。"箕子乃言："我闻在昔，鲧之治水也，至于五行皆乱其陈列。故上帝震怒，不与之以洪范九畴，而常理所以败，鲧则殛死。及禹继而起，天乃与之以洪范九畴，而常理所以叙。"盖水之性润下，而其为利害也尤甚。故鲧之治水也陻之，则失其性，而至于五行皆乱其陈列。及禹之治水也导之，则得其性，而至于常伦所以叙。常伦之叙者，则舜称禹"地平天成，六府三事允治，万世永赖，时乃功"也。其曰"天乃锡禹洪范九畴"，盖《易》亦曰"洛出书"，然而世或以为不然。原其说之所以如此者，以非其耳目之所习见也。天地之大，万物之众，不待非常之智而知其变之不可尽也。人之耳目之所及，亦不待非常之智而知其不能远也。彼以非其所习见，则果于以为不然，是以天地万物之变为可尽于耳目之所及，亦可谓过矣。为是说者，不独蔽于洪范之锡禹，至凤凰、麒麟、玄鸟、生民之见于经者，亦且以为不然，执小而量大，用一而齐万，信臆决而疑经，不知其不可，亦可谓惑矣。

五行五者，行乎三材万物之间也，故"初一曰五行"。其在人为五事，故"次二曰敬用五事"。五事敬则身修矣，身修然后可以出政，故"次三曰农用八政"。政必协天时，故"次四曰协用五纪”。修身出政协天时，不可以不有常也，常者大中而已矣，故“次五曰建用皇极”。立中以为常，而未能适变，则犹之执一也，故“次六曰乂用三德”。三德所以适变，而人治极矣，极人治而不敢绝天下之疑，故“次七曰明用稽疑”。稽疑者，尽之于人神也，人治而通于神明者尽，然犹未敢以自信也，必考己之得失于天，故“次八曰念用庶征”。征有休咎，则得失之应于天者可知矣，犹以为未尽也，故“次九曰向用五福，威用六极”。福极之在民者，皆吾所以致之，故又以考己之得失于民也。敬，本诸心而见诸外，故五事曰敬用。用其厚者，固治人之道也，故八政曰农用。农，厚也。天时协，则人事得，故五纪曰协用。谨其常，则中不可不立也，故皇极曰建用。建，立也。乂者所以救其过、持其常也，故三德曰乂用。明则疑释，故稽疑曰明用。庶征之见于天，不可以不念，故庶征曰念用。福之在于民，则宜向之，故五福曰向用。极之在于民，则宜畏之，故六极曰威用。威，畏也。凡此者，皆人君之道，其言不可杂，而其序不可乱也。推其为类则有九，要其始终则犹之一言而已也。学者知此，则可以知洪范矣。

“一，五行：曰水，曰火，曰木，曰金，曰土。水曰润下，火曰炎上，木曰曲直，金曰从革，土爰稼穑。润下作咸，炎上作苦，曲直作酸，从革作辛，稼穑作甘。”何也？盖爰者，于也。润下炎上者，言其所性之成于天者也。曲直从革者，言其所化之因于人者也。于之稼穑而不及其他者，于之稼穑亦言其所化之因于人者也，不及其他者，莫大乎于之稼穑也。夫润下炎上，言其所性之成于天者。然水导之则行，潴之则聚，火燃之则炽，宿之则壮，则其所化亦未尝不因之于人也。或曲直之，或从革之，或稼穑之，言其所化之因于人者。然可以曲直，可以从革，可以稼穑，则其所性亦未尝不成之于天也。所谓天不人不因，人不天不成者也。其文所以不同者，非固相反，所以互相明而欲学者之自得之也。润下者水也，故水曰润下。炎上者火也，故火曰炎上。木金亦然。惟稼穑则非土也，故言其于之稼穑而已者，辞不得不然也。又言润下所以起咸，炎上所以起苦，曲直所以起酸，从革所以起辛，稼穑所以起甘者，凡为味五，或言其性，或言其化，或言其味者，皆养人之所最大者也，非养人之所最大者，则不言，此所以为要言也。《虞书》：禹告舜曰政在养民，而陈养民之事，则曰水火金木土谷惟修，与此意同也。

“二，五事：曰貌，曰言，曰视，曰听，曰思。貌曰恭，言曰从，视曰明，听曰聪，思曰睿。恭作肃，从作乂，明作哲，聪作谋，睿作圣。”何也？盖自外而言之，则貌外于言。自内而言之，则听内于视。自貌言视听而言之，则思所以为主于内，故曰貌，曰言，曰视，曰听，曰思。弥远者弥外，弥近者弥内，此其所以为次叙也。五者，思所以为主于内，而用四事于外者也。至于四者，则皆自为用而不相因。故貌不恭者不害于言从，视不明者不害于听聪，非貌恭言从然后能哲，能哲然后能谋，能谋然后能思，而至于圣也。曰思曰睿，睿作圣者，盖思者所以充人之材以至于其极，圣者人之极也。孟子曰：人之性或相倍蓰而无算者，不能尽其材，不能尽其材者，弗思耳矣。盖思之于人也如此。然而或曰“不思而得”何也？盖人有自诚明者，不思而得，尧舜性之是也。所谓诚者，天之道也。有自明诚者。思之弗得弗措也，汤武身之是也。所谓思诚者，人之道也。然而尧舜汤武之德及其至，皆足以动容周旋中礼，则身之者终亦不思而得之也。尧舜性之矣，然尧之德曰聪明文思，盖尧之所以与人同者法也，则性之者亦未尝不思也，故曰诚则明矣，明则诚矣。而性之身之者及其成，孟子皆以谓盛德之至也。箕子言思所以作圣，孟子言弗思故相倍蓰而无算，其所言者皆法也。曰视曰明、明作哲、听曰聪、聪作谋者，视之明，无所不照，所以作哲；听之聪，无所不闻，所以作谋也。人之于视听，有能察于闾巷之间、米盐之细，而不知蔽于堂阼之上、治乱之几者，用其聪明于小且近，故不能无蔽于大且远也。古之人知其如此，故前旒蔽明，黈纩塞聪，又以作聪明为戒。夫如是者，非涂其耳目也，亦不用之于小且近而已矣，所以养其聪明也。养其聪明者，故将用之于大且远。夫天下至广，不可以家至户察，而能用其聪明于大且远者，盖得其要也。昔舜治天下，以诸侯百官，而总之以四岳，舜于视听，欲无蔽于诸侯百官，则询于四岳，欲无蔽于四岳，则辟四门，欲无蔽于四门，则明四目，达四聪。夫然故舜在士民之上，非家至户察而能立于无蔽之地，得其要而已矣。其曰明四目、达四聪者，舜不自任其视听，而因人之视听以为聪明也。不自任其聪明而因之于人者，固君道也。非君道独然也，不自任其聪明而因之于人者，固天道也。故曰“天聪明，自我民聪明”，又曰“惟天聪明，惟圣时宪”。舜于聪明，下尽人，上参天，斯其所以为舜也。舜之时，至治之极也，人岂有欺舜者哉！舜于待人，亦岂疑其欺己也！然而访问反复，相参以考察，又推之于四面，若唯恐不能无所蔽者，盖君天下之体，固不得不立于无蔽之地也。立于无蔽之地者，其于视听如此，亦不用之于小且近矣。夫然故蔽明塞聪，而天下之情可坐而尽也。言曰从、从作乂者，《易》曰：出其言善，则千里之外应之；出其言不善，则千里之外违之。则言之要为可从而已也。言为可从也，则其施于用，治道之所由出也。古之君人者知其如此，故其戒曰：“慎乃出令，令出惟行，弗惟反。”又曰：“其惟不言，言乃雍。”而舜以命龙，亦曰：“夙夜出纳朕命，惟允。”言之不可违如此也。貌曰恭、恭作肃者，孟子曰：“今夫蹶者趋者，是气也，而反动其心。”故曰“持其志，无暴其气”。盖威仪动作见于外者无不恭，则生于心者无不肃也。传曰，人受天地之中以生，所谓命也；礼义威仪之则，所以定命也。故颜渊问仁，孔子告之以视听言动以礼。而卫之君子所以称仁者，亦曰“威仪棣棣，不可选也”。貌之不可慢如此也。存其思，养其聪明，而不失之于言貌，故尧之德曰聪明文思。言貌者，盖尧之所谓文，则虽尧之圣，未有不失于谨五事也。

“三，八政：曰食，曰货，曰祀，曰司空，曰司徒，曰司寇，曰宾，曰师。”曰食、曰货、曰祀、曰宾、曰师，称其事者，达乎下也。曰司空、曰司徒、曰司寇，称其官者，任乎上也。人道莫急于养生，莫大于事死，莫重于安土，故曰食，曰货，曰祀，曰司空。孟子以使民养生送死无憾为王道之始，此四者所以不得不先也。使民足于养生送死之具，然后教之，教之不率，然后刑之，故曰司徒，曰司寇，此彝伦之序也。其教之也，固又有叙。可得而考者，古之欲明明德于天下者，必始于知至、意诚、心正，然后身修，身修然后国家天下治。以是为大学之道，百王莫不同然。而见于经者，莫详于尧。盖聪明文思，尧之得于其心者也。克明俊德，有诸心，故能求诸身也。以亲九族，九族既睦，有诸身，故能求诸家也。平章百姓，百姓昭明，有诸家，故能求诸国也。协和万邦，黎民于变时雍，有诸国，故能求诸天下也。积于其心以致于身修，此尧之所以先觉，非求之于外也；积于其家以至于天下治，此尧之所以觉斯民，非强之于耳目也。夫然，故尧之治何为也哉？民之从之也，岂识其所以从之者哉？此先王之化也。然以是为无法，立司徒之官以教之者法也。教之者，导之以效上之所为而已也。养之于学，所以使之讲明；文之以礼乐，所以使之服习，皆教之之具也。使之讲明者，所以达上之所为，使之服习者，所以顺上之所为，所谓效之也。上之所有，故下得而效之，未有上之所无，下得而效之也。当尧之时，万邦黎民之所效者，尧之百官；百官之所效者，尧之九族；九族之所效者，尧之身。而导之以效上之所为者，舜为司徒也。舜于其官，则又慎徽五典，身先之也。然后至于五典克从，民效之也。及舜之时，舜之导民者固有素矣。然水害之后，其命契为司徒，则犹曰："百姓不亲，五品不逊。敬敷五教，在宽。"盖忧民之不亲，而念其不顺上之化，命之以谨布其教，而终戒之以在宽，岂迫蹴之也哉？其上下之际，导民者如此，此先王之教也。为之命令，为之典章，为之官守，以致于民，此先王之政也。盖化者所以觉之也，教者所以导之也，政者所以率之也。觉之无可言，未有可以导之者也；导之无可言，未有可以率之者也；而况于率之无可言，而欲一断之以刑乎？孟子曰："徒善不足以为政，徒法不能以自行。"其所谓善，觉之者也；其所谓法，导之者也；其所谓政，率之者也。其相须以成，未有去其一而可以言王道之备者也。先王之养民而迪之以教化，如此其详且尽矣，而民犹有不率者，故不得不加之以刑。加之以刑者，非可已而不已也。然先王之刑，固又有叙矣，民之有罪也，必察焉，眚也，过也，非终也，虽厥罪大，未加之以刑也。民之有罪也，必察焉，非眚也，非过也，终也，其养之有所不足，其教之有所不至，则必责己而恕人。故《汤诰》曰："惟尔万方有罪，在予一人；予一人有罪，无以尔万方。"如是，故以民之罪为自我致之，未加之以刑也。民之有罪必察焉，其养之无所不足，教之无所不至，不若我政人有罪矣，民之罪自作也，然犹有渐于恶者久，而蒙化之日浅者，则又曰勿庸杀之，姑惟教之，未加之以刑也。民之有罪，非眚也，非过也，终也，自作也，教之而犹不典式我也，则是其终无悛心，众之所弃，而天之所讨也，然后加之以刑，《多方》之所谓"至于再"、"至于三"者也。故有虽厥罪小，乃不可以不杀。用刑如此其详且慎，故先王之刑刑也。其养民之具、教民之方，不如先王之详且尽，未有可以先王之刑刑民者也，矧曰其以非先王之刑刑民也。昔唐虞之际，相继百年，天下之人，四罪而已。及至于周，成康之世，刑之不用，亦四十余年。则先王之民，加之以刑者，殆亦无矣。先王之治，使百姓足于衣食，迁善而远罪矣。人之所以相交接者不可以废，故曰宾，宾者非独施于来诸侯、通四夷也。人之所以相保聚者不可以废，故曰师，师者非独施于征不庭、伐不憓也。八政之所先后如此，所谓彝伦之叙也，不然则彝伦之斁而已矣。

“四，五纪：曰岁，曰月，曰日，曰星辰，曰历数。”盖协之以岁，协之以月，协之以日者，所以正时。而协之以星辰者，所以考其验于显也；协之以历数者，所以考其验于微也。正时，然后万事得其叙，所谓历象日月星辰，期三百六旬有六日，以闰月定四时成岁也。

“五，皇极：皇建其有极，敛时五福，用敷锡厥庶民。惟时厥庶民于汝极，锡汝保极。凡厥庶民，无有淫朋，人无有比德，惟皇作极。”何也？言大建其有中，故能聚是五福，以布与众民。而惟时厥众民，皆于汝中，与汝保中。盖中者民所受以生，而保中者不失其性也。凡厥众民，无有以淫为朋，人无有以比为德。盖淫者有所过也，比者有所附也。无所过，无所附，故能惟大作中也，人谓学士大夫别于民者也。“凡厥庶民，有猷有为有守，汝则念之。不协于极，不罹于咎，皇则受之。而康而色，曰：‘予攸好德。’汝则锡之福。时人斯其惟皇之极。无虐茕独；而畏高明。人之有能有为，使羞其行，而邦其昌。”何也？言厥庶民有猷有为有守者，汝则念其中不中，其不协于中，不罹于咎，若狂也肆、矜也廉、愚也直之类，大则受之，言大者非小者之所能受也。而安汝颜色，而谓之曰：“予攸好德。”所以教之使协于中也。有猷有为有守而不罹于咎者，民之有志而无恶者也。不协于极者，不能无所过而已，教之则其从可知也。如是而汝则与之以福，富之以禄，贵之以位，所以示天下之人，而使之劝也，如此则是人斯其惟大之中矣。夫刚不中者至于虐茕独；柔不中者至于畏高明。今也惟大之中，故刚无虐茕独，柔无畏高明，所谓刚而无虐，柔而立也。盖刚至于虐茕独，则六极恶之事也；柔至于畏高明，则六极弱之事也。惟皇之极，则五福攸好德之事也，所以言之者不同，至其可以推而明之也，则犹一言而已也。洪范于皇极，于三德，于五福、六极，言人之性，或刚柔之中，或刚柔有过与不及，故或得或失，而其要未尝不欲去其偏，与夔之教胄子、皋陶之陈九德者无以异。盖人性之得失不易乎此，而所以教与所以察之者，亦不易乎此也。教之、福之，而民之协于中者如此，又使有能有为者进其行而不已，则久而后能积，积而后能大，大而后能著。人材之盛如此，而国其有不兴者乎？故曰“人之有能有为，使羞其行，而邦其昌”也。“凡厥正人，既富方谷；汝弗能使有好于而家，时人斯其辜。于其无好德，汝虽锡之福，其作汝用咎。”何也？言凡正人之道，既富之，然后可以责善。责善者，必始于汝家，使无所好于汝家，则是人斯其辜矣。既言不能正家以率之，则陷人于罪。又言不好德之人而汝与之福，其起汝为咎而已。故曰“于其无好德，汝虽锡之福，其作汝用咎”也。自“皇建其有极”至“使羞其行”，皆所以教也。而于此乃曰“凡厥正人，既富方谷”，又曰使无好于而家，时人斯其辜者，明教之必本于富，行之必始于家，其先后次序然也。“无偏无陂，遵王之义；无有作好，遵王之道；无有作恶，遵王之路。无偏无党，王道荡荡；无党无偏，王道平平；无反无侧，王道正直。会其有极，归其有极。”何也？“无偏无陂，遵王之义”者，无过与不及，无偏也；无不平，无陂也。所循者惟其宜而无适莫，遵王之义也。“无有作好，遵王之道；无有作恶，遵王之路”者，作好作恶，偏于己之所好恶者也；好恶以理，不偏于己之所好恶，无作好作恶也。所循者通道大路，而不由径，遵王之道路也。道路云者，异辞也。“无偏无党，王道荡荡”者，存于己者无偏，则施于人者无党，无偏无党也，其为道也，广大而不狭吝，王道荡荡也。“无党无偏，王道平平”者，施于人者无党，则存于己者无偏，无党无偏也，其为道也，夷易而无阻艰，王道平平也。“无反无侧，王道正直”者，无所背，无反也；非在左而不得乎右，在右而不得乎左，无侧也；其为道也，所止者不邪，所由者不曲，王道正直也。如是，所以为王之义、为王之道、为王之路，明王天下者，未有不如是而可也。会于有极者，来而赴乎中也；归于有极者，往而反乎中也。由“无偏”以至于“无侧”，所知者非一曲，所守者非一方，推天下之理，达天下之故，能大而不遗小，能远而不遗近，能显而不遗微，所谓天下之通道也。来者之所赴，归者之所反，中者居其要，而宗之者如此，所应者弥广，所操者弥约，所谓天下之大本也，君人者未有不由此而国家天下可为者也。其可考于经，则《易》之智周乎万物，道济乎天下，故不过。其可考于行事，则舜之执其两端而用中于民；汤之执中立贤无方，能推其无偏陂、无作好恶、无偏党、无反侧之理，而用其无适莫、无由径、无狭吝、无阻艰、无所背、无在左而不得乎右、在右而不得乎左者，以通天下之故而不泥，执其所会所归之中以为本，故能定也。夫然，故《易》之道为圣人之要道，非穷技曲学之谓也。舜之治民，为皇建其有极，用敷锡厥庶民，非偏政逸德之谓也。汤之用贤，为翕受敷施，九德咸事，非私好独恶之谓也。《洪范》之为类虽九，然充人之材，以至于其极者，则在于思；通天下之故而能定者，则在于中。其要未有易此也。“曰，皇极之敷言，是彝是训，于帝其训。凡厥庶民，极之敷言，是训是行，以近天子之光。曰，天子作民父母，为天下王。”何也？曰者，其辞也。其辞以谓人君之于大中，既成之以德，又布之以言，是以为常，是以为顺，于帝其顺而已，人君之为言，顺天而致之于民，故凡其众民，亦于极之布言，是顺是行，以亲附天子之辉光。而“曰，天子作民父母，为天下王”，曰父母者，亲之辞也；曰王者，往之辞也。上之人于“遵王之义”至“王道正直”，能繇前之说，则下之人于顺上之所行所言，而相与附之，其爱之曰父母，而戴之曰天下王，必繇后之说。经所以始其义于彼，而终其效于此者，以明上之所以王者如是，则下之所以王之者如是，非虚致也。

“六，三德：一曰正直，二曰刚克，三曰柔克。平康正直，强弗友刚克，燮友柔克。”何也？正直者，常德也。刚克者，刚胜也。柔克者，柔胜也。“平康正直，强弗友刚克，燮友柔克”者，所遇之变殊，故所乂之德异也。凡此者，所以治人也。“高明柔克，沉潜刚克”，何也？人之为德高亢明爽者，本于刚，而柔有不足也，故济之以柔克，所以救其偏；沉深潜晦者，本于柔，而刚有不足也，故济之以刚克，所以救其偏。正直则无所偏，故无所救。凡此者，所以治己与人也。“惟辟作福作威玉食，臣无有作福作威玉食，臣之有作福作威玉食，其害于而家，凶于而国。人用侧颇僻，民用僭忒。”何也？作福者，柔克之所有也。作威者，刚克之所有也。惟辟作福作威玉食，臣无有作福作威玉食者，正直之所有也。以其卒曰，臣之有作福作威玉食，则人用侧颇僻，民用僭忒，是以知惟辟作福作威玉食，臣无有作福作威玉食者，正直之所有也明矣。箕子之言者，皆九畴之所有；九畴之所无者，箕子盖不得而言也。知此，则知九畴之为九矣。人君于五事，思无所不通，聪明无所不达，言之出纳无所不允，于皇极所遵者正直，所不可入者偏陂反侧、作好作恶、淫朋比德之事。人臣虽有小人之桀者，未有能蔽其上而作福作威玉食者也。人臣虽作福作威玉食者，必窥其间，缘其有可蔽之端。故虽小人之庸者，犹得以无忌惮而放其邪心也。《洪范》以作福柔克之所有，作威刚克之所有，惟辟作福作威玉食，正直之所有，臣而作福，则僭君之柔克，臣而作威，则僭君之刚克，臣而作福作威玉食，则为侧颇僻，无所不僭矣，故于三德详言之，至若杜其间，使无可蔽之端，虽有邪臣不得萌其僭者，则在于五事修、皇极建而已也。

“七，稽疑：择建立卜筮人，乃命卜筮。曰雨，曰霁，曰蒙，曰驿，曰克，曰贞，曰悔。凡七，卜五，占用二，衍忒。立时人作卜筮，三人占，则从二人之言。”何也？言选择知卜筮之人而建立之，乃命之以其职，曰雨、霁、蒙、驿、克之五兆，所以卜，所谓卜五者也。曰贞曰悔之二卦，所以筮，所谓凡七者也。已命之以其职矣，乃立是人，使作卜筮之事。三人占，则从二人之言；卜不同，则从多也。“汝则有大疑，谋及乃心，谋及卿士，谋及庶人，谋及卜筮。”何也？谋及乃心，揆诸己也；谋及卿士，谋及庶人，质诸人也；谋及龟筮，参诸鬼神也。《大禹谟》曰：“朕志先定，询谋佥同，鬼神其依，龟筮协从。”谓此也。“汝则从，龟从，筮从，卿士从，庶民从，是之谓大同。身其康强，子孙其逢吉。”何也？从于心而人神之所共与也，故谓之大同。则身其康强，子孙其逢吉也。“汝则从，龟从，筮从，卿士逆，庶民逆：吉。卿士从，龟从，筮从，汝则逆，庶民逆：吉。庶民从，龟从，筮从，汝则逆，卿士逆：吉。”何也？所从者多，则吉可知也。“汝则从，龟从，筮逆，卿士逆，庶民逆：作内吉，作外凶。龟筮共违于人：用静吉，用作凶。”何也？心与龟之所从，则作内吉而已；龟筮之所共违，则不可以有作矣。凡谋先人者，尽人事也；从逆先卜筮者，钦鬼神也。吉有三：有卿士逆、庶民逆者矣，有汝则逆、庶民逆者矣，有汝则逆、卿士逆者矣。若龟从、筮从，则皆不害其为吉。又至于龟从、筮逆，则可以作内而已。龟筮共违，则皆不可以有作也。盖疑故卜筮，卜筮者，吾以谓通诸神明。神明之所从，则吾必其吉；神明之所违，则吾必其凶。诚之至，谨之尽也。

“八，庶征：曰雨，曰旸，曰燠，曰寒，曰风，曰时。五者来备，各以其叙，庶草蕃庑。一极备凶，一极无凶。曰休征：曰肃，时雨若；曰乂，时旸若；曰哲，时燠若；曰谋，时寒若；曰圣，时风若。曰咎征：曰狂，恒雨若；曰僭，恒畅若；曰豫，恒燠若；曰急，恒寒若；曰蒙，恒风若。”何也？曰雨、曰旸、曰燠、曰寒、曰风，所谓五者也。曰时，则五者之时也。五者无不至，则所谓五者来备也。无不时，则所谓各以其叙也。五者无不至，无不时，则至于庶草莫不蕃庑，言阴阳和，则万物莫不茂盛也。五者有所甚，则为沴，所谓一极备凶也。有所不至亦为沴，所谓一极无凶也。于五事，貌足以作肃，则时雨顺之；其咎狂，则常雨顺之。言足以作乂，则时旸顺之；其咎僭，则常旸顺之。视足以作哲，则时燠顺之；其咎豫，则常燠顺之。听足以作谋，则时寒顺之；其咎急，则常寒顺之。思足以作圣，则时风顺之；其咎蒙，则常风顺之。凡言时者皆休之征，凡言常者皆咎之征也。五事之当否在于此，而五征之休咎应于彼，为人君者所以不敢不念，而考己之得失于天也。“曰，王省惟岁，卿士惟月，师尹惟日。岁月日时无易，百谷用成，乂用明，俊民用章，家用平康。日月岁时既易，百穀用不成，乂用昏不明，俊民用微，家用不宁。”何也？此章之所言者，皆念用庶征也。休咎之征，各象其事。任其事者，王也；与王共其任者，卿士、师尹也。则庶征之来，王与卿士、师尹之所当省，其所以致之者，所谓念用庶征也。王计一岁之征而省之，卿士计一月之征而省之，师尹计一日之征而省之。所省多者，其任责重；所省少者，其任责轻，其所处之分然也。王与卿士、师尹之所省，岁月日三者之时无易，言各顺其任，则百谷用成，乂用明，俊民用章，家用平康。王与卿士、师尹之所省，日月岁三者之时既易，言各违其任，则百穀用不成，乂用昏不明，俊民用微，家用不宁也。“庶民惟星，星有好风，星有好雨。日月之行，则有冬有夏；月之从星，则以风雨。”何也？言星之所好不同，而日月之行则有常度，有常度者不妄从，则星不得作其好。如民之好不同，而王与卿士、师尹之动则有常理，有常理者不妄从，则民不能作其好。故月行失其道，而从星之所好，则以风雨。犹王政失其常，而从民之所好，则以非僻。言此者以庶征之来，王与卿士、师尹则能自省，而民则不能自省者也。民不能自省，则王与卿士、师尹当省民之得失，而知己之所以致之者也。己之所致者，民得其性，则休征之所集也；己之所致者，民失其性，则咎征之所集也。故省民者，乃所以自省也。其反复如此者，所以畏天变、尽人事也。知王与卿士、师尹之所省者如此，则知此章之所言，非念用庶征则不言也。不知王与卿士、师尹之所省者如此，则于念用庶征无所当，而于言为赘矣，是不知九畴之为九也。

“九，五福：一曰寿，二曰富，三曰康宁，四曰攸好德，五曰考终命。六极：一曰凶短折，二曰疾，三曰忧，四曰贫，五曰恶，六曰弱。”何也？民能保极，则不为外物戕其生理，故寿；食货足，故富；无疾忧，故康宁；于汝极，故攸好德；无不得其死者，故考终命；人君之道失，则有不得其死者，有戕其生理者，故凶短折；不康，故疾；不宁，故忧；食货不足，故贫；不能使之于汝极，则刚者至于暴，故恶；柔者不能立，故弱。此人君所以考己之得失于民者也。或曰：福极之言如此，而不及贵贱，何也？曰：九畴者，皆人君之道也。福极者，人君所以考己之得失于民。福之在于民，则人君之所当向；极之在于民，则人君之所当畏。福言攸好德，则致民于善可知也；极言恶弱，则致民于不善可知也。视此以向畏者，人君之事也。未有攸好德而非可贵者也，未有恶弱而非可贱者也。故攸好德则锡之福，谓贵之。所以劝天下之人，使协于中，固已见之皇极矣。于皇极言之者，固所以勉人，于福极不言之者，攸好德与恶弱之在乎民，则考吾之得失者尽矣。贵贱非考吾之得失者也。

人君之于五行，始之以五事，修其性于己。次之以八政，推其用于人。次之以五纪，协其时于事。次之以皇极，谨其常以应天下之故，而率天下之民。次之以三德，治其中不中，以适天下之变。次之以稽疑，以审其吉凶于人神。次之以庶征，以考其得失于天。终之以福极，以考其得失于民。其始终先后与夫粗精小大之际，可谓尽矣。自五事至于六极皆言用，而五行不言用者，自五事至于六极皆以顺五行，则五行之用可知也。《虞书》于六府言修，则箕子于五行，言其所化之因于人者是也。《虞书》于六府，次之以三事，则箕子于五行，次之以五事而下是也。《虞书》于九功，言戒之用休，董之用威，则箕子于九畴，言庶征之与福极是也。则知二帝三王之治天下，其道未尝不同。其道未尝不同者，万世之所不能易，此九畴之所以为大法也。

【解题】

本文提出了化、教、政、刑的纲领，认为四者虽有主次之分，但又相辅相成，不可或缺。同时还提出“有常有变”的命题，表现了有因有革的思想，尊经而不完全泥经，含有朴素的辩证法因素。有人把此文当作曾巩一篇重要的学术论著，虽然不及王安石同题著作的细致、深刻，但在社会政治思想方面却有更多的发挥。何焯评曰：“曾氏生平得力于经在是。其言平正通达，有非汉以来俚儒之所及者。故蔡氏所采亦多。”作年不详。

二　记叙

游信州玉山小岩记

去县所东南二十五里，有山秀特卓诡，介然出于群峰之表。治下有浮图，幽邃冲静，栋宇朴约，无彩饰刻镂，而与俗绝远。游其间，真若排阊阖，登阆风，追伯侨、羡门而与之驰骋，翩翩然有超忽荒萧烟外之意。

景祐二年，家尊受诏为是邑宰，仆侍偕来。至未周岁，居甚无事，思有以远览，为尘外之乐者，得是小岩焉。其状略曰：距寺西南隅四十步有奇，逾小桥，西北至于岩下，隆然而有门，初若隘局不可通者，入其中，辟而益广。其道盘屈崄巇而无光明，隆超俯降，登陟艰难甚。乃命仆人秉烛，破其晻翳昧默，群而入焉。其石之异，有重碧耸翠，崛然本于下而起者；有势依理合，峨然覆于空而存者；有鳞累羽缀，委其旁而列者；有壁峭刃攒，缭其隅而倚者。森然巍然，瑰玮奇怪，与珉瑊其远。探其穴，犬牙交峙；视其形，若圭璧联植。致若瞻浮云，枝匽叶丽，错置旁列乎空旷；骇若窥武库，巉然见戈甲橐委，并拥乎王府。行十余步，上下有水声潺然，若急鸣玉而趋者，非丝竹也，而听之者心平气舒，讦乎韶濩之奏，有忘形绝累之趣。益知轩冕而荣者为其外，恬静而居者为其内。又行二十余步，至于西北隅，有若架危构虚成宫殿而宅浮图之像者，上蔽下承，中旷然甚夷。其下有钟乳，围五六人。凝而欲滴者，若檐溜垂空，合而外结；积而广者，若聚雪委平厓，侧崇而未浅。腻如酥凝，分如爪形，垂如盖张，色若海波，风聚而沫，食之咁吻津舌，异若蔗浆露蕊焉，殚乎美味。说者云：可以安躬辅气，颐精休神，为不死之药。自始通至于其深，飙发众窍，当之怆然体清，欻振忽怒，反炀为冷，幽虫伏蛇，往往鸣息其下。又行三十余步，状益奇诡，而石上俛压乃可前。人甚疲，而恐惧者益众，仆固求穷其终而不我从，遂相与复还。噫嘻！使我遗泉石之胜而不得远骋周视，良可惜也。

是日之会者，叔父易丰伯洪，伯氏晔成之、绎世昌，仲氏牟子进、宰元辅。其名皆以书于石矣，惧其远而翰墨剥缺也，复使仆实其事，为记以诒永久。

呜呼！自古述山水者多矣，见其瑰美幽丽而多诿之神明之为者，其言怪诞迂谲，非戴纵垂绅而游者所宜尚，予不敢知也，故于是而独无取。若夫觞豆之丰约，弦革之嘲轰，皆羁于流俗而不有异，非书岩石之本，辄复略其辞焉。是时景祐三年仲夏五月戊子日也。

【解题】

本文作于仁宗景祐三年（1036）。时曾巩年方十八，年少气盛。这篇游记以游踪为顺序，极力描摹状写了小岩景致的瑰奇之处，穷形极态，变化万千，一定程度上表现了曾巩早期文风的特点。本文与王安石《游褒禅山记》有相似之处，然立意不如王作高。末段显示了儒者之文的迹象。

分宁县云峰院记

分宁人勤生而啬施，薄义而喜争，其土俗然也。自府来抵其县五百里，在山谷穷处。其人修农桑之务，率数口之家，留一人守舍行馌，其外尽在田。田高下硗腴，随所宜杂殖五谷，无废壤。女妇蚕杼，无懈人。茶盐蜜纸竹箭材苇之货，无有纤钜，治咸尽其身力。其勤如此。富者兼田千亩，廪实藏钱，至累岁不发，然视捐一钱，可以易死，宁死无所捐。其于施何如也？其间利害不能以稊米，父子、兄弟、夫妇，相去若弈棋然。于其亲固然，于义厚薄可知也。长少族坐里闾，相讲语以法律。意向小戾，则相告讦，结党诈张，事关节以动视听。甚者画刻金木为章印，摹文书以给吏，立县庭下，变伪一日千出，虽笞扑徙死交迹，不以属心。其喜争讼，岂比他州县哉？民虽勤而习如是，渐涵入骨髓，故贤令长佐吏比肩，常病其未易治教使移也。

云峰院在县极西界，无籍图，不知自何时立。景德三年，邑僧道常治其院而侈之。门闳靓深，殿寝言言。栖客之庐，斋庖库庾，序列两傍。浮图所用铙鼓鱼螺钟磬之编，百器备完。吾闻道常气质伟然，虽索其学，其归未能当于义，然治生事不废，其勤亦称其土俗。至有余辄斥散之，不为黍累计惜，乐淡泊无累，则又若能胜其啬施喜争之心，可言也。或曰，使其人不汩溺其所学，其归一当于义，则杰然视邑人者，必道常乎？未敢必也。庆历三年九月，与其徒谋曰："吾排蓬藋治是院，不自意成就如此。今老矣，恐泯泯无声畀来人，相与图文字，买石刻之，使永永与是院俱传，可不可也？"咸曰："然。"推其徒子思来请记，遂来，予不让，为申其可言者宠嘉之，使刻示邑人，其有激也。二十八日，南丰曾巩记。

【解题】

作于宋仁宗庆历三年（1043）。分宁，即今江西省修水县。作者先作一段与佛院记了不相关的文字，穷形极相，刻划入微，然后再笔锋一转，娓娓谈及云峰院主持道常的优缺点，委婉地劝说道常不要"汩溺其所学"，借题辟佛，令人解颐。茅坤评此文"于云峰院无涉，而意甚奇"。

仙都观三门记

门之作，取备豫而已。然天子、诸侯、大夫各有制度，加于度则讥之，见于《易》、《礼记》、《春秋》。其旁三门，门三涂，惟王城为然。老子之教行天下，其宫视天子或过焉，其门亦三之。其备豫之意，盖本于《易》，其加于度，则知《礼》者所不能损，知《春秋》者所太息而已。甚矣！其法之蕃昌也。

建昌军南城县麻姑山仙都观，世传麻姑于此仙去，故立祠在焉。距城六七里，由绝岭而上，至其处，地反平宽衍沃，可宫可田。其获之多，与他壤倍，水旱之所不能灾。予尝视而叹曰："岂天遗此以安且食其众，使世之衎衎施施，趋之者不已欤？不然，安有是邪？"则其法之蕃昌，人力固如之何哉？

其田入既饶，则其宫从而侈也宜。庆历六年，观主道士凌齐晔，相其室无不修而门独庳，曰："是不足以称吾法与吾力。"遂大之。既成，托予记。予与齐晔，里人也，不能辞。噫！为里人而与之记，人之情也；以《礼》、《春秋》之义告之，天下之公也。不以人之情易天下之公，齐晔之取予文，岂不得所欲也夫？岂以予言为厉己也夫？八月日记。

【解题】

作于庆历六年（1046）。曾巩当时年仅二十六，对道教的批评，主要是从观门制度违背《春秋》、《礼》、《易》大义的角度展开的，书生气还很足，不像后来对于佛教的批评那样较注意从宗教与国计民生的关系方面去看。茅坤云："曾公凡为佛老氏辈题文，必为自家门第。"何焯评曰："笔力高而非记事正体。"

醒心亭记

滁州之西南，泉水之涯，欧阳公作州之二年，构亭曰“丰乐”，自为记以见其名之意。既又直丰乐之东几百步，得山之高，构亭曰“醒心”，使巩记之。

凡公与州之宾客者游焉，则必即丰乐以饮。或醉且劳矣，则必即醒心而望。以见夫群山之相环，云烟之相滋，旷野之无穷，草树众而泉石嘉，使目新乎其所睹，耳新乎其所闻，则其心洒然而醒，更欲久而忘归也。故即其所以然而为名，取韩子退之《北湖》之诗云。噫！其可谓善取乐于山泉之间，而名之以见其实，又善者矣。

虽然，公之乐，吾能言之。吾君优游而无为于上，吾民给足而无憾于下，天下学者皆为材且良，夷狄鸟兽草木之生者皆得其宜，公乐也。一山之隅，一泉之旁，岂公乐哉？乃公所以寄意于此也。若公之贤，韩子殁数百年，而始有之。今同游之宾客，尚未知公之难遇也。后百千年，有慕公之为人，而览公之迹，思欲见之，有不可及之叹，然后知公之难遇也。则凡同游于此者，其可不喜且幸欤？而巩也，又得以文词托名于公文之次，其又不喜且幸欤！庆历七年八月十五日记。

【解题】

本文作于庆历七年（1047）。文章描写了亭子四周清净、淡荡、优美的景色，而把重点放在写欧阳修“宣上德恩，以与民共乐”的“乐”以及他那百年难遇的“贤”上。何焯评：“其言之非谀且妄，故后半但觉清新，后之人则不可以率尔书虎也。”

繁昌县兴造记

太宗二年，取宣之三县为太平州，而繁昌在籍中。繁昌者，故南陵地，唐昭宗始以为县。县百四十余年，无城垣而滨大江，常编竹为障以自固，岁辄更之，用材与力一取于民，出入无门关，宾至无舍馆。今治所虽有屋，而庳逼破露，至听讼于庑下，案牍簿书，栖列无所，往往散乱不可省，而狱讼、赋役失其平。历七代，为令者不知几人，恬不知改革，日入于坏。故世指繁昌为陋县，而仕者不肯来，行旅者不肯游，政事愈以疵，市区愈以索寞，为乡老吏民者羞且憾之。

事之穷必变，故今有能令出，因民之所欲为，悉破去竹障，而垣其故基，为门以通道往来，而屋以取固。即门之东北，构亭瞰江，以纳四方之宾客。既又自大其治所，为重门步廊。门之上为楼，敛敕书置其中。廊之两旁，为群吏之舍，视事之厅，便坐之斋，寝庐庖湢，各以序为。厅之东西隅，凡案牍簿书，室而藏之，于是乎在。自门至于寝庐，总为屋凡若干区。自计材至于用工，总为日凡二千三百九十六日而落成焉。夏希道太初，此令之姓名字也。庆历七年十月二十三日，此成之年月日也。

始繁昌为县，止三千户。九十年间，四圣之德泽，覆露生养，今几至万家。田利之入倍他壤有余，鱼、虾、竹、苇、柿、栗之货，足以自资，而无贫民。其江山又天下之胜处，可乐也。今复得能令，为树立如此，使得无岁费而有巨防，宾至不惟得以休，而耳目尚有以为之观。令居不惟得以安，而民吏之出入仰望者，益知尊且畏之。狱讼、赋役之书悉完，则是非倚而可定也。予知县之去陋名，而仕者争欲来，行旅者争欲游，昔之疵者日以减去，而索寞者日以富蓄。称其县之名，其必自此始。

夏令用荐者为是县，至二十七日，而计材以至于落成，不惟兴利除弊可法也，而其变因循，就功效，独何其果且速与！昔孟子讥子产惠而不知为政，呜呼，如夏令者，庶几所谓知为政者与！于是过子产矣。

凡县之得能令为难；幸而得能令，而兴事尤难；幸而事兴，而得后人不废坏之又难也。今繁昌民既幸得其所难得，而令又幸无不便己者，得卒兴其所尤难，皆可喜无憾也。惟其欲后人不废坏之，未可必得也。故属予记，其不特以著其成，其亦有以警也。某月日，南丰曾巩记。

【解题】

此文作于庆历七年（1047），反映了作者关心国计民生、注重实效的思想。先描述了繁昌县城市、政舍的破败卑陋的面貌，并交代了其原因；后写夏希道励精图治的成果，热情地赞扬夏兴利除弊的精神和雷厉风行、讲求效率的办事作风。

菜园院佛殿记

庆历八年四月，抚州菜园僧可栖，得州之人高庆、王明、饶杰相与率民钱为殿于其院，成，以佛之像置其中，而来乞予文以为记。

初，菜园有籍于尚书，有地于城南五里，而草木生之，牛羊践之，求屋室居人焉，无有也。可栖至，则喜曰："是天下之废地也，人不争，吾得之以老，斯足矣。"遂以医取资于人，而即其处立寝庐、讲堂、重门、斋庖之房、栖客之舍，而合其徒入而居之。独殿之役最大，自度其力不能为，乃使庆、明、杰持簿乞民间，有得辄记之，微细无不受，浸渐积累，期月而用以足，役以既。自可栖之来居至于此，盖十年矣。

吾观佛之徒，凡有所兴作，其人皆用力也勤，刻意也专，不肯苟成，不求速效，故善以小致大，以难致易，而其所为，无一不如其志者，岂独其说足以动人哉？其中亦有智然也。若可栖之披攘经营，捃摭纤悉，忘十年之久，以及其志之成，其所以自致者，岂不近是哉？噫！佛之法固方重于天下，而其学者又善殖之如此。至于世儒，习圣人之道，既自以为至矣，及其任天下之事，则未尝有勤行之意，坚持之操，少长相与语曰："苟一时之利耳，安能必世百年，为教化之渐，而待迟久之功哉！"相熏以此，故历千余载，虽有贤者作，未可以得志于其间也。由是观之，反不及佛之学者远矣。则彼之所以盛，不由此之所自守者衰欤？与之记，不独以著其能，亦以愧吾道之不行也已。曾巩记。

【解题】

作于庆历八年（1048）。作者对僧可栖十年努力建成佛殿表示钦佩，对佛人治事勤奋持久的精神表示赞扬，并由此看到了儒者的怠惰，认为世儒仅把学问当做谋求利禄的途径而不当做修身治国之道来追求，是儒学衰微的根本原因。茅坤评："此篇无它结构，只是不为佛殿所困窘，便是高处。"

墨　池　记

临川之城东，有地隐然而高，以临于溪，曰新城。新城之上，有池洼然而方以长，曰王羲之之墨池者，荀伯子《临川记》云也。羲之尝慕张芝，临池学书，池水尽黑，此为其故迹，岂信然邪？方羲之之不可强以仕，而尝极东方，出沧海，以娱其意于山水之间，岂其徜徉肆恣，而又尝自休于此邪？羲之之书晚乃善，则其所能，盖亦以精力自致者，非天成也。然后世未有能及者，岂其学不如彼邪？则学固岂可以少哉！况欲深造道德者邪？

墨池之上，今为州学舍。教授王君盛恐其不章也，书“晋王右军墨池”之六字于楹间以揭之，又告于巩曰：“愿有记。”推王君之心，岂爱人之善，虽一能不以废，而因以及乎其迹邪？其亦欲推其事以勉学者邪？夫人之有一能，而使后人尚之如此，况仁人庄士之遗风余思，被于来世者如何哉。庆历八年九月十二日，曾巩记。

【解题】

此文作于庆历八年（1048），为曾巩散文中的一篇名作。通篇没有空洞的说教和抽象的议论，情和理都寓于事件之中，随记叙而自然流露，令人回味无穷。茅坤评：“看他小小题，而结构却远而正。”

鹅湖院佛殿记

庆历某年某月日，信州铅山县鹅湖院佛殿成，僧绍元来请记，遂为之记曰：自西方用兵，天子宰相与士大夫劳于议谋，材武之士劳于力，农工商之民劳于赋敛。而天子尝减乘舆掖庭诸费，大臣亦往往辞赐钱，士大夫或暴露其身，材武之士或秉义而死，农工商之民或失其业。惟学佛之人不劳于谋议，不用其力，不出赋敛，食与寝自如也。资其宫之侈，非国则民力焉，而天下皆以为当然，予不知其何以然也！今是殿之费，十万不已，必百万也；百万不已，必千万也；或累累而千万之不可知也。其费如是广，欲勿记其日时，其得邪？而请予文者，又绍元也。故云尔。

【解题】

本文作于庆历年间。应请为佛殿作记，却通篇都在抒发对学佛者的不满，真可谓是“对着和尚骂贼秃”了。这表现了曾巩不愿苟且的性格及其对佛教的一贯态度。

宜黄县县学记

古之人，自家至于天子之国皆有学，自幼至于长，未尝去于学之中。学有《诗》《书》六艺、弦歌洗爵、俯仰之容、升降之节，以习其心体、耳目、手足之举措；又有祭祀、乡射、养老之礼，以习其恭让；进材、论狱、出兵授捷之法，以习其从事。师友以解其惑，劝惩以勉其进，戒其不率，其所为具如此。而其大要，则务使人人学其性，不独防其邪僻放肆也。虽有刚柔缓急之异，皆可以进之中，而无过不及。使其识之明，气之充于其心，则用之于进退语默之际，而无不得其宜，临之以祸福死生之故，无足动其意者。为天下之士，为所以养其身之备如此，则又使知天地事物之变，古今治乱之理，至于损益废置、先后始终之要，无所不知。其在堂户之上，而四海九州之业、万世之策皆得，及出而履天下之任，列百官之中，则随所施为，无不可者。何则？其素所学问然也。

盖凡人之起居、饮食、动作之小事，至于修身为国家天下之大体，皆自学出，而无斯须去于教也。其动于视听四支者，必使其洽于内；其谨于初者，必使其要于终。驯之以自然，而待之以积久。噫！何其至也。故其俗之成，则刑罚措；其材之成，则三公百官得其士；其为法之永，则中材可以守；其入人之深，则虽更衰世而不乱。为教之极至此，鼓舞天下，而人不知其从之，岂用力也哉？

及三代衰，圣人之制作尽坏，千余年之间，学有存者，亦非古法。人之体性之举动，唯其所自肆，而临政治人之方，固不素讲。士有聪明朴茂之质，而无教养之渐，则其材之不成，固然。

盖以不学未成之材，而为天下之吏，又承衰弊之后，而治不教之民。呜呼！仁政之所以不行，贼盗刑罚之所以积，其不以此也欤！

宋兴几百年矣。庆历三年，天子图当世之务，而以学为先，于是天下之学乃得立。而方此之时，抚州之宜黄犹不能有学。士之学者皆相率而寓于州，以群聚讲习。其明年，天下之学复废，士亦皆散去，而春秋释奠之事以著于令，则常以庙祀孔氏，庙不复理。

皇祐元年，会令李君详至，始议立学。而县之士某某与其徒皆自以谓得发愤于此，莫不相励而趋为之。故其材不赋而羡，匠不发而多。其成也，积屋之区若干，而门序正位，讲艺之堂、栖士之舍皆足。积器之数若干，而祀饮寝食之用皆具。其像孔氏而下，从祭之士皆备。其书经史百氏、翰林子墨之文章无外求者。其相基会作之本末，总为日若干而已，何其周且速也！

当四方学废之初，有司之议，固以谓学者人情之所不乐。及观此学之作，在其废学数年之后，唯其令之一唱，而四境之内响应而图之，如恐不及。则夫言人之情不乐于学者，其果然也与？

宜黄之学者，固多良士。而李君之为令，威行爱立，讼清事举，其政又良也。夫及良令之时，而顺其慕学发愤之俗，作为宫室教肄之所，以至图书器用之须，莫不皆有，以养其良材之士。虽古之去今远矣，然圣人之典籍皆在，其言可考，其法可求，使其相与学而明之，礼乐节文之详，固有所不得为者。若夫正心修身，为国家天下之大务，则在其进之而已。使一人之行修移之于一家，一家之行修移之于乡邻族党，则一县之风俗成，人材出矣。教化之行，道德之归，非远人也，可不勉与！县之士来请曰："愿有记。"其记之。十二月某日也。

【解题】

作于宋仁宗皇祐元年（1049）。作者从正反两方面申明了教育对于培养人才、改进政治、提高道德修养、转变社会风气的巨大作用，表达了对宜黄县兴学之举的喜悦心情，写来左右逢源，曲尽情理之至。《朱子语类》卷一三九云：“南丰作《宜黄》、《筠州》二学记好，说得古人教学意出。”何焯评：“宏肆。自汉氏以来，能为如此之文者，不过五六人耳。”清蔡世远亦认为“有学识，有笔力”，“堪与《原道》并传”（《古文雅正》卷十一）。

金山寺水陆堂记

庆历八年，润之金山寺火。明年，寺之僧瑞新来治寺事。某月，择山之阳，亢爽之地，劝州之人某氏为水陆堂，积钱之数百三十万，积日之数若干而成。

夫金山之以观游之美取胜于天下，非独据江瞰海，并楚之冲，而滨吴之要也。盖其浮江之槛，负崖之屋，椽摩栋揭，环山而四出，亦有以夸天下者。则天下之东驰而莫不顾慕者，岂特一山之好哉？而其作之完，盖非一人一日之力。及火，余固嗟夫未尝得与时之君子者游，而纵夫余心之所乐焉。至于今未久也，则闻夫山之穹堂奥殿、瑰杰之观滋起矣。此非徒佛之法足以动天下，盖新者，余尝与之从容，彼其材且辨有以动人者，故成此不难也。夫废于一时，而后人不能更兴者，天下之事多如此。至于更千百年，委弃郁塞而不得振行于天下者，吾之道是也。岂独牵于势哉？盖学者之难得，而天下之材不足也。使如此寺之坏，而有新之材，一日之作，轶于百年累世之迹，则事之废者岂足忧，而世之治可胜道哉？

新方以书告某氏之世善，而其子某又业为士，因以求予记堂之始，故为之历道其兴坏之端，而并予之所感者寓焉。

【解题】

作于皇祐元年（1049）。作者从一寺的废和兴，想到道的废和兴。文章在略略描写景物之后，侧重阐述道理，然而实为有感而发。

学舍记

予幼则从先生受书，然是时，方乐与家人童子嬉戏上下，未知好也。十六七时，窥六经之言与古今文章，有过人者，知好之，则于是锐意欲与之并。而是时，家事亦滋出。自斯以来，西北则行陈、蔡、谯、苦、睢、汴、淮、泗，出于京师；东方则绝江舟漕河之渠，逾五湖，并封禺会稽之山，出于东海上；南方则载大江，临夏口而望洞庭，转彭蠡，上庾岭，繇浈阳之泷，至南海上。此予之所涉世而奔走也。蛟鱼汹涌湍石之川，巅崖莽林貙虺之聚，与夫雨旸寒燠风波雾毒不测之危，此予之所单游远寓，而冒犯以勤也。衣食药物，庐舍器用，箕筥碎细之间，此予之所经营以养也。天倾地坏，殊州独哭，数千里之远，抱丧而南，积时之劳，乃毕大事，此予之所遭祸而忧艰也。太夫人所志，与夫弟婚妹嫁，四时之祠，属人外亲之问，王事之输，此予之所皇皇而不足也。予于是力疲意耗，而又多疾，言之所序，盖其一二之粗也。得其闲时，挟书以学，于夫为身治人，世用之损益，考观讲解，有不能至者。故不得专力尽思，琢雕文章，以载私心难见之情，而追古今之作者为并，以足予之所好慕，此予之所自视而嗟也。

今天子至和之初，予之侵扰多事故益甚，予之力无以为，乃休于家，而即其旁之草舍以学。或疾其卑，或议其隘者，予顾而笑曰："是予之宜也。予之劳心困形，以役于事者，有以为之矣。

予之卑巷穷庐，冗衣砻饭，芑苋之羹，隐约而安者，固予之所以遂其志而有待也。予之疾则有之，可以进于道者，学之有不至。至于文章，平生所好慕，为之有不暇也。若夫土坚木好高大之观，固世之聪明豪隽挟长而有恃者所得为，若予之拙，岂能易而志彼哉?”遂历道其少长出处，与夫好慕之心，以为《学舍记》。

【解题】

作于宋仁宗至和元年（1054）。文章内容大体如末句所云。曾巩时年三十六，功名未就，贫病交加。王慎中评曰：“此亦是先生独出一体，在韩欧未有。然大意亦自《醉翁亭》、《真州》、《东园》三篇体中变出，又自不同也。”（《唐宋八大家文钞》）

抚州颜鲁公祠堂记

赠司徒鲁郡颜公，讳真卿，事唐为太子太师，与其从父兄杲卿，皆有大节以死。至今虽小夫妇人，皆知公之为烈也。初，公以忤杨国忠斥为平原太守，策安禄山必反，为之备。禄山既举兵，与常山太守杲卿伐其后，贼之不能直窥潼关，以公与杲卿挠其势也。在肃宗时，数正言，宰相不悦，斥去之。又为御史唐旻所构，连辄斥。李辅国迁太上皇居西宫，公首率百官请问起居，又辄斥。代宗时，与元载争论是非，载欲有所壅蔽，公极论之，又辄斥。杨炎、卢杞既相德宗，益恶公所为，连斥之，犹不满意，李希烈陷汝州，杞即以公使希烈，希烈初惭其言，后卒缢公以死。是时公年七十有七矣。

天宝之际，久不见兵，禄山既反，天下莫不震动，公独以区区平原，遂折其锋。四方闻之，争奋而起，唐卒以振者，公为之倡也。当公之开土门，同日归公者十七郡，得兵二十余万。繇此观之，苟顺且诚，天下从之矣。自此至公殁，垂三十年，小人继续任政，天下日入于弊，大盗继起，天子辄出避之。唐之在朝臣，多畏怯观望。能居其间，一忤于世，失所而不自悔者寡矣。至于再三忤于世，失所而不自悔者，盖未有也。若至于起且仆，以至于七八，遂死而不自悔者，则天下一人而已，若公是也。公之学问文章，往往杂于神仙浮屠之说，不皆合于理，及其奋然自立，能至于此者，盖天性然也。故公之能处其死，不足以观公之大。何则？及至于势穷，义有不得不死，虽中人可勉焉，况公之自信也与？维历忤大奸，颠跌撼顿，至于七八而终始不以死生祸福为秋毫顾虑，非笃于道者不能如此，此足以观公之大也。

夫世之治乱不同，而士之去就亦异，若伯夷之清、伊尹之任、孔子之时，彼各有义。夫既自比于古之任者矣，乃欲眷顾回隐，以市于世，其可乎？故孔子恶鄙夫不可以事君，而多杀身以成仁者。若公，非孔子所谓仁者与？

今天子至和三年，尚书都官郎中知抚州聂君厚载，尚书屯田员外郎通判抚州林君慥，相与慕公之烈，以公之尝为此邦也，遂为堂而祠之。既成，二君过予之家而告之曰："愿有述。"夫公之赫赫不可尽者，固不系于祠之有无，盖人之向往之不足者，非祠则无以致其至也。闻其烈足以感人，况拜其祠而亲炙之者欤！今州县之政，非法令所及者，世不复议。二君独能追公之节，尊而祠之，以风示当世，为法令之所不及，是可谓有志者也。

【解题】

此文作于宋仁宗嘉祐元年（1056），是曾巩的一篇力作，字里行间流露出对同乡前辈颜真卿的敬慕之情。作者详细地记叙了颜真卿长期与杨国忠、李辅国、杨炎、卢杞等奸臣不屈地斗争，以至七八次被贬黜，最后被叛将李希烈杀害的经过。文章突出颜鲁公"起且仆以至于七八，遂死而不自悔"这一崇高品德，并以此来贯穿全文，于叙平生大概、作评赞、述建祠经过等处始终联结这一点，一意翻作数层，曲折尽意，不同于一般碑铭文字。

清蔡世远评此文曰："鲁公历事四朝，丹心浩气，九死不移。子固直以堂正之旗阵发之，震耀耸动，故曰至文。"（《古文雅正》卷十一）

南轩记

得邻之茀地蕃之，树竹木灌蔬于其间，结茅以自休，嚣然而乐。世固有处廊庙之贵，抗万乘之富，吾不愿易也。

人之性不同，于是知伏闲隐隩，吾性所最宜。驱之就烦，非其器所长，况使之争于势利、爱恶、毁誉之间邪？然吾亲之养无以修，吾之昆弟饭菽藿羹之无以继，吾之役于物，或田于食，或野于宿，不得常此处也，其能无欿然于心邪？少而思，凡吾之拂性苦形而役于物者，有以为之矣。士固有所勤，有所肆，识其皆受之于天而顺之，则吾亦无处而非其乐，独何必休于是邪？顾吾之所好者远，无与处于是也。然而六艺百家史氏之籍，笺疏之书，与夫论美刺非、感微托远、山镵冢刻、浮夸诡异之文章，下至兵权、历法、星官、乐工、山农、野圃、方言、地记、佛老所传，吾悉得于此，皆伏羲以来，下更秦汉至今，圣人贤者魁杰之材，殚岁月，惫精思，日夜各推所长，分辨万事之说，其于天地万物，小大之际，修身理人，国家天下治乱安危存亡之致，罔不毕载。处与吾俱，可当所谓益者之友，非邪？

吾窥圣人旨意所出，以去疑解蔽，贤人智者所称事引类，始终之概以自广，养吾心以忠，约守而恕行之。其过也改，趋之以勇，而至之以不止，此吾之所以求于内者。得其时则行，守深山长谷而不出者，非也。不得其时则止，仆仆然求行其道者，亦非也。吾之不足于义，或爱而誉之者，过也。吾之足于义，或恶而毁之者，亦过也。彼何与于我哉？此吾之所任乎天与人者。然则吾之所学者虽博，而所守者可谓简；所言虽近而易知，而所任者可谓重也。

书之南轩之壁间，蚤夜览观焉，以自进也。南丰曾巩记。

【解题】

就内容来看，此文当作于曾巩未中进士之时。虽题为《南轩记》，实是言志之文：既愿抱道自守，得自然之趣；又待时而动，以不负所学。张伯行云："南丰之学殆所谓博观众说以会其通者，故能所守简而所任重，读《南轩记》而知其过人远矣。"

拟岘台记

尚书司门员外郎晋国裴君治抚之二年，因城之东隅作台以游，而命之曰拟岘台，谓其山溪之形，拟乎岘山也。数与其属与州之寄客者游其间，独求记于予。

初，州之东，其城因大丘，其隍因大溪，其隅因客土以出溪上，其外连山高陵，野林荒墟，远近高下，壮大闳廓，怪奇可喜之观，环抚之东南者，可坐而见也。然而雨隳潦毁，盖藏弃委于榛丛茀草之间，未有即而爱之者也。君得之而喜，增甓与土，易其破缺，去榛与草，发其亢爽，缭以横槛，覆以高甍。因而为台，以脱埃氛，绝烦嚣，出云气而临风雨。然后溪之平沙漫流，微风远响，与夫波浪汹涌，破山拔木之奔放，至于高桅劲橹，沙禽水兽，下上而浮沉者，皆出乎履舄之下。山之苍岩秀壁，巅崖拔出，挟光景而薄星辰。至于平冈长陆，虎豹踞而龙蛇走，与夫荒蹊聚落，树阴晻暧，游人行旅，隐见而继续者，皆出乎衽席之内。若夫烟云开敛，日光出没，四时朝暮，雨旸明晦，变化不同，则虽览之不厌，而虽有智者，亦不能穷其状也。或饮者淋漓，歌者激烈，或靓观微步，旁皇徙倚，则得于耳目与得之于心者，虽所寓之乐有殊，而亦各适其适也。

抚非通道，故贵人蓄贾之游不至。多良田，故水旱螟螣之灾少。其民乐于耕桑以自足，故牛马之牧于山谷者不收，五谷之积于郊野者不垣，而晏然不知桴鼓之警，发召之役也。君既因其土俗，而治以简静，故得以休其暇日，而寓其乐于此。州人士女，乐其安且治，而又得游观之美，亦将同其乐也，故予为之记。其成之年月日，嘉祐二年之九月九日也。

【解题】

作于嘉祐二年（1057）。文章先写抚州城东的衰败景象，后写州守裴君主持修葺，使面貌焕然一新，记叙中寓含对州守治理有方的颂扬。文中状景文字较多，摇曳生姿，这在曾巩散文中并不多见。茅坤认为“此记大略本柳宗元《訾家洲》、欧阳公《醉翁亭》等记来”。

思政堂记

尚书祠部员外郎、集贤校理太原王君为池州之明年，治其后堂北向，而命之曰思政之堂。谓其出政于南向之堂，而思之于此也。其冬，予客过池，而属予记之。

初，君之治此堂，得公之余钱，以易其旧腐坏断，既完以固，不窘寒暑。辟而即之，则旧圃之胜，凉台清池，游息之亭，微步之径，皆在其前；平畦浅槛，佳花美木、竹林香草之植，皆在其左右。君于是退处其中，并心一意，用其日夜之思者，不敢忘其政，则君之治民之意勤矣乎！

夫接于人无穷，而使人善惑者，事也；推移无常，而不可以拘者，时也；其应无方而不可以易者，理也。知时之变而因之，见必然之理而循之，则事者虽无穷而易应也，虽善惑而易治也。

故所与由之，必人之所安也；所与违之，必人之所厌也。如此者，未有不始于思，然后得于己。得于己，故谓之德。正己而治人，故谓之政。政者，岂止于治文书、督赋敛、断狱讼而已乎？然及其已得矣，则无思也；已化矣，则亦岂止于政哉！古君子之治，未尝有易此者也。

今君之学，于书无所不读，而尤深于《春秋》，其挺然独见，破去前惑，人有所不及也。来为是邦，施用素学，以修其政，既得以休其暇日，乃自以为不足，而思之于此。虽今之吏不得以尽行其志，然迹君之勤如此，则池之人，其不有蒙其泽者乎？故予为之书。嘉祐三年冬至日南丰曾巩记。

【解题】

作于嘉祐三年（1058）。由堂名“思政”而论及“循理”、“正己”，最后及于“治人”，这正是“醇乎其醇”（宋陈宗礼《曾南丰先生祠堂记》）的儒者之文，从中可以看出曾巩的思想方法。

洪州新建县厅壁记

为后世之吏，得行其志者少矣，此仕之所以难也，而县为最甚，何哉？凡县之政无小大，令主簿皆独任，而民事委曲，当有所操纵缓急，不能一断以法，举法而绳之，则其罪固易求也。凡有所为，问可不可于州，执一而违之，则其势固易挠也。其罪易求，其势易挠，故为之者有以得于州，然后其济可几也。不幸其一锱铢与之咈，则大者求其罪，小者挠其势，将不遗其力矣。吏之不能自安，岂足道哉？县有不与其扰者乎？方是时也，而天下之能忘其势而好恶不妄者鲜矣，能忘人之势而强立不苟者亦鲜矣。州负其强以取威，县忧其弱以求免，其习已久，其俗已成之后，而守正循理以求其得于州，其亦不可以必也。则仕于此者，欲行其志，岂非难也哉？君子者虽无所处而不安，然其于自处也，未尝不择，仕而得择其自处，则县之事有不敢任者，岂可谓过也哉？

洪州新建，自太平兴国六年，分南昌为县，至嘉祐三年，凡若干年，为令者凡三十有九人。而秘书省著作佐郎黄巽公权来为其令，抑豪纵，惠下穷，守正循理，而得济其志者也。公权亦喜其职之行，因考次凡为令者名氏，将伐石以书，而列置于壁间。故予为之载其行治，而因著其为县之难，使来者得览焉。

【解题】

此文作于嘉祐三年（1058）。开篇先写一大段"为县之难"，后写新建县令黄巽"得济其志"，赞语虽不多，赞美之意却很强烈。文章与厅壁本身关系不大，实为借题发挥。

阆州张侯庙记

事常蔽于其智之不周，而辨常过于所惑。智足以周于事，而辨至于不惑，则理之微妙皆足以尽之。今夫推策灼龟，审于梦寐，其为事至浅，世常尊而用之，未之有改也；坊墉道路、马蚕猫虎之灵，其为类至细，世常严而事之，未之有废也；水旱之灾，日月之变，与夫兵师疾疠、昆虫鼠豕之害，凡一慝之作，世常有祈有报，未之有止也。《金縢》之书，《云汉》之诗，其意可谓至，而其辞可谓尽矣。夫精神之极，其叩之无端，其测之甚难，而尊而信之，如此其备者，皆圣人之法。何也？彼有接于物者，存乎自然，世既不得而无，则圣人固不得而废之，亦理之自然也。圣人者，岂用其聪明哉？善因于理之自然而已。其智足以周于事，而其辨足以不惑，则理之微妙，皆足以尽之也。故古之有为于天下者，尽己之智，而听于人，尽人之智，而听于神，未有能废其一也。《书》曰：“朕志先定，询谋佥同，鬼神其依，龟筮协从。”所谓尽己之智而听于人，尽人之智而听于神也。繇是观之，则荀卿之言，以谓雩筮救日，小人以为神者，以疾夫世之不尽在乎己者而听于人，不尽在乎人者而听于神，其可也。谓神之为理者信然，则过矣，蔽生于其智之不周，而过生于其所惑也。

阆州于蜀为巴西郡，蜀车骑将军领司隶校尉西乡张侯，名飞字益德，尝守是州。州之东有张侯之冢，至今千有余年，而庙祀不废。每岁大旱，祷雨辄应。嘉祐中，比数岁连熟，阆人以谓张侯之赐也，乃相与率钱治其庙舍，大而新之。侯以智勇为将，号万人敌。当蜀之初，与魏将张郃相距于此，能破郃军，以安此土，可谓功施于人矣。其殁也，又能泽而赐之，则其食于阆人不得而废也，岂非宜哉？

知州事尚书职方员外郎李君献卿字材叔，以书来曰：“为我书之。”材叔好古君子也，乃为之书，而以予之所闻于古者告之。

【解题】

作于嘉祐四年（1059）。文章本当以赞美张飞泽被后世为中心，却费了许多笔墨表达先人事后鬼神的思想，看似自相矛盾，然而作者始终以儒家学说为根本，自是未曾矛盾。

清心亭记

嘉祐六年，尚书虞部员外郎梅君为徐之萧县，改作其治所之东亭，以为燕息之所，而名之曰清心之亭。是岁秋冬，来请记于京师，属余有亡妹殇女之悲，不果为。明年春又来请，属余有悼亡之悲，又不果为。而其请犹不止。至冬乃为之记曰：

夫人之所以神明其德，与天地同其变化者，夫岂远哉？生于心而已矣。若夫极天下之知，以穷天下之理，于夫性之在我者，能尽之，命之在彼者，能安之，则万物之自外至者，安能累我哉？此君子之所以虚其心也，万物不能累我矣。而应乎万物，与民同其吉凶者，亦未尝废也。于是有法诫之设，邪僻之防，此君子之所以斋其心也。虚其心者，极乎精微，所以入神也。斋其心者，由乎中庸，所以致用也。然则君子之欲修其身，治其国家天下者，可知矣。

今梅君之为是亭，曰不敢以为游观之美，盖所以推本为治之意，而且将清心于此，其所存者，亦可谓能知其要矣。乃为之记，而道予之所闻者焉。十一月五日，南丰曾巩记。

【解题】

此文作于嘉祐七年（1062）。文章从悼妹、女、妻之悲发端，进而发挥“清心”题意。本篇内容虽无多可取，但这种顺手拈来、随事兴感而引入正题的手法，能使文章自然妥贴，增强亲切感。何焯指出：“此文大旨与《梁书目录序》相似。”

筠州学记

周衰，先王之迹熄。至汉，六艺出于秦火之余，士学于百家之后。言道德者，矜高远而遗世用；语政理者，务卑近而非师古。刑名兵家之术，则狃于暴诈。惟知经者为善矣，又争为章句训诂之学，以其私见，妄穿凿为说。故先王之道不明，而学者靡然溺于所习。当是时，能明先王之道者，扬雄而已。而雄之书，世未知好也。然士之出于其时者，皆勇于自立，无苟简之心，其取予进退去就，必度于礼义。及其已衰，而搢绅之徒，抗志于强暴之间，至于废锢杀戮，而其操愈厉者，相望于先后。故虽有不轨之臣，犹低回没世，不敢遂其篡夺。自此至于魏晋以来，其风俗之弊，人材之乏久矣。以迄于今，士乃有特起于千载之外，明先王之道，以寤后之学者。世虽不能皆知其意，而往往好之。故习其说者，论道德之旨，而知应务之非近；议从政之体，而知法古之非迂。不乱于百家，不蔽于传疏。其所知者若此，此汉之士所不能及。然能尊而守之者，则未必众也。故乐易惇朴之俗微，而诡欺薄恶之习胜。其于贫富贵贱之地，则养廉远耻之意少，而偷合苟得之行多。此俗化之美，所以未及于汉也。夫所闻或浅，而其义甚高，与所知有余，而其守不足者，其故何哉？由汉之士察举于乡闾，故不能不笃于自修。至于渐磨之久，则果于义者，非强而能也。今之士选用于文章，故不得不笃于所学。至于循习之深，则得于心者，亦不自知其至也。由是观之，则上所好，下必有甚者焉，岂非信欤！令汉与今有教化开导之方，有庠序养成之法，则士于学行，岂有彼此之偏，先后之过乎？夫《大学》之道，将欲诚意正心修身，以治其国家天下，而必本于先致其知。则知者固善之端，而人之所难至也。以今之士，于人所难至者既几矣，则上之施化，莫易于斯时，顾所以导之如何尔。

筠为州，在大江之西，其地僻绝。当庆历之初，诏天下立学，而筠独不能应诏，州之士以为病。至治平三年，盖二十有三年矣，始告于知州事、尚书都官郎中董君仪。董君乃与通判州事国子博士郑君茜相州之东南，得亢爽之地，筑宫于其上。斋祭之室，诵讲之堂，休宿之庐，至于庖湢库厩，各以序为。经始于其春，而落成于八月之望。既而来学者常数十百人，二君乃以书走京师，请记于予。

予谓二君之于政，可谓知所务矣。使筠之士相与升降乎其中，讲先王之遗文，以致其知，其贤者超然自信而独立，其中材勉焉以待上之教化，则是宫之作，非独使夫来者玩思于空言，以干世取禄而已。故为之著予之所闻者以为记，而使归刻焉。

【解题】

此文作于宋英宗治平三年（1066）。仁宗庆历年间，学者不满于传统的名物训诂之学，而更加致力于义理的研究，此文的观点即反映了这种变化。作者对比汉朝与宋朝在学术和社会风气方面的差异，指出必须知识教育和道德教育并重。何焯评："元元本本之论，子朱子《大学章句》序亦采其意用之。"林纾评曰："一套陈旧话，却说得深入腠理，能发明其所以然。"（《林氏选评元丰类稿》）不过，蔡世远认为此文比起《宜黄县县学记》来，"体势方幅而气脉亦稍弱"。

尹公亭记

君子之于己，自得而已矣，非有待于外也。然而曰疾没世而名不称焉者，所以与人同其行也。人之于君子，潜心而已矣，非有待于外也。然而有表其间，名其乡，欲其风声气烈暴于世之耳目而无穷者，所以与人同其好也。内有以得诸己，外有以与人同其好，此所以为先王之道，而异乎百家之说也。

随为州，去京师远，其地僻绝。庆历之间，起居舍人、直龙图阁河南尹公洙以不为在势者所容谪是州，居于城东五里开元佛寺之金灯院。尹公有行义文学，长于辨论，一时与之游者，皆世之闻人，而人人自以为不能及。于是时，尹公之名震天下，而其所学，盖不以贫富贵贱死生动其心，故其居于随，日以考图书、通古今为事，而不知其官之为谪也。尝于其居之北阜，竹柏之间，结茅为亭，以茇而嬉，岁余乃去。既去而人不忍废坏，辄理之，因名之曰尹公之亭。州从事谢景平刻石记其事。至治平四年，司农少卿赞皇李公禹卿为是州，始因其故基，增庳益狭，斩材以易之，陶瓦以覆之，既成，而宽深亢爽，环随之山皆在几席。又以其旧亭峙之于北，于是随人皆喜慰其思，而又获游观之美。其冬，李公以图走京师，属予记之。

盖尹公之行见于事、言见于书者，固已赫然动人；而李公于是又侈而大之者，岂独慰随人之思于一时，而与之共其乐哉？亦将使夫荒遐僻绝之境，至于后人见闻之所不及，而传其名、览其迹者，莫不低回俯仰，想尹公之风声气烈，至于愈远而弥新，是可谓与人同其好也。则李公之传于世，亦岂有已乎？故予为之书，时熙宁元年正月日也。

【解题】

本文作于神宗熙宁元年（1068）。记叙了尹公亭的由来，赞美尹洙的节操和才学。而第一段末句实为全文的中心意思。茅坤评：“蕴思铸辞，动中经纬。”张伯行则曰：“一起便识踞题巅，固非苟作。”

瀛州兴造记

熙宁元年七月甲申，河北地大震，坏城郭屋室，瀛州为甚。是日再震，民讹言大水且至，惊欲出走。谏议大夫李公肃之为高阳关路都总管安抚使，知瀛州事，使人分出慰晓，讹言乃止。是日大雨，公私暴露，仓储库积，无所覆冒。公开示便宜，使有攸处，遂行仓库，经营盖障。雨止，粟以石数之，至一百三十万，兵器他物称是，无坏者。初变作，公命授兵警备，讫于既息，人无争偷，里巷安辑。

维北边自通使契丹，城壁楼橹御守之具，寖弛不治，习以为故。公因灾变之后，以兴坏起废为己任，知民之不可重困也，乃请于朝，力取于旁路之羡卒，费取于备河之余材，又以钱千万市木于真定。既集，乃筑新城，方十五里，高广坚壮，率加于旧。

其上为敌楼，战屋凡四千六百间。先时，州之正门，弊在狭陋，及是始斥而大之。其余凡圮坏之屋，莫不缮理，复其故常。周而览之，听断有所，燕休有次，食有高廪，货有深藏，宾属士吏，各有宁宇。又以其余力为南北甬道若干里，人去污淖，即于夷涂。自七月庚子始事，至十月己未落成。其用人之力，积若干万若干千若干百工；其竹苇木瓦之用，积若干万若干千若干百。盖遭变之初，财匮民流，此邦之人，以谓役钜用艰，不累数稔，城垒室屋未可以复也。至于始作逾时，功以告具。盖公经理劝督，内尽其心，外尽其力，故能易坏为成，如是之敏。事闻，有诏嘉奖。

昔郑火，子产救灾补败，得宜当理，史实书之。卫有狄人之难，文公治其城市宫室，合于时制，诗人歌之。今瀛地震之所摧败，与郑之火灾、卫之寇难无异。公御备构筑不失其方，亦犹古也。故瀛之士大夫皆欲刻石著公之功，而予之从父兄适与军政，在公幕府，乃以书来，属予记之。予不得辞，故为之记，尚俾来世知公之尝勤于是邦也。

【解题】

此文作于宋神宗熙宁元年（1068），记叙李肃的救灾、兴造举措，有条不紊，细致周详，而赞美之意寓于记叙之中。

广德军重修鼓角楼记

熙宁元年冬，广德军作新门鼓角楼成。太守合文武宾属以落之，既而以书走京师，属巩曰：“为我记之。”巩辞不能，书反复至五六，辞不获，乃为其文曰：

盖广德居吴之西疆，故鄣之墟，境大壤沃，食货富穰，人力有余，而狱讼赴诉、财贡输入，以县附宣，道路回阻，众不便利，历世久之。太宗皇帝在位四年，乃按地图，因县立军，使得奏事专决，体如大邦。自是以来，田里辨争、岁时税调，始不勤远，人用宜之。而门闳隘庳，楼观弗饰，于以纳天子之命，出令行化朝夕，吏民交通四方，览示宾客，弊在简陋，不中度程。治平四年，尚书兵部员外郎知制诰钱公公辅守是邦，始因丰年，聚材积土，将改而新之。会尚书驾部郎中朱公寿昌来继其任，明年政成，封内无事，乃择能吏，揆时庀徒，以畚以筑，以绳以削，门阿是经，观阙是营，不督不期，役者自劝。自冬十月甲子始事，至十二月甲子卒功。崇墉崛兴，复宇相瞰，壮不及僭，丽不及奢，宪度政理，于是出纳，士吏宾客，于是驰走，尊施一邦，不失宜称。至于伐鼓鸣角，以警昏昕，下漏数刻，以节昼夜，则又新是四器，列而栖之。邦人士女，易其听观，莫不悦喜，推美诵勤。夫礼有必隆，不得而杀；政有必举，不得而废。二公于是兼而得之，宜刻金石，以书美实，使是邦之人，百世之下，于二公之德，尚有考也。

【解题】

此文作于熙宁元年（1068）。文章记述了广德立军的由来，以及钱、朱二公筹备、主持重修鼓角楼的经过。何焯评："谨洁。"曾国藩评："气体颇近退之，但少奇崛之趣。"（《经史百家杂钞》）

广德湖记

鄞县张侯图其县之广德湖，而以书并古刻石之文遗予曰："愿有纪。"

盖湖之大五十里，而在鄞之西十二里。其源出于四明山，而引其北为漕渠，泄其东北入江。凡鄞之乡十有四，其东七乡之田，钱湖溉之；其西七乡之田，水注之者，则此湖也。舟之通越者皆由此湖，而湖之产，有凫雁鱼鳖、茭蒲葭葵、葵莼莲芡之饶。其旧名曰莺脰湖，而今名，大历八年令储仙舟之所更也。贞元元年，刺史任侗又治而大之。大中元年，民或上书请废湖为田，任事者左右之，为出御史李后素验视，后素不为挠民以得罪，而湖卒不废。刺史李敬方与后素皆赋诗刻石以见其事，其说以谓当是时湖成三百年矣，则湖之兴，其在梁齐之际欤！

宋兴，淳化二年，民始与州县强吏盗湖为田，久不能正。至道二年，知州事丘崇元躬按治之，而湖始复。转运使言其事，诏禁民敢田者，至其后，遂著之于一州敕。咸平中，赐官吏职田，取湖之西山足之地百顷为之，既而务益取湖以自广。天禧二年，知州事李夷庚始正湖界，起堤十有八里以限之。湖之滨，有地曰林村砂末，曰高桥腊台，而其中有山曰白鹤，曰望春，自太平兴国以来，民冒取之，夷庚又命禁绝，而湖始复。天圣、景祐之间，民复相率请湖为田，州从事张大有案行止之，而知州事李照又言其事，报知至道诏书，照以刻之石，自此言请湖为田者始息。而康定某年，县主簿曾公望又益治湖。

至张侯之为鄞，则湖久不治，西七乡之农以旱告。张侯为出营度，民田湖旁者皆喜，愿致其力。张侯计工赋材，择民之为人信服有知计者，使督役而自主之，一不以属吏，人以不扰，而咸劝趋。于是筑环湖之堤，凡九千一百三十四丈，其广一丈八尺，而其高八尺，广倍于旧，而高倍于旧三之二。鄞人累石堙水，阙其间而扃以木，视水之小大而闭纵之，谓之碶。于是又为之益旧，总为碶九，为埭二十。堤之上植榆柳，益旧总为三万一百。又因其余材为二亭于堤上以休，而与望春、白鹤之山相直，因以其山名。山之上为庙，一以祠神之主此湖者，一以祠吏之有功于此湖者。以熙宁元年十一月始役，而以明年二月卒事。其用民之力八万二千七百九十有二工，而其材出于工之余。既成，而田不病旱，舟不病涸，鱼雁茭苇、果蔬水产之良皆复其旧，而其余及于比县旁州，张侯于是可谓有劳矣。

是年予通判越州事。越之南湖，久废不治，盖出于吏之因循，而至于不知所以为力，予方患之。观广德之兴，以数百年，危于废者数矣。繇屡有人，故益以治。盖大历之间，溉田四百顷，大中八百顷，而今二千顷矣。则人之存亡，政之废举，为民之幸不幸，其岂细也欤？故为之书，尚俾来者知毋废前人之功，以永为此邦之利，而又将与越之人图其废也。

张侯名峋，字子坚，以材闻，去而为提举两浙路常平广惠仓，兼管勾农田差役水利事，方且用于时云。

【解题】

此文作于熙宁二年（1069），在介绍广德湖的面积、方位后，叙述当地居民屡次上书请求废湖为田都遭到拒绝的事件。作者在最后只记叙没有废湖为田的好处，而没有用结论性的语言肯定官吏的功绩，也没有用教训的口气批评百姓的糊涂，这种叙事以明理的写法值得借鉴。

齐州北水门记

济南多甘泉，名闻者以十数。其酾而为渠，布道路民庐官寺，无所不至，潏潏分流，如深山长谷之间；其汇而为渠，环城之西北，故北城之下疏为门以泄之。若岁水溢，城之外流潦暴集，则常取荆苇为蔽，纳土于门，以防外水之入，既弗坚完，又劳且费。至是，始以库钱买石，僦民为工，因其故门，累石为两涯，其深八十尺，广三十尺，中置石楗，析为二门，扃皆用木，视水之高下而闭纵之。于是内外之水，禁障宣通，皆得其节，人无后虞，劳费以熄。其用工始于二月庚午，而成于三月丙戌。董役者，供备库副使驻泊都监张如纶，右侍禁兵马监押伸怀德。二人者，欲后之人知作之自吾三人者始也，来请书，故为之书。是时熙宁五年壬子也。太常博士充集贤校理知齐州军事曾巩记。

【解题】

作于熙宁五年（1072）。这是一篇精巧的小记，虽记的是一项很小的水利工程，却纵横叙述，宏微俱至。

齐州二堂记

齐滨泺水，而初无使客之馆。使客至，则常发民调林木为舍以寓，去则撤之，既费且陋。乃为之徙官之废屋，为二堂于泺水之上以舍客，因考其山川而名之。

盖《史记·五帝纪》谓："舜耕历山，渔雷泽，陶河滨，作什器于寿丘，就时于负夏。"郑康成释：历山在河东，雷泽在济阴，负夏卫地。皇甫谧释：寿丘在鲁东门之北，河滨济阴，定陶西南陶丘亭是也。以予考之，耕稼陶渔，皆舜之初，宜同时，则其地不宜相远。二家所释雷泽、河滨、寿丘、负夏，皆在鲁卫之间，地相望，则历山不宜独在河东也。《孟子》又谓舜东夷之人，则陶、渔在济阴，作什器在鲁东门，就时在卫，耕历山在齐，皆东方之地，合于《孟子》。按图记，皆谓《禹贡》所称雷首山在河东，妫水出焉。而此山有九号，历山其一号也。予观《虞书》及《五帝纪》，盖舜娶尧之二女乃居妫汭，则耕历山盖不同时，而地亦当异。世之好事者，乃因妫水出于雷首，迁就附益，谓历山为雷首之别号，不考其实矣。由是言之，则图记皆谓齐之南山为历山，舜所耕处，故其城名历城，为信然也。今泺上之北堂，其南则历山也，故名之曰历山之堂。

按图，泰山之北，与齐之东南诸谷之水，西北汇于黑水之湾，又西北汇于柏崖之湾，而至于渴马之崖。盖水之来也众，其北折而西也，悍疾尤甚，及至于崖下，则泊然而止。而自崖以北，至于历城之西，盖五十里，而有泉涌出，高或至数尺，其旁之人名之曰趵突之泉。齐人皆谓尝有弃糠于黑水之湾者，而见之于此。盖泉自渴马之崖，潜流地中，而至此复出也。趵突之泉冬温，泉旁之蔬甲经冬常荣，故又谓之温泉。其注而北，则谓之泺水，达于清河，以入于海，舟之通于齐者皆于是乎出也。齐多甘泉，冠于天下，其显名者以十数，而色味皆同，以予验之，盖皆泺水之旁出者也。泺水尝见于《春秋》，鲁桓公十有八年，公及齐侯会于泺。杜预释：在历城西北，入济水。然济水自王莽时不能被河南，而泺水之所入者清河也，预盖失之。今泺上之南堂，其西南则泺水之所出也，故名之曰泺源之堂。

夫理使客之馆，而辨其山川者，皆太守之事也，故为之识，使此邦之人尚有考也。

熙宁六年二月己丑记。

【解题】

此文作于熙宁六年（1073），对历山、泺水进行了周详的考证，可看做一篇极有文采的探讨齐州历史、地理的学术论文。文章语言平易，行文自然，既无刻意求险之态，也无一般考证文字的枯涩之感。不过，何焯认为："山川故当考堂之所由名也，然亦太词费矣，使韩、柳为之，必不然。"

襄州宜城县长渠记

荆及康狼，楚之西山也。水出二山之间，东南而流，春秋之世曰鄢水，左丘明传：鲁桓公十有三年，楚屈瑕伐罗，及鄢，乱次以济是也。其后曰夷水，《水经》所谓汉水又南过宜城县东，夷水注之是也。又其后曰蛮水，郦道元所谓夷水避桓温父名，改曰蛮水是也。秦昭王二十八年，使白起将，攻楚，去鄢百里，立堨，壅是水为渠以灌鄢。鄢，楚都也，遂拔之。秦既得鄢，以为县。汉惠帝三年，改曰宜城。宋孝武帝永初元年，筑宜城之大堤为城，今县治是也。而更谓鄢曰故城。鄢入秦，而白起所为渠因不废。引鄢水以灌田，田皆为沃壤，今长渠是也。

长渠至宋至和二年，久隳不治，而田数苦旱，川饮者无所取。令孙永曼叔率民田渠下者，理渠之坏塞，而去其浅隘，遂完故堨，使水还渠中。自二月丙午始作，至三月癸未而毕，田之受渠水者，皆复其旧。曼叔又与民为约束，时其蓄泄，而止其侵争，民皆以为宜也。

盖鄢水之出西山，初弃于无用，及白起资以祸楚，而后世顾赖其利。郦道元以谓溉田三千余顷，至今千有余年，而曼叔又举众力而复之，使并渠之民，足食而饮，其余粟散于四方。盖水出于西山诸谷者其源广，而流于东南者其势下，至今千有余年，而山川高下之形势无改，故曼叔得因其故迹，兴于既废。使水之源流，与地之高下，一有易于古，则曼叔虽力，亦莫能复也。

夫水莫大于四渎，而河盖数徙，失禹之故道，至于济水，又王莽时而绝，况于众流之细，其通塞岂得如常？而后世欲行水溉田者，往往务蹑古人之遗迹，不考夫山川形势古今之同异，故用力多而收功少，是亦其不思也欤？

初，曼叔之复此渠，白其事于知襄州事张瑰唐公。公听之不疑，沮止者不用，故曼叔能以有成。则渠之复，自夫二人者也。方二人者之有为，盖将任其职，非有求于世也。及其后言渠堨者蜂出，然其心盖或有求，故多诡而少实，独长渠之利较然，而二人者之志愈明也。

熙宁六年，余为襄州，过京师，曼叔时为开封，访余于东门，为余道长渠之事，而诿余以考其约束之废举。予至而问焉，民皆以谓贤君之约束，相与守之，传数十年如其初也。予为之定著令，上司农。八年，曼叔去开封，为汝阴，始以书告之。而是秋大旱，独长渠之田无害也。夫宜知其山川与民之利害者，皆为州者之任，故予不得不书以告后之人，而又使之知夫作之所以始也。曼叔今为尚书兵部郎中，龙图阁直学士。八月丁丑曾巩记。

【解题】

作于熙宁八年（1075）。本文叙述了长渠兴废的历史和修复的经过，强调地方官关心、改善人民的生产和生活条件有义不容辞的责任。当时曾巩正知襄州军州事，对州民蒙长渠之利可谓深有体会，所以写来十分详明。

江州景德寺新戒坛记

江州景德寺戒坛，作于熙宁九年某月某甲子，成于十年某月某甲子。其费出于太子宾客陈公讳巽，其主而成之，出于寺之僧智暹。坛成，是岁同天节，度僧若干人。

初，景德寺屋坏几废，智暹慨然以经营为己任，不舍其昼夜之勤，凡二十年，为佛殿、三门、两廊、钟楼与戒坛，总为屋若干区，总费钱二十余万。智暹食淡衣粗，所居屋坏不自治，所得于人惟资治其寺。以其故，人皆信服，凡所欲为无不如志。今年六十有七矣，其经营寺事，不懈如初，而其强力盖有余也。余嘉其意，故为之记云。熙宁十年五月乙亥记。

【解题】

此文作于熙宁十年（1077）。写得十分简洁，甚至有点惜墨如金。当然，作者不喜佛教，也可能对此文的写作产生一些影响。何焯评：“不侈谈其法，又不以儒者之论杂之，得作记正体。”

徐孺子祠堂记

汉元兴以后，政出宦者，小人挟其威福，相煽为恶，中材顾望，不知所为。汉既失其操柄，纪纲大坏。然在位公卿大夫，多豪杰特起之士，相与发愤同心，直道正言，分别是非白黑，不少屈其意，至于不容，而织罗钩党之狱起，其执弥坚，而其行弥励，志虽不就而忠有余。故及其既殁，而汉亦以亡。当是之时，天下闻其风、慕其义者，人人感慨奋激，至于解印绶，弃家族，骨肉相勉，趋死而不避。百余年间，擅强大，觊非望者相属，皆逡巡而不敢发。汉能以亡为存，盖其力也。

孺子于时，豫章太守陈蕃、太尉黄琼辟皆不就，举有道，拜太原太守，安车备礼，召皆不至。盖忘己以为人，与独善于隐约，其操虽殊，其志于仁一也。在位士大夫，抗其节于乱世，不以死生动其心，异于怀禄之臣远矣，然而不屑去者，义在于济物故也。孺子尝谓郭林宗曰："大木将颠，非一绳所维，何为栖栖不皇宁处?"此其意亦非自足于丘壑，遗世而不顾者也。孔子称颜回："用之则行，舍之则藏，惟我与尔有是夫。"孟子亦称孔子：可以进则进，可以止则止，乃所愿则学孔子。而《易》于君子小人消长进退，择所宜处，未尝不惟其时则见，其不可而止，此孺子之所以未能以此而易彼也。

孺子姓徐名稚，孺子其字也，豫章南昌人。按图记："章水北径南昌城，西历白社，其西有孺子墓；又北历南塘，其东为东湖，湖南小洲上有孺子宅，号孺子台。吴嘉禾中，太守徐熙于孺子墓隧种松，太守谢景于墓侧立碑。晋永安中，太守夏侯嵩于碑旁立思贤亭，世世修治。至拓跋魏时，谓之聘君亭。"今亭尚存，而湖南小洲，世不知其尝为孺子宅，又尝为台也。予为太守之明年，始即其处，结茅为堂，图孺子像，祠以中牢，率州之宾属拜焉。汉至今且千岁，富贵堙灭者不可称数。孺子不出闾巷，独称思至今。则世之欲以智力取胜者，非惑欤？孺子墓失其地，而台幸可考而知。祠之，所以示邦人以尚德，故并采其出处之意为记焉。

【解题】

作于熙宁十年（1077）。这是一篇“寓主意于客位”的佳作。徐孺子坚决不出仕的高尚行为并非作者的命意所在，而所着重叙述的那些不畏强御、坚持斗争的忠臣义士，才是作者主意所在。这与他的入世思想是分不开的。何焯评：“此文亦有宋人习气，前半客胜于主。”

洪州东门记

南昌于《禹贡》为扬州之野，于地志为吴分。其部所领八州，其境属于荆闽南粤，方数千里。其田宜粳稌，其赋粟输于京师，为天下最，在江湖之间，东南一都会也。其城之西为大江，江之外为西山。州治所，因城之面势，为门东西出。其西门既新，而东门独故弊。熙宁九年，余为是州，将易而新之。明年，会移福州。又明年，自福州被召还京师，过南昌，视其东门，则今守元侯既撤而易之。元侯以余为有旧于是州，来请曰：“愿有识。”余辞谢不能，而其请不懈。

盖天子诸侯之门制，见于经者不明，学礼者以谓诸侯之制，有皋应路门，天子之门加库雉。然见于《春秋》者，鲁有库门，有雉门。见于《孔子家语》者，卫有库门。或以谓褒周公、康叔，非诸侯常制，其果然欤？盖莫得而考也。在《雅》之《绵》，古公亶父徙宅于岐，作为宫室，门墉得宜应礼，后世原大推功，述而歌之，其辞曰："乃立皋门，皋门有伉。"释者曰：伉，言其高也。又曰："乃立应门，应门将将。"释者曰：将将，言其严正也。则诸侯之门，维高且严，固诗人之所善。圣人定诗，取而列之，所以为后世法也。

今元侯于其东门革陋兴坏，不违于礼，是可书也。将求予之识，会予未至京师，易守明州。元侯则使人于途，于明州，速予文不已。

按南昌之东门，作于淳化五年。识于其栋间者曰：皇第六子、镇南节度、洪州管内观察处置等使徐国公元偓，尚书户部郎中、知洪州军州事陈象舆。以籍考之，徐国公后封密王，太宗第六子，受命保兹南土，实留京师，则作门者盖象舆也。至门之改作，凡八十有九年。元侯之于是役，其木取于地之不在民者，其工取于役卒之羡者，其瓦甓金石髹彤黝垩之费，取于库钱之常入者。自七月戊子始事，至十月壬子而毕。既成，而南北之广十寻，东南之深半之，而高如其广，于以出政令，谨禁限，时启闭，通往来，称其于东南为一都会者，而役盖不及民也。元侯名积中云。又明年，实元丰二年，尚书度支员外郎、直龙图阁曾巩记。

【解题】

此文作于神宗元丰二年（1079）。写洪州城东门革陋兴坏的有关情况，而一以古礼为准则，正是"淳古明浩"（清方苞语）的儒者之文。何焯评："古雅。"

道山亭记

闽故隶周者也，至秦开其地列于中国，始并为闽中郡。自粤之太末，与吴之豫章，为其通路。其路在闽者，陆出则阨于两山之间，山相属无间断，累数驿乃一得平地，小为县，大为州，然其四顾亦山也。其途或逆坂如缘緪，或垂崖如一发，或侧径钩出于不测之溪上，皆石芒峭发，择然后可投步。负戴者虽其土人，犹侧足然后能进。非其土人，罕不踬也。其溪行，则水皆自高泻下，石错出其间，如林立，如士骑满野，千里下上，不见首尾。水行其隙间，或衡缩蟉糅，或逆走旁射，其状若蚓结，若虫镂，其旋若轮，其激若矢。舟溯沿者，投便利，失毫分，辄破溺。虽其土长川居之人，非生而习水事者，不敢以舟楫自任也。其水陆之险如此。汉尝处其众江淮之间而虚其地，盖以其狭多阻，岂虚也哉？

福州治侯官，于闽为土中，所谓闽中也。其地于闽为最平以广，四出之山皆远，而长江在其南，大海在其东，其城之内外皆涂，旁有沟，沟通潮汐，舟载者昼夜属于门庭。麓多桀木，而匠多良能，人以屋室钜丽相矜，虽下贫必丰其居，而佛老子之徒，其宫又特盛。城之中三山，西曰闽山，东曰九仙山，北曰粤王山，三山者鼎趾立。其附山，盖佛、老子之宫以数十百，其瑰诡殊绝之状，盖已尽人力。

光禄卿、直昭文馆程公为是州，得闽山嵚崟之际，为亭于其处，其山川之胜，城邑之大，宫室之荣，不下簟席而尽于四瞩。程公以谓在江海之上，为登览之观，可比于道家所谓蓬莱、方丈、瀛州之山，故名之曰道山之亭。闽以险且远，故仕者常惮往，程公能因其地之善，以寓其耳目之乐，非独忘其远且险，又将抗其思于埃壒之外，其志壮哉！

程公于是州以治行闻，既新其城，又新其学，而其余功又及于此。盖其岁满就更广州，拜谏议大夫，又拜给事中、集贤殿修撰，今为越州，字公辟，名师孟云。

【解题】

此文作于宋神宗元丰二年（1079）。开端模山范水，刻画精工，用字尖新巉刻，一如其景。元代刘壎，清代陆文裕、林纾等人都以亲历其地赞扬这段文字“穷形尽相，毫发不谬”（见《隐居通议》卷二十九、《义门读书记》、《林氏选评元丰类稿》），沈德潜认为这段景物描写使全文“于无出色处求出色”（《唐宋八家文读本》卷二十八）。这是一篇传诵相当普遍的名作，道山亭亦借此文传名千古。今为福州城的名胜古迹。

越州赵公救灾记

熙宁八年夏，吴越大旱。九月，资政殿大学士、右谏议大夫知越州赵公，前民之未饥，为书问属县：灾所被者几乡，民能自食者有几，当廪于官者几人，沟防构筑可僦民使治之者几所，库钱仓廪可发者几何，富人可募出粟者几家，僧道士食之羡粟书于籍者其几具存，使各书以对，而谨其备。

州县吏录民之孤老疾弱、不能自食者二万一千九百余人以告。故事，岁廪穷人，当给粟三千石而止。公敛富人所输及僧道士食之羡者，得粟四万八千余石，佐其费。使自十月朔，人受粟日一升，幼小半之。忧其众相蹂也，使受粟者男女异日，而人受二日之食。忧其且流亡也，于城市郊野为给粟之所，凡五十有七，使各以便受之，而告以去其家者勿给。计官为不足用也，取吏之不在职而寓于境者，给其食而任以事。不能自食者，有是具也。能自食者，为之告富人，无得闭粜。又为之出官粟，得五万二千余石，平其价予民。为粜粟之所，凡十有八，使籴者自便，如受粟。又僦民完城四千一百丈，为工三万八千，计其佣与钱，又与粟再倍之。民取息钱者，告富人纵予之，而待熟，官为责其偿。弃男女者，使人得收养之。

明年春，大疫，为病坊，处疾病之无归者。募僧二人，属以视医药饮食，令无失所恃。凡死者，使在处随收瘗之。

法，廪穷人，尽三月当止，是岁尽五月而止。事有非便文者，公一以自任，不以累其属。有上请者，或便宜多辄行。公于此时，蚤夜惫心力不少懈，事细钜必躬亲。给病者药食，多出私钱。民不幸罹旱疫，得免于转死，虽死，得无失敛埋，皆公力也。

是时旱疫被吴越，民饥馑疾疠，死者殆半，灾未有钜于此也。天子东向忧劳，州县推布上恩，人人尽其力。公所拊循，民尤以为得其依归。所以经营绥辑先后终始之际，委曲纤悉，无不备者。其施虽在越，其仁足以示天下；其事虽行于一时，其法足以传后。盖灾沴之行，治世不能使之无，而能为之备。民病而后图之，与夫先事而为计者，则有间矣；不习而有为，与夫素得之者，则有间矣。予故采于越，得公所推行，乐为之识其详，岂独以慰越人之思，将使吏之有志于民者，不幸而遇岁之灾，推公之所已试，其科条可不待顷而具，则公之泽岂小且近乎！

公元丰二年以大学士加太子少保致仕，家于衢。其直道正行在于朝廷、岂弟之实在于身者，此不著。著其荒政可师者，以为《越州赵公救灾记》云。

【解题】

此文作于元丰二年（1079），详细记载赵抃于熙宁八年在越州救灾的经过。先写赵抃对七个方面问题的摸底调查，再写他对各类灾民的不同赈救措施。作者把这场特大灾害的救治过程写得委曲纤悉，为荒政史留下一份珍贵的原始材料。方苞评："叙琐事而不俚，非熟于经书及管、商诸子，不能为此等文。"（《古文约选》）蔡世远称赞此文："绝大经济，得大手笔叙之，更可法可传。"（《古文雅正》卷十一）

游　双　源

县郊之东北，有山支为三峰，下会于平阪。两腋之间，修竹重莲，桃花流水，随人耳目之所及。三峰之前，断流为池，凡五十丈。揖中一峰为澄心堂，于堂之背为濯缨轩，去轩之西为日亭。引流而下，左右方沼。峻宇画阁，置于峰之麓。飞桥走阶，雕栏曲槛，帘隅翼翼，红绿相照。

双源之会，澄心堂为矶以钓。相望之间，仰有翠阴，俯有清浅。风色动静，禽声语默。水涵太虚，形影上下。忘机之鳞，一游一濯。

庚申之秋，予来尤川，因拜之。辱才华物象适然而相值，且叹迷误之流，役为年之期，而致千岁之忧，忘不可过之分，而徇不可必之物，以贫作忧，而以理养心，以忧作老，而不以时受形，心与形化，共还尘壤。虽然，我庾如坻，黄金满嬴，泉石之间，松云之下，不能笑歌自若，以为劳生之梦幻，予尝悲之。

君不然，宾客至，正捕鱼于池，摘果于林，破谷于场，趣雉于野，盘有嘉肴，樽有旨酒，诗笺棋局，为宾客欢涟猗之上，尽日而后去。分内之物，外之亦足洼者，故予乐为君记之，又为数诗以次其后，孜孜为利发皓而情淡者，得予之言而有感焉。

【解题】

作于元丰三年（1080）。这是曾巩记叙文中状景文字较多的一篇，以简洁的语言写出了优美明净的景色。曾巩时年六十二，二十余年的官宦生涯尤其是任地方官时的辗转颠簸，使他不能不由衷羡慕双源彼君的悠游自在。

兜率院记

古者为治有常道，生民有常业。若夫祝除发毛，禁弃冠环带裘，不抚耞耒机盎，至他器械，水土之物，其时节经营，皆不自践，君臣、父子、兄弟、夫妇皆不为其所当然，而曰其法能为人祸福者，质之于圣人无有也。其始自汉魏，传挟其言者浸淫四出，抵今为尤盛。百里之县，为其徒者，少几千人，多至万以上，宫庐百十，大抵穹墉奥屋，文衣精食，舆马之华，封君不如也。古百里之国，封君一人，然而力殆不轻得足也。今地方百里，过封君者累百十，飞奇钩货以病民，民往往颦呻而为涂中瘠者。以此治教信让，奚而得行也？而天下若是者，盖几宫几人乎？有司常锢百货之利，细若蓬芒，一无所漏失，仆仆然其劳也。而至于浮图，人虽费如此，皆置不问，反倾府空藏而弃与之，岂不识其非古之制邪？抑识不可然且固存之耶？愚不能释也。

分宁县郭内外，名为宫者百八十余所，兜率院在治之西十里，其徒尤相率悉力以侈之者也。其构兴端原，有邑人黄庠所为记，其后院主僧某，又治其故而大之。殿舍中严，斋宫宿庐庖湢之房，布列两序，厩园囷仓，以固以密，资所以奉养之物，无一而外求。疏其事而来请记者，其徒省怀也。

噫！子之法，四方人奔走附集者，衎衎施施，未有止也。予无力以拒之者，独介然于心，而掇其尤切者，为是说以与之。其使子之徒，知己之享利也多，而人蒙病已甚，且以告有司，而谂其终何如焉？

【解题】

本文作年不详。叙述了佛教的盛行和佛人侈靡的生活状况，比较了官府对人民和佛教徒的态度，并表明作者对佛教经济的寄生性及其对国计民生的破坏作用有比较深刻的认识，同时还表明作者对朝廷的宗教政策持有异议。

饮归亭记

金溪尉汪君名遘，为尉之三月，斥其四垣为射亭。既成，教士于其间，而名之曰饮归之亭。以书走临川，请记于予。请数反不止。予之言何可取？汪君徒深望予也。既不得辞，乃记之曰：

射之用事已远，其先之以礼乐以辨德，《记》之所谓宾燕乡饮大射之射是也；其贵力而尚技以立武，《记》之所谓四时教士贯革之射是也。古者海内洽和，则先礼射，而弓矢以立武，亦不废于有司。及三代衰，王政缺，礼乐之事相属而尽坏，揖让之射滋亦熄。至其后，天下尝集，国家尝闲暇矣。先王之礼，其节文皆在，其行之不难。然自秦汉以来千有余岁，衰微绌塞，空见于六艺之文，而莫有从事者，由世之苟简者胜也。争夺兴而战禽攻取之党奋，则强弓疾矢巧技之出不得而废，其不以势哉？

今尉之教射，不比乎礼乐而贵乎技力。其众虽小，然而旗旄镯鼓，五兵之器，便习之利，与夫行止步趋迟速之节，皆宜有法，则其所教亦非独射也。其幸而在乎无事之时，则得以自休守境而填卫百姓，其不幸杀越剽攻，骇惊闾巷，而并逐于大山长谷之间，则将犯晨夜，蒙雾露，蹈厄驰危，不避矢石之患，汤火之难，出入千里，而与之有事，则士其可以不素教哉？今亭之作所以教士，汪君又谓古者师还必饮至于庙，以纪军实。今庙废不设，亦欲士胜而归则饮之于此，遂以名其亭。汪君之志，与其职可谓协矣！

或谓汪君儒生，尉文吏，以礼义禁盗宜可止，顾乃习斗而喜胜，其是与？夫治固不可以不兼文武，而施泽于堂庑之上，服冕搢笏，使士民化、奸宄息者，固亦在彼而不在此也。然而天下之事能大者固可以兼小，未有小不治而能大也。故汪君之汲汲于斯，不忽乎任小，其非所谓有志者邪？

【解题】

本文作年不详。由饮归亭而论及射事之合乎礼和金溪尉汪遘教射之合乎理，寓含着对宋朝文恬武嬉、不知祸患的现实的不满。议论文字比记叙文字还多，反映出曾巩散文的一个特点。

归老桥记

武陵柳侯，图其青陵之居，属予而叙以书曰：武陵之西北，有湖属于梁山者，白马湖也。梁山之西南，有田属于湖上者，吾之先人青陵之田也。吾筑庐于是而将老焉。青陵之西二百步，有泉出于两崖之间而东注于湖者，曰采菱之涧。吾为桥于其上，而为屋以覆之。武陵之往来有事于吾庐者，与吾异日得老而归，皆出于此也，故题之曰归老之桥。维吾先人遗吾此土者，宅有桑麻，田有粳稌，而渚有蒲莲。弋于高而追凫雁之下上，缗于深而逐鳣鲔之潜泳。此吾所以衣食其力，而无愧于心也。息有乔木之繁阴，藉有丰草之幽香。登山而凌云，览天地之奇变；弄泉而乘月，遗氛埃之溷浊。此吾所以处其怠倦，而乐于自遂也。吾少而安焉，及壮而从事于四方，累乎万物之自外至者，未尝不思休于此也。今又获位于朝，而荣于宠禄，以为观游于此，而吾亦将老矣，得无志于归哉？又曰：世之老于官者，或不乐于归；幸而有乐之者，或无以为归。今吾有是以成吾乐也，其为我记之，使吾后之人有考，以承吾志也。

余以谓先王之养老者备矣，士大夫之致其位者，曰“不敢烦以政”，盖尊之也。而士亦皆明于进退之节，无留禄之人，可谓两得之也。后世养老之具既不备，士大夫之老于位者，或摈而去之也，然士犹有冒而不知止者，可谓两失之也。今柳侯年六十，齿发未衰，方为天子致其材力，以惠泽元元之时，虽欲遗章绶之荣，从湖山之乐，余知未能遂其好也。然其志于退也如此，闻其风者亦可以兴起矣，乃为之记。

【解题】

本文作年不详。借他人笔墨，成自家文章，实在是一种省力的写法。茅坤评：“文有古者诗人风刺之义。”何焯评：“格已少降，然自大雅。前半皆学欧公，末段本色。”

游山记

余与南阳张侨、颍川晁仲升九月壬子会太平观宿，癸丑过东西林寺，与道士任禹恭、丁宗元、僧本全俱过化成护国石盆寺、宝兴岩，宿普照寺，甲寅止峰顶、大林、天池寺、佛手岩，至定心石，还大林寺宿，乙卯乃归。

凡观游之得石有名者十：刘仙、峰顶、文殊、头陀、把针、睡魔、定心、南北石柱。峰有名者三，峰顶、掷笔皆至，其上香炉。坐峰顶下视之，谷一：锦绣。坐掷笔下视之，池四：白莲；白氏草堂；东、南天地。台二：讲经、十八贤。煮茶试泉二：虎跑、石盆。书姓名刻石二：掷笔峰、佛手岩。

余既游其间，而因思慧远等十八人，相与避晋于此者，诚山水之佳处也。然十八人者，知避晋而自肆于山水之间，而不知自溺于异学，此陶令所为不取也。自文武没，君臣相得之际少，士之有道者所以难仕。若陶令者，从容于浊世，以道自守，进不受污，知时之去，隐不离正，非十八人者所能到也。若予者虽能知其是非，而岂能仿佛及之，而徒知山水之为乐。将归，遂书之，所以使余心与后之游者有考焉。

【解题】

本文作年不详。这篇游记没有任何状景文字，只记下了同游者、游踪和景名，而把重点放在陶令和慧远等十八人的对比上，表达了对前者的赞美和对后者“溺于异学”的惋惜之情。

全 真 庵

九牧献金，夏禹铸以为鼎，九州山川草木百怪之象，莫不在焉。其历乎万世，有时而隐，有时而显，其隐也莫知所去，其见也莫知所来，世以为神鼎云。人神其鼎，而鼎不知其神，此其所以为神也。人视其鼎，欷歔咨嗟，有爱其鼎之为器而不精察其鼎之文象者，有爱其鼎之文象而不究其鼎之全质者，皆非善观鼎者也。且文象百变，其为鼎象则一也；文象虽假，其为金则真也。一变而百，百归乎一，假不异真，真不异假。知乎此者，其亦庶乎善观鼎者耶？惟善观鼎者，然后可以议乎全真矣。

夫六合内外，万物洪纤，有形无形，有识无识，生死去来，喜怒哀乐，皆一真之所融也，亦犹神鼎之上，一山一川，一草一木，一鸟一兽，莫非一金之所为也。视一象则可知一鼎之全质矣，视一法则可知一真之全体矣。故鼎金常一而无象可择，真理常全而无法可除，极六合内外，尽万物洪织，孰非全哉？孰非真哉？

江西老人结草庵乎福山，太守黄公题曰“全真”，命某以文，故叙而铭之曰：

其行徐徐，其觉于于。渴焉而饮，饥焉而哺。全真庵乎，达者以为籧庐。

【解题】

本文作年不详。文章从夏鼎的文象和鼎象的关系入手，然后归结于文章中心“全真”上，这种顺手拈来以引出正题的写法使文章显得婉曲自然。

厄台记

淮阳之南地名曰厄台，询其父老，曰：夫子绝粮之所也。

夫天地欲泰而先否，日月欲明而先晦。天地不否，万物岂知大德乎？日月不晦，万物岂知大明乎？天下至圣者，尧、舜、禹、汤、文、武、周公、孔子也。尧有洪水之灾，舜有井禀之苦，禹有殛鲧之祸，汤有大旱之厄，文王有羑里之困，周公有管、蔡之谤，孔子有绝粮之难。噫！圣人承万古之美，岂以一身为贵乎？是知合天地之德，不能逃天地之数；齐日月之明，不能违日月之道。泰而不否，岂见圣人之志乎？明而不晦，岂见圣人之道乎？故孔子在陈也，讲诵弦歌，不改常性。及犯围之出，列从而行，怡然而言，美之为幸。又曰：君子不困，不成王业。果哉！身没之后，圣日皎然。文明之君，封祀不绝。有开必先信其然也。

于戏！先师夫子聘于时，民不否；迍于世，民不泰也。否则否于一时，泰则泰于万世。是使后之王者知我先师之道，舍之则后，因之则昌，习之则贵，败之则亡，道之美此，孰为厄乎？

【解题】

本文作年不详。文章历数圣人之厄，而终归结于不厄。表现了作者对孔孟之道的尊崇和信心。

杂识二首

一

孙之翰言：庆历中，上用杜衍、范仲淹、富弼、韩琦任政事，而以欧阳修、蔡襄及甫等为谏官，欲更张庶事，致太平之功，仲淹等亦皆戮力自效，欲报人主之知。然心好同恶异，不能旷然，心无适莫。甫尝家居，石介过之。问介适何许来，介言方过富公。问富公何为，介曰："富公以滕宗谅守庆州，用公使钱，坐法。杜公必欲致宗谅重法，曰：'不然，则衍不能在此。'范公则欲薄其罪，曰：'不然，则仲淹请去。'富公欲抵宗谅重法，则恐违范公；欲薄其罪，则惧违杜公。患是不知所决。"甫曰："守道以谓如何？"介曰："介亦窃患之。"甫乃叹曰："法者，人主之操柄。今富公患重罪宗谅，则违范公；薄其罪，则违杜公。是不知有法也。守道平生好议论，自谓正直，亦安得此言乎？"因曰："甫少而好学，自度必难用于世，是以退，为唐史记以自见，而属为诸公牵挽，使备谏官。亦尝与人自谋去就，而所与谋者适好进之人，遂见误在此。今诸公之言如是，甫复何望哉？"自此凡月余不能寐。

庆历之间任时事者，其后余多识之，不党而知其过如之翰者，则一人而已矣。

二

广原州蛮侬智高以其众叛，乘南方无备，连邕、宾等七州，至广州，所至杀吏民，纵略，东南大骇。朝廷遣骁将张忠、蒋偕驰驿讨捕，至州，皆为智高所摧陷。又遣杨畋、孙沔、余靖招抚，皆久之无功。仁宗忧之，遂遣枢密副使狄青为宣抚使，率众击之。

翰林学士曾公亮问青所以为方略者，青初不肯言，公亮固问之，青乃曰："比者军制不立，又自广川之败，赏罚不明，今当立军制、明赏罚而已。然恐闻青来，以谓所遣者官重，势必不得见之。"公亮又问："贼之标牌殆不可当，如何?"青曰："此易耳。标牌，步兵也，当骑兵则不能施矣。"

初，张忠、蒋偕之往，率皆自京师，六七日驰至广州，未尝拊士卒，立行伍，一旦见贼，则疾驱使战。又偕等所居，不知为营卫，故士卒见敌，皆望风退走。而忠临偕居，方卧帐中，为贼所虏。杨畋、余靖又所为纷乱，不能自振。而孙沔大受请托，所与行者，乃朱从道、郑纾、欧阳乾曜之徒，皆险薄无赖，欲有所避免，要求沔引之自从，远近莫不嗟异。既至潭州，沔遂称疾，观望不敢进。

青之受命，有因贵望求从青行者，青延见，谓之曰："君欲从青行，此青之所求也，何必因人言乎?然智高小寇，至遣青行，可以知事急矣。从青之士，能击贼有功，朝廷有厚赏，青不敢不为之请也。若往而不能击贼，则军中法重，青不敢私也。君其思之，愿行，则即奏取君矣。非独君也，君之亲戚、交游之士，幸皆以青之此言告之，苟欲行者，皆青之所求也。"于是闻者大骇，无复敢言求从青行者。其所辟取，皆青之素所与，以为可用者，人望固已归之矣。

及行，率众日不过一驿。所至州，辄休士一日。至潭州，遂立行伍，明约束，军行止皆成行列，至于荷钟赢粮持守御之备，皆有区处。军人有夺逆旅菜一把者，立斩之以徇。于是一军肃然，无敢出声气，万余人行，未尝闻声。每青至邮驿，四面严兵，每门皆诸司使二人守之，无一人得妄出入，而求见青者，无不即时得通。其野宿皆成营栅，青所居，四面陈壳弓弩皆数重，所将精锐列布左右，守卫其严。方青之未至，诸将屡走，皆以为常。至是，知桂州崇仪使陈英宗庙讳、知英州供备库使苏缄与贼战，复败走如常时。青至宾州，悉召陈与裨校凡三十二人，数其罪，按军法斩之。惟苏缄在某所，使械系上闻。于是军中人人奋励，有死战之心。

是时智高还守邕州，青惧昆仑关险厄为所据，乃下令宾州具五日粮，休士卒，贼谍知不为备。是夜大风雨，青率众半夜时度昆仑关。既度，喜曰："贼不知守此，无能为也。彼谓夜半风雨时吾不敢来，吾来，所以出其不意也。"已近邕州，贼方觉，逆于归仁庙。青登高望之，贼据坡上，我军薄之，裨将孙节中流矢死，青急麾军进，人人皆殊死战。先是，青已纵蕃落马军二千人出贼后。至是，前后合击。贼之标牌军为马军所冲突，皆不能驻。军士又从马上以铁连加击之，遂皆披靡，相枕藉。遂大败智高，果焚城遁去。

青先为公亮言立军制，明赏罚，贼不可得见，标牌不能当骑兵，皆如其所料。青坐堂户上，以论数千里之外，辞约而虑明，虽古之名将何以加此，岂特一时武人崛起者乎？

方庆历中，葛怀敏与李元昊战于广川，怀敏败死，而诸校与士卒既败，多窜山谷间，是时以权宜招纳，皆许不死。自此军多弃其将，不肯死战。故青云"自广川之败，赏罚不行"云。翰林学士蔡襄亦言闻于青者如此。

【解题】

此二文作年不详。前一则记孙之翰言涉及庆历间名公巨卿，然而不为贤者讳，表现了孙之翰的正直。而作者对孙之翰的称许也说明他们二人之间有着相似的品格。后一则记叙狄青平叛的经过。狄青在多人讨捕、招抚无功的严峻形势下奉命出征，以其准确的形势判断、出众的治军才能、严明的纪律和灵活的战术取得了胜利。文章以曲折有致的笔调刻划了一位铁面无私、惜兵爱民而又智勇双全的名将的风采，饱含着作者的赞美之情。这是一篇展现了作者出色的史才与史识的优秀文章。

三　书简

上欧阳学士第一书

学士执事：夫世之所谓大贤者，何哉？以其明圣人之心于百世之上，明圣人之心于百世之下。其口讲之，身行之，以其余者，又书存之，三者必相表里。其仁与义，磊磊然横天地，冠古今，不穷也；其闻与实，卓卓然轩士林，犹雷霆震而风飙驰，不浮也。则其谓之大贤，与穹壤等高大，与《诗》《书》所称无间宜矣。

夫道之难全也，周公之政不可见，而仲尼生于干戈之间，无时无位，存帝王之法于天下，俾学者有所依归。仲尼既没，析辨诡词，骊驾塞路，观圣人之道者，宜莫如于孟、荀、扬、韩四君子之书也，舍是醨矣。退之既没，骤登其域，广开其辞，使圣人之道复明于世，亦难矣哉。近世学士，饰藻缋以夸诩，增刑法以趋向，析财利以拘曲者，则有闻矣。仁义礼乐之道，则为民之师表者，尚不识其所为，而况百姓之蚩蚩乎！圣人之道泯泯没没，其不绝若一发之系千钧也，秏矣哀哉！非命世大贤，以仁义为己任者，畴能救而振之乎？

巩自成童，闻执事之名，及长得执事之文章，口诵而心记之。观其根极理要，拨正邪僻，掎挈当世，张皇大中，其深纯温厚，与孟子、韩吏部之书为相唱和，无半言片辞踳驳于其间，真六经之羽翼，道义之师祖也。既有志于学，于时事，万亦识其一焉。则又闻执事之行事，不顾流俗之态，卓然以体道扶教为己务。往者推吐赤心，敷建大论，不与高明，独援摧缩，俾蹈正者有所禀法，怀疑者有所问执，义益坚而德益高，出乎外者合乎内，推于人者诚于己，信所谓能言之，能行之，既有德而且有言也。韩退之没，观圣人之道者，固在执事之门矣。天下学士，有志于圣人者，莫不攘袂引领，愿受指教，听诲谕，宜矣。窃计将明圣人之心于百世之下者，亦不以语言退托而拒学者也。

巩性朴陋，无所能似，家世为儒，故不业他。自幼逮长，努力文字间，其心之所得庶不凡近，尝自谓于圣人之道，有丝发之见焉。周游当世，常斐然有扶衰救缺之心，非徒嗜皮肤，随波流，搴枝叶而已也。惟其寡与俗人合也，于公卿之门未尝有姓名，亦无达者之车回顾其疏贱，抱道而无所与论，心常愤愤悱悱，恨不得发也。今者，乃敢因简墨布腹心于执事，苟得望执事之门而入，则圣人之堂奥室家，巩自知亦可以少分万一于其间也。执事将推仁义之道，横天地，冠古今，则宜取奇伟闳通之士，使趋理不避荣辱利害，以共争先王之教于衰灭之中。谓执事无意焉，则巩不信也。若巩者，亦粗可以为多士先矣，执事其亦受之而不拒乎？伏惟不以己长退人，察愚言而矜怜之，知巩非苟慕执事者，慕观圣人之道于执事者也，是其存心亦不凡近矣。若其以庸众待之，寻常拒之，则巩之望于世者愈狭，而执事之循诱亦未广矣。窃料有心于圣人者，固不如是也。觊少垂意而图之，谨献杂文时务策两编，其传缮不谨，其简帙大小不均齐，巩贫故也，观其内而略其外可也。干浼清重，悚仄悚仄。不宣。巩再拜。

【解题】

作于宋仁宗庆历元年（1041）。这年曾巩二十三岁，入京游太学。他给欧阳修写信，并献杂文时务策两编。信中，他一面称赞欧阳修的道德文章，一面表白自己的为人志向。结果，他得到了欧阳修的赏识。

上欧阳学士第二书

学士先生执事：伏以执事好贤乐善，孜孜于道德，以辅时及物为事，方今海内未有伦比。其文章、智谋、材力之雄伟挺特，信韩文公以来一人而已。某之获幸于左右，非有一日之素，宾客之谈，率然自进于门下，而执事不以众人待之。坐而与之言，未尝不以前古圣人之至德要道，可行于当今之世者，使巩薰蒸渐渍，忽不自知其益，而及于中庸之门户，受赐甚大，且感且喜。重念巩无似，见弃于有司，环视其中所有，颇识涯分，故报罢之初，释然不自动，岂好大哉？诚其材资召取之如此故也。

道中来，见行有操瓢囊、负任挽车、挈携老弱而东者，曰：某土之民，避旱暵饥馑与征赋徭役之事，将徙占他郡，觊得水浆藜糗，窃活旦暮。行且戚戚，惧不克如愿，昼则奔走在道，夜则无所容寄焉。若是者，所见殆不减百千人。因窃自感，幸生长四方无事时，与此民均被朝廷德泽涵养，而独不识袯襫锄耒辛苦之事，旦暮有衣食之给。及一日有文移发召之警，则又承藉世德，不蒙矢石，备战守，驭车仆马，数千里馈饷。自少至于长，业乃以《诗》《书》文史，其蚤暮思念，皆道德之事，前世当今之得失，诚不能尽解，亦庶几识其一二远者大者焉。今虽群进于有司，与众人偕下，名字不列于荐书，不得比数于下士，以望主上之休光，而尚获收齿于大贤之门。道中来，又有鞍马仆使代其劳，以执事于道路。至则可力求箪食瓢饮，以支旦暮之饥饿，比此民绰绰有余裕，是亦足以自慰矣。此事屑屑不足为长者言，然辱爱幸之深，不敢自外于门下，故复陈说，觊执事知巩居之何如。

所深念者，执事每曰：“过吾门者百千人，独于得生为喜。”及行之日，又赠序引，不以规而以赏识其愚，又叹嗟其去。此巩得之于众人，尚宜感知己之深，恳恻不忘，况大贤长者，海内所师表，其言一出，四方以卜其人之轻重。某乃得是，是宜感戴欣幸，倍万于寻常可知也。然此实皆圣贤之志业，非自知其材能与力能当之者，不宜受此。此巩既夤缘幸知少之所学，有分寸合于圣贤之道，既而又敢不自力于进修哉？日夜克苦，不敢有愧于古人之道，是亦为报之心也。然恨资性短缺，学出己意，无有师法。觊南方之行李，时枉笔墨，特赐教诲，不惟增疏贱之光明，抑实得以刻心思、铭肌骨，而佩服矜式焉。想惟循诱之方，无所不至，曲借恩力。使终成人材，无所爱惜，穷陋之迹，故不敢望于众人，而独注心于大贤也。徒恨身奉甘旨，不得旦夕于几杖之侧，禀教诲，俟讲画，不胜驰恋倭倭之至。不宣。巩再拜。

【解题】

作于庆历二年（1042）。这年曾巩礼部应试再次落第，回到家乡。信中，曾巩并不怨天尤人，表现出不畏磨难的气度。他对这次入京得到欧阳修赏识既欣喜又感激，表示希望继续得到欧阳修的教诲。何焯评：“不达。亦以少作故也。语太烦絮，患在不能峻洁，少作之不可观如此。”张伯行却认为：“中间写道中所见，忽然生出烟波，笔墨之妙，何其淋漓无际也。”

怀友一首寄介卿

圣人之于道，非思得之，而勉及之，其间于贤大远矣。然圣人者不专己以自蔽也，或师焉，或友焉，参相求以广其道而辅其成。故孔子之师，或老聃、郯子云；其友，或子产、晏婴云。师友之重也，圣人然尔，不及圣人者，不师而传，不友而居，无悔也希矣。

予少而学，不得师友，焦思焉而不中，勉勉焉而不及，抑其望圣人之中庸而未能至者也。尝欲得行古法度士与之居或游，孜孜为考予之失而切劘之，庶于几而后已，予亦有以资之也。皇皇四海，求若人而不获。

自得介卿，然后始有周旋儆悬摘予之过而接之以道者，使予幡然其勉者有中，释然其思者有得矣，望中庸之域其可以策而及也，使得久相从居与游，知免于悔矣。而介卿官于扬，予穷居极南，其合之日少而离别之日多，切劘之效浅而愚无知易懈，其可怀且忧矣。思而不释，已而叙之，相慰且相警也。介卿居今世，行古道，其文章称其行。今之人盖希，古之人固未易有为也。作《怀友》书两通，一自藏，一纳介卿家。

【解题】

作于庆历二年。这年，王安石中进士，签淮南判官，八月去扬州赴任。曾巩落第归抚州，得知消息，作此文寄王安石。另作《之南丰道上寄介甫》诗寄王安石，安石感曾巩之情深意笃，作《答曾子固南丰道中所寄诗》和之。

上齐工部书

巩尝谓县比而听于州，州比而听于部使者。以大较言之，县之民以万家，州数倍于县，部使者之所治十倍于州，则部使者数十万家之命也，岂轻也哉？部使者之门，授天子之令者之焉，凡民之平曲直者之焉，辨利害者之焉。为吏者相与就而质其为吏之事也，为士者相与就而质其为士之事也。三省邻部之政相闻、书相移者，又未尝闲焉，其亦烦矣。

执事为部使者于江西，巩也幸齿于执事之所部，其饰容而进谒也，敢质其为士之事也。

巩世家南丰，及大人谪官以还，无屋庐田园于南丰也。祖母年九十余，诸姑之归人者多在临川，故祖母乐居临川也，居临川者久矣。进学之制，凡入学者，不三百日则不得举于有司。而巩也与诸弟循侨居之文，欲学于临川，虽已疏于州而见许矣，然不得执事一言，转牒而明之，有司或有所疑，学者或有所缘以相嫉，私心未敢安也。来此者数日矣，欲请于门下，未敢进也。有同进章适来言曰："进也。执事礼以俟士，明以伸法令之疑。适也寓籍于此，既往而受赐矣。"尚自思曰：巩材鄙而性野，其敢进也欤？又自解曰：执事之所以然，伸法令之疑也。伸法令之疑者，不为一人行，不为一人废，为天下公也，虽愚且野，可进也。是以敢具书而布其心焉。伏惟不罪其以为烦而察之，赐之一言而进之，则幸甚幸甚。

【解题】

作于庆历二年（1042）。想借重齐工部之言顺利入学临川，表现得诚惶诚恐。何焯不客气地批评道："此等何以滥存，大抵编辑者之过。"张伯行却说："只求一转牒耳，乃作一篇无数波折。自古能文之士，总在无文字处寻出文字来。此篇之体亦出韩文。"

上欧阳舍人书

舍人先生：当世之急有三：一曰急听贤之为事，二曰急裕民之为事，三曰急力行之为事。

一曰急听贤之为事。夫主之于贤，知之未可以已也，进之未可以已也。听其言，行其道于天下，然后可以已也。能听其言，行其道于天下，在其心之通且果也。不得其通且果，未可以有为也。苟有为，犹膏肓之不治，譬癃痹之老也。以古今治乱成败之理入告之，不解则极论之，其心既通也，以事之利害是非，请试择之，能择之，试请行之，其心既果也，然后可以有为也。其为计虽迟，其成大效于天下必速。欲其如此，莫若朝夕出入在左右，而不使邪人、庸人近之也。朝夕出入在左右，侍臣之任也，议复之其可也。一不听，则再进而议之，再犹未也，则日进而议之，待其听而后已可也。置此虽有他事，未可以议也。昔汉杀萧望之，是亦有罪焉。宣帝使之傅太子，其不以圣人之道导之邪，则何贤乎望之也；其导之未信而止也，则望之不得无罪焉。为太子责备于师傅，不任其责也，则责备于侍臣而已矣。虽艰而勤，其可以已也欤？今世贤士，上已知而进之矣，然未免于庸人、邪人杂然而处也。于事之益损张弛有戾焉，不辨之则道不明，肆力而与之辨，未必全也，不全，则人之望已矣，是未易可忽也。就其所能而为之，则如勿为而已矣。如是者，非主心通且果，则言未可望听，道未可望行于天下也。寻其本，不如愚人之云尔，不可以有成也。

二曰急裕民之为事。夫古以来可质也，未有民富且安而乱者也。其乱者，率常民贫而且不安也。天下为一，殆八九十年矣，靡靡然食民之食者，兵佛老也。或曰削之则怨且戾，是以执事望风惮言所以救之之策。今募民之集而为兵者，择旷土而使之耕，暇而肄武，递入而为卫，因弛旧兵。佛老也，止今之为者，旧徒之尽也不日矣。是不召怨与戾而易行者也。则又量上之用而去其浮，是大费可从而减也。推而行之，则末利可弛，本务可兴，富且安可几而待也。不然，恐今之民一二岁而为盗者，莫之能御也，可不为大忧乎？他议纷纷，非救民之务也。求救民之务，莫大于此也。不谋此，能致富且安乎？否也。

三曰急力行之为事。夫臣民父子、兄弟、夫妇、朋友，皆不为其所宜，乱之道。今之士悖理甚矣，故官之不治。不易而使能，则国家虽有善制，不行也。欲易而使能，则一之士。以士之如此，而况民之没没与？一有骇而动之者，欲其效死而不为非，不得也。今者更贡举法数十百年弊，可谓盛矣。书下之日，戾夫惧，怠夫自励，近世未有也。然此尚不过强之于耳目而已，未能心化也。不心化，赏罚一不振焉，必解矣。欲洽之于其心，则顾上与大臣之所力行如何尔。不求之本，斯已矣；求之本，斯不可不急也。或曰适时而已耳，是不然。今时谓之耻且格焉，不急其本可也。不如是，未见适于时也。

凡此三务，是其最急。又有号令之不一，任责之不明，当亦速变者也。至于学者策之经义当矣。然九经言数十万余，注义累倍之，旁又贯联他书，学而记之乎，虽明者不能尽也。今欲通策之，责人之所必不能也。苟然，则学者必不精，而得人必滥。欲反之，则莫若使之人占一经也。夫经于天地人事，无不备者也，患不能通，岂患通之而少邪？况诗赋论兼出于他经，世务待子史而后明，是学者亦无所不习也。此数者，近皆为蔡学士道之，蔡君深信，望先生共成之。孟子称：乡邻斗，被发缨冠而往救之，则惑。然观孟子周行天下，欲以其道及人，至其不从而去，犹曰：王庶几改之，则必召予。此其心汲汲何如也。何独孟子然？孔子亦然也。而云云者，盖以谓颜子既不得位，不可以不任天下之事责之耳。故曰：禹、稷、颜子易地则皆然是也，不得位则止乎？不止也。其止者，盖止于极也，非谓士者固若狙猿然，无意于物也。况巩于先生，师仰已久，不宜有间，是以忘其贱而言也。愿赐之采择，以其意而少施焉。

巩闲居江南，所为文无愧于四年时，所欲施于事者，亦有待矣。然亲在忧患中，祖母日愈老，细弟妹多，无以资衣食，恐不能就其学，况欲行其他耶？今者欲奉亲数千里而归先生，会须就州学，欲入太学，则日已迫，遂弃而不顾，则望以充父母养者，无所勉从，此岂得已哉？韩吏部云：诚使屈原、孟轲、扬雄、司马迁、相如进于是选，仆知其怀惭，乃不自进而已尔。此言可念也。失贤师长之镌切，而与众人处，其不陷于小人也，其几矣。早而兴，夜而息，欲须臾惬然于心，不能也。先生方用于主上，日入谋议天下，日夜待为相，其无意于巩乎？故附所作通论杂文一编、先祖述文一卷以献。先祖困以殁，其行事非先生传之不显，愿假辞刻之神道碑，敢自抚州佣仆夫往伺于门下。伏惟不罪其愚而许之，以永赉其子孙，则幸甚、幸甚。

巩之友王安石，文甚古，行甚称文，虽已得科名，居今知安石者尚少也。彼诚自重，不愿知于人，尝与巩言："非先生无足知我也。"如此人，古今不常有。如今时所急，虽无常人千万，不害也，顾如安石，不可失也。先生倘言焉，进之于朝廷，其有补于天下。亦书其所为文一编，进左右，幸观之，庶知巩之非妄也。鄙心惓惓，其大抵虽如此，其详可得而具邪？不宣。巩再拜。

【解题】

作于庆历四年（1044）。曾巩先向欧阳修陈述三项急务，又提出学者各通一经的建议，还请求欧阳修为他的祖父曾致尧作神道碑文，并大力推荐王安石。何焯评："文弱而碎，其论事又格格不吐，此少作故也。"张伯行认为"力行一段说得不大明快"，其余"皆中当世切务"。读者可从信中看出曾巩忧国忧民、急欲从政的心情。

上蔡学士书

庆历四年五月日，南丰曾巩谨再拜上书谏院学士执事。朝廷自更两府谏官来，言事者皆为天下贺得人而已。贺之诚当也，顾不贺则不可乎？巩尝静思天下之事矣。以天子而行圣贤之道，不古圣贤然者否也。然而古今难之者，岂无异焉？邪人以不己利也，则怨；庸人以己不及也，则忌。怨且忌，则造饰以行其间。人主不寤其然，则贤者必疏而殆矣。故圣贤之道，往往而不行也，东汉之末是已。今主上至圣，虽有庸人、邪人，将不入其间。然今日两府谏官之所陈，上已尽白而信邪？抑未然邪？其已尽白而信也，尚惧其造之未深，临事而差也。其未尽白而信也，则当屡进而陈之，待其尽白而信，造之深，临事而不差而后已也。成此美者，其不在于谏官乎？

古之制善矣。夫天子所尊而听者，宰相也，然接之有时，不得数且久矣。惟谏官随宰相入奏事，奏已，宰相退归中书，盖常然矣。至于谏官，出入言动相缀接，蚤暮相亲，未闻其当退也。如此，则事之得失，蚤思之不待暮而以言可也，暮思之不待越宿而以言可也，不谕则极辨之可也。屡进而陈之，宜莫若此之详且实也，虽有邪人、庸人，不得而间焉。故曰：成此美者，其不在于谏官乎？

今谏官之见也有间矣。其不能朝夕上下议亦明矣。禁中之与居，女妇而已尔。舍是则寺人而已尔，庸者、邪者而已尔。其于冥冥之间，议论之际，岂不易行其间哉？如此，则巩见今日两府谏官之危，而未见国家天下之安也。度执事亦已念之矣。苟念之，则在使谏官侍臣复其职而已，安有不得其职而在其位者欤？

噫！自汉降戾后世，士之盛未有若唐太宗也。自唐降戾后世，士之盛亦未有若今也。唐太宗有士之盛而能成治功，今有士之盛，能行其道，则前数百年之弊无不除也，否则后数百年之患，将又兴也，可不为深念乎！

巩生于远，厄于无衣食以事亲，今又将集于乡学，当圣贤之时，不得抵京师而一言，故敢布于执事，并书所作通论杂文一编以献。伏惟执事，庄士也，不拒人之言者也，愿赐观览，以其意少施焉。

巩之友王安石者，文甚古，行称其文，虽已得科名，然居今知安石者尚少也。彼诚自重，不愿知于人。然如此人，古今不常有。如今时所急，虽无常人千万，不害也，顾如安石，此不可失也。执事倘进于朝廷，其有补于天下。亦书其所为文一编进左右，庶知巩之非妄也。

【解题】

作于庆历四年（1044）。茅坤认为此文从欧阳修《与两司谏书》中脱化而来。但曾文从深恐谏官不得时时进见而使奸佞得间向皇帝进邪说的角度入手，写得缠绵曲折，委婉周匝，含意深远，与欧文词气奋发慷慨有所不同。

再与欧阳舍人书

巩顷尝以王安石之文进左右，而以书论之。其略曰：巩之友有王安石者，文甚古，行称其文。虽已得科名，然居今知安石者尚少也。彼诚自重，不愿知于人。然如此人，古今不常有。如今时所急，虽无常人千万，不害也，顾如安石，此不可失也。书既达，而先生使河北，不复得报，然心未尝忘也。

近复有王回者、王向者，父平为御史，居京师。安石于京师得而友之，称之曰“有道君子也”，以书来言者三四，犹恨巩之不即见之也，则寓其文以来。巩与安石友，相信甚至，自谓无愧负于古之人。览二子之文，而思安石之所称，于是知二子者，必魁闳绝特之人。不待见而信之已至，怀不能隐，辄复闻于执事。三子者卓卓如此，树立自有法度，其心非苟求闻于人也。而巩汲汲言者，非为三子者计也，盖喜得天下之材，而任圣人之道，与世之务。复思若巩之浅狭滞拙，而先生遇之甚厚。惧己之不称，则欲得天下之材，尽出于先生之门，以为报之一端耳。伏惟垂意而察之，还以一言，使之是非有定焉。回、向文三篇，如别录。不宣。巩再拜。

【解题】

庆历四年（1044），一年中，曾巩三次推荐王安石。在这封信里，曾巩还一并推荐王回、王向。

上欧蔡书

巩少读《唐书》及《贞观政要》，见魏郑公、王珪之徒在太宗左右，事之大小，无不议论谏诤，当时邪人庸人相参者少，虽有如封伦、李义府辈，太宗又能识而疏之，故其言无不信听，卒能成贞观太平，刑置不以，居成康上，未尝不反复欣慕，继以嗟惜，以谓三代君臣，不知曾有如此周旋议论否？虽皋陶、禹、稷与唐舜上下谋谟载于《书》者，亦未有若此委曲备具。颇意三代唐舜去今时远，其时虽有谋议如贞观间，或尚过之，而其史不尽存，故于今无所闻见，是不可知，所不敢臆定。繇汉以降至于陈、隋，复繇高宗以降至于五代，其史甚完，其君臣无如此谋议决也，故其治皆出贞观下，理势然尔。窃自恨不幸不生于其时，亲见其事，歌颂推说，以饱足其心。又恨不得升降进退于其间，与之往复议论也。自长以来，则好问当世事，所见闻士大夫不少，人人惟一以苟且畏慎阴拱默处为故，未尝有一人见当世事仅若毛发而肯以身任之，不为回避计惜者。况所系安危治乱有未可立睹，计谋有未可立效者，其谁肯奋然迎为之虑而己当之邪？则又谓所欣慕者已矣，数千百年间，不可复及。

昨者天子赫然独见于万世之表，既更两府，复引二公为谏官。见所条下及四方人所传道，知二公在上左右，为上论治乱得失，群臣忠邪，小大无所隐，不为锱铢计惜，以避怨忌毁骂谗构之患。窃又奋起，以谓从古以来，有言责者自任其事，未知有如此周详悃至，议论未知有如此之多者否？虽郑公、王珪又能过是耶？今事虽不合，亦足暴之万世，而使邪者惧，懦者有所树矣，况合乎否，未可必也。不知所谓数百千年已矣，不可复有者，今幸遇而见之，其心欢喜震动，不可比说。日夜庶几，虽有邪人、庸人如封、李者，上必斥而远之，惟二公之听，致今日之治，居贞观之上，令巩小者得歌颂推说，以饱足其心；大者得出于其间，吐片言片辞，以托名于千万世。是所望于古者不负，且令后世闻今之盛，疑唐舜、三代不及远甚，与今之疑唐太宗时无异。

虽然，亦未尝不忧一日有于冥冥之中、议论之际而行谤者，使二公之道未尽用，故前以书献二公，先举是为言。已而果然，二公相次出，两府亦更改。而怨忌毁骂谗构之患，一日俱发，翕翕万状。至于乘女子之隙，造非常之谤，而欲加之天下之大贤，不顾四方人议论，不畏天地鬼神之临己，公然欺诬，骇天下之耳目，令人感愤痛切，废食与寝，不知所为。噫！二公之不幸，实疾首蹙额之民之不幸也！

虽然，君子之于道也，既得诸内，汲汲焉而务施之于外。汲汲焉务施之于外，在我者也；务施之于外而有可有不可，在彼者也。在我者，姑肆力焉至于其极而后已也；在彼者，则不可必得吾志焉。然君子不以必得之难而废其肆力者，故孔子之所说而聘者七十国，而孟子亦区区于梁、齐、滕、邾之间。为孔子者，聘六十九国尚未已。而孟子亦之梁、之齐二大国，不可，则犹俯而与邾、滕之君谋。其去齐也，迟迟而后出昼，其言曰："王庶几改之，则必召予。如用予，则岂惟齐民安，天下之民举安。"观其心若是，岂以一不合而止哉？诚不若是，亦无以为孔孟。今二公固一不合者也，其心岂不曰"天子庶几召我而用之"，如孟子之所云乎？肆力焉于其所在我者，而任其所在彼者，不以必得之难而已，莫大于斯时矣。况今天子仁恕聪明，求治之心未尝怠，天下一归，四方诸侯承号令奔走之不暇，二公之言，如朝得于上，则夕被于四海，夕得于上，则不越宿而被于四海，岂与聘七十国，游梁、齐、邾、滕之区区难艰比耶？姑有待而已矣。此非独巩之望，乃天下之望，而二公所宜自任者也。岂不谓然乎！

感愤之不已，谨成《忆昨诗》一篇，杂说三篇，粗道其意。后二篇并他事，因亦写寄。此皆人所厌闻，不宜为二公道，然欲启告觉悟天下之可告者，使明知二公志。次亦使邪者庸者见之，知世有断然自守者，不从己于邪，则又庶几发于天子视听，有所开益。使二公之道行，则天下之嗷嗷者，举被其赐，是亦为天下计，不独于二公发也，则二公之道何如哉？尝窃思更贡举法，责之累日于学，使学者不待乎按天下之籍，而盛须土著以待举行，悖者不能籍以进，此历代之思虑所未及，善乎，莫与为善也。故诗中善学尤具，伏惟赐省察焉！

【解题】

庆历五年（1045），朋党之论起，范仲淹、杜衍、韩琦、富弼相继罢官。欧阳修慨然上疏为之辩护，却被贬知滁州。蔡襄前一年已遭贬。曾巩感慨痛切，提笔写了这封信。唐顺之评："叙论纡徐有味。"茅坤认为此文"委婉周匝可诵，公文之佳者"。郭预衡先生评为"忧愤极深，而写得从容不迫"（《历代散文丛谈》）。

答蔡正言

某顿首再拜启：孟秋犹热，伏惟知府、正言、学士尊体动止万福。

五月中，伏奉所赐手教，奖爱重叠，且日策之不已，必至乎世马之所不能至者。某材性下下，不能任此，实恐期之大过，不知其为愧且惧也。执事自言在闽，于身无不如意，诚如来谕，然执事之素所自任与人之望执事，则固异此，此愚心之所以惓惓也。卒曰：作州以来，自以食其食者空厥职，蚤夜以之，诚理之所当尔。夫古之以道事君者，不可则去之，假如于鲁，则去而之卫，于卫则去而之晋、之秦无不可也，不去其国则归焉可也。今之以道事君者，不可则去而无所之，归而无所托也，使贤者曷所向乎？去朝廷则州郡矣，在州郡亦各守其守，不空食其食，是亦自处之宜也，与古之云其大任者其迹虽不同，其理岂异耶？故曰诚理之所当尔。

自南出者，亦人人赞执事之治，以为莫及。此固不足论，彼知之施于此之宜，不知施于天下之无不宜，此无牵制难行，故难见也，则彼之不知也宜。况此岂能尽无牵制以出执事之所有哉？直就文法而为之耳，已足出一世，矧极执事之意耶？是固无如之何，徒使憔悴者日企而望焉尔。

【解题】

此信答谢蔡襄对自己的器重，并以“以道事君”的道理来劝慰受谤遭贬的蔡襄。庆历四年，蔡襄以右正言直史馆出知福州，改福建路转运使。他奖励勤学之士，禁民间陋俗，奏减五代以来丁口税，致力兴修水利，政绩突出，可知曾巩所言并非谀辞。大约作于庆历五年（1045）。

上欧阳龙图

某顿首再拜启：拜别后，其心焦然，如渴饥不见饮食，于今三年矣。得前年秋所赐教，后寻闻外补，欲寓一书以布惓惓之意，而其罪衅招祸。其冬，祖母弃馆舍，哀摧之余，仅存微息。至去秋，复奉祖母、亡母葬南丰，贫贱也，乞丐以供事，故常奔走于道路，无须臾之暇能果其所欲。即又欲葬祖母后一至执事之侧，少慰其心，而自去夏属疾，至冬益甚，抵今未尽平复，未堪远役，又未能成其意。蹇拙之人，谋事多然，况欲行其它耶？然其心亦未尝去门下。岂独以愚蒙之质，动作语默与俗多违，而忌且怨谤之者多，而独大贤知遇之最深，欲成其区区乎？诚以素颇有志于古君子之道，忘其力之不足而趋之，求今有古君子之道而可为依归，舍门下安往哉？是以未尝一日而不在也。不识赐见亮否？

春暖，伏惟尊侯万福，慎起居饮食以终福禄，此嗷嗷之民之望，而愚陋慕仰之愿，不胜至到。祖母、亡母墓志，辄往一本幸垂览焉。

【解题】

作于庆历六年（1046），表达了曾巩对欧阳修的仰慕之情。同时，信中也反映出曾巩这几年内外交困的艰难处境。

上杜相公书

庆历七年九月日，南丰曾巩再拜上书致政相公阁下：巩闻夫宰相者，以己之材为天下用，则用天下而不足；以天下之材为天下用，则用天下而有余。古之称良宰相者，无异焉，知此而已矣。

舜尝为宰相矣，称其功则曰举八元八凯，称其德则曰无为而治者，其舜也与。卒之为宰相者，无与舜为比也。则宰相之体，其亦可知也已。

或曰：舜大圣人也。或曰：舜远矣，不可尚也。请言近之可言者，莫若汉与唐。汉之相曰陈平。对文帝曰：陛下即问决狱，责廷尉；问钱谷，责治粟内史。对周勃曰：且陛下问长安盗贼数，又可强对邪？问平之所以为宰相者，则曰使卿大夫各得任其职也。观平之所自任者如此，而汉之治莫盛于平为相时，则其所守者可谓当矣。

降而至于唐，唐之相曰房、杜。当房、杜之时，所与共事则长孙无忌、岑文本，主谏诤则魏郑公、王珪，振纲维则戴胄、刘洎，持宪法则张元素、孙伏伽，用兵征伐则李勣、李靖，长民守土则李大亮。其余为卿大夫，各任其事，则马周、温彦博、杜正伦、张行成、李纲、虞世南、褚遂良之徒，不可胜数。夫谏诤其君，与正纲维、持宪法、用兵征伐、长民守土，皆天下之大务也，而尽付之人，又与人共宰相之任，又有他卿大夫各任其事，则房、杜者何为者邪？考于其传，不过曰：闻人有善，若己有之，不以求备取人，不以己长格物，随能收叙，不隔卑贱而已。卒之称良宰相者，必先此二人。然则著于近者，宰相之体，其亦可知也已。

唐以降，天下未尝无宰相也。称良相者，不过有一二大节可道语而已。能以天下之材为天下用，真知宰相体者，其谁哉？

数岁之前，阁下为宰相。当是时，人主方急于致天下治，而当世之士，豪杰魁垒者，相继而进，杂沓于朝。虽然，邪者恶之，庸者忌之，亦甚矣。独阁下奋然自信，乐海内之善人用于世，争出其力，以唱而助之，惟恐失其所自立，使豪杰者皆若素繇门下以出。于是与之佐人主，立州县学，为累日之格以励学者；课农桑，以损益之数为吏升黜之法；重名教，以矫衰弊之俗；变苟且，以起百官众职之坠。革任子之滥，明赏罚之信，一切欲整齐法度，以立天下之本，而庶几三代之事。虽然，纷而疑且排其议者亦众矣。阁下复毅然坚金石之断，周旋上下，扶持树植，欲使其有成也。及不合矣，则引身而退，与之俱否。呜呼！能以天下之材为天下用，真知宰相体者，非阁下其谁哉！使充其所树立，功德可胜道哉！虽不充其志，岂愧于二帝、三代、汉唐之为宰相者哉?

若巩者，诚鄙且贱，然常从事于书，而得闻古圣贤之道，每观今贤杰之士，角立并出，与三代、汉唐相侔，则未尝不叹其盛也。观阁下与之反复议而更张庶事之意，知后有圣人作，救万事之弊，不易此矣，则未尝不爱其明也。观其不合而散逐消藏，则未尝不恨其道之难行也。以叹其盛、爱其明、恨其道之难行之心，岂须臾忘其人哉！地之相去也千里，世之相后也千载，尚慕而欲见之，况同其时，过其门墙之下也欤？今也过阁下之门，又当阁下释衮冕而归，非干名蹈利者所趋走之日，故敢道其所以然，而并书杂文一编，以为进拜之资，蒙赐之一见焉，则其愿得矣。

噫！贤阁下之心，非系于见否也，而复汲汲如是者，盖其忻慕之志而已耳。伏惟幸察。不宣。巩再拜。

【解题】

作于庆历七年（1047）。这封信称引汉唐名相的政绩，颂扬杜衍的刚毅有为，对他的被黜表示愤慨。杜衍于庆历五年被黜离职，两年后曾巩写信并投献文章，自然不是请求荐引，而是表明其政治态度。从中可见曾巩的为人，远非趋炎附势之辈可比。张伯行称赞曾巩道：“较昌黎投书时辛徒以寒饿自鸣，不高出一等耶?”

寄欧阳舍人书

巩顿首再拜舍人先生：去秋人还，蒙赐书及所撰先大父墓碑铭。反复观诵，感与惭并。

夫铭志之著于世，义近于史，而亦有与史异者。盖史之于善恶无所不书，而铭者，盖古之人有功德材行志义之美者，惧后世之不知，则必铭而见之。或纳于庙，或存于墓，一也。苟其人之恶，则于铭乎何有？此其所以与史异也。其辞之作，所以使死者无有所憾，生者得致其严。而善人喜于见传，则勇于自立；恶人无有所纪，则以愧而惧。至于通材达识，义烈节士，嘉言善状，皆见于篇，则足为后法警劝之道。非近乎史，其将安近？

及世之衰，为人之子孙者，一欲褒扬其亲而不本乎理。故虽恶人，皆务勒铭以夸后世。立言者既莫之拒而不为，又以其子孙之所请也，书其恶焉，则人情之所不得，于是乎铭始不实。后之作铭者，常观其人。苟托之非人，则书之非公与是，则不足以行世而传后。故千百年来，公卿大夫至于里巷之士，莫不有铭，而传者盖少。其故非他，托之非人，书之非公与是故也。

然则孰为其人而能尽公与是欤？非畜道德而能文章者无以为也。盖有道德者之于恶人，则不受而铭之，于众人则能辨焉。而人之行，有情善而迹非，有意奸而外淑，有善恶相悬而不可以实指，有实大于名，有名侈于实。犹之用人，非畜道德者恶能辨之不惑，议之不徇？不惑不徇，则公且是矣。而其辞之不工，则世犹不传。于是又在其文章兼胜焉。故曰非畜道德而能文章者无以为也。岂非然哉？

然畜道德而能文章者，虽或并世而有，亦或数十年或一二百年而有之。其传之难如此，其遇之难又如此。若先生之道德文章，固所谓数百年而有者也。先祖之言行卓卓，幸遇而得铭其公与是，其传世行后无疑也。而世之学者，每观传记所书古人之事，至其所可感，则往往衋然不知涕之流落也，况其子孙也哉？况巩也哉？其追睎祖德而思所以传之之繇，则知先生推一赐于巩而及其三世。其感与报，宜若何而图之？

抑又思若巩之浅薄滞拙，而先生进之；先祖之屯蹶否塞以死，而先生显之。则世之魁闳豪杰不世出之士，其谁不愿进于门？潜遁幽抑之士，其谁不有望于世？善谁不为？而恶谁不愧以惧？为人之父祖者，孰不欲教其子孙？为人之子孙者，孰不欲宠荣其父祖？此数美者，一归于先生。既拜赐之辱，且敢进其所以然。所谕世族之次，敢不承教而加详焉。幸甚，不宣。巩再拜。

【解题】

作于庆历七年（1047）。先突出铭文的重要作用，然后慨叹当时铭文的卑下阿谀，提出作铭者必须具备“畜道德而能文章”的条件。推美欧公，并表达深切的感激之情。茅坤评：“此书纡徐百折，而感慨呜咽之气、博大幽深之识溢于言外，较之苏长公所谢张公为其父墓铭书特胜。”（《曾文定公文钞》卷三）

与王介甫第一书

巩启：近托彦弼、黄九各奉书，当致矣。巩至金陵后，自宣化渡江来滁上，见欧阳先生，住且二十日。今从泗上出，及舟船侍从以西。欧公悉见足下之文，爱叹诵写，不胜其勤。间以王回、王向文示之，亦以书来，言此人文字可惊，世所无有。盖古之学者有或气力不足动人，使如此文字，不光耀于世，吾徒可耻也。其重之如此。又尝编《文林》者，悉时人之文佳者，此文与足下文多编入矣。至此论人事甚众，恨不与足下共讲评之，其恨无量，虽欧公亦然也。欧公甚欲一见足下，能作一来计否？胸中事万万，非面不可道。

巩此行至春，方应得至京师也。时乞寓书慰区区，疾病尚如黄九见时，未知竟何如也。心中有与足下论者，想虽未相见，足下之心潜有同者矣。欧公更欲足下少开廓其文，勿用造语及模拟前人，请相度示及。欧云：孟韩文虽高，不必似之也，取其自然耳。余俟到京作书去，不宣。巩再拜。

【解题】

这封信写于庆历七年（1047），向王安石转达了欧阳修对他及王回、王向文章的看法，和欧阳修想见一见他的愿望。从中我们可以看出曾巩与欧、王都有较亲切的过从关系，还可知欧、王文风的不同。张伯行云：“末段致规切处，尤前辈论文正法眼。”

与刘沆龙图启

右巩启：伏念巩方抱忧哀，且多疾病。贫不得已，则俗事皆当自谋；旅无所容，则世人谁肯见恤？今者伏遇知府龙图给事，恺悌成德，劝勉为怀。忘后进之至微，假温颜而与接。知其孤立，念其数奇。谓其有诗书之勤，则曲加于奖待；谓其有衣食之累，则特甚于矜怜。且使受田之获安，实由为地之至大。在甘旨有毫发之助，于子弟乃丘山之恩。况此余庥，可均敝族。虽远台坐，常注愚心。复得交游之传，愈知意爱之厚。自非土石，岂不激昂？粗知古今，可胜感励。恨当迷塞，曷用报偿。而方先人之葬送未成，偏亲之奉养多乏。四弟怀仰哺之托，九妹有待年之期。凡縻敝于秋毫，皆经营于方寸。顾惟私计，当议远游。世俗险艰，岂谙尝之不熟；性灵疏拙，实龃龉之可忧。未卜趋承，更增慕恋。

【解题】

从内容来看，此文当作于庆历八年（1048）左右。曾巩父亲于庆历七年去世，葬于皇祐元年。刘沆，吉州永新（今属江西）人，字冲之，天圣进士，历户部判官，潭、和、江州知州，参知政事等等，曾经接济过曾巩，所以曾巩十分感激刘沆。

谢杜相公书

伏念昔者，方巩之得祸罚于河滨，去其家四千里之远。南向而望，迅河大淮，埭堰湖江，天下之险，为其阻厄。而以孤独之身，抱不测之疾，茕茕路隅，无攀缘之亲、一见之旧，以为之托。又无至行，上之可以感人利势，下之可以动俗。惟先人之医药，与凡丧之所急，不知所以为赖，而旅榇之重大，惧无以归者。明公独于此时，闵闵勤勤，营救护视，亲屈车骑，临于河上。使其方先人之病，得一意于左右，而医药之有与谋。至其既孤，无外事之夺其哀，而毫发之私，无有不如其欲；莫大之丧，得以卒致而南。其为存全之恩，过越之义如此。

窃惟明公相天下之道，吟颂推说者穷万世，非如曲士汲汲一节之善。而位之极，年之高，天子不敢烦以政，岂乡闾新学危苦之情、丛细之事，宜以彻于视听而蒙省察？然明公存先人之故，而所以尽于巩之德如此。盖明公虽不可起而寄天下之政，而爱育天下之人材，不忍一夫失其所之道，出于自然，推而行之，不以进退。而巩独幸遭明公于此时也。在丧之日，不敢以世俗浅意越礼进谢。丧除，又惟大恩之不可名，空言之不足陈，徘徊迄今，一书之未进。顾其惭生于心，无须臾废也。伏惟明公终赐亮察。夫明公存天下之义而无有所私，则巩之所以报于明公者，亦惟天下之义而已。誓心则然，未敢谓能也。

【解题】

这封信写于宋仁宗皇祐二年（1050），对杜衍曾经雪中送炭表示感激，而结尾归结于并非私恩，决心也以“天下之义”报答杜衍。何焯评：“卓荦深厚。”姚鼐评为“温雅中有浑雄之气”（《古文辞类纂》卷三十）。

谢杜相公启

伏念巩志虽策砺，性实滞顽。行不足比古之人，材不足适时之用。居常龃龉，动辄困穷。往以孤生而蒙收接，又遭大故而被救存。非常之恩德所加，空知感激；无用之技能素定，曷有报偿。至于数千里之间，三四年之后，去冬之首，方能属思以为书；积日之勤，庶或因辞而见意。不谓使者至门之日，正值相君失子之初。远渎高明，已难期于省览；况逢哀恻，岂能必于荐闻。因此复忧恳悃之诚，无由自达视听之侧。虽推心之远大，宁责礼于贱微。然义未足以论酬，而言又不得以叙谢。其为私计，岂敢自皇？伏惟相公当世表仪，本朝柱石。许还私第，圣意虽优于大臣；召用安车，人心素望于元老。伏祈上为邦国，善保寝兴。

【解题】

作于宋仁宗皇祐三年（1051）。庆历七年（1047）时，曾巩侍奉父亲到南京（今河南商丘）。曾巩投书拜谒退寓南都的失势相公杜衍，杜衍对他十分器重。曾易占卧病时和去世后，一切医药、丧葬的费用全是杜衍解囊相助，曾巩万分感激。张伯行评："叙情曲折，短启之最佳者。"

上范资政书

资政给事：夫学者之于道，非处其大要之难也。至其晦明消长、弛张用舍之际，而事之有委曲几微，欲其取之于心而无疑，发之于行而无择，推而通之，则万变而不穷。合而言之，则一致而已。是难也，难如是。故古之人有断其志，虽各合于义，极其分，以谓备圣人之道，则未可者。自伊尹、伯夷、展禽之徒所不免如此。而孔子之称其门人，曰德行、文学、政事、言语，亦各殊科，彼其材于天下之选，可谓盛矣。然独至于颜氏之子，乃曰："用之则行，舍之则藏，唯我与尔有是夫。"是所谓难者久矣。故圣人之所教人者，至其晦明消长、弛张用舍之际，极大之为无穷，极小之为至隐，虽他经靡不同其意，然尤委曲其变于《易》，而重复显著其义于卦爻、彖象、系辞之文，欲人之自得诸心而惟所用之也。然有《易》以来，自孔子之时，以至于今，得此者颜氏而已尔，孟氏而已尔。二氏而下，孰为得之者欤？甚矣，其难也。

若巩之鄙，有志于学，常惧乎其明之不远，其力之不强，而事之有不得者。既自求之，又欲交天下之贤以辅而进，繇其磨砻灌溉以持其志、养其气者有矣。其临事而忘、其自反而馁者，岂得已哉？则又惧乎陷溺其心，以至于老而无所庶几也。尝闲而论天下之士，豪杰不世出之材，数百年之间未有盛于斯时也。而造于道尤可谓宏且深，更天下之事尤可谓详且博者，未有过阁下也。故阁下尝履天下之任矣。事之有天下非之，君子非之，而阁下独曰是者；天下是之，君子是之，而阁下独曰非者。及其既也，君子皆自以为不及，天下亦曰范公之守是也。则阁下之于道何如哉？当其至于事之几微，而讲之以《易》之变化，其岂有未尽者邪？夫贤乎天下者，天下之所慕也，况若巩者哉？故愿闻议论之详，而观所以应于万事者之无穷，庶几自寤以得其所难得者，此巩之心也。然阁下之位可谓贵矣，士之愿附者可谓众矣，使巩也不自别于其间，岂独非巩之志哉？亦阁下之所贱也。故巩不敢为之。不意阁下欲收之而教焉，而辱召之。巩虽自守，岂敢固于一邪？故进于门下，而因自叙其所愿与所志，以献左右，伏惟赐省察焉。

【解题】

明茅坤评："按此书曾公既自幸为范文正公所知，窃欲出其门，又恐文正公或贱其人，故为纡徐曲折之言，以自通于其门，而行文不免苍莽沉晦，如扬帆者之入大海而茫乎其无畔已。若韩昌黎所投执政书，其言多悲慨；欧公所投执政书，其言多婉曲；

苏氏父子所投执政书，其言多旷达而激昂。较之子固，醒人眼目，特倍精爽。”（《曾文定公文钞》卷二）范仲淹卒于皇祐四年（1052），故此文当作于皇祐四年之前。

答范资政书

巩启：王寺丞至，蒙赐手书及绢等。伏以阁下贤德之盛，而所施为在于天下。巩虽不熟于门，然于阁下之事，或可以知。

若巩之鄙，窃伏草茅，阁下于羁旅之中，一见而已。令巩有所自得者，尚未可以致阁下之知。况巩学不足以明先圣之意，识古今之变，材不足以任中人之事，行不足以无愧悔于心。而流落寄寓，无田畴屋庐匹夫之业，有奉养嫁送百事之役，非可以责思虑之精，诏道德之进也。是皆无以致阁下之知者。而拜别期年之间，相去数千里之远，不意阁下犹记其人，而不为年辈爵德之间，有以存之。此盖阁下乐得天下之英材，异于世俗之常见。而如巩者，亦不欲弃之，故以及此，幸甚幸甚。

夫古之人，以王公之势而下贫贱之士者，盖惟其常。而今之布衣之交，及其穷达毫发之殊，然相弃者有之。则士之愚且贱，无积素之义，而为当世有大贤德、大名位君子先之以礼，是岂不于衰薄之中，为有激于天下哉？则其感服，固宜如何？仰望门下，不任区区之至。

【解题】

这是一封感谢范仲淹赏识的信。信中一再谦虚地申明自己的卑贱、无才学，以突出自己与范公之间的差距，从而更强烈地赞美了范公礼贤下士的优良品质。茅坤评：“颂而不谄，伉而不骄。”何焯评：“虽寻常报书，然自无秋毫流俗。”此文亦当作于皇祐四年（1052）之前。

与孙司封书

运使司封阁下：窃闻侬智高未反时，已夺邕邑地而有之，为吏者不能御，因不以告。皇祐三年，邕有白气起廷中，江水横溢，司户孔宗旦以为兵象，策智高必反，以书告其将陈拱。拱不听，宗旦言不已。拱怒，诋之曰："司户狂邪？"四年，智高出横山，略其寨人，因其仓库而大赈之。宗旦又告曰："事急矣，不可以不戒。"拱又不从。凡宗旦之于拱，以书告者七，以口告者多至不可数。度拱终不可得意，即载其家走桂州，曰："吾有官守不得去，吾亲毋为与死此。"既行之二日，智高果反，城中皆应之。宗旦犹力守南门，为书召邻兵，欲拒之。城亡，智高得宗旦，喜欲用之。宗旦怒曰："贼！汝今立死，吾岂可污邪！"骂不绝口。智高度终不可下，乃杀之。

当其初，使宗旦言不废，则邕之祸必不发。发而吾有以待之，则必无事。使独有此一善，固不可不旌，况其死节堂堂如是，而其事未白于天下。比见朝廷所宠赠南兵以来伏节死难之臣，宗旦乃独不与，此非所谓"曲突徙薪无恩泽，焦头烂额为上客"邪？

使宗旦初无一言，但贼至而能死不去，固不可以无赏。盖先事以为备，全城而保民者，宜责之陈拱，非宗旦事也。今猥令与陈拱同戮，既遗其言，又负其节。为天下者，赏善而罚恶；为君子者，乐道人之善，乐成人之美。岂当如是邪？凡南方之事，卒至于破十余州，覆军杀将，丧元元之命，竭山海之财者，非其变发于隐伏，而起于仓卒也。内外上下有职事者，初莫不知，或隐而不言，或忽而不备，苟且偷托，以至于不可御耳。有一人先能言者，又为世所侵蔽，令与罪人同罚，则天下之事，其谁复言耶?

闻宗旦非独以书告陈拱，当时为使者于广东西者，宗旦皆历告之。今彼既不能用，惧重为己累，必不肯复言宗旦尝告我也。为天下者，使万事已理，天下已安，犹须力开言者之路，以防未至之患。况天下之事，其可忧者甚众，而当世之患，莫大于人不能言与不肯言，而甚者或不敢言也。则宗旦之事，岂可不汲汲载之天下视听，显扬褒大其人，以惊动当世耶?

宗旦喜学《易》，所为注有可采者。家不能有书，而人或质问以《易》，则贯穿驰骋，至数十家，皆能言其意。事祖母尽心，贫几不能自存，好议论，喜功名。巩尝与之接，故颇知之。则其所立，亦非一时偶然发也。世多非其在京东时不能自重，至为世所指目，此固一眚。今其所立，亦可赎矣。

巩初闻其死之事，未敢决然信也。前后得言者甚众，又得其弟自言，而闻祖袁州在广东亦为之言，然后知其事，使虽有小差，要其大概不诬也。况陈拱以下皆覆其家，而宗旦独先以其亲遁，则其有先知之效可知也。以其性之喜事，则其有先言之效亦可知也。

以阁下好古力学，志乐天下之善，又方使南方，以赏罚善恶为职，故敢以告。其亦何惜须臾之听，尺纸之议，博问而极陈之。使其事白，固有补于天下，不独一时为宗旦发也。伏惟少留意焉。如有未合，愿赐还答。不宣。巩顿首。

【解题】

这是一封给广西转运使孙抗为孔宗旦辩诬的信，写于皇祐五年（1053）。言辞激切，在曾文中别具一格。曾巩对孔宗旦的明察于前、死节于后夹叙夹议，以叙出论，对赏罚不平的现象深表不满，颇可与韩愈《张中丞传后叙》相媲美。何焯称：“反复驰骤，于作者为最有光焰之文。”

与杜相公书

巩启：巩多难而贫且贱，学与众违，而言行少合于世，公卿大臣之门，无可藉以进，而亦不敢辄有意于求闻。阁下致位于天子而归，始独得望舄履于门下。阁下以旧相之重，元老之尊，而猥自抑损，加礼于草茅之中，孤茕之际。然去门下以来，九岁于此，初不敢为书以进，比至近岁，岁不过得以一书之问荐于左右，以伺侍御者之作止。又辄拜教之辱，是以滋不敢有意以干省察，以烦贶施，而自以得不韪之诛，顾未尝一日而忘拜赐也。

伏以阁下朴厚清明谠直之行，乐善好义远大之心，施于朝廷而博见于天下，锐于强力而不懈于耄期。当今内自京师，外至岩野，宿师硕士，杰立相望，必将惫精疲思，写之册书，磊磊明明，宣布万世，固非浅陋小生所能道说而有益毫发也。巩年齿益长，血气益衰，疾病人事，不得以休，然用心于载籍之文，以求古人之绪言余旨，以自乐于环堵之内，而不乱于贫贱之中，虽不足希盛德之万一，亦庶几不负其意。非自以谓能也，怀区区之心于数千里，因尺书之好，而惟所以报大君子之谊，不知所以裁，而恐欲知其趋，故辄及之也。

春暄不审尊用如何，伏惟以时善保尊重，不胜鄙劣之望。不宣。巩再拜。

【解题】

这封信写于宋仁宗至和二年（1055），感谢杜衍对自己的看重与扶持，决心更加努力，以报答杜公之恩。写来十分明畅。茅坤评：“此子固所不可及处，在不失己上。”张伯行评：“南丰自树立处尽高，其辞命婉曲有体，尤足玩味。”

与抚州知州书

士有与一时之士相参错而居，其衣服、食饮、语默、止作之节无异也。及其心有所独得者，放之天地而有余，敛之秋毫之端而不遗。望之不见其前，蹑之不见其后。岿乎其高，浩乎其深，烨乎其光明。非四时而信，非风雨雷电霜雪而吹嘘泽润。声鸣严威，列之乎公卿彻官而不为泰，无匹夫之势而不为不足。天下吾赖，万世吾师，而不为大；天下吾违，万世吾异，而不为贬也。其然也，岂翦翦然而为洁，婞婞然而为谅哉？岂沾沾者所能动其意哉？其与一时之士相参错而居，岂惟衣服、食饮、语默、止作之节无异也？凡与人相追接相恩爱之道，一而已矣。

若夫食于人之境，而出入于其里，进焉而见其邦之大人，亦人之所同也，安得而不同哉？不然，则立异矣。翦翦然而已矣，婞婞然而已矣，岂其所汲汲为哉？巩方慎此以自得也，于执事之至，而始也自疑于其进焉，既而释然。故具道其本末，而为进见之资，伏惟少赐省察。不宣。巩再拜。

【解题】

此文先描述了学有心得的士人的境界，但又指出他们在行为方式、准则上与其他人并没有两样。实际上这是曾巩为进见抚州知州寻找合适的理由，真是委婉曲折之至。茅坤评：“其文迂蹇，不甚爽，非其佳者。”何焯评：“多用韩文腔子，是亦少作也。”当是未中进士时所作。

答袁陟书

巩顿首世弼足下：辱书说介甫事，或有以为矫者，而叹自信独立之难，因以教巩，以谓不仕未为非得计者。非足下爱我之深，处我之重，不至于此。虽亲戚之于我，未有过此者。然介甫者，彼其心固有所自得，世以为矫不矫，彼必不顾之，不足论也。

至于仕进之说，则以巩所考于书，常谓古之仕者，皆道德明备，己有余力，而可以治人，非苟以治人而不足于己。故子使漆雕开仕，对曰："吾斯之未能信。"子说。然世不讲此久矣。故当孔子之时，独颜子者未尝仕，而孔子称之曰"好学"。其余弟子见于书者，独开之言如此。若巩之愚，固己不足者，方自勉于学，岂可以言仕不仕邪？就使异日有可仕之道，而仕不仕固自有时。古之君子，法度备于身，而有仕有不仕者是也，岂为啜啜者邪？

然巩不敢便自许不应举者，巩贫不得已也。亦不敢与古之所谓为贫者比，何则？彼固所谓道德明备而不遇于世者，非若巩之鄙，遽舍其学而欲谋食也，此其心愧于古人。然巩之家苟能自足，便可以处而一意于学。巩非好进而不知止者，此其心固无愧于古人。辱足下爱之深，处之重，不敢不报答。所示诗序及答杨生书，甚善甚善。不宣。巩顿首。

【解题】

本文先为王安石辩护，再指出古人出仕的实质，谦称自己目前还不够格考虑"仕不仕"的问题，但接着却委婉而又明白地表示自己肯定要应举，以改变家贫妨碍治学的现状。当是未中进士时所作。

谢　解　启

伏睹解文，首蒙举选。伏念巩才非卓越，识匪该通。素志慕乎古人，故时情之所背；虚名闻于当世，故众忌之所排。患难艰危，流离顿挫。孰有至孤之迹，敢萌希进之心？顾生理之难周，迫私衷之可念。学而干禄，诚匪素怀。仕以为贫，窃将自比。是以闻诏之出，负笈以来。岂意片文，首尘高选。以至天伦之薄陋，子党之空疏，皆自单平，得蒙收齿。退惟会合，亦有端原。此盖伏遇某官，崇奖士伦，助成世教。以虹霓之光而被饰，以律吕之气而吹嘘。致此屯穷，阶于振发。敢不勉增素学，益励前修。庶全必胜之名，以答至公之赐。谨奉启陈谢。

【解题】

唐制，举进士者皆由地方发送入试，称为解。宋朝沿袭了这一制度。曾巩曾几次赴京会试，此文很可能是嘉祐二年（1057）那次考试前所作，表达了获取功名的决心。结果，曾巩与弟弟曾牟、曾布，从弟曾阜和妹婿王无咎全部金榜题名。

应 举 启

右巩启：伏念巩材质浅陋，艺学荒芜。读圣人之经，未知大义；明当世之务，多泥旧闻。虽坚树立之心，岂适变通之用？矧罹祸衅，屡抱忧哀。是以三遇文闱，一逾岁纪，足迹不游于场屋，姓名不署于乡间。仆仆东南，有衣食婚嫁之累；拘拘蚤夜，惟米盐薪水之忧。今者侧听诏书，讲求士类，顾私恩之可念，迫生理之难周，义不自皇，势当强起。盖以出而载质，无他业之可为；仕以为贫，亦古人之所处。遇高明之见照，殆否结之将通。伏以某官梁栋瑰材，琮璜茂器，发文章之素蕴，当仁圣之盛期。忠言嘉谋，施之有效；流风善治，所至可传。嘉奖士伦，助成世教。况亲承于著令，方序别于群材。藐是羁孤，最为滞拙。仰遵旧礼，敢忘桑梓之恭；辄进曼辞，庶当鸡骛之贽。察其素学，采以寸长。尽繄及物之仁，惟俟至公之赐。

【解题】

具体写作年代不详，但从文章内容看，大概是嘉祐二年(1057)应举时所作。文中解释了上一次落榜后十多年不应举的原因，申明此次应举的理由，并希望得到赏识荐拔。

太平州回转运状

右巩启：伏念巩夙惟孤质，最荷误知。属仗节以来思，得通名而觐止。辱为殊礼，尤出过恩。委曲拊循，丁宁顾访。轸艰难于即路，则许之假宠于舟艎；悯匮乏于塍装，则期以致怜于教墨。侧思寒陋，何用克堪，聚集感惭，岂胜指数。去违再宿，怀向兼年。伏惟通久祷于万灵，享洪休于百顺。窃以运使郎中受材闳廓，经德粹冲，布盛府之诏条，树外台之风绩。洽于人望，简在天心。行被命书，即膺远用。伏惟顺遵气节，安养寝兴。

【解题】

作于嘉祐三年（1058）。这一年，曾巩被任命为太平州（今安徽当涂一带）司法参军，负责办理一州的刑法事务，职位很低。

太平州与本路转运状

右巩启：伏念更移岁序，阻越道途，音尘莫及于宾阶，书问不通于记室。飞弛精思，徯仰风威。伏惟顺履川流。安行舟御，享神明之协相，具福禄之来成。伏以运使郎中德绍家声，材周世用，隽望倾乎天下，壮猷蔼于朝端。建使者之节旄，宣扬惠泽；

佐大农之计策，蕃长货财。拊劳烈以甚隆，席宠灵而宜厚。伫膺诏召，以协舆言。伏惟上为朝廷，善绥寝餗。

【解题】

作于嘉祐三年。

与王介甫第二书

巩顿首介甫足下：比辱书，以谓时时小有案举，而谤议已纷然矣。足下无怪其如此也。夫我之得行其志而有为于世，则必先之以教化，而待之以久，然后乃可以为治，此不易之道也。盖先之以教化，则人不知其所以然，而至于迁善而远罪，虽有不肖，不能违也。待之以久，则人之功罪善恶之实自见，虽有幽隐，不能掩也。故有渐磨陶冶之易，而无按致操切之难；有恺悌忠笃之纯，而无偏听摘抉之苛。己之用力也简，而人之从化也博。虽有不从而俟之以刑者，固少矣。古之人有行此者，人皆悦而恐不得归之。其政已熄而人皆思，而恨不得见之，而岂至于谤且怒哉？

今为吏于此，欲遵古人之治，守不易之道，先之以教化，而待之以久，诚有所不得为也。以吾之无所于归，而不得不有负冒于此，则姑汲汲乎于其厚者，徐徐乎于其薄者，其亦庶几乎其可也。

顾反不然，不先之以教化，而遽欲责善于人；不待之以久，而遽欲人之功罪善恶之必见。故按致操切之法用，而怨忿违倍之情生；偏听摘抉之势行，而谮诉告讦之害集。己之用力也愈烦，而人之违己也愈甚。况今之士非有素厉之行，而为吏者又非素择之材也。一日卒然除去，遂欲齐之以法，岂非左右者之误而不为无害也哉？则谤怒之来，诚有以召之。故曰足下无怪其如此也。

虽然，致此者岂有他哉？思之不审而已矣。顾吾之职而急于奉法，则志在于去恶，务于达人言而广视听，以谓为治者当如此，故事至于已察。曾不思夫志于去恶者，俟之之道已尽矣，则为恶者不得不去也。务于达人言而广视听者，己之治乱得失，则吾将于此而观之，人之短长之私，则吾无所任意于此也。故曰思之不审而已矣。

足下于今最能取于人以为善，而比闻有相晓者，足下皆不受之，必其理未有以夺足下之见也。

巩比懒作书，既离南康，相见尚远，故因书及此，足下以为如何？不宣。巩顿首。

【解题】

写于宋仁宗嘉祐四年（1059），对治国之道直抒己见，对王安石急于求成的治国措施提出委婉的劝戒。明畅。茅坤认为："介甫本刚愎自用之人，此书特为忠告甚笃，盖亦人所难及者。但其砭剂多而讽谏少，恐亦不相入。"张伯行认为此文"抉摘其病痛，字字入微"，但却造成后来二人的疏远。

与王深父书

巩再拜：与深父别四年矣，向往之心，固不可以书道。而比得深父书，辄反复累纸示谕，相存之勤，相语之深，无不尽者。读之累日，不能释手，故亦欲委曲自叙己意以报。而怠惰因循，经涉岁月，遂使其意欲周而反略，其好欲密而反疏，以迄于今。顾深父所相与者，诚不在于书之疏数。然向往之心，非书则无以自解，而乖谬若此，不能不欿然也。不审幸见察否？

比得介甫书，知数到京师，比已还亳，即日不审动止如何？

计太夫人在颍，子直代归，与诸令弟应举，皆在京师，各万福。巩此侍亲幸无恙。宣和日得书，四弟应举，今亦在京师。去年第二妹嫁王补之者，不幸疾不起。以二女甥之失其所依，而补之欲继旧好，遂以第七妹归之，此月初亦已成姻。巩质薄，去朋友远且久，其过失日积，而思虑日昏，其不免于小人之归者，将若之何？在官折节于奔走，悉力于米盐之末务，此固任小者之常，无不自安之意。顾初至时，遇在势者横逆，又议法数不合，常恐不免于构陷。方其险阻艰难之时，常欲求脱去，而卒无由。今于势者已更，幸自免于悔咎。而巩至此，亦已二年矣。

比承谕及介甫所作王令诔文，以为扬子不过，恐不然也。

夫学者，其心笃于仁，其视听言动由于礼，则无常产而有常心，乃所履之一事耳。何则？使其心笃于仁，其视听言动由于礼，然而无常产也，则其于亲也，生事之以礼，故啜菽饮水之养，与养以天下一也；死葬之以礼，故敛手足形旋葬之葬，与葬以天下一也。而况于身乎？况于妻子乎？然其心笃于仁，其视听言动由于礼者，非尽于此也。故曰乃所履之一事耳。而孟子亦以谓无常产而有常心者，唯士为然，则为圣贤者不止于然也。介甫又谓士诚有常心，以操群圣人之说而力行之，此孔孟以下，所以有功于世也。

夫学者，苟不能其心笃于仁，其视听言动由于礼，则必不能不失其常心，此后之学者之患也。苟能其心笃于仁，其视听言动由于礼，则必不失其常心，且既已皆中于礼矣，而复操何说而力行之哉？此学者治心修身，本末先后自然之理也。所以始乎为士，而终乎为圣人也。颜子三月不违仁，盖谓此也。人不堪其忧而不改其乐，盖乐此也。

凡介甫之所言，似不与孔子之所言者合，故曰以为扬子不过，恐不然也。此吾徒所学之要义，以相去远，故略及之，不审以为如何？其他未及子细。剧寒自重，书至幸报答。不宣。巩再拜。

【解题】

写于嘉祐五年（1060）。前半部分叙家常，后半部分阐明学者治心修身以仁、礼为本的道理，对王安石的观点表示异议。张伯行评：“中间一段，极有造道之言。”

与王向书

巩启：比得吕南公，爱其文。南公数称吾子，然恨未相见。及至南丰，又得黄曦，复爱其文。而吾子亦来，以文见贶，实可叹爱。吾子与吕南公、黄曦皆秀出吾乡，一时之俊，私心喜慰，何可胜言？惟强于自立，使可爱者，非特文词而已。此鄙劣所望于三君子也。道中匆匆奉启。不宣。

【解题】

可见曾巩是提倡文道并重的。王向卒于嘉祐年闻，故本文最迟作于嘉祐年间。

答王深父论扬雄书

蒙疏示：巩谓扬雄处王莽之际，合于箕子之明夷。常夷甫以谓纣为继世，箕子乃同姓之臣，事与雄不同。又谓《美新》之文，恐箕子不为也。又谓雄非有求于莽，特于义命有所未尽。巩思之，恐皆不然。

方纣之乱，微子、箕子、比干三子者，盖皆谏而不从，则相与谋，以谓去之可也，任其难可也，各以其所守自献于先王，不必同也。此见于《书》三子之志也。三子之志，或去或任其难，乃人臣不易之大义，非同姓独然者也。于是微子去之，比干谏而死，箕子谏而不从，至辱于囚奴。夫任其难者，箕子之志也，其谏而不从，至辱于囚奴，盖尽其志矣，不如比干之死，所谓各以其所守自献于先王，不必同也。当其辱于囚奴而就之，乃所谓明夷也。然而不去，非怀禄也；不死，非畏死也；辱于囚奴而就之，非无耻也。在我者，固彼之所不能易也。故曰内难而能正其志，又曰箕子之正，明不可息也。此箕子之事，见于《书》、《易》、《论语》，其说不同，而其终始可考者如此也。

雄遭王莽之际，有所不得去，又不必死，辱于仕莽而就之，固所谓明夷也。然雄之言著于书，行著于史者，可得而考。不去非怀禄也，不死非畏死也，辱于仕莽而就之，非无耻也。在我者亦彼之所不能易也，故吾以谓与箕子合。吾之所谓与箕子合者如此，非谓合其事纣之初也。

至于《美新》之文，则非可已而不已者也。若可已而不已，则乡里自好者不为也，况若雄者乎？且较其轻重，辱于仕莽为重矣。雄不得已而已，则于其轻者，其得已哉！箕子者至辱于囚奴而就之，则于《美新》，安知其不为？而为之亦岂有累哉？不曰坚乎，磨而不磷；不曰白乎，涅而不淄。顾在我者如何耳。若此者，孔子所不能免。故于南子，非所欲见也；于阳虎，非所欲敬也。见所不见，敬所不敬，此《法言》所谓诎身所以伸道者也。然则非雄所以自见者欤？孟子有言曰：天下有道，小德役大德，小贤役大贤；天下无道，小役大，弱役强。二者皆天也，顺天者存，逆天者亡。而孔子之见南子，亦曰："予所否者，天厌之！天厌之！"则雄于义命，岂有不尽哉？又云：介甫以谓雄之仕合于孔子无不可之义。夷甫以谓无不可者，圣人微妙之处，神而不可知者也。雄德不逮圣人，强学力行，而于义命有所未尽，故于仕莽之际，不能无差。又谓以《美新》考之，则投阁之事，不可谓之无也。夫孔子所谓无不可者，则孟子所谓圣之时也。而孟子历叙伯夷以降，终曰乃所愿则学孔子。雄亦为《太玄赋》，称夷齐之徒，而亦曰："我异于是，执太玄兮。荡然肆志，不拘挛兮。"以二子之志，足以自知而任己者如此，则无不可者，非二子之所不可学也。在我者不及二子，则宜有可有不可，以学孔子之无可无不可，然后为善学孔子。此言有以寤学者，然不得施于雄也。前世之传者，以谓伊尹以割烹要汤，孔子主痈疽瘠环，孟子皆断以为非伊尹、孔子之事。盖以理考之，知其不然也。观雄之所自立，故介甫以谓世传其投阁者妄，岂不亦犹孟子之意哉？

巩自度学每有所进，则于雄书每有所得。介甫亦以为然。则雄之言，不几于测之而愈深、穷之而愈远者乎？故于雄之事有所不通，必且求其意。况若雄处莽之际，考之于经而不缪，质之于圣人而无疑，固不待议论而后明者也。为告夷甫，或以为未尽，愿更疏示。

【解题】

写于宋英宗治平二年（1065）。古人认为箕子就任商纣王的官职不过是权宜韬晦而已。曾巩把扬雄拟于箕子，引起后人非议。元刘壎在《隐居通议》中斥扬雄"臣节不终"，对曾巩"许其文字，略其名节"表示大惑不解。不过，扬雄仕莽从当时直到北宋都未被看成失节，司马光、王安石等也极其推尊扬雄。元丰时，扬雄还从祀孔庙。曾巩看法不足为奇。

与王介甫第三书

巩启：八月中，承太夫人大祥，于邮中寓书奉慰。十月梅厚秀才行，又寓书，不审皆到否？昨日忽被来问，良慰积日之思。

深父殂背，痛毒同之，前书已具道矣。示及诔铭，反复不能去手。所云"令深父而有合乎彼，则不能同乎此矣"，是道也，过千岁以来，至于吾徒，其智始能及之，欲相与守之。然今天下同志者，不过三数人尔，则于深父之殁，尤为可痛。而介甫于此，独能发明其志，读之满足人心，可谓能言人之所不能言者矣。顾犹见使商榷所未安，观介甫此作，大抵哀斯人之不寿，不得成其材，使或可以泽今，或可以觉后，是介甫之意也。而其首则云“深父书足以致其言”，是乃称深父以未成之材而著书，与夫本意违矣，愿更详之。《孟子》之书，韩愈以谓非轲自作，理恐当然。则所云“幸能著书者”，亦惟更详之也。如何？幸复见谕。所云“读《礼》，因欲有所论著”，顷尝为介甫言，亦有此意，顾不能自强，又无所考质，故莫能就。今介甫既意及于此，愿遂成之，就令未可为书，亦可因得商榷矣。

相别数年，巩在此全纯愚以静俟，庶无大悔。顾苟禄以弃时日，为可怅惜，未知何日得相从讲学，以勖其所未及，尽其所可乐于衰莫之岁乎？此日夜所惓惓往来于心也。

示谕溲血，比良已否？即日不审寝食如何？上奏当称前某官，十数日前，见刘琮言已报去，承见问，故更此及之尔。今介甫果以何时此来乎？不惜见谕。

子进弟奄丧，已易三时矣，悲苦何可以堪！二侄年可教者，近已随老亲到此。二尤小者，六舍弟尚且留在怀仁，视此痛割，何可以言？承介甫有女弟之悲，亦已屡更时序，窃计哀戚何以自胜，余惟强食自爱，不惜时以一二字见及。不宣。巩启上。

【解题】

作于治平二年。信中就王安石所作《王深父墓志铭》中的一些说法与之商榷。在此前几年，曾家屡遭不幸，曾巩受到很大打击，哀痛之情在此信中仍有所流露。张伯行评：“商榷文字到精处，固知古人用心深细，非后人卤莽者比。”

回李清臣范百禄谢中贤良启

右巩启：窃以设科以求特起之材，发策以访可行之论，是惟高选，果得异能。伏以贤良某官，志敏以强，词严而赡。迹前世之事，而博极群书；议当今之宜，而常引大体。及亲承于圣问，遂绝出于时髦。方喜闻风，遽蒙枉记。仰惟谦抑之过，第积感铭之深。

【解题】

李清臣（1032—1102），字邦直；范百禄（1030—1094），字子功。二人都是北宋较为有名的大臣。由皇帝诏试才识优异士人，称“制科”，又称“贤良”。李清臣于治平二年（1065）中制科，范百禄也曾举才识兼茂科，本文当作于此年。但他们中制科与曾巩有何关系，则有待考证。

越州贺提刑夏倚状

右巩启：伏审祗奉诏封，荣分使节，伏惟庆惬。伏以提刑屯田抱材精敏，涵德粹温，文章为国之光华，治行乃时之表则。辍于朝著，处以使台，士望蔼然，时名籍甚。官用视年之丰耗，已实仓储；邦刑以世而重轻，伫清狱系。使仁声之既洽，则嚣讼之可无，然后入奉命书，进升法从，在于公议，实允舆情。巩于此备官，云初托庇，喜趋风之甚迩，谅考履之惟和。更冀副上倚毗，顺时调护。其为祷颂，曷究敷陈。

【解题】

作于神宗熙宁三年（1070）。在这前一年，曾巩主动要求外迁，被安排到越州（今浙江绍兴市）任职。此文在祝贺夏倚任职的同时，表达了对国家民淳刑轻的希望。

与北京韩侍中启二首

一

右巩启：伏念巩顾以诸生，守兹剧郡。抚敝封之云始，望仁境以非遥。恨无羽翼之飞驰，与操几杖；欲以缄縢之托寓，聊布腹心。然而治狱讼之浩烦，振纪纲之弛坏；觉形劳而少暇，信材短以难周。致是悃诚，稽于进达。属高秋之在序，惟坐镇之多余。必有祯祺，来宁动履。伏以留守司徒太师侍中蓍龟四海，柱石三朝。有太平之功，周公之所以勤王室；有纯一之德，伊尹之所以格皇天。固已书在宗彝，藏之盟府。而乃以退为进，处上有谦。自避远于烦机，久淹回于外服。宜从岩石之望，趣正衮衣之归。敢冀上为宗祊，善绥寝饫。

二

巩启：伏念巩习吏非长，得州最剧。耗神明于簿领，疲精思于追胥。尚恃余庥，幸无旷事。然而塞茅心而已甚，饰竿牍以未遑。故魂爽虽骛于门闳，而候问不通于幕府。仰繄明恕，终赐矜容。今者北土早霜，晏阴始肃。伏惟顺天时之常序，养浩气之至和，神明所依，福禄来萃。恭以司徒太师侍中股肱三世，龟鉴四方。勤劳著于邦家，功德施于社稷。方且敛嘉谋于一面，郁群望者五年。郭令之系安危，素形公论；周公之为左右，宜冠本朝。华夏蛮貊之倾心，昆虫草本之望赐。岂伊蕞质，独注微诚。伏惟上为宗祊，善调寝饫。

【解题】

韩恃中，疑即韩琦，为北宋名相，与范仲淹、富弼齐名。从内容上看，曾巩此时很可能在齐州。故此文当作于熙宁四年（1071）至六年（1073）之间。齐州离京师不算太远，但多有盗贼。文中感叹治理“剧都”的艰难以及自己的才能有限，歌颂韩侍中的功德，表达自己的敬爱之情。张伯行评：“妙在措语质。”

代人上永叔书

大有为之时不世得，众贤即已遭遇其时，方夙夜唯道深微之际，明王体，断国论，建万世之长策，佐明主于唐虞之盛，非阘茸曲士所能仰望其辉光也。然使百姓人衎户格，四夷轨道，上下礼义粲然，此时于用材亦无遗弃者矣。夫制阖运辟，尺枢之力耳；夷荒植善，五寸之铁耳。二者皆微，有以用之，则人之兴居，天之长养，待之然后安而有成，譬之偏材薄技，亦宜有所用之也。

某撇虚颛蒙，不晓于义，国家幸以世德之故，引之仕籍。伏自思念，可以自效，唯首公营职，故朝而出，暮而归，让易即烦，有知必为，图所以展报而已。而州之守悴，部之使者，皆过引其长，而形之荐书，岂某之敢望？众君子成就之使然耳。

执事旦夕辅天下，居庙堂，其有意于偏材薄技耶？幸有意，则某愿先出于门下，然非敢望也。倘以伯氏昔年京洛之旧，以庇其衰绪而振其子弟，则某不宜自后焉。

【解题】

信中先称众贤遭时得世，然后指出“偏材薄技”亦有所用，以此请求欧阳修的提拔。此文紧严峻洁。欧阳修卒于熙宁五年

(1072)，故此文当作于熙宁五年之前。

贺郓州邵资政改侍郎状

右巩启：窃审祗被明纶，进升宠秩，伏惟庆慰。伏以安抚资政侍郎材经世务，文擅国华。攀日月之高衢，践机衡之要地。方兼荣于秘殿，用均逸于价藩。属时靖嘉，维上豫动。访昔游于博望，怀旧学于甘盘。乃升宗伯之联，居贰卿曹之重。惟隆名异数之锡，已绝当时；固元勋盛德之殊，岂稽图任。伫还柄用，式允舆情，驰庆末由，依归滋剧。

【解题】

邵资政，疑即邵亢（1014—1074），字兴宗，润州丹阳（今属江苏）人。神宗时，以资政殿学士出知越州，历郑、郓、亳三州。此文当作于熙宁七年（1074）之前。

襄州与交代孙颀启

右巩启：伏念讲闻誉望，积有岁时。历下分符，已出吏师之后；汉南守土，又居仁政之前。惟事契之稠重，实愚冥之幸会。比于道路，始接光仪，蒙特异于眷存，仍曲加于燕劳。论情至厚，曾何谢于古人；处义甚高，固可敦于薄俗。违离未久，感恋交深。谅惟得日之良，甫及下车之始。颁条多预，纳福甚隆。伏惟知府少卿积学内充，怀材间出，久更当世之用，自结明主之知。高冠两梁，入缀班于九列；轻车驷马，出按部于百城。方图间燕之宜，自请蕃宣之便。伫膺诏召，不待岁成。更惟上为庙朝，善绥寝馃。祷颂之至，序述宁殚。

【解题】

作于宋神宗熙宁八年（1075）。这年九月，朝廷任命太常少卿孙颀顶替曾巩为襄州知州。从文中看，这篇启当作于孙颀正式上任之前，而二人也曾有过接触。

贺北京留守韩侍中正旦状

右巩启：伏以岁起于东，茂对三阳之盛；物生于震，聿开万化之端。伏惟某官行应中和，道含纯粹，属四方之系望，简三后之眷怀。德为民彝，故称宗庙之器；功在王室，是为社稷之臣。顺履昌期，具膺繁祉。伫奉承于典册，复登翊于岩廊。巩限守印章，阻趋墙屏，仰望威重，不任祷颂之至。

【解题】

留守，官名，宋时皇帝外出巡视或亲征时，命亲王或大臣留守京城，称东京留守，掌管宫钥与京城守卫、修葺、弹压等事，以及京畿地区钱谷兵民之政。西京河南府、南京应天府与北京大名府亦各置留守，以知府充任。韩侍中，疑即韩琦（1008—1075），神宗时尝以侍中出知大名府。此文当作于熙宁间。

贺韩相公启

右巩启：伏审入膺典册，首秉钧衡，凡在生灵，孰不庆幸。伏以史馆相公言为蓍蔡，行应准绳，仔肩一德之纯，弼亮三朝之盛。君牙之缵旧服，世济忠劳；吉甫之宪万邦，身兼文武。果还柄用，复冠中台。茂惟拔出之材，素蕴非常之略。方且谊形王室，尽邴魏之谋谟；泽润生民，本萧曹之清静。遂常生于百姓，付众职于群能。跻世太和，与人休息。使雨旸寒燠，罔不从时；草木虫鱼，皆当蒙惠。声教可加于异俗，功名必纪于无穷。巩一去朝行，六更岁序。顾兹旧物，自惭簪履之微；保是孤生，方赖陶钧之赐。其为欣忭，实倍等伦。

【解题】

从“一去朝行，六更岁序”来看，曾巩于熙宁二年主动要求外迁，写此文时应为熙宁八年（1075）。韩绛于熙宁七年代王安石为相，谨守新法。曾巩在贺韩绛拜相的同时，也提出了“与人休息”、“本萧曹之清静”的希望。

贺韩相公赴许州启

右巩启：伏审远持信瑞，入奉清闲，假泰筮以诹辰，命馆人而饬驾。百灵奔卫，宜无陟降之劳；六气节宣，当遂神明之适。伏以判府相公材为人杰，行备天常。出尧舜之盛时，绍韦平之庆阀。忠纯之操，简注于三朝；恺悌之风，仪刑于四海。比辍庙堂之任，少留藩辅之雄。力抗至言，屡辞于荣禄；眷求旧德，方属于上心。用均边阃之勤，就易乡邦之便。鞗革金厄，已严入觐之装；衮衣绣裳，行允公归之望。伫膺典册，首秉钧衡。巩处世多奇，误知最久。持心素厚，未忘坠屦之微；引脰永怀，已动扫门之喜。更冀上为宗社，善保寝兴。

【解题】

本文作于熙宁八年。韩绛于熙宁七年代王安石为相，与吕惠卿不和，便密请神宗再用王安石。等到王安石于熙宁八年复相，二人却又意见不一致。韩绛于是出知许州。曾巩作贺启，用心良苦。

襄州回相州韩侍中状

右巩启：僻守陋邦，远违严屏。永言向慕，但倾茅塞之心；自便退藏，莫驰竿牍之问。敢期赐教，出自过恩。形意爱之拊循，枉题评之奖引。譬如寒谷，幸蒙六律之吹；有若秋毫，遂借千钧之重。秘藏巾衍，铭镂肺肝。惟偃息于便藩，素充盈于浩气。百神所相，万福来绥。伏以司徒侍中行应准绳，言为蓍蔡，肩一心之忠谊，弼三后之谋谟。安社稷之元功，传于竹帛；被华夷之盛德，布在管弦。方且辞钧轴于庙堂，拥旌幢于乡国。然而人咏方叔，克壮元老之猷；时思谢安，出慰苍生之望。宜就赞书之拜，伫谐华衮之归。

【解题】

相州韩侍中，即韩琦，字稚圭，自号赣叟，相州安阳（今属河南）人。曾巩任襄州知州是在熙宁六年（1073）至熙宁九年（1076），本文当作于此期间。

洪州到任谢两府启

伏念巩天与朴愚，众知凡近。材不堪于施设，动辄乖宜；学多失于变通，理难应用。久与游于儒馆，仍有列于朝绅。适当千载之期，曾乏一毫之助。既不能明国家远大之体，为上建言；又未知究乡闾委曲之情，与民兴利。七移岁序，四易外官。坐尸禄廪之优，寂无称效；幸属章程之备，得以持循。兹蒙补郡之恩，俾遂便亲之请。望故乡而接壤，与仲弟以连城。及是忝逾，出于假借。此盖伏遇某官，心存博爱，量极兼容。簪履之微，未忘于旧物；陶钧之大，不间于孤生。曲致公言，俾谐私计。惟尽承流之分，庶裨造物之仁。过此已还，未知所措。

【解题】

作于熙宁九年。宋代称中书省、枢密院为两府。在这前一年，曾巩有《襄州乞宣洪二郡状》，请求移官离老家较近的宣州或洪州，如今可谓如愿以偿。然而，在文中曾巩对自己的过分贬抑也流露出对久为外官的一些不满。

福州上执政书

巩顿首再拜上书某官：窃以先王之迹，去今远矣，其可概见者，尚存于《诗》。《诗》存先王养士之法，所以抚循待遇之者，恩意可谓备矣。故其长育天下之材，使之成就，则如萝蒿之在大陵，无有不遂。其宾而接之，出于恳诚，则如《鹿鸣》之相呼召，其声音非自外至也。其燕之，则有饮食之具；乐之，则有琴瑟之音。将其厚意，则有币帛箱篚之赠；要其大旨，则未尝不在于得其欢心。其人材既众，列于庶位，则如《棫朴》之盛，得而薪之。其以为使臣，则宠其往也，必以礼乐，使其光华皇皇于远近；劳其来也，则既知其功，又本其情而叙其勤。其以为将率，则于其行也，既送遣之，又识薇蕨之始生，而恐其归时之晚；及其还也，既休息之，又追念其悄悄之忧，而及于仆夫之瘁。当此之时，后妃之于内助，又知臣下之勤劳，其忧思之深，至于山脊、石砠、仆马之间；而志意之一，至于虽采卷耳，而心不在焉。盖先王之世，待天下士，其勤且详如此。故称周之士也贵，又称周之士也肆，而《天保》亦称“君能下下，以成其政；臣能归美，以报其上”。其君臣上下相与之际如此，可谓至矣。所谓必本其情而叙其勤者，在《四牡》之三章曰：“王事靡盬，不遑将父。”四章曰：“王事靡盬，不遑将母。”而其卒章则曰：“岂不怀归？是用作歌，将母来谂。”释者以谓：“谂，告也。君劳使臣，叙述其情，曰：女岂不诚思归乎？故作此诗之歌，以养父母之志，来告于君也。”既休息之，而又追叙其情如此。繇是观之，上之所以接下，未尝不恐失其养父母之心；下之所以事上，有养父母之心，未尝不以告也。其劳使臣之辞则然，而推至于戍役之人，亦劳之以“王事靡盬，忧我父母”，则先王之政，即人之心，莫大于此也。及其后世，或任使不均，或苦于征役，而不得养其父母，则有《北山》之感，《鸨羽》之嗟；或行役不已，而父母兄弟离散，则有《陟岵》之思。诗人皆推其意，见于《国风》，所谓“发乎情，止乎礼义”者也。

伏惟吾君有出于数千载之大志，方兴先王之治，以上继三代。吾相于时，皆同德合谋，则所以待天下之士者，岂异于古？士之出于是时者，岂有不得尽其志邪？巩独何人，幸遇兹日。巩少之时，尚不敢饰其固陋之质，以干当世之用。今齿发日衰，聪明日耗，令其至愚，固不敢有徼进之心，况其少有知邪？转走五郡，盖十年矣，未尝敢有半言片辞，求去邦域之任，而冀陪朝廷之仪。此巩之所以自处，窃计已在听察之日久矣。今辄以其区区之腹心，敢布于下执事者，诚以巩年六十，老母年八十有八，老母寓食京师，而巩守闽越，仲弟守南越。二越者，天下之远处也。于著令，有一人仕于此二邦者，同居之亲当远仕者，皆得不行。巩固不敢为不肖之身，求自比于是也。顾以道里之阻，既不可御老母而南，则非独省晨昏，承颜色，不得效其犬马之愚，至于书问往还，盖以万里，非累月逾时不通。此白首之母子，所以义不可以苟安，恩不可以苟止者也。

方去岁之春，有此邦之命，巩敢以情告于朝，而诏报不许。属闽有盗贼之事，因不敢继请。及去秋到职，闽之余盗，或数十百为曹伍者，往往蚁聚于山谷。桀黠能动众为魁首者，又以十数，相望于州县。闽之室闾莫能宁，而远近闻者，亦莫不疑且骇也。州之属邑，又有出于饥旱之后。巩于此时，又不敢以私计自陈。其于寇孽，属前日之屡败，士气既夺，而吏亦无可属者。其于经营，既不敢以轻动迫之，又不敢以少纵玩之。一则谕以招纳，一则戒以剪除。既而其悔悟者自相执拘以归，其不变者亦为士吏之所系获。其魁首则或縻而致之，或歼而去之。自冬至春，远近皆定。亭无桴鼓之警，里有室家之乐。士气始奋，而人和始洽。至于风雨时若，田出自倍。今野行海涉，不待朋俦。市粟四来，价减什七。此皆吾君吾相至仁元泽覆冒所及。故寇旱之余，曾未期岁，既安且富，至于如此。巩与斯民，与蒙其幸。方地数千里，既无一事，系官于此，又已弥年，则可以将母之心，告于吾君吾相，未有易于此时也。

伏惟推古之所以待士之详，思劳归之诗；本士大夫之情，而及于其亲，逮之以即乎人心之政，或还之阙下，或处以闲曹，或引之近畿，属以一郡，使得谐其就养之心，慰其高年之母。则仁治之行，岂独昏愚得蒙赐于今日，其流风余法，传之永久。后世之士，且将赖此。其无《北山》之怨，《鸨羽》之讥，《陟岵》之叹，盖行之甚易，而为德于士类者甚广。惟留意而图之。不宣。巩顿首。

【解题】

作于宋神宗元丰元年（1078）。信中先大量引用《诗经》中有关先王养士之法的内容，然后再诉说自己的实际情况，要求归养老母，叙事、抒情、议论兼出，把一片拳拳养亲之意和盘托出。这与李密《陈情表》纯以情动人不同，表现出曾巩散文以议论见长的特色。明孙炌评：“其意醇，其词粹，其味淡，其气恬。”茅坤评：“其反复咏叹，蔼然盛世之音。”张伯行评：“读其一篇用笔如鸾鹤之盘旋于霄汉，将集复翔，到末一收，神情完足。”

福州回曾侍中状

右巩启：伏念自远门阑，荐更时序，顾兹艰拙，利在退藏。虽有心诚向往之勤，而无书记候问之礼。敢期眷与，特赐诲存。获承黼藻之褒，弥见松筠之操。其为感激，但切铭藏。属凝沍之在辰，惟燕闲之均福。伏以致政太傅侍中素推人杰，蚤代天工。意诚心正而家齐，已仪刑于王室；功成名遂而身退，遂表则于士伦。聊曼衍以穷年，坐优游而进道。矧臧孙之有后，继周公之拜前。阿衡之格于天，《书》载君臣之德；司徒之善其职，《诗》称父子之功。方赖壮猷，阴禆至治。更冀上为邦国，善保寝兴。祷颂之诚，不胜悬悃。

【解题】

作于元丰元年（1078）。曾侍中，即曾公亮（999—1078），字明仲，泉州晋江人，北宋名臣，熙宁四年以太傅致仕。此文表达了对曾公亮的殷切问候。

明州到任谢两府启

右巩启：伏奉敕命，授前件差遣，已于正月二十五日到任上讫。伏念巩才无远用，学殆小知。误蒙假器之恩，愧乏当官之效。属时泰豫，遇上休明。欲治之心，夐追于三代；非常之旦，特起于千龄。顾是孤生，最为远迹。虽逢辰之难得，独揣己之无堪。故群材炫鬻之初，未始自陈于薄技；而众论骋驰之际，何尝辄预于半辞？锱铢动谨于成规，毫发敢萌于私见？以兹循分，庶获寡尤。然而一去本朝，六祗外服。十年荏苒，未谐拱极之诚；

万里周流，尚负循陔之念。当至仁之平施，亦微物之可哀。兹者方祗诏以在涂，复析符而假守。惟四明之穷裔，处百奥之东偏。浮海之航，鼎来于远国；践山之筑，益起于坚城。猥出选抡，冒应寄属。此盖伏遇某官辅成世教，乐育士伦。阴推覆护之私，每借吹嘘之力。致兹顽钝，与在甄收。然而察无他恶之肠，方赖兼容之度。草茅之质，使遂于向阳；菽水之欢，许伸于反哺。尽待曲成之赐，俯厌难止之情。誓在糜捐，用酬钧播。

【解题】

作于宋神宗元丰二年（1079）。元丰元年九月，曾巩在福州接到召判太常寺的任命，便动身北上，然而十二月行至江宁府时，却接到改知明州的命令。不能奉养远在京师的老母，曾巩自然很不情愿。文中，曾巩对不获重用有些不平之气。

移亳州回人贺状

右巩启：比缘恳请，得假善藩。既谐窃禄之私，实获事亲之便。惭无善政，可称厚恩。岂谓某人特枉缄封，曲垂奖借。言为黼藻，饰陋质以为荣；操若松筠，处大寒而不变。其为感愧，曷尽指陈。惟溽暑之方隆，谅燕居之多适。更祈保摄，用伫迁升。

【解题】

作于元丰二年。这年七月，曾巩到亳州就任，这是他反复申请的结果。因为他母亲在京师，他希望到离京师较近的州郡任职。

亳州到任谢两府启

右巩启：蒙恩授上件差遣，已于今月十六日到任上讫。伏念巩少虽好学，长乏异能。烛理甚疏，盖聪明之难强；受材素薄，顾齿发之已衰。误窃宠灵，叨尘器使。兹者缘避亲之著令，蒙易地之推恩。距畿甸以非遥，就庭闱而甚便。夫何蕞质，乃尔冒居。此盖伏遇某官，以广爱之心而辅成世教，以并容之度而奖育士伦。致是颛愚，及于推齿。慰倚门之望，已出于埏熔；谢推毂之言，敢忘于策励？庶收薄效，仰答误知。过此以还，未知所措。

【解题】

作于元丰二年七月。五月底，在明州任职仅五个月的曾巩又接到朝廷让他徙知亳州的任命。这次，因为亳州较为靠近京师，所以曾巩比较满意，表示要努力干好以报答朝廷恩典。

到亳州与南京张宣徽启

右巩启：蒙易近藩，获邻乐境。虽未得就诸生之列，请益于《诗》《书》；然足以闻长者之风，仰高于道谊。始敢通笺记参候之礼，庶几将心诚饥渴之勤。载省孤蒙，实为幸会。今者杪秋伊始，严气将升，仰惟吐纳之宜，无爽燕间之喜。伏惟某官言为蓍蔡，行应准绳。茂劳烈于三朝，耸仪刑于四海。仲山之明且哲，宜保令名；鲁公之寿而臧，永膺全福。更冀上为邦国，善保寝兴。祷颂之诚，叙陈罔既。

【解题】

作于元丰二年。

到任谢职司诸官员状

右巩启：比者祗命守邦，涓辰视事。惟是孤蒙之质，幸依庇冒之余。窃念巩才不逮人，学多泥古。久备官于册府，徒窃食于累朝。兹假便藩，实缘私请。伏遇某官体仁为任，充美在躬。素自结于主知，方出宣于使指。敛时利泽，播在东南；籍甚休声，洽于中外。顾忝属城之任，实谐德宇之依。尚阻参承，但深欣忭。

【解题】

从“便藩”来看，可能是曾巩到亳州任上所作。

与定州韩相公启

右巩启：伏念巩转走江湖，推移岁月，望门墙而既远，通书问以无缘。兹者蒙易近藩，匪遥台席。虽未得就诸生之列，请益于《诗》《书》；犹足以闻长者之风，仰高于道谊。始敢修笺记参候之礼，庶几将心诚饥渴之勤。载省孤蒙，实为幸会。属晏阴之在序，当严气之方升。仰惟吐纳之宜，无爽燕闲之喜。伏惟判府相公言为蓍蔡，行应准绳。茂劳烈于三朝，耸仪刑于四海。韩侯之鞗革金厄，暂殿方维；周公之衮衣绣裳，伫还钧轴。更冀上为邦国，善保寝兴。祷颂之诚，叙陈罔既。

【解题】

可能是曾巩移知亳州之后所作。

回枢密侍郎状

右巩启：伏念巩久兹外补，利在退藏。一切不为京师之书，以此亦疏左右之问。分当弃置，理绝收怜。岂期尚记于姓名，特赐亲纡于翰墨。处大寒而不变，乃知松柏之坚；兼庶类而并容，则维江汉之广。孤怀易感，重谊难忘。但注仰于门阑，实镂铭于肺腑。今者景风扇物，畏日御躔。伏惟襄赞万机，顺膺百福。敢觊上为邦国，善保寝兴。祷颂之诚，指陈难既。

【解题】

任地方官时所作。曾巩久为外任，对于此侍郎的友谊，自然是十分感激。

局事多暇帖

局事多暇，动履禔福。去远晦论之益，忽忽三载之久。跧处穷徼，日迷汩于吏事之冗，固岂有乐意耶？去受代之期，虽幸密迩，而替人寂然未闻，亦旦夕望望。果能遂逃旷弛，实自贤者之力。夏秋之交，道出府下，因以致谢左右，庶竟万一。余冀顺序珍重，前即召擢。偶便专此上问，不宣。巩再拜运勾奉议无党乡贤，二十七日谨启。

【解题】

从文中内容看，当是曾巩任地方官时所作，然具体时间不详。

回人贺授史馆修撰状

右巩启：误被上恩，进专史事，顾惭孤陋，曷称选抡。伏念巩齿发蚤衰，材资索薄。差池一纪，久流落于风波；推徙七州，浸沉迷于簿领。讵期皓首，获奉清光。拔于多士之中，宠以非常之遇。惟累朝之盛典，垂列圣之鸿名，宜得异能，使之实录。岂伊鄙钝，可尽形容？惧莫副于简求，方内怀于兢愧。敢意眷私之厚，特迁庆问之勤。矧奖饰之逾涯，俾夤缘而借重。其为感幸，难既敷陈。

【解题】

作于元丰四年（1081）。张伯行云：“南丰久徙外州，淡于进取，及是加史馆修撰，专典国史，时盖已老矣，故其言特凄惋。”

回人谢馆职启

伏审试艺禁林，升华儒馆，伏惟庆慰。伏以都官学士英材杰出，玉璞混成，遘时运之光华，奋文章之温雅。第荣科于秘殿，蚤迈等伦；升膴仕于本朝，荐腾誉望。较雕龙之丽藻，利架鳌之秘扃。果被明綍，式符舆颂。方展腾书之好，遽蒙削牍之私。仰服谦抑。退深感戢。

【解题】

曾巩于元丰四年（1081）充史馆修撰，专典史事，神宗特许他自择下属参加五朝史事修撰工作。本文当作于此年。文中极力称许谢馆职者的才学，即是不居功的表示。

回许安世谢馆职启

右巩启：伏审显承诏检，进践书林，伏惟庆慰。国家聚四部之书，藏之秘近；择一时之俊，任以校雠。映朝序以甚清，简上心而滋厚。恭以检正学士学深而富，识大以明。擢平津于廷中，蔚为选首；赖王祥于海上，休有治功。天衢寖亨，时望攸属。遂膺给札之召，来贲登瀛之游。侍从迩班，庙堂大任，自兹而往，计日可期。承远贶于珍函，第仰怀于谦德。

【解题】

大概也是元丰四年（1081）曾巩任史馆修撰时所作。

授中书舍人谢启

右巩启：伏蒙制命，授前件官者。窃以赞为名命，资讨论润色之工；服在从官，备诹度询谋之用。属非常之兴运，经不世之大猷。方追三代之风，以建一王之法。其于讲求体要，讨正典章，出独断之渊深，号积年之希阔。所以训齐群下，播告四方。非究极于人文，曷宣明于上意？矧参献纳，尤慎选抡。如巩者识虑少通，襟灵多蔽。徒恐隳于先绪，颇能味于经言。有颛愚好古之心，自知迂散；无广博为人之学，分甘弃捐。顾一作叹齿发之已衰，困风波而且久。晚逢真主，独赐误知。取于寡与之中，假以逾涯之宠。俾专史法，非薄质之能堪；遂掌训辞，岂谀能之可称？况策名于要近，预责实于论思。揣己以惭，瘝官可畏。何缘致此？固有由然。兹盖伏遇某官，翼亮天功，弥纶世务。仁接于物，每乐育于时材；谊在承君，故旁招于众俊。致兹顽钝，护备甄收。惟殚许国之诚，弥坚素志；庶答知人之遇，不在他门。

【解题】

作于元丰五年（1082）。这年四月，曾巩官拜中书舍人，回首过去的坎坷经历，颇有贤士晚年逢明主之感。尤其是工作成绩（编修国史、官制更改）得到神宗的肯定，更觉春风得意。他有一些诗表现得较为明显。张伯行评：“先颂君恩，后申私意，固立言之体。”

回人贺授舍人状

右巩启：叨奉制恩，进登词掖，误蒙任属，私积兢惭。巩器识少通，性资多蔽，非有为人之学，徒坚好古之心。矧齿发之已衰，困风波而且久。晚逢真主，独赐重知。取于寡与之中，假以逾涯之宠。甫专史笔，遂掌训辞。惟清切之近班，实论思之要地。方惊冒处，良用怏颜。未遑削牍之勤，遽辱腾书之贶。其为感佩，曷罄敷陈。

【解题】

作于元丰五年（1082）。这年四月，曾巩官拜中书舍人，并且负责官制更改工作。“晚逢真主”，又惊又喜，正是他这时的心情。张伯行云：“学非为人，心坚好古，此南丰一生立脚处。文之传世而行远，岂偶然哉！”

答李沿书

巩顿首李君足下：辱示书及所为文，意向甚大。且曰“足下以文章名天下，师其职也”，顾巩也何以任此！足下无乃盈其礼而不情乎？不然，不宜若是云也。

足下自称有悯时病俗之心，信如是，是足下之有志乎道而予之所爱且畏者也。末曰“其发愤而为词章，则自谓浅俗而不明，不若其始思之锐也”，乃欲以是质于予。夫足下之书，始所云者欲至乎道也，而所质者则辞也，无乃务其浅，忘其深，当急者反徐之欤！

夫道之大归非他，欲其得诸心、充诸身，扩而被之国家天下而已，非汲汲乎辞也。其所以不已乎辞者，非得已也。孟子曰：“予岂好辨哉？予不得已也。”此其所以为孟子也。今足下其自谓已得诸心、充诸身欤？扩而被之国家天下而有不得已欤？不然，何遽急于辞也？孔子曰：“古之学者为己，今之学者为人。”足下其得无己病乎？虽然，足下之有志乎道，而予之所爱且畏者不疑也。姑思其本而勉充之，则予将后足下，其奚师之敢？不宣。巩再拜。

【解题】

李沿向曾巩求教，而专注于辞章，受到曾巩的批评。因为曾巩一贯主张文以明道。大约是曾巩晚年之作。

谢章学士书

巩启：巩不佞，以身得察于下执事，明公过恩，召而见之，所以矜嗟奖宠、开慰拊循之者甚备，虽至亲笃友之爱，不隆于此已。又收其弟兄之不肖，不谋宾客，任而举之。明公之所以畜幸巩者，可谓厚矣。巩窃自惟，求所以堪明公之意者，未知所出也。

巩愚无知，不适于世用，不能收身于世俗之外，力耕于大山长谷之中，以共饘粥之养，鱼菽之祭，以其余日考先王之遗文，窃六艺之微旨，以求其志意之所存，而足其自乐于己者。顾反去士君子之林，而夷于皂隶之间，舍自肆之安，而践乎迫制之地，欲比于古之为贫而仕者，可谓妄矣。固有志者之所叹嗟，天下之所贱，而至亲笃友之所弃而违之也。复安敢自通于大人之门，望知于侍御者之侧乎？

明公怀使者之印，为福于东南。以地计其广狭，则数十百城之人，待明公之畜养；以材计其多寡，则文武之士以百千数，待明公之推察。而收拊之，任而举之者，乃独在于巩与巩之少弟。此巩之所以自惟，求堪明公之意者，而未知所出也。

抑巩闻之，广听博观，不遗污贱厄辱之士者，此所以无弃士也；兼收并采，不遗偏材一曲之人者，此所以无弃材也。故明公之意傥在于此，而古之士出污贱厄辱之中，能成功名以报知己者，亦不可胜数。彼皆豪杰之人，故有以自致也。若巩之鄙，则安敢望此乎？故忧不能堪明公之意，误左右之知者，此巩之所大惧也。竭固陋之分，庶几不愧于偏材一曲之人者，此巩之所可至也。敢献其情而以为进谢之资，惟明公之垂察焉。

【解题】

这是一封感谢章学士提拔自己及少弟的信。信中反复表达了害怕有负所望的心情，表示一定尽力而为。张伯行评："虽无精深议论，而所以叙受知之情者，可谓委曲而真挚矣。"元刻本《元丰类稿》及明安如石刻本《南丰曾先生文粹》皆题作《谢章岷学士书》。本文作年不详。

答孙都官书

提刑都官阁下：伏承赐书，及示盛制六编，凡三千首，盛矣哉！文之多，工之深，且专以久也。其于君臣、父子、兄弟、夫妇、朋友、天地、三辰、鬼神、山川、地理、四夷、中国、风俗、万物、治乱、善恶、通塞、离合、忧欢、怨怼，无不毕载，而其语则博而精，丽而不浮，其归要不离于道。视昔以文名于天下者，夫岂易至于是邪？

巩之愚且懒，且为事物疾病所侵，以不专而且未久于学也，使之观若于海，不见其涯涘，于深山长谷，不见其形势之所极，而敢议其大小高下邪？而阁下不以其所深且专以久者励巩，博而精、丽而不浮、其归本于道者教巩，乃告之曰："其详择而去其非是者焉。"巩诚怪阁下自处之过，而为以赐巩者，乃所以怠且蔽之也。

凡巩之学，盖将以学乎为身，以至于可以为人也，方愚且懒，且不专以久之病也，惟阁下之仁，岂欲怠且蔽之也？其欲使知阁下之贵而长，其业之富而成，而犹不止如是，能下于后辈如是，是所以教之也。孟子曰：吾不屑其教诲，是亦教诲之而已矣。敢不拜赐也？盛编尚且借观，而先以此谢，惶恐惶恐。不宣。巩再拜。

【解题】

曾巩文名之盛，使孙都官这样的前辈也希望能和他交流，而曾巩也表现得十分谦虚、诚恳。本文作年不详。

谢曹秀才书

巩顿首曹君茂才足下：嗟乎！世之好恶不同也。始足下试于有司，巩为封弥官，得足下与方造、孟起之辞而读之，以谓宜在高选。及来取号，而三人者皆无姓名，于是怃然自悔许与之妄。既而推之，特世之好恶不同耳。巩之许与，岂果为妄哉？

今得足下之书，不以解名失得置于心，而汲汲以相从讲学为事，其博观于书而见于文字者，又过于巩向时之所与，甚盛。足下家居无事，可以优游以进其业，自力而不已，则其进孰能御哉？世之好恶不同，足下固已能不置于心。顾巩适自被召，不得与足下久相从学，此情之所惓惓也。用此为谢。不宣。

【解题】

曾巩再次肯定曹秀才的才学，并赞许他不以得失为意的胸怀，予以鼓励。张伯行评："一段怜才之心，欲接行后进处，宛然可掬。”本文作年不详。

谢吴秀才书

巩启：承足下不以大热之酷为可畏，畏涂之阻为可惮，徒步之劳为可病，候问之勤为可讳，三及吾门，见投以书及所业五编。发而观之，足下之学多矣，见于文辞者亦多矣。其说往往有非乡闾新学所能至者，使能充其言，其得岂少哉？况其进之未已邪？顾不自足，忘前之患，而有求于鄙暗，推足下此志，其进岂可量哉？仆之所可告于足下者，无易于自勉也。薄遽不宣。

【解题】

感谢吴秀才送来信和文章，并对他的治学予以鼓励。张伯行评：“似匆匆应酬语，而奖勉之意溢于言外，是先辈典型。”作年不详。

回傅权书

巩启：辱惠书及古律诗、杂文，指意所出，义甚高，文辞甚美。以巩有乡人之好，又于闻道有一日之先，使获承重贶，幸甚。

足下论古今学者，自好者少，苟合者多，则固然矣。因以谓如鄙劣者，能知所守，则岂敢当？抑足下欲勉之至此，则岂敢怠？足下之材，可谓特出，自强不已，则道德之归，其孰可御？恨不相从，不能一一具道。能沿牒至此一相见否？荒隅之中，孤拙寡偶，钦企钦企。春暄，余保爱保爱。不宣。

【解题】

称许傅权文才学识，并邀相见。张伯行云：“子固可谓有守之士，此君知之，亦不为凡近之见者。答之词甚婉，而相勖以自强，言虽不烦，意已切至。”作年不详。

上田正言书

伏闻诏书以执事直谏院，不胜喜贺。夫以执事蓄才美，知古今，力学，善论得失法度，朝廷固以公卿待执事，不止为谏官也。然巩区区致喜贺者，亦有云也。方今内外居位之士以千数，贵者贱者举措趋向一本于苟且，天下没没，日就衰缺，虑终不可更兴起，四方每见用一伟人，则皆曰：“是人也，天子特达用之，其能使古道庶几可复见乎？”群臣颙颙，思见其为国家兴太平也。天子既以此望之，而又为公卿大夫侍从司计谋持纪纲之臣，是宜朝拜职而夕建言，使四方闻之，皆曰：“天子明于知人，而群君子不负天子之知、天下之望矣。”其久而默，默而自欺也。岂国家用贤者意适然哉？四方有司论而疑，且叹息者矣。

始者执事为天下主军画在外，朝之士大夫，每禁林台阁有虚位，则人人皆意执事宜为之，至今而乃为谏官，非大位，然论议一皆司之，则非大位，乃大任也。谏官刚果有气节，不浮沉，则得失利病，上无不闻，下无不达也。谏官与时俯仰，则天下之事，上欲闻而不悉，下欲言而不通矣。非直如此，又且导其恶闻下之言，畏言上之事矣。

历观前世之得失，而察当时谏官有言与否，则为谏官贤不肖立定是则：凡居其职者，固以一人之身而系天下之得失，当万世之是非也，其重较然者。于内外之利病，主虽力行之，其事不可，则宜争而舍之；主虽力止之，其事当然，则论而行之。不听，则继言之。又不听，至于再三，则释其位而去矣可也，固非谓从时重而乡背者也。

今世有为谏官者，设曰：“吾某日言某事，吾塞责矣。”及章下而省其言，不过趑趄簿书畦陇闲浅事，一纸之中尚十七八避就时人喜怒，不然则迂僻诞幻而不可世用者也。又有居其位而不听，又不引去者，天下以为是非固不论而易明也。

今如执事者，始自举曰贤而能谏诤，天子以为然而遂用之。今用矣，虽欲因循畏避自同于众人，固不可也。然世倘有不顾其不可而为之者，则执事岂曰：“是人也，是徒以一时文字声名倾四海而取进耳，乃世之以浮道相悦附而蹈利者之所为，非有志者所忍肆也。”

昔汉有公孙、杜钦、邺、谷永，皆贤良选用，计其一时之名迹，不减于今世也，其才岂尽不及今人哉？当时既得名位，而终于无所开陈，以至于泯泯其始于人而以为安矣。由今观之，则谀之迹固不可掩也，后人已见其如此，又忍循其邪径乎？窃计须自择也。

天下自唐天宝以来，上下汲汲，以谋相倾，材力相长，雄兵相制伏。百姓靡靡，日入于困穷。生于困穷，欲勿为罪戾，不可得也。今刑日烦，而民愈薄，利愈竭，而用不足，人益困，而敛未休，可为太息。

执事既居得言之任，将终为身谋而已，则巩言虽切何用？若欲兴太平，报国家，则愿无容容而随俗也。矧执事计当世之得失已详矣，忿世俗之垢玩有素矣，士君子用舍、去就、轻重之分，又岂不尽知而熟晓也？巩是以闻成命而不觉喜，且以为贺也，想日夕当有言，故陈区区，少助思虑。今世布衣多不谈治道，巩未尝一造而辄吐情实，诚有所发愤也。伏惟不甚怪怒而省察之。

【解题】

本文作年不详。强调谏官的重要作用，批评一些谏官的避重就轻、自欺欺人，希望田正言要以国家、百姓为念，而不要随波逐流、与世浮沉。语气恳切，表现了曾巩对时政的关心。

代上蒋密学书

夫蜀之奢闻天下，蜀之守前后相望，皆遂其俗而已，岂以俭为不美耶？盖蜀之守既贵重，而奢者人情之所便也，遂其俗者蜀人悦，而美名之所归也。彼席贵重之势，行所便而得美名，盖常人之所奔走也，夫谁肯舍而为俭哉？

然不知夫推理而行俭者亦乐也。变其俗而治，其始也，民虽疑且恐，且指日以谤；其终也，必化以服，则美名安得而不归哉？是其为美名也，君子之所名，穷万世而不灭者也。

然世不推其所以然，而相与立论曰："蜀易恐以动，俗既久以固，其不可以更也。"是大不然，夫不知民之难与虑始也，当事之更也必怨，岂惟蜀？子产之治郑也，三年，郑人有欲杀子产者，夫非怨哉？然郑卒以大治，戴子产卒以如父母，其终也，化且服云。此其效尤章章者也，岂患其易动哉？

蜀也，皆天下之人也，一而治之，安有不同乎？至于俗也，有不变而治者，有变而治者，所宜所向，不变而治者也，非礼义之归，变而治者也，若蜀之奢，岂礼义之归乎？奚而不变也？必也，久且固焉，则遂之而已。世之事入于乱者众矣，去治古远矣，举将遂之耶？必不然也。

然世所以莫或为与或为之而无其效者，是亦有二说，非如向之所云者一也。今之为吏者，势不得专且久，不专则谤易行，不久则化且服不可以俟也。是其所以莫或为与或为之而无其效也，可为太息也已。

及昨者执事之入蜀也，独欲出数百年之表，修之于躬而化其俗。某闻之喜且慕，不知其至也。既而卒以不专则谤易行，不久则化且服不可以俟也而罢。天下之望者，至今以为过。某闻之嗟且恨，亦不知其至也。虽然，执事之推是心也，好古而非俗之愿也可知。夫好古而非俗之愿者，行于此亦必均于彼，推于一亦必应于万。今执事之来余杭也，其由是心欤？

某也仰声义之旧，而其心有所迫切者，常人既不可以语，是以千里为近，以险途畏暑为广厦清凉，而自致于执事之门，以归计焉。岂惟以执事好古而非俗之愿为可也？抑亦以某人尝望辉光被收纳，有一日之素，而借口以来。伏惟少垂听。

某之家本穷空，迨某人而始得禄，不十年而某人没，没之日赖于友以葬。既葬，而其孥流离于乡，数期之间，疾疠死丧，十口之所存者，惟老母与某也二而已。无田而耕也，无货与技以为商与工也，无力以佣也，无屋庐以居也，奉老母而寓食于人者，迨十年矣。噫！是诚子之不孝者也，人之天穷者也。每观古人啜菽饮水亦养之说，而己尚不得有此，则昼而行，夜而卧，矍然而思，盡然而不知涕之交颐也。在上之君子闻是言也，知是人也，其哀之乎？抑不哀也？不哀之而曰仁，可乎？哀之而不救之可乎？

今某也得有屋庐以居，十数亩之田以业，老农女之妻以爨，而身耕于外，以觊得菽水之资，而奉老母，给祭祀，则志愿足矣。其为事至细，其为求至易与也，不过执事一器一会之所费而足济之矣，其忍有惜欤？十年而无可告者，今也遇执事，好古而非俗之愿者也，有一日之素者也。若告而又不见哀，哀而又不见振焉，则斯人也卒穷而死耳，岂有望于此哉？伏惟少留意而念焉。

【解题】

这是一封曾巩代人求助于蒋密学的信，作年不详。先从蜀地的奢俗以及官吏们不愿变俗而治谈起，再到蒋密学好古、恶奢，最后才将某人孤苦无依的惨状和盘托出。写来千回百转，结尾催人泪下。

代人上石中允书

人之去教化，不为盗也，其几矣！数十百年，公卿大夫无完人，即材与艺或薄于自修，即今之所谓自修，或薄于材，细谨细忠。今之所谓自修也，大节大行不如是其已也，而能者止于是。故自朝廷至于四方无治官，上虽有善意善令不能行，民之穷滨于死无所告，天下之未治无他焉，由是而已耳。群下相渐，靡靡成俗，所为戾道，过计者乃取士于是焉，其无得也明矣。一有骇而动之者，不比而盗也，其几矣。噫！可怪也！可惧也！

今者更贡举法，善矣。人相从观诏书，戾者矍然有意于惧，怠者幡然自强矣，数百年来未有此举也。然吏趣修其文耳，未有能力行者也；士趣强其外耳，未有能心通者也。不心通，赏罚一不振焉，必解矣。

有圣人作，不易是法矣。然而云尔何也？圣人之为教，以己为之先，以法制之助。不以己为之先，虽有善制，圣人不能行也。今能为之先，不在于吾君与吾民之所耳目者，吾君固能为之先矣。吾民之所耳目者，朝则公卿大夫，外则长若师，然而可法者殆少矣。太学化枢也，得执事为之先，蔡学士过此，言太学之行渐行矣，诚甚盛矣。不识通之于心者为谁，而能广之于朝廷天下乎？

某四年时太学生也，今者欲往而依执事，会学之令，不五百日，则不得举。某贫，父母待某然后养，不蚤得往也。今欲往焉，则恐后时不得举，则望旦夕而事亲者，毋所图焉，遂未依执事而学也。某之所就亦鄙矣，所不足于心亦大矣，某岂肯屑然哉？顾诚有不得已，谨书所作通论杂文一编以献，并叙太学得执事之盛，以为天下望。

【解题】

这封信的主旨在全文末句。前面所谈教化的作用和变更贡举法的好处，都为末句服务。此篇写得较滞涩。作年不详。

上王转运

某启：伏念某所守朴愚，与时不对，力求圣人之道，苦心并日夜，每见义理之所当然，则推而行之，未尝求信于人，亦诚无以使人见信。所为益久，处身益穷，亦不自悔于心。家贫，亲老食口仅三十，四海之大，无寸土狭庐可以自立，诚世之穷人，其状可谓有不堪之忧。伏处草茅，非敢望人之顾己也，不谓执事视听之远，得其姓名，收召抚循，诚意备到，每临而见之，未尝不优为之礼，非今御官之于贱士、前进之于后辈所常行者。其爱之也，汲汲乎忧其衣食之不足以事亲，则谋振之；勤勤乎欲成就其材，则昌言于朝以发之。凡赐之可以及某者，无不为焉，顾何足以当之。

夫人之怀道德者果于自守，不肯妄干于人，与人虽知之而非其意，亦诚不肯就之。而世之言相知者，皆以自炫饰为能，勤候伺请谢为宜，其去于自守而不肯妄干于人也，远矣。幸人之一顾，则仆仆然而逢之，唯恐不当其心；翦翦然而奔走之，惟恐其后时。其去于非其意而不肯就之也，亦远矣。然世之言相知者，得其所比肩，而怀道德者得其所无几人。

今执事之所部三州四军之地，四面各数千里，为属吏者累百人，韦布之士，负抱其业于门下者，衣裾相属，足迹相践也。彼孰不欲御其能于执事，而执事未有及之者。独某辱先及之，其迹亦未尝素一造门下，其材未尝自炫饰，其礼未尝为候伺谢请，其可谓不失其所以自守之操矣。至于进退之也，又一当于义，使之不拂挠其心而负其所学，其可谓无非其意者矣。夫然则某之进于道德也虽浅，然称之于四方，曰执事之遇曾某也以道，曾某受执事之遇，无所非其道，其可以无愧矣。四方之人闻之者曰：如某且然，况深于道德者如何哉？则其为补于世岂少欤？则其章明执事之心公于进善信，其所职守孜孜于国家，岂不盛欤？而某也，图所以为报之心，敢不称其遇之之义欤！

【解题】

曾巩坚持“自守而不肯妄干于人”、“非其意而不肯就之”，对于王转运的特殊礼遇只是表示诚挚的感谢，并申明义合道交的意义。此文很好地表现了曾巩散文典雅平易、含蓄简洁的风格。作年不详。

上王刑部

使至，伏奉所赐书教，反复申诵，欢悸惭感不可比说。

切自惟念前世显官重禄，则有与布衣韦带之子应答唱和，如己匹辈之事，所以使上下先后情志通洽，而四方之人莫不知道德之可重、节行之可达焉。降戾近世，公卿大夫所习则皆不然，而士之汲汲于进者犹奔走之，惟杰然自重者则甘意于退伏而无所屈焉。甚矣！风教之熄也，道德节行之贱绌也。

伏蒙执事颖然自抗于众见之表，扳古之道，行之于己，而赐之所被，某辱当焉，真耳目之际所罕曾有。顾愚蒙也，何以堪此？见谕寄任之体，固如来谓，然居今分部而使者，莫有以此自任而力行焉。自任而力行，又独见于执事，可谓非苟知之，亦允蹈之，魁伟殊绝之美，凛凛乎实在门墙之下矣。至于奖励之意，实恐期之大过，然敢不佩服矜式，勇于自效，以图报补？

【解题】

信中感叹世风日下，突出王刑部的节行，对王刑部能看重自己表示谢意。

上王刑部

今日得于州吏，伏审执事移使湖北。切以江陵之地实楚之故国，巴蜀瓯越三吴之出入者，皆取道于是，为一郡会。其山川之胜，盖历代尝用武焉，其间吴蜀魏氏尤悉争之。宋有天下，王师平高继冲，至于降孟昶，定周保权，又皆出此。其人才之秀、风物之美，有屈宋王祢之赋咏存焉。建节旄而使者，专有是土，其见倚之重，为吏之乐，岂细也哉？

然说事处之则未足贺。诚以执事之才力地望，宜进任于时，不宜任于此也。或者以谓蛮反，南方用兵，湖北邻也，宜择人抚之，故以属执事。使诚有是议，当出于庙堂，非愚所得知，所不敢臆定。所敢伏思者，人患才不足施或不得施，岂以位之彼此大小为择哉？于执事之心当亦若是，肆吾力、充吾职而已，岂以位之彼此大小动吾意哉？固执事之所务也。

秋冷，进涉道途，尊用何似，惟善保寝饭。辱顾深厚，仰望门下，伏限疾病所萦，不获走送，不任依恋。

【解题】

这封信劝慰王刑部，十分简明。

代人上州牧

阁下之来，政事之行固有日矣。某与州民食息耕蓺，凡有赖于上者，皆阁下之赐也。而某又于此时亡以自叙于铨，必得州檄为之明据，然后可以取信于公而得禄于家，至于文移屡干视听，是则居部属不为不幸，烦庇覆不谓不深。然未尝敢造屏户之间、望凡筵之末者，岂以怠堕而致旷阙？盖罪废之久，未敢自预于士大夫之行；孤危之中，固颇不追人事之好。其于退伏，祇欲自省而补其将来。所赖至仁照以余光，而恕其不及。今者，忽以岁尽，迫将西行而公檄未临，理当自请，故不复避尘渎之咎，而因辄自叙恳悃之诚。伏惟抚临四民，重失一物，宽其慢弛之罪，怜其屯蹶之情，于符移不惜其行，于刺谒不求其至，既终公议，亦慰私怀。

【解题】

代人求告州牧，以便尽快取得州檄，文辞凝重、婉曲。

贺东府启

右巩启：伏睹十月二十三日麻制，伏审史馆相公登庸，天下幸甚。伏惟史馆相公言为蓍蔡，行应准绳，兼文武之闳材，富天人之奥学。神祇幽赞，遭圣贤相得之时，夷夏耸观，备君臣咸有之德。果由枢轴，首秉钧衡。窃惟不世之姿，深达当今之务。必且开公平之路，以序进群能；销壅蔽之萌，以广延众论。以宽大为拯救疮痍之要，以安静为休息疲瘵之端。绌聚敛之无名，偃甲兵而不用。果推此道，以泽吾民。食味别声之伦，举皆受赐；殊邻绝党之俗，孰不向风？福禄可等于丘山，功名必永于金石。巩蚤游墙屏，幸遇陶熔。龃龉余生，始免挤排之患；零丁滞迹，渐期亨泰之来。想望门阑，以欣以跃。

【解题】

宋以枢密院专掌军政，称西府；中书门下（政事堂）掌管政务，称东府。此文作年不详，也不知所贺何人，但主旨与上篇一致。

贺蹇周辅授馆职启

右巩启：窃审奉被诏函，进登史观，伏惟庆慰。窃以安抚运使学士，材资秀特，识度淹冲。富华国之懿文，抱据经之宿学。一人嗟异，欲相如之同时；多士推先，服桓荣之稽古。果由时望，特被朝恩。流马木牛，方佐中都之费；金匮石室，遂窥广内之书。窃惟宠数之行，兹实要涂之渐。伫跻法从，用协佥言。巩获在下风，侧闻成命。分符海徼，幸依德庇之余；寓直书林，更托隽游之末。其为欣庆，曷可缕陈。

【解题】

蹇周辅（1021—1096），字磻翁，成都双流人。进士及第，历福建转运使、大理少卿、户部侍郎、开封府知府、刑部侍郎等。蹇周辅曾授集贤殿修撰，曾巩此文可能就作于此时。

回泉州陈都官启

右巩启：窃审祗奉茂恩，进升宠秩，伏惟庆慰。窃以知府都官周材经务，令德镇浮。席膴仕以弥优，简清衷而有素。循良之政，已洽于民谣；恬退之风，足敦于世教。果膺异数，进陟名曹。侧聆成命之行，方窃同声之喜。岂期厚眷，特枉长笺。载规谦抑之辞，但切感铭之悬。

【解题】

都官，官署名，属刑部。北宋前期，设判都官事一员，以无职事朝官充任，无职掌。元丰改制，主管在京各司无选限公人的名籍及其补换、更替，依条制据其功过展减磨勘，置册登记各地编配、羁管人员名籍。

贺赵大资致政启

右巩启：窃审进秩宫朝，归荣里闬，伏惟庆慰。恭以致政宫保大资言为蓍蔡，行应准绳。肩一德以在躬，历三朝而遇主。谠言大论，著在朝堂；善政流风，被于藩服。引年求谢，抗疏弥坚。屡降德音，方倚老成之重；难回壮节，闵有官职之劳。躐升储寀之华，退遂家居之乐。门开祖帐，众叹大夫之贤；庭列赐车，自知稽古之力。惟能谐于素志，实何愧于昔人。巩叨荷陶钧，与游门馆。观大贤出处之迹，足劝士伦；知儒者进退之宜，敢忘师慕。其为欣跃，倍万等侪。

【解题】

大资，宋资政殿大学士的简称。致政，也称“致仕”，指官员退休。致仕制度规定，文官年满七十为致仕之期，武臣延长十岁。自愿就闲，可提前致仕。

回陆佃谢馆职启

右巩启：伏审祗膺诏检，入践书林，伏惟庆慰。伏惟侍讲学士敏识兼人，英辞华国。翰林子墨之赋，蚤擅贵名；玉杯繁露之篇，多明大义。岂独坐收于士望，固能自结于主知。特启书筵，密邻禁户。凡将急就之字，已赖发明；广内石室之藏，更资是正。兹惟异选，奚测远涂。方喜托于余光，遽先承于华问。烨如黼藻，实骇于弥文；沛若江河，更钦于善下。其为感幸，曷罄敷陈。

【解题】

陆佃（1042—1102），字农师，号陶山，越州山阴人。年少时从王安石学，熙宁间中进士，历国子监直讲、中书舍人、吏部尚书等等，参与修撰《神宗实录》、《哲宗实录》。

代上张学士

天下共论阁下之才、谅直之节形于朝廷，而廉退之行加于上下，为日旧矣。及拥节旄分一面而使，当国家经费之广，而诸路争出计策以求余财而自为功之时，阁下方悼百姓之穷，恶俗吏之薄，以出入期会之常奉贡赋之事，而以兼吏博爱之政被于绵地数千里之人，其明于轻重之间、利害之际，而其心岂近也哉？故天下之士不远江海山陆之涂，不顾自进之嫌，而以争归阁下为事，诚以义之所在则天下之所向也。况于十州十县之地，百执事之人以身得察于左右者，其欣附复何如哉？而阁下又方不以位势之尊，不难诎降于人，以以四面进之，故自归者之日众，欣附者之日倾。

夫何繇哉？理则然也。夫去小恶则大恶惧，举小善则众善兴，此非由他，盖人之情，谓上之人于善恶之别，且不遗其小者，而况于其远大者乎？虽然，去恶以止恶，不若举善以励善，使人自趋，则不为恶可以止恶之愈也。

今使者之务宜无意于此者，而吴越之大，吏可谓有小善之资在可举之势者，岂无人哉？若某之微阘者，得以姓名彻阁下，而所以致其心力之劳过，蒙执系者之见识，尝赐之一言之奖，亦已久矣。某者不敏于事，徒以先世之故，得有禄食之赐，又用举者之言且方窃邑于此，夙夜之所自励于此，邑之人曲直损益、沮劝废置之宜，而至于赋税发召、出入要会之故，未尝敢不尽其心焉。理之所在，惟其不达，苟达焉，未尝敢不循也；理之所去，惟其不达，苟达焉，未尝敢不避也。若此自强，虽不足谓美，然始终庶几无大旷，自亦蒙鄙之分所竭之至也。伏惟执事者之贵听览之远，在其事亦已察矣。而某之不偶，一来为吏，饥寒骏奔十余岁中，虽数枉有司之荐，而其穷固未动也。

今者幸遇阁下之仁，尝蒙一顾之重，若不进而言焉，则有自弃而已。诚以阁下之材德，天下以谓宜大用于朝，而不宜淹此一方也。如一日去而坐廊庙之上，方当于天下之治，图其大者，则某之贱，或有所未暇及焉，是某之穷，无振之者。

伏惟采其倾附之情，察其自竭之效，而矜其地势之若此，成以一言之奖，许以小善之进，则岂独孤陋之幸，亦所以使四方闻之，谓如某者且不弃于门下，则众善之劝必自此始焉，惟阁下留意。

【解题】

张学士，疑即张方平（1007—1091），字安道，号乐全居士，应天府宋城人，尝为翰林学士、翰林学士承旨，官至参知政事。在吴越之地曾知昆山县、江宁府、杭州。苏轼下狱，张方平抗章相救。此文代吴越之地一小吏求荐拔，纡徐婉曲，曲尽其情。

贺正字启

奉被诏函，进登册府，伏惟庆慰。窃以某官材资秀峙，识度淹冲，富华国之懿文，剧抱经之宿学。一人嗟异，钦相如之同时；多士推先，服桓荣之稽古。果允时望，特被朝恩。流马木牛，方佐中都之费；金匮石室，遂窥广内之书。窃惟宠数之行，兹实要途之渐。伫跻法从，用协佥言。某获在下风，侧闻成命。分符海徼，幸依德庇之余；寓直书林，更托隽游之末。其为欣庆，曷有缕陈。

【解题】

正字，官名，属秘书省，掌订正典籍讹误。曾巩这类贺启，虽然写得十分典雅，但都大同小异。

贺方正字启

赐对中宸，升华内阁。上恩优异贤业，光亨国家。宪奎璧以右文，敞蓬瀛而吁俊。匪独图书之寄，实为公辅之储。任惟系于才能，官不拘于阶陛。凡膺妙选，允谓清流。伏以某官蚤擅英声，素推奥学。金门射策，风采动于诸公；玉殿昌言，论议开乎明主。墨未乾于黄甲，身已出于青云。岂稽古之无功，宜致君之有术。侧闻新命，远慰私诚。未修赞喜之仪，遽枉相先之问。谦勤滋至，佩荷奚胜。

【解题】

方正字不详何人，但通过此文，读者还是可以大致了解一些有关他的个人情况及晋升由来。

与俞叔通教授

辱文采甚盛，所以应今之科选者，宜无不合，而乃尔滞淹，此鄙钝所未谕。迫行不得迎接，谨奉启陈谢。

【解题】

俞叔通，生平不详。本文写作年代失考。文笔洗练，言简意明。

回傅侍讲启

巩启：伏审祇膺诏检，入奉经筵，伏惟庆慰。伏以某官秉德粹冲，受材闳廓。遘盛辰而开迹，席膴仕以升华。善政流风，已推行于民上；高文大策，久耸动于朝端。果允佥言，特膺迅用。从容帝幄，方演畅于微言；密勿禁林，伫裁成于明命。自聆拜宠，方念腾书。辱见奖于旧游，遽先流于华问。欣愉感幸，交集悃诚。

【解题】

看来傅侍讲对曾巩很器重。曾巩在感激之情驱使下写就回启。张伯行评："雅令不缛。"

代人谢余侍郎启

右某启：伏念某归而闲处，时所背驰。分功名之无期，嗟志意之空大。言当世之事，惧尚口而更穷；求后人之知，因著书而自见。疏阔已甚，抵弃未能，辄布听闻，方虞诃谴。属小儿之过拜，辱余论之见存。指瑾掩疵，大为之地，悯穷悼屈，勤出于衷。省枯槁之姿，力乖报德；激衰残之气，感欲忘身。瞻风采之敻遥，役魂神而飞去。尚当益壮，以塞误知。

【解题】

表现出某人那功名未遂心有不甘的老儒心态。然而张伯行云："虽是代人作，而子固之身分如见。"

贺提刑状

右，伏审祇奉诏恩，总持使务，伏惟庆慰。伏以提刑屯田躬高明之德，席熙盛之期，起收科荣，光映朝序。发明吾道，则有文章之深淳；推行当时，是为治行之尤异。果膺迅用，以允佥言。自江之东，握节而使，固将粹美于风俗，岂特是正于刑书。不次之升，为端于此。巩获分郡寄，得与公庥。幸喜之深，叙陈罔既。

【解题】

提刑，宋各路提点刑狱公事的简称。

贺转运状

伏审祇奉诏封，就更使节，伏惟庆慰。伏以运使司封受材闳远，植性粹冲，风猷为世之表仪，治行乃时之轨则。果用详刑之最，来分将漕之权。威名已动于连城，惠术行周于比户。岂止调盈虚于岁计，内足邦储；方且知缓急于人情，下流主泽。然后进陪侍从，入奉询谋，在公论以犹稽，实舆诚之所系。巩备官于此，托庇云初。将承望于余光，但欣愉于懦思。属祈寒之在序，谅福履之保和。敢冀上为朝廷，善调兴寝。祷颂之至，叙述奚周。

【解题】

转运，指转运使。宋初设随军转运使、水陆计度转运使，供办官需。太宗以后，转运使渐成各路长官，经度一路全部或部分财赋，监察各州官吏，并以官吏违法、民生疾苦情况上报朝廷。

贺杭州赵资政冬状

右巩启：窃以布律而候，气萌动于黄宫；立表以须，景长至于南极。伏惟知府资政受材闳廓，含德粹纯，壮经国之大猷，济格天之盛业。履兹令序，茂集休祺。典册衮衣，伫履一作复三公之位；旂常鼎鼐，当传万世之功。巩祗服冠箴，远违门著，素积依归之望，弥深祷颂之勤。

【解题】

贺冬，即庆贺冬至节。资政，资政殿学士的简称。

回亳州知府谏议状

右巩启：伏念自违墙屏，浸易岁时，比潜伏于外邦，久弃捐于人事。虽向往之意不暂弭忘，而参候之勤至于旷绝。敢谓曲敦雅旧，尚记庸虚。赐劳问于华笺，致恩勤于亲笔。文如黼藻，加一字以为荣；操若松筠，贯四时而不改。以惭且感，欲报奚言。今者窃审固避机衡，出临屏翰，始敢沥茅心之至恳，具竿牍之常仪，少赎旷疏，凯蒙开察。盖天时之迭运，属眷令之方行。伏惟开阁之初，偃藩甚乐。休有神明之助。茂臻福履之宜。镇抚名城，暂屈承流之寄；旋归宰路，伫膺图旧之求。更惟上为宗祊，善调寝饽。祷颂之至，但切下情。

【解题】

先为疏于问候致歉，再致以祝福，有如例行公事一般，显然是应酬之作。

回运使郎中状

右巩启：伏念巩仰高所至，驰思为深，恋势之殊，属书以进。枉过恩之特厚，流华问以见存。文辞烂然，意气勤甚。虽德心之大，遗名秩以自谦；而士品之微，顾材资而安称。其为佩服，曷罄指陈。急景云初，祈寒将盛。伏惟遵道途之易，询采于风谣；察闾里之勤，布行于德惠。神灵所护，福禄攸宜。恭以运使郎中材足兼人，志存及物。出高明之庆族，接熙洽之盛期。通班于朝，揭节而使。自簿书期会之纤悉，莫不注心；至山岩窟穴之幽深，举皆受赐。足以救一时之敝，故能得万事之宜。休声所归，远用行及。伏惟遵时之顺，养气以恬。庶允舆人之情，不违拙者之望。

【解题】

曾巩对写这类应酬文章十分熟练。

东府贺冬状

右巩启：伏以气动于微，升一阳而方长；物资其始，萌万宝于将亨。伏惟某官，行蹈中庸，业存久大，为生民之蓍蔡，任王室之股肱。四岳之亮天功，其凝庶绩；百揆之熙帝载，攸叙彝伦。茂对休辰，具膺繁祉。巩方祗官次，阻诣门阑。

【解题】

宋以中书门下（政事堂）掌管政务，称东府。与枢密院合称二府，为最高国务机关。贺冬，即庆贺冬至节。

西府贺冬状

右巩启：伏以物资其始，萌万宝于将亨；气动于微，升一阳于方长。伏惟某官，业存久大，行蹈中庸，为蓍蔡于生民，任股肱于王室。共武之服，久专总于枢机；秉国之均，伫首当于衡轴。对休辰而茂协，膺繁祉以具宜。巩限此守邦，未缘为寿。

【解题】

宋以枢密院专掌军政，称西府。

四　序跋

思轩诗序

今天子至和之初，尚书屯田员外郎林君慥通判抚州，协于上下，以修其职。于是时，蝗起京东，转入江淮之间，秋又皆旱，抚独无害灾。故君得以其间，益疏其寝北之池，厚池之北涯，立屋其上，入而燕焉，名其轩曰思轩。士之能诗者，皆为君赋之。

观君之蚤夜于其治，既有余日，乃自以为不足，而深思于此。得士大夫之作，读而推之，以察君之志，将无小大言动，万事之作止，一择其宜，则思之尽，岂独一时寄此轩之内哉？

君之大父水部君，当太宗时，实通判是州。今六十余年，而君来世其官。众于是考于州人，以求水部之余思遗德。又荣君之能业其家，而谓君之势且益显，以大其宗门，将岂止于此！后有君子低回此轩，而迹君之思见于事者，不违于理，不坠其先人，则诗之信天下，其可蔽也哉？九月十五日序。

【解题】

此序作于宋仁宗至和元年（1054），交代了思轩诗的来由，称许林慥能谦虚谨慎、光宗耀祖。

先大夫集后序

公所为书，号《仙凫羽翼》者三十卷，《西陲要纪》者十卷，《清边前要》五十卷，《广中台志》八十卷，《为臣要纪》三卷，《四声韵》五卷，总一百七十八卷，皆刊行于世。今类次诗赋书奏一百二十三篇，又自为十卷，藏于家。方五代之际，儒学既摈焉，后生小子，治术业于闾巷，文多浅近。是时公虽少，所学已皆知治乱得失兴坏之理，其为文闳深隽美，而长于讽谕，今类次乐府已下是也。

宋既平天下，公始出仕。当此之时，太祖、太宗已纲纪大法矣，公于是勇言当世之得失。其在朝廷，疾当事者不忠，故凡言天下之要，必本天子忧怜百姓、劳心万事之意，而推大臣从官执事之人，观望怀奸，不称天子属任之心，故治久未治，至其难言，则人有所不敢言者。虽屡不合而出，其所言益切，不以利害祸福动其意也。

始公尤见奇于太宗，自光禄寺丞、越州监酒税召见，以为直史馆，遂为两浙转运使。未久而真宗即位，益以材见知。初试以知制诰，及西兵起，又以为自陕以西经略判官。而公常激切论大臣，当时皆不悦，故不果用。然真宗终感其言，故为泉州，未尽一岁，拜苏州，五日，又为扬州。将复召之也，而公于是时又上书，语斥大臣尤切，故卒以龃龉终。

公之言，其大者，以自唐之衰，民穷久矣，海内既集，天子方修法度，而用事者尚多烦碎，治财利之臣又益急，公独以谓宜遵简易、罢管榷，以与民休息，塞天下望。祥符初，四方争言符应，天子因之，遂用事泰山，祠汾阴，而道家之说亦滋甚，自京师至四方，皆大治宫观。公益诤，以谓天命不可专任，宜绌奸臣，修人事，反复至数百千言。呜呼！公之尽忠，天子之受尽言，何必古人。此非传之所谓主圣臣直者乎？何其盛也！何其盛也！

公在两浙，奏罢苛税二百三十余条。在京西，又与三司争论，免民租，释逋负之在民者，盖公之所试如此。所试者大，其庶几矣。公所尝言甚众，其在上前及书亡者，盖不得而集。其或从或否，而后常可思者，与历官行事，庐陵欧阳公已铭公之碑特详焉，此故不论，论其不尽载者。

公卒以龃龉终，其功行或不得在史氏记，借令记之，当时好公者少，史其果可信欤？后有君子欲推而考之，读公之碑与其书，及余小子之序其意者，具见其表里，其于虚实之论可核矣。

公卒乃赠谏议大夫。姓曾氏，讳某，南丰人。序其书者，公之孙巩也。至和元年十二月二日谨序。

【解题】

作于至和元年（1054）。此序称述先人，而反复致慨于当时，意气急切，充满激情。曾巩独独从“勇言当世得失”这点来概括祖父曾致尧的生平大概，可见他对在朝任职的官吏应具品质和原则的认识。因欧阳修、王安石为曾致尧作神道碑、墓志铭记叙很详，此文就写成一篇人物补论，以免重复。王慎中评：“先生之文，如此篇之委曲感慨而气不迫晦者，亦不多有。”（见姚鼐《古文辞类纂》）茅坤称此文为“韩、欧与苏亦当俯首者”。

《鲍溶诗集》目录序

《鲍溶诗集》六卷，史馆书旧题云《鲍防集》五卷，《崇文总目》叙别集亦然。知制诰宋敏求为臣言，此集诗见《文粹》、《唐诗类选》者，皆称鲍溶作。又防之《杂感》诗最显，而此集无之，知此诗非防作也。臣以《文粹》、《类选》及防《杂感》诗考之，敏求言皆是。又得参知政事欧阳修所藏《鲍溶集》，与此集同，然后知为溶集决也。史馆书五卷，总二百篇。欧阳氏书无卷第，才百余篇。然其三十三篇，史馆书所无，今别为一卷，附于后，而总题曰《鲍溶诗集》六卷。

盖自先王之泽熄而诗亡，晚周以来，作者嗜文辞，抒情思而已，然亦往往有可采者。溶诗尤清约谨严，而违理者少，亦近世之能言者也。故既正其误谬，又著其大旨以传焉。臣巩谨序。

【解题】

此序作于宋仁宗嘉祐六年（1061）。作者考证了史馆书及《崇文总目》将《鲍溶集》题作《鲍防集》之误，交代六卷本《鲍溶诗集》的由来。

《李白诗集》后序

《李白诗集》二十卷，旧七百七十六篇，今千有一篇，杂著六十篇者，知制诰常山宋敏求字次道之所广也。次道既以类广白诗，自为序，而未考次其作之先后。余得其书，乃考其先后而次第之。

盖白蜀郡人，初隐岷山，出居襄汉之间，南游江淮，至楚观云梦。云梦许氏者，高宗时宰相圉师之家也，以女妻白，因留云梦者三年。去，之齐鲁，居徂徕山竹溪，入吴，至长安，明皇闻其名，召见以为翰林供奉，顷之不合去。北抵赵、魏、燕、晋，西涉岐邠，历商於，至洛阳，游梁最久，复之齐、鲁，南浮淮、泗，再入吴，转徙金陵，上秋浦浔阳。天宝十四载，安禄山反，明年明皇在蜀，永王璘节度东南，白时卧庐山，璘迫致之。璘军败丹阳，白奔亡至宿松，坐系浔阳狱。宣抚大使崔涣与御史中丞宋若思验治白，以为罪薄宜贯，而若思军赴河南，遂释白囚，使谋其军事，上书肃宗，荐白材可用，不报。是时白年五十有七矣。乾元元年，终以污璘事长流夜郎，遂泛洞庭，上峡江，至巫山，以赦得释，憩岳阳、江夏，久之复如浔阳，过金陵，徘徊于历阳、宣城二郡。其族人阳冰为当涂令，白过之，以病卒，年六十有四，是时宝应元年也。其始终所更涉如此，此白之诗书所自叙可考者也。

范传正为白墓志，称白“偶乘扁舟，一日千里，或遇胜景，终年不移”，则见于白之自叙者，盖亦其略也。《旧史》称白山东人，为翰林待诏，又称永王璘节度扬州，白在宣城谒见，遂辟为从事。而《新书》又称白流夜郎，还浔阳，坐事下狱，宋若思释之者，皆不合于白之自叙。盖史误也。

白之诗连类引义，虽中于法度者寡，然其辞闳肆隽伟，殆骚人所不及，近世所未有也。《旧史》称白有逸才，志气宏放，飘然有超世之心，余以为实录。而《新书》不著其语，故录之，使览者得详焉。

【解题】

此序作于宋仁宗嘉祐六年（1061）。何焯评曰：“文甚严洁。为考白诗之先后而次第之，故于白始终所更涉特详，而并辨新旧二书之误。或以为变调者，谬也。”

《陈书》目录序

《陈书》六本纪，三十列传，凡三十六篇。唐散骑常侍姚思廉撰。

始，思廉父察，梁陈之史官也，录二代之事，未就而陈亡。隋文帝见察，甚重之，每就察访梁陈故事，察因以所论载，每一篇成辄奏之，而文帝亦遣虞世基就察求其书，又未就而察死。察之将死，属思廉以继其业。唐兴，武德五年，高祖以自魏以来二百余岁，世统数更，史事放逸，乃诏论次，而思廉遂受诏为《陈书》，久之犹不就。贞观三年，遂诏论撰于秘书省，十年正月壬子始上之。

观察等之为此书，历三世，传父子，更数十岁而后乃成，盖其难如此。然及其既成，与宋、魏、齐、梁等书，世亦传之者少，故学者于其行事之迹，亦罕得而详也。而其书亦以罕传，则自秘府所藏，往往脱误，嘉祐六年八月始诏校雠，使可镂版，行之天下。而臣等言梁、陈等书缺，独馆阁所藏，恐不足以定著，愿诏京师及州县藏书之家，使悉上之。先皇帝为下其事，至七年冬稍稍始集。臣等以相校，至八年七月，《陈书》三十六篇者始校定，可传之学者。其疑者亦不敢损益，特各疏于篇末。其书旧无目录，列传名氏多阙谬，因别为目录一篇，使览者得详焉。

夫陈之为陈，盖偷为一切之计，非有先王经纪礼义风俗之美，制治之法可章示后世。然而兼权尚计，明于任使，恭俭爱人，则其始之所以兴；惑于邪臣，溺于嬖妾，忘患纵欲，则其终之所以亡。兴亡之端，莫非自己致者。至于有所因造，以为号令、威刑、职官、州郡之制，虽其事已浅，然亦各施于一时，皆学者之所不可不考也。而当时之士，争夺诈伪，苟得偷合之徒，尚不得不列以为世戒，而况于坏乱之中，仓皇之际，士之安贫乐义，取舍去就，不为患祸势利动其心者，亦不绝于其间。若此人者，可谓笃于善矣。盖古人之所思见而不可得，《风雨》之诗所为作者也，安可使之泯泯不少概见于天下哉？则陈之史其可废乎？

盖此书成之既难，其后又久不显，及宋兴已百年，古文遗事靡不毕讲，而始得盛行于天下，列于学者，其传之之难又如此，岂非遭遇固自有时也哉！

【解题】

此序作于嘉祐八年（1063）。序文回顾了《陈书》修撰的艰难历程，交代校雠、刊行此书的原因及经过。何焯评曰：“诸序中独此篇回顾起处，复作波澜。”（《义门读书记》卷四十一）

王子直文集序

至治之极，教化既成，道德同而风俗一，言理者虽异人殊世，未尝不同其指。何则？理当故无二也。是以《诗》《书》之文，自唐虞以来，至秦鲁之际，其相去千余岁，其作者非一人，至于其间尝更衰乱，然学者尚蒙余泽，虽其文数万，而其所发明，更相表里，如一人之说，不知时世之远，作者之众也。呜呼！上下之间，渐磨陶冶，至于如此，岂非盛哉！

自三代教养之法废，先王之泽熄，学者人人异见，而诸子各自为家，岂其固相反哉？不当于理，故不能一也。

由汉以来，益远于治。故学者虽有魁奇拔出之材，而其文能驰骋上下，伟丽可喜者甚众，然是非取舍，不当于圣人之意者亦已多矣。故其说未尝一，而圣人之道未尝明也。士之生于是时，其言能当于理者，亦可谓难矣。由是观之，则文章之得失，岂不系于治乱哉？

长乐王向字子直，自少已著文数万言，与其兄弟俱名闻天下，可谓魁奇拔出之材，而其文能驰骋上下，伟丽可喜者也。读其书，知其与汉以来名能文者，俱列于作者之林，未知其孰先孰后。考其意，不当于理者亦少矣。然子直晚自以为不足，而悔其少作。更欲穷探力取，极圣人之指要，盛行则欲发而见之事业，穷居则欲推而托之于文章，将与《诗》《书》之作者并，而又未知孰先孰后也。然不幸蚤世，故虽有难得之材，独立之志，而不得及其成就，此吾徒与子直之兄回字深父所以深恨于斯人也。

子直官世行治，深父已为之铭。而书其数万言者，属予为叙。予观子直之所自见者，已足暴于世矣，故特为之序其志云。

【解题】

此文称赞王向“有难得之材”，而对其“不幸蚤世”表示惋惜。前半部分议论可与《〈新序〉目录序》参看。曾巩《王容季墓志铭》云："初，子直之遗文，深甫属予序之。数年，又叙深甫之文。"《王深父文集序》作于治平二年（1065），故知此文当作于嘉祐年间。

王深父文集序

深父，吾友也，姓王氏，讳回。当先王之迹熄，六艺残缺，道术衰微，天下学者无所折衷，深父于是时奋然独起，因先王之遗文以求其意，得之于心，行之于己，其动止语默必考于法度，而穷达得丧不易其志也。文集二十卷，其辞反复辨达，有所开阐，其卒盖将归于简也。其破去百家传注，推散缺不全之经，以明圣人之道于千载之后，所以振斯文于将坠，回学者于既溺，可谓道德之要言，非世之别集而已也。后之潜心于圣人者，将必由是而有得，则其于世教，岂小补之而已哉？

呜呼！深父其志方强，其德方进，而不幸死矣，故其泽不加于天下，而其言止于此。然观其所可考者，岂非孟子所谓名世者欤？其文有片言半简，非大义所存，皆附而不去者，所以明深父之于其细行，皆可传于世也。

深父，福州侯官县人，今家于颍。尝举进士，中其科，为亳州卫真县主簿。未一岁弃去，遂不复仕。卒于治平二年之七月二十八日，年四十有三。天子尝以某军节度推官知陈州南顿县事，就其家命之，而深父既卒矣。

【解题】

此序作于宋英宗治平二年（1065）。曾巩对王回的评价很高，早在庆历四年（1044），他在《再与欧阳舍人书》中就向欧阳修推荐过王回、王向，可知此序并非矫情虚美。

相国寺维摩院听琴序

古者学士之于六艺，射能弧矢之事矣，又当善其揖让之节；御能车马之事矣，又当善其驱驰之节；书非能肆笔而已，又当辨其体而皆通其意；数非能布策而已，又当知其用而各尽其法。而五礼之威仪，至于三千，六乐之节文，可谓微且多矣。噫！何其烦且劳如是！然古之学者必能此，亦可谓难矣。

然习其射御于礼，习其干戈于乐，则少于学，长于朝，其于武备固修矣。其于家有塾，于党有庠，于乡有序，于国有学，于教有师，于视听言动有其容，于衣冠饮食有其度，几杖有铭，盘杆有戒。在舆有和鸾之声，行步有佩玉之音，燕处有《雅》、《颂》之乐。而非其故，琴瑟未尝去于前也。盖其出入进退，俯仰在右，接于耳目，动于四体，达于其心者，所以养之至如此其详且密也。

虽然，此尚为有待于外者耳。若夫三才万物之理，性命之际，力学以求之，深思以索之，使知其要，识其微，而斋戒以守之，以尽其才，成其德，至合于天地而后已者，又当得之于心，夫岂非难哉？

噫！古之学者，其役之于内外以持其心、养其性者，至于如此，此君子所以爱日而自强不息，以求至乎极也。然其习之有素，闲之有具如此，则求其放心，伐其邪气，而成文武之材，就道德之实者，可谓易矣。

孔子曰："兴于《诗》，立于《礼》，成于《乐》。"盖乐者，所以感人之心，而使之化，故曰"成于《乐》"。昔舜命夔典乐，教胄子，曰："直而温，宽而栗，刚而无虐，简而无傲。"则乐者非独去邪，又所以救其性之偏而纳之中也。故和鸾、佩玉、

《雅》《颂》琴瑟之音，非其故不去于前，岂虚也哉？今学士大夫之于持其身、养其性，凡有待于外者，皆不能具，得之于内者，又皆略其事，可谓简且易矣。然所以求其放心，伐其邪气，而成文武之材，就道德之实者，岂不难哉？此予所以惧不至于君子而入于小人也。

夫有待于外者，余既力不足，而于琴窃有志焉久矣，然患其莫余授也。治平三年夏，得洪君于京师，始合同舍之士，听其琴于相国寺之维摩院。洪君之于琴，非特能其音，又能其意者也。予将就学焉，故道予之所慕于古者，庶乎其有以自发也。同舍之士，丁宝臣元珍、郑穆闳中、孙觉莘老、林希子中，而予曾巩子固也。洪君名规，字方叔，以文学吏事称于世云。

【解题】

作于治平三年（1066）。文章从古人学习六艺以修身养性、“成文武之材，就道德之实”的作用谈起，对比古人努力修养的“详且密”和当时人的“简且易”，以说明古人成就之易与时人成就之难的原因，最后点出作这篇文章的缘起。这篇文章虽名为序，但与一般的文前或书前的序及赠序无关，大概可归入杂记一类。

张文叔文集序

文叔姓张氏，讳彦博，蔡州汝阳人。庆历三年，为抚州司法参军，余为之铭其父碑。文叔又治其寝，得婴儿秃秃之遗骸葬之，余为之志其事。是时文叔年未三十，喜从余问道理，学为文章，因与之游。至其为司法代去，其后又三遇焉，至今二十有六年矣。

文叔为袁州判官以死。其子仲伟集其遗文为四十卷，自蕲春走京师，属余序之。余读其书，知文叔虽久穷，而讲道益明，属文益工，其辞精深雅赡，有过人者。而比三遇之，盖未尝为余出也。又知文叔自进为甚强，自待为甚重，皆可喜也。虽其遇于命者不至于富贵，然比于富贵而功德不足以堪之，姑为说以自恕者，则文叔虽久穷，亦何限哉？

仲伟居抚时，八九岁，未丱，始读书就笔砚。今仪观甚伟，文辞甚工。有子复能读书就笔砚矣，则余其能不老乎？既为之评其文而序之，又历道其父子事反复如此者，所以致余情于故旧，而又以见余之老也。熙宁元年十二月十七日序。

【解题】

作于神宗熙宁元年（1068）。作者为其学生张彦博的文集作序，除了称赞“其辞精深雅赡”外，又流露出一种怀旧叹老的真情，凄然感人。

《越州鉴湖图》序

鉴湖，一曰南湖，南并山，北属州城漕渠，东西距江，汉顺帝永和五年，会稽太守马臻之所为也，至今九百七十有五年矣。其周三百五十有八里，凡水之出于东南者皆委之。州之东，自城至于东江，其北堤石楗二，阴沟十有九，通民田，田之南属漕渠，北东西属江者皆溉之。州之东六十里，自东城至于东江，其南堤阴沟十有四，通民田，田之北抵漕渠，南并山，西并堤，东属江者皆溉之。州之西三十里，曰柯山斗门，通民田，田之东并城，南并堤，北滨漕渠，西属江者皆溉之。总之，溉山阴、会稽两县十四乡之田九千顷。非湖能溉田九千顷而已，盖田之至江者尽于九千顷也。其东曰曹娥斗门，曰蒿口斗门，水之循南堤而东者，由之以入于东江。其西曰广陵斗门，曰新径斗门，水之循北堤而西者，由之以入于西江。其北曰朱储斗门，去湖最远。盖因三江之上、两山之间，疏为二门，而以时视田中之水，小溢则纵其一，大溢则尽纵之，使入于三江之口。所谓湖高于田丈余，田又高海丈余，水少则泄湖溉田，水多则泄田中水入海，故无荒废之田，水旱之岁者也。繇汉以来几千载，其利未尝废也。

宋兴，民始有盗湖为田者。祥符之间二十七户，庆历之间二户，为田四顷。当是时，三司转运司犹下书切责州县，使复田为湖。然自此吏益慢法，而奸民浸起，至于治平之间，盗湖为田者凡八千余户，为田七百余顷，而湖废几尽矣。其仅存者，东为漕渠，自州至于东城六十里，南通若耶溪，自樵风泾至于桐坞，十里皆水，广不能十余丈，每岁少雨，田未病而湖盖已先涸矣。

自此以来，人争为计说。蒋堂则谓宜有罚以禁侵耕，有赏以开告者。杜杞则谓盗湖为田者，利在纵湖水，一雨则放声以动州县，而斗门辄发。故为之立石则水，一在五云桥，水深八尺有五寸，会稽主之；一在跨湖桥，水深四尺有五寸，山阴主之。而斗门之钥，使皆纳于州，水溢则遣官视则，而谨其闭纵。又以谓宜益理堤防斗门，其敢田者拔其苗，责其力以复湖，而重其罚，犹以为未也，又以谓宜加两县之长以提举之名，课其督察而为之殿最。吴奎则谓每岁农隙，当僦人浚湖，积其泥涂以为丘阜，使县主役，而州与转运使、提点刑狱督摄赏罚之。张次山则谓湖废，仅有存者难卒复，宜益广漕路及他便利处，使可漕及注民田里，置石柱以识之，柱之内禁敢田者。刁约则谓宜斥湖三之一与民为田，而益堤使高一丈，则湖可不开，而其利自复。范师道、施元长则谓重侵耕之禁，犹不能使民无犯，而斥湖与民，则侵者孰御？又以湖水较之，高于城中之水，或三尺有六寸，或二尺有六寸，而益堤壅水使高，则水之败城郭庐舍可必也。张伯玉则谓日役五千人浚湖，使至五尺，当十五岁毕，至三尺，当九岁毕。然恐工起之日，浮议外摇，役夫内溃，则虽有智者，犹不能必其成。若日役五千人，益堤使高八尺，当一岁毕。其竹木之费，凡九十二万有三千，计越之户二十万有六千，赋之而复其租，其势易足，如此，则利可坐收，而人不烦弊。陈宗言、赵诚复以水势高下难之，又以谓宜修吴奎之议，以岁月复湖。当是时，都水善其言，又以谓宜增赏罚之令。

其为说如此，可谓博矣。朝廷未尝不听用而著于法，故罚有自钱三百至于千，又至于五万，刑有自杖百至于徒二年，其文可谓密矣。然而田者不止而日愈多，湖不加浚而日愈废，其故何哉？法令不行，而苟且之俗胜也。

昔谢灵运从宋文帝求会稽回踵湖为田，太守孟𫖮不听，又求休崲湖为田，𫖮又不听，灵运至以语诋之。则利于请湖为田，越之风俗旧矣。然南湖繇汉历吴、晋以来，接于唐，又接于钱镠父子之有此州，其利未尝废者。彼或以区区之地当天下，或以数州为镇，或以一国自王，内有供养禄廪之须，外有贡输问遗之奉，非得晏然而已也。故强水土之政以力本利农，亦皆有数，而钱镠之法最详，至今尚多传于人者。则其利之不废，有以也。

近世则不然，天下为一，而安于承平之故，在位者重举事而乐因循。而请湖为田者，其语言气力往往足以动人。至于修水土之利，则又费材动众，从古所难。故郑国之役，以谓足以疲秦，而西门豹之治邺渠，人亦以为烦苦，其故如此。则吾之吏，孰肯任难当之怨，来易至之责，以待未然之功乎？故说虽博而未尝行，法虽密而未尝举，田者之所以日多，湖之所以日废，繇是而已。故以谓法令不行，而苟且之俗胜者，岂非然哉！

夫千岁之湖，废兴利害，较然易见。然自庆历以来三十余年，遭吏治之因循，至于既废，而世犹莫寤其所以然，况于事之隐微难得，而考者繇苟简之故，而弛坏于冥冥之中，又可知其所以然乎？

今谓湖不必复者，曰湖田之入既饶矣，此游谈之士为利于侵耕者言之也。夫湖未尽废，则湖下之田旱，此方今之害而众人之所睹也。使湖尽废，则湖之为田亦旱矣，此将来之害而众人之所未睹也。故曰此游谈之士为利于侵耕者言之，而非实知利害者也。谓湖不必浚者，曰益堤壅水而已，此好辨之士为乐闻苟简者言之也。夫以地势较之，壅水使高，必败城郭，此议者之所已言也。以地势较之，浚湖使下，然后不失其旧；不失其旧，然后不失其宜，此议者之所未言也。又山阴之石则为四尺有五寸，会稽之石则几倍之，壅水使高，则会稽得尺，山阴得半，地之洼隆不并，则益堤未为有补也。故曰，此好辨之士为乐闻苟简者言之，而又非实知利害者也。

二者既不可用，而欲禁侵耕，开告者，则有赏罚之法矣；欲谨水之畜泄，则有闭纵之法矣；欲痛绝敢田者，则拔其苗，责其力以复湖，而重其罚，又有法矣；或欲任其责于州县与转运使、提点刑狱，或欲以每岁农隙浚湖，或欲禁田石柱之内者，又皆有法矣。欲知浚湖之浅深，用工若干，为日几何；欲知增堤竹木之费几何，使之安出；欲知浚湖之泥涂积之何所，又已计之矣；欲知工起之日，或浮议外摇，役夫内溃，则不可以必其成，又已论之矣。诚能收众说而考其可否，用其可者，而以在我者润泽之，令言必行，法必举，则何功之不可成，何利之不可复哉？

巩初蒙恩通判此州，问湖之废兴于人，未有能言利害之实者。及到官，然后问图于两县，问书于州与河渠司，至于参核之而图成，熟究之而书具，然后利害之实明。故为论次，庶夫计议者有考焉。熙宁二年冬卧龙斋。

【解题】

作于熙宁二年（1069）。叙越州鉴湖的治理问题，条分缕析，不赘不冗。先叙鉴湖的地理环境；再逐一叙述宋代十位官员关于对付“盗湖为田”的建议，但成为空文；最后驳“湖不必复”、“湖不必浚”两谬说，力主治湖以收功利。文章抓住利和害两端反复述说，极尽腾挪变化之妙。方苞认为："此文在子固记事文为第一，欧公以下无能颉颃者。"（《古文约选》）姚鼐在《古文辞类纂》中将此文归入"杂记"类。

《新序》目录序

刘向所集次《新序》三十篇，目录一篇，隋唐之世尚为全书，今可见者十篇而已。臣既考正其文字，因为其序论曰：

古之治天下者，一道德，同风俗。盖九州之广，万民之众，千岁之远，其教已明，其习已成之后，所守者一道，所传者一说而已。故《诗》《书》之文，历世数十，作者非一，而其言未尝不相为终始，化之如此其至也。当是之时，异行者有诛，异言者有禁，防之又如此其备也。故二帝三王之际，及其中间尝更衰乱、而余泽未熄之时，百家众说未有能出于其间者也。及周之末世，先王之教化法度既废，余泽既熄，世之治方术者，各得其一偏。故人奋其私智，家尚其私学者，蜂起于中国，皆明其所长而昧其短，矜其所得而讳其失。天下之士各自为方而不能相通，世之人不复知夫学之有统、道之有归也，先王之遗文虽在，皆绌而不讲，况至于秦为世之所大禁哉！

汉兴，六艺皆得于断绝残脱之余，世复无明先王之道以一之者。诸儒苟见传记百家之言，皆悦而向之。故先王之道为众说之所蔽，暗而不明，郁而不发。而怪奇可喜之论，各师异见，皆自名家者，诞漫于中国。一切不异于周之末世，其弊至于今尚在也。自斯以来，天下学者知折衷于圣人，而能纯于道德之美者，扬雄氏而止耳。如向之徒，皆不免乎为众说之所蔽，而不知有所折衷者也。孟子曰：待文王而兴者，凡民也。豪杰之士，虽无文王犹兴。汉之士岂特无明先王之道以一之者哉？亦其出于是时者，豪杰之士少，故不能特起于流俗之中、绝学之后也。

盖向之序此书，于今为最近古，虽不能无失，然远至舜禹，而次及于周秦以来，古人之嘉言善行，亦往往而在也，要在慎取之而已。故臣既惜其不可见者，而校其可见者特详焉，亦足以知臣之攻其失者，岂好辩哉？臣之所不得已也。

【解题】

曾巩自宋仁宗嘉祐五年（1060）被召编校史馆书籍，到宋神宗熙宁二年（1069），共九年，此序及以下八篇序文即作于这期间。本文简略回顾了先秦两汉的学术变化过程，指出私学异说对学统、道统的破坏，在此背景下评价刘向《新序》的功过。茅坤评此文“见极正大，文有典刑”。林纾说：“曾子固为目录之序，至有条理。”（《春觉斋论文·流别论》）确实。

《梁书》目录序

《梁书》六本纪、五十列传，合五十六篇，唐贞观三年诏右散骑常侍姚思廉撰。思廉者，梁史官察之子，推其父意，又颇采诸儒谢、吴等所纪，以成此书。臣等既校正其文字，又集次为目录一篇，而叙之曰：

自先王之道不明，百家并起，佛最晚出，为中国之患，而在梁为尤甚，故不得而不论也。盖佛之徒，自以为吾之所得者内，而世之论佛者皆外也，故不可诎。虽然，彼恶睹圣人之内哉？

《书》曰思曰睿，睿作圣，盖思者所以致其知也。能致其知者，察三才之道，辨万物之理，小大精粗，无不尽也。此之谓穷理，知之至也。知至矣，则在我者之足贵，在彼者之不足玩，未有不能明之者也。有知之之明而不能好之，未可也，故加之诚心以好之。有好之之心而不能乐之，未可也，故加之至意以乐之。

能乐之则能安之矣。如是则万物之自外至者，安能累我哉？万物之所不能累，故吾之所以尽其性也。能尽其性，则诚矣。诚者，成也，不惑也。既诚矣，必充之，使可大焉。既大矣，必推之，使可化焉。能化矣，则含智之民，肖翘之物，有待于我者，莫不由之以全其性，遂其宜，而吾之用与天地参矣。德如此其至也。而应乎外者，未尝不与人同，此吾之道所以为天下之通道也。故与之为衣冠饮食、冠婚丧祭之具，而由之以教，其为君臣父子兄弟夫妇者，莫不一出乎人情；与之同其吉凶而防其忧患者，莫不一出乎人理。故与之处而安且治之所集也，危且乱之所去也。与之处者其具如此，使之化者其德如彼，可不谓圣矣乎！既圣矣，则无思也，其至者循理而已，无为也，其动者应物而已。是以覆露乎万物，鼓舞乎群众，而未有能测之者也，可不谓神矣乎！神也者，至妙而不息者也。此圣人之内也。圣人者，道之极也。佛之说，其有以易此乎？求其有以易此者，故其所以为失也。夫得于内者，未有不可行于外也；有不可行于外者，斯不得于内矣。《易》曰：智周乎万物而道济乎天下，故不过。此圣人所以两得之也。知足以知一偏，而不足以尽万事之理；道足以为一方，而不足以适天下之用，此百家之所以两失之也。佛之失，其不以此乎？则佛之徒，自以谓得诸内者，亦可谓妄矣。

夫学史者将以明一代之得失也，臣等故因梁之事，而为著圣人之所以得及佛之所以失以传之者，使知君子之所以距佛者，非外而有志于内者，庶不以此而易彼也。

【解题】

此文批驳佛家以为“独得于内”的观点，讲理精微，不迫不躁，频繁使用“也”字句，在达到批判目的的同时，平添一种低徊咏叹的情调。何焯评曰：“此篇立论原本《中庸》，皆有次序条理可观，下语时或未莹，则不能如周、程之浃洽故也。”

《列女传》目录序

刘向所叙《列女传》，凡八篇，事具《汉书》向列传。而《隋书》及《崇文总目》皆称向《列女传》十五篇，曹大家注。以《颂义》考之，盖大家所注，离其七篇为十四，与《颂义》凡十五篇，而益以陈婴母及东汉以来凡十六事，非向书本然也。盖向旧书之亡久矣。嘉祐中，集贤校理苏颂始以《颂义》为篇次，复定其书为八篇，与十五篇者并藏于馆阁。而《隋书》以《颂义》为刘歆作，与向列传不合。今验《颂义》之文，盖向之自叙。又《艺文志》有向《列女传颂图》，明非歆作也。自唐之乱，古书之在者少矣，而《唐志》录《列女传》凡十六家，至大家注十五篇者，亦无录，然其书今在。则古书之或有录而亡，或无录而在者，亦众矣，非可惜哉！今校雠其八篇及其十五篇者已定，可缮写。

初，汉承秦之敝，风俗已大坏矣，而成帝后宫，赵卫之属尤自放。向以谓王政必自内始，故列古女善恶所以致兴亡者以戒天子，此向述作之大意也。其言大任之娠文王也，目不视恶色，耳不听淫声，口不出敖言。又以谓古之人胎教者皆如此。夫能正其视听言动者，此大人之事，而有道者之所畏也。顾令天下之女子能之，何其盛也！以臣所闻；盖为之师傅保姆之助，《诗》《书》图史之戒，珩璜琚瑀之节，威仪动作之度，其教之者虽有此具，然古之君子，未尝不以身化也。故《家人》之义归于反身，二《南》之业本于文王，夫岂自外至哉？世皆知文王之所以兴，能得内助，而不知所以然者，盖本于文王之躬化，故内则后妃有《关雎》之行，外则群臣有二《南》之美，与之相成。其推而及远，则商、莘之昏俗，江汉之小国，兔罝之野人，莫不好善而不自知，此所谓身修故国家天下治者也。后世自学问之士，多徇于外物而不安其守，其家室既不见可法，故竞于邪侈，岂独无相成之道哉？士之苟于自恕，顾利冒耻而不知反己者，往往以家自累故也。故曰“身不行道，不行于妻子”，信哉！如此人者，非素处显也，然去二《南》之风，亦已远矣，况于南乡天下之主哉？向之所述，劝戒之意，可谓笃矣。

然向号博极群书，而此传称《诗·芣苢》、《柏舟》、《大车》之类，与今序《诗》者之说尤乖异，盖不可考。至于《式微》之一篇，又以谓二人之作。岂其所取者博，故不能无失欤？其言象计谋杀舜及舜所以自脱者，颇合于《孟子》。然此传或有之，而《孟子》所不道者，盖亦不足道也。凡后世诸儒之言经传者，固多如此，览者采其有补，而择其是非可也。故为之叙论以发其端云。

【解题】

这篇序文肯定了刘向“王政必自内始”的说法，从胎教扩大到身化，再扩大到治国平天下。茅坤评：“此篇尤深入，近程朱之旨矣。”清刘大櫆云：“子政（即刘向）胎教之言，已足千古，子固更进一层，归之身化，深入理奥，而文亦粲然成章。”（《唐宋八家文百篇》）何焯评：“三代以后少此议论。词醇气洁，无一冗长之字，此宋文之不愧匡、刘者也。”（《义门读书记》）

《礼阁新仪》目录序

《礼阁新仪》三十篇，韦公肃撰，记开元以后至元和之变礼。史馆秘阁及臣书皆三十篇，集贤院书二十篇。以参相校雠，史馆秘阁及臣书多复重，其篇少者八，集贤院书独具。然臣书有目录一篇，以考其次序，盖此书本三十篇，则集贤院书虽具，然其篇次亦乱。既正其脱谬，因定著从目录，而《礼阁新仪》三十篇复完。

夫礼者，其本在于养人之性，而其用在于言动视听之间。使人之言动视听一于礼，则安有放其邪心而穷于外物哉？不放其邪心，不穷于外物，则祸乱可息，而财用可充。其立意微，其为法远矣。故设其器，制其物，为其数，立其文，以待其有事者，皆人之起居、出入、吉凶、哀乐之具，所谓其用在乎言动视听之间者也。

然而古今之变不同，而俗之便习亦异。则法制数度，其久而不能无弊者，势固然也。故为礼者，其始莫不宜于当世，而其后多失而难遵，亦其理然也。失则必改制以求其当。故羲农以来，至于三代，礼未尝同也。后世去三代，盖千有余岁，其所遭之变，所习之便不同，固已远矣。而议者不原圣人制作之方，乃谓设其器，制其物，为其数，立其文，以待其有事，而为其起居、出入、吉凶、哀乐之具者，当一二以追先王之迹，然后礼可得而兴也。至其说之不可求，其制之不可考，或不宜于人，不合于用，则宁至于漠然而不敢为，使人之言动视听之间，荡然莫之为节，至患夫为罪者之不止，则繁于为法以御之。故法至于不胜其繁，而犯者亦至于不胜其众。岂不惑哉！

盖上世圣人，有为耒耜者，或不为宫室；为舟车者，或不为棺椁。岂其智不足为哉？以谓人之所未病者，不必改也。至于后圣有为宫室者，不以土处为不可变也；为棺椁者，不以葛沟为不可易也。岂好为相反哉？以谓人之所既病者不可因也。又至于后圣，则有设两观而更采椽之质，攻文梓而易瓦棺之素，岂不能从俭哉？以谓人情之所好者能为之节，而不能变也。由是观之，古今之变不同，而俗之便习亦异，则亦屡变其法以宜之，何必一二以追先王之迹哉？其要在于养民之性，防民之欲者，本末先后能合乎先王之意而已，此制作之方也。故瓦樽之尚而薄酒之用，大羹之先而庶羞之饱，一以为贵本，一以为亲用。则知有圣人作而为后世之礼者，必贵俎豆，而今之器用不废也；先弁冕，而今之衣服不禁也，其推之皆然。然后其所改易更革，不至乎拂天下之势，骇天下之情，而固已合乎先王之意矣。是以羲农以来，至于三代，礼未尝同，而制作之如此者，亦未尝异也。后世不推其如此，而或至于不敢为，或为之者特出于其势之不得已，故苟简而不能备，希阔而不常行，又不过用之于上，而未有加之于民者也。故其礼本在于养人之性，而其用在于言动视听之间者，历千余岁，民未尝得接于耳目，况于服习而安之者乎？至其陷于罪戾，则繁于为法以御之，其亦不仁也哉。

此书所纪，虽其事已浅，然凡世之记礼者，亦皆有所本，而一时之得失具焉。昔孔子于告朔，爱其礼之存，况于一代之典籍哉？故其书不得不贵。因为之定著，以俟夫论礼者考而择焉。

【解题】

此文着重论述礼的因革问题。作者认为法令制度必须随着客观情况的不断变化而改变，这是“势”和“理”的必然，而且是符合“先王之意”的。唐顺之评：“此文一意翻作两段说。”茅坤云：“曾子固所论经术及典礼之大处，往往非韩柳欧所及见者。”何焯则云：“去其十之四，则健而厚矣。子固之文多冗，由道不足而强欲张之也。”可备一说。

《战国策》目录序

刘向所定《战国策》三十三篇，《崇文总目》称第十一篇者阙，臣访之士大夫家，始尽得其书，正其误谬而疑其不可考者，然后《战国策》三十三篇复完。叙曰：

向叙此书，言“周之先，明教化，修法度，所以大治。及其后，谋诈用，而仁义之路塞，所以大乱”。其说既美矣。卒以谓“此书战国之谋士度时君之所能行，不得不然”。则可谓惑于流俗，而不笃于自信者也。

夫孔孟之时，去周之初已数百岁，其旧法已亡，旧俗已熄久矣。二子乃独明先王之道，以谓不可改者，岂将强天下之主以后世之所不可为哉？亦将因其所遇之时、所遭之变而为当世之法，使不失乎先王之意而已。二帝三王之治，其变固殊，其法固异，而其为国家天下之意，本末先后，未尝不同也。二子之道，如是而已。盖法者所以适变也，不必尽同；道者所以立本也，不可不一，此理之不易者也。故二子者守此，岂好为异论哉？能勿苟而已矣，可谓不惑乎流俗而笃于自信者也。

战国之游士则不然，不知道之可信，而乐于说之易合，其设心注意，偷为一切之计而已。故论诈之便而讳其败，言战之善而蔽其患，其相率而为之者，莫不有利焉，而不胜其害也；有得焉，而不胜其失也。卒至苏秦、商鞅、孙膑、吴起、李斯之徒以亡其身，而诸侯及秦用之者亦灭其国，其为世之大祸明矣，而俗犹莫之寤也。惟先王之道，因时适变，为法不同，而考之无疵，用之无弊，故古之圣贤，未有以此而易彼也。

或曰：“邪说之害正也，宜放而绝之，则此书之不泯一作不泯泯其可乎？”对曰：君子之禁邪说也，固将明其说于天下，使当世之人皆知其说之不可从，然后以禁，则齐；使后世之人皆知其说之不可为，然后以戒，则明，岂必灭其籍哉？放而绝之，莫善于是。是以孟子之书，有为神农之言者，有为墨子之言者，皆著而非之。至于此书之作，则上继春秋，下至楚汉之起，二百四五十年之间，载其行事，固不可得而废也。

此书有高诱注者二十一篇，或曰三十二篇，《崇文总目》存者八篇，今存者十篇云。

【解题】

这是曾巩散文中的名篇，批驳刘向认为战国游士的纵横之风是不得不然的看法。吕祖谦《古文关键》评云："此篇节奏从容和缓，且有条理，又藏锋不露。"归有光认为此文"无一奇语，无一怪字，读之如太羹元酒，不觉至味存焉，真大手笔也"(《文章指南》)。方苞也说"此篇及《列女传》、《新序》目录序尤胜，淳古明洁，所以能与欧、王并驱，而争先于苏氏也"(《古文约选》)。

《南齐书》目录序

《南齐书》八纪，十一志，四十列传，合五十九篇，梁萧子显撰。始，江淹已为《十志》，沈约又为《齐纪》，而子显自表武帝，别为此书。臣等因校正其讹谬，而叙其篇目曰：

将以是非得失兴坏理乱之故而为法戒，则必得其所托，而后能传于久，此史之所以作也。然而所托不得其人，则或失其意，或乱其实，或析理之不通，或设辞之不善，故虽有殊功韪德非常之迹，将暗而不章，郁而不发，而梼杌嵬琐奸回凶慝之形，可幸而掩也。

尝试论之，古之所谓良史者，其明必足以周万事之理，其道必足以适天下之用，其智必足以通难知之意，其文必足以发难显之情，然后其任可得而称也。何以知其然也？昔者唐虞有神明之性，有微妙之德，使由之者不能知，知之者不能名，以为治天下之本。号令之所布，法度之所设，其言至约，其体至备，以为治天下之具，而为二典者推而明之。所记者岂独其迹也？并与其深微之意而传之，小大精粗无不尽也，本末先后无不白也。使诵其说者如出乎其时，求其旨者如即乎其人。是可不谓明足以周万事之理，道足以适天下之用，知足以通难知之意，文足以发难显之情者乎？则方是之时，岂特任政者皆天下之士哉？盖执简操笔而随者，亦皆圣人之徒也。

两汉以来，为史者去之远矣。司马迁从五帝三王既没数千载之后，秦火之余，因散绝残脱之经，以及传记百家之说，区区掇拾，以集著其善恶之迹、兴废之端，又创已意，以为本纪、世家、八书、列传之文，斯亦可谓奇矣。然而蔽害天下之圣法，是非颠倒而采摭谬乱者，亦岂少哉？是岂可不谓明不足以周万事之理，道不足以适天下之用，智不足以通难知之意，文不足以发难显之情者乎？

夫自三代以后，为史者如迁之文，亦不可不谓隽伟拔出之才、非常之士也。然顾以谓明不足以周万事之理，道不足以适天下之用，智不足以通难知之意，文不足以发难显之情者，何哉？盖圣贤之高致，迁固有不能纯达其情，而见之于后者矣，故不得而与之也。迁之得失如此，况其他邪？至于宋、齐、梁、陈、后魏、后周之书，盖无以议为也。

子显之于斯文，喜自驰骋，其更改破析刻雕藻缋之变尤多，而其文益下，岂夫材固不可以强而有邪？数世之史既然，故其事迹暖昧，虽有随世以就功名之君，相与合谋之臣，未有赫然得倾动天下之耳目，播天下之口者也。而一时偷夺倾危、悖礼反义之人，亦幸而不暴著于世，岂非所托不得其人故也？可不惜哉！

盖史者所以明夫治天下之道也，故为之者亦必天下之材，然后其任可得而称也。岂可忽哉！岂可忽哉！

【解题】

此文把论良史的四个条件（明、道、智、文）重复三遍，突出史传文作者的难得。何焯评：“以经正史之失，独举史迁言之，斥子显处只数句，此《春秋》治桓、文之法。”“古之所谓良史者”至“其文必足以发难显之情”一节话曾被清代恽敬在《上曹俪生侍郎书》中加以引用。清潘永因编《宋稗类钞》载：“有谓曾子固《南齐书序》是一部十七史序，不可不熟看。”

《唐令》目录序

《唐令》三十篇，以常员定职官之任，以府卫设师徒之备，以口分永业为授田之法，以租庸调为敛财役民之制，虽未及三代之政，然亦庶几乎先王之意矣。后世从事者多率其私见，故圣贤之道废而苟简之术用。太宗能超然远览，绌封伦而纳郑公之议，其为天下国家之意，故能及此。而当是之时，遂成太平之功。使能推其类，尽其道，则唐之治，岂难至于三代之盛哉？读其书，嘉其制度有庶几于古者，而惜其不复行也。故掇其大要可纪者，论之于此焉。

【解题】

可见作者对唐代制度十分叹慕。何焯评曰："千钧笔。该贯无遗。"

徐干《中论》目录序

臣始见馆阁及世所有徐干《中论》二十篇，以谓尽于此。及观《贞观政要》，怪太宗称尝见干《中论·复三年丧》篇，而今书此篇阙。因考之《魏志》，见文帝称干著《中论》二十余篇，于是知馆阁及世所有干《中论》二十篇者，非全书也。

干字伟长，北海人，生于汉魏之间。魏文帝称干"怀文抱质，恬淡寡欲，有箕山之志"。而《先贤行状》亦称干"笃行体道，不耽世荣，魏太祖特旌命之，辞疾不就，后以为上艾长，又以疾不行"。

盖汉承周衰及秦灭学之余，百氏杂家与圣人之道并传，学者罕能独观于道德之要，而不牵于俗儒之说。至于治心养性、去就语默之际，能不悖于理者，固希矣，况至于魏之浊世哉！干独能考六艺，推仲尼、孟轲之旨，述而论之。求其辞，时若有小失者；要其归，不合于道者少矣。其所得于内者，又能信而充之，逡巡浊世，有去就显晦之大节。臣始读其书，察其意而贤之。因其书以求其为人，又知其行之可贤也。惜其有补于世，而识之者少。盖迹其言行之所至，而以世俗好恶观之，彼恶足以知其意哉！顾臣之力，岂足以重其书，使学者尊而信之！因校其脱谬，而序其大略，盖所以致臣之意焉。

【解题】

作者称引徐干的治学和为人，结尾收得有力。张伯行评："篇中谓要其归多合于道，因其书求其为人，得表微阐幽之意矣。"

《说苑》目录序

刘向所序《说苑》二十篇，《崇文总目》云："今存者五篇，余皆亡。"臣从士大夫间得之者十有三篇，与旧为十有八篇，正其脱谬，疑者阙之，而叙其篇目曰：

向采传记、百家所载行事之迹，以为此书。奏之欲以为法戒，然其所取，往往不当于理，故不得而不论也。

夫学者之于道，非知其大略之难也，知其精微之际固难矣。孔子之徒三千，其显者七十二人，皆高世之材也，然独称颜氏之子，其殆庶几乎？及回死，又以谓无好学者。而回亦称夫子曰："仰之弥高，钻之弥坚。"子贡又以谓夫子之言性与天道，不可得而闻也。则其精微之际，固难知久矣。是以取舍不能无失于其间也，故曰"学然后知不足"，岂虚言哉！

向之学博矣，其著书及建言，尤欲有为于世，忘其枉己而为之者有矣，何其徇物者多而自为者少也？盖古之圣贤非不欲有为也，然而曰求之有道，得之有命。故孔子所至之邦，必闻其政，而子贡以谓非夫子之求之也，岂不求之有道哉？子曰：“道之将行也与，命也；道之将废也与，命也。”岂不得之有命哉？令向之出此，安于行止，以彼其志，能择其所学，以尽乎精微，则其所至未可量也。是以孔子称古之学者为己，孟子称君子欲其自得之，自得之则取之，左右逢其原，岂汲汲于外哉？向之得失如此，亦学者之戒也。故见之叙论，令读其书者，知考而择之也。然向数困于谗而不改其操，与夫患失之者异矣，可谓有志者也。

【解题】

此文论刘向撰《说苑》的得失，主张学者要“自为”、“自得”。魏禧认为“子固如陂泽春涨，虽漶漫而深厚有气力，《说苑》等叙，乃特紧严”（《魏叔子日录》卷二）。茅坤认为“此篇精神融液处，不如《新序》、《战国策》诸篇”。何焯亦认为此文“中间紧要处说来不透”。

馆阁送钱纯老知婺州诗序

熙宁三年三月，尚书司封员外郎、秘阁校理钱君纯老出为婺州，三馆秘阁同舍之士相与饮饯于城东佛舍之观音院，会者凡二十人。纯老亦重僚友之好，而欲慰处者之思也，乃为诗二十言以示坐者。于是在席人各取其一言为韵，赋诗以送之。纯老至州，将刻之石，而以书来曰：“为我序之。”

盖朝廷常引天下文学之士，聚之馆阁，所以长养其材而待上之用。有出使于外者，则其僚必相告语，择都城之中广宇丰堂、游观之胜，约日皆会，饮酒赋诗，以叙去处之情，而致绸缪之意。历世浸久，以为故常。其从容道义之乐，盖他司所无。而其赋诗之所称引况谕，莫不道去者之美，祝其归仕于王朝，而欲其无久于外。所以见士君子之风流习尚，笃于相先，非世俗之所能及。又将待上之考信于此，而以其汇进，非空文而已也。

纯老以明经进士制策入等，历教国子生，入馆阁为编校书籍校理检讨。其文章学问有过人者，宜在天子左右，与访问，任献纳。而顾请一州，欲自试于川穷山阻僻绝之地，其志节之高，又非凡材所及。此赋诗者所以推其贤，惜其去，殷勤反复而不能已。余故为之序其大旨，以发明士大夫之公论，而与同舍视之，使知纯老之非久于外也。十月□日序。

【解题】

此文作于熙宁三年（1070），主要阐发“欲其不久于外”、“知纯老非久于外”两层意思，前者是诸友送别时的希望，后者是作者送别时的推断。全文即以此为主干，再作枝叶花蕊，遂成佳什。茅坤称赞此文为“文之典型，雍容雅颂”（见姚鼐《古文辞类纂》）。

齐州杂诗序

齐故为文学之国，然亦以朋比夸诈见于习俗。今其地富饶，而介于河岱之间，故又多狱讼，而豪猾群党亦往往喜相攻剽贼杀，于时号难治。

余之疲驽来为是州，除其奸强而振其弛坏，去其疾苦而抚其善良。未期囹圄多空，而桴鼓几熄，岁又连熟，州以无事。故得与其士大夫及四方之宾客，以其暇日，时游后园。或长轩峣榭，登览之观，属思千里；或芙蕖芰荷，湖波渺然，纵舟上下。虽病不饮酒，而闲为小诗，以娱情写物，亦拙者之适也。通儒大人，或与余有旧，欲取而视之，亦不能隐。而青郓二学士又从而和之，士之喜文辞者，亦继为此作。总之，凡若干篇。岂得以余文之陋，而使夫宗工秀人雄放瑰绝可喜之辞，不大传于此邦也？故刻之石而并序之，使览者得详焉。熙宁六年二月己丑序。

【解题】

本文作于神宗熙宁六年（1073）。齐州即今山东济南市。宋神宗熙宁四年六月，曾巩由越州通判改知齐州，这是他生平第一次出任地方首长，但颇有政绩。张伯行评曰：“叙次历落，而南丰之政事文学、风流儒雅悠然可想。”

常乐寺浮图碑跋

常乐寺浮图碑　周保定四年立，州人治记室曹胡逵撰。其辞云：襄州刺史王秉字孝直，建常乐寺砖塔七层。其碑文今仆，在襄州开元寺塔院。其文字书画无过人者，特以后周时碑文少见于世者，故存之。

【解题】

此篇篇名原无“跋”字，但前面有文体题“《金石录跋尾》（十四首）”，今删其文体题而加“跋”字。下五篇同。此篇与下五篇均为曾巩知襄州时所作，即在熙宁六至八年间。此文点明保存碑文的理由。

魏侍中王粲石井栏记跋

魏侍中王粲石井栏记　贞元十七年山南东道节度使于頔撰，掌书记胡证书。记一，参谋太子舍人甄济撰，判官彭朝议书。云上元二年，山南东道节度使来瑱移井栏，置于襄州刺史官舍，故为记。甄济者，韩愈所谓阳喑避职，卒不污禄山父子事者也。其文得之为可喜，而朝议书尤善，皆可爱者也。

【解题】

《石井栏记》一文可谓因人而贵，曾巩在这里突出了它的道德意味。

襄州遍学寺禅院碑跋

襄州遍学寺禅院碑　黄门侍郎、修国吏韦承庆撰，太子少詹事钟绍京书，开元二年立。其文云：襄州人、将仕郎阮弘静与其属人建遍学寺禅院，故立此碑。

承庆有辞学，张易之败时，承庆以附托方待罪，众推令草赦书，承庆援笔而成，众壮之。绍京景龙中，以苑总监从讨韦氏，有功。惟嗜书，家藏王羲之、献之、褚遂良书至数十百卷。以善书直凤阁。武后时，榜诸宫殿明堂及铭九鼎，皆绍京书也。其字画妍媚遒劲有法，诚少与为比。然今所见，特此碑尚完，尤为可爱也。遍学寺于宇文周为常乐寺，于今为开元寺。

【解题】

此文运用掌故形象地说明碑文撰者与书者的才华，同时也说明了碑文的珍贵。

襄州兴国寺碑跋

丁道护书启法寺碑一，兴国寺碑一，皆隋开皇中立。启法寺今为龙兴寺，在襄阳城西；兴国寺今为延庆寺，在望楚山。欧阳永叔云："兴国寺碑不知所在，特见其模本于太学官杨褒家。"而此碑阴又有道护书襄州镇副总管府长史柳止戈而下十八官号姓名，其字尤可喜，得之自余始，世盖未有传之者也。

【解题】

点明此碑文有尚未被人所知的内容。

韩公井记跋

韩公井记　开元二十二年初置十道采访使，韩朝宗以襄州刺史兼山南东道。襄州南楚故城，有昭王井，传言汲者死，行人虽暍困不敢视。朝宗移书谕神，自是饮者亡恙，人更号"韩公井"。楚故城今谓之故墙，即鄢也。此记今移在郡廨中。故城改为"墙"者，由梁太祖父烈祖名诚，当时避之，故至今犹然。

【解题】

交代了韩公井得名由来，顺便说明故城改称为"墙"的缘故。

茅君碑跋

茅君碑　三茅者：盈，太元真君；固，定录真君；衷，保命仙君。皆汉景帝中元间人。

盈天汉四年道成，至元帝初元五年来江左句曲之山，哀帝元寿二年乘云而去，至梁普通三年，五百四十四年矣。固至孝元时拜执金吾卿。衷宣帝地节四年拜上郡太守、五更大夫，并解任还家修学。成帝永始三年，固为定录真君，衷为保命仙君。

梁普通三年，道士张绎建此碑，孙文韬书。

【解题】

介绍了三位茅君的简要情况。

王容季文集序

叙事莫如《书》。其在《尧典》，述命羲和，宅土，测日晷星候气，揆民缓急；兼蛮夷鸟兽，其财成辅相，备三才万物之理，以治百官，授万民，兴众功，可谓博矣。然其言不过数十。其于《舜典》则曰："在璿玑玉衡，以齐七政。"盖尧之时，观天以历象，至舜，又察之以玑衡。圣人之法，至后世益备也。曰七者，则日月五星；曰政者，则羲和之所治，无不在焉。其体至大，盖一言而尽，可谓微矣。其言微，故学者所不得不尽心。能尽心，然后能自得之。此所以为经，而历千余年，盖能得之者少也，《易》、《诗》、《礼》、《春秋》、《论语》皆然。其曰测之而益深，穷之而益远，信也。

世既衰，能言者益少。承孔子者，孟子而已。承孟子者，扬子而已。扬子之称孟子曰：知言之要，知德之奥。若扬子则亦足以几乎此矣。其次能叙事，使可行于远者，若子夏、左丘明、司马迁、韩愈，亦可谓拔出之材，其言庶乎有益者也。

吾友王氏兄弟，曰回深父，曰向子直，曰冋容季，皆善属文，长于叙事，深父尤深，而子直、容季，盖能称其兄者也，皆可谓拔出之材。令其克寿，得就其志，则将绍六艺之遗言，其可御哉！

予尝叙深父、子直之文，铭容季之墓，而容季之兄固子坚，又集容季之遗稿，属予序之。予悯俗之偷，朋友故旧道缺，不自知其不能，强次是说，以为容季文集序。熙宁九年冬南昌郡斋。

【解题】

作于熙宁九年（1076）。此文刘二至以"高山大川"、"峻岩湍流”评之，可见曾文亦不乏阳刚之美。何焯评：“前半议论可为读书法。”

强几圣文集序

几圣讳至，姓强氏，钱塘人，几圣字也。为三司户部判官、尚书祠部郎中。既没，其子浚明集其遗文为二十卷，属予序。

几圣少贫，能自谋学，为进士，材拔出辈类，出辄收其科。其文词大传于时。及为吏，未尝不以其闲益读书为文。尤工于诗，句出惊人。世皆推其能，然最为相国韩魏公所知。魏公既罢政事，镇京兆，及徙镇相魏，常引几圣自助。魏公喜为诗，每合属士大夫、宾客与游，多赋诗以自见。其属而和之者，几圣独思致逸发，若不可追蹑，魏公未尝不叹得之晚也。其在幕府，魏公每上奏天子，以岁时庆贺候问，及为书记通四方之好，几圣为属稿草，必声比字属，曲当绳墨，然气质浑浑，不见刻画，远近多称诵之。及为他文，若志铭序记、策问学士大夫，则简古典则，不少贬以就俗。其所长兼人，以此魏公数荐之朝廷，以谓宜在馆阁，然未及用。魏公既薨之明年，几圣亦以疾卒。

几圣之遗文，在魏公幕府者为最多，故序亦特反复见之，览者可推而考之也。其行治官世，已著于志几圣之葬者，故此不著。

【解题】

这篇序文对强几圣的诗文风格及成就作了总体上的评价，并突出韩琦的知才、爱才对强几圣诗文创作的鞭策作用，很有意味。此文作于熙宁九年（1076）。

题祷雨文后

福州元丰元年戊午，自四月甲子，至五月辛巳，凡十有八日不雨，田已忧旱。太守率属吏士，分祷诸佛祠，迎像能致雨者陈之通路，用浮屠法为道场，率属吏士罗拜以请。丁亥夜五鼓，出祷鳝溪，属吏士分祷群望。己丑，率属吏士蔬食。夜四鼓，就城南近水祭告后土，将为坛祭龙。庚寅蔬食如己丑。夜三鼓，就坛壝，刲鹅祭龙。辛卯夜五鼓，就视牲血，以法推之，当得雨。壬辰，就紫极宫坛，用青童二十有八人，更咒蜥蜴如古法。癸巳，分祷诸祠未遍者，取黄蘗山龙潭水置道场，率属吏士往请。甲午，又往。乙未夜二更得雨，连三日夜，远近皆有余。

盖自辛巳至丙申，凡十有六日，无日不致祷。自丙戌至甲午，四境多得雨。至丁酉，乃皆有余。是日，罢道场，还所迎佛及水，送蜥蜴南涧之滨。庚子，遍祭谢。欲知闽粤之间，兼旬不雨，则已忧旱，而请祷之为不诬也，故刻其祝词于石，而并识之。

【解题】

作于元丰元年（1078）。这年五月，曾巩为祷雨作了多篇祷雨文。这篇文章简要记述了祷雨的原因、经过和结果，对后世的人们了解宋代祷雨的程序和内容有一定的帮助。

王平甫文集序

王平甫既没，其家集其遗文为百卷，属予序。

平甫自少已杰然以材高见于世。为文思若决河，语出惊人，一时争传诵之。其学问尤敏，而资之以不倦，至晚愈笃，博览强记，于书无所不通，其明于是非得失之理为尤详。其文闳富典重，其诗博而深矣。

自周衰，先王之遗文既丧。汉兴，文学犹为近古，及其衰，而陵夷尽矣。至唐，久之而能言之士始几于汉，及其衰，而遂泯泯矣。宋受命百有余年，天下文章复侔于汉唐之盛。盖自周衰至今千有余岁，斯文滨于磨灭，能自拔起以追于古者，此三世而已。各于其盛时，士之能以特见于世者，率常不过三数人。其世之不数，其人之难得如此。

平甫之文能特见于世者也。世皆谓平甫之诗宜为乐歌，荐之郊庙；其文宜为典册，施诸朝廷，而不得用于世。然推其实，千岁之日不为不多，焦心思于翰墨之间者不为不众，在富贵之位者，未尝一日而无其人，彼皆湮没而无传，或播其丑于后。平甫乃躬难得之姿，负特见之能，自立于不朽，虽不得其志，然其文之可贵，人亦莫得而掩也。则平甫之求于内，亦奚憾乎！古今作者，或能文不必工于诗．或长于诗不必有文。平甫独兼得之，其于诗尤自喜，其忧喜、哀乐、感激、怨怼之情，一于诗见之，故诗尤多也。

平甫居家孝友，为人质直简易，遇人豁然推腹心，不为毫发疑碍，与人交，于恩意尤笃也。其死之日，天下识与不识，皆闻而哀之。其州里、世次、历官、行事，将有待于识平甫之葬者，故不著于此云。元丰元年。

【解题】

作于元丰元年（1078），此文以“人才难得”为主干，纵论周秦以来人才之少，埋没人才之多，峰回路转以后，才为王平甫一抒同情之慨，有如春云出岫般纡徐含蓄。何焯亦评为：“深婉可以为法。”然张伯行却认为此文“迅笔疾书，在子固集中别是一格”。

读《贾谊传》

余读三代两汉之书，至于奇辞奥旨，光辉渊澄，洞达心腑，如登高山以望长江之活流，而恍然骇其气之壮也。故诡辞诱之而不能动，淫辞迫之而不能顾，考是与非若别白黑而不能惑，浩浩洋洋，波彻际涯，虽千万年之远，而若会于吾心，盖自喜其资之者深而得之者多也。既而遇事辄发，足以自壮其气，觉其辞源源来而不杂，剔吾粗以迎其真，植吾本以质其华。其高足以凌青云，抗太虚，而不入于诡诞；其下足以尽山川草木之理，形状变化之情，而不入于卑污。及其事多，而忧深虑远之激捍有触于吾心，而干于吾气，故其言多而出于无聊，读之有忧愁不忍之态，然其气要以为无伤也，于是又自喜其无入而不宜矣。

使予位之朝廷，视天子所以措置指画号令天下之意，作之训辞，镂之金石，以传太平无穷之业，盖未必不有可观者，遇其所感，寓其所志，则自以为皆无伤也。

余悲贾生之不遇。观其为文，经画天下之便宜，足以见其康天下之心。观其过湘为赋以吊屈原，足以见其悯时忧国，而有触于其气。后之人责其一不遇而为是忧怨之言，乃不知古诗之作，皆古穷人之辞，要之不悖于道义者，皆可取也。贾生少年多才，见文帝极陈天下之事，毅然无所阿避。而绛灌之武夫相遭于朝，譬之投规于矩，虽强之不合，故斥去，不得与闻朝廷之事，以奋其中之所欲言。彼其不发于一时，犹可托文以摅其蕴，则夫贾生之志，其亦可罪耶？

故予之穷饿，足以知人之穷者，亦必若此。又尝学文章，而知穷人之辞，自古皆然，是以于贾生少进焉。呜呼！使贾生卒其所施，为其功业，宜有可述者，又岂空言以道之哉？予之所以自悲者，亦若此。然世之知者，其谁欤？虽不吾知，谁患耶！

【解题】

当作于元丰元年（1080）述职三班院之前。此文用自然景色来形容读“三代两汉之书”的感受，时见精彩，值得诵读。作者因为曾多次赴考不中、中后又不获大用，所以读《贾谊传》时深有同感，悲贾谊之不遇即是自悲。此处仿姚鼐《古文辞类纂》体例归入序跋类。

进太祖皇帝总序　并状

右，臣误被圣恩，付以史事。今月三日，延和殿伏蒙面谕，所以任属臣者，臣愚不肖，不知所处，是以蚤夜一心极虑。惟祖宗积累功德非可形容，矧臣之鄙，岂能拟议仿佛？将无以使列圣巍巍之跬迹焜耀昭彻，布在方策，此臣之所惴惴也。

窃惟前世原大推功，必始于受命之君，以明王迹之所自。故《商颂》所纪，繇汤上至于契。周诗《生民》、《清庙》，本于后稷、文王。宋兴，太祖开建鸿业，更立三才为帝者首。陛下所以命臣显扬褒大之意，固以谓太祖雄才大略，千载以来特起之主，国家所繇兴，无前之烈，宜明白暴见，以觉悟万世，传之无穷。臣窃考旧闻，伏念旬月，次辑太祖行事，揆其指意所出，终始之际，论著于篇，敢缮写上尘。臣内自省，大惧智不足以窥测高远，文不足以推阐精微，使先帝成功盛德，晦昧不章，不能满足陛下仁孝继述之心。仰负恩待，无以自赎。伏惟陛下聪明睿智不世之姿，非群臣所能望，如赐裁定，使臣获受成法，更去纰缪，存其可采，系于《太祖本纪》篇末，以为国史书首，以称明诏万分之一，臣不胜大愿，惟陛下留意万幸。臣未敢请对，谨具状，以所论著随状上进以闻，伏候敕旨。

盖唐之敝，自天宝已后，纪纲浸坏，不能自振，以至于失天下。五代兴起，五十余年之间，更八姓十有四君，危亡之变数矣。其尤甚也，契丹遂入中国，擅立名号。当是时，天地五行人事之理反易缪乱，不同夷狄者亡几耳。

太祖为天下所戴，践尊位，以生民为任，故劝农桑，薄赋敛，缓刑罚，除旧政之不便民者，诏令勉核相属，推其心，无一日不在百姓也。知方镇之病民也，故设通判之员，使敛以绳墨。忧吏之不良也，故数使在位举其所知。患吏或受贼、或不奉法也，故罪至死徙，一无所贷。原其意，盖以谓遭世大衰，不如是，吏不知禁，不能救民于焚溺之中也。征伐既下诸国，必先已逋欠，涤烦苛，赒乏绝，雪冤滞，惠农民，拔人才，申命郡邑，反复不倦。或遇水旱，辄蔬食请祷，欲移灾于己。其于群臣，有恩旧，有劳能，待之各尽其分，以位贵之，以财富之，有男使尚主，有女使嫁宗室，其予人之周也如此。即材可用，虽雠不废；不可用，虽光显矣，不处以势。其有罪多纵贷之，或赐之使自愧。及至坚明约束以整齐天下者，亦使之不能逾也。

强僭之国，皆接以恩礼。商贾往来不禁，有出境犯其令者，乃为之置市边邑，使两利。有所乏少，常赈助之。征伐所加，必其罪暴著，师出未尝不以义也。其君长已降，及就俘执，道路劳问迎致，使者相望，既至，罪不数辱之，优假秩禄，及其宗亲吏属，赐以田宅，使子孙世守，拥护保全，皆得以寿考终。

自晋既覆灭，契丹浸大，中国惴畏不敢当。太祖拔用材武护西北边，宠以非常之恩，任属专，听信明，常遣戍卒，戒之曰："我犹赦汝，郭进杀汝矣。"有讼进者，谓曰："进军政严，此必犯进法。"送进，使杀之。关市租赋，诸将得恣用，不问出入。以其故，士附，斗者尽力，谍者尽情，边臣可诿者，皆十余年不易其任。然位不过巡检使，众不过三五千人。盖任专则势便，位不极则士励，兵少则用约，御将亦多术矣。总其所长，能兼用之，故能省费息民，振新集之众，屈凭陵之虏也。

盖太祖笃于孝友，有天下之行；聪明智勇，有天下之材；仁心爱人，有天下之志；包含遍覆，有天下之量。守之以勤俭恭慎，虚心纳谏。鉴于粤、蜀，以奢侈为戒。思天下之重，不复游畋。封拜诸子，务自约损，不尽循故典。收纳学士大夫，用之不求其备，或守难进之节，亦不夺也。晚喜读书，劝诸将以学，曰："欲使之知治道也。"兼覆夷夏，从容以德。江南平，览捷书而泣曰："师征不义，而顾令吾民死兵，彼何负哉！"秦州已入，尚波于之地，却而不受。钱俶来朝，复归之越。契丹愿听盟约，逡巡退抑，不自矜伐。天下大势连数十城之镇，割其故地，以小其力；易动难畜之兵，敛置怀服，以消其难。至于举贤良，崇孝弟，缀礼乐，明考课，虽宇内初辑，然庶政大体，弥纶备具；遗文故事，施于后世，皆可为法。民于是时，从死更生，室家相保；士农工贾，各还其职；鸟兽草木，亦莫不遂。前世旧臣，备将相、处腹心爪牙之任者，一旦回心奉令北乡，如素委质。天下广都通邑，兼地千里，德怀二三之臣，负众自用，令之不从、召之不至者，尚数十，皆束衽来庭，代易奔走，如水凑下。粤、蜀、吴、楚、瓯、闽之君，分天下为八九。曰："帝与王，传子及孙，更数十岁者，编名囚虏，并聚阙下。"四海之内，混齐为一。海东之国高丽，极南交阯，西戎吐蕃、回纥，北狄契丹，皆请吏奉贡。天地所养，通途之属，莫不内附。当是时，更立天下，与民为始，天地五行人事之理，乱而复正。盖太祖之于受命，非如前世之君，图众以智，图柄以力，其处心积虑，非一夕一日，在于取天下也。其在天者历数，在人者群臣万民、三军之士不归周，归太祖，未有知其所以然者，所谓天也。及其传天下也，舍子属弟。是则太祖之受天下，与舜受之尧，禹受之舜，其揆一也。其传天下，与尧传之舜，舜传之禹，其揆一也。受天下及传天下，视天与人而已，非其心未尝有天下，岂能如是哉！

世以为太祖不世出之主，与汉高祖同。盖太祖为人有大度，意豁如也，知人善任使，与汉高祖同，固然也。太祖承自天宝以后、更五代二百余年极敝之天下；汉祖承全盛之秦，二世之末，天下始乱，所因之势既殊。太祖开建帝业，作则垂宪，后常可行；汉祖粗定海内而已，不及一。太祖立折杖法，脱民榜笞死祸，定著常刑，一本宽大；汉祖虽约法三章，然肉刑三族之诛，至孝文始去，不及二。太祖功臣，皆故等夷，及位定，上下相安，始终一意；汉祖疑间诸将，夷灭其家，不及三。太祖削大弱强，藩臣遵职；汉祖封国过制，反者更起，累世乃定，不及四。太祖征伐必克；汉祖数战辄北，不及五。太祖文武自出，群臣莫及；汉祖非得三杰之助，不得无失，不及六。开宝之初，南海先下；赵陀分越而帝，汉祖不能禁，不及七。太祖不用兵革，契丹自附；汉祖折厄白登，身仅免祸，不及八。太祖后宫二百，问愿归者，复去四之一；汉祖溷于衽席，女祸及宗，不及九。太祖明于大计，以属天下；汉祖择嗣不审，几坠厥世，不及十也。汉祖所不能及，其大者如此。

是自三代以来，拨乱之主，未有及太祖也。三代盛矣，然禹之孙太康失国，汤之孙太甲放废。文武之后三四传，昭王不返于楚。繇汉以下，变故之密，盖不可胜道也。太祖经始大基，流风余泽，所被者远。五圣遵业，至今百有二十余年。上下和乐，无变容动色之虑，接于耳目，治安久长，自三代以来所未有也。维太祖创始传后，比迹尧舜，纲理天下，轶于汉祖；太平之业，施于无穷，三代所不及。成功盛德，其至矣哉！盖唐天宝十四年，天下户八百九十一万。太祖元年，户九十六万。末年，天下既定，户三百九万。今上元丰二年，户一千三百九十一万。六圣之德泽，覆露生养，斯其所以盛也。本原事实，其所繇致此，有自也哉。

【解题】

此文作于宋神宗元丰四年（1081）十一月，称颂太祖功德。

徐度《却扫编》载："神宗欲重修五朝正史，命子固专领其事，未几，撰《太祖皇帝总叙》一篇以进，……因其论之，累二千言。"神宗不喜，说："且一篇之赞，已如许之多，成书将复几何？"何焯评曰："不古不今，大失体要，宜乎神宗缘此罢其史职也。"

范贯之奏议集序

尚书户部郎中直龙图阁范公贯之之奏议，凡若干篇，其子世京集为十卷，而属予序之。

盖自至和已后十余年间，公常以言事任职。自天子、大臣至于群下，自掖庭至于四方幽隐，一有得失善恶，关于政理，公无不极意反复，为上力言。或矫拂情欲，或切劘计虑，或辨别忠佞而处其进退。章有一再或至于十余上，事有阴争独陈，或悉引谏官御史合议肆言。仁宗常虚心采纳，为之变命令，更废举，近或立从，远或越月逾时，或至于其后，卒皆听用。盖当是时，仁宗在位岁久，熟于人事之情伪与群臣之能否，方以仁厚清静休养元元，至于是非与夺，则一归之公议，而不自用也。其所引拔以言为职者，如公皆一时之选。而公与同时之士，亦皆乐得其言，不曲从苟止。故天下之情因得毕闻于上，而事之害理者常不果行。至于奇衺恣睢，有为之者，亦辄败悔。故当此之时，常委事七八大臣，而朝政无大阙失，群臣奉法遵职，海内乂安。

夫因人而不自用者，天也。仁宗之所以其仁如天，至于享国四十余年，能承太平之业者，繇是而已。后世得公之遗文，而论其本，见其上下之际相成如此，必将低回感慕，有不可及之叹，然后知其时之难得。则公言之不没，岂独见其志，所以明先帝之盛德于无穷也。

公为人温良慈恕，其从政宽易爱人。及在朝廷，危言正色，人有所不能及也。凡同时与公有言责者，后多至大官，而公独早卒。

公讳师道，其世次、州里、历官、行事，有今资政殿学士赵公抃为公之墓铭云。

【解题】

范师道为仁宗时谏官，忠于职守，多方谏诤，又注意谏诤的方式方法，结果大都为仁宗所采纳。然而这却是借客形主，文章的主要目的在于批评当今皇帝的不能虚心纳谏。吴汝纶批曰："感慨时政之非，追慕先代之盛，而叹其迥不可及。"（见高步瀛《唐宋文举要》）当写于作者晚年。

《类要》序

晏元献公出东南，起童子，入秘阁读书，遂赞名，命入翰林为学士。真宗特宠待之，每进见劳问，及所以任属之者，群臣莫能及。皇太子就书学，公以选入侍。太子即皇帝位，是为仁宗。公遂管国枢要，任政事，位宰相。其在朝廷五十余年，常以文学谋议为任，所为赋、颂、铭、碑,、制、诏、册、命、书、奏、议、论之文传天下，尤长于诗，天下皆吟诵之。

当真宗之世，天下无事，方辑福应，推功德，修封禅，及后土、山川、老子诸祠，以报礼上下。左右前后之臣，非工儒学、妙于语言、能讨论古今、润色太平之业者，不能称其位。公于是时为学者宗，天下慕其声名。人见公应于外者之不穷，而不知公之得于内者深也。

及得公所为《类要》上中下帙，总七十四篇，凡若干门，皆公所手抄。乃知公于六艺、太史、百家之言，骚人墨客之文章，至于地志、族谱、佛老、方伎之众说，旁及九州之外，蛮夷荒忽诡变奇迹之序录，皆披寻纳绎，而于三才万物变化情伪，是非兴坏之理，显隐细钜之委曲，莫不究尽。公之得于内者在此也。公之所以光显于世者，有以哉！

观公之所自致者如此，则知士不素学而处从官大臣之列，备文儒道德之任，其能不馁且病乎？此公之书所以为可传也。

公之子知止，能守其家者也，以书属余序。余与公仕不并时，然皆临川人，故为之论次，以为公书诸首。

【解题】

本文作年不详。简要介绍了晏殊的一生经历及其在当时文人学士中的领袖地位，并就《类要》一书的特点说明晏殊的博学多才，最后顺便对某些大臣不致力于学问委婉地提出批评。何焯评此文曰："此公通俗酬应之作。"

书魏郑公传

余观太宗常屈己以从群臣之议，而魏郑公之徒，喜遭其时，感知己之遇，事之大小，无不谏诤，虽其忠诚所自至，亦得君以然也。则思唐之所以治，太宗之所以称贤主，而前世之君不及者，其渊源皆出于此也。能知其有此者，以其书存也。及观郑公以谏诤事付史官，而太宗怒之，薄其恩礼，失终始之义，则未尝不反复嗟惜，恨其不思，而益知郑公之贤焉。

夫君之使臣与臣之事君者何？大公至正之道而已矣。大公至正之道，非灭人言以掩己过，取小亮以私其君，此其不可者也。又有甚不可者，夫以谏诤为当掩，是以谏诤为非美也，则后世谁复当谏诤乎？况前代之君有纳谏之美，而后世不见，则非惟失一时之公，又将使后世之君，谓前代无谏诤之事，是启其怠且忌矣。太宗末年，群下既知此意而不言，渐不知天下之得失。至于辽东之败，而始恨郑公不在世，未尝知其悔之萌芽出于此也。

夫伊尹、周公何如人也？伊尹、周公之谏切其君者，其言至深，而其事至迫也。存之于书，未尝掩焉。至今称太甲、成王为贤君，而伊尹、周公为良相者，以其书可见也。令当时削而弃之，成区区之小让，则后世何所据依而谏，又何以知其贤且良与？桀、纣、幽、厉、始皇之亡，则其臣之谏词无见焉，非其史之遗，乃天下不敢言而然也。则谏诤之无传，乃此数君之所以益暴其恶于后世而已矣。

或曰："《春秋》之法，为尊亲贤者讳，与此其戾也。"夫《春秋》之所讳者，恶也，纳谏诤岂恶乎？"然则焚稿者非欤？"曰：焚稿者谁欤？非伊尹、周公为之也，近世取区区之小亮者为之耳，其事又未是也。何则？以焚其稿为掩君之过，而使后世传之，则是使后世不见稿之是非，而必其过常在于君，美常在于己也，岂爱其君之谓欤？孔光之去其稿之所言，其在正邪，未可知也，其焚之而惑后世，庸讵知非谋己之奸计乎？或曰："造辟而言，诡辞而出，异乎此。"曰：此非圣人之所曾言也。令万一有是理，亦谓君臣之间，议论之际，不欲漏其言于一时之人耳，岂杜其告万世也。

噫！以诚信持己而事其君，而不欺乎万世者，郑公也。益知其贤云，岂非然哉！岂非然哉！

【解题】

此文对魏征坚持把诤谏内容交由史官记录而被唐太宗疏远的历史故事反复致意，寄慨遥深。茅坤认为此文"议论甚圆畅可诵"，张伯行则曰："其文逶迤曲到，足以发人识见，而正其心术，非苟作者。"蔡世远称赞"南丰此论屈折尽透，比《范贯之奏议序》更曲畅"（《古文雅正》卷十一），姚鼐干脆评为"杰作"（《古文辞类纂》）。

书唐欧阳詹集

韩愈作《欧阳生詹哀辞》，其序曰：“读其书，知其于仁孝最隆也。”余观其《出门》、《怀归》等赋，思曰：愈之所称，岂谓此耶？又观其《陶器铭》、《驽骥》诗等，则悲生之志焉。至《栈道铭》，观其铸金蒸云之谕，至《珍详论》，观其反复风谕，则又知生之尤魁怪于文，而其材果奇也。最后观其《自明诚论》，卒曰：“知之者知之。”知之者知之，知生于此甚自负。其说三四，观之而其说皆不出于旧。生卒无己见者，不知生于此何其自大也。

则又思余舅氏吴君，尝论斥生之所谓“尹喜自明诚而长生，公孙弘自明诚而为卿，张子房自明诚而辅刘，公孙鞅自明诚而佐嬴”之者为非，是明诚之非为长生、为卿，非尹喜、公孙、子房、商君之所能至，其理较然，舅氏之论无疑矣。此于生为一失，于舅氏非其意，所极也与。生材高下如何，故不可知，其可知者，舅氏之从事于明诚，可谓知所守矣。其不溺而趋于为长生、为卿、为子房之谲、商君之刻薄可必也，则其材亦诚卓然可畏者也。惜乎死矣，不得见其施之于行事，而其论与其集今皆亡，使其有补于生与，后世者独余知之，而世不得尽知也。故书于生集之末，以见其意焉。

舅氏临川人，讳迥，字明远，死时年三十四。

【解题】

作者读欧阳詹集，有赞有弹，而顺笔提及其舅吴迥对欧阳詹《自明诚论》的批评，称许吴迥的才识而惜其早死，写来奇峰突起。

书　虏　事

妾之移人，自至也者，人弗自知其身之至也。如知之，古今岂有败哉？予尝悲汉高帝之英伟绝特，光武之仁明，而至于爱恶于其子。以及魏武，忮险绝世，其心非复人也，至其且终，眷眷于所昵，与小夫懦竖无异。此二谊主、一暴臣，皆非常之人也，及蔽之来，虽英伟之量、仁明之器、忮险之性皆不能免，况中材乎？故曰：妾女之移人，自至也。自至也者，人弗自知其身之至也，非信哉？及观向之书虏事悖则又知虏之陆梁，暴恣而蔽于帷帐之间，不能自知，死之日卒大乱其国，然后知妾女之祸，非特甚于中国也。吁，可畏哉！吁，可畏哉！

【解题】

本文列举汉高祖、光武帝、曹操等非同一般的“谊主”、“暴臣”尚且被妾女所左右，因而提请“中材”们注意。

顺济王敕书祝文刻石序

臣巩言：世称麟凤龟龙，王者之嘉瑞，则盖不常出，而德有不能致者。又称麟凤龟龙四灵以为畜，则至治之世，盖可狎而扰也。故官有豢龙，而刘累以善其职事。至夏之衰，乃不能驯。而或漦于庭，至周卒为女祸。盖龙之为祥异，通于治乱如此。

伏惟陛下仁圣之德达于渊泉，故龙实来慕，若可扰也。其自今以往，盛德日跻，则必有游于宫沼，或负图出河，而且将领在有司，群于庶物，故臣敢刻敕书祝辞于石以俟。臣巩谨序。

【解题】

何焯评：“谨严。简而能赡。”

叙　盗

盗三十人，凡十五发。繇孙仙而下，盗吴庆船者，杀人皆应斩，盗朱缟船者，赃重皆应绞，凡应死者十有八人。繇汤庆而下，或赃轻，或窃盗，或常自言，凡应徒者，十有二人。此有司之法也。

今图之所见者，其名氏、税等、械器，与其发之日月，所盗之家、所取之财，至于人各别其凡若干发，皆旁行以见之。人各别其凡若干发者，又别之以朱，欲览者之易晓也。吴庆之船，赃分为三，与吴庆、吴道之属有亲疏，居有异同。至于孙仙、汤庆之族属，以及十二入之所以得不死者，皆别见于图之上下，而狱之轻重详矣。

其创作兵仗，合众以转劫数百里之间，至于贼杀良民，此情状之尤可嫉者也。

方五六月之时，水之害甚矣，田畴既以荡溺矣，屋庐既以漂流矣。城郭之内，粜官粟以赈民，而犹有不得食者。穷乡僻壤、大川长谷之间，自中家以上，日昃持钱，无告籴之所，况于蹑短素困之人乎？方且结草苇以自托于坏堤毁焊之上，有饥饿之迫，无乐生之情。其屡发而为盗，亦情状之有可哀者也。

《康诰》曰：杀越人于货，愍不畏死，凡民罔不憝。孟子以谓不待教而诛者也。是则杀人之盗，不待教而诛，此百王之所同，而未有知其所始者也。然而孔子曰："天下有道，盗其先变乎？"此谓养之既足，导之既明，则为盗者知耻而自新。则非杀人之盗，有待教而诛者，此亦百王之所同，而未有知其所始者也。不待教而诛者，天下之所不得容也；待教而诛者，俟之之道既尽矣，然后可以责之备也。苟为养之既有不足，导之既有不明，俟之之道既有不尽矣。故凶年人食不足，而有起为盗贼者，天子尝密下宽大之令，许降其罪，而此非有司之法也。至杀人与赃重者亦不降，有司之法存焉，亦《康诰》之意也。

余当阅是狱，故具列其本末情状以览观焉，以明余之于是尽心矣。

【解题】

本文简要介绍了对三十个盗贼的处治方案和作图的用意，探讨了盗贼滋生的社会原因，在申明必须维护法律尊严的同时，还流露出一些宽容和自省。

听　琴　序

凡有贵于物者，岂特物不能胜之欤？抑亦无所待于物故也？世之有学者名占一艺，苟不期于徇物，则亦足贵矣。然以自售，然后人得而贱之。故工于艺者，常恐人之羞薄，则往往拂人之好，而自要其简重。虽求之者愈勤，而拒之者愈坚，然不知人亦愈羞薄之也。

琴之为艺，虽圣人所不废也。其制作之意，盖有所寓。而至其所闻者，不出乎几席之间，而所感者常在乎沧浪之滨，崔嵬之颠，亦已至矣。

虽然，声自外入也，使闻于彼而应于此者犹且如此，况不自外入者乎？故乐之实不在于器，而至于鼓之以尽神，则乐由中也明矣。故闻其乐可以知其德，而德之有见于乐者，岂系于器哉？惟其未离于器也，故习之有曲，以至于有数，推之则将以得其志，又中于得其人，则器之所不及矣。故乐作而喜，曲终而悲，岂能易吾于须臾哉？若夫吾之心在于雁门，吾之目在于鸿鹄，则虽九奏于吾之前，犹不闻也。故琴之作，有厌乎人之耳者，岂非自外入，无有久而不倦者乎？

虽然，吾尝学琴于师矣。反宫于脾，而圣亦不废也；反商于肺，而义亦不废也；反角于肝，而仁亦不废也；反徵于心，而礼亦不废也；反羽于肾，而智亦不废也。方其时也，非春也，求之于律则不中夹钟，物安得而生哉？非夏也，求之于律则不中甤宾，物安得而长哉？非秋也，求之于律则不中南吕，物安得而敛哉？非冬也，求之于律则不中应钟，物安得而藏哉？故无出无内，无缓无急，无修无短，巧历不能尽其数，岂止于十九八六而已耶？故闻者无闻也。其神之游，东不极于碣石，南不极于北户，西不极于流沙沈羽，北不极于令正之谷，则鸟何从而舞？鱼何从而跃？六马何从而仰秣？景风何从而翔？庆云何从而浮？甘露何从而降？醴泉何从而出？吾之琴如是，则有耳者无所用其听，尚何厌之有哉？

则凡贵者，且不足贵也。故在郑则不淫也，在宋则不溺也，在卫则不烦也，在齐则不骄也。用之于祭祀，则鬼神亦莅乎其所矣，尚何烦于知音哉？若乃当春而叩商，及秋而叩角，当夏而叩羽，当冬而叩徵，虽知四时之行，在我未免乎有手动弦也。某人尝与巩适抚之金谿，因以琴称，而不知吾之琴也。某人苟知所存不在弦，所志不在声，然后吾之琴可得矣。虽然，他日祭酒之堂，樽俎之宴，追三代之遗风，想舞雩之咏叹，使闻者若有所得，则庶几不愧于古人矣，尚何恨于羞薄哉！

【解题】

这篇文章和《相国寺维摩院听琴序》一样，不是通常所说那种序文或赠序，难以归类，可看做是记述听琴后的感受的文章。文章讨论了乐与声、乐与器、乐与德等几种关系，对“吾之琴”——即精神之琴作了一番描绘，认为达到这种境界则可以不愧于古人、不被人羞薄。这是曾巩一篇独具特色的文章，很有些玄妙的意味。

九成宫醴泉铭跋

九成宫醴泉铭　秘书监、检校侍中、钜鹿郡公魏征撰，兼太子率更令欧阳询书。九成宫乃隋之仁寿宫也，魏为此铭，亦欲太宗以隋为戒，可以见魏之志也。

【解题】

此篇和以下七篇作年均不详，与前面《常乐寺浮图碑跋》等六篇相同，删文体题而加“跋”字。何焯评此篇云：“‘可以见魏之志也’，只一语，自有味。”

晋陆祎碑跋

晋陆祎碑　此碑云：祎字元容，吴郡吴人。其先家于陆乡，因氏姓焉。显考吴故左丞相。祎赤乌六年召宿卫郎中，转右郎中、左郎中、治书执法、平中校尉、平义都尉、五官郎中、骑都尉，迁黄门侍郎，封海盐县侯，加禆将军，行左丞相、镇西大将军事。又云：“委戈执笏，入宾皇储。”而《吴志》云，孙皓宝鼎元年以陆凯为左丞相。又云，凯子祎，初为黄门侍郎，出领部曲，拜偏将军，凯亡后，入为太子中庶子。皆与此碑合。而此碑晋太宁三年立也。

【解题】

以碑文和《吴志》互证。

尚书省郎官石记序跋

尚书省郎官石记序　陈九言撰，张颠书。记自开元二十九年郎官石名氏为此序。张颠草书见于世者，其纵放可怪，近世未有。而此序独楷字，精劲严重，出于自然，如动容周旋中礼，非强为者。书一艺耳，至于极者乃能如此。其楷字盖罕见于世，则此序尤为可贵也。

【解题】

张颠楷书因为罕见而更为可贵，曾巩道破序文价值所在。

桂阳周府君碑并碑阴跋

桂阳周府君碑并碑阴，欧阳永叔按《韶州图经》云："后汉桂阳太守周府君庙，在乐昌县西一百一十八里武溪上。武溪惊湍激石，流数百里。昔马援南征，其门人爰寄生善吹笛，援为作歌和之，名曰《武溪深》，曰：'滔滔武溪一何深，鸟飞不渡，兽不能临。嗟哉溪，何毒淫！'周府君开此溪，合浈水桂阳，人便之，为立庙刻石。"又云："碑在庙中，郭苍文。今碑文磨灭，云府君字君光，而名已讹缺不辨。《图经》但云周府君，亦不著其名，《后汉书》又无传，遂不知为何人也。"

按武水源出郴州临武县鸬鹚石，南流三百里，入桂阳。而桂阳水、浈水、黎溪、卢溪、曹溪诸水，皆武水合流。其俗谓水湍浚为龙溪，退之诗云"南下乐昌泷"，即此水也。碑首题云"神汉"者，如唐人云"圣唐"尔，盖当时已有此语，而史传他书无之，独见于此碑也。

熙宁八年，余从知韶州王之材求得此本，之材又以书来曰："按《曲江县图经》，周府君名昕字君光。"则永叔云《图经》不著其名者，盖考之未详也。又有碑阴，列故吏及工师官号、州里、姓名，之材并模以来，永叔盖未之得也。其碑阴"曲江"字，皆作"曲红"，而"苍江"字、"江夏"字，亦作"红"，盖古字通用，不可不知，此学者所以贵乎博览也。

永叔又记刘原父所得商洛之鼎铭云，"惟十有三月旁死魄"。君谟问："十四月者何谓?"原父不能言也。以余考之，古字如"亦"作"二亦"、"人"作"二人"之类，皆重出，如此者甚众，则此文作"三"者，特"二"字耳。永叔、原父、君谟皆博识，而亦有所未达，学者又不可不知，故并见之于此也。

【解题】

此文对碑文中的"武水"、"神汉"、周府君之名以及碑阴中的通假字分别作了考证或解释。因为疑问点较多，这篇跋文也相对长一些。明毛晋在《元丰题跋》后题识云："余尝论《东观余论》，力排六一居士《集古录》瑕处，将谓吹求无剩矣，及阅子固跋中如'江''红'、'二''三'、周昕李翕之类，不得不正永叔之失。"

唐安乡开元寺卧禅师净土堂碑铭跋

唐安乡郡开元寺卧禅师净土堂碑铭　监察御史张鼎撰，雍县尉吴郁书，天宝九载庚寅立。称卧禅俗姓辛氏，名顺忠，陇西狄道人。陇右按察使崔昇进奏，住河州开元寺，右胁而卧，诸漏已无，开元中诏陇右节度使张守珪为就寺造净土堂，故为铭。

自河陇没于羌夷，州县城郭、官寺民庐莫不毁废，唯佛寺与碑铭文字载佛寺者往往多在。世皆以为四方幽远，殊类异俗，不知礼义，出于天性，故夷之。然其于佛皆知信慕，以其有罪福报应之说。余以谓四夷虽恣睢甚者，及晓之以曲直是非，悦且从也，固不可谓其天性无欲善之端。是以虞夏之世，东渐于海，西被于流沙，朔南暨，声教则能令其信慕者，亦非特有佛而已也。彼以罪福报应之说动之，未若不动之以利害而使之心化，此先王之德所以为盛也。

【解题】

曾巩见佛必辟，已成惯例，此文亦不例外。

江西石幢记跋

江西石幢记　观察支使试左武卫兵曹参军来择撰，大和二年建。自采访使班景倩兼知黔中道为始，判官已下皆列次姓名。

后石幢记　都团练判官、试太常寺协律郎李方玄撰，大和七年建。自使检校、右散骑常侍兼侍御史中丞裴谊为始，副使已下皆列次姓名。

续石幢记　节度掌书记陈象撰，光化三年建。自使开府仪同三司、检校太保兼侍中、颍川郡钟某为始，列副使已下如后记。

续立石柱题名记　知节度判官胡顺之撰，天圣元年建。自太平兴国元年，自殿中丞、通判军州事李韩为始，至熙宁九年祠部郎中、集贤校理叶均。

【解题】

此文只记录了四篇记文的撰者、石幢的建造时间以及列次姓名的简要情况，可谓无可再简。

辱井铭跋

辱井铭　辱井有篆文云："辱井在斯，可不戒乎？"并下文共十八字，在井石槛上，不知谁为文。又有景阳楼下井铭，又有陈后主叔宝辱井记，云：江宁县兴严寺井石槛铭，莫知谁作也。历序隋文帝命晋王广伐陈，后主自投井中，令人取之，惊其太重，及出，乃与张贵妃、孔贵人三人同束而上。其末云："唐开元二十二年三月十七日，前单父县令、左转此县丞、太原王。"已下阙。

【解题】

介绍了铭文的存文情况和作者不详的情况，并介绍与之相关的文字记载内容。

汉武都太守汉阳阿阳李翕西狭颂跋

汉武都太守汉阳阿阳李翕西狭颂　武都太守、汉阳阿阳李翕字伯都，以郡之西狭阁，道通梁、益，缘壁立之山，临不测之溪，危难阻峻，数有颠覆贳坠之害，乃与功曹史李旻定策，敕衡官掾仇审治东坂，有秩李瑾治西坂，鐉烧大石，改高即平，正曲广厄。既成，人得夷涂，可以夜涉，乃相与作颂刻石。其文有二，其所议一也。其一立于建宁四年六月十三日壬寅，其一是年六月三十日立也。又称翕尝令渑池，治崤嵚之道，有黄龙、白鹿之瑞。其后治武都，又有嘉禾、甘露、木连理之祥。皆图画其像，刻石在侧。

盖嘉祐之间，晁仲约质夫为兴州，还京师，得郙阁颂以遗余，称析里桥郙阁，汉武都太守、阿阳李翕字伯都之所建，以去沉没之患。而“翕”字残缺不可辨得，欧阳永叔《集古录目跋尾》以为李会，余亦意其然。及熙宁十年，马城中玉为转运判官于江西，出成州，所得此颂以视余，始知其为李翕也。永叔于学博矣，其于是正文字尤审，然一以其意质之，遂不能无失。则古之人所以阙疑，其可忽欤！

近世士大夫喜藏画，自晋以来，名能画者，其笔迹有存于尺帛幅纸，盖莫知其真伪，往往皆传而贵之，而汉画则未有能得之者。及得此图，所画龙、鹿、承露人、嘉禾、连理之木，然后汉画始见于今，又皆出于石刻，可知其非伪也。

汉武帝元鼎六年，以汧陇西南接于巴蜀，为武都郡，及其后始分而为兴州，为成州，成州则武都之上禄也。郙阁立于建宁五年，翕治峭嵚、西狭、郙阁之道，有益于人，而史不传，则颂之作，所以备史之阙，是则传之亦尔可以不广也。

【解题】

作者感慨于李翕做了许多有益于民的好事而史书不予记载，所以不仅介绍李翕主持修理西狭阁险道的事迹，而且将他主持修理峭嵚、郙阁道路之事一并提及。宋韩维为曾巩作神道碑言其“集古今篆刻为《金石录》五百卷，出处必与之俱”。明毛晋将此十四篇题跋编为《元丰题跋》一卷，并题识曰：“尝集古今篆刻为《金石录》五百卷，不得与赵氏《金石录》三十卷并传，岂曾子固赏识反出李易安夫妇下耶？始信书之显晦不可思议也。”

五 赠序

送刘希声序

东明刘希声来临川，见之。其貌勉于礼，其言勉于义，其行亦然，其久亦坚。其读书为辞章日盛。从予游三年，予爱之。今年庆历五年，还其乡，过予别。与之言曰：东明，汴邑也。子之行，问道之所向者，以告子，子也一趋焉而不息，至乎尔也。苟为一从焉，一违焉，虽不息，决不至也。子也好问，圣人之道，亦如是而已矣。五月四日序。

【解题】

作于宋仁宗庆历五年（1045）。作者时年二十七，虽然功名未遂，但却已得到欧阳修的赏识，以能文而名天下。此序旨在勉励刘希声专心向道。

送赵宏序

荆民与蛮合为寇，潭旁数州被其害。天子、宰相以潭重镇，守臣不胜任，为改用人。又不胜，复改之。守至，上书乞益兵。诏与抚兵三百，殿直天水赵君希道实护以往。

希道雅与予接，闻过予道潭之事。予曰：潭山川甲兵如何，食几何，贼众寡强弱如何，予不能知。能知书，书之载，若潭事多矣。或合数道之兵以数万，绝山谷而进，其势非不众且健也，然而卒歼焉者多矣。或单车独行，然而以克者相踵焉。顾其义信如何耳。致吾义信，虽单车独行，寇可以为无事，龚遂、张纲、祝良之类是也。义信不足以致之，虽合数道之兵以数万，卒歼焉，适重寇耳，况致平邪？阳旻、裴行立之类是也。则兵不能致平，致平者，在太守身也明矣。前之守者果能此，天子、宰相乌用易之？必易之，为前之守者不能此也。今往者复曰："乞益兵。"何其与书之云者异邪？予忧潭民之重困也，寇之益张也。往时潭吏与旁近郡蕲力胜贼者，暴骸者、戮降者有之。今之往者将特不为是而已邪？抑犹不免乎为是也？天子、宰相任之之意其然邪？潭守近侍臣，使抚觇潭者，郎吏、御史、博士相望。为我谂其贤者曰：今之言古书往往曰迂，然书之事乃已试者也。事已试而施诸治，与时人之自用，孰为得失耶？愚言倘可以乎，潭之患，今虽细，然大中、咸通之间，南方之忧常剧矣，夫岂阶于大哉？为近臣、郎吏、御史、博士者，独得而不思也？希道固喜事者，因其行，遂次第其语以送之。庆历六年五月□日，曾巩序。

【解题】

此序作于庆历六年（1046）。申明作者对潭州战事的看法，并总结了历史上的经验教训，主张"致吾义信"，而对朝廷增兵之举颇有微辞。清何焯评此序说："峻洁，论亦当。"

送王希序

巩庆历三年遇潜之于江西。始其色接吾目，已其言接吾耳，久其行接吾心，不见其非。吾爱也，从之游，四年间，巩于江西三至焉。与之上滕王阁，泛东湖，酌马跑泉。最数游而久乃去者，大梵寺秋屏阁。阁之下百步为龙沙，沙之涯为章水，水之西涯横出为西山，皆江西之胜处也。江西之州中，凡游观之可望者，多西山之见。见西山最正且尽者，唯此阁而已。使览登之美穷于此，乐乎，莫与为乐也。况龙沙章水，水涯之陆陵，人家园林之属于山者莫不见，可见者不特西山而已，其为乐可胜道邪？故吾与潜之游其间，虽数且久不厌也。其计于心曰：奚独吾游之不厌也，将奉吾亲，托吾家于是州，而游于是，以欢吾亲之心而自慰焉。未能自致也，独其情旦而作，夜而息，无顷焉忘也。病不游者期月矣，而潜之又遽去，其能不怃然邪？

潜之之将去，以书来曰：子能不言于吾行邪？使吾道潜之之美也，岂潜之相望意也？使以言相镌切邪，视吾言不足进也。视可进者，莫若道素与游之乐而惜其去，亦情之所不克已也，故云尔。嗟乎！潜之之去而之京师，人知其将光显也。光显者之心，于山水或薄，其异日肯尚从吾游于此乎？其岂使吾独也乎？六年八月日序。

【解题】

此序作于庆历六年（1046）。记山水游玩之乐，是为了表达对王希远离的惜别之情。何焯评："碎。"

喜似赠黄生序

五年时，某送别介卿于洪州。黄生年十四五，在舟中出入吾二人之间，与众童子无异。其时从介卿于淮南，至者独言黄生敏且勤，自此黄生之能浸浸闻。至介卿之门者，归莫不爱其为人，而异其业之进。介卿以书抵黄生之亲，亦骤称之。于是黄生之里人皆叹其善自致，而畏且慕之。其大父虽已老，其母虽久寡居，闻黄生之进如此，虽在千里之外，犹朝夕侍其旁也。虽书信岁不过三四至，犹朝夕与之上下语也。非特如是也，其喜殆甚于朝夕侍其旁，朝夕与之上下语也。何则？黄生在其家，无以异于众童子，一出而得大贤为之依归，遂以能闻于人，为其大父与母者，其独能勿喜乎？其不愈于朝夕侍其旁，朝夕与之上下语乎？予闻之亦喜甚。

而予自洪州归，虽其身去介卿之侧，其心焦然，食息坐作，无顷焉不在介卿也。人有至自介卿之门者，虽奴隶贱人，未尝不从之委曲反复问介卿起居状与其行事，得其所施为，虽小事皆识之，以自警且自慰也。初如此，时以谓介卿虽系职于扬，不可以来视我，我幸布衣，有兄弟以养，可去而视介卿，或一年或二年，当复见之也。既别之明年，则欲经营家事而后去，不幸祖母病不起，遂不果行。明年返葬祖母于南丰，行事益以阔，而未之南丰时，予已病，虽病犹谓旦夕且愈，南丰归，可必于行也。既归，病几不可治，至于今且三年，虽幸可治，然气闭胸中，既食则不可坐，不可骑，而介卿方为县于鄞，自抚之鄞，不可以舟通行，事愈未合也。然日孜孜念之，凡询介卿之事于人，虽奴隶贱人加详焉。于奴隶贱人犹然，况衣冠降登絜然为士者乎？况吾介卿朝夕所与居，教诲而称之者乎？故闻黄生之归也，日企而望之，庶乎其来视我也。

居一日，黄生来。望其表，其步趋之节，揖让之容，固有似乎介卿者。入而视其色，听其言，其气愉愉而其音淳淳，不似乎介卿者少矣。其学其归，得之乎介卿何多也。间而省其书，则又如出诸介卿之手。问介卿之事，皆能道其远者，大者焉。甚矣！黄生之似吾介卿也。吾得之，废食与寝而队之。吾喜也，惟恐其去我，而尚恨其来之不早也。庄生言见似人者而喜矣，信然哉！嗟乎黄生，岂特一时慰我也！于是知介卿之德，入人之深、化人之速也如此，使得其志于天下，何如哉？

以从介卿于淮南者数人较之，不人人皆然，而黄生独然，则又知黄生之所自致者亦荦荦绝众，使坚且久，其所至如何哉？因介卿之教海、黄生之自致而思乎人莫不欲有立。然而有贤父兄之渐泽，而卒不入于善者，其自反于心如何也？亦思介卿之道德，于今为大备，而黄生为日进，独予断然不一二备而不尺寸进，比其少之时缺且忘者众矣，其自愧于心如何也？以心之愧也，则欲重警戒自修。是介卿之教不独裕于黄生，黄生之自致不独裕于己，而皆有以及予也，其喜不又多乎？

黄生勉之。如介卿者，方驾周孔之道行乎百代之下，而追于百代之上者也，生之似介卿，宜求至乎是而止也。若予者，将从事于左右焉，介卿与生也，其能勿助乎？因其然也，故历道之，作《喜似赠黄生》而示介卿，且将自省焉。

【解题】

宋仁宗景祐三年（1036），曾巩入京赴试，初次结识王安石，结下了深厚的友谊。庆历元年（1041），二人再次在京师相会。次年．王安石擢进士第，曾巩却又名落孙山，但他们之间的友谊却越来越深厚，频繁书信往来，作诗唱和，语言火热。庆历七年（1047），安石调知鄞县，本文当作于此年，朋友之间仍保持着很高的热情。序文情真意切，对黄生的赞扬实际上是从另一个角度对王安石的赞扬。

送周屯田序

士大夫登朝廷，年七十，上书去其位，天子官其一子而听之，亦可谓荣矣。然而有若不释然者。余为之言曰：古之士大夫倦而归者，安车几杖，膳羞被服，百物之珍好自若，天子养以燕飨饮食乡射之礼。自比子弟，袒韝鞠跽，以荐其物。谘其辞说，不于庠序，则于朝廷。时节之赐，与缙绅之礼于其家者，不以朝，则以夕。上之听其休，为不敢勤以事。下之自老，为无为而尊荣也。今一日辞事还其庐，徒御散矣，宾客去矣，百物之顺其欲者不足，人之群嬉属好之交不与，约居而独游，散弃乎山墟林莽陋巷穷闾之间，如此，其于长者薄也，亦曷能使其不欲然于心邪？虽然，不及乎尊事，可以委蛇其身而益闲；不享乎珍好，可以窒烦除薄而益安；不去乎深山长谷，岂不足以易其庠序之位；不居其荣，岂有患乎其辱哉？然则古之所以殷勤奉老者，皆世之任事者所自为。于士之倦而归者，顾为烦且劳也。今之置古事者，顾有司为少耳。士之老于其家者，独得其自肆也，然则何为动其意邪？

余为之言者，尚书屯田员外郎周君中复。周君与先人俱天圣二年进士，与余旧且好也。既为之辨其不释然者，又欲其有以处而乐也。读余言者，可无异周君而病今之失矣。南丰曾巩序。

【解题】

作于宋仁宗皇祐元年（1049）。清姚鼐《古文辞类纂》在此篇题下作题记曰：“伯父（指姚范）云：‘仁宗时文武官年七十以上不自请致仕者，司马池、贾昌朝、包拯、吴奎皆相继被纠劾，周君想亦迫迮而退，非止足而甘引年者也。子固文殆为释讥。’”又引茅坤评语：“议论似属典刑，而文章烟波驰骤不足，读昌黎所送杨少尹致仕序，天壤矣。”

赠黎安二生序

赵郡苏轼，余之同年友也，自蜀以书至京师遗余，称蜀之士曰黎生、安生者。既而黎生携其文数十万言，安生携其文亦数千言，辱以顾余。读其文，诚闳壮隽伟，善反复驰骋，穷尽事理，而其才力之放纵，若不可极者也。二生固可谓魁奇特起之士，而苏君固可谓善知人者也。

顷之，黎生补江陵府司法参军，将行，请予言以为赠。余曰：“余之知生，既得之于心矣，乃将以言相求于外邪?”黎生曰：“生与安生之学于斯文，里之人皆笑以为迂阔，今求子之言，盖将解惑于里人。”余闻之，自顾而笑。夫世之迂阔，孰有甚于予乎？知信乎古而不知合乎世，知志乎道而不知同乎俗，此余所以困于今而不自知也。世之迂阔，孰有甚于予乎？今生之迂，特以文不近俗，迂之小者耳，患为笑于里之人。若余之迂大矣，使生持吾言而归，且重得罪，庸讵止于笑乎？然则若余之于生，将何言哉？谓余之迂为善，则其患若此；谓为不善，则有以合乎世，必违乎古，有以同乎俗，必离乎道矣。生其无急于解里人之惑，则于是焉，必能择而取之。遂书以赠二生，并示苏君，以为何如也。

【解题】

作于宋英宗治平四年（1067）。本文为怀才不遇者吐气，融注着作者自己的愤懑不平，写来吞吐抑扬，而耿介之气寓于其中，展示了作者思想的深沉、感情的凝炼。何焯评曰：“此文最善学韩，结处暗用范滂语。翻案文势，抑扬反覆，可谓圆健。”

送傅向老令瑞安序

向老傅氏，山阴人。与其兄元老读书知道理，其所为文辞可喜。太夫人春秋高，而其家故贫。然向老昆弟尤自守，不苟取而妄交，太夫人亦忘其贫。余得之山阴，爱其自处之重，而见其进而未止也，特心与之。

向老用举者令温之瑞安，将奉其太夫人以往。予谓向老学古，其为令当知所先后。然古之道盖无所用于今，则向老之所守亦难合矣。故为之言，庶夫有知予为不妄者，能以此而易彼也。

【解题】

作于宋神宗熙宁二年（1069）。茅坤评曰："仅百余言，而构思措辞，种种入彀，中有简而文、淡而不厌者。"张伯行亦云："一小序耳，而向老生平之学古志道藉以尽传，令人可歌可咏，南丰之文之不苟作也如此。"

送江任序

均之为吏，或中州之人，用于荒边侧境、山区海聚之间，蛮夷异域之处；或燕荆越蜀、海外万里之人，用于中州，以至四遐之乡，相易而往。其山行水涉沙莽之驰，往往则风霜冰雪瘴雾之毒之所侵加，蛟龙虺蜴虎豹之群之所抵触，冲波急洑隤崖落石之所覆压。其进也，莫不籯粮举药，选舟易马，力兵曹伍而后动，戒朝奔夜，变更寒暑而后至。至则宫庐器械被服饮食之具、土风气候之宜，与夫人民谣俗语言习尚之务，其变难遵，而其情难得也，则多愁居惕处，叹息而思归。及其久也，所习已安，所蔽已解，则岁月有期，可引而去矣。故不得专一精思修治具，以宣布天子及下之仁，而为后世可守之法也。或九州之人，各用于其土，不在西封，在东境。士不必勤，舟车舆马不必力，而已传其邑都，坐其堂奥。道途所次，升降之倦，凌冒之虞，无有接于其形，动于其虑。至则耳目口鼻百体之所养，如不出乎其家；父兄六亲故旧之人，朝夕相见，如不出乎其里。山川之形，土田市井风谣习俗辞说之变，利害得失善恶之条贯，非其童子之所闻，则其少长之所游览；非其自得，则其乡之先生老者之所告也。所居已安，所有事之宜，皆已习熟，如此故能专虑致劳职事，以宣上恩，而修百姓之急。其施为先后，不待旁谘久察，而与夺损益之几，已断于胸中矣。岂累夫孤客远寓之忧，而以苟且决事哉！

临川江君任为洪之丰城，此两县者，牛羊之牧相交，树木果蔬五谷之垄相入也。所谓九州之人各用于其土者，孰近于此？既已得其所处之乐，而厌闻饫听其人民之事，而江君又有聪明敏给之材、廉洁之行以行其政，吾知其不去图书讲论之适，宾客之好，而所为有余矣。盖县之治，则民自得于大山深谷之中，而州以无为于上。吾将见江西之幕府，无南向而虑者矣。于其行，遂书以送之。南丰曾巩序。

【解题】

此序送临川人江任赴任丰城令。作者对比中原人去边地任职之难和本地人任职本地之易，理所当然地盼望丰城大治局面的出现。本文在写任职难易之时能曲尽其情，为下面揭示主旨打下良好基础。

送李材叔知柳州序

谈者谓南越偏且远，其风气与中州异。故官者皆不欲久居，往往车船未行，辄已屈指计归日。又咸小其官，以为不足事。其逆自为虑如此，故其至皆倾摇解弛，无忧且勤之心。其习俗从古而尔，不然，何自越与中国通已千余年，而名能抚循其民者，不过数人邪？故越与闽、蜀，始俱为夷，闽、蜀皆已变，而越独尚陋，岂其俗不可更与？盖吏者莫致其治教之意也。噫！亦其民之不幸也已。

彼不知繇京师而之越，水陆之道皆安行，非若闽溪、峡江、蜀栈之不测。则均之吏于远，此非独优欤？其风气吾所谙之，与中州亦不甚异。起居不违其节，未尝有疾。苟违节，虽中州宁能不生疾邪？其物产之美，果有荔子、龙眼、蕉，柑、橄榄，花有素馨、山丹、含笑之属，食有海之百物，累岁之酒醋，皆绝于天下。人少斗讼，喜嬉乐。吏者唯其无久居之心，故谓之不可。如其有久居之心，奚不可邪？

古之人为一乡一县，其德义惠爱尚足以薰蒸渐泽，今大者专一州，岂当小其官而不事邪？令其得吾说而思之，人咸有久居之心，又不小其官，为越人涤其陋俗而驱于治，居闽、蜀上，无不幸之叹，其事出于余年之表，则其美之巨细可知也。然非其材之颖然迈于众人者，不能也。官于南者多矣，予知其材之颖然迈于众人，能行吾说者，李材叔而已。

材叔又与其兄公翊仕同年，同用荐者为县，入秘书省，为著作佐郎。今材叔为柳州，公翊为象州，皆同时，材又相若也。则二州交相致其政，其施之速、势之便，可胜道也夫！其越之人幸也夫！其可贺也夫！

【解题】

此序指出南越长期落后是由于历来官吏“倾摇懈弛，无忧且勤之心”的缘故，继而剖析南越的有利条件：交通方便、物产丰富、民风淳厚。本文表达了作者对吏治清明的渴望，融注了他对人民生活的深切关怀。

王无咎字序

名字者，人之所假借以自称道，亦使人假借以称道己之辞也，非若行然，不可以假借云也。何也？问其名曰忠与义，其字亦然，则人无有求其信然者，责其不然者，知其假借云也。问其行曰忠与义，则人皆求其信然者，责其不然者，其可以假借云乎？

然而人无贵贱愚良，一欲善其名字。夫欲善其名字者非他，亦曰爱其身而已。爱其身而不善充之，犹曰姑以圣贤之道，假借其身而已。不诚乎身莫大焉，岂爱其身也！不若于名字乎，勿求胜焉，于行乎，汲汲尔以爱其身，是以圣贤之道归诸其身也。以为爱其身非至，夫然而人一皆善其名字，未尝一皆善其行。有爱其身之心，而于其身反尔其薄也。可嗟也已！

南城王无咎来请字，余思夫字虽不必求胜也，然古之人重冠，于冠重字，字则亦未可忽也。今冠礼废，字亦非其时，古礼之不行甚矣。无咎之请也，虽非时之当，然庶几存其礼。予欲拒，安得而拒也？取《易》所谓无咎者，善补过者也，为之字曰补之。夫勉焉而补其所不至，颜子之所以为学者也。补之明经术，为古文辞，其材卓然可畏也。以颜子之所以为学者期乎己，余之所望于补之也。假借乎己而已矣，岂予之所望于补之哉！

【解题】

作者借为王无咎取字之机，表达了对世人只重其名、不重其行的风气的嗟叹。何焯评曰："用孟子之旨趣而变其音节。补之妹婿，故其词直。"曾巩第七妹于嘉祐五年嫁王无咎。

送蔡元振序

古之州从事，皆自辟士，士亦择所从，故宾主相得也。如不得其志，去之可也。今之州从事，皆命于朝，非惟守不得择士，士亦不得择所从，宾主岂尽相得哉？如不得其志，未可以辄去也。故守之治，从事无为可也；守之不治，从事举其政，亦势然也。议者不原其势，以为州之政当一出于守，从事举其政，则为立异，为侵官。噫！从事可否其州事，职也，不惟其同守之同，则舍己之是而求与之同，可乎？不可也。州为不治矣，守不自任其责，己亦莫之任也，可乎？不可也。则举其政，其孰为立异邪？其孰为侵官邪？议者未之思也。虽然，迹其所以然，岂士之所喜然哉？故曰亦势然也。

今四方之从事，惟其守之同者多矣。幸而材，从事视其政之缺，不过室于叹、途于议而已，脱然莫以为己事。反是焉则激，激亦奚以为也？求能自任其责者少矣。为从事乃尔，为公卿大夫士于朝，不尔者其几邪？

临川蔡君从事于汀，始试其为政也。汀诚为治州也，蔡君可拱而坐也；诚未治也，人皆观君也，无激也，无同也，惟其义而已矣。蔡君之任也，其异日官于朝，一于是而已矣，亦蔡君之任也，可不懋欤？其行也，来求吾文，故序以送之。

【解题】

此序勉励蔡元振正确对待与州守的关系，不要过激，更不要苟同，要当为则为。而对于一些人把州从事关心政事视为“立异”、“侵官”的看法提出了批评。何焯评曰：“此文反近李习之。淡古。”

送丁琰序

守令之于民近且重，易知矣。予尝论今之守令，有道而闻四方者，不过数人。此数人者，非特任守令也。过此数人，有千里者相接而无一贤守，有百里者相环而无一贤令。至天子大臣尝患其然，则任奉法之吏，严刺察之科，以绳治之。诸郡守县令以罪不任职，或黜或罢者，相继于外。于是下诏书，择廷臣，使各举所知以任守令。是天子大臣爱国与民而重守令之意，可谓无不至矣。而诏虽下，举者卒不闻。惟令或以旧制举，不皆循岁月而授。每举者有姓名，得而视之，推考其材行能堪其举者，卒亦未见焉。举者既然矣，则以余之所见闻，阴计其人之孰可举者，卒亦未见焉。犹恐予之愚且贱，闻与见焉者少，不足以知天下之材也，则求夫贤而有名位、闻与见之博者，而从之问其人之孰可举者，卒亦未见焉。岂天下之人固可诬，而天固不生才于今哉？

使天子大臣患天下之弊，则数更法以御之。法日以愈密，而弊日以愈多。岂今之去古也远，治天下卒无术哉？盖古人之有庠有序，有师友之游，有有司之论，而赏罚之始于乡，属于天下，为教之详至此也。士也有圣人之道，则皆得行其教；有可教之质，则皆可为材且良，故古之贤也多。贤之多，则自公卿大夫，至于牛羊仓廪贱官之选咸宜焉，独千里、百里之长哉？其为道岂不约且明，其为致天下之材岂不多哉？其岂有劳于求而不得人，密于法而不胜其弊，若今之患哉？

今也，庠序、师友、赏罚之法非古也，士也有圣人之道，欲推而教于乡于天下，则无路焉。人愚也，则愚矣！可教而贤者，卒谁教之哉？故今之贤也少。贤之少，则自公卿大夫，至于牛羊仓廪贱官之选，常不足其人焉，独守令哉？是以其求之无不至，其法日以愈密，而不足以为治者，其原皆此之出也已。噫！奚重而不更也。

姑苏人丁君琰佐南城，南城之政平。予知其令，令曰："丁君之佐我。"又知其邑人，邑人无不乐道之者。予既患今之士，而常慕古之人，每观良吏一传，则反覆爱之。如丁君之信于其邑，予于旁近邑之所未见，故爱之特深。今为令于淮阴，上之人知其材而举用之也。于令也，得人矣。使丁君一推是心以往，信于此，有不信于彼哉？

求余文者多矣，拒而莫之与也。独丁君之行也，不求余文，而余乐道其所尝论者以送之，以示重丁君，且勉之，且勉天下之凡为吏者也。

【解题】

这篇赠序是曾巩主动为丁琰所作的，可谓是有感而发。作者由贤守令之少而感叹人才之难得，并在古今对比中探讨了出现这种现象的社会原因。而正因为人才难得，所以作者对丁琰的推重可谓是发自内心。

谢司理字序

君子之于德泽谊行，大有为者也。于为之也，有明而易知者，有不示其用者。若乃数度号令，因造损益，淳杂出入，则所谓明而易知者，使人靡靡然化之，不绝于动作趣舍之际耳，无深关复键穹墉奥屋为之掩覆也。洎然莫能知其所以发而至者，则所谓不示其用者也。《易》曰“知微知彰”，彰显之微，不显之谓也。又曰“几事不密则害成”、“退藏于密”者，皆不显之谓也。

陈郡谢君名缜，缜，密也。而取字乃本诸此，而字曰通微。以谢君之材，其向道也，苟为无画，无不至者也。可以有为者也，能见其事业者也，能不表其迹者也，亦在懋之而已。

【解题】

在这篇序中作者以渊博的学识对谢缜的名和字作了解释，并以示勉励。

六　传记

秃　秃　记

秃秃，高密孙齐儿也。齐明法，得嘉州司法。先娶杜氏，留高密。更给娶周氏，与抵蜀。罢归，周氏恚齐给，告县。齐赀谢得释。授歙州休宁县尉，与杜氏俱迎之官，再期，得告归。周氏复恚，求绝，齐急曰：“为若出杜氏。”祝发以誓。周氏可之。

齐独之休宁，得娼陈氏，又纳之。代受抚州司法，归问周氏，不复见，使人窃取其所产子，合杜氏、陈氏，载之抚州，明道二年正月至。是月，周氏亦与其弟来，欲入据其署，吏遮以告齐。齐在宝应佛寺受租米，趋归，捽挽置庑下，出伪券曰：“若佣也，何敢尔!”辨于州，不直。周氏诉于江西转运使，不听。久之，以布衣书里姓联诉事，行道上乞食。

萧贯守饶州，驰告贯。饶州，江东也，不当受诉。贯受不拒，转运使始遣吏祝应言为覆。周氏引产子为据，齐惧子见事得，即送匿旁方政舍。又惧，则收以归，扼其咽，不死。陈氏从旁引儿足，倒持之，抑其首瓮水中，乃死，秃秃也。召役者邓旺，穿寝后垣下为坎，深四尺，瘗其中，生五岁云。狱上更赦，犹停齐官，徙濠州，八月也。

庆历三年十月二十二日，司法张彦博改作寝庐，治地得坎中死儿，验问知状者，小吏熊简对如此。又召邓旺诘之，合狱辞，留州者皆是，惟杀秃秃状盖不见。与予言而悲之，遂以棺服敛之，设酒脯奠焉。以钱与浮图人昇伦，买砖为圹，城南五里张氏林下瘗之，治地后十日也。

呜呼！人固择于禽兽夷狄也。禽兽夷狄于其配合孕养，知不相祸也，相祸则其类绝也久矣。如齐何议焉？买石刻其事，纳之圹中，以慰秃秃，且有警也。事始末，惟杜氏一无忌言。二十九日，南丰曾巩作。

【解题】

此记作于宋仁宗庆历三年（1043），揭露了嘉州司法孙齐的一系列丑行。作者如实记录了周氏前后告状过程，揭开了封建社会里一些官吏贪赃枉法、官官相护的黑暗内幕。此文笔法高妙，经营有度，据说为当时蜀中很多文人所传诵（元刘壎《隐居通议》卷十四）。何焯指出："仿解光《劾赵氏书》，当云《书秃秃事》乃合。"

故朝散大夫尚书刑部郎中充天章阁待制兼侍读上轻车都尉赐紫金鱼袋孙公行状

曾祖恕皇任博州堂邑县主簿，赠太子中舍。祖贲皇任尚书库部郎中。父从革皇赠尚书职方员外郎。

公讳甫，字之翰。天圣五年同学究出身，为蔡州汝阳县主簿。八年进士及第，为华州观察推官。华州仓粟恶，吏当负钱数百万，转运使李纮以吏属公，公令取斗粟舂之，可弃者十才居一二。又试之亦然。吏遂得弛，负钱数十万而已。纮以此多公，荐之，迁大理寺丞，知绛州翼城县。枢密直学士杜公衍奏知永兴军司录，迁殿中丞。枢密直学士张公逸奏监益州交子务，迁太常博士。庆历二年，杜公为枢密副使，又荐之，得试为秘阁校理。三年改右正言，知谏院。因灾异，言应天所以谴告之意者，在诚其行。有其诚矣，所以顺天者，在爱其民。于是遂请斥浮费，出宫女，除别库之私以宽赋敛。初，李元昊反河西，契丹亦以兵近边，谋弃约，任事者于西方益禁兵二十万，北方益土兵亦二十万，又益禁兵四十指挥。及群盗张海、郭邈山等劫京西，江淮之间皆警，是时已更用大臣矣，又令天下益禁兵。公言曰："天下所以大困者，在浮费；而浮费之广者，兵为甚。今不能损，又何益之邪？且兵已百万矣，不能止盗，而但欲多兵，岂可谓知所先后哉？"不报。于是极论古今养兵多少之利害以闻，语诋大臣尤切。既而保州有兵变，朝廷赏先言者。公以谓有先言者，而枢密院不以时下，不可以无责。天子曰："某，吾方倚以治也，不可使去位。"公犹固请议其罚。边将刘滬谋立水洛城，与部署狄青、尹洙议不合，滬违其节度，遂立之。青等械系滬以闻。公言曰："城之所以蔽秦，而通秦渭之援，宜不废其功，而赦滬之辄。"遂从公议。燕王薨，大臣谓用不足，欲缓葬。公言曰："燕王，上之叔父，葬不可以不如礼。"又言后宫事，又言宰相罪当罢，皆行其言。上既罢宰相，而用某为参知政事。又言某不可任以政，天子难之，因求为外官。而是时，朋党之议亦已起，大臣相次去位，公上书论争，语尤切。已而奉使契丹，还，迁右司谏，知邓州，徙安州。又徙江南东路转运使，又徙两浙，迁起居舍人、尚书兵部员外郎，改直吏馆。知陕府，简厨传之费，陕人安之。邻州岁时以酒相庆问，公命储别藏，备官用，一不归于己，至今遂为法。徙晋州，近臣过晋，夜半叩城欲入，公曰："城有法，吾不得独私。"终不为开门。徙河东转运使，赐金紫服，入为三司度支副使，输物非土有者，公为变其法，使之代输。至和三年，迁刑部郎中，入天章阁为待制，遂为河北都转运使。疾不行，又兼侍读。嘉祐二年正月二十一日卒于位。

公博学强记，其气温，其貌如不能自持。及与人言，反覆经史，上下千有余年，贯穿通洽，不可窥其际。而退视其家，初未尝蓄书，盖既读之，终身多不忘也。其居官，于其大者既可知已，于其小者，亦皆尽其意云。虽贵而衣食薄，无妾媵，不饰玩好，不与酣乐，泊如也。时从当世处士讲评，以为遂其好，而客或造其席者，与之言终日，不能以势利及也。其于人少合，亦不求其详，所与之合，亦不阿其意。盖公与河南尹洙相友善，而尤为杜丞相所知。庆历之间，二三大臣又与公同心任事，然至于论保州之变，则所指者盖杜公，非益兵之议，则所诋者盖二三大臣。至于城水洛也，又绌尹洙而申刘滬，其不偏于所好如此。然已而朋党之议起，大臣多被逐，公之争论尤切，亦不自以为疑也。噫！可谓自信独立矣，可以观公之行也。所著《唐史记》七十五篇，以谓己之学治乱得失之说具于此，可以观公之志也。公殁，有诏求其书。

公享年六十。其先开封扶沟人，至公之祖，徙许之阳翟，今为阳翟人。母李氏，长安县太君。妻某氏，某县君。子宜，滑州观察推官，实、寘皆将作监主簿。宜等以状来属巩，谨序次其实可传于后世者如右，谨状。

【解题】

此文作于宋仁宗嘉祐二年（1057）。一生仕历尽行记述，而着意突出的是孙甫恪尽职守、公而忘私的优良作风。所以，作者特别重视对他的谏诤事迹的记叙。重点突出，详略得当。

徐复传

徐复字希颜，兴化军莆田人。尝举进士，不中，去，不复就。博学，于书无所不读，尤通星历五行数术之说，世罕有能及者。为人倜傥有大志，内自饬励，不求当世之誉。乐其所自得，谓富贵不足慕也，贫贱不足忧也。故穷阎漏屋、敝衣粝食、或至于不能自给，未尝动其意也。遇人无少长贵贱，皆尽恭谨。其言前世因革兴坏是非之理，人少能及。然其家未尝畜书，盖其强记如此也。

康定中，李元昊叛，诏求有文武材可用者，参知政事宋绶、天章阁侍读林瑀皆荐复，诏赐装钱，州郡迫趣上道。既至，仁宗见复于崇政殿，访以世务，复所为上言者，世莫得闻也。仁宗因命讲《易·乾》、《坤》、《既济》、《未济》，又问今岁直何卦？西兵欲出如何？复对岁直《小过》，而太一守中宫，兵宜内不宜外。仁宗善其言。复又献所为《边防策》、《太一主客立成历》、《洪范论》。上曰："卿所献书，为卿留中。"必欲官之，复固辞，乃官其子晞。留复登闻鼓院，与林瑀同修《周易会元纪》。岁余，固求东归。仁宗高其行，礼以束帛，赐号"冲晦处士"。

复久游吴，因家杭州。州牧每至，必先加礼，然复未尝肯至公门。范仲淹知杭州，数就复访问，甚礼重之。仲淹尝言，西兵既起，复预言罢兵岁月；又斗牛间尝有星变，复言吴当大疫，死者数十万人。后皆如其言。复平居以《周易》、《太玄》授学者。人或劝复著书，复曰："古圣贤书已具，顾学者不能求，吾复何为，以徼名后世哉？"晚取其所为文章尽焚之。今其家有书十余篇，皆出于门人故旧之家。

复卒时，年七十余。既病，故人王稷居睦州，欲往省之。复报曰："来以五六月之交，尚及见子。"稷未及往，至期，复果已死。其终事皆预自处。子晞，年五十余，亦致仕，官至国子博士，复赠尚书虞部员外郎。复死十余年，而沈遘知杭州，榜其居曰"高士坊"云。赞曰：

复之文章，存者有《慎习赞》、《困蒙养》等篇，归于退求诸已，不矜世取宠。余论次复事，颇采其意云。若复自拔污浊之中，隐约于闾巷，久而不改其操，可谓乐之者已。

【解题】

此传勾勒了徐复博学有异才而又淡泊名利的高士形象。文章重点交代了宋仁宗、范仲淹对徐复的推重，以及徐复对叛乱平息时间、瘟疫和自己死期等重大事件的先知先觉，可谓善于选材，剪裁得当。

洪 渥 传

洪渥，抚州临川人。为人和平。与人游，初不甚欢，久而有味。家贫，以进士从乡举，有能赋名。初进于有司，辄连黜，久之乃得官。官不自驰骋，又久不进，卒监黄州麻城之茶场以死。死不能归葬，亦不能还其孥。渥里中人闻渥死，无贤愚皆恨失之。

予少与渥相识，而不深知其为人。渥死，乃闻有兄年七十余，渥得官时，兄已老，不可与俱行。渥至官，量口用俸，掇其余以归，买田百亩居其兄，复去而之官，则心安焉。渥既死，兄无子，数使人至麻城抚其孥，欲返之而居以其田，其孥盖弱力不能自致，其兄益已老矣，无可奈何，则念辄悲之。其经营之犹不已，忘其老也。渥兄弟如此无愧矣。渥平居若不可任以事，及至赴人之急，早夜不少懈，其与人真有恩者也。

予观古今豪杰士传，论人行义，不列于史者，往往务摭奇以动俗，亦或事高而不可为继，或伸一人之善而诬天下以不及，虽归之辅教警世，然考之《中庸》或过矣。如渥之所存，盖人之所易到，故载之云。

【解题】

这篇小传写了这两方面的内容：洪渥的仕途困顿、洪渥与其兄的手足情深。因为传主是个很平凡的人，所以作者着意表现这普通人身上的浓浓的人情味。而传主哥哥的形象，对传主形象是一种完善和补充。此传可谓简而有味。茅坤认为此文“有深思，有法度”。

七　奏议

本朝政要策五十首

考　课

建隆初，始以户口增耗为州县吏岁课之升降。兴国初，又定三等之法，以核能否。其后遂诏郭贽、滕中正、雷德骧典其事。雍熙间，上尝阅班簿，欲择用人，而患不能遍知群下之材，始诏德骧以群臣功过之迹引与俱对。淳化中，又分京朝官考课，使王沔主之；幕职州县官考课，使张宏主之；三班考课，使魏廷式主之。沔既条奏其法，于是御史弋子元、郎吏张绅皆以负黜焉。然沔之法，亦以烦碎无待士君子之体，物议非之。久之，复废京朝官考课，而置审官院，以钱若水主之；废州县官考课，归之流内铨，以苏易简主之；唯三班无所改易。其后，天子又尝欲自宰相修唐制书考之事，既而但欲责其称职，遂不行焉。然亲书考课最之意二十余幅，以赐若水等，盖其丁宁之意如此焉。

训　兵

古者四时田猎，以习武事。孔子讥不教民战者，《周礼》司马军旅之政详矣。战国至于汉唐，兵法尤具焉。自府卫废，而执兵者皆市人，故有天宝之败。以至晋汉，兵虽数十万，而皆不素习。士居闲暇，则自为生业，将乘势重，则取其课直。至周世宗高平之退，遂收骁勇之士，命太祖习焉。取其尤者为殿前军，而禁卫之精，自此始也。

宋兴，益修其法，壮锐者升其军籍，老懦者黜而去之，以至太宗、真宗屡自临试而搜择。故兴国有杨村之阅，咸平有东武之搜。军旅之盛，近世无比焉。然自此兵益以广，议者以动众为疑，而简练之网遂疏，黜废之法益恕矣。虽天子丁宁，欲救其敝，而群臣莫能奉其意焉。

添　　兵

唐罢府兵，始置神武、神策为禁兵，不过三数万人，以备天子扈从藩卫而已。故禄山之叛，驱市人以战贼。德宗蒙尘，扈驾者四百余骑。甲兵皆散在郡国，自河朔三镇不统于京师，余可举者，太原、青社各十万人，邠宁、武宁各六万人，潞、徐、荆、扬各五万人，襄、宣、寿、镇海各二万人，而观察团练据要害之地者，亦各不下万人。

五代之际，四方割裂，以区区中州之地，晋汉之兵尝至于数十万人，养之既费，教与用之又皆不得其理。周世宗高平之退，中国兵制始修列焉。

宋兴，太祖监前世之敝，益修教习之法，始黜老懦之兵。至于边鄙，务在择用将帅，以折冲一方之难。故姚内斌领庆州，董遵诲领环州，二人所领之兵，才五六千而已。当是之时，举中国之兵，才十六万人，平五强国，不知兵之少也。至太宗伐刘继元，驾前之兵盖十余万，兵之稍稍益广自是矣。其后曹彬之败祁沟关也，在行之兵实二十万。既而杨业败于陈家谷口，刘廷让败于君子馆，全军殁焉。士卒前后战死，沿边疮痍之兵不满万计，皆无斗志。河朔震摇，悉科乡民为兵以守城。咸平之间，又集近京诸州丁壮以为兵，而西北边臣犹请益兵不已。张齐贤请调江淮丁壮八万以益西师，天子忧之，谓吕蒙正曰：方事之警急，升卫亦可抽减，其如卫兵，数亦不足。蒙正复请取河南丁壮以益兵，天子难其言，然不得已而卒听焉。其后又请济师不已，遂令刘承珪取环庆诸州役兵，升为禁兵，号振武军以益焉。自此募兵之法益广矣。天子延见近臣，屡叹兵数之倍，而思太祖之法，有减兵之意。尝曰：虽议者恐其动众，亦当断在必行。然群臣莫能承上意焉。

兵器

百工之事，皆圣人为，而其于兵械尤重。弓矢之取诸《睽》，始见于经。至于《周官·考工》，所陈五兵之法，可谓详矣。汉兴，言兵者十三家，其要皆以便手足，利器械，立攻守之胜。语曰：器不坚利，与徒拷同。是兵械之不可不修也。

宋兴，太祖将平定四方，命魏丕主作，责以称职。每造兵器，十日一进，谓之旬课，上亲阅之，作治之巧尽矣。国工署有南北作坊，岁造甲铠、贝装、枪、剑、刀、锯、器械、箭葫簏、皮笠、弩樯、床子弩，凡三万二千。又有弓弩院，岁造弓、弩、箭、弦、镞等，凡千六百五十余万。诸州岁造弓、弩、箭、剑、甲、兜鍪、甲叶、箭镞等，凡六百二十余万。又别造诸兵幕、甲袋、钲、鼓、炮、炒锅、锄、行槽、锹、镬、镰、斧等，谓之什器。凡诸兵械，置五库以贮之。戎具精劲，近古未有焉。景德中，以岁造之器可支三二十年，而创作未已。天子念劳费之宜省也，因遣内都知秦翰阅武库所聚，令给用有余，诸作治以权宜罢焉。

城垒

周世宗时，韩通筑城于李晏口，凡立十二县。又筑束鹿，增鼓城，葺祁州。数年，又自浮阳至乾宁，补坏防，阙游口三十六，遂通瀛莫。

宋兴，王全斌葺镇州西山堡障，刘过筑堡州、威虏、静戎、平塞、长城等五城。太宗既平太原，以潘美守之，隳旧州，迁于榆次。又命美镇三交。三交在西北三百里，地号故军，溪谷险绝，为戎人之咽喉，多由此入寇。美帅师袭之，伪军使安庆以城降，因积粟屯兵以守之。久之，迁并州于三交，以美为帅焉。

宗　　庙

尧舜禹皆立二昭二穆，与始祖之庙而五。商人祀汤与契，及昭穆之庙而六。周人祀后稷、文武，及亲庙而七。汉初立庙不合古制。至晋，采《周官》，定七庙之数，而虚太祖之室。隋兴，但立高曾祖祢四庙而已。唐初因其制，贞观立七庙，天宝祠九室。梁氏以来，皆立四庙。宋兴，采张昭、任彻之议，追尊僖、顺、翼、宣四祖而立其庙，用近制也。

盖自祢至于高祖，亲亲之恩尽矣，故有四庙之制。前世祖有功，宗有德，不可预为其数，故有五庙、六庙、七庙之礼。先儒以谓有其人则七，无其人则五。此古今之文，损益之数昭昭可考者也。

边　　籴

建隆元年，以河北仍岁丰稔谷贱，命高其价以籴之。

常　平　仓

淳化二年，诏置常平仓，命常参官领之。岁熟增价以籴，岁歉减价以粜，用赈贫民，复旧制也。

侦　　探

淳化中，柴禹锡、赵熔掌机务，潜遣吏卒变服侦事。卒王遂与卖书人韩玉有不平，诬玉有恶言。禹锡等以状闻，上怒诛玉，京师人皆冤之。自是廉得他事，上不复听。至道中，又有赵赞，性险诐捷给，专伺中书、枢密及三司事，乘间言于上，上以为忠无他肠，中外畏其口。既而天子觉悟，卒诛赞焉。

贡　举

贡举之制，建隆初始禁谢恩于私室。开宝五年，召进士安守亮等三十八人对于讲武殿下，诏赐其第。六年，又召宋准等覆试于讲武殿。殿试自此始也。自隋大业中，始设进士科，至唐以来尤盛，岁取不过三十人。咸亨、上元中，增至七八十，寻亦复故。开成中，连岁取四十人，又复旧制。进士外以经中科者，亦不过百人。至太宗即位，兴国二年，以郡县阙官，旬浃之间，拔士几五百，以补阙员而振滞淹。又未命官，而赐之绿袍靴笏，使解褐焉。八年，进士万二百六十人。淳化二年，万七千三百人。始命知贡举苏易简等受诏即赴贡院，不更至私第，以防请托。至殿试，又为糊名之制。

军赏罚

天宝之后，将之废置出于军，则军之骄可知也。五代之际，国之兴亡出于军，则军之骄又可知也。及周世宗奋然独见，诛败挠之将，而军之约束始修。太祖之为将也，每有临阵逗挠不用命者，必斫其皮笠以志之，明日悉斩以徇。自是人皆死战。及太祖受天命，谓征蜀诸将曰："所破郡县，当倾帑藏，为朕赏战士。国家所取，惟土疆尔。"故人皆用命，所至成功，如席卷之易。蜀既平，择其亲兵，得百二十人，隶殿前司，谓之川班殿直，廪赐优给，与御马直等。其后郊祀优赏，太祖特诏赏御马直，更增五十。而川班殿直以不在此例，击登闻鼓诉之，太祖怒，立命中使执归本营，各杖二十，明日尽戮于营中，余八十人配诸州，遂废其班。

初，太祖尝问：“唐庄宗享国不久，何也?”飞龙使李重进对曰：“庄宗好畋，而将士骄纵姑息，每出近郊，卫士必控马首曰：‘儿郎辈寒，必望敕赐。’庄宗即随所欲给之，如此者非一。末年之祸，盖令不行而赏赉无节也。”太祖抚手叹曰：“二十年夹河战争取天下，而不能以军法约束此辈，纵其无厌之求，诚为儿戏。我今养士卒，固不吝爵赏，但犯法者，惟有剑耳。”及闻川班殿直之诉，使中使谓之曰：“朕之所与，便为恩泽，又焉有例?”故尽诛之。

世宗、太祖之驭军赏罚如此，故世宗取淮南、关南之地，太祖平五强国，如拾地芥。由是观之，军无骄否，惟所驭之术何如。若太祖之智，可谓神矣。

雅　　乐

周世宗患雅乐陵替，得王朴、窦俨考正之。宋兴，俨定文舞为文德之舞，武舞为武功之舞，大朝会用之。又定十二曲名，以为祭祀、会朝出入之节焉。朴、俨所考正，有未备者，和岘继成之。然裁减旧乐，乃太祖之圣意。章圣用随月之律，主上新皇祐之制，雅乐备焉。

佛　　教

建隆初，诏佛寺已废于显德中，不得复兴。开宝中，令僧尼百人许岁度一人。至道初，又令三百人岁度一人，以诵经五百纸为合格。先是泉州奏僧尼未度者四千人，已度者万数。天子惊骇，遂下诏曰：古者一夫耕，三人食，尚有受馁者。今一夫耕，十人食，天下安得不重困?水旱安得无转死之民?东南之俗，游惰不职者，跨村连邑，去而为僧，朕甚嫉焉，故立此制。

史　　官

天子，动则左史书之，《春秋》是也；言则右吏书之，《尚书》是也。汉武帝有禁中起居注。魏晋归之著作，其后亦命近臣典其事。后魏始置起居令史，行幸宴会，则在御座前记君臣酬答之语，又别置起居注二人。北齐有起居省。隋置起居舍人二人，以掌内史。

唐起居之官隶于门下。显庆中，即与舍人分隶两省，每天子御殿，则左右夹香案，分立殿下螭头之侧，和墨濡翰，皆就螭头之坳处，有命则临陛俯听，对而书之。典礼文物、册命启奏、群臣薨免惩劝之事，悉载于起居注。季冬终，则送于吏官。长寿中，姚琦以为帝王谟训，不可使无纪述，若不宣自宰相，史官无由而书。请仗下所言军国政要，命宰相一人专知撰录，季终付于史官，即今之时政记也。元和十二年，又委承旨宰相宣示左右起居注，令其缀录。大和九年，诏郎舍人准故事入阁，日赍纸笔，立于螭头，以记言动，故文宗实录为备焉。

至后唐，明宗亦命端明殿学士枢密直学士修日历。世宗用陶穀之言，修明宗之制。

开宝中，扈蒙为修撰，以谓内庭日历，枢密院抄录送史官所记者，不过对见辞谢而已。盖宰相虞漏泄，而史官限疏远，故莫得而具也。请言动可书者，委宰相、参政，月录以送史官，使修日历，遂以参知政事卢多逊专其事。

兴国中，诏书病史氏之漏落，又以参知政事李昉专其任，而枢密院亦令副使一人专知纂述。昉请每月先以奏御，乃送史官。时政记之奏御，自昉始也。

淳化之间，从张佖之请，始置起居院，修左右史之职，以梁周翰掌起居郎事，李宗谔掌舍人事焉。周翰、宗谔言：崇德殿、长春殿宣谕论列之事，时政记记之。枢密院事关机密，本院记之。余百司封拜除改、沿革制撰之事，请悉使条送，以备论撰。月终皆送史官。从之。又令郎舍人分直崇政殿，记言动，别为起居注，每月先以奏御。起居注奏御，自周翰、宗谔始也。

正 量 衡

建隆初，颁量衡于天下。淳化中，以太府之式，不足以合信取平，守藏吏缘为奸，天下岁输者，至于破产以万数，守者更代，动必数岁计争。于是天子诏有司，使为新法。刘承珪、刘蒙言：权衡之法起于黍，十黍为絫，十絫为铢，四十铢为两。度之法起于忽，十忽为丝，十丝为毫，十毫为厘，十厘为分，为一絫四黍。以开元通宝钱肉好周均者校之，十分为钱，十钱为两，自分厘毫丝忽，转转十倍增之，凡一钱为十万忽，因取毫发计之，皆有准。自一钱至半钱为衡以较之，得钱二千四百，轻重等者为十五斤，可施用，并以丝忽毫厘铢累之准。奏御，诏三司较之，以御书淳化三体钱二千四百，磨令与开元通宝钱轻重等，定其法为新式，颁之天下，权衡之法得焉。

户 口 版 图

太祖元年，有州一百一十一，县六百三十，户九十六万七千三百五十三。末年，州二百九十七，县一千八百六，户二百五十万八千九百六十五。兴国初，有上言事以闰为限，三岁一令天下贡地图与版籍，上尚书省，所以周知地理之险易，户口之众寡。至道初，又令更造天下州县户口之版籍焉。

任 将

太祖之置将也，隆之以恩，厚之以诚，富之以财，小其名而崇其势，略其细而求其大，久其官而责其成。每朝必命坐，赐与优厚，抚而遣之。

尝令为郭进治第，悉用甋瓦，有司言非亲王、公主不得用之，上曰："郭进控扼西山十余年，使我无北顾忧，我视进岂减儿女耶?"趣作无复言。此可谓隆之以恩矣。

取董遵诲于仇雠，取姚内斌于俘虏，皆用之不惑。郭进在西山，尝有军校讼其不法。上曰："进驭下严，是必罪人惧进法，欲诬进以自免也。"使中人执以赐进，令诘而杀之。此可谓厚之以诚矣。

西北边军市之租，多赐诸将，不问出入，往往赏赉又辄以千万。李汉超守关南，属州钱七八万贯，悉以给与，又加赐赉。汉超犹私贩榷场，规免商筭。有以事闻者，上即诏汉超私物所在，悉免关征。故边将皆养士足以得死力，用闲足以得敌情，以居则安，以动则胜，此可谓富之以财矣。

李汉超、郭进皆终于观察使，所居不过巡检使之名，终不以大将处之，然皆得以便宜从事。郭进在西山，上每遣戍卒，必谕之曰："汝等谨奉法，我犹赦汝，郭进杀汝矣。"其假借如此，故郭进所至，兵未尝小衄，此可谓小其名而崇其势矣。

王彦昇之好勇，冯继业之自伐，然用彦昇守原州，继业守灵州，皆边境以安，此可谓略其小而求其大矣。

何继筠屯棣州二十余年，董遵诲屯通远军四十年，其余皆不减十余年，边境赖之，此可谓久其官而责其成矣。

夫宠之以非常之恩，则其感深；待之以赤心，则其志固；养之以关市之租，则其力足；小其名而不挠其权，则在位者有赴功之心，而勇智者得以骋。略其过则材能进，久其任而功利悉，自古用将之术，不易于是。太祖兼用之，故以李汉超屯关南，马仁瑀守瀛州，韩令坤镇常山，贺惟忠守易州，何继筠领棣州，以防北虏。郭进控西山，武守琪戍晋州，李谦溥守隰州，李继勋镇昭义，以御太原。赵赞屯延州，姚内斌守庆州，董遵诲屯环州，王彦昇守原州，冯继业守灵武，以备西戎。如姚内斌、董遵诲之徒，所领不过五六千人，而威名皆行乎戎狄。当此之时，建隆元年六月，诛李重进，收潞州。十一月，诛李筠，收扬州。四年，收湖南北。六年，收蜀。十三年，收南越。十七年，定江表之地。内则吴越闽海岁奉贡职，外则交州丁琏、高丽王伷请吏向化，而契丹修好之使，数至于阙庭。拱挹指麾，而天下一定，不知封疆之忧，盖太祖用将之术如此，故养士少而蓄力多，操术简而收功博也。

水　灾

周世宗尝使窦俨论水沴所兴。俨以谓阴阳者水火之本，阴之主始于渊献，水之行纪于九六，凡千七百二十有八岁，为浩浩之会。当此之时，虽有周唐之君，不能弭其患者，数也。若至于后辟狂妄以自率，权臣冒昧以下专，政不明，贤不章，则苦雨数至，潦水厚积。德宗壬申之水者，政也。汉以来言灾异者亦然，然则诚古今之通论。

宋兴，常雨之沴，间辄有之，然未尝有百川沸腾、黎民昏垫之患也。而太祖开宝之间，常以霖雨之忧，出后宫以销幽闭之感。太宗淳化之岁，尝自七月至九月雨不止，崇明门外皆浮罂筏以济，壁垒庐舍多坏，人多压死，物价踊贵，秋敛用微，于是流移者众，而陈颍宋亳之间，盗亦稍稍而起。太宗加给复之恩，赐糜淖之饷，以救其变。此祖宗所以惧天灾、图政务之遗事也。

汴　水

昔禹于荥泽下分大河为阴沟，出之淮泗，至浚仪西北，复分二渠。其后或曰鸿沟，始皇疏之以灌魏郡者是也。或曰浪宕渠，自荥阳五池口来注鸿沟者是也。或曰浚仪渠，汉明帝时，循河流故渎作渠，渠成，流注浚仪者是也。或曰石门渠，灵帝时，于敖城西北累石为门，以遏渠口者是也。石门渠东合济水，与河渠东注，至敖山之北，而兼汴水，又东至荥阳之北，而旃然之水，东流入汴。荥阳之西有广武二城，汴水自二城间小涧中东流而出，济水至此乃绝。桓温将通之而不果者，晋太和之中也。刘裕浚之，始有湍流奔注，而岸善溃塞，裕更疏凿以漕运者，义熙之间也。皇甫谊发河南丁夫百万开之，起荥泽入淮，千有余里，更名之曰通济渠者，隋大业之初也。裴耀卿言江南租船，自淮西北，泝鸿沟，转相输，纳于河阴、含嘉、太原等仓，凡三年，运米七百万石者，唐开元之际也，后世因其利焉。太宗尝命张洎论著其兴凿漕运之本末如此，宋至道之间也。

刑　　法

太祖始用士人治州郡之狱。太宗即位，尤重用典刑，哀矜之诏，岁辄有之。刑部设详覆之员，诸路命纠察之使。至于淳化，又置审刑院于禁中，防大理、刑部之失。凡具狱，先上二司，然后关报审刑，事从中覆，然后下丞相府，又以闻，始命论。盖其重慎之备如此焉。

管　　榷

太祖知百姓疾苦五代之政，欲与之休息，故诏书屡下，弛盐禁于河北，实盐价于海濒。有司尝欲重新茶之估以出于民。上曰："是不重困吾人耶?"遂置其议。既平五强国，收天下之地，未尝不去其烦苛，与百姓更始焉，故民始得更生于水火之中。当是之时，靡敝少而用约也。自时以来，兵籍既众，他费稍稍亦滋，锢利之法始急。于是言矾课则刘熙古，深茶禁则樊若水，峻酒榷则程能，变盐令则杨允恭，各骋其意，从而助之者浸广。自此山海之入，征榷之筭，古禁之尚疏者皆密焉，犹不能以为足也。

历

察天时以授民事，则历象不可不谨也，唐虞以来尚矣。唐高祖有戊寅之历，高宗有麟德之历，中宗有景龙之历，明皇有大衍之历，肃宗有至德之历，代宗有五纪之历，德宗有正元之历，宪宗有观象之历，穆宗有宣明之历，昭愍有崇元之历。自时以后，至于梁唐，日官之任缺焉。晋高祖始用赵仁锜，有调元之历。周世宗用王朴，有钦天之历。当朴之成历也，王处讷谓之曰："此历可且行，久则差矣。"既而果然。宋兴，命处讷正之，于是有应天之历，久之又差。而苗守信等承诏论定，于是有乾元之历。至道、淳化之间，王睿、郑昭晏之徒屡校其疏密，而日官韩显符始定浑仪之器，杨文溢增用甲子之数，皆施行焉。

钱　币

兴国初，绌江南铁钱，铸农器以给流民。而于江东之地，始铸铜钱，民便之，自樊若水始。其后以铅锡杂铸，虽岁增数倍，而钱始粗恶，自张齐贤始。淳化之间，赵安易请铸大钱行于蜀，自大臣皆以为不可，而安易之辨不可屈，既铸非便，天子卒断而罢之焉。

宦　者

淳化中，改黄门院为内侍省，而置昭宣使，以王延德、王继恩、杜彦钧处之。继恩收蜀有功，宰相欲以为宣徽使，天子以为宦官不可令预政事，切责宰相，而置宣政使以命继恩。其后张洎居翰林，请以蓝敏正为学士，裴愈副之。上曰："此乱政。朕方复古道，安得踵此覆辙邪？"洎惭而退。盖祖宗之明理乱、慎威福之渐如此焉。

学　校

宋兴，承五代之乱。建隆初，尝命崔颂教国子，始聚生徒讲学。天子使使者临赐酒果，以宠厉学者。淳化中，上始视学，命孙奭讲《说命》之篇，天子嗟异久之。

名　教

唐氏五代之乱，教化之事久缺。雍熙初，始敕群臣用通丧之制。至道之间，近臣有不能养者，上为赐钱，使迎其母。而使者亦言蜀人有仕于中州，其父家居不能自存者，天子惊叹。于是诏书遂下，称人子之义，以风晓切责，而使执法举不能养者，定著于令焉。

铨　起

建隆初，定考判之制，著循资之格。

禬　祭

博士和岘言：禬始伊耆，而三代有嘉平清祀禬祭之名。禬，腊之别名也。汉乘火德，以戌日为腊。腊，接也，言新故相接。故田猎取禽以报百神，享宗庙，旁及五祀，以致孝尽虔。晋魏同之。唐以土王，贞观之际，尚用前寅禬百神，卯日祭社宫，辰日腊宗庙。至开元始定礼制，三祭皆于腊辰，以应土德，议者是之。宋兴，推应火行，以戌日为腊，而独以前七日辛卯禬，不应于礼，请如开元故事，禬百神，祀社稷，享宗庙，同用戌腊，如礼便。制曰“可”。

感生帝

乾德初，用博士聂崇义之言，以赤帝为感生，每岁正月祠，用坛。其后又以正月上辛祀昊天上帝，五帝皆从祀，与感生帝祭同日。既渎，且从祀礼杀，失所以致崇极意。自此，感生帝始别祭，不从祀昊天。

西京郊配

太祖开宝元年，幸河南，定圜丘之位，以四月郊祀上帝。将行，躬告于太庙。既行，不载主焉。

祠　太　一

兴国中，兆太一于城南，用学士张齐贤、春官正楚芝兰领祠事。齐贤等以为太一者五帝之佐，天之贵神，祠宜半祀天之礼，又小损之。天子使加伶官百人，自昏祠至明，如汉制焉。

郊　　配

太祖已尊四祖之庙，郊祀以宣祖配天，宗祀以翼祖配帝。及太宗继大统，礼官以为王业所兴自太祖始，故兴国之初，天子再郊，皆太祖配天。及欲封泰山，扈蒙建白，以谓严父莫大于配天，宜以宣祖配天，太祖配帝。其后封禅之礼辍，而雍熙之郊，遂用蒙议，学者病之。至淳化之春，合祭天地于圜丘，遂以宣祖、太祖同配，如永徽故事。自此，孟春祈谷，孟冬祀神州，季秋大飨明堂，用宣祖配。冬至祀昊天，夏至祀皇地祇，孟夏雩祀，用太祖配。如永泰之礼，皆礼仪使苏易简所定焉。

赋　　税

周世宗尝患赋税之不均，诏长吏重定。颍州刺史王祚躬行部县，均其轻重，补流民逋赋以万数，增其旧籍，百姓诣阙称颂焉。

三　　司

盐铁户部度支凡二十四，案吏千余人。乾德定考课之法，兴国增判官之员，淳化之间，或专置一使，或离为二司，已又复之为三，而副贰官属之损益视焉。天子尝召见其吏李浦等，问利害之理。浦等言七十余事，多见听纳。于是三司使陈恕等，皆以不胜任见让，而浦遂试用显于世焉。

俸　禄

太祖哀怜元元之困，而患吏之烦扰，欲高吏之行以便民，于是定俸户之制，修益俸之令。太祖犹以为烦民也，于是出库财以赋吏禄。诏书屡出，欲吏之有余而无内顾之忧，然后于义德备焉。盖其任人之知所先后如此。

南　蛮

南蛮于四夷，为类最微，然动辄一方受其患。至覆军杀将，与夫转饷烦敝之久也，则他盗亦缘而有，大中、咸通之间，安南之变是也。故为政者不得不戒焉。

宋兴，尝设广捷之兵，习摽牌之器，其后又益澄海之师，皆以备蛮之为疆埸害也。盖及其辄动，而我之所以威附之术，可得而谈者，有用兵深入，伐而克之，兴国之初，翟守素之平梅峒是也；有兵已克破，赦而受之，咸平之间，曹克明之收抚水是也；有计能屈之，纳以恩信，章圣之世，谢德权之靖宜州是也。

盖兵不足以克，则赦不能以来；计不足以屈，则信不能以收。此古今之通理，而智谋者之所易睹也。今溪洞往往为东南之忧，而议者不谋威略，一欲怀之以利，是见其一，未见其二也。

契　丹

契丹既胜晋，历汉、周，为中国之患。

宋兴，太祖明经纶之体，专择用将帅，以折冲一方之难。自山西关南，所属任皆天下之材，委任专而听断明，豪杰之士，得尽其智力以赴功，故养士少而形势强。当此之时，疆境泰然，无北顾之忧。间有窥塞之谋，虏骑六万，太祖命田钦祚以三千人破之，当世以为谚。虏既屈服，于是叩关请吏，修书币之使。天子见群臣谦让，不自以为德也。其后向之宿将稍死，而天子伐晋，晋虏连兵，既破虏而平晋，遂用事于燕，不克而还。自此，虏复为中国之患。

雍熙中，曹彬以十万之众，不能举燕而退，有祁沟之败。既而杨业败于陈家谷，刘廷让于君子馆又败。士多失亡，乘塞疮痍之兵，至不满万。赵魏大震，虏遂深入，陷郡县．杀官吏，执士民，将吏依壁自固，虏辄掠坰野，收子女之俘，掊金帛之积而去，自鄚而北，千里萧然。天子下哀痛之诏，而边吏屡请益兵，始科河内之民以戍边。不足，则又科河南之民。犹不足，则取役兵为振武之军以自助。然犹不能以为足也。

咸平之间，命傅潜为大将。虏既入塞，塞上皆飞檄请救。潜按兵不出，将卒人人欲战，不许。天子屡使人督战，又为益发兵使进，而潜终不敢出。虏乘其隙也，连破州邑，遂越魏犯澶，百姓骚然，天子为戎衣济河，而虏之谋臣射死，兵遂解去。杨延钊以为乘其敝痛杀，幽冀可收，天子抑其言，而讲和之策遂定焉。自此边境去矢石之忧，天下无事，百姓和乐，至今余四十年，先帝之功德博矣。

折　中　仓

折中之法，听商人入粟，而趋江淮受茶盐之给，公私便之。或以为敝滥，既废，而岁失百万之入。端拱初复置，以岁旱而止。淳化中遂复之。

榷　　易

宋兴，既收南越之地，而交阯奉贡职，海外之国亦通关市，犀象珠玑百货之产，皆入于中国。府库既充，有司遂言宜出于民，始置榷易之场，岁收其直数十万贯，自此有加焉。

左　　藏

兴国初，左藏之财既充斥，始分为三，钱与金帛皆别藏，典守者亦各异焉。

贼　盗

宋兴，既敛兵于内，盗贼辄发，而州郡无武备，急则吏走匿自存，天子常薄吏罪，而言事者以为适然。故盗起辄转劫数百千里，非天子自出兵，往往不能格，愚固异焉。及览近世之迹，若宋玓守益州，张雍守梓州，秦传序守开州，何郯守象州，皆以区区一城抗贼之锋，不为不义屈，于是知天子待吏尽恕道矣。而吏之走匿自存者，何其不自力也?

漕　运

宋兴，承周制，置集津之运，转关中之粟，以给大梁。故用侯赟典其任，而三十年间，县官之用无不足，及收东南之地。兴国初，始漕江淮粟四五百万石至汴。至道间，杨允恭漕六百万石，自此岁增广焉。

文　馆

三馆之设，盛于开元之世，而衰于唐室之坏。五代高武力，虽存西馆之署，而法度卑矣。宋兴，太祖急于经营，收天下之地，其于文儒之事稍集，然未能备也。太宗始度升龙之右，设署于禁中，收旧府图籍与吴蜀之书，分六库以藏之。又重亡书之购，而闾巷山林之藏，稍稍益出，天下图书始复聚，而缙绅之学彬彬矣。悉择当世聪明魁垒之材，处之其中，食于太官，谓之学士。其义非独使之寻文字、窥笔墨也，盖将以观天下之材，而备大臣之选。此天子所以发德音、留圣意也。

屯　田

自汉昭始田张掖，赵充国耕金城。曹操以区区之魏，力农许下。晋用邓艾田寿春，羊祜田襄阳，杜预田荆州，荀羡田东阳。隋耕朔方之地。而唐起屯振武。皆内益蓄积，外有守御之利，故能服夷狄，兼邻国，或定南面之业焉。

宋兴，当雍熙之间，强胡屡为边害。天子念守兵岁广，而赵魏失宁，废耕桑之务，于是方田之法自此始。是后开易水，疏鸡距，修鲍河之利，边屯以次立矣。然中国一统，内缉百万之师，议者以为岂晏然不知兵农兼务哉？天子乃遣议臣东出宿亳，至寿春，西出许颍，转陈蔡之间，至襄邓，得田可治者二十二万顷，欲修耕屯之业，度其功用矣。天子尤意向之，而任事者破坏其计，故功不立。

水　利

自史起溉邺田，郑国凿泾水，李冰以区区之蜀，修二江之利。汉兴，文翁穿煎溲，郑当时引渭，庄熊引洛，兒宽奏凿六辅渠，而白公注泾渭，邵信臣广钳卢之浸。自是后，王景理芍陂，马臻筑鉴湖。至晋，杜预疏荆兖之水，张闿理曲阿之塘，宋人引淠，魏人引河。唐疏雷陂，筑句城，除堰遏之害，皆代天施，长地力，衣食元元，而足公家之费。故三代沟浍之法替，而赴时务功，此不可不重也。圣宋当雍熙之间。

黄　河

河自西出而南，又东折，然后北注于海。当禹之行水，功之所施者最多，自大伾而北，既酾为二，至大陆又播为九，然后为逆河，以与海属，非屡散裂而顺导之，莫能为功。盖其难如此，故历三代千有余年，无河患者，以禹故迹未尝变也。

至周定王之时，禹迹遂改，故河之为败自此始。自是之后，言治河者尤众，有欲索故迹而穿之，许商、解光之说是也。有欲出之胡中，齐人延年之说是也。有以为天事可勿理者，田蚡、谷永之说是也。有以为宜空水冲以纵其决，穿漕渠以通其势者，关并、贾让之说是也。有以为宜弛灌溉之防，使水得自行者，张戎之说是也。有以为宜徙之宽平者，王横之说是也。有以为宜计为堤防，又以为堤防非古义者，王延世、平当之说是也。凡此数者，各乖异。

总之，堤防之起自战国，西汉以来，筑作者辄复败，故务壅塞居水者，最暗于用，而复二渠，则水之害去，绝屯氏之河，则害作，故言河宜散裂、仿于禹迹是当。

盛宋之隆，河数为败。兴国之间，房村之决为甚。当此之时，劳十万之众，然后复理。天子为赋诗比瓠子之歌，属者虽有商胡之忧，非曩时比也，然天子大臣讲求利害之理勤矣。愚既以为堤防壅塞暗于用，仿禹之迹为可，然水之为迹，难明久矣，非深考博通，心知其详，固难以臆见决策举事也。宜博求能疏川浚河者，与之虑定，然后施功，则可以下安元元，上追禹绩矣。

边　防

周世宗之时，筑李晏口，立县十二，又筑束鹿，增鼓城，葺祁州。遂自浮阳至乾宁之塞，补坏防，开游口三十有六，瀛莫以通，作治之功自韩通。宋兴，葺镇州西山保障，自王全斌。而筑保州威虏静戎平塞长城寨，自刘遇。太宗既平晋，隳旧州，迁之榆次，又迁三交，夺故军之险而守之，得胡人咽喉之地，自潘美。

平　籴

使岁穰谷不贱出，岁凶民不病食，故平籴之令自此始。李悝修之，魏以富强。汉兴，耿寿昌开常平之法，以至晋齐不能废。后魏定和来之制，北齐筑富人之仓，隋人置临，唐人置东西市之籴，虽号名殊，其为法一也。当盛宋建隆之间，始因河内之稔，修边籴之事。至淳化，而天下之籴复大备。

义　　仓

使岁穰输其余，岁凶受而食之，故义仓之法自此始。长孙平修之，隋以富足。唐用戴胄之言，而复定著令。高宗又开杂用之禁。神龙之后，纲理疏阔，而义仓遂废殆尽。至开元，自王公以下，至于商人，皆有入，故义仓之实至六千万以上。自是后而衰。宋兴，乾德之初，天子哀岁不登，而仓吏不以时出与民，于是著发粟之制，使不待诏令。其后，又病吏之烦扰，而民罹输转之困，又罢之。至今上而旧制复行。

茶

唐贞元初，赵赞兴茶税，而张滂继之，什取其一，以助军费。长庆初，王播又增其数。大中中，裴休立十二条之利。宋兴，茶盐之法屡有变易，而茶法几至大坏。景德中，尝乘边备之急，而仓卒变法，高塞下入粟之虚直，易江淮茗荈之实，其厚利悉归于商人矣。是时，议臣请以见缗入中。而天圣初，又设三说之法。入见缗金帛，则官虽为便，而商者不通。用三说，则官有七倍之损，而香象之货，居积停滞，公私皆失其利焉。景祐、康定之间，又增以盐利，为四说。虽公家亏于半，而贾贩者复壅。至皇祐中，又用见缗之法。虽壅滞稍去，然调视小失，固未免于乖迂也。

【解题】

策就是简策（册），因臣下把意见写在简策上而得名。这是由汉代以策取士而出现的文体，可以认为是奏议的一个附类。但从宋代起，大臣或文士自动写下对朝政的看法送呈皇帝，也称为策，那么这种策就与奏疏表状没什么区别了。皇祐元年(1049)，年已三十一的曾巩虽功名未就，却十分关心朝政，以巨大的热情，花费了大量精力，撰写了这道《本朝政要策》。策文系统地考察了宋朝考课、训兵、边籴、贡举、佛教、刑法、水利等等五十个事项，涉及到政治、军事、教育、宗教、外交、财政等各个方面，展现了他较广阔的政治视野。策文也十分简明扼要。

代上皇帝表

右臣窃以上圣之心遍应万物，至公之道无隐人情，是以惓惓之私辄敢疏露。

伏念臣在郎宫中，尝持使节参省，计皆陛下选于众流，拔而授之。寻值潭州阙人，圣恩以臣出守。及在任一年有余，蒙差龙图阁直学士刘某为代，未赴朝参就移今所领郡。臣于两处治所，奉承陛下宽仁之化，拊循吏民。凡辨狱讼，未尝专信掾属，必经心手，得情应法，乃敢区处。至于督赋租、定徭使，一一又与簿书朝会无违。在潭州日，阅买茶荈，调计金帛，佐大农之用，前后累万。今任之中，建置场冶，采取金货，亦及二千余两。漕发久岁积粟，数过二十万石，出当郡高源，水路至洪州，便于转输。又于营屯，甲兵之备皆使缮修，无有愆阙。计谋虽拙，为效亦勤。

而伏思臣前所领潭州，于三湘之地为一都会，朝廷择守，不与三司判官转运使差遣相视。今于临川，乃江外支郡，与旧任顿殊。在臣之心，岂敢有所不足？然当陛下至治之朝，未尝轻退一士，是以曾形奏述，上渎宸慈，乞以臣两任，庆历二年五月知潭州，至今任，通计参于日月，就移荆湖北一路，一次差遣，或赐臣除替，许至阙廷。蝼蚁之诚，未蒙省答，辄敢再干旒扆，傥非陛下哀而念之，虽没齿何望。

且臣赋性颛蒙，能行无异，自束发为吏，至今三十四年，惟以清苦自守，忠勤自勉，未尝须臾敢懈，亦无毫发之过，故在班列之中，实为众议以此见称。非敢诬罔天听，傥若得允所乞，复效惰志，则草茅之质，万死为足。

伏惟陛下日星之照，下饰幽微；天地之仁，平施万汇。即其言而观其意，必当察而怜之。

【解题】

据吴廷燮《北宋经抚年表》，庆历二年（1042）知潭州而后为龙图阁直学士刘沆所代者为魏瓘。那么此文即曾巩代魏瓘作，当作于庆历四年（1044）左右。唐以后的奏议文一般都用四六，但一些作者并不完全严格遵守，如此文即大部分使用散体。

代太平州知州谢到任表

伏奉敕命，差知太平州军州事，已于某月某日到任上讫。惟此方雕瘵之旧，属比岁凶饥之余，任在拊循，惧无称效。中谢。

窃念臣受材不敏，托势甚微。窃郎位之宠名，滥宪台之优选。因蒙中诏，获备外邦。方喜便于庭闱，遽已罹于家祸。苟全生理，复齿班荣。用久次而得州，以亲嫌而易地。低回积日，黾勉至官。忽被新恩，复还旧印。江湖孤蹇之迹，道路奔驰之劳，甫兹即安，敢忘尽瘁。自惟蕞尔，何以及兹。兹盖伏遇尊号皇帝陛下，日月之光，旁照万物；天地之德，平施四方。猥致妄庸，误蒙器使。当力行于宽惠，上副至仁；惟少假于宠灵，庶成薄效。臣不任云云。

【解题】

此表作于嘉祐三年（1058），当时的太平州知州为张伯玉。

代太平州知州谢赐钦恤刑狱敕书表

进奏院递到敕一道，赐臣钦恤刑狱者。属在烦暑，圣躬无倦于焦劳；言念系囚，恩旨遂加于恻悯。中谢。

伏惟尊号皇帝陛下，继祖宗之功德，体天地之生成。发政施仁，恐遗于一物；胜残去杀，思措于五刑。谦不自专，动遵故事。眷幅员之至广，轸囹圄之未空。申明诏以丁宁，饬守臣之抚视。岂止奉行于时令，固足感召于人和。臣与被德音，当宣上意。惟尽哀矜之理，庶符钦恤之心。臣无任云云。

【解题】

作于嘉祐三年（1058）。这年曾巩被任命为大平州（今安徽当涂一带）司法参军，在太平州知州张伯玉手下任职。这是他中进士后的第一个官职。

英宗实录院谢赐御筵表

伏蒙圣慈，以臣等编修英宗皇帝实录，今月十四日开局，赐臣等御筵者。方次旧闻，已叨优礼。省循非称，惭负失容。中谢。

伏以先帝功德之殊，将传后世；儒者文章之用，正在此时。猥以空疏，误当属任。甫磨铅而就职，遽置醴以均恩。宠异群司，幸逾素望。此盖伏遇皇帝陛下永怀先烈，务广孝思。故因始于信书，俾特丰于燕豆。所惧不能名乾坤之至德，摹日月之大明。上以副陛下显亲之心，下以尽愚臣归美之志。惟粗明于书法，庶少补于素餐。臣等无任云云。

【解题】

作于熙宁元年（1068）。这年正月，宋神宗颁诏编修英宗实录，于是曾公亮提举，由吕公著、韩维修撰，孙觉、曾巩等人充检讨官。

代宋敏求知绛州谢到任表

伏奉敕命，差知绛州军州事，已于某月某日到任上讫。备官无效，窃宠过优。尚联清近之班，仍获安闲之幸。中谢。

伏念臣器非闳远，性不敏明。徒嗜好于文章，浸推移于岁月。滥名儒馆，接武朝绅。与厘垧牧之蕃，参莅神州之剧。进闻邦计，出假使符。会仁祖之升遐，图信书之示后。起于衰病，寄以讨论。旋跻右史之华，遂冒西垣之选。惟兹典礼，属在奉常。猥用滞蒙，首当总领。悉心谋虑，虽务竭于愚忠；妄意变通，遂自乖于素论。实干昭宪，奚逭严科。荷屈法以申恩，止夺官而补外。罪浮于罚，惭溢于颜。何侥冒之使然，实矜全之有自。此盖伏遇皇帝陛下乾刚独断，坤厚兼容。躬亲庶政，而炤之以明；付用群材，而养之以恕。故俾兼荣于近侍，尚容窃食于外邦。仰戴生成，将安补报。敢不服勤夙夜，期练达于政经；延见吏民以布宣于上德。庶收来效，少答鸿私。仰望阙庭，臣无任云云。

【解题】

宋敏求（1019—1079），宋赵州平棘（今河北赵县）人，字次道。宝元二年（1039）中进士，官至史馆修撰，龙图阁直学士，曾参与修《新唐书》。据《宋史》本传，宋敏求“坐前后议异，贬秩知绛州”。这篇表文当作于熙宁元年。不过，宋当年即被诏还。

谢实录院赐研纸笔墨表

阴山坚石之璞，易水芳松之烟。妍妙晔光，水苔之质。圆和正直，秋兔之毫。

【解题】

曾巩在英宗实录院任职时间是熙宁元年。

英宗实录院申请札子

奉敕修撰英宗皇帝一朝实录。伏以先帝功德之美，覆被天下，宜载方策，传之无穷。而未有日历，至于时政记、起居注，亦皆未备。今此论次，实忧疏略。其于搜访事迹以备撰述，尤在广博，使无阙遗。今取到修撰仁宗皇帝实录院行遣案卷看详，彼处累次陈情，乞搜探取借，应于合要照证文字前后条件。本院亦合如此施行，参详类次，作一并申请，具下项：

一，文臣少卿监以上，武臣正刺史以上，或虽官品未至，而事业勋绩可书，及丘园之士，曾经朝廷奖遇，凡在先朝薨卒者，例合于实录内立传。欲乞朝廷特降指挥，下钤辖诸道进奏院，遍行指挥，仍札付御史台、开封府，及审官院、三班院、流内铨、入内、内侍省、阁门出榜晓示，应系英宗朝亡殁臣僚，合立传者，并令供给行状、神道碑、墓志等，仰本家亲属限日近修写，疾速附递缴纳，赴实录院。

一，应先朝曾历两府两制杂学士、待制、台谏官，及正任刺史、阁门使，已上臣僚，或因赐对，亲闻圣语，或有司奏事，特出宸断，可书简册者，并乞付中书遍札送。已上臣僚，委令逐人速具实封供报，务要详悉，仍乞指挥进奏院，遍行指挥。应曾在先朝任上件官位，已经亡殁臣僚之家，亦许亲族编录，经所在官司缴进，不得虚饰事节，候到日并降付本院，以凭看详编修。所贵书成之日，免致疏略。

一，乞下中书枢密院，自嘉祐八年四月至治平四年正月已前，应有臣僚进献文字，曾送史馆，或留在中书，划刷名件，及下史馆，尽底检寻，降付本院。并宰臣与文武百僚，凡有奏请称贺上表，所降批答，亦乞检寻降下。

一，乞下两省及司封、兵部、吏部、甲库、学士、舍人院，据实录院所阙宣敕及诏书除目告词，如移牒暂借，使画时检寻报应，不得稽缓。

一，乞下礼宾院，具自嘉祐八年四月至治平四年正月八日已前，凡外蕃朝贡，所记本国风俗人物、道里土产，详实供报。

一，先朝臣僚，有得罪谴谪者，乞下御史台、审刑院、刑部、大理寺，据实录院所要案牍，画时供借。

一，乞下司天监，自嘉祐八年四月至治平四年，逐年具历日一本，供报当院。

一，乞下三司，令自嘉祐八年四月至治平四年正月八日已前，应虫蝗水旱灾伤，及德音赦书蠲放税赋及蠲免欠负，并具实数，供报当院。

一，乞下三司，自嘉祐八年四月至治平四年正月八日已前，应有制置钱谷税赋茶盐及榷酒等，凡干臣僚章疏论议废置事件，具录供报当院。

一，都水监河渠水利，凡有论议改更，礼部但系郡国所申祥瑞，贡院但干改更贡举条制，太常寺礼院但干礼乐制作事，三司户部每遇户口升降，已上官司，自嘉祐八年四月至治平四年正月八日已前，令子细检寻，供报本院，不得漏略。

一，天圣元年，管勾修真宗皇帝实录所奏修撰官李维等公文，其间有事迹不圆处，合系中书枢密院三司检寻应副。又缘事件不少，窃虑差去手分，不得到里面检寻，是致逐时不检，到照证事件，乞传宣中书枢密院，据李维等合要照证修撰事迹名件，令合行手分等，尽底检寻应副，免致有妨修撰。奉御宝批，依奏。治平元年，修仁宗皇帝实录院，亦奏合于中书枢密院检寻，合要照证事件，乞依天圣初体例施行，并乞差中书应奉国史文字堂后官魏孝先、枢密院修时政记主事刘孝先，候见当院书库官等，将到合要检寻事件，立便收接检寻应副。又曾乞差中书枢密院编文字官，及乞于三司、审刑院、大理寺属官内选差一员，各令应副检寻文字，今来本院合要中书枢密院检寻文字照证编修，欲乞依天圣、治平初体例施行。

一，乞下管勾往来国信所，契勘嘉祐八年四月至治平四年正月末以来，所差入国接伴馆伴官等，正官借官簿等册并语录，权借赴当院，照证修纂，仍不妨彼所使用。

一，乞下玉牒所，取英宗皇帝玉牒一本照会。

一，乞下中书编机房，合要嘉祐八年四月至治平四年正月八日已前，除改麻制文字照会。

一，本院但干修实录，于诸处检借文字，并须当职官员封记往还，疾速应付。

一，乞下尚书司封，疾速检借嘉祐八年四月至治平四年正月八日已前，中书除改百官官位姓名敕黄，照证修纂。

【解题】

此文作于宋神宗熙宁元年（1068）。这年正月神宗有诏修英宗实录，曾巩被任命为英宗实录院检讨官。曾巩工作十分认真，搜访了宋英宗的大量事迹，然而工作开展不满一个月，他便被罢去检讨官，原因不详。从这篇札子可看到实录院收集资料的措施。

熙宁转对疏

准御史台告报臣寮朝辞日具转对，臣愚浅薄，恐言不足采。然臣窃观唐太宗即位之初，延群臣与图天下之事，而能绌封伦，用魏郑公之说，所以成贞观之治。周世宗初即位，亦延群臣，使陈当世之务。而能知王朴之可用，故显德之政，亦独能变五代之因循。夫当众说之驰骋，而以独见之言，陈未形之得失，此听者之所难也。然二君能辨之于群众之中而用之，以收一时之效，此后世之士，所以常感知言之少，而颂二君之明也。今陛下始承天序，亦诏群臣，使以次对，然且将岁余，未闻取一人，得一言，岂当世固乏人，不足以当陛下之意与？抑所以延问者，特用累世之故事，而不必求其实欤？臣愚窃计殆进言者，未有以当陛下之意也。陛下明智大略，固将比迹于唐虞三代之盛，如太宗、世宗之所至，恐不足以望陛下，故臣之所言，亦不敢效二臣之卑近。伏惟陛下超然独观于世俗之表，详思臣言而择其中，则二君之明，岂足道于后世，而士之怀抱忠义者，岂复感知言之少乎？臣所言如左。

臣伏以陛下恭俭慈仁，有能承祖宗之德；聪明睿知，有能任天下之材。即位以来，早朝晏罢，广问兼听，有更制变俗、比迹唐虞之志，此非群臣之所能及也。然而所遇之时，在天则有日食星变之异，在地则有震动陷裂、水泉涌溢之灾，在人则有饥馑流亡、讹言相惊之患，三者皆非常之变也。及从而察今之天下，则风俗日以薄恶，纪纲日以弛坏，百司庶务，一切文具而已。内外之任，则不足于人材；公私之计，则不足于食货。近则不能不以盗贼为虑，远则不能不以夷狄为忧。海内智谋之士，常恐天下之势不得以久安也。以陛下之明，而所遇之时如此，陛下有更制变俗、比迹唐虞之志，则亦在正其本而已矣。《易》曰：正其本，万事理。臣以谓正其本者，在陛下得之于心而已。

臣观《洪范》所以和同天人之际，使之无间，而要其所以为始一作本者，思也；《大学》所以诚意正心修身，治其国家天下，而要其所以为始者，致其知也。故臣以谓正其本者，在得之于心而已。得之于心者，其术非他，学焉而已矣。此致其知所以为大学之道也。古之圣人，舜禹成汤文武，未有不由学而成，而傅说、周公之辅其君，未尝不勉之以学。故孟子以谓学焉而后有为，则汤以王，齐桓公以霸，皆不劳而能也。盖学所以成人主之功德如此。诚能磨砻长养，至于有以自得，则天下之事在于理者，未有不能尽也。能尽天下之理，则天下之事物接于我者，无以累其内；天下之以言语接于我者，无以蔽其外。夫然则循理而已矣，邪情之所不能入也；从善而已矣，邪说之所不能乱也。如是而用之以持久，资之以不息，则积其小者必至于大，积其微者必至于显。古之人自可欲之善，而充之至于不可知之神，自十五之学，而积之至于从心之不逾距，岂他道哉？由是而已矣。故曰："念终始典于学。"又曰："学然后知不足。"孔子亦曰："吾学不厌。"盖如此者，孔子之不能已也。夫能使事物之接于我者不能累其内，所以治内也；言语之接于我者不能蔽其外，所以应外也。有以治内，此所以成德化也；有以应外，此所以成法度也。德化法度既成，所以发育万物，而和同天人之际也。

自周衰以来，道术不明。为人君者，莫知学先王之道以明其心；为人臣者，莫知引其君以及先王之道也。一切苟简，溺于流俗末世之卑浅，以先王之道为迂远而难遵。人主虽有聪明敏达之质，而无磨砻长养之具，至于不能有以自得，则天下之事，在于理者有所不能尽也。不能尽天下之理，则天下之以事物接于我者，足以累其内；天下之以言语接于我者，足以蔽其外。夫然，故欲循理而邪情足以害之，欲从善而邪说足以乱之。如是，而用之以持久，则愈甚无补；行之以不息，则不能见效。其弊则至于邪情胜而正理灭，邪说长而正论消，天下之所以不治而有至于乱者，以是而已矣。此周衰以来，人主之所以可传于后世者少也。可传于后世者，若汉之文帝、宣帝，唐之太宗，皆可谓有美质矣。由其学不能远而所知者陋，故足以贤于近世之庸主矣，若夫议唐虞三代之盛德，则彼乌足以云乎？由其如此，故自周衰以来，千有余年，天下之言理者，亦皆卑近浅陋，以趋世主之所便，而言先王之道者，皆绌而不省。故以孔子之圣，孟子之贤，而犹不遇也。

今去孔孟之时又远矣，臣之所言，乃周衰以来千有余年，所谓迂远而难遵者也。然臣敢献之于陛下者，臣观先王之所已试，其言最近而非远，其用最要而非迂，故不敢不以告者，此臣所以事陛下区区之志也。伏惟陛下有自然之圣质，而渐渍于道义之日又不为不久，然臣以谓陛下有更制变俗、比迹唐虞之志，则在得之于心。得之于心，则在学焉而已者。臣愚以谓陛下宜观《洪范》、《大学》之所陈，知治道之所本不在于他；观傅说、周公之所戒，知学者非明主之所宜已也。陛下有更制变俗、比迹唐虞之志，则当恳诚恻怛，以讲明旧学而推广之，务当于道德之体要，不取乎口耳之小知，不急乎朝夕之近效，复之熟之，使圣心之所存，从容于自得之地，则万事之在于理者，未有不能尽也。能尽万事之理，则内不累于天下之物，外不累于天下之言。然后明先王之道而行之，邪情之所不能入也；合天下之正论而用之，邪说之所不能乱也。如是而用之以持久，资之以不息，则虽细必巨，虽微必显。以陛下之聪明，而充之以至于不可知之神；以陛下之睿知，而积之以至于从心所欲之不逾距，夫岂远哉？顾勉强如何耳。夫然，故内成德化，外成法度，以发育万物，而和同天人之际，甚易也。若夫移风俗之薄恶，振纪纲之弛坏，变百司庶务之文具，厉天下之士使称其位，理天下之财使赡其用，近者使之亲附，远者使之服从，海内之势使之常安，则惟陛下之所欲，何求而不得，何为而不成乎？未有若是而福应不臻，而变异不消者也。如圣心之所存，未及于此，内未能无秋毫之累，外未能无纤芥之蔽，则臣恐欲法先王之政，而智虑有所未审；欲用天下之智谋材谞之士，而议论有所未一，于国家天下愈甚无补，而风俗纲纪愈以衰坏也。非独如此，自古所以安危治乱之几，未尝不出于此。

臣幸蒙降问，言天下之细务，而无益于得失之数者，非臣所以事陛下区区之志也。辄不自知其固陋，而敢言国家之大体。惟陛下审察而择其宜，天下幸甚。

【解题】

作于熙宁二年（1069），全面陈述了对治学的见解。曾巩强调学习的重要性，重视思想品德的修养，主张深造自得、循序渐进、不求速效。而重学有其深远的政治意义。何焯批评这篇文章说："都无可以开梧人主之要，岂所谓道不足而有言者耳？空架，文法亦絮，何其言之无物也！"然而王慎中却认为"董仲舒、刘向、扬雄之文不过如此"。张伯行则云："朱子言南丰文字峻洁有法度，当于此观之。"（《唐宋八大家文钞》）

请访问高丽世次札子

臣窃考旧史，高句丽自朱蒙得纥升骨城居焉，号曰高句丽，因以高为氏。历汉至唐高宗时，其王高藏失国内徙。圣历中，藏子德武得为安东都督，其后稍自为国。元和之末，尝献乐工，自此不复见于中国。五代同光、天成之际，高丽王高氏复来贡，而失其名。长兴三年，乃称权知国事王建，遣使奉贡，因以建为王。建子武，武子昭，昭子伷，伷弟治，治弟诵，诵弟询，相继立。盖自朱蒙至藏，可考者一姓九百年，传二十一君而失国，其后复自为国，而名及世次、兴废之本末，与夫王建之所以始，皆不可考。王氏自建至伷，四王皆传子，自治至询，三王皆传弟。询自天圣八年来贡，至熙宁三年，今王徽来贡，其不见于中国者，盖四十有三年。今陛下仁圣文武，声教之盛，东渐海外，徽所遣使，方集阙下。

盖高句丽，文字之国也，其使者宜知其国之君长兴坏本末、名及世次。欲乞诏谕典客之臣，问自德武之东也，其后何以能复其国，何以复失之，尝传几君，其名及世次可数否，王建之所以兴者何由，其兴也自建始欤，抑建之先已有兴者欤。自天圣至熙宁四十三年之间，而徽复见于中国，其继询而立者欤，岂其中间复自有继询者欤，徽于询为何属。如其言可论次，足以补旧史之阙，明陛下德及万里，殊方绝域，前世有不能致者，慕义来庭，故能究知四夷之事，非声教之所被者，远不能及此。取进止。

贴黄：欲乞谕毕仲衍，因话从容访问。或来使未能尽对，即谕以候归本国，讨寻记录，因向后别使人附来。

高丽世次

高句丽，其先出夫余王，得河伯女，因闭于室，感日而孕，生朱蒙。及长，夫余之臣谋杀之，朱蒙走得免。至纥升骨城居焉，号高句丽，因以高为氏。朱蒙死，子如栗立。如栗死，子莫来立。汉武帝元封四年，灭朝鲜，置玄菟郡，以高句丽为县，属之。驺立。史失其世次。王莽时，发高句丽兵伐胡，不欲行，遂皆出塞为寇，归咎于驺，严尤诱而斩之，莽乃大悦，更名高句丽王为下句丽侯。光武建武八年，高句丽遣使朝贡，复其王号。史不著其名。莫来裔孙宫立。殇、安之间寇辽东。宫死，子遂成立。安帝建光元年也。遂成死，子伯固立。《北史》云：宫死，子伯固立。伯固死，子伊夷模立。伊夷模死，子位宫立。位宫死，元孙乙弗利立。频寇辽东。弗利死，子钊立，安立。史失其世次，而云：以高丽王安为平州牧，晋孝武大元十年也。钊曾孙琏立。晋太武时，始遣使者，诣安东奉表。琏死，孙云立。后魏孝文太和五年也。《南史》云：琏死，子云立。云死，子安立。后魏宣武、神龟中。安死，子延立。延死，子成立。成死，子汤立。汤死，子元立。隋开皇、大业中，皆伐之。元死，弟建武立。建武之立，隋末也。唐高祖武德中，拜辽东郡王。建武死，弟之子藏立。建武为盖苏文所杀，更立建武弟之子藏为王，自为莫离支专国，犹唐兵部尚书、中书令之职。贞观十八年遣李勣伐之。十九年，太宗亲征。高宗龙朔元年，遣任雅相以三十六军，水陆分途，观高丽之衅。乾封三年，李勣拔扶余城。总章元年，李勣拔平壤城，执藏，收其地。盖朱蒙至藏，有国九百年矣。藏子德武为安东都督。武后圣历二年也。后稍自为国，至元和末，遣使献乐工。同光、天成间，高丽国王高氏，累遣使朝贡。唐末，中原多事，其国遂自立君长。同光，后唐庄宗时。天成，明宗时。天德元年至长兴二年，二百六十四年，通上九百年，计一千一百六十四年。高丽国王王建立。明宗长兴三年，权知国事王建遣使朝贡，明宗拜为王。建死，子武立。武死，子昭立。建隆三年、四年，开宝五年，来贡。昭死，子伷立。开宝元年，太平兴国二年、三年、五年、六年，来贡。伷死，弟治立。太平兴国七年九月，遣使来贡。制以治为王。九年，端拱元年，来贡。淳化二年，遣使求印经，诏赐之。四年，又来贡。五年，来乞师，优诏答之。治死，弟诵立。诵初立，遣兵校徐远来候朝廷德音，远久不至。咸平三年，其臣吏部侍郎赵之遴命牙将朱仁绍至登州访之，州将以闻，召见仁绍，回，因赐诵钿函诏。六年，来贡乞师，优诏答之。诵死，弟询立。大中祥符七年，天禧元年、五年，天圣八年，来贡。

【解题】

作于熙宁三年（1070）。曾巩奏请访问高丽世次，是为了“补旧史之阙，明陛下德及万里”。何焯评曰：“雅洁。极淡却自文。”

齐州谢到任表

伏奉敕命，就差知齐州军州事，已于今月十六日到任上讫。顾以诸生，备兹烦使，据非其所，惧不克堪。中谢

伏念臣素乏他长，偶知好学。议先王之制作，尝究本原；论夫子之文章，颇探阃奥。历事圣君于三世，与游儒馆者十年。不知苟曲以取容，但信朴愚而自守。比缘私计，请贰外藩。嗟疾病之余生，困米盐之细务。方指期于满岁，将垂翼于故栖。遽此外迁，处之剧郡。维般阳之列壤，实季旹之遗区。习诈而夸，著流风于在昔；多盗与讼，号难治于当今。比试用于此邦，必咨求于强吏。盖因能而任官者不违其分，则量力而受位者得竭其材。岂伊儒懦之资，可副浩烦之用。恐殚精思，无补毫分。然而由积累以冒恩，实养成之有自。

此盖伏遇皇帝陛下智周万物，明照四方。在疏远污贱之中，而察其所守；无左右游谈之助，而知其所长。故令覆露之仁，及此滞蒙之质。敢不无忘夙夜，勉尽疲驽？行归于周，久自安于直道；老当益壮，誓无易于初心。仰望阙庭，臣无任云云。

【解题】

作于熙宁四年（1071）。这年正月，正在越州任知州的曾巩奉命改知齐州（今山东济南），六月十六日报到上任。齐州号为难治，曾巩上表谢皇恩的同时，还表达了治理好齐州的决心。

贺熙宁四年明堂礼毕大赦表

今月十三日，枢密院递到赦书一道，以宗祀明堂礼毕，大赦

天下，臣已即时集军州官吏将校等宣布讫。伏以奉承圣考，升配上天，秩盛礼于法宫，推大恩于率土。中贺。

伏惟皇帝陛下有聪明好古之质，有恭俭爱人之诚，兢畏万几，仔肩一德。燔柴展报，既昭告于元功；严父致隆，又推明于极孝。越成厘事，均布鸿休。草木昆虫，皆令受赐；华夏蛮貊，莫不归仁。臣心系北辰，身縻东土。永怀故事，难求汶上之图；独远清尘，方叹《周南》之滞。想望旒扆，臣无任云云。

【解题】

作于熙宁四年（1071）。明堂，古代帝王宣明政教的地方。凡朝会、祭祀、庆赏、选士、养老、教学等大典，均在此举行。

进奉熙宁四年明堂绢状

祀而严配，王国之上仪；助者骏奔，人臣之常奉。前件物，实之用篚，旅以造庭。阻就列以陪祠，庶将心于拱极。载循僭冒，伏积震惶。

【解题】

作于熙宁四年。

谢熙宁五年历日表

进奏院递到宣头一道，伏蒙圣恩，赐臣熙宁五年历日一卷者。窃以振举旧章，推明新历，欲谨天时之正，俾谐人事之宜。藐是孤生，与均宠锡。中谢。

伏惟皇帝陛下力行大道，惇叙彝伦。赞天地而平四时，理阴阳而成万物。爰兹颁朔，咸暨有邦。臣敢不深究土风，详求气序，躬劝耕桑之业，辅成坯冶之仁。仰望阙庭，臣无任云云。

【解题】

作于熙宁五年（1072）。历日，指历本，亦即日历。

谢熙宁六年历日表

进奏院递到宣头一道，熙宁六年历日一卷赐臣收管者。一与外符之寄，再蒙班历之恩。久矣去朝，幸兹拜赐。中谢。

窃以天地阴阳之动，不得违时；虫鱼草木之生，必皆有政。故兹告朔，宜布有邦。伏惟皇帝陛下兢慎万几，协谐五纪。式谨王正之授，俾知民事之常。臣敢不动静详观，夙宵祗奉，庶召和平之气，用裨化育之仁。臣不任云云。

【解题】

作于熙宁六年（1073）。

襄州谢到任表

伏奉敕命，就差权知襄州，已于今月二十七日到任上讫。缘同气之私恩，陈便亲之微志，就更善郡，得侍安舆。中谢。

伏念臣素坚向学之心，幸遇好文之主，备名儒馆十有三年。然而三易外邦，五回星岁。比亦再过于双阙，未尝一对于清光。常存倾藿之诚，虽知向日；居有戴盆之势，何以望天？而臣昨治济南，最为烦剧。野有群行之盗，里多武断之豪。驯致肃清，始熄凶残之害；自强柔懦，颇殚竭蹷之劳。今者获就安闲，少休疲钝。出观美俗，尤多《汉广》之高；入奉慈颜，不悯《汝坟》之瘁。兹为窃冒，厥有端原。此盖伏遇皇帝陛下奖引士伦，推崇世教。小艺片言之善，偏长一曲之材，皆欲养成，未尝弃废。故令优佚，俯及孤蒙。敢不拊慰此民，宣明上德。永念沉碑之旧，自顾何功；未忘投博之勤，庶几小补。臣无任云云。

【解题】

作于熙宁六年（1073）。这年夏，曾巩由齐州调任襄州，秋天到任。曾巩在齐州政绩显著，他走后，齐州百姓在千佛山上修建曾公祠，刻石像纪念他。清道光年间，齐州人民又在大明湖畔重建曾公祠，以供人们祭奠凭吊。

谢熙宁七年历日表

进奏院递到宣头一道，赐臣熙宁七年历日一本者。顾惭孤拙，与被宠灵。中谢。

窃以陶唐之定四时，稽于历象；虞氏之齐七政，审以玑衡。盖求于天道者能尽其宜，则施于人事者不违其序。伏惟皇帝陛下聪明好古，仁厚爱民。深原制作之方，务协生成之理。在于垂宪，尤重颁正。臣久去阙庭，远临藩服，惟竭遵承之力，庶符钦顺之心。臣不任云云。

【解题】

作于熙宁七年（1074）。

进奉熙宁七年南郊银绢状

天休不宰，故大报于亲郊；上德难名，唯骏奔于助祭。兹为邦礼，以合人情。前件物，辄用土毛。敢参庭实，第从臣之嘉颂；独远清光，得万国之欢心。庶将薄意，干冒旒扆。臣不任。

【解题】

作于熙宁七年。

进奉熙宁七年同天节银绢状

自天生德，与世为归。属当载育之期，敢荐无疆之祚。前件物，辄备土毛之末，用参篚贡之余。远守蛮荆，莫预造庭之会；仰怀象魏，但祈难老之祥。

【解题】

作于熙宁七年。

进奉熙宁八年同天节银绢状

元命在躬，方启龙兴之运；鸿图集祉，爰开虬降之祥。前件物，敢荐服官，用参庭实。缘易供之薄献，祝难老之殊祥。

【解题】

作于熙宁八年（1075）。

襄州乞宣洪二郡状

右，臣今任至今年九月成资，已蒙差太常少卿孙頎替臣成资阙，今臣去替只有数月。窃念臣为有私便，欲乞就移洪州或宣州一任，情愿守待远阙。谨具状奏闻，伏候敕旨。

【解题】

作于熙宁八年。结果，第二年曾巩如愿以偿调任洪州（今江西南昌）。

谢熙宁八年历日表

进奏院递到宣头一道，赐臣熙宁八年历日一本者。窃以治历于中，所以察天时之运动；班正于外，所以一王度之推行。举是彝章，旋于有土。中谢。

伏惟皇帝陛下至仁不世，盛德无名。协五纪以遂群生，合二仪而成万化。乃明告朔，咸俾守藩。臣敢不悉意究详，励精遵奉。庶尽承流之效，俾无作事之违。仰望阙庭，臣无任云云。

【解题】

作于熙宁八年。

进奉熙宁八年同天节功德疏表

伏遇皇帝同天节，臣预于本州天庆观鹫岭兴化禅院大殿上建置道场一月日，及设斋功德疏各一轴，金镀银轴头，红罗复封全，上祝皇帝圣寿者。窃以赞禹抚期，盖自天而开迹；生商肇祚，实与世以为归。故预托于坏熔，皆永思于载焘。中贺。

伏惟皇帝陛下性由仁义，德备圣神。维候纪于长嬴，属祥开于震夙。是敢致严道妙，向意佛乘。庶将不转之心，用献无疆之寿。臣不任云云。

【解题】

作于熙宁八年。

洪州谢到任表

伏奉敕命，就差臣权知洪州军州事，充江南西路兵马都钤辖，已于今月二十四日到任上讫。抚临便郡，获奉于亲闱；总制属城，实兼于故里。中谢。

伏念臣志虽择善，材不过人。玩思诗书，无出伦之异见；游心翰墨，多涉俗之尘言。窃食累朝，备官儒馆。智非早悟，曾不习于人情；学匪兼通，固难堪于世用。兹缘私请，得假善藩。惟八换于岁期，已四临于外服。幸遇非常之主，未奉燕闲；实当难得之时，独无称效。傥获伸于肝膈，冀少益于毫分。伏惟皇帝陛下恭俭爱人，聪明好古，卑汉唐之近事，慕尧舜之远图。臣敢不上体圣心，勤修民政？奉行宽大，方尽瘁于兹时；补助高深，庶纳忠于来日。仰望旒扆，臣无任云云。

【解题】

作于熙宁九年（1076）。这年，曾巩从襄州调任洪州（今江西南昌）。因离南丰老家比前几次都要近，曾巩心里还是很高兴的。

贺克伏交阯表

伏睹进奏院报安南招讨司已克伏交阯，其首领李乾德具表乞降者。蝼蚁之微，自投必死；乾坤之大，终许更生。惟德及于幽遐，实庆均于中外。中贺。

伏惟皇帝陛下顺稽古宪，叙正民彝。訖声教于四方，壹书文于万国。喈海隅之昧俗，肆井底之狂谋。圣恩所怀，凶气自失。

雕题交阯，心服于威灵；大赂南金，岁遵于贡职。允出止戈之武，是称无敌之仁。臣远守藩维，获闻捷奏，永怀窃抃，实倍常情。臣伏恨职守所拘，不获称庆阙庭。臣不任云云。

【解题】

作于熙宁九年。这一年，朝廷军队出师安南（今越南境内），途经洪州时，曾巩没有骚扰百姓，更没有像别的州县官吏那样趁机暴赋急敛，而是提前给过路军队打好水井，准备锅灶、营帐及粮草，一切都安排得井井有条。军队路过洪州后，乡里百姓居然都不知道有军队路过这件事。

奏乞回避吕升卿状

右，臣伏奉敕命，就差权知洪州军州事，充江南西路兵马都钤辖，已发来赴任次。今睹吕升卿授江西转运副使，伏缘臣先任齐州，得替后，吕升卿为京东路察访，于齐州多端非理，求臣过失，赖臣无可捃拾。兼臣弟布与吕惠卿又有嫌隙，二事皆中外共知。今升卿任江西监司，洪州在其统属，须至陈乞回避，伏乞指挥检会。臣先奏乞移洪州，或宣州，或东南一般州郡。臣为母亲见在饶州，迤逦前去饶州，伺候朝旨。

【解题】

作于熙宁九年。吕升卿是吕惠卿的兄弟。为避免矛盾激化，曾巩自请出知饶州（今江西波阳），但未获朝廷批复。

奏乞与潘兴嗣子推恩状

右，臣伏睹本州人试将作监主簿潘兴嗣，五岁以父任得官，二十二岁授江州德化县尉，不行。熙宁二年，朝廷察其高，以为筠州军事推官，不就。今年五十六岁，安于静退三十余年。

臣窃以康定中，徐复以处士收用，辞不就，得官其一子。近王回、孙侔皆以幽潜见录，命下而回已死，亦得官其一子。李觏以国子直讲退归死十年，亦得禄其后。则国家之于激奖廉退，既肆其所守，又恩及其世，盖有故事。今与王回同时见录之人有孙侔，而后又有兴嗣，处幽不改其操，皆已白首，然未有为上闻者，故其子独未蒙恩。

窃以康定至今几四十年，士之抗志于隐约，而为朝廷所知者，止此数人。盖枯槁沉溺，其守至难，故其人至少。为国家者，取而显之，使天下皆知士之特立无求于世者，不为上之所遗，则自重者孰不勉？浮竞者孰不悔？可谓施约而劝博。宠禄之所以励世，其实在此。臣故敢以闻，伏惟陛下幸察。侔及兴嗣，躬难进之节，遭遇圣时，用王回、徐复、李觏为比，加恩其子，使斯人不卒穷于闾巷，足以明示天下。兴嗣有子群，年二十六岁。孙侔今家真州。谨状奏闻，伏候敕旨。

【解题】

作于熙宁十年（1077）。何焯解释这篇奏状说："因兴嗣而并及侔。为侔在兴嗣前，恐异议者指为不必推恩之例也。"《义门读书记》张伯行称赞此文"叙得质劲而有精采"。

谢熙宁十年历日表

进奏院递到宣头一道，熙宁十年历日一卷赐臣者。窃以推行岁时，天道所以化育；考正历度，人事所以财成。故颁朔之旧章，为守邦之先务。中谢。

伏惟皇帝陛下德兼载焘，仁及昆虫。体履中和，叙九畴而开物；钦明象数，齐七政以导民。臣获奉王正，亲承圣诏。念阙廷之方远，藐然江上之身；感星晷之屡新，尚叹《周南》之滞。仰望旒扆，臣不任云云。

【解题】

作于熙宁十年。

福州谢到任表

伏奉敕命，授臣守本官直龙图阁，就差权知福州，已于今月初九日到任上讫。列职内朝，分符督府，荷收怜之俯及，省孤陋以何堪。中谢。

伏念臣蹇薄多艰，戆愚少与。遇继承于兴运，未进望于清光。至于九换岁期，常从外徙；四临州部，曾未代还。兹者备延阁之美名，假东瓯之剧郡。顾惟同气，亦预改藩。但虞人品之轻，莫称主恩之厚。然臣最为寒族，实奉偏亲。臣弟既适于遐陬，臣愚固难于远役。理当恳请，辄用冒闻。虽未赐于矜从，亦终宽于僭黩。颇识事君之义，敢忘奔命之恭？惟皓首之慈闱，抱累年之宿疹，牵衣辞诀，泣涕分驰。计音信之往来，殆将万里；阻晨昏之定省，各在一涯。足感动于人情，况亲逢于孝治。草茅弱质，素依及物之仁；犬马微诚，终冀因心之恕。再念臣抚临城邑，劳问士民，皆狎处于太宁，但遵行于明诏。则臣实惭尸于廪食，曷补报于宠灵。皆出误知，致斯冒处。

伏惟皇帝陛下多能天纵，盛德日新。躬神圣之姿，而兼容小善；履富贵之极，而深达下情。在于隐恤之心，岂闲幺微之迹。敢不誓殚勤瘁，匪懈夙宵。慰海徼之幽荒，布德音之宽大。承流宠寄，方自效于驱驰；反哺愚情，冀尚蒙于悯恻。仰望旒扆，臣不任云云。

【解题】

作于熙宁十年。这年，朝廷授曾巩直龙图阁，命其移知福州军州事，兼福建路兵马钤辖，为此皇帝特赐绯章服。但曾巩的弟弟曾布这时已移知广州，他不愿与兄弟都到偏远州郡任职而不能照顾老母。为此他曾经呈奏状力辞，但未获允许。

贺熙宁十年南郊礼毕大赦表

今月初七日，递到赦书一道，以十一月二十七日南郊礼毕，大赦天下者，臣已集军府官吏将校军民等宣读讫。伏以人之所归者莫如德，天之所享者在于诚，其惟圣王，克有全美。中贺。

伏惟皇帝陛下聪明稽古，承继祖宗，慈惠爱人，抚临邦国。有遍覆并容之大度，有防微慎独之小心。不从游畋，不近声色。无纷华盛丽之好，无便僻侧媚之私。岁时吉蠲，以承七庙；左右顺适，以奉两宫。其功施于人，效见于事。则宅仁由义，缙绅之徒成材于学校；超距蹋鞠，熊罴之旅养勇于营屯。瓯窭污邪之收，充于仓廪；关通和钧之利，阜于市廛。家有豫乐之声，人无愁怨之色。协气所召，休应自殊。钩陈太微，星纬咸若。昆仑渤澥，波涛不惊。近则金石之声一作音，鸟兽欣蹈；远则干羽之舞，蛮夷骏奔。象齿旅于阙庭，龙媒纳于闲厩。是谓六府三事，皆可以歌；四海九州，罔不率俾。盖巍巍而特起，非琐琐之能窥。前世议泰山之封，谋梁甫之禅者，度崇比大，畴克登兹。陛下抑而不图，谦以自牧。以谓先后创业垂统，其功莫得而名；上帝隤祉发祥，其德无可以称。思所以报，一本于心。故寅畏严恭，积之有素；而齐明薰祓，进而益虔。在于物者不取其烦，尽诸己者必求其实。是以萧光之烈，奏于宗祊；柴燎之蒸，焜于郊兆。幽隐昭答，神灵顾怀。无疆惟休，方浸昌于万世；不敢专享，故敷锡于群元。稽参典彝，定著赦令。弛张从理，同异称情。蠲罪眚而弃瑕疵，录劳能而纵逋负。显晦咸暨，洪纤不遗。万国之欢，既交于冲漠；一人之庆，遂及于跂蠕。孚于上下之间，极乎帝王之盛。

臣被学最旧，蒙恩浸深，莫待甘泉之祠，独叹《周南》之滞。第从臣之嘉颂，未效薄材；望属车之清尘，但驰远思。想仰宸扆，臣无任云云。

【解题】

作于熙宁十年。南郊，都邑南面之郊，封建王朝常在这里举行祀典。何焯评曰："此作从昌黎《幽州平请上尊号表》来，其古直处，兼有班、扬之风，非南宋经句伪体。"《义门读书记》

辞直龙图阁知福州状

右，臣准洪州送到敕牒一道，授臣直龙图阁、就差权知福州，交割本职公事与以次官员，发赴本任者。孤远之臣，幸蒙收擢。圣恩深厚，谊岂敢辞？伏念臣老母年高，近岁多病。臣弟布已移知广州，见赴本任。臣若更适闽越，则兄弟并就远官。犬马之志，不胜彷徨。伏望圣慈矜悯，特寝新命，与臣一便地差遣。所有敕牒，臣未敢祗受，已牒洪州，寄军资库收管。臣已交割本职公事与以次官员，不敢于旧任处久住，见迤逦前来，听候指挥。谨具状奏闻，伏候敕旨。

【解题】

作于熙宁十年。这奏状呈递朝廷，但皇帝不允，曾巩只好到福州上任。上任后，曾巩又多次上书恳求调离福州，希望到京师或离京师不远的地方任职。

福州举知泉州陈枢久不磨勘特与转官状

右，臣体访得辖下知泉州尚书屯田员外郎陈枢，不下磨勘文字已十五年。中间曾遇覃恩改官，其于绵历岁月，积累劳能，则考课常法，盖未及之，列于郎曹，为日已久。方当朝廷崇尚廉素、诫抑浮竞之时，枢独安于冲静，所守如此。况枢操履纯笃，出自天资；治行循良，见于众论。自历州县，及任淮南提点刑狱，与今来再任泉州，所至风绩，皆可称纪。伏乞特降指挥，下审官东院，检会枢合该磨勘日月，采其久不自陈，特与优转名曹，以奖恬退。臣忝备寄任，不敢不言。谨具状奏闻，伏候敕旨。

【解题】

作于元丰元年（1078）。宋寄禄官迁转皆有定年，任内每年勘验其劳绩过失，吏部复查后决定迁转寄禄官阶，称磨勘。选人惟改京官时才实行磨勘。

福州奏乞在京主判闲慢曹局或近京一便郡状

右，臣辄露悃愊，仰干旒扆。臣母老多病，见居京师。臣任福州，臣弟布任广州，相去皆数千里。臣犬马之志，实不遑宁。臣昨移福州之日，曾乞哀怜，改授近地，寻奉圣旨不允，不敢再请。臣既到任，属所部之内，寇孽遗类往往尚聚山谷，居人未宁，远近疑骇，而州之属邑，又有出于旱饥之后。臣于此时，正当竭其驽钝，复不敢以私计自陈。自去冬及今春以来，上赖朝廷威德，蚁聚余寇，悉又殄除。田畴之间，连获登稔。今山海清谧，千里宴然。里闾相安，粟米丰羡。臣于所部，乃无一事可以自效。况臣到任，今年八月已及一年。远去庭闱，为日已久。晨昏之恋，谊难苟止。则臣可以乞恩，实在今日。伏见朝廷至仁，比来群臣之中，有欲便于养亲者，并蒙听许。况臣母子各已白头，兄弟二人皆任远地，今臣于官守，又无可以驱驰之事。伏望圣慈悯恻，以臣老母见在京师，与臣一在京主判闲慢曹局差遣，或就移近京一便郡，庶便亲养。臣虽糜殒，曷报圣恩？臣不任惶惧战汗激切屏营之至。

【解题】

作于元丰元年（1078）。曾巩上此状报告到任一年后福州所属各县所发生的变化，表明自己在福州克尽职守、热心州治，也取得了实绩，并因此再次要求调任。写来温厚诚恳。

福州拟贡荔枝状　并荔枝录

右，臣窃以《禹贡》扬州厥包橘柚锡贡，则百果之实列于土贡，所从来已久，二帝三王所未尝易也。荔枝于百果为殊绝，产闽粤者，比巴蜀南海又为殊绝。闽粤官舍民庐，与僧道士所居，自阶庭场圃，至于山谷，无不列植。岁取其实，不可胜计。故闽粤荔枝食天下，其余被于四夷。而其尤殊绝者，闽人著其名至三十余种。然生荔枝留五七日辄坏，故虽岁贡，皆乾而致之。然贡概以常品，相沿已久。其尤殊绝者，未尝以献。盖东汉交阯七郡，贡生荔枝，十里一置，五里一候，昼夜驰走，有毒蛊猛兽之害。而唐天宝之间，亦自巴蜀驿致，实开侈心。

当陛下之时，方以恭俭寡欲为天下先，固不可得而议及于此也。至于岁贡，既乾而致之，然顾以常品。其尤殊绝者，则抑于下土，使田夫野叟往往属厌，而大官不得献之于陛下，陛下不得献之于宗庙两宫。使劳人费财如此可也。盖荔枝尤殊绝者，固不可多致，若每种岁贡数百，或至千数，每州不过用三五步卒，使之日行两驿，固不为勤且烦，非有劳人费财之患。而修贡者不知及此，此臣之所未谕也。又荔枝成实在六七月间，虽乾而致之，然新者于其甘滋，犹未尽失，至于经岁，则所存者特其滓苴而已。而每岁贡入，常至冬春。夫蛮夷异类，贽其方物，皆知用其土产之良，而不敢慢。今邦城之内，守藩之臣，效其贡职，而曾不知出此，此臣之所不敢安也。故臣常欲至荔枝成实，约旁近州，各择其尤殊绝列于名品者，差其多少，以时上进。其领于有司，备燕赐之用者，自如故事。盖建安贡茶，自蔡襄易以小团，而茶之绝特者，始得献之天子。今荔枝复得贡其尤者，则闽粤之产，选择而充庭实者始备。所以致臣之恭于其贡职，此臣之官守也。

荔　枝　录

陈紫，出兴化军秘书省著作佐郎陈琦家，于品为第一。江绿，出福州，类陈紫差大，而香味盖为其次也。方红，径可二寸，色味俱美，荔枝之大，无出此者，岁生二百颗而已，出兴化军尚书屯田郎中方蓁家。游家紫，种自陈紫，实大过之，出兴化军。小陈紫，实差小，出兴化军。宋公荔枝，实如陈紫而小，甘美亦如之，出兴化军宋氏，世传其木已三百岁。蓝家红，泉州第一，出尚书都官员外郎蓝丞家。周家红，初于兴化军为第一，及陈紫、方红出，而周家红为次。何家红，出漳州何氏。法石白，出泉州法石院，色青白，其大次于蓝家红。绿核，出福州，荔枝核紫，而此独核绿。圆丁香，丁香荔枝皆旁蒂大而下锐，此独圆而味尤胜。右十四种，皆以次第著于录。

虎皮，色红而有青斑，类虎皮，出福州。牛心，以状名之，长二寸余，皮厚肉涩，出福州，惟一本。玳瑁红，色红而又有黑点，类玳瑁，出福州城东。琉黄，以色类琉黄。朱柿，色朱如柿，出福州。蒲桃荔枝，穗生，一穗之实至三百，然其品殊下。蚶壳，以状名之。龙牙，长可三四寸，弯曲如爪牙，而无瓤核，出兴化军，然不常有。水荔枝，浆多而淡，出兴化军。蜜荔枝，以甘为名，然过于甘。丁香荔枝，核小如丁香。大丁香，壳厚色紫，味微涩，出福州天庆观。双髻小荔枝，每朵数十，皆并蒂双实。真珠荔枝，圆白如珠，无核，荔枝之最小者。十八娘荔枝，色深红而细长，闽王王氏有女第十八，好食此，因而得名。女冢在福州城东报国院，冢旁犹有此木。或云：谓物之美少者为十八娘，闽人语。将军荔枝，五代时有此官者种之，因以得名，出福州。钗头颗荔枝，颗红而小，可施钗头。粉红荔枝，荔枝多深红，而此以色浅为异。中元红，实时最晚，因以得名。火山荔枝，本出南越，四月熟，穗生，味甘酸，肉薄，闽中近年有之。右二十种，无次第。

荔枝三十四种，或言姓氏，或言州郡，或皆识其所出，或不言姓氏州郡，则福、泉、漳州、兴化军盖皆有也。一品红，言于荔枝为极品也，出近岁，在福州州宅堂前。状元红，言于荔枝为第一，出近岁，在福州报国院。

【解题】

作于元丰元年（1078）。曾巩准备选荔枝名品进贡，却又要维护皇帝的崇尚廉素俭朴的形象，可谓虑事周详。在《荔枝录》里，曾巩对福州荔枝评价很高。此录搜集了闽产荔枝三十余种，所举一品红、状元红等等可以补充蔡襄《荔枝谱》所缺漏。何焯认为此录“仿欧公《洛阳牡丹记·释名篇》”。

福州谢上

列职内朝，分符督府。荷收怜之俯及，愯昏塞以何堪。中谢。伏念臣自守拙愚，常存静退。方群能竞爽，未尝饰薄艺以动人；当众议争先，未尝出斥言而颅辨。每自甘于驽钝，已难合于要权。累换岁期，常从外徙。四临州部，曾未代还。兹者甫自书林，进登内阁，守福唐之封略，总欧越之师徒。乃眷天伦，亦更藩服。退省弟兄之陋，最居疏贱之中。蒙误宠之逾涯，岂捐躯之可报。

然臣幸叨薄禄，获奉偏亲。盖臣弟既适于遐陬，则臣愚当辞于远役。在人情之可念，况著令之久行。辄露悬悰，未回恩旨。颇识事君之义，敢忘奔命之恭？候吏甫来，轻车遄迈。白头老母，婴宿疹以北归；多难余生，割私恩而南向。牵衣辞诀，泣涕分驰。计音信之往来，殆将万里；阻晨昏之定省，各在一涯。足感动于旁人，况亲逢于孝治。草茅弱质，常依乐育之仁；犬马微情，终冀曲成之赐。惟惷冥之寡偶，绝先后之为容。如臣不自上闻，谁肯为臣言者。再念抚临境内，劳问民间，皆狎处于太宁，但遵行于明诏。则臣固惭尸于廪食，难报称于宠灵。皆出过恩，致斯冒处。

此盖伏遇皇帝陛下多能天纵，盛德日新。恭圣神之姿，而兼容小善；履四海之极，而兼达下情。在于隐恤之心，岂间孤平之迹？敢不誓殚勤瘁，匪懈夙宵。慰海徼之幽荒，布德音之宽大。承流宠任，方自效于驱驰；反哺愚诚，冀尚蒙于悯恻云云。

【解题】

曾巩自熙宁十年（1077）八月九日到福州上任，到元丰元年（1078）九月离任北上，在福州仅一年多。在接到朝廷要他从洪州移知福州的命令那时起，他一直上书表示不愿就任福州，恳求朝廷给他改派一个靠近京师的“便郡”，以便奉养远居京师的老母。

谢元丰元年历日表

进奏院递到宣头一道，赐臣元丰元年历日一卷者。一远阙庭，十移星历。顾雕零于齿发，无报补于毫分。中谢。

伏惟皇帝陛下叙大禹之九畴，齐有虞之七政。阴阳寒暑，罔不若时；草木昆虫，举皆遂性。循用颁正之典，宠诒分土之官。臣幸备守藩，预闻告朔。去亲方远，已惊岁月之新；许国虽坚，更叹功名之晚。惟体在民之意，庶裨及物之仁。仰望冕旒，臣不任云云。

【解题】

作于元丰元年（1078）。

自福州召判太常寺上殿札子 改明州不果上

伏以陛下聪明睿知，天性自然，可谓有不世出之资。自在藩邸，入承颜色，出奉朝请，怡怡翼翼，不自暇豫，至恭极孝，闻于天下。及践大位，内事两宫，外严七庙。仁被公族，德形闺门。嫔御备官，不淫于色；音乐备数，不溺于声。食菲衣绨，务遵节俭。台卑囿小，无所增饰。近习无便嬖，左右无私谒。未尝出游幸，未尝从畋渔。其于忧悯元元，勤劳庶政，则念虑先于兆朕，祇慎尽于纤芥。昼而访问，至于日昃；夕而省览，至于夜分。每群臣进见，接之礼笃而情通；凡四方奉事，莫不朝入而暮报。虽大禹之勤于邦，文王之不暇食，无以加此。其渊谋远略，必中事几，善训嘉谟，可为世则者，传闻下土，虽仅得其一二，已足以度越众虑，非可窥测，可谓有君人之大德。其高深宏远，则悯自晚周秦汉以来，世主不能独出于众人之表。其政治所出，大抵踵袭卑陋，因于世俗而已。于是慨然以上追唐虞三代荒绝之迹，修列先王法度之政，为其任在己，可谓有出于数千载之大志。变革因循，号令必信，使海内观听莫不震动，群下遵职惟恐在后，可谓有能行之效。盖刻意尚行，不差毫发，缙绅之士，有所不能及。忧劳惕励，无懈须臾，又非群臣之所能望。可谓特起于三代之后非常之主也。

愚臣孤陋，熙宁二年，出通判越州，因转对幸得论事，敢据经之说，以诚意正心修身治国家天下之道必本于学为献。逮今十有一年，始得望穆穆之清光，敢别白前说而终之。

臣以谓陛下有不世出之姿，有君人之大德，与出于数千载之大志，又有能行之效，特起于三代之后。然顾以治国家天下之道必本于学为献于陛下，何也？

盖古之圣人，虽出乎其类，拔乎其萃，然至其成德，莫不由学。故尧舜性之也，而见于传记，则皆有师，其史官识其行事，则皆曰“若稽古”。至于汤武身之也，则汤学于伊尹，武王学于太公，见于《诗》、《礼》、《孟子》。在商，高宗得傅说作相，其命说之辞曰：予小子旧学于甘盘。而傅说告之，则曰：“学于古训乃有获。”又曰：“惟学逊志，务时敏，厥修乃来。”又曰：“惟敩学半，念终始典于学。”盖高宗既已学于甘盘矣，及傅说相之，乃更丁宁反复，勉之以学，其要归，则以谓当终始常念于学，明学盖不可一日而废也。至于孔子之自叙，则自十有五而志于学，至于七十而从心所欲不逾矩。夫以孔子之圣，必志于学，其学之渐，每十年而一进，至于七十矣，其从心也，盖不逾矩。则傅说所称当终始常念于学者，虽孔子之圣，不能易也。故扬子曰："学之为王者事久矣。"尧、舜、禹、汤、文、武汲汲，仲尼皇皇，其已久矣。圣贤之笃于学至于如此者。盖乐而不乱，复而不厌者，道也；测之而益深，穷之而益远者，圣人之言也；知不足与困者，学也。方其始也，求之贵博，畜之贵多。及其得之，则于言也在知其要，于德也在知其奥。能至于是矣，则求之博、畜之多者，乃筌蹄而已。所谓多闻则守之以约，多见则守之以卓也。如求之不博，畜之不多，则未有于言也能知其要，未有于德也能知其奥，所谓寡闻则无约，寡见则无卓也。子贡称孔子之学，识其远者大者，则于言也能知其要，于德也能知其奥，然后能当于孔子之所谓学也。审能是，则存于心者，有以为主于内，天下之事，虽其变无穷，而吾所以待之者，其应无方，古之大有为于天下者，未有不出于此也。尧、舜、汤、武所以为盛德之至，孔子所以从心而不逾矩，或得其行者，未得其所以行；得其言者，未得其所以言。孟子之所谓圣而不可知之谓神，在是而已矣。

陛下万几之余，日引天下之士，推原道德而讲明其意，陈六艺载籍之文而紬绎其说，博考深思，无有懈倦。其折衷是非，独见之明，老师宿儒所不能到，此臣之所闻也。有不世出之姿，与君人之大德，又有出于数千载之大志，特起于三代之后，此臣之所知也。则陛下之学，已可谓至矣。然臣区区敢诵经之陈言以进于左右者，诚将顺陛下之圣志，采傅说始终典学之言，观孔子少长进学之渐，以陛下之明智，知言之要，知德之奥，皆陛下之所素畜。诚以陛下之乐道，而继之以不倦；以陛下之稽古，而加之以不已，使天性之睿智所造者益深，所稽者益厚，日日新，又日新。其于自得之者，非徒足以待万事无穷之变，而应之以无方，天下之人，必将得陛下之行者，不得其所以行，得陛下之言者，不得其所以言。尧、舜、汤、武所以为盛德之至，孔子所以从心而不逾矩，孟子所谓圣而不可知之谓神，不在于陛下，而孰在哉？由是敛五福之庆以大赉庶民，享万年之休以永绥方夏，德厚于天地，名昭于日月，惟圣意之所在而已。

臣愚不敏，蒙恩赐对，不敢毛举丛细之常务，而于国家之体，冒言其远且大者，此臣所以爱君区区之分也。伏惟留神省察。

【解题】

作于宋神宗元丰元年（1078）。文中列举古代圣人成德莫不由学的事例，再次陈说“治国家天下之道必本于学”，而特详于治学方法，主张学习要融会贯通，由博反约。张伯行评：“文气敷腴，细读之则字字濯炼而出，此子固之文所以质实深厚而有余味也。”但又叹惜其不实用。

移明州乞至京迎侍赴任状

右，臣昨以老母在京，而臣知福州，臣弟布知广州，相去各数千里，幸臣所部之内，盗贼殄除，年谷丰稔，臣于守官，既无可驱驰之事，而臣到任已及一年，远去庭闱，为日已久，奏乞圣慈哀怜，以臣老母见在京师，与臣一在京主判闲慢曹局差遣，或移臣近京一便郡，庶便亲养。寻准中书札子，已降敕命，差臣权判太常寺兼礼仪事。奉圣旨，仰臣交割职分公事讫，发来赴阙。臣遂起离前来，至洪州，睹进奏院报，已差臣知明州。

伏念臣已奔驰在路，屈指计日，望至亲侧。窃计臣老母之心，闻臣之来，倚门之望，固已深切。今母子垂欲相见，而臣忽他改差遣。晨昏之恋，既未得伸；迫急之诚，惟知涕泗。且臣母子各已白首，臣母近岁多病。臣弟布又知桂州，私门之内，长子二人皆违左右。而臣于兄弟之内，又最居长。犬马之志，岂敢苟安？况今所得明州，足可迎侍。臣不敢别有陈乞，欲望出自圣恩，特赐矜悯，许臣径马暂至京师，迎侍老母赴任，不敢别有住滞。伏惟天地之德，哀而怜之。

臣欲候授敕后，陈此恳诚。臣见在道路，恐虑敕命附递前来，或致迟延，须至便具奏请，所贵早得指挥，不致别有留滞。臣见水路前去，所有朝旨，乞降至真州，以来付臣。谨具状奏闻，伏候敕旨。

【解题】

作于元丰元年。此文语气恳切、急迫，但恳求的结果却是遭朝廷拒绝，曾巩只好独自赴明州上任。

进奉元丰元年同天节功德疏状

弥月开祥，本周家之极盛；千秋纪节，由唐室之浸昌。矧属熙朝，实标华旦。是敢虔遵象教，恭启法筵。倾率土之欢心，祝后天之遐算。庶偕动植，永赖生成。

【解题】

作于元丰元年。

进奉元丰元年同天节银状

鳦鸟之诗，本商人之所自出；《生民》之什，原周室之所由兴。矧属休辰，实开令节。生成之造，虽难称于大恩；爱戴之心，庶可将于薄物。用祝乾坤之久，永为夷夏之依。

【解题】

作于元丰元年。

进奉元丰二年同天节银绢状

人神佑助，是开弥月之祥；夷夏归依，方祝后天之筭。前件物，旅于庭实，出自土毛。仰睎北极之尊，用将微意；愿固南山之寿，永庇群生。

【解题】

作于元丰二年（1079）。

明州谢到任表

臣于去年十二月，于江宁府准福州公文送到敕牒一道，就差臣权知明州。当月十八日，于真州据进奏官状准中书孔目房帖子，臣乞迎侍老母赴任不行，已于今年正月二十五日到任上讫。预于分土，愧在假人，窃自省循，惧无报称。中谢。

伏惟皇帝陛下有聪明睿智固天纵之高姿，有恭俭慈仁不世出之琦行，上嘉尧、舜之际，下悼汉、唐之间，以超旷之迹为可追，以苟简之治为无取。甚盛德之事，敏于绝伦；大有为之君，审于在己。所以更张庶政，忧悯百姓之心，至于推广大恩，镇抚四夷之略，无忘夙夜，匪懈斯须。其志之所存，则有孔之卓；其行之以力，则有禹之勤。若夫甄序群材，搜扬众论，偏长一曲之善，半辞片说之工，远自岩穴之幽深，旁暨草莱之疏贱，莫不从容赐对以尽其情，委曲因能以收其用。可谓三代以后特起之盛时，千载以来几希之嘉会。而臣滥中台之优秩，玷内阁之美名，然而荏苒十年，周流六郡。当陛下辟四门以延天下之士，而臣未得一望于清光；遇陛下开数路以来天下之言，而臣未得少陪于末议。盖兹远迹，最为多奇。故虽抱于愚忠，每自安于静晦。窃恃皇明之必照，终期素蓄之获伸。昨者爰自江吴，就更闽粤。喈有畏涂之阻，藐无将母之因。赖上威灵，致寇攘之熄灭；属时休庆，获稼穑之丰登。既此蒙成，且将满岁，辄露由衷之请，果纡及远之仁。召自天涯，还之阙下。已慰循垓之念，更谐拱极之诚。方揽辔以在行，复分符而补外。维鄞江之列壤，实浙右之名邦。素号宽闲，可容尸素。寻敷陈于奏牍，冀迎奉于轻舆。纡是微情，未回洪造。已宵行而祇命，甫夕惕以当官。眷是遐陬，遘此昭旦。来廷之国，实为出入之途；表海之城，方始经营之绪。仰荷选抡之寄，敢忘策励之勤？矧皆禀于成规，庶可图于薄效。再念臣比更远守，久去偏亲，出自推恩，幸兹易地。环走已临于新部，相望犹迩于旧封。仰睎天日之光，未亲户牖；俯计晨昏之恋，尚隔庭闱。眇是羁单，了无党助。每益坚于己志，独有待于主知。自效驱驰，敢废资忠之义？庶依长育，未愆致养之私。倾葵藿之一心，极蓬茅之丹悃。论畴者在，之死无渝。仰望冕旒，臣不任云云。

【解题】

作于元丰二年（1079）。元丰元年九月，曾巩在福州接到召判太常寺的任命，满怀喜悦，启程北上。北归途中，他枉道回老家南丰修整祖坟，为同族购置义田，然后再乘船北上，十二月至江宁府（今南京市）时，突然接到朝廷要他改知明州（今浙江宁波）的命令。曾巩提出先到京将老母接出，再一起赶赴明州，遭到拒绝。

明州拟辞高丽送遗状

窃见接送高丽使副仪内一项，高丽国进奉使副，经过州军，送知州、通判土物，并无答谢书。候进奉使回日，依例估价，以系官生帛，就整数量加回答。检会熙宁六年高丽国进奉有使副，送明州知州、通判土物，共估钱二百贯以上九十九陌。熙宁五年及九年，有进奉使，无副使，送明州知州、通判土物，共估计价钱一百贯以上九十九陌。其土物，奉圣旨并依例令收，估价回答。臣今有愚见合具奏闻者，右谨具如前。

窃以高丽于蛮夷中为通于文学，颇有知识，可以德怀，难以力服也。故以隋之全盛，炀帝之世，大兵三出，天下骚然，而不能朝其君。及至唐室，以太宗之英武，李勣之善将，至于君臣皆东向，以身督战，而不能拔其一城，此臣之所谓难以力服也。宋兴，自建隆以来，其王王昭以降，六王继修贡职，使者相望。其中间压于强虏，自天圣以后，始不能自通于中国。陛下即祚，声教四塞，其国闻风不敢宁息，不忌强胡之难，不虞大海之阻，效其土实，五岁三至，如东西州，唯恐在后。其所以致之者，不以兵威，此臣之所谓可以德怀也。陛下亦怜其万里倦倦，归心有德，收而抚之，恩礼甚厚。州郡当其道途所出，迎劳燕饯，所以宣达陛下宠锡待遇之意，此守臣之职分也。其使者所历之州，贽其所有，以为好于邦域之臣。陛下加恩，皆许受之，而资以官用，为其酬币。其使一再至之间，许其如此，不为常制可也。今其使数来，邦域之臣受其贽遗，著于科条，以为常制，则臣窃有疑焉。

盖古者相聘，贽有圭璋，及其卒事，则皆还之，以明轻财重礼之义。今蛮夷使来，邦域之臣与之相接，示之以轻财重礼之义，使知中国之所以为贵，此人事之所宜先，则当还其贽，如古之聘礼，还其圭璋，此谊之所不可已也。又古之以贽见君者，国君于其臣则受之，非其臣则还之。今蛮夷向化，来献其方物，以致其为臣之义。天子受之，以明天下一尊，有臣而畜之之义，此不易之制也。邦域之臣与其使接，以非其臣之义，还其贽，以明守礼而不敢逾，亦不易之制也。以此相属，以明天子之尊，中国之贵，所重者礼义，所轻者货财。其于待遇蛮夷之道，未有当先于此者也。且彼贽其所有，以明州一州计之，知州、通判所受，为钱三十万，受之者既于义未安，其使自明而西，以达京师，历者尚十余州，当皆有贽。以彼之力度之，蛮夷小国，于其货财，恐未必有余也。使其有亲附中国之心，而或忧于货财之不足，臣窃恐有伤中国之义，而非陛下所以畜之幸之之意也。

臣愚窃欲自今高丽使来，贽其所有以为好于邦域之臣者，许皆以诏旨还之。其资于官用以为酬币已有故事者，许皆以诏旨与之如故。惟陛下详择之。如可推行，愿更著于令。盖复其贽以及于恐其力之不足，厚其与以及于察其来之不易，所谓尚之以义，绥之以仁。中国之所以待蛮夷，未有可以易此者也。其国粗为有知，归相告语，必皆心服诚悦，慕义于无穷，此不论而可知也。

臣愚非敢以是为廉，诚以拊接蛮夷，示之以轻财重礼之义，不可不先。庶几万分之一，无累于陛下以德怀远人之体。是以不敢不言，惟陛下裁择。谨具状奏闻，伏候敕旨。

【解题】

作于元丰二年（1079）。此文表达了作者对宋与高丽两国关系的看法，认为高丽“可以德怀，难以力服”，并由此出发，对地方长官收受路过的高丽来使的贽礼居然“著于科条，以为常制”提出疑问，建议将贽礼退还，而多给酬币，以表明大宋国轻财重礼之义。文章说理有力。何焯称赞此文：“有体有要，西汉之文。”《义门读书记》

明州奏乞回避朱明之状

伏为本路提点刑狱朱明之，是臣母之亲堂弟，牒明州检到敕条，窃虑合该回避，须至奏闻者。右谨具如前。乞赐检会，如合该回避，欲望圣慈，念臣在外十有一年，已更六任，幸遇非常之主，职与内朝。而自陛下即祚以来，未得一亲玉色，人臣爱君倦倦希慕之心，未能自弃，为日已久。兼臣昨任福州，已系远地，迎侍不得。即今老母多病，见在京师，人子之义，晨昏之恋，固难苟止。二者于臣之心，实为迫切。如臣合当避亲，臣不敢陈乞在京差遣，只乞对移陈、蔡一郡，许臣暂至京师，迎侍老母赴任，使臣仰得就日月之光，俯得伸犬马之养。

臣至孤至远之迹，抱此微诚，如不自言，谁当为臣言者？伏惟陛下天地父母哀而怜之，出自圣慈，特赐矜许。臣不任母子区区激切之情。谨具状奏闻，伏候敕旨。

【解题】

作于元丰二年。朱明之是曾巩继母朱氏的堂弟，他的到任，正好给曾巩提供了一个要求调离明州的理由。

移知亳州乞至京迎侍赴任状

右，臣五月三十日伏奉敕命，就差知亳州。既近辇毂，又便庭闱。仰荷天恩，俯从人欲，非臣浅薄所能报称。伏念臣前奏中具陈在外十有一年，已更六任。幸遇非常之主，职与内朝。而自陛下即祚以来，未得一亲玉色，人臣爱君惓惓希慕之心，未能自弃，为日已久。兼臣昨任福州，已系远地，迎侍不得。即今老母多病，见在京师，人子之谊，晨昏之恋，固难苟止。二者于臣之分，实为迫切。如臣合当避亲，臣不敢陈乞在京差遣，只乞对移陈、蔡一郡，许臣暂至京师，迎侍老母赴任。使臣仰得就日月之光，俯得伸犬马之养。

今臣幸蒙恩诏移守亳州，如臣所请。况亳州去京不远，欲乞许臣暂至京师，迎侍老母赴任。臣见已交割讫，发离前来。所有回降朝旨，乞降至泗州付臣。谨具状奏闻，候敕旨。

【解题】

作于元丰二年。曾巩对于能移知亳州还是比较满意的，因为离京师近了。文中前一段的内容与《明州奏乞回避朱明之状》基本相同，可参看。

亳州谢到任表

伏奉敕命，就差权知亳州军州事，已于今月十六日到任上讫。比从闽粤，中易句章。益起坚城，以强表海之势；闳开列馆，以待来廷之宾。皆承规画之余，方始经营之绪。程工省费，俾无靡敝之材；计力与庸，俾无发召之役。以至属材能而董事，分什伍以庀徒。已略具于科条，可粗施于士吏。身方督作，匪懈于服劳；法有避亲，遽蒙于易地。窃陪京之宠寄，申将母之微情。辄冒恩荣，何堪报称。中谢。

臣窃观前籍所载，千载以来，大道郁而未彰，莫承于古；王者疏而不作，无甚兹时。在理可推，久衰必复。去五代八姓浸微之弊，肇自宋兴；承一祖四宗丕显之谟，实在陛下。盖由体粹精之睿质，执刚健之纯诚。运独断之明，则天清水止；昭不杀之武，则雷厉风行。故能并起百工，越熙庶绩。追二帝三代之甚盛，行两汉有唐之所难。使天地人神，莫不顺序；雨旸寒燠，罔或违时。厥戴德者，田耕井饮之伦，盖游泳于遐迩之内；其蒙泽者，蛰潜妪伏之类，无殰殈于胎卵之中。宝鼎灵芝，声流于乐府；来麰嘉谷，实牣于太仓。至于武库敛藏之兵，羽林阅习之伎，匠尽其巧，而工妙擅于一时；士尽其材，而精锐轶于近代。威灵所覆，夷貉允怀。是以扶桑戴斗之区，度索寻橦之国，来于四海之外，曾无一岁之虚。盖令不待期，而万里奔走；治非有迹，而九域阜安。可谓不世之宏休，难名之盛烈。

夫应之福者既极其厚，则报其贶者必尽其隆。方当秩盛礼大乐之文，荐诸清庙；采增封广禅之义，类于名山。于以较著日新拔出之显庸，阐布天锡永昌之大业。臣性姿固塞，人品眇微，独于辈流，素嗜文学。如得镂诸金玉，述陛下赫赫之功；播在管弦，纪陛下巍巍之德，措之六艺而无愧，告诸百世而无疑。庶几不后古人，可以昭示来者。存于肺腑，积有岁时。然臣籍虽预于内朝，身屡更于外服，已雕零于齿发，久转走于东南，曾未得厕望尘于清跸之间，参第颂于从官之后。惟坚悃愊，欲效毫分。今者获便养于亲闱，预分忧于辅郡。上体焦劳之意，敢忘夙夜之勤？宣化承流，方尽驽骀之力；望云就日，但倾葵藿之心。注仰冕旒，臣无任云云。

【解题】

作于元丰二年。这年五月三十日，曾巩在明州任职仅五个月，又接到朝廷让他徙知亳州（今安徽亳州市）的任命，并于七月十六日到任。《义门读书记》评曰："此作从昌黎《潮州谢上表》中来，虽非本色，然极有伟句。"（何焯）

存恤外国人请著为令札子

臣昨任明州日，有高丽国界托罗国人崔举等，因风失船，飘流至泉州界，得捕鱼船援救全度，从此随捕鱼船，同力采捕，得食自给，后于泉州自陈，愿来明州，候有便船，却归本国。泉州给与沿路口券，差人押来。臣寻为置酒食犒设，送在僧寺安泊，逐日给与食物，仍五日一次，别设酒食，具状奏闻。臣奏未到之间，先据泉州奏到，奉圣旨，令于系官屋舍安泊，常切照管，则臣存恤举等，颇合朝廷之意。自后更与各置衣装，同天节日，亦令冠带，得预宴设。

窃以海外蛮夷，遭罹祸乱，漂溺流转，远失乡土，得自托于中国。中国礼义所出，宜厚加抚存，令不失所。泉州初但给与口券，差人徒步押来，恐于朝廷矜恤之恩，有所未称。检皇祐一路编敕，亦只有给与口食指挥。今来圣旨，令于系官屋舍安泊，常切照管，事理不同。缘今来所降圣旨，未有著令。欲乞今后高丽等国人船，因风势不便，或有飘失到沿海诸州县，并令置酒食犒设，送系官屋舍安泊，逐日给与食物，仍数日一次别设酒食。阙衣服者，官为置造。道路随水陆给借鞍马舟船。具析奏闻。其欲归本国者，取禀朝旨，所贵远人得知朝廷仁恩待遇之意。取进止。

【解题】

作于元丰二年。曾巩奏明泉州、明州官府对失船飘流被救的托罗国人的处置情况，并请求朝廷将存恤外国人的旨意著为法令，以便将来可照章办事。实际上是想向外国人展示礼仪之邦的大国风范。这是有关福建宋代外交的史料。未曾上呈。

慰慈圣光献皇太后上仙表

今月二十日，太皇太后遗诰奄弃宫闱者。承问震惊，失容号恸。臣某诚悲诚感，顿首顿首。伏以太皇太后表仪三世，德首于人伦；保佑两朝，功存于王室。遽违孝养，未究遐龄。无间近疏，实均歙慕。伏惟皇帝陛下痛贯宸极，圣情难居。臣伏恨方守印章，不获躬诣阙庭。臣无任云云。

【解题】

慈圣光献皇太后即仁宗后——曹皇后（1016—1079），景祐元年九月册封。英宗即位，尊为皇太后。英宗病，请权同处分军国事，垂帘听政。第二年英宗病愈，即降手书还政。神宗即位后，尊为太皇太后。元丰二年冬崩，年六十四。谥慈圣光献。这篇表文即作于此年。

论常平三等粜籴斛斗不便状

当州检会昨准本路提刑司牒，准司农寺牒，准熙宁元年六月九日中书札子节文，委逐路提刑司下州军监县，各令供析十五年以来斛斗价，分为平及贵、贱三等开坐闻奏，仍乞付寺置簿抄录，遇州县斛斗及贱价，即收籴入，贵价即出粜，及平价则粜籴俱止；每遇合当粜籴，便令所在州军及时施行，具价直申提刑者。州司承准已勘会到十五年斛斗价例，分为平及贵、贱三等，每斗钱数，于熙宁元年十一月初四日开坐具状申奏去讫。当州勘会逐年每至秋成，据见管籴到常平仓米钱，估定在市酌中实直时价收籴斛斗，桩管准备，向去物贵出粜，救济饥民。自今年春夏以来，里外米价增贵，小民艰食，已依条于在州及外县镇委官置场，出粜常平仓米救济，止今都粜过四万七千八百七十一硕，收钱桩管，应副秋成，依例收籴斛斗，准备来年春夏米价踊贵时出粜，以济饥殍。今来司农寺起请分为平及贵、贱三等，贵粜贱籴，平价粜籴俱止。当州上项年内，贵价每斗七十五文，平价七十文，贱价六十文至六十二文九十八陌。若今秋米价高于所定贱价，每斗或至六十四五文以上，合依上条不该收籴；如每斗至七十文价，粜籴俱止。缘本州今来出籴斛斗至多，州城诸县里外所阙常平仓米，若不趁时收籴贮积，窃虑来年春夏正当民间阙绝之际，官司无米支粜，小民失所。州司兼检准编敕节文，常平仓斛斗若年丰物贱，即于市价上添钱收籴；如年俭物贵，即相度在市实直价例特与减钱出粜，不得亏损元籴之价。又条，常平仓斛斗，每年约定合籴数目，遇秋冬斛斗价平时广谋籴。缘本州今年秋籴斛斗在近，窃虑计置失时，别致误事。伏乞朝廷详察，早降旨挥，许依旧条施行。

〔贴黄〕窃详旧法，但视时之美恶，而敛散天下之粟，不为一定之制，可谓约束之文甚简，而弥纶之意甚周。今法必取十五年之州县开仓乡聚漕致同时出粜，一斗为钱七十有五，所出者几五万硕，所以平已踊之价，济艰食之人。窃惟圣恩至深至厚，此可谓不易之良法也。今所粜粟几五万硕之钱，向冬收成正当广籴以准备来日之害，若使拘于价平而不籴，或拘于价贱而不粜，使藏有积滞之钱，而仓无储贮之粟，于以虑患圆微，不亦阙乎！使来岁万一或有水旱之忧，未知何以救之？此为吏者所以不敢坐视而宴然也。伏惟圣恩财择，幸听用旧，无拘以新制，使幽远之人偏蒙上赐，实天下之幸。

【解题】

本文当作于熙宁、元丰间曾巩任地方官之时，用事实说明了常平仓三等粜籴斛斗之不便，笔调朴实有力。曾巩所称引的旧法可参看他的《本朝政要策·常平仓》。

谢元丰三年历日表

进奏院递到宣头一道，赐臣元丰三年历日一本者。窃以修人事者，必也正时；明天道者，在于治历，爰从颁布，俾一奉承。中谢。

伏惟皇帝陛下则大居尊，体元凝命。成六府三事之叙，合志于虞；遂八政五纪之宜，同方于禹。是遵人统，用谨王正。获以守邦，预于受朔。劝豳土耕桑之业，方务承流；采尧民作息之歌，庶知戴德。仰望旒康，臣不任云云。

【解题】

作于元丰三年（1080）。

移沧州过阙上殿札子

臣闻基厚者势崇，力大者任重，故功德之殊，垂光锡祚，舄奕繁衍，久而弥昌者，盖天人之理，必至之符。然生民以来，能济登兹者，未有如大宋之隆也。

夫禹之绩大矣，而其孙太康，乃坠厥绪。汤之烈盛矣，而其孙太甲，既立不明。周自后稷十有五世至于文王，而大统未集，武王、成王始收太平之功，而康王之子昭王难于南狩，昭王之子穆王殆于荒服，暨于幽厉，陵夷尽矣。及秦，以累世之智并天下，然二世而亡。汉定其乱，而诸吕、七国之祸，相寻以起，建武中兴，然冲质以后，世故多矣。魏之患，天下为三。晋、宋之患，天下为南北。隋文始一海内，然传子而失。唐之治在于贞观、开元之际，而女祸世出，天宝以还，纲纪微矣。至于五代，盖五十有六年，而更八姓，十有四君，其废兴之故甚矣。

宋兴，太祖皇帝为民去大残，致更生，兵不再试，而粤蜀吴楚五国之君，生致阙下，九州来同，复禹之迹。内辑师旅，而齐以节制；外卑藩服，而纳以绳墨。所以安百姓，御四夷，纲理万事之具，虽创始经营，而弥纶已悉。莫贵于为天子，莫富于有天下。而舍子传弟，为万世策，造邦受命之勤，为帝太祖，功未有高焉者也。

太宗皇帝遹求厥宁，既定晋疆，钱俶自归，作则垂宪，克绍克类，保世靖民，丕丕之烈，为帝太宗，德未有高焉者也。

真宗皇帝继统遵业，以涵煦生养，蕃息齐民，以并容遍覆，扰服异类。盖自天宝之末，宇内板荡，及真人出，天下平，而西北之虏，犹间入窥边，至于景德二百五十余年，契丹始讲和好，德明亦受约束，而天下销锋灌燧，无鸡鸣犬吠之惊，以迄于今。故于是时，遂封泰山，禅社首，荐告功德，以明示万世不祧之庙，所以为帝真宗。

仁宗皇帝宽仁慈恕，虚心纳谏，慎注措，谨规矩，早朝晏退，无一日之懈。在位日久，明于群臣之贤不肖忠邪，选用政事之臣，委任责成。然公听并观，以周知其情伪，其用舍之际，一稽于众，故任事者亦皆警惧，否辄罢免，世以谓得驭臣之体。春秋未高，援立有德，传付惟允，故传天下之日，不陈一兵，不宿一士，以戒非常，而上下晏然，殆古所未有。其岂弟之行，足以附众者，非家施而人悦之也。积之以诚心，民皆有父之尊，有母之亲，故弃群臣之日，天下闻之，路祭巷哭，人人感动歔欷。其得人之深，未有知其所由然者，故皇祖之庙，为帝仁宗。

英宗皇帝聪明睿知，言动以礼，上帝眷相，大命所集，而称疾逊避，至于累月。自践东朝，渊默恭慎，无所言议施为，而天下传颂称说，德号彰闻。及正南面，勤劳庶政，每延见三事，省决万机，必咨询旧章，考求古义，闻者惕然，皆知其志在有为。虽早遗天下，成功盛烈，未及宣究，而明识大略，足以克配前人之休，故皇考之庙，为帝英宗。

陛下神圣文武，可谓有不世出之姿；仁孝恭俭，可谓有君人之大德。悯自晚周、秦汉以来，世主率皆不能独见于众人之表，其政治所出，大抵踵袭卑近，因于世俗而已。于是慨然以上追唐虞三代荒绝之迹，修列先王法度之政，为其任在己，可谓有出于数千载之大志。变易因循，号令必信，使海内观听，莫不奋起，群下遵职，以后为羞，可谓有能行之效。今斟酌损益，革弊兴坏，制作法度之事，日以大备，非因陋就寡，拘牵常见之世所能及也。继一祖四宗之绪，推而大之，可谓至矣。

盖前世或不能附其民者，刑与赋役之政暴也。宋兴以来，所用者鞭朴之刑，然犹详审反复，至于缓故纵之诛，重误入之辟，盖未尝用一暴刑也；田或二十而税一，然岁时省察，数议宽减之宜，下蠲除之令，盖未尝加一暴赋也；民或老死不知力政，然犹忧怜恻怛，常谨复除之科，急擅兴之禁，盖未尝兴一暴役也。所以附民者如此。前世或失其操柄者，天下之势或在于外戚，或在于近习，或在于大臣。宋兴以来，戚里宦臣，曰将曰相，未尝得以擅事也。所以谨其操柄者如此。而况辑师旅于内，天下不得私尺兵一卒之用；卑藩服于外，天下不得专尺土一民之力。其自处之势如此。至于畏天事神，仁民爱物之际，未尝有须臾懈也。其忧劳者又如此。盖不能附其民，而至于失其操柄，又怠且忽，此前世之所以危且乱也。民附于下，操柄谨于上，处势甚便，而加之以忧劳，此今之所以治且安也。故人主之尊，意谕色授，而六服震动；言传号涣，而万里奔走。山岩窟穴之氓，不待期会，而时输岁送以供其职者，惟恐在后；航浮索引之国，非有发召，而籯赍橐负以致其贽者，惟恐不及。西北之戎，投弓纵马，相与袪服而戏豫；东南之夷，正冠束衽，相与挟册而吟诵。至于六府顺叙，百嘉鬯遂，凡在天地之内，含气之属，皆裕如也。盖远莫懿于三代，近莫盛于汉唐，然或四三世，或一二世，而天下之变不可胜道也，岂有若今五世六圣，百有二十余年，自通邑大都至于荒陬海聚，无变容动色之虑萌于其心，无援桴击柝之戒接于其耳目。臣故曰生民以来，未有如大宋之隆也。

窃观于《诗》，其在《风》《雅》，陈太王、王季、文王致王迹之所由，与武王之所以继代，而成王之兴，则美有《假乐》《凫鹥》，戒有《公刘》《泂酌》。其所言者，盖农夫女工筑室治田，师旅祭祀饮尸受福，委曲之常务。至于《兔罝》之武夫，行修于隐；牛羊之牧人，爱及微物，无不称纪。所以论功德者，由小以及大，其详如此。后嗣所以昭先人之功，当世之臣子所以归美其上，非徒荐告鬼神、觉寤黎庶而已也。《书》称劝之以

《九歌》俾勿坏，盖歌其善者，所以兴其向慕兴起之意，防其怠废难久之情，养之于听而成之于心。其于劝帝者之功美，昭法戒于将来，圣人之所以列之于经，垂为世教也。

今大宋祖宗，兴造功业，犹太王、王季、文王。陛下承之以德，犹武王、成王。而群臣之于考次论撰，列之简册，被之金石，以通神明，昭法式者，阙而不图，此学士大夫之过也。盖周之德盛于文武，而《雅》《颂》之作皆在成王之世。今以时考之，则祖宗神灵固有待于陛下。臣诚不自揆，辄冒言其大体。至于寻类取称，本隐以之显，使莫不究悉，则今文学之臣，充于列位，惟陛下之所使。至若周之积仁累善，至成王、周公为最盛之时，而《泂酌》言皇天亲有德、飨有道，所以为成王之戒。盖履极盛之势，而动之以戒惧者，明之至，智之尽也。如此者，非周独然，唐虞至治之极也，其君臣相饬曰："兢兢业业，一日二日万几。"则处至治之极，而保之以祗慎，唐虞之所同也。今陛下履祖宗之基，广太平之祚，而世世治安，三代所不及。则宋兴以来，全盛之时实在今日。陛下仰探皇天所以亲有德、飨有道之意，而奉之以寅畏，俯念一日二日万几之不可以不察，而处之以兢兢，使休光美实，日新岁益，闳远崇侈，循之无穷，至千万世永有法则，此陛下之素所蓄积。臣愚区区爱君之心，诚不自揆，欲以庶几诗人之义也，惟陛下之所择。

【解题】

这是曾巩元丰三年（1080）由亳州移沧州、过京都时给神宗皇帝的奏札。朱熹认为曾巩久为地方官，欲入无门，所以"力为谀说"、"劝百而讽一"；何焯也认为"此文欲以歌功颂德自任"。但二人都肯定此文的艺术成就，朱认为"其文极妙"，何认为"不事雕饰，自然质雅，宋文中不多见"，而王慎中却说此文"原本经训，别出机轴，不为谀悦浅制，而忠荩进戒之义昭然与《周颂》比盛矣，真作者之法也"。

授沧州乞朝见状

右，臣伏奉敕命，就差知沧州，已起离前来。窃念臣远违班列十有二年，伏遇陛下神圣文武，当天受命，制作法度，以集太平之功。群情颙颙，孰不自愿为能，以托名于万世？而臣曾未得须臾之间，进望清光。窃不自揆，愿奉德音。犬马之情，固非一日之积。今将至京师，伏望圣慈，许臣朝见。臣不任。

【解题】

作于元丰三年（1080）。这一年，曾巩奉命移知沧州（今河北沧县东南）。此状递呈之后，曾巩受到宋神宗的召见，赐对延和殿。结果，神宗对曾巩的才学大加赞赏，并对曾巩长期外任的遭遇感慨不已。

乞登对状

右，臣于十月二十六日，伏蒙圣恩，赐对延和殿。陛下假之以玉色，奖之以德音，访之以治天下之道，而及于当世之事，其敝安在。臣昏愚不肖，不足以称圣意。遽言国家之大体，则惧非臣之任；毛举天下之细务，则又非臣之志。是以不敢率然以对。夫智之不明，辞之不敏，此臣之罪也。计臣之材与臣之位，不敢以言高，亦臣之分也。退而伏念臣材质浅薄，偶有好古之勤，向道之志，遇陛下高明光大，方修先王之政，以集太平之功。而臣藐在外服十有二年，无炫鬻之一言，无左右之素誉。地穷势绝，不敢期于自通，分以孤愚，老于疏远。属陛下聪明睿智，洞照群情，公听并观，不遗小善。赫然独断，察臣之本末；超然远御，收臣于滞涸。至于抚慰之私，顾问之宠。虽世之抱道德、堪重任之士，恐不能当，岂臣之微所可辄得？虽灭身碎首，未足以报非常之赐。其于倾竭肝胆，以自效其愚忠，有出位之责，犹不敢辞。况亲承圣问，实臣吐尽诚素之时。其不敢自默，此臣爱君事国之义也。

窃以先王之治天下，必有典籍，以为当世之法。传之后嗣，使永有持循。故在《夏书》，称："《政典》曰：'先时者杀无赦，不及时者杀无赦。'"则夏之治天下之书，曰《政典》也。其在《商书》，称"制《官刑》，儆于有位"。曰："惟兹三风十愆，卿士有一于身，家必丧；邦君有一于身，国必亡。"则商之治天下之书，曰《官刑》也。其在《周书》，称成王"还归在丰，作《周官》"。盖以董正治官之意，训告群臣，今书《周官》之篇是也。于是之时，事为之制，曲为之防，故经礼三百，威仪三千。所谓经礼三百者，周礼六卿，属皆六十，盖举其全数。则周之治天下之书曰《周礼》也。

三代以后，时君所为，务在苟简，纪纲宪度，阙而不图。盖远莫盛于汉，而孝文之世，贾谊欲定官名，议寝不用。中莫懿于后周，虽分六府之位，以仪刑经礼，而典籍无所传闻。近莫美于唐初，以尚书六职，本天下之治，而不能修列其法，论著于书。开元之际，始追次旧章，以为《六典》，而尚书已失其职。然三代之后，治天下之书，有此而已。

今陛下以法制度数宜有所自，故上稽《周礼》；以官仪注措宜参近事，故旁求《六典》。则又质诸当世之宜，裁以圣虑。始自三省，至于百工，皆正其名。夫名正然后位定，位定然后事举。名正、位定、事举，则设官致理之方尽矣。使万官千品，各循其分；彝伦庶绩，皆得其任。然后陛下程其能，等其实，以章别幽明；信其赏，必其罚，以推行惩劝。庶务虽众，举其目而无不周；四海虽广，正其本而无不治。况推寻采掇，虽付在有司，而是正准裁，实由圣断。至夫大法既具，然后条分类别，以陛下之所指授，勒成一代之典。明示四方，使知出自圣作。岂独以之弥纶当今之务，固当藏之金匮，为万世法。

臣愚固陋，窃不自揆，于夫经营之体，损益之方，所谓位定而事举者，欲进其妄意之滞见，庶有毛发之补。然心之委曲，难以书尽。伏望特垂圣慈，许臣上殿敷奏，使臣得披腹心，以称前日之圣问。万分之一，有足以上当天心，臣死生幸甚。俯伏待命。臣不任云云。

【解题】

作于元丰三年。曾巩要求神宗再次召见他，以便能发表对官制的一些见解，文中所云只是举其大要而已。后来，曾巩被任命负责官制更改工作，与这一次登对不无关系。

乞赐唐六典状

右，臣伏见圣恩，以新雕印《唐六典》颁赐近臣，以及馆阁。窃以唐初以尚书、中书、门下三省参领天下之事，以令、仆射、侍中为宰相之任。然选士用人，出兵授田，刑罚礼乐，至于工官所主，则一本于尚书。尚书、侍郎分为六官，郎、员外郎各有攸司，又分为二十有四。所以弥纶庶务，至微至密。其大则以永业口分之田制民之产，以租庸调制民之赋，以诸府十二卫制民之兵。三代以来，其政最为近古，太宗所以致治者，盖出于此。其事至众，而举之有条；其体至大，而统之有要。可谓得建官制理之方。

明皇之世，乃考寻旧章，著之简册。以六卿所总领，则象《周官》，名其书曰《六典》。而开元十四年，张说罢中书令，为尚书右丞相，不知政事。自此政事归中书，而尚书但受成事而已，亦其书之所记也。则当是之时，尚书已不得其职。其所著者，盖先代之遗法也。其本原设官因革之详，上及唐虞，以至开元。其文不烦，其实甚备，信可谓善于述作者也。

臣向在馆阁，尝见此书，其前有序，明皇自撰意，而其篇首皆曰御撰，李林甫注。及近得此书不全本，其前所载序同，然其篇首不曰御撰，其第四一篇，则曰集贤院学士、知院事、中书令、修国史、上柱国、始兴县开国子臣张等奉敕撰。盖开元二十二年，张九龄实任此官，然则此书或九龄等所为欤？不敢以疑说定也。

伏惟皇帝陛下神智圣性，夙成自天，方革弊兴坏，以修太平之业，继唐虞之迹，而稽古不倦，旁及此书，乃自禁中镂版传之，以赐在位。岂不以其官仪品式去今未远，而行于今者尚多，将使学士大夫得而求之。其于就列，皆知其任；其于治体，开益至多。非圣虑所存，规模宏远，则何以训励群臣，委曲至此。

臣备数内阁，以文学为职，宜略知典故，不可以衰退驽钝，怠惰苟止，故敢昧冒以请。伏望圣慈，依例赐臣一部，使得伏玩思索，万一得奉清闲，尚可牵强以备访问。不胜犬马区区之诚，贪冀恩私，不知僭妄。其于罪戾，所不敢逃。干冒宸严，臣不任。

【解题】

作于元丰三年（1080）。《唐六典》是研究唐代职官的重要材料，《新唐书·百官志》即取材此书。

贺元丰三年明堂礼毕大赦表

今月二十日，枢密院递到赦书一道，以明堂礼毕，大赦天下者，已即时集军州官吏军民宣读讫。窃以昊天无声之载，人莫能名；先帝罔极之恩，物何以称？维总章之正位，秩宗祀之鸿仪，可荐至诚，用伸昭报。中贺。

伏惟皇帝陛下躬夙成之圣质，而博古多闻；经特起之大猷，而虚心广览。振千龄之坠绪，绍三代之遐踪。霈泽之所涵濡，太和之所煦妪。华夏蛮貊，无一夫不获其宜；草木虫鱼，无一物不遂其性。爰求祭典，用告王功。盖诸儒之说为不经，则折衷于孔子；而近世之事为非古，则取法于周公。罢黜异端，推明极孝。以尊莫大于祖，故郊于吉土以配天；以本莫重于亲，故享于合宫以配帝。恩义两得其当，情文皆尽其详。彻俎云初，均厘甚广。君哉皇矣，实难偶之昌期；巍乎焕焉，信非常之盛礼。臣幸逢熙洽，未奉燕间。一违前跸之音，四遇亲祠之庆。青云多士，皆预桥门之听观；黄发孤生，独叹《周南》之留滞。仰望旒扆，臣无任云云。

【解题】

作于元丰三年（1080）。明堂，古代帝王宣明政教的地方，凡朝会、祭祀、庆赏、选士、养老、教学等大典，均在此举行。其后宫室渐备，另在近郊东南建明堂，以存古制。

谢赐唐六典表

伏蒙圣慈，赐臣《唐六典》一部者，冒贡微诚，敢徼宠赉，获盈私望，特出异恩。中谢。

窃以维贞观之造邦，维开元之称治。财成《唐典》，本庶务于《尚书》；则象《周官》，缀旧闻于经礼。行之当世，垂及方来。伏遇皇帝陛下接五圣之休期，振千龄之绝业。号令风采，卑秦汉而不言；纲纪文章，体唐虞而特起。爰因广览，俯逮遗编。俾加镂板之传，赐及在廷之士。顾最疏之庸下，忘辄请之妄逾。

猥荷并容，预均蕃锡。敢不自强衰退，悉意窥寻。窃典故之绪余，少裨寡陋；审官仪之委曲，益励疲驽。臣不任云云。

【解题】

作于元丰三年（1080）。《唐六典》，旧题御撰，唐李林甫等注，三十卷。根据贞观六年所定官令，分三公、三省、九寺、五监、十二卫等，列有关职司、官佐、品秩，以比拟《周礼》六官。自开元十年始编，至二十六年奏上。为研究唐代职官的重要材料，《新唐书·百官志》即取材此书。

请令长贰自举属官札子

臣伏以陛下本原《周礼》，参之以有唐《六典》之书，考诸当世之宜，裁以圣虑，更定官制，以幸天下。臣诚不自揆，欲少助万一。令无足取者，亦足以致区区爱君之心。

窃观于《书》，其在《尧典》，称尧之德曰：“平章百姓，百姓昭明。”则平其贤不肖功罪之分，而章之以爵赏，使百官莫不昭明者，此人主之事也；其在《说命》曰：“惟说式克钦承，旁招俊乂，列于庶位。”则承人主之志，广引人材，进诸朝廷者，此宰相之事也；其在《冏命》，“穆王命伯冏为周太仆正”，其戒之曰：“慎简乃僚，无以巧言令色，便僻侧媚，其惟吉士。”则使得自简属僚以共成其任者，此诸司长官之事也。其上下之体相承如此，所以周天下之务，盖先王之成法也。

故陆贽相唐，陈致理之具，以谓百司之长。至于副贰之官与夫两省供奉之职，请委宰臣叙拟以闻。其余台省属僚，请委长官选择，指陈材实，终身保任。其以举授之由，各载除书之内。得贤则有进考增秩褒升之赏，失实则有夺俸赎金黜免之罚。非特搜扬下位而已，亦以阅试大官。其所取之士，既责行能，亦计资望，此贽之大指也。贽于经画之材，近世未见其比。其在相位，所陈先务如此。质之于古，实应先王之法，施之后世，可以推行，诚古今之通议也。

陛下隆至道，开大明，配天地，立人极，循名定位，以董正治官，千载以来盛德之事也。创制之始，新命之官，任之以弥纶众职，所系尤重。其所更革，著于甲令，或差若毫发，四方受其敝；或误于须臾，累岁不能救。则于选用之体，尤不可假非其人。且台省长官，仆射、尚书、左右丞、侍郎、御史、中丞，皆国之重任，陛下所选择而授。今尚书既领天下之事，郎、员外郎凡二十四司，用吏几百员，其余属佐，尚不在数中。若使本司长贰之官，自郎以下，员有未备，皆举二人以闻，以陛下之明，其于群臣材分，无不周知。取其所举，择用其一，其余书之于籍，以为内外之官。选用之备，庶几为官得人，足以上副陛下作则垂宪非常之大志。

且本朝著例，御史、中丞、知杂至于省府之长，固得自举其属，而馆阁、监司、牧守之官，亦尝屡诏近位，皆得荐用所知，名臣伟人，往往由此而出。则推而广之，求于故事，实有已试之效。其所荐之士，采用其一，其余书之于籍，以备选择。犹旧阙御史一员，听举二人，其一不中选者，亦以次甄进，则稽诸累朝，亦故事也。

伏惟陛下本周命太仆慎简乃僚之意，采陆贽台省长官举吏恳恳之论，推本朝已试之法，使先王之迹，自陛下追而践之。如此，则任众之道隆，进贤之路广。疏远之士，怀材者皆得汇征；要近之臣，奖善者皆得自达。以陛下之临照，谁敢不应之以公；以陛下之考核，谁敢不赴之以实。既得其人，授之以位。然后陛下以公听并观，分别淑慝，以执中主要，信行其赏罚。如此，则允厘百工，庶绩咸熙，可无为而致尧之“平章百姓，百姓昭明”，如是而已。

如臣之说为可采者，其推行之法，陆贽所陈，惟陛下察其疏密，详加损益，取进止。

【解题】

元丰三年（1080），曾巩移知沧州，经过京师，被召对。神宗赏识他，便留在三班院供事。本文作于元丰三年。引经据典，并举本朝行之有效的方法要求加以推广，观点鲜明，说理有力。何焯评："言既可用，文亦雅而朴。"张伯行云："议论本之陆贽，合贽奏议以参考此篇，庶几可以收入材而成吏治，荐举良法莫过于此。"

请令州县特举士札子

臣闻三代之道，乡里有学。士之秀者，自乡升诸司徒，自司徒升诸学。大乐正论其秀者，升诸司马。司马论其贤者，以告于王。论定然后官之，任官然后爵之，位定然后禄之。论定然后官之者，郑康成云：谓使试守。任官然后爵之者，盖试守而能任其官，然后命之以位也。其取士详如此。然此特于王畿之内，论其乡之秀士耳。故在《周礼》，则称乡老献贤能之书于王也。至于诸侯贡士，则有一适、再适、三适之赏，黜爵削地之罚。而其法之详，莫得而考。此三代之事也。

汉兴，采董生之议，始令郡国举孝廉一人。其后，又以口为率，口百二十万至不满十万，自一岁至三岁，自六人至一人，察举各有差。至用丞相公孙弘、太常孔臧议，则又置太常博士弟子员。郡国县官有好文学、孝悌谨顺、出入不悖所闻者，令相长丞上属所二千石。二千石谨察可者，令诣太常受业如弟子。一岁皆课试，通一艺以上，补文学掌故缺。其高第可为郎中者，太常籍奏。即有秀才异等，辄以名闻。又请以治礼掌故，比二百石及百石吏，选择为左右内史、大行下郡太守卒史，皆各二人，边郡一人。不足，择掌故以补中二千石属，文学掌故补郡属，备员。其郡国贡士、太常试选之法详矣。此汉之事也。

今陛下隆至德，昭大道，参天地，本人伦，兴学崇化，以风天下，唐虞用心，何以加此？然患今之学校，非先王教养之法；今之科举，非先王选士之制。圣意卓然，自三代以后，当涂之君，未有能及此者也。臣以谓三代学校劝教之具，汉氏郡国太常察举之目，揆今之宜，理可参用。今州郡京师有学，同于三代，而教养选举非先王之法者，岂不以其遗素励之实行，课无用之空文，非陛下隆世教育人材之本意欤！诚令州县有好文学、厉名节、孝悌谨顺、出入无悖者所闻，令佐升诸州学。州谨察其可者上太学。以州大小为岁及人数之差，太学一岁，谨察其可者上礼部，礼部谨察其可者籍奏。自州学至礼部，皆取课试，通一艺以上，御试与否，取自圣裁。今既正三省诸寺之任，其都事主事掌故之属，旧品不卑，宜清其选，更用士人，以应古义。遂取礼部所选之士，中第或高第者，以次使试守，满再岁或三岁，选择以为州属及县令丞。即有秀才异等，皆以名闻，不拘此制。如此者谓之特举。其课试不用糊名誊录之法，使之通一艺以上者，非独采用汉制而已。《周礼》大司徒以乡三物教万民，而宾兴之，亦以礼乐射御书数也。

如臣之议为可取者，其教养选用之意，愿降明诏以谕之。得人失士之效，当信赏罚以厉之。以陛下之所向，孰敢不虔于奉承？以陛下之至明，孰敢不公于考择？行之以渐，循之以久，如是而俗化不美，人材不盛，官守不修，政事不举者，未之闻也。其旧制科举，以习者既久，难一日废之，请且如故事。惟贡举疏数，一以特举为准，而入官试守选用之叙，皆出特举之下。至夫教化已洽、风俗既成之后，则一切罢之。如圣意以谓可行，其立法弥纶之详，愿诏有司而定议焉，取进止。

【解题】

此篇作于元丰三年（1080）。结构全文的方法一如上篇。作者斟酌三代取士和汉代察举办法，提出特举之法，以补救科举考试的缺陷。清张伯行指出："子固此论欲渐变科举之法，而行特举以为之兆。"（《唐宋八大家文钞》）

请西北择将东南益兵札子

臣闻古者兵出于农，故三时耕稼，一时阅武。其于四时搜田，则又率之从事。然则农之用力于兵，以少言之，岁当两月。计其大概，则今之专力之兵一，当古之兼农之兵六。先王之制，天子六军，大国三军，次国二军，小国一军，军万二千五百人，其余夫以为羡卒。周有天下，诸侯之国千有八百，以中数率之，通有兵二万五千，为兵四千五百万，而羡卒未在其数。以今之兵一当其六，今有兵百万，为八十倍少于古。以迹言之，其专力、兼农之势固异；以多少言之，其用人之力，费人之财，今可谓省矣。古者兵出于农，故干戈、车乘、马牛亦皆取具，而国无预焉；今兵出于国，故干戈、车乘、马牛亦皆取具，而民无预焉。此今之兵又于民为便者也。秦既开阡陌，而亦兵出于民。其干戈屡动，则至于发闾左之戍。魏汉而下，亦皆以民为兵，其转徙杀戮之祸尝甚矣。至于后周、隋、唐修列府卫，而兵复近古。天宝以后，彍骑立，而募兵之法行。自是之后，纲纪失序，天子之势屈于方镇之兵，方镇之势屈于所部之兵。至其甚也，将之废置出于兵。至于五代，而国之废置出于兵。兵之祸天下，未有甚于此也。

宋兴，拨乱世反之正。太祖外削藩服，而归之轨道；内操师旅，而束以法制。天下之恶子，非鳅之以刑，而自列于行伍；非驱之以暴，而自就于绳墨。以镇城邑，以戍疆场。非独为朝廷之用，其于天下之良民，得以乐职而安业者，实赖其力。况又其费少于古，其便多于民，近世以来，制兵之善，未有及此者也。陛下出众虑之表，起百职之废，其于常武，尤属圣心。今连营之士，训练精锐；武库之兵，缮治工巧，殆古所未有。

臣诚不自揆，计今之事，窃以谓西北之宜当择将率，东南之备当益戍兵，庶几上副陛下威夷狄、守四方、不世出之大志。何以言之？昔太祖之世，其捍北狄，则用李汉超于关南、马仁瑀于瀛州、韩令坤于常山、贺惟忠于易州、何继筠于棣州；其御太原，则用郭进于西山、李谦溥于隰州、李继勋于昭义；其备西戎，则用姚内斌于庆州、董遵诲于环州、王彦昇于原州、冯继业于灵州。大抵如内斌、遵诲之兵，率不过五六千人，皆责之以自守其地。今士之精锐，兵之工巧，无以复加矣，在乎得人，属之统督之寄而已。故臣以谓西北之宜当择将率，付之一州一路，任之以战守之责，陛下明考核、信赏罚，以驭之而已。以此制胜，则何求而不得也？

臣又窃以古者百里之地，为千乘之国，有兵三万七千五百人。今州小者，非特百里而已。士徒之众，虽不必尽如古制，然今东南之隅，地方万里，有山海江湖险绝之势、溪洞林麓深僻之虞，而此诸路之兵，各不过数千人而已。其于防逻，常患不足。万一有追胥讨捕之事，理必乏人。向者邕州之不守；盖患于救援之不继。至于廖恩之鼠窃，而能稽诛于时月者，盖由追讨之兵不足。恩已自归，而所遣北兵，犹在道路。则东南之寡弱，盖可知也。以陛下之明，纲理天下，无所不备。其于东南之兵，计今之宜，虽不必如古者千乘之法，然稍增兵屯，使缓急足用，以销奸萌，除患于未然，亦治体之所宜及。臣故以谓东南之备当益戍兵。区区忧国之心，惟陛下之所裁择，取进止。

【解题】

本文作于元丰三年（1080）。曾巩对于宋朝的军事形势的认识还是较为正确的，提出“西北择将”、“东南益兵”的建议也有其合理性。历朝对于西、北边境的防御都极为重视，投入兵力也较多，所以曾巩提择将。然而曾巩不讲宋代兵制之弊，只讲“士之精锐，兵之工巧，无以复加”，究竟是见识不够，还是违心而论，就不得而知了。

议经费札子

臣闻古者以三十年之通制国用，使有九年之蓄。而制国用者，必于岁杪，盖量入而为出。国之所不可俭者，祭祀也。然不过用数之仂，则先王养财之意可知矣。盖用之有节，则天下虽贫，其富易致也。汉唐之始，天下之用常屈矣，文帝、太宗能用财有节，故公私有余，所谓天下虽贫，其富易致也。用之无节，则天下虽富，其贫亦易致也。汉唐之盛时，天下之用常裕矣，武帝、明皇不能节以制度，故公私耗竭，所谓天下虽富，其贫亦易致也。

宋兴，承五代之敝，六圣相继，与民休息，故生齿既庶，而财用有余。且以景德、皇祐、治平校之：景德户七百三十万，垦田一百七十万顷；皇祐户一千九十万，垦田二百二十五万顷；治平户一千二百九十万，垦田四百三十万顷。天下岁入，皇祐、治平皆一亿万以上，岁费亦一亿万以上。景德官一万余员，皇祐二万余员，治平并幕职，州县官三千三百余员，总二万四千员。景德郊费六百万，皇祐一千二百万，治平一千三百万。以二者校之，官之众一倍于景德，郊之费亦一倍于景德。官之数不同如此，则皇祐、治平入官之门多于景德也。郊之费不同如此，则皇祐、治平用财之端，多于景德也。诚诏有司按寻载籍，而讲求其故，使官之数、入者之多门可考而知，郊之费、用财之多端可考而知。然后各议其可罢者罢之，可损者损之。使天下之入，如皇祐、治平之盛，而天下之用、官之数、郊之费皆同于景德，二者所省者盖半矣。则又以类而推之。天下之费，有约于旧而浮于今者，有约于今而浮于旧者。其浮者必求其所以浮之自而杜之，其约者必本其所以约之由而从之。如是而力行，以岁入一亿万以上计之，所省者十之一，则岁有余财一万万。驯致不已，至于所省者十之三，则岁有余财三万万。以三十年之通计之，当有余财九亿万，可以为十五年之蓄。自古国家之富，未有及此也。古者言九年之蓄者，计每岁之入存十之三耳，盖约而言之也。

今臣之所陈，亦约而言之。今其数不能尽同，然要其大致，必不远也。前世于雕敝之时，犹能易贫而为富。今吾以全盛之势，用财有节，其所省者一，则吾之一也，其所省者二，则吾之二也。前世之所难，吾之所易，可不论而知也。

伏惟陛下冲静质约，天性自然。乘舆器服，尚方所造，未尝用一奇巧。嫔嫱左右，掖廷之间，位号多阙。躬履节俭，为天下先。所以忧悯元元，更张庶事之意，诚至恻怛，格于上下。其于明法度以养天下之财，又非陛下之所难也。臣诚不自揆，敢献其区区之愚，惟陛下裁择。取进止。

【解题】

此文作于元丰三年。申明用财有节以致富的道理和办法。文中关于景德、皇祐和治平的户数、垦田数、官数和费用的一串数字很能说明问题。札子呈上以后，很受神宗赏识。

请减五路城堡札子

臣尝议今之兵，以谓西北之宜在择将帅，东南之备在益戍兵。臣之妄意，盖谓西北之兵已多，东南之兵不足也。待罪三班，修定陕西河东城堡之赏法，因得考于载籍。盖秦凤、鄜延、泾原、环庆、并代五路，嘉祐之间，城堡一百一十有二，熙宁二百一十有二，元丰二年二百七十有四。熙宁较于嘉祐为一倍，元丰较于嘉祐为再倍。而熙河城堡又三十有一。虽故有之城，始籍在于三班者，或在此数，然以再倍言之，新立之城固多矣。

夫将之于兵，犹弈之于棋。善弈者置棋虽疏，取数必多，得其要而已。故敌虽万变，涂虽百出，而形势足以相援，攻守足以相赴，所保者必其地也。非特如此，所应者又合其变，故用力少而得筭多也。不善弈者，置棋虽密，取数必寡，不得其要而已。故敌有他变，涂有他出，而形势不得相援，攻守不能相赴，所保者非必其地也。非特如此，所应者又不能合其变，故用力多而得筭少也。守边之臣，知其要者，所保者必其地，故立城不多，则兵不分，兵不分，则用士少，所应者又能合其变，故用力少而得筭多，犹之善弈也。不得其要者，所保非必其地，故立城必多，立城多，则兵分，兵分则用士众，所应者又不能合其变，故用力多而得筭少，犹之不善弈也。

昔张仁愿度河筑三受降城，相去各四百余里，首尾相应，由是朔方以安，减镇兵数万。此则能得其要，立城虽疏，所保者必其地也。仁愿之建三城，皆不为守备，曰："寇至当并力出战，回顾望城，犹须斩之，何用守备？"自是突厥遂不敢度山，可谓所应者合其变也。

今五路新立之城，十数岁中，至于再倍，则兵安得不分？士安得不众？殆疆场之吏，谋利害者不得其要也。以弈棋况之，则立城不必多。臣言不为无据也。以他路况之，则北边之备胡，以遵誓约之故，数十年间，不增一城一堡，而不患戍守之不足，则立城不必多，又已事之明验也。臣以此窃意城多则兵分，故谓西北之兵已多，而殆恐守边之臣，未有称其任者也。今守边之臣，遇陛下之明，常受成筭以从事，又不敢不奉法令，幸可备驱策。

然出万全之画，常诿于上，人臣之于职，苟简而已，固非体理之所当然。况由其所保者未得其要，所应者未合其变，顾使西北之兵独多，而东南不足。

在陛下之时，方欲事无不当其理，官无不称其任，则因其旧而不变，必非圣意之所取也。夫公选天下之材，而属之以三军之任，以陛下之明，圣虑之绪余，足以周此。臣历观世主，知人善任使，未有如宋兴太祖之用将英伟特出者也。故能拨唐季、五代数百年之乱，使天下大定，四夷轨道，可谓千岁以来不世出之盛美，非常材之君、拘牵常见者之所能及也。以陛下之聪明睿圣，有非常之大略，同符太祖。则能任天下之材以定乱，莫如太祖；能继太祖之志以经武，莫如陛下。臣诚不自揆，得太祖任将之一二，窃尝见于斯文，敢缮写以献。万分之一，或有以上当天心，使西北守边之臣，用众少而得筭多，不益兵而东南之备足，有助圣虑之纤芥，以终臣前日之议，惟陛下之所裁择。

贴黄：五路城堡，据逐次降下三班院窠名数目如此。窃恐系旧来城堡，自来属枢密院差遣，后来逐度方降到窠名，系三班院差人，所以逐度数目加多。若虽是旧来城堡，即五路二百七十余城，亦是立城太多。

【解题】

作于元丰三年（1080），与前四篇同样于十一月二十一日在垂拱殿进呈，可与《请西北择将东南益兵札子》相参看。具体到立城堡问题，用弈棋来打比方，形象生动。何焯评："名言。文法率用双行。"以上五道札子，是曾巩最为集中、系统、全面、详尽地发表自己政治主张的文章。

再议经费札子

臣尝言：皇祐、治平岁入，皆一亿万以上，而岁费亦略尽之。景德官一万余员，皇祐、治平皆三万余员，景德郊费六百万，皇祐、治平皆一千万以上，是二者费皆倍于景德。使皇祐、治平入官之门多于景德者，可考而知，皇祐、治平郊费之端多于景德者，可考而知，然后议其可罢者罢之，可损者损之，使岁入如皇祐、治平，而禄吏、奉郊之费同于景德，则二者所省盖半矣。则又以类推而省之，以岁入一亿万计之，所省者十之一，则岁有余财一万万，所省者十之三，则岁有余财三万万，以三十年之通计之，当有余财九亿万，可以为十五年之蓄。自古国家之富，未有及此也。陛下谓臣所言，以节用为理财之要，世之言理财者，未有及此也，令付之中书。

臣待罪三班，按国初承旧，以供奉官、左右班殿直为三班，立都知行首领之。又有殿前承旨班院，别立行首领之。端拱以后，分东西供奉，又置左右侍禁及承旨借职，皆领于三班。三班之称亦不改。初，三班吏员止于三百，或不及之。至天禧之间，乃总四千二百有余。至于今，乃总一万一千六百九十，宗室又八百七十。盖景德员数已十倍于初，而以今考之，殆三倍于景德。略以三年出入之籍较之，熙宁八年，入籍者四百八十有七，九年五百四十有四，十年六百九十，而死亡退免出籍者，岁或过二百人，或不及之，则是岁岁有增，未见其止也。臣又略考其入官之由，条于别记以闻，议其可罢者罢之。可损者损之，惟陛下之所择。

臣之所知者，三班也。吏部东西审官，与天下他费，尚必有近于此者，惟陛下试加考察，以类求之。盖有约于旧而浮于今者，有约于今而浮于旧者，其浮者必求其所以浮之自而杜之，其约者必本其所以约之由而从之，如是而力行，使天下岁入亿万，而所省者什三，计三十年之通，当有十五年之蓄。夫财用天下之本也，使国家富盛如此，则何求而不得？何为而不成？以陛下之圣质，而加之励精，以变因循苟简之敝，方大修法度之政，以幸天下，诒万世。故臣敢因官守，以讲求其损益之数，而终前日之说以献，惟陛下裁择。

【解题】

作于元丰三年，观点与《议经费札子》一致，而以自己熟悉的三班院的情况呈报，建议皇帝对员数加以减损。

申明保甲巡警盗贼札子

臣伏以《周礼》以五家为比，使之相保，推之至于五州为乡，因其民以用之于田役追胥之事。管仲于齐，亦以五家为轨，推之至于五乡为军，以有三军之制。盖生民之业，资于衣食则为农，资于备御则为兵，其所恃之理然也。后世言兵者，以谓九夫为井，此八阵之法所由出也。五家为轨，此师旅之法所由出也。以臣考之，所以然者，非三军之政取法于乡田，盖古者生民之业，兵农非异务也。自经界既废，而兵农始殊。秦汉之际。大率十里一亭，亭有长，十亭一乡，乡有三老、有秩、啬夫、游徼。三老掌教化，啬夫职听狱讼，收赋税，游徼循禁盗贼，亦比闾族党、卒伍追胥之遗事也。今保甲之制，自五家为保，推之至于有大小保长，有都副保正，职承文书，督盗贼，与比闾有长，乡亭有啬夫、游徼，非异意也。臣昨守亳州，亳为多盗重法之地，臣推行保甲之法，以禁盗贼，幸不至谬戾。诚不自揆，欲于保甲巡检县尉之法，所以防虑盗贼者，有所推广，以称朝廷立法之意。具下项：

一、诸处自来盗贼，并是外来浮浪行止不明之人，或是本处素来无赖之人。保甲之法，使五家为保，盖欲察举非违之事。一保五家，若有一家藏匿外来浮浪行止不明之人，或一家有素来无赖之人，即四家无由不知，而法禁之中，不责其颜情盖庇，则人于乡里，谁肯告言？若为设禁防，使不告官者，因事发露，则有相坐之刑，人情自爱，谁肯苟容？此乃本立保伍、察非违之意也。所察举者，藏匿恶人之家，所以为人除患，固非开告讦之路，伤邻里之义也。若藏匿之家，自不能掩，则恶人何所容入，盗贼不禁而自熄，理之所可必也。欲乞指挥：外来浮浪行止不明之人，保内不得舍止；本处素来无赖之人，保内须以姓名申官，官为籍记。系籍之人，凡有出入，并须告知本保。若保内舍止外来浮浪行止不明之人，犯人严断，同保不纠，科不言上之罪；保内有本处素来无赖之人，同保不以姓名申官，及系籍之人，出入不告本保，本保不纠，亦并科不言上之罪，犯人严断。所贵有所关防，可以暗消盗贼。况自来州县，亦往往有禁绝舍止浮浪及籍记恶人之处，可以断得盗贼，别无扰烦。兼保甲条，诸保内有外来人，如行止显有不明，即收领送官。则是法意盖已及此，今来所乞，只是申明，更欲详备，伏乞裁酌施行。

一、伏见熙宁六年保甲条法，保内如遇有贼盗，画时告报，本保长已下，同保人户。即时前去救应追捕。如入别保，即递相击鼓，应接袭逐。元丰二年，详定上条节文，诸保内贼盗，画时集本保追捕，如入别保，递相告报袭逐，旧有铺屋及鼓处，依旧仍轮保丁守宿，未有处，愿置者听。臣窃以谓元条及详定，互有详略，若合而用之，则弥纶之意无所不备。今欲乞指挥：诸保内贼盗，画时集本保追捕，如入别保，即递相击鼓，报应袭逐，并置铺屋及鼓，仍轮保丁巡宿。如此，则保伍之内，既不得容止恶人，巡宿之法又备，如有贼发，则合力追捕，措置无所不尽。于本置保甲之意，委曲备具，亦古者井田守望相助，后世置乡亭徼循盗贼之遗法也。

一、伏见熙宁敕节文，诸巡检常于地分内巡警廨宇，所在州给与印历，逐季点检。臣欲乞相度指挥重法地分，巡检县尉常于地分内巡警，每旬具所到地分申州，仍给与行程印历，每季本州将旬申与印历，委官点磨，违者取勘施行。州不督察，监司按劾以闻。如此，则制置捕盗之官，事体均一，理在必行。不容苟简之人得以废法，使捕盗之官分巡不止，保甲候望，转相承接，盗贼所向，辄遇讥察，窃发之谋，必自衰熄，或有伺间不逞之人，亦易败获。右取进止。

【解题】

作于元丰三年（1080）。元丰二年五月底，曾巩由明州移知亳州，七月中旬到任。因为亳州属地多有盗贼，曾巩便在亳州推行过去在齐州实行的保甲法，取得成效。这篇文章是曾巩推行保甲法的经验总结。此札未上呈。

请改官制前预选官习行逐司事务札子

臣伏以陛下稽古正名，修定官制，今百工庶务，类别以明，其于讲求经画，皆出圣虑，弥纶之体，固已详尽。然推行之始，去故取新。窃恐百执事之人，素未谕于其心，习于其耳目，一日之间，或未尽知其任；群吏万民，听治于上者，或未尽知所趋。待夫问而后辨，推而后通，则必有烦阻之患、留滞之虞。若图之于早，定之于素，则一日之间，官号法制，一新于上，而彝伦庶政，叙行于下，内外远近，虽易视改听，而持循安习，无异于常。此臣所以区区之愚，庶有补于万一也。

今百司庶务，既已类别。若以所分之职、所总之务，因今日之有司，择可属以事者，使之区处，自位叙名分，宪令版图，文移案牍，讼诉期会，总领循行，举明钩考，有革有因，有损有益，有举诸此而施诸彼，有舍诸彼而受诸此，有当警于官，有当布于众者，自一事已上，本末次第，使更制之前，习勒已定，则命出之日，但在奉行而已。

盖吏部于尚书，为六官之首。试即而言之，其所总者选事也。流内铨、三班、西东审官之任，皆当归之。诚因今日之有司，择可属以事者，使之区处。自令、仆射、尚书、侍郎、郎、员外郎，以其位之升降，为其任之烦简，使省书审决，某当属郎、员外郎，某当属尚书、侍郎，某当属令、仆射，各以其所属，预为科别。如此，则新命之官。不烦而知其任矣；曹局吏员，如三班诸房十有六，诸吏六十有四，其所别之司，所隶之人，不必尽易。惟当合者合之，当析者析之，当损者损之，当益者益之，使诸曹所主，因其旧习。如此，则新补之吏，不谕而知其守矣；宪令版图，文移案牍，讼诉期会，总领循行，举明钩考，其因革损益之不同，与有举诸此而施诸彼，有舍诸彼而受诸此，有当警于官、布于众者，皆前事之期，莫不考定。如此，则新出之政，不戒而知其叙矣。夫新命之官，不烦而知其任；新补之吏，不谕而知其守；新出之政，不戒而知其叙。则推行之始。去故取新，所以待之者备矣。其于选事如此，旁至于司封、司勋、考功当隶之者，内服外服、庶工万事当归之者，皆推此以通彼，则吏部之任不待政出之日，问而后辨、推而后通也。

推吏部之事，以通于百工庶职。如此，则体虽至大，而操之有要；事虽一变，而处之有素。一日之间，官号法制，鼎新于上；而彝伦庶政，叙行于下。内外远近，虽改视易听，而持循安习，无异于常。

区区之愚，庶有补于万一者在此。而臣愚浅薄，不知治体，贪于倾尽，而不知其言之妄。采掇增损，实待圣断，惟陛下之所裁，幸取进止。

【解题】

作于元丰四年（1081）。曾巩考虑到推行新官制之初，可能会出现百官不能及时适应新的角色、吏民也不知如何配合和服从的情况，这样会造成一些阻滞和混乱，所以建议预先明确各级官员的职责，以便在改官制后工作能照常开展。这一建议可以说是合理可行。

请改官制前预令诸司次比整齐架阁版籍等事札子

臣伏以陛下发德音，正官号，法制度数，皆易以新书，太平之原，实在于此。今论次已定，宣布有期；四方颙颙，跂足而望。臣切恐施行之际，新旧代易之初，庶工之间，或吏属因循，或簿书缘绝，其于督察漏略，检防散逸弥纶之体，不可不早有饬戒。欲乞明谕，有司架阁有未备者备之，版籍有未正者正之。凡宪令图牒、簿书案牍，皆当次比整齐，敛藏识别。以至于官寺什器，凡物之属公上者，亦皆当钩考，详于簿录。庶于新旧更易之间，得无漏略散逸之敝，非独儆当今典领之懈，且以绝异时追究之烦。取进止。

【解题】

作于元丰四年（1081）。这道札子是对上道札子的补充，要求皇帝下令诸司将一切文件及其余器物整理登录，以利交接，并防散失。

请以近更官制如周官六典为书札子

臣窃以周制六卿，各率其属，皆有分职，见于《礼经》。至唐，自三省而下，分命庶官，亦各以其职事，见于《六典》。今陛下讲求化原，更定官制。盖作宪垂法，由古以来，其于大体有不可易者，虽唐虞三代未尝易也。至于缘人情，因世故，斟酌损益，有不可不易者。故虽唐虞之际极盛之时，凡巡守四方，则皆修五礼，而周人治象之法，亦岁有更革，况于时异事殊，而可以胶于一方之说、泥于一偏之迹哉？故陛下更制改作，其弥纶大意，则远体《周官》，而近因唐制，此所谓于其大体，有不可易者也。至于从宜应变，则解纵拘挛，独出圣谋，不牵常筭，此谓斟酌损益，有不可不易者也。夫能审其不可易者而因之，断其不可不易者而更之，惟当而已，然后可谓明制作之体。

惟陛下圣性之卓，故能处之无疑。此非群臣之所能望也。今更定官制，其所先者，在于使群臣庶位皆明知其职分。职分既明，然后在事者得各因其名，以效其实。而考察者欲核其实，则必推其名。此作法之大要，所谓不可易者也。今庶尹百工，分位既定，宜有新书，如《周官》、《六典》明白之文，使内外上下，晓然究悉，以熙庶绩而康万事。臣适典明命，亦得各以百执事所分之职，载于训词，以饬戒在列，以称陛下董正治官、循名责实之意。其书宜以时颁布，以幸天下。如体重事巨，其不可不易者，文字论次尚有未周，则百司所守小大之务，亦宜先有条具，委曲章明，施于列位，使人人皆知其任，劝于赴功。而臣亦得讨论演畅，见于王者之训，以副圣君励精求治、为世作则之心。取进止。

【解题】

作于元丰四年（1081）。请求将所更改的官制仿《周官》、《六典》著为条文法令，散布天下，以便循名责实。这三道札子反映出曾巩对更改官制一事有较周密的考虑。

史馆申请三道札子

臣修定国史，止依司马迁以下编年体式，至于书事随便，今略具条目进呈。其余文义曲折，难预为定例者，须候著撰之际，徐更随宜，候书成日，为逐篇述传，系于末卷，以见论次之意。盖若预为定例，恐于文义须至拘牵，就例或有所妨。其书事随例，今略具条目如左：

一，群臣拜罢，见于百官表。

一，刑法、食货、五行、天文、灾祥之类，各见于逐志。已上更不于本纪载述之类。

一，名位虽崇，而事迹无可纪者，更不必传。或善恶有可见者，则附见之。

一，善恶可劝戒，是非后世当考者，书之。其细故常行，更不备书。

右取进止。

臣修定五朝国史，有合申请事，具下项：

一，自宋兴以来，名臣良士或曾有名位，或素在丘园，其有嘉言善行、历官行事、军国勋劳，或有贡献封章，或有著撰文字，或本家有碑志、行状、纪述之文，或他人为作传记之类，今来所修国史，须合收采载述。巩虑旧书访寻之初，有所未尽，至今岁月已远，耳目所及者少，或至漏略。欲乞京畿，委开封知府及畿县知县，在外委逐路监司、州县长吏，博加求访。有子孙者，延致询问，谕以朝廷之意。欲使名臣良士言行功实，传之不朽，为人子孙者，亦宜知父祖善状，合要显扬，使得见于国史，以称为人后嗣之义。各令以其所有事迹或文字，尽因郡府，纳于史局，以备论次。或文字稍多，其家无力缮写，即官为委官，以官用佣写字人书写校正。其曾任两府、两制、台谏之家，须逐家一一询访，无令漏略。各限自指挥到日，一月内取到文字，发送史局，其逐路监司、州府、逐县长吏，各具无漏略文状连申。

一，申中书，向来编集累朝文字，本局不见，得从初名目，及枢密院有编集机要文字，并两处有录得累朝御札手诏副本文字，欲乞令检送本局，以备讨论。取进止。

臣修定五朝国史，据旧书，及更加采摭，以备纪录外，窃虑五圣临御之日，德音行事，外廷有所未闻，及自来更有纪述，发明文字，藏在宫禁者，欲乞特赐颁示，以凭论次。所贵祖宗功德，传布方册，得以周尽。

右取进止。

【解题】

作于元丰四年（1081）。这年七月，曾巩被任命为史馆修撰，主持修撰五朝史事。他从史书的条目安排到对一些具体史实的处理，以及采集资料的办法、途径，都有一套总体设想和规划，并在这三道札子中一一加以陈述。神宗十分赞赏，一反惯例，让他自己去组织人员完成任务。

乞出知颍州状

右，臣愚不自揆，怀犬马之情，敢昧万死以闻。不敏之诛，所不敢逭。伏念臣性行迂拙，立朝无所阿附，有见嫉之积毁，无借誉之私援。在外十有二年，更历七郡，虽有爱君向国之心，托势疏远，无路自通，期于抱志没齿而已。陛下居法宫之深，临万官之众，而臣以单外之迹，一介之微。陛下廓四聪之广，出独见之卓，不由臣之炫鬻，不因人之党助，收怜拊慰，劳问褒嘉，语重意殊，可谓非常之遇。士之有大过人之材者，殆未足以致此，岂臣之鄙所当冒得？日夜思念，臣以庸下之器，在隐约之中，而独为圣主所知如此。蝼蚁之躯，知死不足以图报。今还朝以来，甫及数月，未有丝忽自效之勤，而辄以私诚上陈。臣之妄庸，虽受诛绝之刑，不足以塞责，惟陛下察而哀之。

臣母年七十有一，比婴疾疹，举动步履，日更艰难。陛下处臣京师，臣幸得侍庭闱，以便医药。圣泽至厚，常恐不能克堪。

今臣弟布得守陈州，臣母怜其久别，欲与俱行。顾臣之宜，惟得旁郡，庶可奉亲往来，以供子职。而抱疾之亲，陆行非便。今与陈比境，许、蔡、亳州及南京，皆不通水路，惟颍可以沿流。臣诚不自揆，不讳万死之责，敢昧冒以请。伏望圣慈，差臣知颍州一任。窃恐顾临到任未久，无例为臣移易；缘若候顾临满阙，则臣弟布陈州却已满任。欲望特出圣恩，许臣不候顾临任满交割。臣惷冥寒陋，蒙陛下特异之知，未有锱铢之称。而顾迫子母之恩，规私择便，仰烦圣聪，当伏斧锧，以须罪戾，惟陛下哀怜听察。干犯天威，臣不任云云。

【解题】

作于元丰四年（1081）。这一年，曾巩在京城三班院供事，其弟曾布移守陈州（今河南淮阳），朱氏想随曾布同行。为了奉母往陈州，曾巩自请到颍州（今安徽阜阳）任职。他的请求未获批准。张伯行评："其写情处款曲动人"，"陈情在君父前，如对家庭骨肉说话"。

再乞登对状

右，臣去冬再蒙圣恩赐对。臣愚浅薄，无轶伦之行、绝众之材。徒于辈流，粗识文字。至于讲求天下之务，非敢谓能，盖尝有志。遇陛下绍天开迹，大修治具，一言片善，人人得以自效。而臣流离漂泊，藐在外服。有深忌积毁之莫测，无游谈私党之可因。转徙八州，推移一纪。无侧行之一迹，得参于御隶之间；无尝试之半词，得彻于岩廊之上。心思消缩，齿发凋耗，常恐卒填沟壑，独遗恨于无穷也。陛下体生知之质，起日新之政。揆之以道，以易汉唐五代之卑；本之于身，以追尧舜三代之盛。臣虽欲奋驽钝，愿备驱驰，而处疏贱之中，无可致之势。伏遇陛下明无不照，察臣滞迹之不容；圣无不通，采臣孤学之有得。出自睿断，接之便朝。所以询谋抚纳，勉慰称扬之殊，皆非素望所及。臣虽草茅之陋，顾非木石之顽。盖士穷且老，身孤立于天下，而独为圣主所知如此，燔躯沈族，岂足论报？其于剖心析肝，以效其区区之忠，固臣之所不敢不尽也。是以窃不自揆，冒言当世之事。陛下宽其不敏之诛，而收其臆出之见。谓有可以当圣意者，臣愚蹇钝，分岂称此。盖由陛下神圣文武，度越千载，而虚心纳下，无伐善之意、徇己之情。故兼听广览，小能薄技，无所不录。而臣愚遭遇，得以及此。今臣备数毂下，虽日得造朝，而身不迩法坐之凝严，耳不接德音之温厚，涉四时矣。其毕忠愿知之心，惓惓之义，岂须臾废哉！

伏念臣尝言天下之经费，以谓皇祐治平，庶官之员倍于景德；议今之兵，以谓西北之宜在择将帅。待罪三班，获因职事，考于载籍。盖官日益众，而守塞之臣有未称其任者。得以推其事实，审其源流。其于裁处之宜，亦尝略窥其要。窃欲饰其所闻，敢终前日之说以献。陛下方日孜孜，大有为于天下。内则更张庶事，外则经营四方。如臣之说有可采者，庶几制天下之用以养财，御天下之材以经武，有助圣政之万一。臣于受恩，非敢谓报，庶以明臣犬马之志，未尝不向上之所为也。

臣又尝言，陛下方上稽《周礼》，旁参《六典》，以更定官制。臣于经营之体，损益之数，愿有毛发之补。伏闻百度已成，万务已定，而臣曾不能吐一言，陈一策，庶得因国大典，托名不泯。今条分类别，宣布有期，臣诚不自揆，以谓更制之日，新旧革易之初，弥纶之术，固不可不有所素具。窃欲自效，少裨圣画之绪余。臣于三者，或万有一得。然事有本末，理之详悉，宜得口陈。伏望特出圣慈，许臣上殿敷奏。干冒宸严，臣不任。

【解题】

作于元丰四年（1081）。张伯行曰：“是时神宗方向用王安石，改制变法，而公之意见有与安石异者，故欲面对口陈。其所陈之事虽含蓄不露，而忠悃之诚已见于此状。”

申中书乞不看详会要状

右，伏以自来修撰国史，皆妙选众材，共当寄任。今通修五朝大典，属巩专领，已是一人而冒众材之任。顾巩衰拙，惧不克堪。其今来所修《会要》，计三百卷。修纂以来，经涉十有余年，编修等官，已更六人。限至秋季末成书，即今已是八月中旬。某若依限修进，不惟须合考求首尾，参详得失，仍更并须检寻文字，照据其间，恐合更有更改损益。不独于巩以旬月而求就十有余年之功；又复于巩已于国史，是以一人而冒众材之任，惧不克堪；而更益以《会要》，一人而兼数人之任。纵使容巩添展期限，缘累朝典章，本末闳大，不同小小文字，自顾材力实不能兼。况今来进本装写并已了毕，伏乞更赐敷奏，取自朝廷详酌，别赐指挥。

【解题】

作于元丰四年（1081）。看详，审定之意，公文用语。这年七月，朝廷任命曾巩充史馆修撰，专典史事，主要任务是修撰五朝吏事。

辞中书舍人状

右，臣准阁门告报，蒙恩授臣中书舍人者。窃以唐虞三代之君，兴造政事，爵德官能之际，所以播告天下，训齐百工，必有诏号令命之文，达其旋为建立之意。皆择当世聪明隽乂、工于言语文学之臣，使之敷扬演畅，被于简册，以行之四方，垂之万世。理化所出，其具在此。至其已久，而谋谟访问，三盘五诰誓命之书，刻之为经。后世学者得而宗之，师生相传，为载籍首。吟诵寻绎，以求其归。一有发明，皆为世教。盖其大体所系如此。

逮至汉兴，虽不能比迹三代致治之隆，而诰令下者，典正谨严，尚为近古。自斯已后，岂独彝伦秕斁，其推而行之，载于名命，亦皆文字浅陋，无可观采。唐之文章尝盛矣。当时之士，若常衮、杨炎、元稹之属，号能为训辞。今其文尚存，亦未有远过人者。然则号令文采，自汉而降，未有及古，理化之具，不其阙欤？

伏惟陛下以天纵之圣，阐明道术，所以作则垂宪，纪官正名，皆上追三王，下陋汉唐。至于出口肆笔，发为德音，固已独造精微，不可穷测。则于代言之任，岂易属人？臣浅薄暗瞀，学朽材下。误蒙陛下知之于摈排忌疾之中，收之于弃捐流落之地，属之史事，已惧瘝官。至于推度圣意，讨论润色，以次为谟训，彰示海内，兹事至大，岂臣所堪？况侍从之官，实备顾问。而臣齿发已衰，心志昏塞，岂独施于翰墨，惧非其任，至于谋猷献纳，尤不逮人。伏望博选于朝，旁及疏远，必有殊绝特出之材，能副圣神奖拔之用。所有授臣恩命，乞赐寝罢。

【解题】

作于元丰五年（1082）。张伯行曰："中书舍人掌诏诰，乃代言之任，其职未易居也。子固推之于唐虞三代以迄汉唐，而言居是职者之渐不及古，其议论卓然不刊，盖非子固不足以称斯任也。"因神宗先有旨不准辞，故此状未上。

授中书舍人举刘攽自代状

蒙恩授前件官，准编敕节文、知杂御史已上授讫，许举官自代者。右谨具如前。臣伏见朝奉大夫、充集贤校理、知亳州刘攽，广览载籍，强记洽闻。求之辈流，罕有伦比。臣窃以谓引拔众材，弥纶世务，至于博学之士，固宜用在朝廷。况今圣质高明，究极今古，凡在左右当备顾问之臣，尤须多识前载，然后能称其职。如攽所长，实允兹选。况攽累历州郡，治行可称。至于文辞，亦足观采。兼此众美，臣实不如。今举自代，谨具状奏闻，伏候敕旨。

【解题】

作于元丰五年。刘攽（1023—1089），宋临江军新余（今江西新余）人，字贡父，号公非。精于史学，助司马光修《资治通鉴》，分担汉代部分。《宋稗类钞》记“刘攽博学有俊才，然滑稽喜谑玩，屡以犯人”。张伯行评此文“数语质实，得推贤让善之体”。

谢中书舍人表

伏承制命，授臣试中书舍人者，甫上程篇，遽尘宠任，载惟遭遇，倍集兢惭。中谢。

盖圣君难谕之情，将欲施于号令；得当世能言之士，然后达于文辞。矧今纲理四方，弥纶庶政。肇维新之王度，备久简之官仪。计谋常越于拘挛，注错举为于希阔。岂伊凡庶，可测高深。方当觉悟迩遐，使遍知于上意；训齐内外，用丕变于群心。尤资演畅之材，曲尽丁宁之旨。布为邦典，兹谓人文。顾在臣愚，岂堪此选？

伏惟皇帝陛下超逾千载，特起一时。躬尧舜之聪明，而不忘讲学；集成汤之勇智，而无倦咨询。惟左右前后之臣，有耳目腹心之寄，尤非浅识所可叨居。如臣性实滞蒙，器非广博。知自强于名节，耻阴附于贵权。无因缘毫发之拔援，有积累丘山之忌嫉。晚逢睿圣，独赐收怜。褒嘉特异于常伦，进用每从于中出。猥以五朝之大典，属于一介之孤生。已愧缺然，将安称此？敢期误宠，仍置近班。敷导训辞，惧空疏之难强；追参讽议，忧蹇浅之易穷。于风波流落之余，以蒲柳衰残之质，自循涯分，曷副恩荣。虽日月之光，何加于润色；而天地之德，无待于论思。然臣素坚好古之诚，粗识爱君之义，既抗颜而就列，敢恕己以怀私？谨当寻绎旧闻，用阐扬于名命；激昂懦志，庶补助于谋猷。仰答主知，誓殚臣节。臣无任云云。

【解题】

作于元丰五年。这年四月，曾巩官拜中书舍人，并且负责官制更改工作。然而不久曾巩就卧病不起。

拟辞免修五朝国史状

右，臣去年八月伏奉敕命，充史馆修撰，又奉圣旨专典史事，且将三朝国史先加考详，候两朝史了日，一处修定。又于延和殿伏蒙面谕所以任属臣之意，臣是以祇服圣恩，不敢辞避。天下皆知臣居此职，出自主知，以为荣遇。况臣以至孤至远之迹，出深忌积毁之余，独蒙明主知而用之。且自古以来，天下之士不遇者多矣，如臣遭遇者无几。则臣捐草茅之躯，以报天地之德，固其分也。至于效其区区之愚，岂足为陛下道哉？况以文字薄技，得因圣宋之大典，托名万世，学士大夫莫不愿备其任，而独臣之愚，幸预采择。此臣所以穷日夜，惫精思，不敢忘须臾，志在于斯文，惟恐不称其任，以负陛下任属之意也。

自到局以来，仰遵圣训，且将三朝国史，先加考详。伏见祖宗以来，神功圣德，巍巍之烈，至于历世；将相文武士吏言行声实，殊尤之迹，至高至大，已非愚臣所能究尽。况两朝国史，臣所未见。窃惟五世百有余年，圣贤事业，本末闳大。臣之浅薄，加以齿发衰晚，诚恐不能发明论次，以称陛下显扬褒大之心。虚食大官，汗青无日，以负陛下任属之意，此臣之所大惧也。况五朝旧史，皆累世公相卿士、道德文学、朝廷宗工所共准裁，既已勒成，为国大典。臣以至孤至远之迹，出深忌积毁之余，材质驽下，岂宜辄议损益？使臣仰恃日月之照，不知自任之妄，贪慕恩待，趣之以就事，诚恐黑白不当，律吕失次，方于旧史有失无得，以负陛下任属之意，此又臣之所大惧也。若不早具上陈，自求罢退，至于岁月浸久，不职之罪已不可逃，虽欲乞身，已无可及。是以不避万死之责，敢干圣听。

伏望出自圣慈，察臣悃愊，罢臣史事，别与臣一差遣。臣之昏愚不肖，固已尽在陛下听察之中。如蒙终赐收怜，别加驱策，顾臣之鄙，奉令承诏，可幸无罪。则碎首捐躯，固臣之所。以此明臣之志在于量能知分，非敢苟且避事也。伏惟陛下天地父母，哀而怜之。

【解题】

作于元丰五年。此状先感谢神宗的知遇之恩，然后表示修五朝国史责任重大，恐怕自己无能力承担，乞求神宗免去他的史官之职。真实原因是，曾巩在编修国史期间，因不善应酬，无意中得罪了御史中丞徐禧，徐禧挟私报复，上疏攻击曾巩，请罢修五朝国史，再加上曾巩在撰写《太祖皇帝总叙》时，不合神宗之意，于是曾巩知趣地上此奏状辞官。

代皇子免延安郡王第一表

伏奉制命，蒙恩特授臣检校太尉、开府仪同三司、充彰武军节度使、进封延安郡王者。宠逾于德，愧甚于荣。辄露危诚，仰干睿听。臣某诚惶诚恐，顿首顿首。窃以衮衣备物，礼均上宰之崇；土宇分封，位列真王之贵。非智能足以谋国，劳烈足以及人。属在休明，讵容玷冒。若臣者侗然固陋，眇尔稚蒙。虽甫逮胜衣，习为容于趋拜；而方思就傅，赖齿学之渐磨。庶几识古今之通方，知国家之大体。施于为己，可以持循。必也当官，觊无违旷。已叨分于将钺，复误假于公圭。虚冒鸿私，未伸薄效。敢图奖渥，荐及谫微。视仪数于三台，超爵名于五等。既加真食，仍益爰田。固非录善而量能，又异校劳而数最。将安称此？自顾缺然。而况皇帝陛下处父子之间，常先义训；在君臣之际，每徇公言。伏望察臣精悬之由衷，不顾小嫌之反汗。许还新命，俯遂微情。使臣得奉定省于晨昏，稍安幼志；报生成于天地，更待壮年。臣无任云云。

【解题】

作于元丰五年。此皇子为神宗第六子赵煦（1077—1100），元丰五年封延安郡王，八年立为太子，同年三月即位，为宋哲宗。

代皇子免延安郡王第二表

伏蒙圣慈，以臣所上表陈乞，蒙恩授臣检校太尉、开府仪同三司、充彰武军节度使、进封延安郡王，特赐批答不允者。辄布愚衷，未回宸听。仰窥诲谕，弥集兢惭。臣某诚惶诚恐，顿首顿首。窃以明德懿亲，在天功而有助；隆名重器，为国论之所归。然后材位不浮，望实相称。若臣者夙依煦育，生处深严。虽无好弄之心，甫逮垂髫之齿。方图讲学，知臣子之大方；庶得周旋，奉君亲之素教。敢意靡缘绩用，荐被宠灵。遂兼将相之荣，仍极王公之贵。虽参诸邦典，或故事之可循；而质以人情，实烦言之可畏。顾兹冲昧，尤积震惶。伏况皇帝陛下新一代之彝章，革千年之流弊。方循名而责课，以官方而任人。其于明信赏之科，必先于近；然则推至公之谊，宜始于臣。惟特寝于误恩，可曲全于拙分。使乾坤之施，不累于私亲；则尘露之微，庶几于报上。臣不任云云。

【解题】

作于元丰五年。参看上文解题。

代皇子延安郡王谢表

伏奉制命，除授臣检校太尉、开府仪同三司、充彰武军节度使、进封延安郡王，再奉表陈乞，蒙赐批答不允，仍断来章者。只膺诏版，弥积觍颜，盖崇大于宗藩，以盛强于帝室。岂伊奖渥，可假幼冲。中谢。

伏念臣器匪夙成，材无特异。徒归依于鞠育，每亲炙于高明。欲善在身，忘髫髦之至弱；知书可学，慕占毕之相从。庶繇受教于童蒙，觊获成能于壮大。敢意揽攸司之密启，循历世之彝章。宠以官仪，体均于丞弼；殊其爵列，秩右于公侯。揣称何堪，逾涯已甚。知隆名之难冒，迫大号之既行。控避莫从，震惶滋集。此盖伏遇皇帝陛下心潜高厚，智极精微。推广爱之仁，以隆于父子；尽大公之义，以笃于君臣。故旧典之当行，虽至亲而莫间。致兹异数，猥及谫能。臣敢不仰体圣怀，勤遵慈训？省躬择术，庶不蹈于匪彝；临事知方，或可收于近用。臣无任云云。

【解题】

作于元丰五年。

代皇子延安郡王谢皇太后表

伏奉制命，除授臣检校太尉、开府仪同三司、充彰武军节度使、进封延安郡王，再奉表陈免，蒙赐批答不允，仍断来章者。窃以盛威仪于宰路，以重朝廷；强形势于宗藩，用临方夏。宜兼奖渥，属在亲贤。误及幼冲，倍深兢惕。中谢。

伏念臣蒙休宸极，托荫慈闱。未窥六甲之书，甫在两髦之岁。揆材至薄，曾无特异之资；知善可迁，窃有自强之志。已尘高位，愧乏微劳。讵意仁恩，更崇命秩。抗等威于元宰，跻爵列于真王。自顾空疏，将安报称？此盖伏遇皇太后殿下辅成世教，阴厚人伦。均至爱于诸孙，假余光于穉齿。致兹异数，猥被谫能。敢不自励童蒙，向慕日新之益；庶几壮大，仰酬坤育之私。臣不任云云。

【解题】

作于元丰五年。此皇太后即英宗皇后高氏（1032—1093），谥宣仁圣烈。后哲宗立，尊为太皇太后，权同听政，起用司马光、吕公著等，斥逐变法派，凡熙宁、元丰间所建新法，革除殆尽，史称“元祐更化”。

代皇子延安郡王谢皇后笺

伏奉制命，除授臣检校太尉、开府仪同三司、充彰武军节度使、进封延安郡王，再奉表陈免，蒙赐批答不允，仍断来章者。异其恩数，兼将相之殊荣；尊以爵名，极王公之宠列。虽优隆于天属，必考察于人材。假是幼冲，惧非宜称。臣某以感以惧，叩头。

伏念臣性非蚤悟，学未少成。徒依均养之私，甫及垂髫之始。已蒙休于帝所，获备位于宗藩。岂意慈怜，更加褒进。夫位崇者德厚，禄重者功高。而臣无可录之劳能，冒非常之礼秩。此盖伏遇皇后殿下弥纶内治，则象坤元。悖鞠育之至仁，推奖成之素志。致兹渥泽，误及童蒙。敢不尽子职之微勤，无忘砥励；答母仪之大赐，庶补毫分。谨奉笺称谢以闻，臣以感以惧，叩头谨笺。

【解题】

作于元丰五年（1082）。此皇后即神宗皇后向氏（1046—1101）。元符三年（1100），哲宗崩，无嗣，向皇后（时已被尊为皇太后）独决策迎立端王，是为徽宗。徽宗立，请权同处分军国事，半年后还政。卒谥钦圣宪肃。笺和启一样，也介乎书、表之间。笺一般用于对上，而且主要用于臣下对皇室后妃、太子皇子等表示谢意或贺忱。

代翰林侍读学士钱藻遗表

犬马之质，难驻于颓龄；日月之光，尚攀于爱景。臣藻诚悲诚哽，顿首顿首。

伏念臣出于悴族，进以谀材。文辞讲说制策之科，众称华选；儒馆掖垣经帷之职，世谓清涂。独遍窃于美名，盖亲逢于亨运。至于总铨衡之要剧，领京邑之浩烦，蔑有劳能，可论报称。冒宠灵而过厚，致灾疾以交攻。迫霜露之所侵，且将澌尽；幸发肤之无毁，得以全归。方去阙廷，长投泉壤。辄陈遗志，犹及能言。伏愿皇帝陛下御六气之和，慎调兴止；享万年之祚，永庇华夷。再念臣偷残息之仅存，觊余恩之可丐。敢祈仁睿，终赐矜怜。臣有男进士嵲，孙男某，亲堂弟茂，共出寒乡，稍亲薄技。葑菲不弃，傥微禄之获沾；鱼菽可供，庶游魂之未馁。伏望圣慈，并于文资内安排。妄兹干泽，愧在忘廉。保存殁之孤踪，托始终之大赐。生而无益，曾莫及于衔环；死或有知，犹庶几于结草。仰望旒扆，臣不任云云。

【解题】

当作于元丰五年（1082）。钱藻字纯老，与曾巩曾为馆阁同僚，元丰五年正月卒，年六十一。这篇表文代述钱藻遗愿，希望宋神宗能恩及其子孙，恳切动情。

论中书录黄画黄舍人不书检札子

臣初掌书命，中书吏以录黄画黄并检赴臣签书。其检，中书舍人称臣书名，而侍郎押字，至录黄画黄，然后侍郎舍人皆称臣书名。臣曾巡厅，言检草舍人称臣书名，而侍郎押字，恐于理尚有未尽，且录黄画黄并检，一体相须而成，当书之官，未有可以一书一否也。况录黄画黄侍郎舍人皆称臣书名者，事君之体固然也。其检，舍人不书，欲以为别异执政乎？则录黄画黄并检，一体相须而成，事君之体，于例当一，一书之间，方其严上，则未有可以复伸下也。伏寻故事，中书舍人分押尚书六曹，天下众务无不关决，其各执所见，谓之五花判事。故唐太宗尝谓侍臣曰：中书、门下，机要之司，诏敕有不便者，皆须执论。比来遂无一言驳论，若准书诏敕，行文书而已，人谁不堪？今舍人不押六曹，惟掌书命，而事干书命者，又不书检。窃寻故事，未有可据而然也。或谓事干书命者，有除改行遣因依，故舍人不当书检。然向来书检已连除改因依，况除改因依，参于典故，即无舍人不得预闻之理。臣详本朝之制，官司佐属，盖有得书检而不得书行移文字者，未有得书行移文字而不得书检者，此又于理可疑。臣固非欲书检也，顾缘职分，不敢苟止，伏乞考详理体，断自圣裁，令臣得以遵守。取进止。

【解题】

作于元丰五年七月。四月，曾巩官拜中书舍人，并且负责官制更改工作。他对于中书录黄画黄舍人不得书检的情况提出质疑，请求皇帝加以裁断，以明确中书舍人的责权问题。

请给中书舍人印及合与不合通签中书外省事札子

臣检会中书外省，昨准门下省连到详定官制所状内事件，有合申明下项：

一，检会官制所元丰四年十月七日上殿札子，元拟门下省印、给事中印，奉圣旨，门下省印、尚书省印、门下给事中印、中书舍人之印，尚书列曹，别具考定取旨，余两省官并省务，并用给舍印。

臣今看详，通进司文字，既隶给事中，合使门下给事中印。

一，给事中厅状勘会，请到门下外省印，未委合于何处收掌。

臣今看详，上件印，合系散骑常侍收掌，如阙，则以次官。

一，给事中厅状，四月二十九日准详定官制所发到状二件，为分拨人吏并院子事，各系申门下外省，今来未审系是何官书判施行。

臣今看详，应申门下外省文字，合系本省散骑常侍以下通签书。

一，状后门下外省批已施行外，五月六日送中书外省施行讫，即却缴送合属去处。

臣今看详，逐项事件，并只是指挥门下外省及给事中厅，其中书外省，虽准批送施行，即未有定制。中书外省及舍人厅事务明降指挥，兼官制所状内一项，称两省官并省务并用给舍印，又一项称门下外省印，合系散骑常侍收掌，如阙，即以次官。是则中书舍人及中书外省，各合有印。今来已有中书外省印，其中书舍人之印，即未给到，未应得官制所状内元定指挥及右省官，除逐厅各有分职外，其外省事务，见今中书舍人与起居舍人通签。若将来常侍以下至正言员足，消与未消，逐一通签。如不通签，即未审合系是何官书判施行。如合通签，亦乞明降指挥。

右取进止。

贴黄：今后因逐司申明立法，有与别司事体相同者，乞令便据逐司事务立条，责免。更有申请，重烦圣听，兼免逐司事体相同，施行不一。如允臣所奏，乞立此条，令今后应干修条处并依此。又舍人谏官，旧各有印，盖缘本职文字，虑有事干机密，难就别官用印。故事，中书舍人判省杂务。

【解题】

作于元丰五年。此文有助于我们了解宋代官制的某些情况。

议边防给赐士卒只支头子

臣伏见真宗议封泰山，问三司使丁谓：随驾兵士，或遇泥雨，支赐鞋钱，动须五七万贯，如何有备？谓奏：随驾之士，披带已重，若有支赐，如何将行。欲令殿前都指挥使曹璨先问军士，路中或有支赐，置随驾便钱一司，各与头子支，便于兵士住营处，或指定州军，各使骨肉请领。一则便于兵士请领，二则随驾兵士骨肉在营，得便到特支钱物，甚安人心。曹璨寻问诸军，皆曰："随驾请得何用，兼难以将行，若如此，皆感圣恩。"遂定东封之计。车驾往回，略无阙误。臣窃以为边防给赐士卒，可推此行之，在公可省輂运，在私可无负致营护之劳，而士卒之家，又速得钱物济用。伏乞详酌，如有可采，出自圣意施行。取进止。

【解题】

宋初枢密院所发差使驿传马匹的凭券，称头子。又，官吏向商人购物，可不即时付钱而给头子作债务凭证。

请减军士营教札子

臣伏见诸军教阅之法，并只合早教一次。旧例有晚教者，即更晚教。向来教阅之法，初行之时。诸军欲要训练早得精熟，是以早晚教外，诸营更有营教。今来训练日久，各以精熟，甚有踏硬出格之人。诸军事艺，见今分作三等。欲乞相度其事艺，在第三等者，与免营教一日。在第二等者，与免营教二日。在第一等，与免营教三日。所贵人情悦慕升进，得事艺者多。乞赐详酌指挥。取进止。

【解题】

当作于曾巩晚年任朝官之时。这种分别对待、鼓励上进的办法，很是合理。看来曾巩所关心的问题很多。

代曾侍中辞转官札子

臣蒙恩转官，已曾面陈，及具札子辞免，恳诚虽切，志愿未谐，夙夜省循，不遑宁处。是用再干旒扆，伏望必赐允从。

臣以谫才，当陛下即政之初，励精思治，与在庙堂，首当大任。所宜佐陛下循守法度，重惜名器，使恩无误施，官不虚授。四方观听，知朝臣庆赏得宜，则众情必皆劝慕，欲正其本，当始于臣。

今若首玷宠荣，不知固避，使朝野窃议，上亏政理，则是欲清其流而先浊其源，致弊之由，乃自臣始，岂陛下所以属任微臣之意，愚情所以图报万一之心？况祖宗以来，进官之法，或以岁月，或以功勤，今于斯二者，实无其一。又于执政之内，不为以事当迁，欲贪厚恩，何义而可？伏望特回圣慈，俯怜悃迫，速赐德音，遂其所乞。至于国公户邑，则臣更不敢辞。谨具札子奏陈，无任赤心恳激之至。取进止。

【解题】

曾侍中，即曾公亮（999—1078），泉州晋江人，字明仲。公亮官拜司空兼侍中是在熙宁三年九月。本文言辞恳切，语气委婉，思虑周详，很能打动人。

代曾侍中乞退札子

臣近三上表，及再进札子，以阴阳不调，雨雪愆候，乞欲免黜，蒙面谕不允，仍降批答，令断来章。臣仰惟宠遇之厚，恩旨之严，固欲强颜趣于顺命。然信宿以来，旱气转甚，臣夙夜震惕，职思其忧，所以不避冒烦，至于五六，敢祈仁圣必赐矜从，此臣区区之愚，义不得止者也。

盖宰相职调阴阳，灾异即当罢免，行之已久，故事甚明。今亢阳为沴，经涉冬春。陇亩之间，焦枯日甚；闾巷之内，疾疠将兴。天戒丁宁，咎自臣始。陛下侧身思变，发于恳诚，忘己忧人，见于颜色，以至询访周于列位，请祷遍于群神。圣心焦劳，中外嗟仰，岂臣之分，尚得晏然？虽陛下大恩，欲终覆护，而四方观听，责当谓何？且臣少壮之时，尚虞不职，今齿发已暮，理当乞身，欲贪宠私，何义而可？伏望察臣素守，体臣至诚，早回圣慈，许从罢黜。矧今旧德之老，新进之贤，求于朝廷，所在森列，取以代臣，必致休征。使臣得避贤者路，退守丘园，岂惟上厌天心，下塞人望，亦所以全陛下始终之恩，成老臣去就之义。况应天感人，惟在诚实，臣既知当退，岂敢矫诬？所望睿明，审加详择，臣无任血诚迫切之至。取进止。

【解题】

反复申明不得不退的理由，恳切周全。当作于熙宁年间。

谢历日表

观天察变，杓衡肇运于东方；颁朔授民，寰宇咸归于正统。臣诚欢诚庆，顿首顿首。

伏惟皇帝陛下轸宪于俗，求端自天。验厥麟经，重体元而居正；质诸牺易，贵治历以明时。纵观精祲之原，密步盈虚之数。将布和于魏阙，顿颁令于侯邦。日月星辰，式谨四时之会；教条正朔，庶同万国之心。惟是遐封，亦被宠赐。敢不奉将天意，钦若人时，告诸庙而为号令之资，示于民而为农桑之务，用酬洪造，庶免旷官。

【解题】

曾巩作过多篇感谢皇帝赐予历日的表文，内容虽大致相同，但遣词造句却变化多端，从一个侧面展示了作者过人的文才。本文当作于曾巩任地方官之时。

奏乞复吴中复差遣状

右，臣伏见提点本州玉隆观、龙图阁直学士、给事中吴中复，年六十六岁，精力未衰，志意甚壮，历事累朝，尝任谏官御史，以直道正言，能称其职。又任邦伯，理兵治民，皆有可纪。孔子曰："如有所誉者，其有所试矣。"如中复之材，有已试之效，可谓明白。方今中外任使，尝患乏人，如中复者，岂可遂其间逸？欲乞召至左右，使典司献纳，或委以藩镇，使刬治烦剧，必能上副忧勤，不负寄任。况中复年未当退，又无疾病，处之散地，众谓非宜。伏望早赐收用，以称朝廷尚贤求旧之意。臣忝任州长，不敢不言。谨具状奏闻，伏候敕旨。

【解题】

吴中复，字仲庶，兴国永兴（今湖南永兴）人。卒时年六十八。

八 诏册

试中书舍人制诏三道

特进观文殿大学士除节度使开府仪同三司制

门下：锡之列壤，颛师宠于藩维；申以荣名，视官仪于宰路。所以褒隆旧哲，优异宗工。维今古之通规，实邦家之盛典。宜兼礼秩，属在耆英。播告治朝，用扬孚号。具官某，庄毅足以任重，肃括足以禔身。有能断大事之明，有克勤小物之慎。以察微之智，练达人情；以经远之谋，弥纶国体。中外宣力，左右纳忠。今方内靖嘉，百揆攸叙，助朕致此，时乃之庸。位特次于上公，职仍通于秘殿。阅时已久，加命宜殊。是用处以名城，分建旄之寄属；均于台衮，极备物之恩荣。于戏！显有功，尊有德，朕于崇奖近辅之心，可谓至矣！亲百姓，抚四夷，尔于将顺朕志之义，可不懋哉！尚体眷怀，往祇厥服。

中书舍人除翰林学士制

左右侍从之官，皆朕所访问，以献纳为职者也。惟禁林任亲地密，于夫经营庶务，进退大臣，未尝不预咨询，非独治翰墨、典训辞而已。故待遇之宠，不与他学士比。其重如此，非智能材谞拔出一时，岂称公选？某纯明修洁，秉谊不回。学有本原，可以图治体；文有师法，可以代予言。是用擢于右垣，使就兹位。

今宇内嘉靖，朝廷燕闲。朕方明纪纲，考制度，以行之当世，传之将来。夫能协尔衷以辅朕志，论思政理，以著之谋猷；润色斯文，以见于号令。待尔有当官之效，以副予吁俊之心。其往懋哉，以承厥叙。

敕监司考核州县治迹诏

朕惟天之所以视听者在民，故朕之所以承天者，以吾民事为尤重。夫能使吾民足于衣食，安于作息，无愁怨叹苦之声，有廉耻自重之谊者，在夫州县之吏而已。朕既择人，付以兹任，而尚忧夫方域之广，生齿之众，吏或不明不良，不能究宣恩德，使达于下；开导群情，使通于上。是以置使分部，属之刺督。而考核幽明，甄别淑慝，罕能务称其职。朕方宪于先王，以正百官之任，使处其名者必效其实。夫比群吏之治，而谨其劝创，固朕之所孜孜而不敢怠也。廉按之臣，其体朕意，于夫治人之官，审加察焉。使纯明修洁、慈祥仁笃之吏，无壅于上闻；而昏庸污慢、苛薄偷伪之人，不能自匿。庶夫事举刑清，和乐交于内外；风移俗易，忠厚格于神明。方虚朕心，以观汝效。赏罚有典，谊无敢私。其尚钦承，朕言不食。

【解题】

诏是帝王使用的公文，用于向臣民发布告示、命令。制，本来与诏没什么区别，后来却专用以制定和颁布制度法规。到唐代，因避武则天名讳，改诏为制，于是制又兼有诏的用途。欧阳修、苏轼、王安石等都写过不少代皇帝作的制文。本集中的制、诏文字当是元丰四至五年（1081—1082）所作。元丰四年，曾巩在京城三班院供事，并充史馆修撰。元丰五年，曾巩官拜中书舍人，并负责官制更改工作。

曾肇转官除吏部郎中制

敕具官某：尚书政本，失其分职之日久矣。朕纪官以实，而归其常守。故郎选甚高，铨综之司，典领尤重。尔以学行材谞，列职史筵，宜进文阶，往祇厥叙。朕方审核幽明，而公于黜陟。尚思勉励，以敏事功。可。

【解题】

曾肇（1047—1107），字子开，曾巩弟。治平间进士，历国史院编修官、中书舍人、吏部侍郎、翰林学士知制诰等。有《曲阜集》。

刘奉世吏部员外郎制

敕具官某：尚书政本，失其分职之日久矣。朕纪官以实，而归其常守。郎于选部，任属尤重。以尔阅试惟旧，为吏有方，考择于朝，俾参厥叙。朕方审核幽明，而公于黜陟。尚思勉励，以敏事功。可。

【解题】

刘奉世（1041—1113），宋临江军新喻（今江西新余）人，字冲冯。历国史院编修官、吏部员外郎、枢密都承旨等，有《自省集》。

黄好谦户部员外郎刘理户部郎中制

敕具官某：田畴生齿之籍，赋租课入之法，郎于省闼，典领尤重。邦之隽茂，俾服厥官。尔能敏于事功，朕岂稽于信赏？可。

【解题】

黄好谦，字几道，陈州宛丘（今河南淮阳）人。历新蔡令、监察御史，知蔡州、濮州。刘珵，字纯父，历知明州、户部郎中、知苏州。

王陟臣马琓户部员外郎制

敕具官某：耕敛补助之法，沟防通塞之政，郎于省闼，典领尤重。邦之隽茂，俾服厥官。尔能敏于事功，朕岂稽于信赏？可。

【解题】

王陟臣，字希叔，宋州虞城（今属河南）人。元丰中官太常博士、检正中书吏房公事。马琓不详。

刘挚礼部郎中制

敕具官某：《周书》曰："不惟其官，惟其人。"则古今之正治，官得其人固为急也。仪曹之于郎位，考择甚精。尔以学行器能，策名儒馆，宜升阶等，往祇厥服。朕方明于赏劝，以待群吏之成。尔尚懋于厥修，庶能康朕之事。可。

【解题】

刘挚（1030—1097），宋东光（今属河北）人，字莘老。嘉祐进士，历馆阁校勘、吏部郎中、侍御史、尚书右丞、右仆射等，反对新法。有《忠肃集》。

王子韶礼部员外郎制

敕具官某：《周书》曰："不惟其官，惟其人。"则古今之正治，官得其人固为急也。仪曹之于郎位，副贰所属，考择甚精。尔以博学多闻，册名儒馆，宜升阶等，往祇厥服。朕方明于赏劝，以待群吏之成。尔尚懋于厥修，庶能康朕之事。可。

【解题】

王子韶，宋太原人，字圣美。未冠中进士，历集贤校理、吏部郎中、秘书少监等。

潘良器兵部员外郎制

敕具官某：朕高郎吏之选，以进天下之材。七兵之曹，名秩甚宠。稽于有众，属尔之能。其尚懋于厥功，朕方明于赏劝。可。

【解题】

潘良器，生平不详。

胡援杜纮刑部郎中制

敕具官某：为郎居中，时之妙选。邦宪轻重，典领惟艰。朝之隽良，俾佐吾事。夫刑期于无刑，此朕志也。尚思明慎，以称厥官。可。

【解题】

杜纮（1037—1098），字君章，濮州鄄城（今属山东）人。

历永年令、刑部侍郎等。胡援生平不详。

范子奇工部郎中高遵惠员外郎制

敕具官某：宫室城隍，程匠度材之事，郎于起部，其选甚高。询求在廷，尔材惟允。朕方董百工而康庶务，尔尚勤夙夜而能厥官。可。

【解题】

范子奇，字中济，河南人。历户部判官、湖南转运副使、知庆州、吏部侍郎等。高遵惠，字子育，亳州蒙城（今属安徽）人。历户部侍郎、龙图阁学士知庆州，卒年五十八。

王祖道司封员外郎制

敕具官某：封爵之恩，施于内外。所以亲亲尊贤，国之典也。总领之任，郎选甚高。明扬尔能，俾践厥位。朕方正名以稽群吏之治，而议其劝惩。尔尚起哉，以敏来效。可。

【解题】

王祖道（？—1108），字若愚，福州人。历秘书少监、知桂州、刑部尚书等。

穆珣司封郎中制

敕具官某：论功烈，定勋级，所以宠士大夫，而励其志也。主以郎吏，礼秩甚殊。佥曰汝能，宜正厥序。夫正名者，固将考其实也。尚有信赏，待汝计功。可。

【解题】

穆珣，元丰八年以中散大夫知越州，元祐元年三月移寿州，三年移知庐州。

蔡京范珣考功员外郎制

敕具官某：计群吏之课，而议其诛赏，郎于天台，任属尤重。维时髦士，宜服宠名。使殿最允，而功用兴。待汝能称其职，可不勉哉。可。

【解题】

蔡京（1047—1126），宋兴化军仙游（今属福建）人，字元长。熙宁进士，历开封府知府、右仆射、太师等，立党人碑，为“六贼”之首。范珣生平不详。

陈向度支员外郎制

敕具官某：财用多寡之数，物产丰约之宜，司度之曹，典贰为重。尔惟干敏，宜服厥官。夫能下宽齐民，而上足经费，朕方励精庶政之日，尔尚悉其猷为。可。

【解题】

陈向，字适中，睦州建德（今属浙江）人。嘉祐四年进士，授金华县簿，迁泰兴令，历山南东道节度推官，官至朝散大夫知楚州，卒年五十三。

晁端彦金部员外郎制

敕具官某：财用金宝，有出纳之政；权衡度量，有制作之法。司珍之任，实典治焉。佥曰尔材，宜在兹位。国有陟明之典，待尔善于其官。可。

【解题】

晁端彦，字美叔，清丰（今属河南）人。历秘书少监等，卒赠开府仪同三司。

韩正彦仓部郎中制

敕具官某：仓庾赋入之政，禄廪赒助之法，台郎典领，列于右曹。为官择人，尔往惟允。夫能善于其职，固将图尔之劳。可。

【解题】

韩正彦，相州安阳（今属河南）人，字思德。嘉祐中知昆山，政绩最优。

赵令铄祠部郎中制

敕具官某：礼莫大于祭。盖事神者，人道之极也。祠曹所领，体莫重焉。尔惟精明，宜服厥位。其思任职，以称予奉天地宗庙兢兢之意焉。可。

【解题】

赵令铄，字伯坚，太祖五世孙。进士及第，累官至太仆、宝文阁待制。

徐禧御史中丞制

敕：朕正名以定群臣之位，辨位以责庶务之实。矧风宪之官，纪纲所属，曷可以不明其任哉？具官某，强敏仁笃，学通古今。擢典训辞，遂持邦法。宜专分职，以应新书。是用掇自右垣，仍其阶品。俾尔纳忠宣力，得壹意于中司，以董齐百工，而肃正内外。庶余之作则更制，罔或不虔。在尔懋哉，知其所守。可。

【解题】

徐禧（？—1082），洪州分宁（今江西修水）人，以献策得官，充经义局检讨，历荆湖北路转运副使、御史中丞等。

何洵直文及甫太常博士制

敕具官某：奉常礼乐所出，博士议论之官。尔以艺文，列于册府。宜升阶品，往祗厥叙。夫能据经之说，适今之宜，不为曲学之阿，尔尚笃于所守。可。

【解题】

何洵直又为勋部郎中。文及甫见后。

黄寔太常博士制

敕具官某：奉常礼乐所出，博士议论之官，尔以能闻，朕用分命。夫能据经之说，适今之宜，不为曲学之阿，尔尚笃于所守。可。

【解题】

黄寔，字师是，一字公是，陈州人，黄好谦之子。举进士，哲宗时累迁宝文阁待制，知定州卒。

赵君锡宗正丞制

敕具官某：公室远近之属，谱录考序之政，主以列卿，不用他族。盖自汉始，迄今循行。丞于厥官，参赞为重。尔辞学之敏，列职书林。宜进文阶，往祇厥服。夫睦九族，以刑万邦，此朕志也。尔尚懋于厥守，庶以承朕之仁。可。

【解题】

赵君锡，字无愧，洛阳人。历知武强县、给事中、御史中丞、少府少监等，谥文定。

刘蒙御史台主簿王子琦太常寺主簿制

敕具官某：吏之有属，所以相成。勾稽簿领之书，交修官守之事，往从宪府，尚懋尔劳。可。

【解题】

王子琦除作太常寺主簿外，还曾作卫尉寺丞。刘蒙不详。

徐铎张崇翟思邵刚太学博士制

敕具官某：博士列于成均，以讲教为任。尔以经明选用，往服厥官。盖尊其所闻，以诱率学者，汝之职也，其尚起哉。可。

【解题】

张崇，繁昌（今属安徽）人，熙宁三年进士，官至太常丞。徐铎，字振文，一字振甫，甫田（今属福建）人。熙宁九年进士第一，历给事中直学士院、龙图阁待制、吏部尚书等。翟思，字子久，开封人。熙宁三年进士，自洪州教授除太学博士，召为御史，历起居郎，以直龙图阁知越州，终知应天府。邵刚，宜兴人，邵灵甫之孙，熙宁六年魁南宫。

林希著作佐郎制

敕具官某：麟台著作之贰，郎以词学以之。尔敏茂精明，久游书观。宜迁阶品，往服厥叙。属尔以文章之选，其体予奖遇之恩。可。

【解题】

林希（约1035—约1101），福州福清（今属福建）人，字子中，历知太常礼院、礼部郎中兼著作佐郎、中书舍人等。

邢恕校书郎制

敕具官某：典校秘藏之书，旁求儒学之士。尚思奖进之意，无忘砥砺之勤。可。

【解题】

邢恕，郑州原武（今河南原阳西）人，字知叔。历崇文院校书、著作佐郎、职方员外郎、御史中丞等。好妄称功劳，诬陷他人，屡屡惹祸被贬。与蔡确、章惇、黄履勾结，人目为“四凶”。

李常太常少卿制

敕具官某：礼乐精微之致，所以格上下而谐人神。奉常贰卿，典领甚重。尔聪明敏达，久列书林。宜进文阶，往就兹位。其务称于厥职，使节人心而和人声者，庶有得焉，非独在俯仰铿锵而已。兹为朕志，尔尚钦承。可。

【解题】

李常（1027—1090），南康军建昌（今江西永修）人，字公择。历秘阁校理兼史馆检讨、太常少卿、户部尚书等。反对新法。

钱暄光禄卿制

敕具官某：酒醴膳羞之具，以供宗庙朝廷之用，典领之任，位在列卿。宜得其人，俾服予采。尔明习吏事，劳阅有闻。选于佥言，俾践厥职。尚其祗饬，无旷尔司。可。

【解题】

钱暄（1018—1085），字载阳，钱塘人，钱惟演之子。以荫累官驾部郎中，知抚、台二州，有治绩。历光禄卿，出知郓州，拜宝文阁待制，元丰八年卒，年六十八。

杨汲大理卿王衮韩晋卿少卿制

敕具官某：参理折狱之事，主以列卿，其选甚重。尔练习吏治，阅试惟旧。廷尉之选少卿改云“廷尉之贰”，是用属汝。尚思明允，以称朕恩。可。

【解题】

杨汲，字潜古，晋江（今属福建）人。历赵州司法参军、提举淮西常平、判都水监等，绍圣中终户部侍郎。王衮又为屯田员外郎、都官员外郎，知兖州。韩晋卿，字伯修，安丘（今属山东）人。历知同、寿州，元祐中为大理卿，后卒于官。

陈睦鸿胪卿制

敕具官某：传声赞道之官，所以宾接四方之使客。位在九列，礼秩甚隆。正名之初，考择惟慎。尔以辞学材谞，列职史筵。宜进文阶，往承厥叙。尚其祗饬，以服朕恩。可。

【解题】

陈睦，字和叔，一字子雍，莆田（今属福建）人。嘉祐六年进士第二，累迁史馆修撰，判尚书刑部，进鸿胪卿，以宝文阁待制知广州，移知潭州卒，赠少保。

廉正臣董诜司农少卿制

敕具官某：田亩稼穑之政，仓庾委积之事，典领之任，秩亚列卿。官仪之新，考择惟慎。尔明习吏治，劳阅有闻。往贰大农，是惟高选。尚其祗饬，无旷厥司。可。

【解题】

廉正臣、董诜均不详。

贾青太府少卿制

敕具官某：九赋颁受之政，百货贸迁之法，典领之任，位次列卿。肇正官仪，考择惟慎。尔明习吏事，阅试惟旧。往共厥服，汝惟克谐。其体朕恩，尚思祇饬。可。

【解题】

贾青，字春卿，韩城（今属陕西）人。历官大名通判、库部员外郎、祠部郎中、福建转运使，改湖北转运使，终知苏州。

李立之范子渊都水使者制

敕具官某：川泽河渠之政，津梁舟楫之事，置使典领，礼秩甚隆。正名之初，考择惟慎。尔明习吏治，劳阅有闻。选于在廷，俾践厥职。尚其祇饬，无忘训辞。可。

【解题】

李立之又为权三司户部判官、尚书司勋员外郎等。范子渊不详。

黄莘职方员外郎制

敕具官某：四海九州之疆域，山川风土之气习，载于图籍，典以郎曹。擢尔之材，俾副厥位。夫能使方国远近，货利同而材用便，在尔能知其守，可不懋哉。可。

【解题】

黄莘（1021—1085），字任道，舒州太湖（今属安徽）人。历扬州天长主簿、恩州清河令、济阴令、提举河北常平仓、历东西路运判、陕西提点刑狱、职方员外郎、知汝州等。

杜纯大理正制

敕具官某：折狱详刑之事，朕所慎也。正于理官，参赞为重。选于在列，尔以材升。听察以情，尚勤厥职。可。

【解题】

杜纯（1032—1095），字孝锡，杜纮之兄。历泉州司法参军、大理正、河北转运判官、侍御史、兵部侍郎等。

李义内殿崇班制

敕具官某：虞度营屯之事，积累岁月之勤。序朝位于殿廷，尚益思于奋励。可。

【解题】

李义生平不详。

左仆射门下侍郎王珪追封三代并妻制

曾祖永赠开府仪同三司

敕：礼取其称，故位益尊，则事其先者世益远。今予良弼，褒命其亲，得上至于三世。求之于礼，岂非取其称哉？具官某，曾祖某，仁笃慈祥，畜德甚盛。盖其为积也厚，则其流泽也广。故能开相厥裔，为时宗臣。百辟是师，王室是辅。推功原大，肇基自尔。显扬崇宠，兹惟旧章。是用进尔之阶，秩在第一。尚其不昧，服此茂恩。可。

曾祖母尹氏追封燕国太夫人

敕：优礼大臣，厚其宠数，所以劝在位之功德，而共成天下之治也。宰相之任重矣，尊荣光大，上施于其三世。岂不即乎人情而称其位序哉？具官某，曾祖母某氏，幽闲静专，躬蹈纯德。嫔于盛族，壶彝是称。启佑后人，任国机政。流泽所自，宜极褒崇。追命定封，列于大国。光灵不泯，尚服朕恩。可。

祖赟追封魏国公

敕：夫下之忠乎上，教有所自；故上之仁乎下，恩有所延。其体相成，治道所出。惟我股肱之佐，共任天下之重。愍书宠秩，施其祖庙。所以慰其显亲之心，称其事君之义。具官某，明允纯笃，德业惟茂。义训不倦，弥远益彰。维时闻孙，实辅予治。念功原始，宜极褒嘉。庸建尔于上公，俾受国于全魏。殁而尚有知也，其服朕之厚恩。可。

祖母丘氏追封魏国太夫人

敕：夫其先之畜德也厚，则其裔之蒙泽也长。故宠禄在其子孙，则褒荣施其祖祢。奖功录善，必揆所由，所以劝天下之成其家也。具官某，祖母某氏，身蹈纯行，嫔于令人。教行闺门，自隐而显。惟予哲辅，实尔慈孙。质厥所原，宜有嘉命。全魏大国，从夫之尊。服此宠章，尚绥尔后。可。

父准追封汉国公

敕：朕敷求哲人，以共大政。隆名宠禄，既俾集于厥躬；褒大推崇，则又施其祢庙。所以遂吾大臣欲显其亲之志，而开示在位予一人尊奖近辅之心。具官某，父某，材通世用，行蹈天常。德畜不旋，泽流及远。惟时有子，为国宗臣。参听万机，人望惟允。庆所自出，朕惟汝嘉。屏蔽四方，汉为最大。受兹封土，永裕尔家。可。

母薛氏追封汉国太夫人

敕：位有贵贱升降之等，故礼有隆杀损益之差。今辅予听断万机之臣，在师长百官之任。盖列于廊庙，名秩既殊。故追荣其亲，命数亦异。兹惟故事，其可易哉？具官某，母某氏，妇道以顺，母仪以慈。言为壶彝，动应图法。能教其子，为时宗工。股肱朕躬，王室是赖。褒崇之典，既启名城。汉惟大邦，改进封号。尚宜宠渥，永祚厥家。可。

妻郑氏追封楚国夫人

敕：诗人之义，君之夫人有委蛇之行，河山之德，然后在尊位，备盛服，从其夫荣，可以为称。施于世教，所以始人伦而出治道也。具官某，妻某氏，淑茂柔明，生于令族。动静以礼，协于经言。相予宗臣，慎其内行。曾不偕老，永绥厥家。汤沐之田，既受方国。有加追宠，宜易新封。尚其光灵，服我休命。可。

【解题】

王珪（1019—1085），字禹玉，成都华阳（今属四川）人。庆历进士，通判扬州，召直集贤院，修起居注。进知制诰，为翰林学士、知开封府。神宗时，迁学士承旨，拜参知政事，进同中书门下平章事、集贤殿大学士，拜尚书左仆射兼门下侍郎。善文翰，典内外制十八年，朝廷典策多出其手。

中大夫尚书左丞蒲宗孟追封三代并进封妻制

曾祖颖士赠太子少保

敕：朕稽于古，以正百官。惟尚书政本，而左辖纲纪之司，延登哲人，俾祗厥叙。愍有加宠，逮其重祖。所以隆崇大臣，国之典也。具官某，曾祖某，潜德西南，在约弥励。流光锡祚，集其后昆。总典中台，实辅予治。东朝二品，是用命尔。尚维幽漠，服此茂恩。可。

曾祖母鲜于氏追封大宁郡太夫人

敕：宗庙之数，诸侯以五。盖任弥重者礼弥盛，贵贱之节然也。今吾大臣追命及其三世，与夫庙制，岂异意哉？具官某，曾祖母某氏，作德于内，以宜厥家。启相后人，预蔽国论。按图考地，俾定尔封。其尚有知，服兹宠号。可。

祖伸赠太子少傅

敕：人本乎祖。故吾加恩近辅，褒荣其先，至于累世，岂不缘人之情而制为命数哉？具官某，祖某，内含纯明，外蹈规矩。流泽也远，有孙而贤。进于中台，总国纲辖。善有所自，朕惟汝嘉。东朝之孤，传位为宠。用贲幽宅，尚其钦承。可。

祖母陈氏追封蜀郡太夫人

敕：世德之积者久，则发于其后者长。故朕隆崇近辅，而褒荣其先，非一二世而止，所以劝天下之善，岂非博哉？具官某，祖母某氏，淑慎恭俭，化行闺门。启其元孙，持国纲要。蜀惟尔土，以定新封。尚其如存，膺此茂渥。可。

继祖母朱氏封阆中郡太夫人

敕：夫位以德升，礼以位叙。不失其称，兹为义荣。今吾崇进大臣，而图其先烈。内外命秩，亦惟其宜。所以使上下之间，公论惟允。具官某，继祖母某氏，婉嫕冲静，行乎于家。祚尔之孙，兴以辅朕。西南上郡，憖有褒封。垂声赞书，尚其不殁。可。

父师道赠太子少师

敕：吾之大臣，由聪明材谞以有爵禄之荣。予有命书憖赠，贲其考庙，所以称其显亲之心，慰其霜露之感。位不次授，厥惟故常。具官某，父某，忠笃纯明，德履惟茂。壮谋循政，声烈在人。积厚庆隆，及子而显。时予左辖，司国纪纲。惟流有源，开迹自尔。官师之贰，名宠秩尊。以告幽扃，尚其祗服。可。

母陈氏追封颍川郡太夫人

敕：人子之于其父母，莫不有显扬褒大之心。惟任重秩尊，得尽其志。此隆名宠禄，所以劝天下也。具官某，母某氏，经德履善，宜其家室。锡羡流祉，在尔后人。时予宗工，任国纲辖。陪京望郡，俾定新封。服我命书，尚其不泯。可。

妻陈氏封河东郡夫人

敕：朕拔用天下之材，以为共政之臣。就位之初，恩数礼秩，所以尊荣光大之者，上施其祖祢，而旁及于闺门。盖任属之者重，则褒隆之者，其可以不异哉？具官某，妻某氏，言容功德，柔闲懿恭。嫔于令人，休有华问。惟时哲辅，进秉国成。相助之勤，尔效弥显。改择嘉郡，登崇号名。尚宜厥家，永绥宠禄。可。

【解题】

蒲宗孟（1028—1093），阆州新井（今四川南部县西）人，字传正。历著作佐郎、提举三司帐司、同修起居注、知制诰、翰林学士兼侍读。元丰五年拜尚书左丞，第二年被劾荒于酒色及缮治府舍过制，罢知汝州，徙亳州。后又历知杭州、郓州、虢州、河中府、永兴军、大名府，性酷好杀，燕饮无度，为时议所贬。

陆佃兼侍讲蔡卞兼崇政殿说书制

敕：朕于书无所不学，于天下之事无所不考，而不敢自以为足。故设置讲解之官，使以先王之六艺日陈于前。朕于求多闻以建事之心，可谓勤矣。具官某，好古知经，宜在此位。夫尊其所闻，以懋于厥职。兹为尔守，其尚起哉。可。蔡卞改“讲解”作“诵说”。

【解题】

陆佃（1042—1102），越州山阴（今浙江绍兴）人，字农师，号陶山。熙宁进士，历中书舍人、吏部侍郎、尚书左丞等。学术上受王安石影响，然不附新法，有《埤雅》、《陶山集》。蔡卞（1058—1117），字元度，蔡京弟，王安石婿。历侍御史、礼部侍郎、中书舍人、尚书左丞等。

徐禧给事中制

敕：有事殿内之臣，职在于平奏述，详命令，纠其违者而止之，覆其是者而行之。至于决狱官人，条陈法式之事，莫不当考察焉。其任可谓重矣。具官某，以材进拔，典执邦宪。兹用推择，俾践厥位。惟精敏不懈，可以周阅读；惟忠实不挠，可以司论驳。朕方观尔之效，尔尚慎于厥修。可。

【解题】

徐禧见前。

钟浚将作少监制

敕具官某：缮修兴造、程工督作之任，不可不属之其人。位视九卿，礼秩甚宠。正名之始，考择惟慎。尔以材选，往贰厥官。尚其祇承，以允收拔。可。

【解题】

钟浚，官著作佐郎，出知涪州乐清县，后以秘书丞权将作监丞公事，绍圣元年知湖州，卒于任。

蔡燀河东运判制

敕具官某：分部而使，虽以将漕为名，然实在于总庶务之予夺，察群吏之能否。参予任属，选授其艰，以尔为能，俾承厥序。夫均通货食，使物有羡赢；审核幽明，使人知劝畏。兹为尔守，其往懋哉。可。

【解题】

蔡燀生平不详。

供备库副使董琰等十一人转官制

敕具官某等：西南之蛮，恃阻且远，跳踉溪谷，负谊干诛。

王师鼓行，举其巢穴，斩获摧陷，尔预奏功。第赏有差，尚惟祇服。可。

【解题】

董琰生平不详。

待制王尧臣知单州制

敕：提将之符，颛制一道，使纪律明于士众，忠实纪于朝廷。然后为国藩垣，能称其位。具官某，统治晋阳，宜知其任。而西伐之卒，比有逋亡。继形奏陈，皆以疾告。无直绳肃下之谊，有浮言罔上之迹。虽付之刺督，考验甚明，而既更诏恩，法当贷尔。俾仍近职，往守偏州。尚自省循，兹为薄责。可。

【解题】

此王尧臣生平不详。

邓忠臣母周氏封县太君制

敕具官某母某氏：尔子忠臣，有劳应赏，愿更宠典，以启尔封。俾锡命书，兹为异数，尚惟祇服，以称茂恩。可。

【解题】

邓忠臣，字慎思，一字谨思，号玉池先生，长沙人。历大理丞，知彭门、汝海等。

杜常兵部郎中制

敕具官某：朕为保伍之法，寓战阵之教，欲使兵与农合，庶几先王之迹。夏官之属，实参典领，以材擢尔，往祗厥叙。夫能奖诱服田之人，悦趋讲武之政，驯致有渐，而弥纶不疏。惟无废尔之勤，可以承朕之志。可。

【解题】

杜常，字正甫，卫州（今河南汲县）人。历工部尚书、知河阳军等。

李士京韩宗文大理寺主簿制

敕具官李士京等：察治犴狱之官，勾稽簿领之事，往祇选用，无懈厥修。可。

【解题】

李士京又为将作监丞。韩宗文，韩维之子，历官大理寺簿、光禄寺丞。

许懋两浙运副制

敕具官某：朕择遣使者，分部而治，虽以将漕为称，然实总民政之举措，察吏属之能否。盖连数十城之地，举而属之，其选岂不重哉？尔详练敏明，宜服予采。盖尔之职，非止于督赋敛、断狱讼而已。惟除苛熄扰，可以使民遂其宜；惟务实去华，可以使吏驯其行。宣恩德而美风俗，待尔能善其官。可不勉欤，以祗朕命。可。

【解题】

许懋，字敏修，仙游人。庆历元年进士，元丰中为两浙转运副使，官至直秘阁，卒于福州任上。

内殿承制段绰等知州制

敕具官某：州有兵民之寄，而地在疆场之间。则常择用材武之臣，属之守御之任。尔以能选，往祗厥服。尚思绥靖，以称简求。可。

【解题】

段绰生平不详。

宗室承操新妇王氏进封国夫人制

敕：亲爱之而欲其贵富，朕于公族，皆推是心。宠数徽章，施于闺壶。兹惟故事，朕敢忘哉？具官某，新妇某氏，作合宗藩，躬有驯德。启兹全国，用进尔封，以致朕尊奖近属之恩。尚懋尔服，承休显之称。可。

【解题】

赵承操（1022—1058），历右侍禁、东头供奉官、千牛卫将军、昌州刺史。卒赠泾州观察使，封安定侯。

宗室克惧复官制

敕具官某：属在近亲，享有荣禄，以愆坐法，亦既再期。稽于故常，宜服位等。勉思祇饬，称此茂恩。可。

【解题】

赵克惧生平不详。

李德明遥郡团练使制

敕具官某：擐甲执兵，人之重任。赏信而速，所以劝功。尔忠力武材，称于种落。往歼丑类，屡以捷闻。图尔之劳，进位二等。益思奋励，以待异恩。可。

【解题】

李德明生平不详。

陈景等尚书省主事令史制

敕某：中台政本，主曹事，治文书，亦不可不属之其人。尔往懋哉，皆仍旧秩。可。

【解题】

陈景生平不详。

折克行彭保转官制

敕具官某：朕惟羌之猖狂，内相贼虐，致天之罚。爰命六师，开通道涂，收复城聚。摧坚获丑，尔功居多。盖夫军赏之行速则众劝，是用进尔之秩，以激士心。尚有不次之恩，以待非常之效。可。

【解题】

折克行，字遵道，云中（今山西大同）人。历知府州事，在边三十年，屡败夏兵，战功卓著。官至秦州观察使。大观二年卒，赠武安军节度使。彭保生平不详。

程嗣恭祖无颇程博文开封府推官制

敕具官某：开封天下之聚，俗杂五方之民。盖巧伪繁兴，狱讼滋出。赞治之任，考择维艰。以尔为能，俾祇厥服。夫慈惠足以煦养茕弱，刚严足以帖伏奸强。然导民之方，尚有可识。使风俗有以粹美，而四方有以观则。往助尔长，其尚懋哉。可。

【解题】

程嗣恭，博野（今属河北）人，徙河南。绍圣四年以光禄卿知扬州。祖无颇（1029—1093），字夷甫，上蔡（今属河南）人。以荫补官，历河南永安尉、江陵府法曹，知渠江、宁德、治平三县。调守九江，迁知颍、邢二州，提点利州、福建二路刑狱。程博文又为南安军大庾县令、朝散郎守兵部郎中、太府少卿、河北提刑等官。

李宪武胜军节度观察留后制

敕：王师西出，士大夫皆奋力行阵。有尺寸之功者，朕无不录。况议劳数实有大于此者，其于信赏，朕敢忘哉？具官某，比自临洮，率众躬将。摧殪丑虏，恢复故疆。鼓行羌中，屡以捷告。考按阀阅，朕用宠嘉。秘殿荣名，便藩留务。兼是茂渥，以奖尔庸。其往懋哉，益思来效。可。

【解题】

李宪（1042—1092），开封祥符人（今河南开封），字子范。神宗时，他与王韶收复河州。元丰四年，督军攻西夏，复兰州，因未如期进兵灵州，致师出无功。为泾原经略安抚制置使，进景福殿使、武信军留后。

李清臣王存赵彦若曾肇转官制

敕：惟朕祖考，成功盛德覆被天下，固非文字可得而名。然史记册书，国家之典，上以纪先帝言动之迹，下以及群臣善恶之实。传之万世，宜有论次。具官某，以文学选用，与成信书。朕惟汝嘉，是用褒进。尚其祗服，以称朕恩。可。

【解题】

李清臣（1032—1102），字邦直，安阳人。历国史编修官、吏部尚书、尚书右丞、中书侍郎等。王存（1023—1101），字正仲，润州丹阳（今属江苏）人。历史馆检讨、兵部尚书、尚书右丞等等。赵彦若（约 1033 —约 1095），字元考，青州临淄（今山东益都西北）人。历秘阁校理、国史院编修官、兵部侍郎、礼部尚书等。

李舜举等转官制

敕具官某：朕惟先帝功德之殊，宜见之方册，故诏择儒臣，属之论撰。而尔于其官次，与有祗事之勤。亦既书成，例当褒录。进升位等，其尚钦承。可。

【解题】

李舜举（？—1082），字公辅，开封人。世为内侍。仁宗时，为秦凤路走马承受。神宗时，进内侍押班，制置泾原军马。西夏攻陷永乐城，他与主将徐禧等皆死。

皇伯滕王第十六女封县主制

敕具官某第十六女：亲在近属，生而懿柔。宜开县甸之封，以荣汤沐之号。予惟惇序，尔尚钦承。可。

【解题】

滕王，指赵宗旦。宗旦字子文，曾为仁宗伴读。治平中同知大宗正事。神宗即位，拜崇信军节度使，为大宗正。元丰三年封华阴郡王，加开府仪同三司。卒谥恭孝，追封滕王。

吴居厚京东转运副使吕孝廉转运判官制

敕具官某：朕进拔能吏，以督视一路，盖州县政令之举措，公私货食之敛散，莫不任焉。得人之难，考择惟慎。以尔干敏，阅试惟旧。用是分兹东部，属以使事。夫施于民者厚而刑罚清，求于民者约而财用赡，使德泽流通而风化辑穆，以称朕忧悯元元而励精庶务之意。尔其勉矣，往服训辞。可。吕孝廉制改“属以使事”作“俾参使事”。

【解题】

吴居厚（1038—1114），字敦老，洪州（今江西南昌）人。历武安节度推官、提举河北西路常平、京东转运副使、京东都转运使、户部尚书、尚书右丞等。吕孝廉不详。

西头供奉官武遂等转官制

敕具官某：王师西出，以讨不庭。尔能歼击凶残，恢复州聚。录功增位，不以次迁。勉服朕恩，益思奋励。可。

【解题】

武遂生平不详。

曲珍四厢都指挥使绛州防御使制

敕具官某：羌之兽心，内相危害，王师薄伐，盖将天威。尔能躬将士徒，摧坚殪敌，斩捕甚众，鼓行无前。周卫典军之官，名城御侮之寄，兼是宠数，以畴尔庸。尚有异恩，待尔来效。可。

【解题】

曲珍（1031—1089），字君玉，陇干（今甘肃静宁）人。历鄜延路钤辖、副总管，遥郡防御使、环庆路副总管等，屡败西夏军。

文思使张俊等迁官制

敕具官某：朕爰命六师，奉辞西伐。尔能效其忠勇，深入羌中，获丑摧坚，以捷来上。躐升位等，以懋尔劳。其能继于前功，朕岂稽于信赏。可。

【解题】

文思使，官名。张俊生平不详。

文及甫吏部员外郎制

敕具官某：朕正百工之名，而将责其实效。其于官吏，考择尤慎。天官之属，佥曰汝能。其往钦哉，无忘勉励。可。

【解题】

文及甫，又名及，字周翰，汾州介休人，文彦博第六子。历大理评事、直史馆、吏部员外郎、直龙图阁知同州、卫尉光禄卿、知河阳、太仆卿权工部侍郎、集贤修撰等。

许安世都官员外郎制

敕具官某：徒隶佣役之人，典其废置，而时其迁序，主以郎吏，其选甚高。尔蚤以敏明，升华儒馆，宜增阶等，往莅厥职。尚思勉懋，以称简求。可。

【解题】

许安世（1058—1084），字少张，襄邑（今河南睢县西）人。治平四年进士第一，官至都官员外郎。元丰七年卒，年仅二十七。

皇伯宗谔赠太尉韩王制

敕：王者之于天属，覆之以光荣，而恤其死丧之戚，所以本人伦，教天下也。具官某，以德则循理小心，始终无悔；以功则受命仁祖，趣定储极；以位则渠门赤舄，任兼相将；以爵则躐于五等，列为真王；以亲则先帝之从父兄，而余曰伯父。显名美实，福禄之全，可谓盛矣。奄遘疠疾，至于不起。余闻震悼，临奠致哀，再不御朝，以伸情礼。是用追加书赞，进秩上公。启此大邦，隆崇号称。余于亲亲之恩，可谓备矣。尚惟不昧，服此宠章。可。

【解题】

赵宗谔，历集庆节度、光禄大夫、检校尚书左仆射、亳州刺史兼御史大夫，累至同中书门下平章事，进封豫章郡王。元丰五年卒，赠太尉，谥荣恩，追封韩王。

齐宗寿三班借职制

敕某：有司言尔满岁当迁，而奖进尔劳，又当躐等。是用加兹宠渥，列于命秩。往惟祇服，以称甄收。可。

【解题】

齐宗寿生平不详。

交州进奉使副梁用律洛苑副使阮倍太常博士制

敕其官某：策名蕃服，纳贡王庭，将事之勤，朕用甄录。进尔位等，兹惟旧章。往称茂恩，毋忘祇恪。可。

【解题】

梁用律、阮倍生平均不详。

皇伯宗惠新妇郭氏进封郡夫人制

敕具官某新妇某氏：司宗于属为近，于位为重，王于爵为贵。盖礼秩之见于外者既宠，则施于内者宜殊。尔德性淑均，称其家室。爰加象服之盛，以大鹊巢之荣。其尚钦承，兹为异

数。可，

【解题】

赵宗惠，仕终武昌军节度观察留后，封江夏郡王，后追封郯王。

贾昌衡知邓州制

敕：记旧俗者，称南阳之民夸奢，上气力，难制御。今其余习殆尚有存者，故有邦之任，朕不轻以属人。具官某，中外践更，令闻惟旧，兹用考择，往分彼土。盖穰淯之间，虽俗杂难治，然教民敦本，兴于好善，召信臣、杜诗之遗迹在焉。使农桑劝而风俗厚，尔尚思继于前人。其往懋哉，无替朕命。可。

【解题】

贾昌衡，字子平，开封人。举进士，历梓州路转运判官、两浙转运使、户部副使，加集贤殿修撰，出知河南、陈、郓、应天、邓州诸府，终正议大夫。曾国藩《经史百家杂钞》录入此篇。

李良辅知庐州张竑陕州崔度蔡州王说徐州制

敕具官某：朕董正治官，自朝廷始，至于六服，群吏莫不考循其名，以督课其实。夫宣恩德以逮下，厚风俗以承上，其选为重者，非长民之任乎？尔惟其人，属以兹位。盖奉职遵礼，以有循良之称。苟能自勉，则宠劳录最，以明国家之典，朕敢忘哉？往钦厥司，方稽尔效。可。

【解题】

李良辅、张竑、崔度、王说生平均不详。

知泉州陈偁梓州吴几复湖州唐淑问并再任制

敕具官某：吏之奉职循理，能附其民，使之久于其官，则上下相安，而治化易洽。今尔之材，宜于既试。俾仍旧服，以懋厥庸。尚体朕恩，益思远效。可。

【解题】

陈偁（1015—1086），字君举，沙县（今属福建）人。历太庙斋郎、罗源令，通判蔡州，知惠州、宿州、开封府、泉州等，有惠政。吴几复，景祐间登第，历太学直讲、知蓬州、镇荆南、屯田郎中、大理寺丞等。唐淑问，字士宪，江陵（今属湖北）人。历殿中丞、御史里行，判复州，提点湖北刑狱，知信阳军。哲宗立，召为左司谏，以病致仕卒。

吴安持太仆少卿制

敕具官某：车府厩马，牧监之政，典以卿士，其选甚高。念非得人，曷赞其治。尔材质明茂，尝更器使。以忧去位，既终丧纪。宜更阶等，往贰厥官。其勤夙宵，以敏功实。可。

【解题】

吴安持，建州浦城（今属福建）人，王安石婿。以荫入官，历太子中允、群牧判官、太常博士、知滑苏二州，元祐中改都水使者，迁工部侍郎，终天章阁待制。

菊曩二右班殿直制

敕具官某：夷獠背恩，贼杀命吏。尔能击刺丑类，献其首级。宜升位序，以奖尔劳。尚励壮图，益思来效。可。

【解题】

菊曩生平不详。

冯正符借职制

敕某：西南夷背德兽心，敢窥边隙。尔能通宣两谊，协助军谋。宜进官荣，属之守护。勉思奋励，无替前功。可。

【解题】

冯正符，字信道，遂宁（今属四川）人。历晋原主簿等。

奉议郎景思谊授东上阁门使鄜延第一副将制

敕具官某：西讨之兵有一战之功者，朕无不录。尔能致其材武，奋击黠羌，克敌摧锋，屡以捷报。畴庸较实，宜有异恩。介上阁之使名，贰连营之将领。兹为奖拔，盖匪常科。尚励壮谋，益思来效。可。

【解题】

景思谊，普州安岳（今属四川）人。历秦州判官等。

皇太后亲侄高公绘通州刺史高公纪达州刺史制

敕具官某等：朕有显亲之心，欲形于天下，故加恩母党，所以本人情，隆世教也。尔等皆于外家，实在近属。持身恭慎，朕所识察。刺临州郡，典视祠宫，秩宠地优，并膺拔用。尚励尔钦承之志，以称余广爱之仁。可。

【解题】

高公绘，亳州蒙城（今属安徽）人。官至节度使，以贤称。高公纪，字君正，公绘弟，累官集庆军留后，卒谥怀僖，追封新兴郡王。

梅福封寿春真人制

敕某：在汉之际，数以孤远，极言天下之事，其志壮哉。晚而家居，读书养性。卒遗俗高蹈，世传为仙。今大江之西，实存庙像。祷祠辄应，能泽吾民。有司上闻，是用锡兹显号。光灵不泯，其服朕恩。可。

【解题】

梅福，汉朝九江寿春（今安徽寿县）人，字子真。《汉书》有传。后世江南各地盛传梅福成仙。曾国藩《经史百家杂钞·诏令之属》录入此篇。

卓顺之直翰林医官局等制

敕某：稽其医事，而制其食，先王之典也。属以爱主之疾，尔能调治有瘳。是用宠以官荣，进其服品。往遵厥职，无替恪恭。可。

【解题】

卓顺之又为西陵锦副使、军器库使等。

成卓阁门祇候制

敕具官某：长川广谷之间，与蛮夷壤接。尔处徼巡之任，能练达人情，辑宁疆候。守边之臣，称尔之材，谓难代易。是用进尔职于上阁，而俾恭其旧服。朕于念劳奖善之心，可谓至矣。其思绥靖，以称朕恩。可。

【解题】

成卓生平不详。

溪毡可本族副都军主等制

敕某：守边之臣，属尔奉其方物，来献阙廷。朕惟尔嘉，是用命尔，还其种落，典治一军。往励忠勤，益思来效。可。

【解题】

略。

景青宜党令支团练使阿星刺史制

敕某：尔有摧锋克敌之功，而又奉其方贡，来见阙廷，实勇且忠，法当甄进，兵团之任，以宠尔劳。往其祗服，益思来效。可。

【解题】

略。

论毡巴可本族军主结斯鸡可本族副军主制

敕某：尔父有向慕中国之心，殁而不遂其志。属尔于朕，愿备一官。朕甚怜之，是用加命尔秩。往其祗服，益励忠勤。可。

【解题】

略。

阿怜官捉斯鸡并本族副军主制

敕某：尔父效贡来庭，因得进见。以尔为请，愿备一官。朕嘉其尊向中国之勤，是用锡尔命秩。往思忠恪，以称朕恩。可。

【解题】

略。

温嵩知钦州制

敕某：州有兵民之寄，而地在疆场之间。则常择用材武之臣，属之守御之任。尔以能进，往祗厥服。尚思绥靖，以称简求。可。

【解题】

温嵩生平不详。

刘安等中书省主事令史制

敕具官某等：右省诏命之所出也。吏治文书，非习法令、熟成事，不能称其任。尔等皆以命秩，往祗乃服。无忘恭恪，以慎厥司。可。

【解题】

刘安生平不详。

知颍昌府韩维再任制

敕：朕待天下之士，未尝不笃于恩。况于故旧之臣，朕所加厚，则于遂顺其意，夫何爱哉。具官某，昔在宫朝，事朕左右。今列职秘殿，位宠且亲。而便其故乡，属以州任。虽岁既再满，然重夺其志。是用仍其旧服，俾祗厥官，以致朕求旧之仁，尚励尔在公之义。可。

【解题】

韩维（1017—1098），字持国，开封雍丘（今河南杞县）

人。历知汝州、权开封府、翰林学士承旨、门下侍郎等，有《南阳集》。

米赟等转官制

敕具官某：尔以众西出，讨击羌虏，斩获首级，有司以闻。是用甄录尔功，躐升位等。往其勉矣，益励壮图。可。

【解题】

米赟生平不详。

雍王颢乳母宋氏赠郡君制

敕某氏：惟雍王颢于国属之亲且爱，而尔有乳养之勤。故其生也锡之爵邑，其殁也饰以恩荣。是用追命尔封，进于列郡。以光幽穸，尚服宠章。可。

【解题】

赵颢初名仲纮，字仲明，英宗次子。哲宗时累官太师，历淮南、荆南节度使等。卒年四十七，谥荣。

丰稷吏部员外郎制

敕具官某：尚书政本，而吏部天官，所以综叙群材，以成天下之治。郎于典领，其选甚高。是用擢尔之能，俾参厥服。朕方励精政理，而务在得人。尔惟懋于其官，庶几承朕之志。可。

【解题】

丰稷（1033—1107），字相之，明州鄞县（今属浙江）人。

历谷城令、书状官、监察御史里行、工部员外郎、右司谏、中书舍人、太常少卿、国子祭酒、刑部侍郎等。

吕和卿考功员外郎制

敕具官某：计群吏之治，而明黜陟之法，台郎典领，列于左曹。拔用尔能，俾参厥位。夫能善于其职，固将图尔之劳。可。

【解题】

吕和卿，泉州晋江人，吕升卿之弟。以奏补为定州曲阳县尉，累迁金部员外郎，元祐初为苏辙所劾，权知台州，明年责降通判袁州卒。

韩晋卿莫君陈刑部郎中制

敕具官某：刑者所以助治，而圣人之所尤慎。中台参综，郎选甚高。尔晓达吏方，宜在兹任。夫惟笃于明恕，可以副朕钦恤之心。其往懋哉，以祗厥叙。可。

【解题】

韩晋卿见前。莫君陈，字和中，归安人。嘉祐进士，甚为王安石所重。

范谔知密州范子谅濮州刘士彦泗州制

敕具官某：守土之官，民事所属。朕方励精庶政之日，尤务在于得人。考择于朝，尔往惟允。夫能宣布恩德，以拊循吾民，而纲理风俗，则为能称其任。尔其可不勉欤。

【解题】

范谔不详。范子谅又为开封府推官。刘士彦又为卫尉寺丞、大理寺丞、福建转运判官。

陈端翰林医官制

敕某：尔父易简，以医入侍。处剂汤液，有劳可旌。进迁尔官，用申奖宠。往惟祗恪，以称朕恩。可。

【解题】

陈端生平不详。

沈士安西绫锦副使制

敕具官某：明习禁方，以医入侍。处剂汤液，有劳可旌。进贰使名，以申奖宠。往承厥叙，无替尔勤。可。

【解题】

沈士安生平不详。

王瑛杨宗立三班借职制

敕某：尔等备吏属，治文书，勤亦久矣。是用从尔之请，锡之命秩。往惟祗饬，以称朕恩。可。

【解题】

王瑛、杨宗立生平均不详。

王从伾知岢岚军制

敕具官某：崇筑垒培本以辑治军旅，及四方既平，而假守之臣实任民事，列于有土之官。矧岚谷并边，寄属尤慎。尔以选择，往祇朕命。夫能开示恩威，以惠养吾人，而怀附异俗，则为善于其职。尚思尔守，无替训辞。可。

【解题】

王从伾生平不详。

吕升卿馆阁校勘通判郓州制

敕具官某：郓有提封之广，生齿之众，于东为剧郡。赞贰政理，选授惟艰。尔蚤以艺文列于辞馆，宜更阶品，往承厥叙。无忘祇慎，以服朕恩。可。

【解题】

吕升卿，字明甫，惠卿弟，和卿兄。历馆阁校勘、太常寺太祝，监无为军酒税。累迁太常寺丞，出为河北路转运副使。元符二年权知越州，改守江宁，进直秘阁。

陈康民管勾永兴等路常平张太宁提举秦凤等路常平制

敕具官某等：朕为保伍之法，寓耕战之政。典农之官，属以兼领。盖分路而治，隃制或难。固当从宜，使之易地。是用命尔换部而使。夫能利力田之民，修讲武之令，务在各奋尔庸，不失其职，则为能体朕意。其尚懋哉，往遵乃服。可。

【解题】

张太宁又为大理寺丞、殿中丞、太常博士、知汉州等。陈康民不详。

满中行知无为军制

御史有言责之臣，朕之所取信也。言而欲遂其忿阋之私，乃至于失是非之当。岂独朕于取信失其所属，盖汝之以言为职，谊岂当然。俾去宪台，兼荣职秩，往临军壁，宜体朕心。可。

【解题】

满中行，字思复，山东金乡人。元丰初为国子监直讲、著作佐郎，擢馆阁校勘，历太子中允权监察御史，知无为军及相州，累官直龙图阁知明州。

驸马都尉王师约转观察使制

朕于姻戚之臣，未尝不笃于恩意。然其积勤累善，不罹罪悔，而七岁一迁其官，则必循用旧章。盖爵赏者，天下之至公，朕不敢以私挠法也。具官某出于景族，选尚贵主。有淑慎之行，无怠肆之失。第其阀阅，宜得叙升。廉按一州，以为尔宠。盖尔自初仕，迄此再增厥位，皆以岁满，应于迁格。则朕之谨于信赏，尔之安其常守，上下之际，岂不两义俱得哉？无忘勉励，以永保于荣名。可。

【解题】

王师约（1044—1102），字君授，洛阳人。娶神宗妹徐国公主。历晋州观察使、镇安军节度观察留后，官终枢密都承旨。谥恭惠。

崔象先等带御器械制

敕具官某：乘舆所在，供御之物，无一不备具者。故铠甲弓矢，属之以从者，亦不去于侧。非左右亲信，恶足以任此哉？尔给事惟旧，宜就兹列。益思祗恪，以称厥官。可。

【解题】

崔象先生平不详。

蔡京起居郎制

敕具官某：王者言动必书，岂独思为后嗣法哉？施之于己，固欲择语默，慎行止也。执简肆笔，必也属之其人。尔之弟卞，既已列于右史，今复不次用汝，使记予事，位于左省。士之在此选者希矣，而尔之叔季，并直同升。其于荣遇，世罕及者。朕恩若此，则汝之自效，宜如何哉？其懋厥修，以报所受。可。

【解题】

蔡京见前。

王中正种谔降官制

朕大兴士众，属尔等以伐羌，固将举其巢穴，非徒却虏收并塞之地而已。兵西出则近，而尔等东繇绥德回远之路，以疲士马，费刍粟，致功用不集。中正议既不审，又约有分地，当攻其左，而不能奋击，以歼除丑类。夫军赏吾必信，而罚亦安得已哉？是用按尔之罪，降秩有差。其体宽恩，尚思报称。可。

【解题】

王中正（约1030—1099），字希烈，开封人。对西夏、吐蕃作战有功。元丰四年，宋军五路进攻西夏，因会师灵州失期，士兵多死，改金州观察使。种谔（1027—1083），字子正，洛阳人。历知青涧城、鄜延钤辖、副总管、鄜延经略安抚副使，屡败西夏军。因与徐禧不合，永乐城被围，观望不救。曾国藩《经史百家杂钞·诏令之属》录入此篇。

封曹谕母制

曹氏国之外属，而谕实尔之出。谕既有列于朝，亦有追荣及尔。是以封之列郡，秩以宠名。兹为异恩，以光幽穸。

【解题】

曹谕生平不详。

张颉知均州制

岭之西南，桂为剧部。外有溪居海聚之民壤错内属，拊巡填守，讵可属非其人。尔比选于朝，往备兹任。而内不能统齐士吏，外不能绥靖华夷。致兹绎骚，自干邦宪。夺其美职，处以偏州。兹惟朕恩，无忘思省。可。

【解题】

张颉，字仲举，桃源（今属湖南）人。皇祐元年进士，历江陵推官、户部侍郎、河北都运使，知瀛州、荆南等。曾国藩《经史百家杂钞·诏令之属》录入此篇。

册立皇太子制一

惟宋祖宗集大命，开迹垂统，传继在予。赖天之灵，海内和洽，获荐圭币，以为祭主。惟先哲王，享国君民，必有储两，以相承翼，所以奉天地，严宗庙，与民为依，长虑万世也。厥惟故典，予敢不率？咨尔某，生材之卓，绝伦拔类，覃讦岐嶷，成于自然，缉熙光明，不由外奖，潜德日茂，敷闻下土，将旌王组，藩卫京师，神示所毗，戎夏系属，宜执匕鬯，位以时定。今遣某某，立尔为某。夫天下之本在太子，太子之所务，求诸己而已。尔能明其心，人不诏其孚；尔能善其身，人不戒其随。治亦多术矣，要不易乎此也。呜呼！匪得之难，充之为难。尔能服于训辞，以承我先后之流泽，俾尔躬无疆惟休，惟予及万邦亦无疆惟庆，岂不韪欤！

【解题】

从略。

立皇太子制二

朕受天命抚万邦，实承祖宗之盛德丕烈。永惟先王之典，人君在位。必蚤建太子，所以重宗庙，为天下万世计也。某粤初在母，祥应先见。诞始能言，则岐则嶷。王封将位，蕃辅京邑。孝爱日裕，温恭自然。神灵所开，人望攸属。考剌六艺，主器以长，生民之道，不易之理也。其立为某。呜呼！非朕私于子某，惟宋高后之传序垂统，朕不敢忽；惟四方上下之所注心，朕不敢距。嘉与海内，同孚于休。播告遐迩，其谕朕意。

【解题】

从略。

王 制 一

昔大汉之兴，鉴孤秦之敝，分土而开者九国。当高祖之初，同日而立者三王。在孝武之世，或支庶之疏属，或宗嫡之近亲，所以蕃辅京师，承卫天子。今朕按图规地，諏日定封。推天性之厚恩，本人伦之通谊。以隆公室，盖率旧章。某钟气至灵，生材特异。聪明先物，不自于镌磨；孝爱绝人，非由于奖励。比服公圭之宠，仍分将钺之崇。休有显闻，洽于时论。是用畴其爵邑，列以真王。建尔国家，保兹东夏。视祲威于宰席，增衍食于爰田。用强盘石之基，实重维城之势。呜呼！册之宗庙，申戒因其士风，式是大邦，亲临定其名号。尔尚无作匪德，以追配前人之休；无从匪彝，以答扬皇祖之训。俾人预怀荣之庆，而身兼燕誉之祥。王其勉之，朕命惟允。

【解题】

从略。

王 制 二

昔周建亲戚，盖五十三国，以蕃辅京师；汉封骨肉，或连数十城，以承卫天子。所以强形势，固根本，计虑深矣。朕甚慕焉。矧先帝之子，朕之仲弟，宜膺显册，进启大邦。兹惟典常，夫岂敢废？某渊静冲约，孝友忠笃。不挟其贵，以从匪彝；不恃朕恩，以作匪德。奉法遵职，夙夜小心。王于雍邦，滋久弥卲。惟营丘之野，临淄之中，太师吕尚之所建国，兼岱及海，天下重地，是用立尔，保兹东土。三公之仪，上将之节，爰田真食，备物宠章，大告于廷，咸以属尔。呜呼！《书》称帝尧之德，曰“以亲九族”；《诗》美文王之圣，曰“刑于兄弟”。盖教自上行，爱由亲始，先王之道，不易之理也。今予命尔，不违兹谊。尚悉尔心，其励相朕。使黎民百姓于变时雍，由家及国，罔不作孚，以屏予一人，填拊方夏。实诿在王，时其勉之。

【解题】

从略。

王　制　三

天子支子，若其母弟，姬姓于周，未有不侯；刘氏于汉，未有不王。盖亲之欲宠其位，爱之欲厚其财，先王之法，人事之理也。某，先帝少子，朕之季弟，聪明齐敏，孝弟忠实。富而能约，不从以败礼；贵而能戒，不恫以好逸。畜学乐善，厥德日新。王曹积年，遵职无懈。惟斗牛之野，太伯所开，三江五湖，其阳大海，盐鱼金谷，天地之藏，兹用命尔，式是南郊，仪视三公，任兼上将。真封衍食，备致宠章。呜呼！昔鲁公于周，大启尔宇，以辅王室；康叔于卫，实为孟侯，以保乂民。今朕顺稽于古，以属尔某。尔尚念兹，以祗厥服。使常棣之泽配前闻人，维城之休承我高后。在尔勉矣，往其钦哉。

【解题】

从略。

赠第八皇子制

朕惟父子之亲，人道之极。盖父有天下，而隆名重位，逮于其子。此恩义之所始，而先王之制，不易之理也。至于礼命未及，奄遘沦亡，申以哀荣，朕何敢废？皇第八子某，秀拔慧悟，天质异甚。不好戏豫，安于靖恭。谓及大成，必为国器。蕃辅王室，朕有望焉。而属疾久之，医祷备至，不幸夭阏，痛何可堪！其于陈迹尚存，音容如接。永言伤悼，莫惣朕怀。今有司上闻，揆于公议，谓宜秩以三事。今于中台，爵之真王，谥以佳号。厥惟旧典，朕岂能抑？是用追锡，备兹异数。呜呼！生而有特出之姿，不得遂其美；殁而有非常之宠，所以厚其终。服我命书，尚其不昧。

【解题】

神宗第八皇子名偶。赵偶早薨，赠郓王，谥冲惠。徽宗即位，改封徐王。

王　子　制

朕隆于亲亲，非特私恩而已，所以教天下厚人伦也。尔家庆所钟，王室之出，列于使领，兹惟异宠。往思报称，待尔成人。

【解题】

从略。

韩　琦　制

躬闳廓之材，体纯一之德。诩亮三后，格于皇天。惟初登庸，合志皇祖。仁民爱物，日陈上前。进贤退奸，阴利天下。侧陋幽隐，明扬罔遗。靖谮庸回，削灭无类。及受末命，戡济艰难。以己徇时，坐定大议。天望人事，吻无间然。市朝不惊，按堵如素。海内万里，外薄四夷。率职骏奔，无敢先后。昔三代遭变，继世之初，干戈警备，陈及门庭，书之史官，以为后法。以至两汉嗣位，则又闭城屯兵，以为故事。未有兵藏于库，士散于家，而传序继统，中外晏然，如今日之盛也。是由列圣功德，无穷之休。亦惟廊庙之上，远略大度，身任社稷，克济登兹者也。

【解题】

韩琦（1008—1075），字稚圭，自号赣叟，相州安阳（今属河南）人。历右司谏、陕西安抚使、知秦州、枢密副使、右仆射等等，拜相，封魏国公。支持庆历新政，反对王安石变法。仁宗、英宗末年，皆力请建储。

相　制　一

天有宝命，集于朕躬。惟用乂民，罔以自逸。敷求良弼，作为凭依。若圜就规，若正识墨。今朕得士，谂于在廷。某广博静渊，密于世用。推其计画，见于可行。考其事功，效于已试。尔为尔守，宜立辅朕。兹用诏尔，位于东台。呜呼！自周衰以来，千有余岁，先王之道，蔽而不明。振坏扶微，朕窃有志。尚懋朕佐，图惟设施。参诸经训而不违，质诸时宜而不谬。无崇小慧，以易大猷；无伐己能，以距众善。惟赏刑在上，不可以僭；惟聪明在下，不可以咈。俾厥后克济其任，则尔身永孚于休。其往起哉，以承我祖宗之丕烈。

【解题】

从略。

相　制　二

有为之君，举贤以自助；有志之士，遇主而后伸。两常相须，而相济者少；两常相求，而相值者寡。朕观前代君臣之际，圣贤相与之盛，慨然欣慕，愿比迹焉。今得其人，诏于尔众。某行无锱磷，学有本原。材谞智谋，淑问惟旧。纳忠左右，匪懈夙宵。蔽自朕心，命尔予翼。列于右相，进贰西台。呜呼！自道术不明，而世敝滋久，法度多缺，而纪纲浸徽。图治者以古为迂，错事者以苟为得。兵安于坐食而不合于农，士习于空言而不知为吏。礼义廉耻，阙而不思；朋党比周，靡然成俗。任之以学敩，而败官以墨者方兴；起之以赴功，而便文自营者滋出。伊欲黜汉唐之浅陋，追尧舜之高明，尚懋相予，予忱不贰。使千载之坠振于一朝，上下之间配于前烈，以扬我先后之光训，亦缵尔旧服之显庸。

【解题】

从略。

相　制　三

朕饬正三省，纲理万事。号令所出，本诸西台；阅审驳论，属之黄闼；推而达之，则在会府。以其官之长贰，皆为任政之臣。鼎足居中，各遵其职。分守则异，合谋惟一。时予俊乂，宜就兹列。某身笃学行，自幽而显。宣力中外，绩用弥邵。惟文昌政本，揆叙百度。介于左省，考慎朕命。图济厥服，尔其往哉。朕训迪治官，顺稽于古。使其体至大，而统之有要；其事至众，而举之有条。不惟其文惟其实，不惟其位惟其人。尔允念兹，以勤予翼。盖先代之法存于籍者，既残缺而难循，当今之宜殊于昔者，又舛违而易远。酌是彝宪，成之甚艰。尚迪庶工，奉若维新之则；亦永来世，预有无穷之闻。

【解题】

从略。

节相制

古者出军之法，始于一井之间；遣将之常，甫在六官之内。师田共务，文武同方。盖丁发召之期，则士就戎行而卿行于外；已征诛之事，则众遵农畔而帅旋于朝。历世虽殊，兹致惟一。逮后王之更造，开阡陌以居民。隶伍符者，身不受于一廛；仗齐钺者，位不联于九棘。其于荷戈执队，为王之爪牙；立纛设旄，为国之屏翰。上下之任，古今则同。予得异能，诏于在列。某性资强毅，识虑精通。束发修身，有恕己及人之志；历官行事，有承流宣化之勤。践扬要极之司，更阅岁时之久。嘉谋谠论，简在朕心；广誉善声，洽于舆论。有国之典，以爵诏功。宜畴厥庸，爰启尔宇。建大将之旗鼓，尸我一方；赐诸侯之土田，保兹东夏。以董齐于军旅，以抚和于士民。参帝傅之宠名，益户封之真食。兼隆异数，奖励茂勋。呜呼！昔吉甫典兵，万邦为宪；申伯作邑，四国于蕃。宜悉意于壮猷，庶禆忠于前列。答扬祖宗之训，予冀为众得人；夹辅邦家之基，尔尚为时宣力。

【解题】

何焯《义门读书记》评：“虽亦四六体，然非唐人所及。”（以下各篇解题略去）

侍 中 制

舜用皋陶，若股肱之承元首；商咨傅说，如舟楫之济巨川。盖一体之相成，或两求而莫值。肆朕缵极，寤寐隽良。果得异能，属之大任。用扬孚号，明谕在廷。某行蹈中和，学通今古。从容应物，有适用之材；慷慨立朝，多据经之论。比回翔于禁闼，遂更践于枢庭。阅岁已深，服劳惟旧。朕惟纪官之敝，久废于正名；分职之殊，固难于核实。为司存之定制，俾位号之无虚。乃眷宗工，宜加异数。东台管辖之任，爰处于弼谐；南宫喉舌之司，仍跻于端右。体加隆之注意，当益懋于壮猷。呜呼！秉国之均，天下之所取正；熙帝之载，朕心之所仰成。使万物各遂其生，而一夫无失其所。以辅予治，往惟汝谐。

门下侍郎制

朕于天下之事，以禀承处决属之中书，审阅驳正归之门下，而使尚书推而行之，此三省所以异任而相成。故长令、仆射，皆宰相之任，而左右省侍郎，所以贰之。盖谨其名者，固将循之以稽其实也。必使位无虚加，人无虚受，以修国家之务，然后称朕意焉。某明允修洁，学通今古。以风力之敏，见于积用；以志行之笃，重于朝廷。擢自从臣，预国机政。多引大体，沃于朕心。维董正治官之初，介东台管辖之寄。历选在列，汝往惟允。夫坚一心以在王室，康万事以亮天功，汝之任也，其尚勉哉。

门下侍郎尚书左右丞制

尚书万事所出，丞所以管其要；门下三省之首，侍郎所以贰其长。联稽于古义，以正官号。故合是宠秩，以命吾共政之臣。非天下之材足以协朕之谋、系人之望者，夫岂虚受？某庄毅忠笃，通于古今。列于庙堂，以义陪朕，是用考择以为选首。使文昌左辖之任举，琐闱参议之效明。六官纪纲，上之所以齐下者无所挠；四方奏列，下之所以通上者无所壅。以弼予一人，而亮成庶绩。尚懋厥志，无忘训词。

给事中制

有事殿内之臣，职在于平奏述，详命令，驳其违者而正之，覆其善者而行之。至于决狱官人，发驿遣使，申冤滞，察苛娆，莫不总焉。其任可谓烦且重矣。朕董正治官之始，思得其人，以称厥位。以尔具官某，忠笃强毅，明于理体，劳阅甚茂，朕惟汝嘉，列之东台，公议所属。惟精敏不懈，可以统治要剧；惟刚方不苟，可以辨白是非。尔其慎于厥修，朕方观汝之效。

左右常侍郎制

左右之臣，以骑从乘舆，职在献纳，可谓亲且重矣。非器识操行属乎朕心，夫岂轻授？某老于文学，练达治体。旧惟共政，勤烈在时。某直谅多闻，笃于自守。先帝遗朕，调护有劳。皆以耆名列于秘殿，是用考择于众，宠以兹任。朕惟尔之试用已效，必能秉谊不渝；惟尔之博通古今，必能补朕之阙。往祇厥服，岂烦训辞。

左右谏议大夫制

谏议大夫掌议论旧矣。今列于从官，实有言责。事无大小，皆得开陈。当其可从，则为之更命令，易取舍，固朕之所虚心而听也。联方于天下之忠谠，惟恐不闻，则居是任者，直己以事上，夫何间哉？某器识强敏，明于今古，俾职献替，佥曰汝宜。夫能通上下之情，而使朕立于无蔽之地，治道之所由出，在汝能称其任。可不勉欤！

二起居制

孔子称言动以礼，天下归仁焉。矧托于王公之上，言而为令，动而为法，故必有左右史从而记之，所以昭得失，明劝戒。能称兹任，盖难其人。某文学优深，操行修洁。执简簪笔，有列于朝。今朕顺于古义，以考定官仪。是用正尔之名，俾仍旧服。其尚谨于书法，以无旷于厥司。

左右正言制

左右之臣，以言为职。事有得失关于理体，利害系于人情，或方兆于几微，或已施于命令，论皆可及，谊无不从。选用特殊，寄属惟重。正官之始，得士尤艰。某绰有时材，通于世用。献替之位，宜服宠名。夫上之求乎下者，患乎难知；下之求乎上者，患乎难达。使耳目之任无蔽，药石之规必闻。尚惟汝能，以助予治。

谏官制

某纯明广博，信古知今。用尔之长，俾有言责。夫言人之所难言，尔无不尽。而闻之如恐不及，朕岂敢忘？其尚懋哉，无或容而已矣。

中书令制

虞氏之咨四岳，惟亮天功；周家之建六官，以为民极。朕参于古义，质以今宜。以右省典正于钧衡，以中台总持于纲纪。兼是重任，时惟宗臣。播告在廷，其听新命。某敏于学术，优有时材。以经远之谋，弥纶治具；以察微之智，练达事几。由展采于禁林，遂升华于宰路。协宣劳力，积有岁时。朕惟授职以量能，宜循名而责实。稽先王之作则，以正百官；起多士之赴功，庶康万务。眷言旧德，申以异恩。维化原实系于内枢，俾首弼谐之任；维政本一归于会府，仍跻端揆之崇。宠秩所加，委成弥重。岂独仪刑于列位，固将叙正于彝伦。呜呼！成一德以格皇天，辅予于治；厘百工而熙庶绩，待汝有为。其务迪于壮猷，尚思齐于前哲。体兹注意，维往懋哉。

门下中书侍郎尚书左右丞制

尚书、中书、门下三省，本天下之务，而侍中、令、仆射，为宰相之任，旧矣，自唐政不纲而失其守。今朕董正治官，使三省之长皆复其任，而于尚书左右丞、左右省侍郎，秩有升降，使贰吾任政之臣。夫居纲辖之地，与御史更相察举，所以警官邪，明宪度。而侍郎于左右省，无不统理。则其所系，于体尤重，非杰出之材，不在兹选。某官端方笃实，学有本源，预于政机，人望惟允。某强毅忠厚，通于古今，谋谟堂庙，休有令闻。是用命尔，以为选首。其尚体余所以处尔之重，勿苟勿随。使百工庶尹皆知尔之不私于法，罔敢不正，而政令之自上出者，罔不得宜。以称朕所以作则垂法、始今行后之意。尔可勉矣，予有望焉。

中书舍人制

朕稽于古以正百官，使循其名以效其实。惟舍人中书之属，以典掌命令为任。而况列于侍从，则又职在论思。方朕明纪纲，定宪度，以为民极之初。非能见于文章，何以究宣朕志？非能通于世用，何以弥纶庶务？进在兹位，不其重欤！某官某，忠正仁笃，达于古今。其文足以代王言，其智足以谋治体。断自朕意，以为选首。其尚尊尔之学，以善于训词；奋尔之庸，以裨于政理。使尔能称厥职，而朕预于知人。其惟勉哉，以祗厥服。

知制诰制一

典掌书令之任，为朕左右之臣，非独在于润色斯文而已，固当论思治体，以辅朕之不逮。朕博考天下之材，然后有所拔用，则于付授，岂不慎哉！某强识敏学，通于理要。砥节励行，忠笃不回。朕惟汝嘉，使在兹选，朕有兢兢业业，一日二日万几之虑，汝则思辅以谋猷，忠于献纳；朕有作则垂宪，施命以告四方之志，汝则思达以文辞，见于号令。使尔为称任，则朕为得士，岂不休哉？尚其勉矣，以服厥官。

知制诰制二

赞为名命之臣，法当得一作侍从，非独在于讨论翰墨，发挥诏号而已，必将讲明治具，思献其可，以弼予违。故非其人，夫岂虚授？某敏有时材，优于学术。擢于不次，俾典训词。维能守其所闻，可以辅予不逮；维能明于体要，可以见于文章。其尚懋哉，方观汝效。

尚书左右丞制

本天下之政者，尚书也；本尚书之纪纲者，左右丞也。盖众职之治乱，万事之废举，纠而正之，实其任焉。今朕董正治官，使尚书缵其旧服，以仆射为任政之臣，而六卿各遵其职。至于纲辖之地，所以警官邪，绳谬戾。御史有不举者，得并而治之。则其系于体尤重，是以进其位叙，使得贰吾任政之臣。非望临一时，朕岂虚授？某明允忠笃，通于古今。列于庙堂，以义陪朕。是用考择，以为选首。其尚体予所以处尔之重，勿苟勿随。俾百工庶尹，知尔之不私于法，罔敢不正。称朕所以作则垂宪、始今行后之意。尔可勉矣，朕有望焉。

左右司郎中制

尚书天下政本，左右司纪纲之地，故郎选异于诸曹，非器干望实，有闻于时，莫称其任。某明敏强济，通于世用，宜在此位，故以命汝。创制之初，举坠兴坏，所以弥纶庶务者，待汝有为。其尚懋哉，以承厥叙。

吏部尚书制

尚书政本，而吏部天官，所以考择人材，以成天下之务。近世既失其职，但受成事而已。今朕既正官名，且将归其属任。立法之始，推行在人。其于程能议功，定勋颁爵，当率厥属，谨循科条，非得周材，曷称兹位。某忠厚仁笃，秉义守正。列于侍从，休有令名。是用选而授之，其务将明。使朕所以作则垂宪，不独于今可行，方当施之后世。盖汝有称职之美，则朕有知人之明。尚其懋哉，无替厥服。

吏部侍郎制

尚书本天下之务，而吏部典掌选举，至于所属之曹，有行封爵、议勋庸、稽功课之事，咸以咨焉。近世以来，职分于他司，而位为虚器。今朕董正治官，使归其名分，岂虚为哉？固将循之以求其实。盖明纪纲，定制度，以厘百工，熙庶绩，此朕志也。侍郎实贰其长，非独当修其官，且将推明新制，以行今而传后。则其选授，岂不重哉？某文学行义，有闻于时。列于从官，献纳惟允。是用命尔，实首兹选。其体予所以择而使尔之意，务祗厥服，使政举法行，称朕之意。惟尔亦永有称于后世，可不勉欤！

户部尚书制

户部之于中台，为周官司徒之职。掌财赋之调度，金谷之出入，以待邦国之用。历唐五代，征敛烦兴，而使名杂出。地官之职，盖存虚号而已。今朕正名以定群臣之位，辨位以责庶务之实。尚书政本，典领经费之司，所属尤重。博求天下之士，以宜其官。某诚笃强敏，智虑精密。董烦治剧，材力有余。民曹上卿，无以易汝。理财之术，待汝有为。今岁入甚广，而岁费所余者无几。使官用有节，而余蓄可致；公藏赡足，而民赋可轻。在尔能知其方，庶几承朕之志。尚懋尔守，以承厥叙。

户部侍郎制

田畴生齿之籍，谷帛货泉之计，下以制民之产，上以经国之用，地官之贰，实参总焉。朕方因能以用人，正名以授职，俾服予事，必惟其材。某顷以通敏之资，久更要剧之任。往副民部，孰如尔宜？夫知农之艰难而有以劝助，视财之丰匮而有以均节。使公藏赡足，而私蓄羡盈。朕将观尔之能，尔其无懈于位。

礼部尚书制

昔舜命伯夷典礼，后夔典乐，至周并为宗伯之官，今礼部尚书盖其任也。威仪度数之详，声音律吕之别，莫不属焉。精微之至，所以统和天人，顺遂万物，其体可谓大矣。矧今典领，实又考择天下之材，夫能无旷其官，以充吾所以寄属之意，历选在位，今得其人。某明允直清，知经信道。制作之事，旧惟讨论。春官古卿，是用授汝。朕承百王之敝，方欲作则垂宪，以成一代之典，使五礼之节同于天地，八音之和格于祖考，天下智谋材谞之士得而用之。待汝能称其官，庶几辅予于治。无懈于位，以副朕知。

礼部侍郎制

夫礼之节文，乐之和声，所以成三材而育万物。典掌之任，秩亚春官。朕方考正百工之名，而大修法度之政，其于寄属，必惟其人。某材出士伦，学通经术。宗伯之贰，尔往钦哉。其思先王制作之方，而务知治民易俗之要，其于礼体，非在于钟鼓玉帛而已。尚称厥职，以副予作则垂宪之心，可。

兵部尚书制

中台政事所出，兵部司马之任，所以典总师徒，扬国威武。至于按图辨地，驾乘库兵，司存之事，莫不咨焉。今朕考古以正官仪，将使处其名者必效其实，由是以推朕之志，明纪纲、成法度焉。八座之贵，夫岂轻以属人？某明达事机，好谋能断。列于侍从，忠益居多。夏官古卿，是用显授。朕患今之兵不与农合，故因保伍之法，修阅试之令。庶夫使民知兵，近于古义。夫究宣朕意，使吏能奉承而民皆向劝，以共武之服。时汝称职，可不勉与！

兵部侍郎制

夫兵天下之备，谁能去之？自士不出于井地，而将非六事之人，历世以来，皆知古之宜复，而患夫势之难行。朕独慨然有志于是，故修保伍之令，明战阵之教。先王之迹，庶或可几。经营之勤，心亦至矣。惟是夏卿之亚，实参典领之司。方正官仪，尤慎推择。其材敏忠笃，明习治体。圻父之贰，往惟汝谐。夫能奖诱务农之民，悦趋讲武之政，驯致有渐，而弥纶不疏，惟无废尔之勤，可以辅朕之志。尚思自勉，以服训辞。

刑部尚书制

昔舜命皋陶曰：汝作士，明于五刑，以弼五教。盖刑者所以助治，而非致治之本也。其纵入轻重得失之际，人之舒惨系焉，此古之圣王所以未有不先慎罚也。今联悉心以正庶官之任，而中台八座，典司邦禁，选用之体，得人惟艰。某明允通博，资以术学，服采于位，厥声显闻。秋官古卿，是用命汝。盖前世之治，斫雕为朴，破觚为圜，而宪纲疏，风俗美，朕甚慕焉。尔尚体联之心，折民以恕，使辨讼自息，而王政浸明。可不勉欤，以辅台德。

刑部侍郎制

刑者所以禁人为非，而圣王之所尤慎。中台总领之任，秩贰秋官之崇，朕方正名以稽群吏之治，而大修制度之文，必惟其人，俾服予采。其慈恕忠笃，明习法令。参执邦典，莫如汝宜。夫能使民无冤，亦已善矣，推之可以至于使民无讼。尔尚勉哉，以承予纲纪四方之志。

工部尚书制

昔舜咨于众：畴若予工？群臣荐垂，往祇厥叙。盖缮修兴造，程众艺，饬五材，国家之务，不可以不属之其人。今中台起曹，实践其任，矧屯田、虞衡、平水之职，莫不隶焉。正名之初，其选尤重。某材力强敏，周于计画。更阅内外，时称汝能。俾服冬官，蔽自朕志。夫详明品式，以训匠建事，使费省于国，力宽于人，至于垦地、山林、沟洫之政，莫不毕举，皆汝守也。其尚懋哉，以率厥属。

工部侍郎制

夫饬五材，程匠事，国家之务所不可已也。故共工之贰，任属非轻。朕方若稽旧章，财正官号，思得智能之士，以副采择之详。某开达敏强，明习典故。冬官宠列，俾介厥司。考究制度之文，纪纲修缮之政。在尔能举其职，以称吾经理万事之心。其尚懋哉，往祇厥服。

礼部制

朕正群司之名而责其实，归天下之务而本之尚书，故郎选甚高。维春官之属，礼乐所出，宜得智谋材谞之士，以修厥官。某业履望实，见于世用。考择于众，莫如汝谐。其尚体予董正治官之意，于夫创制之初，明纪纲，兴旷废。惟知其要乃能图其详，其惟悉心以祇厥服。

主客制

朕甚重郎吏之选，欲以敛群材，责功实。典客之任，列于右曹。维时闻人，宜服兹宠。国家之有赏典，所以待汝有为。

膳部制

牲豆酒膳，辨其仪数而修其政，春官之属，郎秩甚宠。询求材实，尔允佥言。尚思钦承，以称推择。

驾部制

舆马辇乘之奉，邮驿阑牧之治，中台要务，主以郎曹。敷求得人，俾任吾事。夫《駉》之颂，养马之诗也，盖其大旨，曰思无邪。然则为政之方，斯可知矣。能识于是，夫何远哉！

库部制

甲盾弓矢之器，乘舆卤簿之式，武藏之任，郎选甚高。得士于朝，属任惟允。夫稽功实以劝赏，朕方必行；悉忠力于事为，尔尚无懈。

都官制

系累舂饎之人，恤其廪给，而申其诉竞，主以郎吏，国之旧章。尔惟惠兹，宜莅厥职。尚思奋励，以称柬求。

比部制

内外经费之事，总于句考之司，郎实主之，位重省闼。尔惟明敏，宜能厥官。惟时懋哉，以服予训。

司门制

门关管键之事，启闭出入之节，总其籍赋，而审其禁令，郎官之任，尔允询求。尚敏劳能，朕将考察。

屯田制

率屯戍之兵，服畎亩之事，所以益边省馈，佐国裕民。郎于中台，总其政令。用尔之敏，宜能厥官。往服宠名，无忘奋励。

虞部制

搜田有时，而泽梁有禁，虞衡之守，所以遂嘉生而参化育。中台典领，咸属汝材。其思顺鸟兽草木之宜，以称朕爱人及物之意。

水部制

川渎堤防，宣其利而备其害，四方万里之远，郎实总领，秩甚宠焉。尔以周材，朕用选授。夫知水之不可障，而导之使行，此成法也。推而见之于事，待尔能称其官。

御史中丞制

御史府持吾邦法，所以纠官邪，绳不恪，辅予于治。非秉义纯笃、望实敷于上下，不称其任。某强毅肃括，以禔其身。博学精识，通于世用。是以考择于众，宠以兹位。夫有守正向公之志，又有能辨是非之明，抗论于朝，使贤不肖忠邪不失其实，此法之所以为治具，而能佐吾以善养人之意。使汝能宜其官，则朕为得其所属。尚体予训，其惟懋哉。

知制诰授中司制

典掌明命，总持宪纲，非博学有文，强毅忠笃，曷可以兼斯任哉？某志行清夷，材资敏达。更践内外，试用惟允。论思禁掖，肃正朝端。蔽自朕知，拔于不次。惟明于体要，可以见于训辞；惟公于是非，可以施于刺督。尚懋厥守，方观尔能。

中司授太中大夫制

朕正名以定百官之位，辨位以责庶务之实。矧风宪之臣，纪纲所属，曷可以不明其任哉？某强敏开达，行谊仁笃，学通古今，擢典训辞，遂持邦法，宜专分职，以应新书。是用进尔之阶，品在第四。俾尔纳忠宣力，得壹意于中司，以董齐众工，肃正内外。庶余之作则更制，罔或不虔。在尔懋哉，知其所守。

责御史制

中执法所以纠官邪、绳不恪也，其可以自为欺且怠欤？某拔于疏远之中，服在此位。宜殚忠力，以称所蒙。而按劾大臣，既非其实，稽其分职，则自馁焉。朕为之优容，俾从薄责。而进对之际，公肆诞谩。属吏推穷，狱辞明具。论其情则怀诈，比其治则瘝官。夫身任纪纲之司，而抵冒若此，虽朕欲贷汝，而知公议何。斥守偏州，尚仍阶品。往新厥志，庶盖前愆。

御史迁郎官制

御史董摄纲纪，肃正朝廷。于政之有不当于理，于臣之有不协于极，皆得言之。故吾甚重其选。尔有列于此，能勤厥职。虽岁月未久，而风望甚高。今有司奏尔之课，于法当迁。吾不得留，易之郎位。使尔之自效，能不择官，则吾于报功，亦有异赏。尔其勉矣，无忘训言。

御史知杂制

台无大夫，中丞则御史之首。当专决庶务，实总邦宪。朕选于众，然后属之其人，岂不重哉？某敏茂直清，通于学问。辍自右史，往践厥司。夫振举纪纲以阐明法度，纠绳邪慝以肃正臣工。朕方虚心，志在于与人为善；尔能苦口，无患于不得其言。其尚自强，以允公论。

监察御史制

御史持国纲纪，所以纠官邪、齐内外。选众而授，厥惟艰哉。尔好古知方，强于自立。刺察之任，往其钦哉。惟不回于尔心，以无挠于余法。在知所守，可不勉欤。

秘书监制

帝王之治，必有图籍之藏，又择当世聪明拔出之士，聚于其间，使得渐磨文学之益，奖成其材，以待国家之用。故书省之设，吾不计近功，而要于广畜德，所以厚其礼秩，而艰于用人，庶以明朕好古乐善之勤，而励学士大夫之行也。某多识博闻，操守纯笃，诸儒所尚，令闻惟旧，延处兹位，蔽自朕知。夫尊其所闻而行之不倦，使辅于世教而其效可言，非独优游册府而已。在尔自强，以承朕志。

著作郎制

麟台著作之任，郎以词学为之，必惟其人。尔以材选，惟能明于理要，乃可见于文章。其尚勉于厥修，朕方观汝之效。

秘书郎制

秘藏四部之图籍，郎所守也。职清秩美，必也属之其人。尔以材称，俾服兹选。尚惟敏于畜德，朕方观汝之能。

正字制

是正文字之官，实为儒学之选。宜体育材之意，勉思畜德之勤。

殿中监制

分职殿内，参侍左右。监总六尚之官，以供服御之事。位视九列，礼秩甚优。正名之初，考择惟慎。某明习吏治，劳阅有闻。选于在廷，俾践厥任。往其祇饬，无忘训词。

殿中丞制

丞于殿内，参总六尚之官，而察其稽失。出于公选，首以材升。尚务钦承，方观汝效。

太常丞制

丞于奉常，参总礼乐之事、祠祝之仪。惟学古知方，乃能不失其守。尚务祇饬，以服官箴。

卫尉卿制

典领宿卫之官，地亲责重。位在九列，礼秩甚隆。考择其人，属任惟慎。某忠笃谨信，济以材敏。周庐屯候之士，武库弓铠之器，往颛总治，佥曰汝谐。其尚懋哉，以祇朕命。

太仆卿制

《书》曰："仆臣正，厥后克正。"盖亲近左右，有辅导之义。矧车府厩马牧监之政，莫不咨焉。非得其人，曷称厥位？某材质敏明，久更器使。司驭之选，汝惟克谐。其祗厥官，以服朕命。

大理卿制

折狱详刑之事，朕所重也。典领之官，位在九列。正名之始，选用非轻。某明习吏治，通于法令。廷尉之任，佥曰汝谐。往其钦哉，以率厥属。少云"参典之官，位兹九列"。

国子祭酒司业制

学校之法，虽使之通经术，治文字，然要其大致，则在于明上之教以导民，养人之材以成俗。故师氏之位，必惟其能。某质性粹冲，术业通博。训诲之任，宜正宠名。夫行其所知，以先游学之士。使风化之出，自京师始。待尔称职，可不懋哉。

太学博士制

博士以文学为官，往者列于成均，其秩未正。朕登之朝序，所以尊庠序之教，而励士大夫也。尔以经行选用，往服厥官。盖尊其所闻，以诱率学者，汝之守也，惟是懋哉。

少府监制

百工伎巧之事，展采备物之政，典领之任，位视列卿。正名之初，考择惟慎。某明习吏治，劳阅有闻。选于佥言，俾践厥职。尚其祗饬，以服训词。

军器监制

缮治戎械，训工程作之任，置监典领，礼秩甚隆。正名之初，考择惟慎。某明习吏事，劳阅有闻。选于在廷，俾践厥位。尚其祗饬，以服训词。

大宗正丞制

司宗之于国族，门内之治也。然合远近之属而齐之，有不得专于爱者，其于斟酌缓急、恩义之际，信难处哉。故其属有丞，以参听其事，而交修其官。考择尔能，俾在兹选。夫亲九族以刑万邦，此有国之先务也。其体朕心，往从而长。服兹辞训，以钦厥司。

诸　丞　制

丞于有司，参其政事而察其稽失。以材选授。尚懋尔勤。

知开封府制

开封府，朕建国焉，天下所并凑，众大而俗杂。尹正之寄，非仁笃公勇，材任烦剧，不能称其职。今朕修定官仪，正其名号，固将考求其实，使效见于事。则用人之际，岂轻也哉？某爽迈开达，练习治体。阅试惟旧，功用显白。处以兹任，莫如汝谐。夫慈惠足以煦养茕弱，刚严足以帖伏奸强。然导民之方，尚有可识。使四方有以观则，而朕有以仰成。在汝勉哉，以称朕命。

开府仪同三司制

开府之于荣名重矣，矧优其礼命，视于三事，故其品为第一，所以隆崇大臣，古今之通制也。朕顺于旧典，考正官仪，惟是首于文阶，是用制其禄入，秩莫厚焉。非时宗工，夫岂虚授？某材资桀异，识虑闳深。庄重足以镇浮，精明足以成务。熙帝之载，有赞元经体之庸；提将之符，有折冲绥远之效。今百揆攸叙，方内靖嘉。时乃之功，助朕致此。是用峻其名秩，申此宠章。夫褒有功，显有德，朕于尊奖近辅之心，可谓至矣；亲百姓，抚四夷，尔于将顺朕志之义，可不懋哉。尚体至怀，往承厥叙。

开封府狱空转官制

京师天下之聚，俗杂五方之民。至于智或侵愚，强或凌弱，巧伪滋出，狱讼繁兴，统理之难，为日已久。某明敏开达，晓习吏事。辍自禁近，属之尹正。以公于奉上之志，绝阿以附下之私。摘发奸欺，动而必中；弹治豪右，勇于敢为。使缧绁无非罪之嗟，囹圄有空虚之效。求之近岁，罕能及此。闻于朕听，时惟汝嘉。夫赏所以褒善而劝众也，进官一等，畴尔之庸。其尚懋哉，以永来誉。

枢密迁官加殿学士知州制

典国枢要之臣，协相帷幄之谋，弥纶疆场之事，夙夜不懈。风力施于省决，精明用于思虑。盖勤且烦如是，而历时且久，岂朕优礼耆旧之意欤？某忠嘉惠和，德操惟邵。先帝所遗，以辅朕躬。当国本兵，庶言惟允。而屡辞几政，每请弥确。志不可易，朕所重违。是用改进文阶，延升秘殿，乃眷东夏，处以近藩，衍食真封，并加宠数。朕于隆崇近辅，时其劳逸，使得自择出入之宜，可以为有恩矣。尔于乃心王室，罔以内外，无忘益励始终之节，其可以不勉哉！

侍　读　制

盖用儒学之臣，入阁侍读，所以考质疑义，非专诵习而已。

其列于分职，始自开元，而朕尤意向之。某博通今古，服在从官。兹选甚高，属尔惟允。朕以未闻于史者，究观前世之变，而至夫理乱兴坏之际，未尝不反复焉。其悉所知，以辅朕志。是为尔守，其往钦哉。

殿前都指挥使制

朕择材勇之士，备宫屯之兵，以宿卫京师，填拊方夏。置帅殿陛，属之董齐。非强毅忠劳，阅试惟旧，不在兹选，岂非重欤！某笃实沉雄，明于策虑。护边制敌，身有显庸。兹用命尔就列大廷，典绥王旅，建旄立纛，为国藩翰，爰田真食，并锡宠恩。夫兵有击刺射驭之能，有坐作进退之法。教习可以程其技，节制可以闲其侮。然能使之合心一力，则在知所以附之；能使之取威决胜，则在知所以用之。审如是焉，厥惟艰矣。盖熟之于易，所以图其难；得之于素，所以应其变。非造形而后定计，非合战而后屈人。故师饱于逸而朝廷尊，马肥于休而夷狄叙。惟予之武，以无敌于四方；则尔之良，亦有闻于来世。往遵辞训，以服厥官。

使　相　制

在昔《大雅》所歌成周之盛，吕侯申伯并为国藩，休父太师实将王旅，出入践更之虽异，中外屏毗而则均。时予宗臣，分保近服，盖循斯义，以告在廷。某精虑造微，翘材绝众。崇论闳议，富于文辞。强识博闻，饱于术学。由禁林之献纳，任廊庙之弼谐。浸更岁时，休有功烈，而屡形悬请，愿避烦几。虽敦譬之甚勤，顾壮怀之难夺。是用锡之土宇，宠以节旄。视宰路之等威，益爰田之恩数。往厘东夏，外倡庶邦。予有式群辟之典彝，尔其底迪；予有覃四方之德泽，尔其布宣。以夹辅于本朝，以阜康于生齿。配于前哲，属在老成。其代天工，矧久闻于大政；乃心王室，尚思告于嘉猷。

节度使制

有地千里，治兵与民，内卫京师，外拊疆埸。非文武器干，望临一时，朕所宠嘉，不在兹选。某温良能断，沉静善谋。直道著于当官，周材见于经务。承流宣化，善政有闻。绥远折冲，壮猷弥显。是用锡之土宇，授以节旄。生齿实繁，属尔以安辑；师屯甚众，诿尔以训齐。以作朕股肱之良，以为国藩辅之重。无忘忠力，庶讫外庸。惟亮天工，待汝守四方之效；无轻民事，副予安百姓之心。尚体眷怀，岂烦多训。

节度加宣徽制

维昔牧伯长帅之官，有土与民，共于外服，所以为国藩辅。今方镇之任，连数十城之地，籍兵与众而授之，建旄立纛，殿于大邦，以作卫王室，亦惟用稽于古，非文武之特，才擅一时，孰能称兹选哉？厥有显庸，宜加宠命，乃扬孚号，以告庶位。某庄毅足以任重，肃括足以褆身。有能断大事之明，有克勤小物之慎。考于佥议，付以成师。宣化承流，实俾治体。折冲绥远，克畅武经。故能纾朕之忧，副人之望。夫德茂者其赏异，功隆者其报殊。是畴基底绩之勤，锡以宣猷之号。揆于常典，非朕尔私。

盖位重者其忧深，禄富者其责厚。名数礼秩，朕既无忘尔劳；功实事为，尔尚协朕之志。矧夫填临塞路，总领兵防，班籍联于辅臣，谋画参于国论。其思勉励，以副眷怀。

军 帅 制

爪牙之臣，典领周卫，非特强主威以镇内外也。盖礼弥盛者备弥饬，上下之节然也。则任吾事者，岂可以非其人哉？某沉勇忠实，劳阅有闻，蔽自朕心，俾供厥服，仍迁位等，其尚钦承。

将 军 制

朕有连营列校之众，以宿卫京师，镇抚诸夏。能使士齐而奋，其惟统督之臣。求之在廷，其选甚重。某忠勇仁厚，将以智谋。使治吾军，必能副朕所属。今阅士之艺，朕皆亲临，拔其异能而汰其疲软，其于抚循训励之方，可谓至矣。尔于典领，惟公赏罚，可以服其心；惟笃恩信，可以致其力。使处则有以养朕之威，出则有以扬朕之武。待尔任职，称朕意焉。

都虞候制

士之以材武宿卫左右者，其选甚精；而虞度候视于军中者，其任甚宠。某忠勇有劳，宜在此位。进迁使号，其往钦承。

都 知 制

门闱房闼之间，朝夕给事，非谨信忠笃，乌可以处斯任哉？某服劳左右，阅岁已深，淑慎厥躬，朕所考察，俾率厥属，往惟汝宜。其思永于厥修，尚终绥于荣禄。

内 臣 制

给事长秋，服勤惟旧。今其老矣，思就便安。录尔之劳，宜进位等。尚思祗服，以称朕恩。

责 帅 制

联拊士于闲暇之时，盖将责其效也。至于临敌逋亡，朕虽假之以恩，而将帅之臣，则当济之以肃，使纪律章明，然后威可厉而士可用也。尔握兵之要，宜知其职，而溃卒之入，煦煦受之，劳问饷给，如劳归师。使夫三军之众，将何视焉！有苟简姑息之心，无守正奉公之谊。阃外之事，朕孰赖哉！议罪正刑，有国之典。夺其近职，处以偏州。尚自省循，兹为薄责。

监 司 制

分部而使，连数十城，事之与夺，吏之黜陟系焉。古方伯之任也，其选甚重，固无假人。尔修洁纯明，治行强敏。刺督之寄，往共厥服。夫能使政举刑清，和乐交于上下；人足家给，富饶洽于公私。皆汝守也，可不念哉！

广西转运使制

自既开百粤，而地尽南海，提封万里，莫不内属。本朝之制，始分桂林以为西部，非独镇抚吾民，亦以绥驭山居谷聚并海之蛮夷。故将命而使，其选常重。尔尝试而可用，是用任属。夫柔远则能迩，其务宣布上恩，辑宁异土，无失朕指，往钦厥司。

蜀转运判官制

西南之地，延袤数千里，外临殊俗，内杂溪谷诸蛮。列州成县，以保安吾民，境大人众，故蜀部为四，而利居其一，最远且险。参于使事，其选甚高。求于在廷，是用属尔。夫保民以仁，而怀远以德，兹朕所向，其往钦哉。

转 运 使 制

国家岁漕东南之粟，以实京师。故命使部之臣，推择能吏。使度材具舟，以济其役。尔应其选，岁课甚优。是用迁秩京司，以为尔宠。朕于臣下之勤劳，虽微且远，无所遗矣。则尔之自效，可不勉哉！

陕西转运使制

分部而使，兼地数千里。治兵与民，与夫征赋之出入。自陕以右，则又与疆埸之事。其于寄属，必惟其人。察于在廷，无以易尔。夫使督课明而政事举，经画当而财用足，吏与士皆悦而劝，兵与民皆赡而靖，尔之任也。其尚起哉！

提举常平制一

朕悯农之不易，故择材谞之臣，分部四出，以平其政令，而佐其衣食之业。尔以能闻，当是任属。其务知朕之意在于惠民，往慎厥司，慰彼黎庶。

提举常平制二

朕悯夫农之艰且勤，故详为劝助之政。又择能吏，分部四出，使推而行之。尔以材闻，预在兹选。其思宣布朕恩，使敦本业之民，安其田里而足于衣食，则尔为能称其职，可不勉欤！

知　州　制

昔先王之法，导民以德，齐之以礼，而有耻且格。后世不及。然破觚以为圆，斫雕以为朴，禁罔疏阔，而吏治蒸蒸，不至于奸，犹为近古。朕甚慕之。今能与吾共成此理者，其唯循良之吏乎！以尔为能，与在兹选，使刑罚清而风俗美。尔能善于其职，则明考察而公赏劝，朕岂贰于必行。其尚自强，方观尔效。

知河阳制

盟津冀豫之域，背河向洛。成皋之间，天下之重地也。山川之固，为国屏翰。分土而治，非文武之特，曷可以当选授哉？某以材进拔，阅试已孚。俾仍近班，往祇厥服。有生齿之众，属尔抚和；有连营之师，待尔绥辑。尚茂循良之效，庶宽西顾之忧。

知军制

开建城壁，本以辑治军旅。今四方既平，而假守之臣，实任民事，列于有土之官，矧朔北并边，寄属尤慎。尔以选择，往祇朕命。夫能宣布恩威，以拊循吾人，而怀附异俗，则为善于其职。尚思尔守，无替训辞。

通判制

州有治中，以佽助其长纪纲众务旧矣。今列城之守，皆有贰焉，盖亦其任也。尔以考择，往祇厥叙。尚思称职，以报朕恩。

罢馆职加官制

夫为官择人，处其名者必任其事。而儒馆之设，有位号而无分职，使学士大夫将何以效其实欤？是用命尔进阶一等，而罢其虚称。其有异能，朕将明试以功，庶尔之材得旋于用，以成朕招俊乂、康庶位之意焉。其尚懋哉。

赏功制一

王师西讨，尔能奋力行阵，斩献首馘。稽诸赏典，宜进官荣。尔尚勉哉，益图来效。

赏功制二

擐甲执兵，人之重任。赏信而速，所以劝功。尔爰整我师，徂征西土。大歼丑类，来献厥俘。图尔之劳，进阶一等。尚思奋励，以伫异恩。

团练使驸马都尉制

大长公主，吾姑也。位号礼服，褒崇光大，国有彝章，盖其下嫁，必得勋阀之门，良能之士，然后可以成先帝爱育之仁，而称朕隆崇之谊。某贵旧家子，内外行完，是用选见于庭，命之进尚。团兵重任，倅马美名，兼而授之，盖稽故事。夫恭俭靖慎，可以保令问而绥宠禄。兹惟朕训，汝尚勉哉。

磨勘转官制一

吏之在其位者，积岁月之勤，应有司之格，必有甄进，以明劝奖，此国家之典也。今序尔之劳，迁位一等。往思祗服，以称朕恩。

磨勘转官制二

朕谨名分，正官守，以董齐百工。至其有试用之劳，无践履之玷，则皆稽其岁月，法有甄进，所以使吾勤事之吏知所劝也。今有司比尔之课，应于迁格，宜升阶品，以允新书。其服朕恩，往思来效。

军 功 制 一

惟羌稔恶，世盗西疆，理将殄除。内自生变，致天之伐，非朕敢私。尔躬提偏师，摧陷丑类。震动河外，宣明国威。破竹之功，成在旦夕。赏不逾月，朕尚迟之。用迁尔官，以励众士。能歼大憝，当有异恩。

军功制二

河外之地，我之旧服。羌能靖纵，则以畀之。今其将亡，自相戕害。爰命讨伐，盖将天威。某沉勇有谋，提兵以出，献俘斩馘，屡奏厥功。擢进使名，以招信赏。能歼首恶，尚有异恩。

军功制三

朕惟羌之猖狂，内相贼杀，致天之伐，爰命六师，止除罪人，复吾故地而已。尔握兵而出，屡以捷闻。盖夫军赏之行速则众劝，是用选尔之秩，以激士心。尚有不次之恩，以待凯还之喜。

新及第授官制

朕立学以养天下之材，设科以进其造秀之士。其于教导推择，欲成美俗于四方，得群能于庶位者，可谓尽其意矣。尔以经行文学，选自朕躬。命以一官，将观汝效。往祗厥叙，思称朕恩。

责将制

汝始以微功进。朕不次用汝，而属之守边。乃冒吾法，出蛮夷之中，发人采金。无出入之籍，有侵盗之形。朕惟不欲数使远人，烦于追逮系狱也，宁失汝罪，不究穷之。

堂后官转官制

吾调兵于外，而号令节制之由中出者，汝以宰属，与于治文书，赴期会，能办吾事，进秩一等，以奖尔劳。尚思恪勤，无坠厥守。

劝　学　诏

朕惟先王兴庠序以风四方，所以使学士大夫明其心也。夫心无蔽，故施之于己，则身治而家齐；推之于人，则官修而政举。其流及远，则化民成俗，常必由之。古之所以长人材、厚人伦者，本是而已。朕甚慕之，故设学校，重学官之选，而厚其禄。凡欲以诱诲学者，庶几于古也。而在位者无任职之心，承业者无慕善之志。至于师生相冒，挟赂为奸，嚚讼嚣然，骇于众听，而况欲倡率训导，洽于礼义；磨砻陶冶，积于人心。使方闻修洁之士，充于朝廷；孝悌忠笃之风，行于乡邑，其可得乎？朕甚悯焉。故更制博士，而讲求所以训厉之方。定著于令，以为学制。予乐育天下之材，而庶几先王之治者，可谓至矣。

自今有敦行谊、谨名节、肃政教、出入无悖、明于经术者，有司其以次升之，使闻于朕，将考择而用之，以劝于尔众士。有偷懦怠惰，不循于教，学不通明者，博士吾所属也，其申之以诱导，使其能有易于志，而卒归于善，固吾之所受也。予既明立学之教，具为科条，其于学者，有奖进退黜之格，以昭劝戒。至于学官，其能明于教率，而详于考察，有得人之称，则待以信赏。若训授无方，而取舍失实，亦将论其罚焉。明以告尔，朕言不欺。尚其懋哉，无诒尔悔。

【解题】

《文章辨体序说》引南宋吕祖谦语：“近代诏书，或用散文，或用四六。散文以深纯温厚为本；四六须下语浑全，不可尚新奇华巧而失大体。”张伯行曰：“南丰诸诏皆有西汉风格。余按斯篇所言教学之弊，甚可叹息。末段责成学官意尤善。”

劝农诏

夫农，衣食之所由出也。生民之业，莫重焉。一夫之力，所耕百亩，养生送死，与夫出赋税、给公上者，皆取具焉。不幸水旱螟螣之灾，往往而有，可谓劳且艰矣。从政者知其如此，故不违其时，不夺其力以使之，明时之因析以授之，差地之腴瘠以处之，春省耕、秋省敛以助之。《诗》曰：“馌彼南亩，田畯至喜。”言上所以劳之也。又曰：“骏发尔私，终三十里。”言上所以劝之也。其奖励成就之者如此。

朕自承天序，内重司农之官，外遣劭农之使。为之弛力役，均地征，修水利。或一雨愆期，则忧见于色；或一谷不成，则为加恻怛。有复除之科，有赈恤之令。夙夜孜孜，焦心劳思者，凡以为农也。今耕者众矣，而尚有未勉；垦田广矣，而尚有未辟。岂拊循劝率有所未备与？抑吏怠而忽，不能宣究与？有司其于农桑之务，益思所以除害兴利。诏令已具者，无或壅阏；所未尽者，勿惮以闻。要使缘南亩之民，举欣欣然，乐职安业，洽于富足，称朕意焉。

【解题】

张伯行评：“留心民瘼者，能不为之慨然！”

正长各举属官诏

盖闻尧之治曰百姓昭明，舜之治曰四门穆穆。然则当是之时，在位皆君子，其是非不惑可知也。故尧欲厘百工，舜欲熙帝载，求可任者，皆访诸四岳。因四岳以命禹，又因禹以命稷、契、皋陶，因群臣之佥曰以命垂、益、伯夷，因伯夷以命夔、龙，其审官用贤，不自任其聪明，而稽之于众如此。然存于《书》，二帝所命者，羲和、九官、十二牧，皆官之正长也。至于属官，则未有二帝尝命之者。其遗法之可考，则周穆王命伯冏为太仆正，戒之曰："慎简乃僚，无以巧言令色，便辟侧媚，其惟吉士。"则自择其官之属者，官之正长之事，此先王之成法也。

汉魏以来，公府郡国亦皆自辟其属，而唐陆贽请使台省长官自择僚属。盖上下之体相承如此，以周天下之务，此古今之通理也。

今朕董正治官，始自三省。至于百工，皆正其名。夫使在位皆君子，而是非不惑，此朕素所以厉士大夫也。故凡官之长贰，朕既考择而任之。尚书政本也，自郎已下用吏甚众，其令仆射、左右丞、尚书、侍郎，各于其所部员有未备，皆举二人以闻，朕将择而用之。其未用者，亦识其名以待用。朕稽于古以正百官，稽于众以求天下之士，其勤可谓至矣。惟官之长贰之臣，皆朕所属以共成天下之治。其尚体朕意。所举惟公，以应朕之求；所陈惟实，以严朕之诏。其得材失士，有司其各以等差，具为赏罚之格，朕将举而行之。赏吾不恪，罚亦无舍。非独搜扬幽滞，庶几为官得人。亦将以观吾大臣之能，使朕得与众士大夫合志同心，以进天下之材。作则垂法，行之于今，以诒后世。追于先王之成宪，无令唐虞有周专美于古，不其美欤！咨尔庶位，其谕联意。

【解题】

何焯评本文曰："此篇直举唐、虞、有周，不推本祖宗用人，失体。"张伯行认为此文"引证经典，凿凿有据"。

赐高丽诏

盖闻昔在夏后，分天下为五服。地有远近，故治有详略。而声教之盛，东渐于海。朕甚慕之。顾德不明，何以逮此。而尔东国之君，款诚内附，数遣使者，乘不测之川，献其方贡。惟尔之义，朕实宠嘉。宜有异恩，以称勤恪。而尔比缘养疴，以医为请。眷然东顾，朕预忧之。是用择遣方技之官，具舟以往。尔惠彼一方，神明相祚。药剂所补，以时康宁。达于予闻，欣庆方属，而遽驰僚从，来致谢章。览以慰怀，奖叹良厚。尔自乃祖以来，保乂彼土，其尚颐精神，强饮食，格于眉寿，以均福于有众。使尔有世济其美之功，而朕预声教及远之休。其始自今，永孚于好。

【解题】

何焯评此文曰："谦厚。"

拟代廷试进士策问三首

策问一

朕有志于卑汉唐之治，而欲比迹于唐虞三代之盛。故于书无所不学，而通其意；于天下之事无所不讲，而极其本末。于人之材，长养成就之者甚厚，求而用之者甚至；于民之务，忧勤思念者甚详，抚而绥之者甚力。患风俗之敝也，正己以先百姓，而明于教示；患政理之陋也，稽古以定制度，而谨于持循。欲斥大疆土也，劳于经武；欲怀附夷狄也，广于推恩。人之所欲者不敢违，人之所恶者不敢强；赏不敢以喜而滥，刑不敢以怒而淫。群臣之进对者，夕请而朝见之；四方之奏事者，旦入而暮报之。未尝有声色之娱，未尝有畋游之好。不营宫室，不崇苑囿。衣服饮食，取具而已。兢兢业业，不敢暇逸，日慎一日，十有六年于兹矣。

惟先圣王之烈，虽自视欿然，察其用心，如朕者亦可以无憾矣。然古之大有为之君，必有大效于天下，至于小能小善，亦各有小补焉。奚独至于朕也，意弥笃而功未见于人，行弥励而德未见于世。岂所谓是者非欤？所谓能者否欤？抑所行者为可止欤？所舍者为可用欤？将在位者奉承法令，苟为空文而不务究宣朕意欤？意者今去古远，先王之政不可以复欤？凡朕之所为由前者，其失安在？宜于今者，先后施设，其要如何？唐虞三代之所以成功德者，孰近于今，可推而行之？汉唐之卑者，孰存于今，可革而去之？其悉心以对，朕将自择。

策　问　二

夫有二《南》之化，则有《羔羊》之大夫，《兔罝》之士，《汉广》之女。其成人之材，则见于《思齐》；其成物之性，则见于《行苇》。盖王者之治，由近及远，其效如此，何其风俗美而流泽深也。今朕躬礼义以先天下，恐其未喻也，崇庠序以导之，縻爵赏以劝之。患其未从也，以政率之，以威董之，可谓尽心矣。

然朝廷之臣，未能有素丝之节，正直之行；中林之士，未能有慎独之心；女子之谊，未能有翘翘之绝。况于有德有造，成人之材，牛羊勿践，遂物之性，可望其仿佛乎？朕于士民，惫精刻意，以待其善，而天下靡靡，便文苟偷而已，何其习之难变也。

夫先王之教，其本岂易于身先之？其具岂易于崇庠序、縻爵赏、修政刑以将之？与今之所务者同也。然以今方古，违从之效异，何也？岂今之所知者不明，所尚者不审欤？抑人散久矣，不可以复化欤？子大夫待问于廷，其以经对。

策问三

朕获承祖考，惧德不明，故小大之事，躬亲省决，以夜继日，不敢自暇，而政未加善；侧身践行，兢兢业业，不敢自逸，为天下先，而俗未加厚；崇庠序之化，信赏罚之法，以开导，而士未加励；悯农惠商，补其乏阙，除其疾苦，以劝助，而民未加富。砺器械，教士卒，所以经营之者甚具，而武事未立也；定制度，正官号，所以弥纶之者至备，而文治未洽也。至于百工未昭，彝伦未叙，四民未尽得其职，万物未尽遂其性。中国之势，或诎于夷狄；九州之地，未一于旧服。是一皆戾古。岂朕之不敏，所知者非其要，所由者失其统欤？抑群臣之在事者不称其任，不能辅朕欤？将乖缪之习久，更革损益之始，其功难见欤？朕之待物者，未尝不以诚，而下之应上者，皆文具而已，是何故也？意朕之所为，与古之所以致治者无异，而其效之不同，何也？二帝、三王、秦汉以来，迄于唐及五代，虽功德有间，然其所以治且昌，与夫所以衰乱失之者，其迹可考，基原必有在。方其治且昌也，所由之路，末本先后，其一致欤？抑有殊也？其衰乱失之也，浸渐积累，所以致之，一揆而已耶？抑不然也？知古今，明治乱，子大夫之职也。其具著于篇，朕将亲览。

【解题】

何焯评《策问一》说："起处语太近夸，如此何由得直言之士？曾、苏相去远矣。"又说："不征实事，但问大义，失策试之本。"（以下各篇解题从略。）

拟试制科王平甫策问一道

问：盖闻至治之世，教化明而风俗美，士之处者皆笃于自治，而仕者皆能称其官。当是之时，百度修而万事理，故上下富足，百姓和乐而臻于仁寿，旋及鸟兽草木，皆遂其性，至于蛮夷戎狄莫不欣欣附焉。其所繇者何术而至于斯欤？今士寡廉耻，而希合苟且之俗盛，至于举选甚弊而百职未修，上下之财不赡于用，元元匮急而轻于抵罪，鸟兽草木未尽遂其性，蛮夷戎狄至勤于御备之策焉。其不能方古者何谓欤？夫事其末而欲及其本，与泥其迹而求合其变，皆不可也。然则仿于古而不迂，近于今而不卑，必有其道可得而言焉。昔孔子语为邦曰：乘商之辂，服周之冕，乐则曰韶舞。今考其事尚可复于当世欤？如不可复，则兴今之礼乐者将何说欤？子大夫其悉陈焉。

策问十四道

问：孔子曰："德之流行，速于置邮而传命。"而孟子亦曰："事半古之人，功必倍之。"如此则用先王之道以治国家天下，其见效岂不速哉？然而又曰：如有王者，必世而后仁。善人为邦百年，可以胜残去杀矣。如是则积德累善，旷世绵祀而后有成，又何其迂且久也？夫憔悴之民望其恩德，与愿治之主望其治之效，期月犹且迟，而可以一世百年期哉？岂圣人之道大，施用之际难欤？抑迟速之间繇所遭之时异欤？二三子可辨之。

问：官有德，爵有功，所从来尚矣。今爵虚器也，凡有功者固以官赏之矣。其可乎？其亦有不可者乎？

问："非礼勿视，非礼勿听，非礼勿言，非礼勿动。"然而视听言动一于礼，则不合于俗者有矣。顺俗则自枉，不合于俗则怨且怒，且指目以谤者行焉。谤怒非君子之所忧也，然君子之于道德非独自足而已，将以有为也。如与一世人不合不识，其能有为乎？是则其所积累者小而为害于事也大矣。孟子亦曰：枉尺而直寻者，以利言也。如以利言，则枉寻而直尺亦可为欤？又曰："枉己者，未有能直人者也。"如孟子之意，则亦自信而已矣。然则君子之道，其无以纾谤怒，便于时，合于众人之心者乎？今观孔子、孟子之所以自为者，则亦从优游，不皆不合于世也。是亦何道乎？二子者岂无说乎？吾子其言之。

问：钱为物，非无形而不可见者也。不藏于国，必藏于民；不在于民，必在于国；出于此，必在于彼，势理然也。今大农之钱常不足，而民间尤甚。是物也，不外天而沉泉，其安所归？而孰繇致其然欤？将欲使上下之用俱足，有无之求两通，岂无说乎？

问：《易》曰：天地之道简易。而于《乾》则曰："天行健，君子以自强不息。"又曰："大哉乾元，万物资始。"其于《坤》亦曰："牝马地类，行地无疆。"又曰："承天而时行。"又曰："至哉乾元，万物资生。"夫至健以动于上而不息，至柔以承之于下，勤孰甚焉？始万物生万物焉，不为不烦也，其于大体，不与夫简易云者戾耶？而孔子之云尔何也？又曰："易简之善配至德。"又曰："易简而天下之理得矣。"其又可属之于人事邪？愿质其所以然而见教。

问：三王之世，用当岁之入，其余以御凶荒。下而至汉，其用度亦不加少焉。然孝文时悉弛租税与民，民与国皆有余。今之用度视汉固若无异然，然租税之外，山泽关市之利取之殆既焉而不足，国与民平岁皆甚病，此其故何也？其有以救乎否也？

问：《春秋左氏传》说晋文公之入也，利其民而欧之以礼信之教，然后用之，一战而霸。夫能使其民得其利而入于礼义信之教，圣人之所以为治之具岂易此耶？然而不曰斯道也王道然也，何以哉者？其道固亡异而说者卑之邪？抑不然也？欲释其所以然，则将孰质焉而可矣？而王道之本末深浅何如也？

问：教之不洽于人也，曰处于位者莫为之先也。欲为之先则何施焉而可？古之道何者近于今？今之所当始者何事焉？吾子其言之也。

问：移风易俗莫善于乐，安上治民莫善于礼。孔子云然，其无不然也，不疑矣。既然，则功美岂寡哉？而于《记》则曰：功成作乐，治定制礼。信其如是也，则夫礼乐云者，不足以就功治耶？不然，何功成治定矣，而始区区为也？无亦与孔子异意哉？孟子又曰：今乐犹古乐也，而唐太宗亦指陈声以明悲乐，柳子厚又称孟子，是则制作云者，其不必事耶？抑虽事之而非所以为本邪？黄帝以来孰为而不相沿袭也？本之要如何也？为今议者，于吾子意孰安？

问：周下文武至于夷王未久也，而其治已替。汉与唐也，治不掩乱。于戏！天下之于治也何寡，而乱数如此。今固承大敝之后，而所承者将缅而戾于周欤？抑止于汉与唐也？汉与唐也，其治孰愈？其当时之制，有合于周乎？抑皆不合也？求其可以尚行于今者，倘有之乎无也？欲如周之盛时，其道易施而其验易见者，愿以开于今。

问：乾六位，未尝有阴焉，而坤之为体，不可以为刚也。然《系辞》则曰：立天之道曰阴与阳，立地之道曰柔与刚。信夫阴与阳、刚与柔也，天地当并用之也，则将于乾坤何合焉？又曰“兼三才而两之”，今之人其信于天地，通乎不也？吾子当习于其说。

问：伊尹亡夏而归汤。汤，圣人也，知伊尹足信不疑，故以之相，而商为大治焉。世颂汤与伊尹无穷也。令汤虽圣人，不得伊尹之助，未可以有为也；伊尹虽自任以天下之重，不与汤相值，亦未得志也。下汤与伊尹，其治未尝非主与臣相值也，其乱亦未尝非主与臣相戾。主与臣固常相须，而其合何少也？欲主之无不知贤足信不疑，而贤臣之必得行其道于天下，如之何而可？世之所以治乱之本不于是在耶？

问：《论语》曰：“苟有用我者，期月而已可也，三年有成。”又曰：“如有王者，必世而后仁。”又曰：善人为邦百年，可以胜残去杀。是皆圣人之言也，圣人之言也宜壹，今其不合如此，不可考据也，岂其记者之妄欤？抑信然也？信其然也，则将何质焉而可以壹也？古之远者难道矣，唐太宗至于今未久也。唐太宗之为治也，甫三年尔，人之产皆有余。越之望陇为绝域也，其相之者，不持粮与兵而足无患。天下断狱，岁三十人而已，为安且治至此盛也。“三年有成”云者，非已然欤？今治天下以累世之渐，然而人之产皆不足，盗或袭州县，断狱岁以千数，必世、百年云者或过而几矣，然而不至于安且治也。所贵乎学者非徒习于文而已，今其可行也，吾子盍言所以得失之繇，而通于圣人之所云尔以谂于时耶？

问：李德裕曰：“正必去邪，邪必害正。”德裕之自道固不然也，其道邪正之势则适然矣。天下之所以治非它焉，用舍邪正是而已矣；其不治非它焉，用舍邪正惑而已矣。人主未尝不欲治，然于惑也，不终有焉，则间有焉者多矣。终有焉者何议焉？间有焉者则可谂之矣。以天下之大也，行之于国与民非一事也，群臣之多也，其言与行非一迹也。邪正之归，何以与知而不惑也？可以圣与贤而不言，学者而不知乎？

策问八道

《乾》之二五皆曰“利见大人”，《屯》之二六皆曰“乘马班如”，《归妹》、《泰》之六五皆曰“帝乙归妹”，《损》之六五、《益》之六二皆曰“或益之，十朋之龟”，《履》之六三曰“眇能视，跛能履”，而《归妹》则初九曰“跛能履”，九二曰“眇能视”，《既济》之初九曰“曳其轮，濡其尾”，而《未济》则初六“濡其尾”，九二曰“曳其轮”，或有《离》之象，而多曰利用狱，或有《巽》之象，而多曰“利涉大川”。凡此者，其辞或离或合，或同或异，其象各有系，其义各有所当，《易》学者之所宜尽心也，宜别白其旨，而是著于篇。

问：孔子曰：“志于道，据于德，依于仁，游于艺。”老子曰：“失道而后德，失德而后仁，失仁而后义。”韩子曰：“道与德为虚位，仁与义为定名。”老子、韩愈亦各以其所得于圣人者自为一家之言邪？抑其有所激抗而其言不得不然邪？抑会其归不与孔子异意邪？其辨二子之得失，而推孔氏之意，凡四者之所谓如何？悉书以对。

问：二帝三王之治天下，岂出于求之材，开言路，用赏罚，明好恶？而当时大治，后世称之至今。今之所以别贤不肖而进退于朝廷，未尝有一士或遗于下；广谏诤之涂而聪明视听，未尝有一言不通于上；罚罪而赏功，以惩劝之意，未尝有一事不以其宜；好善而恶恶，以明化道之方，未尝有一事动不求当，与古之所以治天下者岂异？而今之治未足以迹于二帝三王之盛，其何谓邪？盍亦言焉？

问：韩愈曰：“吾读孟轲书，然后知孔子之道尊，得扬雄、荀卿之书，而益尊孟子，以谓二子者皆圣人之徒。”然今世学者好诋訾三子之说者甚众。三子者诚诡于道，而愈之书又过于言乎？抑今之学者未达于三子之说而好辩以妄议乎？如三子之说不诡，韩愈之所谓者不过，而今之学者皆是，其不有害于世、乱于圣人之道？欲使其能达于三子之说，而以其好辞妄议之心抑有达乎？自古至今，百家之说众矣，其亦有可取者乎？抑皆无可取者乎？圣人之所以自得而不同于百家者于经何说？百家之所以失而不合于圣人者于经何谓？而三子之书，尤恶百家之学者，又何也？愿闻其所以。

问：《中庸》曰：“君子尊德性而道问学，致广大而尽精微，极高明而道中庸。”子学礼，能言六者之所谓，其著于篇。

问：今举天下之士，开间岁之制以收遗滞，定保行之法以革骜悖，修土著之令以息奸妄。策问之试，使明于治乱之体者得毕其说。设明经之科，使通于圣人之意者得申其学。予以谓如此可以得天下之贤材而变近世之风俗乎？

问：六经之书，太极以来至于天地人神事物之变、远近小大微显之际、异同之旨无不备者，而其要则在于使学者知顺性命之理、正心修身、治国家天下、尽天地鬼神之宜、遂万物之性而已。然其言不一，其意难知。今欲闻太极以来至于天地鬼神之际与学者之所以顺性命之理，而正心修身者其要安在，至于国家天下者之其本末先后如何，尽天地鬼神之宜、遂万物之性者何方而可，此学者之务也，其勿务于虚词，而据经之言，以其远近大小微显之义、异同之说以对。

问：《书》曰：命夔典乐教胄子，直而温，宽而栗，柔而立，愿而恭，刚而无有虐，简而无有傲。又曰：神人以和，祖考来格。又曰：鸟兽跄跄，百兽率舞，凤皇来仪。《记》曰：国君无故不彻钟磬，士无故不彻琴瑟。又曰：功成作乐，事与时并，名与功偕。又曰：知礼乐之情者能作，识礼乐之文者能述。孔子曰：移风易俗，莫善于乐。今乐犹古乐也。夫礼乐刑政皆治天下之具，而有虞氏以来，教人者必本于乐，何也？其救人之性，使之直温宽栗柔立愿恭，而刚简者无虐与傲，是果何以哉？钟磬琴瑟无故则不彻，然则乐之急如是邪？功成作乐，事与时并，名与功偕，则乐者象功德而已，其使之风移而俗易，至于动天地、感鬼神而及于飞走异类无知之物，莫不皆化，是出于至治之极，所感者如此，乐者文之而已邪？抑感之者非他，固独在于乐邪？如欲作礼乐，则其情之可考于古者何近？如欲述礼乐，则文之可用于今者何宜？孟子以谓今古之乐同者，其合于经邪？生其务极其意而各以经言。

问：《诗》之序曰：太平之君子能长育人材，则天下喜乐之。而《孟子》亦曰：得天下之英材而教育之，一乐也。今之君子有长育人材之势，而又能有其志者，固少矣。有其志而以士之难知也，进以文辞而不奉于理，则浮华以乱实、险怪以乱正者将有取焉，是不害于道邪？进之以行义而本于理，则繁礼而饰貌、好奇以诡众者将有取焉，是不害于道邪？夫育人材者固将长育成就人之材，以劝天下而移风俗也。今其害若是，知其溺于浮华之可患而宁进繁礼饰貌好奇之人，庶乎其有激，而幸乎其有实也，其可乎？抑其犹不可也乎？古之君子长育人材而能本于理者，其要如宜，具书以对。

九 碑志

刑部郎中张府君神道碑

府君讳保雍，字粹之。景德二年举进士，中甲科。授山阴主簿，有能名。提点刑狱皇甫选上其状，拜大理评事，监尉氏酒。逾年，知三泉，用故事，得假五品服专达。既至，叹曰："吾常所欲为此，几可试也。"县以治闻，就改寺丞。久之，通判齐州。李丞相迪镇永兴，扳府君自赞，遂通判其军府。李公去，寇莱公代之。诏易府君风翔，莱公雅知其贤，因奏留之。事有利害，未尝不争，听乃止。玺书奖之，迁殿中丞。钱思公惟演、李三司士衡荐任佐益州，避亲嫌不拜。授鄜州，迁太常博士，寻换晋州。今上即位，以屯田员外郎、绯衣银鱼知汉州。夜中四卒叩府，告禁兵两营变。佐吏骇，辈入府，府君徐出，独械四卒掠之，趋作诬状，徇两营以安之。至明鞫得，乃实四卒与伍中谋，幸受己甲，捕两营，因自以为叛，遂弃之市，及谋者九人。因奏言蜀戍兵久合，往往叛，可因使臣去来番代之，行之至今。擢拜都官，还朝，庄献太后面嘉之。联拜职方度支判官、契丹国信使、荆湖北路转运，章服金紫。有冯异以化黄金干太后，得奉职监鄂州税，知州欧阳颖事之曲恭。武昌置场中市民炭，常时吏先署入抄文为足，而实尚留民家不入，比漕发，乃直取载之，以为故。颖暴，又欲资异谋，使按之，坐盗死者十八人，当论，府君自荆南乘单船，六日夜入鄂，直之，笞守吏数人而已。同时，汉阳俚民贩茶，得知军骆与京诬民忤巡检，应首死者二十人，随者百余人，与京暴甚颖，人莫敢相曲直，府君遂乱江往虑之，二十人者得不死，随者皆贯。汉阳距江为城，潦至堤辄毁，岁调薪石，发民完之，工四千人，两县以病，府君身自护作，省工费半，堤完至今。迁祠部郎中，满岁，更两浙转运使，加刑部，行部至婺，刺得其守罪，留治之。未既，疾作，遂不起，明道二年九月五日也，享年五十九岁，以景祐二年八月壬申葬汝南宣献乡之先茔。

张氏世为显姓，府君先居齐之禹城，及考讳制，官至库部员外郎，赠吏部侍郎，过蔡州，乐之，家焉。府君娶彭城刘氏枢密直学士师道之侄，封本县君。子定、察、彦博，仕有治声。最少彦辅未仕。府君之丧，朝廷以察为鄂州推官。府君甚爱考城刘待制，刘亦厚结之，子娶府君女。

庆历三年，彦博为抚州司法，为予言：府君平生端重不忲，燕闲未尝见其懈容，为治威严，不擿细事。为汉州，民赵昌以画名，府君迄代不同。至剑门，昌追献画二幅曰："前太守举从昌取，又应朝贵人求汲汲，昌以技尝自苦，德公不扰，敢献。"府君强受之而归之直。其使吴越，吴越匠巧天下，未尝致一器一物。历问其治己，虽小者如此。又称其官次施设状如前，而曰今史馆修撰王质铭其德于圹中，校书郎王安石又序其诗，惟所以显章于墓道之左者，其辞不立，惧无以畀四方人视听，请予文张之于碑。予不让，铭曰：

为天下之道，本诸得人。公卿内庸，诸侯部使者外治，其体两重也，易知矣。今常患材难，不足布此位，故不能推其功惠及民，岂世所谓贤，天固啬邪？抑其求弗切耶？盖宜放而登，当取而遗，其施为缪然也。如府君钟材甚美，而进也得其时，自守及使，绪行既卓矣，使极其设修，可胜言耶？而止于斯，其可嗟也已。方今敝郡凋部相望，如府君其又可思也已。则凡蔡里之耋龀，恶得不严其墓耶？

【解题】

作于庆历三年（1043）。何焯评曰：“此篇叙事颇为生色。”

张久中墓志铭

君姓张氏，名持，字久中，初名伯虎。庆历三年来自曲江，入太学。当是时，天子方诏学官岁献士二人，学者以数百千人，独献君，会学散，不报。于是时，予盖未尝识君也。后二年，过予之所居临川，始识之。

君为人深沉有大度，喜气节，重交游，一时所与之游者甚众。而君所尤称者，广汉张贲，以为年少可进以学者，莆阳陈惇。盖君之学多贲发之，而于惇以师友自处也。凡君之与人交，喜穷尽其得失，其义足以正之，而其直未尝苟止也。至其与众人接，尤温以庄，不妄与之言。与之言，必随其材智所到，不病以其所不为。故君之友皆惮其严，而喜其相与之尽。众人之得君游者，亦皆喜爱而未尝有失其意者。其语曰：“士生于今，势不足以持世，而游于其间，当如此也。于临川，出其文章，因与予言古今治乱是非之理，至于为心持身得失之际，于其义，余不能损益也。后二年死于兴国军，某月某日也。明年，其弟来江南，以力之不能，将独负君之骨以归。是时陈惇方以进士得出身，约君之弟曰：“吾忍不全归吾友邪，明年吾得补为吏，力能以君之丧归。”其弟乃止。

君年若干。祖某，考某。君幼孤，养于兄嫂，尝曰：“嫂之于吾犹母也，妇能以姑之礼事吾嫂者，可以为吾妇矣。”然卒亦无也。君固难交，然不易其好。而陈惇者，与君交尤深也。予尝视惇与君之相从，忧穷龃龉，无不共之，其中心岂有利然也。世之交友道废久矣，其有之，或非此也。然则君之事，其有取于世教非邪？惇以某年某月某日归君之丧葬地，而属予铭。其辞曰：

呜呼久中，不如其志。孔孟以然，何独于子？生而不大，天固为之。其长在人，于此观之。

【解题】

作于庆历七年（1047）。这篇墓志重点突出了张持以义交而不以利合的交友之道，同时也赞扬了陈惇的为人，收到两全其美的效果。

尚书都官员外郎王公墓志铭

王氏其先太原人，世久迁徙，而今家抚州之临川。公讳益，字舜良。曾祖讳某，不仕。祖讳某，以子故赠尚书职方员外郎。考讳某，以公故，即其家拜卫尉寺丞。

公祥符八年举进士及第，初为建安主簿。时尚少，县人颇易之，及观公所为，乃皆大畏服。其督赋税，未尝急贫民。或有所笞罚，唯豪剧吏耳。以故建安人尤爱之。尝病，阖县为祠祷。改临江军判官。军多诸豪大姓之家，以财力自肆，而二千石亦有所挟为不法，吏乘其然，干没无所忌。公至，以义折正二千石，使不能有所纵，以明惮吏，使不敢动摇。居顷之，部中肃然。诸豪大吏见公皆侧目而视，至以鄙言目公曰："是不可欺也。"卒不得已，以他计出公。领新淦县，县以治闻。去，改大理寺丞，知庐陵县。又改殿中丞，知新繁县。县有宿奸数人，公既绳以法，其余一以恩信遇之，尝逾月不笞一人。还知韶州，改太常博士、尚书屯田员外郎。岭以南素习于夷，无男女之别。日浸月滋，为吏者师耳目，谓俗止如此，凡奸事虽得，有可已者，皆不究。公曰："夫所谓因其俗者，岂谓是邪？"居郡，求奸事最急，苟有萌孽，一切摘发穷治之。属县翁源多虎，公教捕之。令欲媚公，言虎自死者五，舆之致州，为颂以献。公使归之曰："政在德不在异。"州有屯兵五百人，代者久不至，欲谋为变。事觉，一郡皆骇。公不为动，独取其首五人，即日断流之。或请以付狱，公不听。既而闻其徒曰："若五人者系狱，当夜劫之。"然后众乃服。韶居南方，虽小州，然狱讼最多，号难治。公既以才能治之有余，遂以无事。又因民之暇时，为之理营驿，表坊市道巷，使皆可以久远为后利。归丁卫尉府君忧，服除，通判江宁府，改都官员外郎，二千石常以事倚公，公亦为之尽。宝元元年二月二十三日以疾卒于官，享年四十六。

母谢氏，封永安县君。娶徐氏，又娶吴氏，封长寿县君。子男七人，曰安仁，曰安道，曰安石，曰安国，曰安世，曰安礼，曰安上。女一人嫁张氏，处者二人。安石今为大理评事，知鄞县，庆历七年十一月上书乞告葬公，明年某月诏曰"可"，遂以某月某日与其昆弟奉公之丧，葬江宁府之某县某处。

吾尝闻乡里长老言，公为人倜傥有大志。在外当事辄可否，矫矫不可挠。及退归其家，敛色下气，致孝于父母，致爱于族人之间，委曲顺承，一以恩自克。位不满其志，故在外之所施用者，见于小而已，今吾所书是也，其大可知。则家行最笃已，先人尝从公游，其言亦然。而吾又与安石友，故得知公事最详。其将葬也，使者以安石之述与书来请铭，遂为之铭其尤可哀者也。铭曰：

公堂有母，老不觉衰。公庭有子，仁孝而才。世所可喜，公两弃之。莫不皆死，公有余悲。

【解题】

庆历八年（1048）应密友王安石之请而作。墓志的主要部分突出王益的治才及其耿直的个性，后面补叙他的孝与睦，写来既全面，又重点突出。

胡君墓志铭

君名敏，生于天禧之戊午，卒时皇祐之辛卯也。既卒之明年，葬于其所家抚州金谿县之东某里某原。字某，姓胡氏。父名晏，教君学，已为之求师，又为之求四方善人君子与之接，致其力不敢懈，至于老以死不敢变。君亦能奉其意，故君之为进士，其强学、其广记、其博问、其能文辞，于其业，可以谓之修；其事亲、其居家、其与人游，不见其缺亏，其约、其质、其不苟、其寡言，于其行，可以谓之修。夫积其勤以至于业之修，而止荐于乡；积其谨以至于行之修，而不克显于世，此世之所以哀君也。然君有可以慰其亲而不疚于其内，比于得其欲富贵于一时，而有愧于其心者，其得失何如，固易知也。母某氏，妻某氏，子某，弟某。

君尝学于余也，故铭之。铭曰：

慰其亲，学也勤。短而屯，蹇不伸。震无垠，瑑斯珉。

【解题】

作于皇祐四年（1052）。这篇墓志写得十分简约。胡敏虽曾师从曾巩，却比曾巩年长一岁，文中极称胡晏的教子之功，即是不居功的表示。

永安县君谢氏墓志铭

宋故卫尉寺丞王公讳用之之夫人、尚书都官员外郎、赠尚书工部郎中讳益之母，姓谢氏，累封永安县君。其卒皇祐五年之六月十四日，其葬于抚州金谿县之某乡某原，既卒之百有五十一日也。其子曰益，曰某，皆已卒。曰某，曰某，曰孟，楚州司理参军，亦已卒。其孙曰安仁，宣州司户参军，曰安道，皆已卒。曰安石，殿中丞，通判舒州；曰沆，荆南府建宁县令；曰安国，曰安礼。其曾孙曰某，曰某，曰某。其墓，工部故人之子曾巩志之，曰：

王氏由工部之叔父、尚书主客郎中、赠太常少卿讳观之始起家为能吏，遂追荣其父讳某为尚书职方员外郎，至于工部父子，遂皆进于朝为闻人，其世浸大。夫人及拜其舅与夫之荣，而享其子与孙之禄，其寿至于九十，其卒于抚州之临川，安于其寝。余既与夫人之诸孙游，而尝得拜于堂上，见其色和，其容谨，闻其言俭而勤，退而闻其为妇顺，为母慈，知其所以享其福禄者，其宜也已。

余观诗人之歌其后妃，至于诸侯、大夫之妻，内修法度，辅佐其夫，而其效之见，则《兔罝》之人至于《江汉》、《汝坟》之妇女，皆承其化而笃于礼。余固叹其当是之时，上下之间，内外相饬，何其至也。如夫人之资，而使出于其时，则必有歌于风而被之于无穷之事。若余之鄙，其亦曷能知其所至也哉？谢氏之祖曰某，考曰某。铭曰：

士显其施，其行易知。女处于私，其有孰窥？严严秀眉，不见缺亏。曷以长之？视此铭辞。

【解题】

作于皇祐五年（1053）。突出谢氏两点：寿长，德厚。

亡兄墓志铭

君姓曾氏，讳晔，字茂叔，有智策，能辨说，其贯穿反复，人莫有能屈之者。身穷，为生事，或毛密，应之无留，而读书理笔墨，交宾客，又思事未至当如何，亦不废也。欢愉忧悲、疾病行役、寝食之间，书未尝去目。故自上古以来，至今圣贤百氏、骚人材士之作，训教警戒，辨议识述，下至浮夸诡异之文章，莫不皆熟，而于治乱兴亡、是非得失之际，莫不能议焉。其文章尤宏赡瑰丽可喜。三代远矣。汉以来，世有成事业、就功名之时，则贤臣、谋士、材技之人，同世并出，常若有余。至时或无所用之，则士虽往往有纪，而亦不俱见于世。盖堙穷顿委于岩墙闾巷之中者岂少哉？如君之材知辨博，又其学如此，使得用其意于事，其施设必有异焉，然卒不克见于世，盖亦岂非其命也夫？君年四十有五，皇祐五年以进士试于廷，不中，得疾归，卒江州。

祖讳某，尚书户部郎中，赠右谏议大夫。考讳某，故太常博士。娶李氏。子曰觉，曰蕡。女二人。卒之岁十二月某日，葬建昌军南丰县之某乡某原某里也。弟巩为其铭曰：

世或须人，中士为材。有非其应，圣不能谐。故君之学于己为足，而材与世为乖。刻铭幽石，维以告哀。

【解题】

作于皇祐五年（1053）。曾晔是曾易占原配周氏所生，与曾巩为同父异母兄弟。墓志称颂亡兄的学识、文章，而对其功名未遂，却从盛世良材“常若有余”谈起，最后归结于命运，怨而不怒，哀而不伤，真是委婉之至。

虞部郎中戚公墓志铭

余观三王所以教天下之士，而至于节文之者，知士之出于其时者，皆世其道德，盖有以然也。去三王千数百年之间，教法既已坏，士之学行世其家，若汉之袁氏、杨氏、陈氏，唐之柳氏，其操义风概有以厉天下、矫异世否邪？以予所闻，若宋之戚氏，其事可以次叙焉。公其世家子也。叙曰：

公，宋之楚丘人。大父讳同文，唐天祐元年生，历五代入宋，皆不仕，以文学义行为学者师。殁，其徒相与号为正素先生。后以子贵，赠兵部侍郎。考讳纶，事太宗、真宗，以贤能为枢密直学士，与其兄职方郎中维以友爱闻。祥符、天禧之间，学士以论天书绌，而郎中盖亦举贤良不就，以为曹国公翊善，不合去。盖其父子、兄弟之出处如此。学士后以子贵，赠司徒。

公讳舜臣，字世佐，司徒之少子也。恭谨恂恂，举错必以礼，择然后出言。与其兄某官舜宾、某官舜举，复以友爱能帅其家，有先人之法度闻。自天祐至今，百有五十余年，天下六易，士之名一能，守一善，或身不终，或至子孙而失者多矣，而戚氏之世德独久如此，何其盛也。然世之谈者，方多人之嚚子险孙，隆名极位，世世苟得者，以为能守其业，是本何理哉！公少以荫补将作监主簿，然三十犹在司徒之侧。司徒终而贫，乃出监雍丘税，又监衢州酒。迁知舒州太湖县，兼提举茶场。治有惠爱，民乞留，诏从之。复三年，乃得代。献诗言赋茶之苛，岁用万数，愿弃勿采，以感动当世。归，监在京盐院，言盐之利宜通商，听之。出通判泗州，能使转运使不得以暴敛侵其民，而民之养其父者得以其义贯死。又通判濮州，当王则反于贝，濮民相惊且乱，公斩一人摇濮中者，惊乃止。已而提点刑狱以为功，得改官，公不自言。转知抚州，其治大方，务除苛去烦，州之诡祠有大帝号者，祠至百余所，公悉除之，民大化服。徙知南安军，至，未及有所施为，而公盖已病矣，以皇祐四年六月七日卒于官，年五十有七。自主簿凡十一迁，其官至尚书虞部郎中。公濮州之归也，以其属与公之配陈氏，凡十三丧，葬宋之北原。皇祐六年正月八日，公之子师道遂以公从陈氏葬。

戚氏者，卫之大夫孙文子，食于河上之邑曰戚，为姬姓之后，至后世失其所食邑，而更自别曰戚氏。汉有以郎从高祖封临辕侯者，曰戚鳃，鳃侯四世而失。梁有以三礼为博士入陈卒者，曰戚衮，衮称吴郡盐官人。侍郎之曾祖曰远，祖曰琮，父曰圭。其谱曰：琮自长丰之戚村徙居楚丘，故今为楚丘人。此戚氏之先后可见者也。

观公之守其业者，可以知其恭；观公之施于事者，可以知其厚矣。然人亦少有能爱之者。盖世之为聪明立声威者，虽荒谖悖冒无不遇于世。至恭让质直不能驰骤而遇困蹶者，独不可称数，余甚异焉。夫赴时趋务，则材者固亦重矣。而立人成俗，则洁身积行，是岂可轻也哉？然时之取舍若此，亦其不幸不遇，处之各适其理也。铭曰：

隆隆戚宗自姬出，临辕盐官辉名实。侍郎家梁自祖琮，违世恬幽树儒术。司徒郎中艺且贤，诋符绳公事魁崛。恂恂南安得家规，庄容崇辞若遵律。盛哉世徽后宜闻，刻铭方珉告幽室。

【解题】

作于至和元年（1054）。这篇文章称颂戚氏的世德，批评世人只重名位、不重道德的思想，而对有德者遭遇困厄、无德者飞黄腾达的不合理现象提出质疑，议论成分较多。张伯行评：“文字苍劲峻洁，全学太史公来。”

永州军事推官孙君墓志铭

黟县之孙氏有起进士、为尚书工部郎中、广南西路转运使以卒者，讳抗，以文学见于世，其葬在黟之上林。有子亦起进士，为永州推官以卒，卒时年二十有八者，讳适，亦以文学见称，葬在其父之左。将葬，其弟邈以告，而乞铭于南丰曾巩。其序曰：

孙氏世家富春，唐有徙歙之黟县者，讳师睦，始自别为黟县之孙氏。师睦生延绪，延绪生旦，旦生遂良，以子恩为尚书职方员外郎，职方生工部，工部实生君。君年十有四，辞亲学问江东，已有闻于人。往从临川王安石受学，安石称之。后主越州上虞簿，去，以父恩得永州。父卒，万里致丧，疾不忍废事。既葬，携扶幼老，将就食淮南，疾益革，遂卒于池州大安镇，实至和二年。始，工部为御史，不合而出。及使南方，仆且起，遽卒。君尤自力学行，谓蕴必发，其在君，又止此。君于学问，好其治乱得失之说，不狃近卑。于为文，以古为归，不夸以浮。虽素羸不废书，虽进不怠以止。既肆而通矣，而不得极其至。其铭曰：

孙世来黟，拔身艰故。为世闻家，始自工部。工部孰有？有书百篇。永州之学，自其父传。其果以力，其敏以明。内有其质，外以华英。再以不就，其后当侈。君不有子，君多兄弟。

【解题】

作于至和二年（1055）。这篇墓志风格简古。

福昌县君傅氏墓志铭

福昌县君姓傅氏，会稽人。尚书职方员外郎霖之女，同郡尚书职方员外郎关公鲁之妻。后关公五年，至和三年二月丙申卒于家，年六十有四。子男八人，景棻、景元、景仁、希声、杞、景出、景宣、景良。女一人，景华，嫁著作佐郎史叔轲。

福昌君在家，为父母所器异。既嫁而夫属无退言，布衣恶食，身治细微。故关公之禄及其疏昆弟姊妹之孤。其事关公正以从，其教子慈以肃。关公起进士，为郎，为池、台两州，年八十以归，曰：吾少得尽力于官，而老得自休于家，不以家事累吾志者，以有夫人也。”八子学行修立，景棻、希声、杞同时皆中进士。夫人之卒，景棻为江阴尉，希声宝应尉，杞和州判官，景元亦以父恩为广德尉，皆能其官。景仁而下，皆有闻于人，实受教于夫人也。始，关公既贫而孤，其仕与婚又皆后，至其终有百口，为大家。福昌君维厚勤薄养，所以经理其微，维可否以明，行止以公，善训能使，诚恕爱人，所以使其家有节法，以有其成也。某月甲子从葬钱塘之某原，其子来属以铭。景宣，予妹婿也，宜为铭。其辞曰：

关氏爰昔，始如萌芽。台州奋拔，垂实敷华。进勤退佚，不恤其家。由媲有人，作其内治。孰致其休？不懈于勚。孰致其隆？不简于细。高明纯约，坦坦其夷。无怨无疵，小大化之。有容有则，妇子顺之。公为朝老，子宦以成。象衣华轶，我止我行。巍冠文笏，我翼我承。公曰微子，谁据谁依。子曰微母，莫济登兹。云谁无母，其孰无妻，为妻为母，如我谁伉。生虽有止，存也其长。鸿鸿号声，垂此铭章。

【解题】

作于嘉祐元年（1056）。墓志记叙了傅氏相夫教子的功劳。

司封员外郎蔡公墓志铭

公讳充，字公度，天圣二年进士及第，为邵武军之邵武尉，又为应天府之下邑尉。丁母夫人河间县太君周氏忧，服除，为越州司理参军，天平军节度掌书记，迁秘书省著作佐郎，知洪州奉新县，秘书丞，知遂州小溪县，改通判戎州，累迁太常博士、尚书屯田度支司封员外郎，历监在京都进奏院，群牧判官，知绛州，又为提点荆湖北路刑狱公事。至和三年七月二十三日，以疾卒于澧州之官舍，享年七十有一。嘉祐二年十一月十三日葬于建昌军南城县太平乡之西原。

公为人好自洁清，平居衣冠容貌肃然，及其临事，以沉默慎静为主。故自起家至于其终，凡三十余年，历内外官，无纤介之失。其与人游，始若淡然，无足动其意者。及其久，人人皆退自喜，谓公真长者也。其为尉、参军、掌书记，人始以廉节知公。及为奉新、小溪、绛州，其政又以平恕不扰闻。至其在群牧、荆湖，数更置诸事，人皆服其能。其于越州，属将佐交恶，府中多向背，公独挺立无所与。后将又以贪坐法，官属多不能自全，事亦卒无污公者。于戎州，属泸州叛蛮攻淯井监，转运使用公调兵食御之，兵遂以济。于绛州，州岁市羊数万供京师，公奏减之，至今赖其法。于荆湖，既周知官属善恶，于善人多荐籍成就之，而于恶人无所贷其法。公既能自彰显其材，故荐公者尤多。盖王沂公曾、王邓公诒永与今富丞相弼之居郓也，皆荐之，而邓公之为枢密使兼群牧制置使也，又奏公为其判官。其为当世之大臣所知如此。

初，公年十三丧父，家贫，尤自克苦，养其母。及仕，未尝广田宅。丧归，借屋以居。曾祖讳恭。祖讳道隆。父讳旦，以公恩赠尚书屯田员外郎。世家南城，故为南城人。娶郑氏，累封宋城县君。子八人：曰冠卿，秘书省著作佐郎；曰端卿，郑州原武尉；曰文卿，曰徽卿，曰宋卿，曰秀卿，曰子卿，曰孺卿。公殁，诏官其一子。盖公不独能以其有施于身，又能力以其余教于家，故公之殁也，冠卿以材尤知名，端卿而下，皆谨严能世其家者也。女二人，嫁邵武尉陈涉、进士陈之邵。冠卿等将葬公，以铭属公故人子曾巩。铭曰：

司封抱能屈初龄，秉旄怀绂晚始亨。沙墟莽崖肆经营，马羊茁肥狱讼平。凛然气志洁以清，自微讫隆用兢兢。风流余嫩被家庭。子多以才后方兴。

【解题】

作于嘉祐二年（1057）。墓志写出了蔡充廉洁、正直的品格，及其宽严相济的为政风格。全文脉络清晰，一目了然，文字洁净，一如墓主人品。

太子右司御率府副率致仕沈君墓志铭

君讳某，字某，姓沈氏。沈氏自齐太子家令约家于吴兴，故世为吴兴人。至君之大父讳某、考讳某，始自吴兴之东林徙家于钱塘，故今为钱塘人。君以宗室、密州观察使宗旦恩即其家，得为太子右清道率府副率致仕。又以祀明堂恩，迁太子右司御率府副率，兼官检校国子祭酒，兼监察御史，阶银青光禄大夫，勋武骑尉。盖密州观察使宗旦者，今天子之侄、潞王之孙，而其母夫人，盖君之侄也。

君为人质朴无外饰，其居乡闾，宽然长者也。其事父兄能力以严，视族人能爱以均。虽饶财为大家，而衣服饮食，自与尤寡约。至人有急归我，则推财赴之，无锱铢顾惜意。邻里岁饥，辄发仓以救人，有欺其财者皆不校。既老，治其家事不肯懈，曰："吾先人之所以付我也。"处其子孙不以逸，曰："所以使汝守吾先人之法也。"嘉祐二年三月一日以疾卒于家，享年七十有六。其年十一月十五日葬钱塘之西城。

初娶吴氏，再娶车氏，某县君。其葬也，吴氏实从。子三人，曰晔，曰畹，曰时。孙八人，曰沔，曰溱，曰沂，曰淑，曰灌，曰湜，曰渐，曰渥。曾孙三人，曰师扬，曰师荀，曰师轲。时沔、沂皆举进士，余亦皆有学行，盖君之教也。铭曰：

赫赫宗子，保藩于密。天子曰嘻，汝惟沈出。予假汝宠，锡其外亲。东宫之属，有长卫军。命君于家，俾休其老。以偃以侧，服章华好。天子命我，匪我有求。陨然顺退，媚于林丘。不蕴为机，不阻为畦。曰远无仇，曰近无疵。里巷之依，惟此令人。流闻余泽，化其子孙。惟身之祥，既寿而康。惟后之祥，宜炽而昌。惟墓有域，其藏有石。刻此铭诗，昭示无极。

【解题】

作于嘉祐二年（1057）。

卫尉寺丞致仕金君墓志铭

今上皇祐二年，祀明堂，推恩群臣，秘书丞金君得以其父为大理评事致仕。五年，郊，金君为太常博士，又得以其父为卫尉寺丞。惟卫尉府君讳某，字温叟，浮梁人。初，君之考赠大理评事讳某有三子。伯曰鼎臣，为某军节度掌书记。仲曰汝臣，为太常博士。季即君。兄弟俱举进士，书记与仲既起家，君因不复肯就举，曰："吾兄弟不可俱去吾亲也。"后三十余年卒，以有子为丞云。君有四子。曰君著。曰君佐。曰君卿，博士也。曰君佑。兄弟又皆举进士，博士既有名秩于朝，三子皆复养于家。盖其父子兄弟之出处如此，何其相似也！

当是时，宋兴已百年，博士方以材自起于贱贫，欲以其所为为天下，慨然有志者也。君独自得于大山长谷之间，日从子孙，来四方之客，与夫乡人之老，《诗》《书》尊席之侧，啸歌息偃，以忘其年，隤然遂其志者也。遭天子既宗祀明堂，顾朝士大夫皆褒崇其亲，欲以风示天下。命书宠章，降于其家，显荣一时，寿考康宁，有孙有曾，以承以翼，何其祥也。君为人简易无町畦，能事父兄，衣食奉养，自与者尝取其薄。尝有盗其牛羊，已又盗其所乘马者，君知之，皆不校，盗卒自悔以伏。盖君之质与其恕，又有足多者如是也。生于淳化之庚寅，卒于嘉祐之丁酉。遗命三月而葬，从薄，遂以其年十二月四日葬于饶州浮梁县万户山之前。夫人徐氏，累赠寿安县君。君之殁也，有子四人，女六人。孙男九人，女十二人。曾孙男三人，女二人。

金氏，或曰出少昊金天氏，或曰出汉侍中秺侯。秺侯传至孙则亡，至曾孙复侯。而秺侯有弟伦，伦子若孙，四世六人，皆侍中，以忠孝名尊显于世，世称金氏云。至君之先，皆家京兆。唐僖宗时，有令浮梁者，遭黄巢乱，徙人筑险自保，所活人以数万，因留治之，凡十有七年，遂家浮梁，以功至检校尚书、右仆射、昭信军节度使，讳某，君曾祖也。子讳某，君祖也。

博士以君之外孙、尚书屯田员外郎臧论道之状来属，曰："子为我铭吾亲，吾死足矣。"巩不敢辞。铭曰：

卑少恭老，惟物之常。即强弃艾，乃理之亡。帝用慨然，尊祀明堂。顾褒耋寿，风示九有。君势之亨，与享其荣。拥笏巍巾，于家以息。有子有孙，严严我侧。志无不得，君子之祥。铭以发之，君子之光。

【解题】

作于嘉祐二年（1057）。墓志突出了金君仁厚谦让的长者风范。这类勉强应付的文章写得平淡无味。

抚州金谿县主簿徐洪墓志铭

嘉祐元年，虔州安远阙县令，建安徐洪以抚州金谿主簿摄安远事，明年八月十一日死安远。十二月，其父尚书屯田郎中举以书告君之故人南丰曾巩曰："子为我铭洪之墓。"遂考次君世序、行己、历官、卒葬之终始，铭于其墓曰：

君曾大父某，某官。大父某，某官。君字孺兴，为人有大志，读书好其治乱得失之大旨，为文长于辨说，其奔放驰骋、上下反复之际，有足壮也。未冠，声号闻四方，初中进士，除洪州司户参军，不就。退居大江之南，好倜傥非常之奇节，不肯少屈于人。居八年，以父命始强出为主簿，非其好也。君居家，遇人无亲疏，豁如也，乐赴人之急。为主簿，不以非其好故怠其意，其治能有爱于人。金谿富人錮山林之利数十年，君始夺之，而县之贫人赖其利。盖君之所试者小，其为日又近，而其所既立如是也。享年三十有二。死之若干日，葬饶州鄱阳东门外。母某氏，某县君。妻凌氏、黄氏。男一人，曰还孙，始二岁。女四人。尚幼也。铭曰：

呜呼孺兴，志果而大。不胜于柔，以窒其外；不陨其刚，以亨于内。胡短其施，而多其与！父老失子，儿婴失父。维铭告哀，以纳于墓。

【解题】

作于嘉祐二年（1057）。徐洪的个性色彩较为突出，所以墓志也着意加以表现。

永兴尉章佑妻夫人张氏墓志铭

夫人姓张氏，建安人。父讳士龙，举进士。嫁同郡章氏，为永兴尉佑之妻。所出三男四女，曰造、适、述，皆举进士。造及第，为清海军节度掌书记。女嫁俞瑾、徐立之、陈震，亦皆举进士，其一蚤死。

初，永兴府君起家二十年，止于为尉，及死，三男尚幼，造既起，又蚤死，已而适亦死。夫人维能忘其贫，所以使其夫能屈于小官而说；维能务其生，所以使其子能安于幼学而成；维能顺其性，所以居流离颠顿之间，而不为悲哀愁忧乱其志也。其为人卑，极于顺；其为人尊，极于慈。推于其疏宗远属之间，极于爱，男之有不能葬者，为葬之，女之有不能嫁者，为嫁之，忘其力之匮而为之也。此皆古今学士儒者所难，而女子之善能如此，此非可铭者欤？嘉祐二年十一月三十日卒于洪州之私第，即以其年十二月十八日葬于洪州某县之某乡某原。铭曰：

彼以吾秀，我以吾仁。二者皆天，吾乐其因。寿止七十，岂不得年？维其有之，愈远弥传。

【解题】

作于嘉祐二年。张氏为人很大气，甚至超出一般男子之上，所以曾巩在文中贯注着真挚的敬意。

秘书少监赠吏部尚书陈公神道碑铭

祥符九年九月甲辰，秘书少篮、知广州陈公卒子位。以闻天子，官其二子，以慰宠其家。天圣中，今天子修先帝功臣，记之于史，而太史考公之谋议劳烈于朝，访公之世族、州里、官次、行治之本末于家，以书于册。已，又有诏次其功，著之令典，布之天下，曰：维所以宠嘉陈氏之子孙者，其世世无绝。嘉祐三年，公子三人谋曰：吾先人之所既立，记德之史藏于有司，褒功之诏传于天下。维墓有碑，后嗣所以载吾先人之休声美实，而久废不立，惧无以饬其子孙于千万世，以为已羞。则相与来乞铭文，以刻于石。其叙曰：

维陈氏，其先远出于舜，至周武王之时，陈为舜后妫满之封国。至春秋之际，楚灭陈，而子孙之散亡者，因为氏族。其后居长葛者，出于汉太丘令寔之后。唐之晚，长葛之陈氏徙南剑州之沙县。

公讳世卿，字光远，南剑州沙县人也。曾太父昶，太父昂，父文余。公贵，赠其父尚书驾部员外郎。公为儿时，书木叶为诗，其父见之大惊，遂使书学，以笃志闻于人。中雍熙二年进士，为衡州军事推官，改静安军节度推官。王小波、李顺盗蜀，州县多不能保，东围静安，公应变，为箭笴兵械城守之具百余万，约其属分城守之。围既久不解，分城者疑惧意懈，出语动公，公以义谯数勉之。而间谓州长张雍曰："此属留之则溃人心，纵之使求外兵，则两全。"雍听其言。盗数万人围静安八十日，公奋励距敌，射其裨将一人，应手死。又射至数百人，无不辄死。盗以故不敢迫。而外兵来救，乃卒解静安之围。事闻，即其军，以公为掌书记，父丧不许去官。自宋兴小吏势，盗起往往转掠数百千里，吏辄弃城走。及公之保静安，则若吏力皆可以有为者。然公之于此时，盖亦以无为有，以少胜众，此材智烈丈夫之所为。小拘常见之人，亦安能责其此出哉？公在静安七年，还为秘书郎。真宗即位，召公欲以补御史，而张鉴守广州，乞公自助，乃以公与鉴，累迁尚书度支员外郎，赐绯衣银鱼，历知河南府新安县，通判广州，知建州，改福建路转运使，又改两浙，入判三司勾院，复为荆湖北路转运使。澧州诸蛮夺澧旁地耕守，数纵兵入盗，积十余岁莫能却。公至，诸蛮畏悦，皆还就溪洞。而归故所掠地与人。公因筑武□澧州三塞以备蛮，诏书嘉奖。公去久之，而后吏不能善蛮，蛮亦辄复入盗。天子问公前所以服蛮者何为，而今将治之者何出，公具对而刊其稿，世故莫知其何术也。公在荆湖岁余，擢为秘书少监，知广州，赐金紫服，至则罢计口鬻盐，人以休息。海外国来献，多人徒以食县官，而往往皆射利于中国也。天子问公所以纲理之者，公以谓以国之小大，裁其使员，授官之多少，通其公献，而征其私货，可以息弊止烦，从之。居南海四年，未及召而得疾卒，享年六十有四，某年某月某甲子葬于沙县之龙山乡崇仁里。

母夫人某氏，某县君。继母夫人萧氏，某县君。夫人罗氏，某县君。子五人：曰俨，尚书比部员外郎。曰侃，福州古田县尉。曰佩，卫尉寺丞。曰伟，同学究出身。曰偁，殿中丞。侃、伟皆早世，而俨、偁之进于朝，累赠公吏部尚书。

公事继母行纯笃，其进膳饮药物必经手，其执丧，人恐其不胜哀也。遗戒诸子，皆人之大节。好振人之穷，乐奖人之善。所荐士后多至大官，宰相张士逊，公所荐也。公常以谓：我之所以自著者在行事，故不必见于文章。所以事上者，不求人知，故其于谋议尤多，而人罕得而知也。噫！其可谓自信特立也已。其铭曰：

允淑陈公，生知书学。人就其华，我居以朴。盗惊西土，公在围城。邻有破亡，公守不倾。往视蛮荆，其得孰窥？蛮来受职，若与为期。翼翼蜀州，士全纯白。茫茫楚野，人复耕织。原念累功，进位南伯。内治何为？与人休息。外治何为？宾柔荒国。允淑陈公，文武之特。声戴于人，实告于册。又慰尔后，刻铭墓石。

【解题】

作于嘉祐三年（1058）。此文表现了陈世卿过人的军事才能和治理才能，并热情地称颂他为“材智烈丈夫”，还以世人“莫知其何术”赋予他一丝神秘色彩。本文详略得当，叙事生动。

江都县主簿王君夫人曾氏墓志

试校书郎、扬州江都县主簿王无咎妻曾氏，建昌南丰人，先君博士第二女也。孝爱聪明，能读书言古今，知妇人法度之事，巧针缕刀尺，经手皆绝伦。先君选其婿于里中，以归王氏。王氏家故贫，曾氏为冢妇，而其姑蚤世，独任家政，能精力，躬劳苦，理细微，随先后缓急为樽节，各有条序。有事于时节，朝夕共宾祭奉养，抚其门内，皆不失所时，将以恭严诚顺，能得其属人。其舅喜曰：“吾不以家为恤矣。”其夫叹曰：“我能一意自肆于官学，不以私累其志，曾氏助我也。”生二女。年三十有三，嘉祐四年五月三日以疾卒，十二月葬建昌南城。

曾大考尚书水部员外郎，讳仁旺。大考右谏议大夫，讳致尧。先君太常博士，讳易占。

将葬江都，告其兄巩，使志其墓。天乎！吾哭伯姊始逾期，又哭吾妹而志之，其可哀也已！其可哀也已！

【解题】

作于嘉祐四年（1059）。王无咎嘉祐二年与曾巩同时中进士。曾巩长妹卒于嘉祐二年七月，不到两年时间，次妹又告别人世，曾巩心中自然十分悲痛。这篇墓志有序无铭，属于变体。

库部员外郎知临江军范君墓志铭

嘉祐五年六月辛巳，尚书库部员外郎、知临江军事范君卒于位，年五十有三。其年十月辛酉，葬于江州德化县之仁贵乡万家山前。将葬，其孤属君之故人李中考次君之官氏邑里，与其功行之实为状，授使者，使告于巩曰：“先君葬既得日月，宜有铭，孤安期也，敢请。”巩曰：“君之行宜有述。”乃为之志其墓而铭之。其叙曰：

惟范氏传叙受姓，自刘累以来，其后居江州者，出于晋豫章太守宁之后。君讳端，字思道，江州德化人也。祖秘书省著作佐郎，赠太常少卿，讳成象。父尚书都官员外郎，赠光禄卿，讳应辰。君始以父任为太庙斋郎，累转至尚书库部员外郎，历德化尉、江宁主簿、江都令，知南昌、飞乌、彭山三县，通判通州，徙泰州，又为勾当开治畿内沟洫，提举陕西河北路，便籴粮草，至知临江军事。而飞乌，以乞养太夫人，得监江宁府盐税。彭山，用荐者得监云安军盐井。二县皆不至。

君聚书万余卷，强力笃学，为人恭逊质俭，能自修饬，门内之治肃如也。及施于为政，以谨法能持廉名于世，而世之能观其内者亦少也。始为江都，会岁旱，张若谷为扬州，遣吏数人，与君皆出视民田，他吏还者白岁善，君还独白田实旱。若谷初不是之也，君持旱苗力争，乃卒是君所白。吴遵路蒋堂为淮南转运使，使君护河役，君往视之，还言河不可为，遂罢君，用他吏护役，而河果不可为。三人者，其初皆怒，已乃感寤，共荐之。而当是之时，天下之主财利者，方务于急聚敛，治民者以立声威为贤，交四方之宾客者，又往往向意于卑辞貌烦飨燕赠送之礼，以其故能倾士大夫，以干天下之誉。君乃独推息民教化之意，以简易自守。故为云安主盐利，而议蠲盐课以数万。为临江，以兴学教人为先，而厨传宾客之奉，十去其七八。四方之往来者，或出语讪君，君不为之动也。其正行直道如此。

太夫人李氏，赞皇县太君，父尚书工部侍郎虚己。元配郑氏，父龙图阁直学士向。次配周氏，清河县君，父尚书司封员外郎陵。子男六人：安期、安仁、安之、安世、安寿、安礼。女五人，长适和州司户参军郑夷中，次适都昌主簿周咏，次适郊社斋郎周佺期，余尚幼。孙男六人：萃叟、岩叟、渭叟、商叟、蒙叟、真叟。太夫人之丧，君哀感疾，四年乃能起。

凡君之所既立，可谓有士君子之行，非邪？自不遵先王养士用人之法，而士在闾巷之间者，用力于空文；居朝廷者，驰骋于虚名，以哗世取宠。士之能修其内、洁身累行者，非自好之笃，莫能至，而世亦罕能知之也。故君之事，予喜为之见于文，使后之君子得览焉。君于文章，尤长于诗，有集三卷，藏于家。其铭曰：

君性温温，好退持卑。及其临事，择义而为。一世之弃，君独从之；一世之慕，君独违之。行己有常，在官无疵。曷以知之？视此铭诗。

【解题】

作于嘉祐五年（1060）。曾巩之所以很愿意作这篇墓志铭，就是因为敬重范端有廉直之风，关心民生，不哗众取宠。

郓州平阴县主簿关君妻曾氏墓表

郓州平阴县主簿关君景晖妻，姓曾氏，建昌南丰人，尚书水部员外郎讳某之曾孙，尚书户部郎中、直史馆、赠右谏议大夫讳某之孙，太常博士讳某之女，而巩之长妹也。

始，吾妹为儿时，育于祖夫人，已不好戏弄。及长，喜读书。于女工之事，不教而自能。为人进退容止皆有法度，人罕见其喜愠之色，内外属皆严重之。性俭素，于纷华盛丽之际无所好。其在父母及夫之家，或蔬食不给，处之晏然。其推之于人，虽资身之物，不为秋毫顾惜计也。其治女事尤勤，虽劳不厌。治家人之业，虽烦细皆有条理。养父母姑舅皆至孝。姑久疾，昼夜候省，未尝须臾去其侧，药食非亲调不以进。其于内外属，亲疏皆尽恩意。人皆以为宜富贵寿考，而卒不得至其所宜有。呜呼，其岂非命也欤！

嘉祐二年，巩与二弟得进士第南归，而吾妹从景晖视余于淮南，至真州得疾，七月某日，卒于余之舟中，年三十有二矣。有女一人，曰某，始五岁。景晖以其丧归，六年十月丁酉，葬于杭州钱塘县履泰乡龙井原。景晖之王考讳某，考讳某，皆尚书职方员外郎，而越之山阴人也。

吾妹既殁之六年，景晖得进士第。于是时，余校史馆书籍，皆会京师，而余于其间再哭妹，又哭女与哭妻，忧患之接于余者，可谓多矣。景晖之始葬吾妹也，来请铭不及，余与之皆恨焉。而其会京师以归也，乃为之书吾妹之事以遗之，而使表之于其墓上。

【解题】

作于嘉祐七年（1062）。曾巩幼女庆老于嘉祐六年十一月不幸夭亡，妻晁氏于嘉祐七年二月不幸病逝，接连不断的打击使曾巩在作这篇迟到的墓表时痛上加痛。墓表亦即墓碑，但从宋代起，凡称“表”的全用散文，不再有后面的韵语，此文即是例证。

仁寿县太君吴氏墓志铭

仁寿县太君、抚州金谿吴氏，尚书都官员外郎、赠尚书刑部侍郎、抚州临川王公讳益之夫人，卫尉寺丞讳用之之妇，年六十有六，嘉祐八年八月辛巳卒于京师，十月乙酉葬于江宁府之蒋山。

夫人好学强记，老而不倦，其取舍是非，有人所不能及者。然好问自下，于事未尝有所专也。其平生养舅姑甚孝。盖侍郎七子，而少子五人，吴氏出也。然夫人之爱其长子，甚于少子，曰：“吾爱之甚于吾子，然后家人爱之能不异于吾子也。”故其子孙已壮大，有不知为异母者。居久之。二长子前死，夫人已老矣，每遇其嫠妇异甚，而身为字其孤儿，忘其力之惫也。其处内外亲疏之际，一主于恩，有谗讪踞骂己者，数困苦，常置之，不以动声色，亦未尝有所含怒于后也。有以穷归己者，急或分衣食，不为秋毫计惜，以其故至不能自给，然亦未尝不自若也。其嫁三从之孤女如己女，而待长子之母族如己族，盖笃行如此，而天性之所有也。其自奉养，未尝择衣食。其视世俗之好，无足累心者。方其隐约穷匮之时，朝廷尝选用其子，坚让至于数十，或谓可强起之，夫人曰：“此非吾所以教子也。”卒不强之。及处显矣，其子尝有归志，而以不足于养为忧。夫人曰：“吾岂不安于命哉？安于命者，非有待于外也。”其子为知制诰，故事，其母得封郡太君，夫人不许言，故卒不及封。此夫人之德见于行事之迹，而余以通家，故熟于耳目者也。

夫人之考讳畋，畋之配黄氏，两人者皆有善行，乡里称之。而黄氏兼喜阴阳数术学，故夫人亦通于其说。七子者，曰安仁、安道、安石、安国、安世、安礼、安上。安仁宣州司户参军，安石尚书工部郎中、知制诰，安世太平州当涂县主簿，安礼大名府莘县主簿，余未仕也。女三人，长适尚书虞部员外郎、沙县张奎，次适前衢州西安县令、天长朱明之，次适扬州沈季长。孙男九人，曰雱、旉、旁、旊、斻、防、斿、旂、放。孙女九人，长适解州安邑县主簿徐公翊，次许嫁太庙斋郎吴安持，余尚幼。铭曰：

嗟若人兮，洵好善兮。始终一德，仁七子兮。遗弃细故，笃九族兮。脱珥推食，光惠施兮。以义易利，能无累兮。纵心委命，志弥卲兮。谓宜百岁，奄忽逝兮。风有《采苹》，经所首兮。原念美实，辑此辞兮。庶几德音，与古对兮。

【解题】

作于嘉祐八年（1063），赞美王安石之母吴氏的善行懿德。吴氏以一女流，能对一般人所汲汲以求的名利无动于衷，实在脱俗。

夫人周氏墓志铭

夫人讳琬，字东玉，姓周氏，父兄皆举明经。夫人独喜图史，好为文章，日夜不倦，如学士大夫，从其舅邢起学为诗。既嫁，无舅姑，顺夫慈子，严馈祀，谐属人，行其素学，皆应仪矩。有诗七百篇，其文静而正，柔而不屈，约于言而谨于礼者也。

昔先王之教，非独行于士大夫也，盖亦有妇教焉。故女子必有师傅，言动必以《礼》，养其德必以《乐》，歌其行，劝其志，与夫使之可以托微而见意，必以《诗》。此非学不能，故教成于内外，而其俗易美，其治易洽也。兹道废，若夫人之学出于天性，而言行不失法度，是可贤也已。其夫来乞铭，予与之亲且旧，故为之序而铭之。

盖夫人之王父讳协，为尚书刑部郎中。父约，今为尚书虞部员外郎，青州益都人也。夫人嫁关氏，为徐州丰县令景仁之妻，为尚书职方员外郎、赠尚书都官郎中讳鲁之子妇，生一男二女，年二十有六，卒于治平二年之九月某甲子，葬于杭州钱塘县履泰乡葛松原，实某年某月某甲子。关氏钱塘人也。铭曰：

女有图史，传于师氏。其劝以乐，其康以礼。能此非他，由学而已。王政之兴，盖自此始。今孰登兹？维周之嫒。学由自好，终之不倦。言循于矩，行循于典。尚配古人，辉光日远。

【解题】

作于治平二年（1065）。周氏是个才女，所以这篇墓志有“昔先王之教”一段议论。

池州贵池县主簿沈君夫人元氏墓志铭

夫人姓元氏，钱塘人。祖讳德昭，事吴越国王钱氏，宋兴，赠太保。考讳好文，尚书比部员外郎，赠某官。嫁吴兴沈氏，其舅为尚书屯田郎中讳某。其夫为池州贵池县主簿讳播。

夫人在父母家，内外上下、亲疏长幼皆宜之。年十有七而嫁，既嫁，如在父母家时。贵池君早世，无兄弟，太夫人春秋高，诸子尚幼。夫人年三十余，于羁旅单独之中，阖门事姑，能尽其孝。教养诸子，至其后皆为成材，能世其先人。方其忧戚艰厄之时，人恐其不能堪，夫人既奋厉经理，以保有其家，又退能自安，不乱其志，是人之所难，而其后世之不可以无述者也。

夫人年七十，以治平二年某月某日卒，卒之若干日，葬真州扬子县甘泉乡三城里北山之原。子男四人皆进士：曰伯庄，未仕；曰季长，越州司法参军；曰叔通，秘书省著作佐郎；曰次通，试将作监主簿。

贵池君于先人为同年友，而诸子又与余游，故为铭。铭曰：

元出于危，于东得姓。有保有郎，重世之盛。允淑夫人，集享家庆。来嫔沈宗，作德维令。处平不盈，在险能正。姑曰微妇，余老谁据。子曰微母，余幼谁怙。自振单弱，卒持艰急。老肆而安，幼强以立。实保沈宗，自替而昌。有烈如此，何愧烝尝。后世原美，孰可无述？刻辞幽宫，庶几不没。

【解题】

作于治平二年。

都官员外郎胥君墓志铭

君姓胥氏，讳元衡，字平叔，长沙人。皇考讳某。王考讳某。考讳某。王考赠尚书工部郎中。考为翰林学士、尚书工部郎中，赠尚书吏部侍郎。君少以荫为将作监主簿，六迁为殿中丞，赐绯鱼袋。锁厅应进士举，得出身。又三迁为尚书都官员外郎，历监在京染院内衣库、皮角库，佥书河南府判官公事，通判湖州，又通判海州。治平三年四月壬寅以疾卒于泗州。其年八月庚寅葬于许州阳翟县三封原翰林君之茔。君初娶李氏，太子少傅若谷之女。再娶韩氏，封成安县君，尚书刑部员外郎知制诰综之女。子男二人，曰茂谌，太庙室长，次尚幼。女二人，长早夭。

君少孤，能自奋厉，力学问，工为文章。又谨畏洁廉，慕善而不自放。居官虽小，法未尝不慎，而不为察察，于人有所能容。其大意如此。故所至，士大夫爱其修，而百姓归其恕。其在染院二库，虽尚少，已有能名。及为通判判官，而能益显。盖所试者大，将岂可胜数哉？始，大臣荐其文章，宜在馆阁。近臣又荐其修洁，宜任御吏。朝廷方向用之，以为江西转运判官。命始下，而君盖已死矣，死时年三十有九。闻其丧者，识与不识皆哀之。

盖天圣之间，翰林君方处显，好收奖天下之士，而名能知人。士之出于其时，有盛名于天下者，多翰林君发之。及其后，君既壮大，所与游士大夫，亦皆一时之隽。然自天圣至于今才四十年，翰林君之门下士多至大官，富贵尊宠。君所与游士大夫亦多重于时。而翰林君弃宾客已久，君又蚤世。独翰林君之夫人、建康郡太君刁氏年七十，与君之孥羁旅于闾巷。君之丧，合众人之赙，乃克葬。其盛衰之际如此，固所谓命者，非邪？君之葬，秘阁校理裴煜以茂谌之疏来请铭。予与君皆嘉祐二年进士，故不得辞。铭曰：

维艰而勚，以敏其继。维平而畏，以笃其义。考已无违，在人有赐。我志之良，孰曰非遂？我材之尤，谁曰非试？不申其期，不扩其施。有命则然，其又何悲？尚告后世，知者之辞。

【解题】

作于治平三年（1066）。曾巩也曾有过靠杜衍、刘沆慷慨相助才得以安葬父亲、维持生计的经历，所以对于胥元衡死后胥家的困顿深表同情。

试秘书省校书郎李君墓志铭

君讳迁，字明远，姓李氏。为人孝友慈恕，读书务大旨。生五代之际，再试明经，不合，退居楚丘。有田百余顷，皆推与其族人，独留五顷而已，曰："无令子孙以财自累也。"宋初，秘书监彭君荐其行义，诏以为试秘书省校书郎，而君终不肯强起。淳化三年壬辰九月二十一日，以疾卒于家，享年八十有四。

维李氏远出于皋陶，而其后李耳之孙昙为秦司徒。昙子玑，玑子牧，事赵，始家赵郡。牧子泊，泊子左车，于赵号广武君。广武君子遐，涿郡太守。遐子岳，谏议大夫。岳子秉，颍川太守，又徙家颍川。秉七世子膺，河南尹。膺子瑾，复家赵。瑾曾孙楷，晋治书侍御史，有子五人，曰辑、晃、芬、劲、睿，以所居巷东西自别，故劲称西祖。劲子隆，后魏阜城令。隆后九世栖筠，唐御史大夫赞皇文献公。文献公子吉甫相宪宗。吉甫子德修，楚州刺史；德裕相文宗、武宗。楚州子煴，宋州宋城令，君曾祖也，又徙家宋之楚丘，故今为楚丘人。宋城子确，莱州胶水令，君祖也。胶水子谭，磁州邯郸令，君考也。邯郸之少子运，为太常少卿。有子曰昌龄，太宗、真宗时为尚书户部侍郎、参知政事，故胶水赠太子少保，邯郸赠太子少傅。君娶丁氏、王氏。王氏有子曰昌震，为建州松溪令，赠尚书驾部郎中。驾部有子曰汉卿，今为诸王府侍讲、尚书虞部员外郎。虞部有子曰彦龙，彦龙复有子四人矣。君卒后七十四年，治平三年丙午四月某甲子，虞部葬君于开封府开封县保安乡永宁里之原，以王夫人从。铭曰：

不累于物，全吾质兮。不羁于世，遂吾志兮。作宅新原，维孝孙兮。纳铭幽扃，永淑声兮。

【解题】

作于治平三年。作者与墓主不是同时代人，了解不多，所以写墓主的个人情况只有寥寥数语，而把重点放在李氏的世系上，这倒不失为一种聪明而又严肃的写法。

试秘书省校书郎李君妻太原王氏墓志铭

夫人姓王氏，太原人。嫁赵郡李氏，为磁州邯郸令、赠太子少傅讳谭之冢妇，试秘书省校书郎讳迁之妻。为人明识强记，博览图籍，子孙受学，皆自为先生。其行仁孝慈恕，始于为女，中于为妇，终于为母，无不尽其道。享年八十，大中祥符三年庚戌十二月己巳，卒于虢州卢氏县其子之官舍。子曰昌震，建州松溪令，赠尚书驾部郎中。驾部子曰汉卿，今为诸王府侍讲、尚书虞部员外郎。虞部尝为李氏九世谱，甚博而详，多夫人之所为言也。治平三年丙午四月丁酉，虞部以夫人之丧，从校书君葬于开封府开封县保安乡永宁里之原。铭曰：

呜呼夫人！既有其质，又肆尔力。古有遗辞，罔不采获。克践以躬，亦畀尔息。维瘗有铭，尚以载德。

【解题】

作于治平三年。何焯指出："既铭校书而夫人复自为铭，以其异于寻常之妇也。此变例。"

戚元鲁墓志铭

戚氏宋人，为宋之世家。当五代之际，有抗志不仕、以德行化其乡里、远近学者皆归之者，曰同文，号正素先生，赠尚书兵部侍郎。有子当太宗、真宗时为名臣，以论事激切至今传之者，曰纶，为枢密直学士，赠太尉。有子恭谨恂恂、不妄言动、能守其家法、葬宋之北原、余为之志其墓者，曰舜臣，为尚书虞部郎中。元鲁其子也，名师道，字元鲁，为人孝友忠信，质厚而气和，好学不倦，能似其先人者也。盖自五代至今百有六十余年矣，戚氏传绪浸远，虽其位不大，而行应礼义，世世不绝如此，故余以谓宋之世家也。

元鲁自少有大志，聪明敏达，好论当世事，能通其得失。其好恶有异于流俗，故一时与之游者，多天下闻人，皆以谓元鲁之于学行，进而未止，意其且寿，必能成其材，不有见于当世，必有见于后。孰谓不幸而今死矣！故其死也，无远近亲疏，凡知其为人者，皆为之悲，而至今言者尚为之慨然也。

元鲁初以父任为建州崇安县尉，不至。以进士中其科，为亳州永城县主簿，以亲嫌为楚州山阳县主簿。嘉祐六年三月二十九日，以疾卒于官，年三十有五。娶陈氏，内殿承制习之女。再娶王氏，参知政事文宪公尧臣之女。有子一人。皆先元鲁死，而元鲁盖无兄弟。呜呼！天之报施于斯人如此，何也？

元鲁且死时，属其僚赵师陟乞铭于余，师陟以书来告。余悲元鲁不得就其志，而欲因余文以见于后，故不得辞也。以熙宁元年某月某甲子，葬元鲁于其父之墓侧，以其配陈氏、王氏祔。将葬，其从兄遵道以状来速铭，铭曰：

行足以象其先人，材足以施于世用，而于元鲁未见所止也。生既不得就其志，死又无以传其绪，曷以告哀？纳铭于墓。

【解题】

作于熙宁元年（1068）。张伯行云："戚氏家世已详虞部志内，此只以元鲁学行进而未止，致其悲惋之感，因其文而识其人，元鲁可谓得所托矣。"

赠职方员外郎苏君墓志铭

熙宁元年春，余之同年友赵郡苏轼自蜀以书至京师，谓余曰："轼之大父行甚高，而不为世用，故不能自见于天下。然古之人亦不必皆能自见，而卒有传于后者，以世有发明之者耳。故轼之先人尝疏其事，盖将属铭于子，而不幸不得就其志。轼何敢废焉？子其为我铭之。"余为之记其说曰：

君讳序，字仲先，眉州眉山人。其先盖赵郡栾城人也。曾大父釿，大父祜，父杲，三世皆不仕，而行义闻于乡里。祜生于唐季，而卒于周显德之间，尝以事至成都，遇道士异之，屏人谓曰："吾术能变化百物，将以授子。"祜辞不愿。道士笑曰："是果有以过人矣。"而杲始以好施显名。君读书务知大义，为诗务达其志而已，诗多至千余篇。为人疏达自信，持之以谦，轻财好施，急人之病，孜孜若不及。岁凶，卖田以赈其邻里乡党，至熟，人将偿之，君辞不受，以是至数破其业，危于饥寒，然未尝以为悔，而好施益甚。遇人无疏密，一与之，倾尽无疑碍。或欺而侮之，君亦不变，人莫测其意也。李顺叛，攻眉州，君居围中守御。会其父病没，君治丧执礼尽哀，退慰安其母，皆不失所宜。庆历初，诏州县立学取士，士争欲执事学中，君独戒其子孙退避，人皆服其行。蜀自五代之乱，学者衰少，又安其乡里，皆不愿出仕。君独教其子涣受学，所以成就之者甚备。至涣以进士起家，蜀人荣之，意始大变，皆喜受学。及其后，眉之学者至千余人，盖自苏氏始。而君之季子洵，壮犹不知书，君亦不强之，谓人曰："是非忧其不学者也。"既而洵果奋发力学，与其子轼、辙皆以文学名天下，为学者所宗。盖虽不用于世，而见于家、称于乡里者如此，是不可以无传也已。

君始以子恩为大理评事，后累赠尚书职方员外郎，享年七十有五，庆历五年五月十一日终于家，八年二月某日葬于眉山县修文乡安道里先茔之侧。夫人史氏，蓬莱县太君。二子：曰涣，尚书都官郎中，提点利州路刑狱公事，有能名；曰洵，霸州文安县主簿，编纂太常礼书，赠光禄寺丞。孙七人：位、佾、不欺、不疑、不危、轼、辙。轼，殿中丞，直史馆。辙，商州军事推官。铭曰：

苏氏徂西，值蜀崩分。三世高逝，以笃吾仁。君始不羁，劳躬以卑。孝于父母，施及穷嫠。维见之卓，教其子孙。终化乡邦学者诜诜。维子若孙，同时三人。擅名文章，震动四方。乃本厥初，考祖之自，刻诗墓石，以畀厥裔。

【解题】

作于熙宁元年（1068）。文章记叙了苏轼祖父苏序非同凡俗的高行厚德及其令人叹服的先见之明，对于后人了解三苏的家世有一定的帮助。

寿昌县太君许氏墓志铭

夫人许氏，苏州吴县人。考仲容，太子洗马。兄洞名能文，见国史。夫人读书知大意，其兄所为文，辄能成诵。父母衣食服御，待之而后安。既嫁，惇行教谨，宜于其家。其夫为吏有名，称夫人实相之。及春秋高，于内外属为高曾行，而慈幼字微，愈久弥笃，故亲疏怀附，无有恶斁。

昔先王之治，必本之家，达于天下，而女子言动有史，以昭劝戒。后世以古为迂，为政者治吏事而已。女子之善，既非世教所奖成，其事实亦罕发闻于后，其苟如此，其衰微所以益甚，则夫人之事，其可使无传也哉？

夫人嫁沈氏，其夫讳周，太常少卿、赠尚书刑部侍郎。其舅讳某，赠兵部尚书，杭州钱塘人。夫人封六安县君、寿昌县太君，年八十有三，熙宁元年八月丁巳卒于京师，二年八月某甲子，合葬杭州钱塘县龙车原。子曰披，国子博士，有吏材。曰括，扬州司理参军，馆阁校勘，有文学。其幼皆夫人所自教也。

女二人蚤卒。铭曰：

生民之治，必本于身。教行于家，余以为人。世弊俗偷，恕于在己。内替常度，外强于理。淑惟寿昌，学与心成。笃于孝慈，匪劝而能。有翼于夫，有迪于子。尚类古人，其传以此。

【解题】

作于熙宁二年（1069）。

永安县君李氏墓志铭

夫人姓李氏，其先燕人，而今家许州之长葛，赠太子太傅讳谭之曾孙，赠礼部尚书讳运之孙，赠刑部尚书讳昌言之女，而母晋平县君聂氏也。夫人嫁骆氏，骆氏亦家许州之长葛。其夫讳与京，为某官，检校某官，知某州。享年七十有九，封永安县君。有子男四人，长吉、逢吉、元吉，皆三班奉职，早卒，嘉福今为右班殿直。女三人，亦早卒。夫人以嘉祐八年十一月丙辰卒于其家之正寝，而以熙宁二年十月葬于许州长社之舞鸾乡白兔里，祔骆侯之茔。

夫人仁孝慈恕，言动必择义理。事父母不违其教，事舅姑不违其志，事夫顺而有以相其善，遇子至于内外属人，一以恩而不违于礼。初，刑部之兄昌龄，当太宗、真宗时辅朝政，李氏族大而贵，然刑部嫁女常择寒士，而至其后多为名臣，范文正公仲淹、郑文肃公戬与骆侯是也。

夫人之弟光禄少卿禹卿，余妻父也，实葬夫人，故属余铭。铭曰：

性有能否，行有失得。一当于理，士有不克。淑哉夫人，秉是壶彝。周旋大小，无过无亏。贵不称德，寿则谓遐。维藏在许，永裕厥家。

【解题】

作于熙宁二年。

寿安县太君张氏墓志铭

夫人姓张氏，济州钜野人。嫁为同郡尚书驾部员外郎、赠开府仪同三司、吏部尚书晁公讳遘之夫人，而为赠太傅讳佺之子妇。有子男四人。曰宗曜，进士。曰宗恪，光禄少卿。曰宗愿，真州军事推官。曰宗懿，尚书司门员外郎。女一人，嫁进士桑况。夫人初封清河县君，累封清河、寿安县太君，年八十有七，卒于熙宁二年之十一月某甲子，葬于某年之某月某甲子。其墓在开封府祥符县旌孝乡，合仪同之兆。卒时子宗曜、宗愿皆以死，既而光禄居丧，以疾亦死。而诸孙男女凡三十人，男多已仕，女多已嫁矣。

夫人为人，仁厚庄静，自为女及既嫁，处内外、尊卑、长幼、亲疏之际，无不当于礼，而恩称之。其长者皆以为善事我，而平居为等夷及少者，莫不愿以为归也。虽老未尝懈，而虽疾未尝有堕容。维其初终，受养被封，既寿而康，实备成福，可谓盛矣。

余之亡妻，于夫人之孙女为第三，而光禄之长女也，知夫人之行为尤详，故为之铭。铭曰：

女婉张氏，处躬以厚。来嫔晁宗，太傅维舅，仪同维夫，卿士维子。有孙诜诜，亦绍厥美。累封备养，维康以寿。德则既成，福亦多有。纳诗新藏，尚告尔后。

【解题】

作于熙宁二年。

亡侄韶州军事判官墓志铭

觉姓曾氏，吾兄之子也。吾先人六子，吾兄讳晔为最长，有材而不试以死。觉自少则励志，力学问，知道理，善于属文。及长，慨然慕有为于世，不肯碌碌，为人恭谨，循循寡言。治平二年及进士第，为吉州司法参军，有能吏名，用荐者为韶州军事判官。行至虔州，得疾，卒于驿舍，熙宁三年十一月己丑日也，年三十有七。

觉字道济，建昌军南丰人。王考讳易占，太常博士。曾王考讳致尧，尚书户部郎中直史馆，赠右谏议大夫。觉母李氏，妻邓氏、夏氏、范氏，有子修偃。熙宁四年八月壬申葬于南丰龙池乡之源头。吾哀其若将有成也，而止于斯，故为铭其墓曰：

德累则厚，方济而陨。材引则达，未试而泯。志弃不获，谁云非闵？墓石有文，尚永来信。

【解题】

作于熙宁四年（1071）。这篇墓志写得严谨、实在，无溢美之辞。

光禄少卿晁公墓志铭

公姓晁氏，其先家济州之钜野，今为开封祥符人。皇考讳遘，尚书驾部员外郎，赠开府仪同三司、吏部尚书。皇祖讳佺，赠太傅。皇曾祖讳宪，赠某官。公讳宗恪，字世恭。少以世父太子少保、赠某官、谥文元、讳迥恩，补将作监簿，十四迁至光禄少卿，历监单州应天府酒税，知苏州之常熟、婺州之兰溪县事，通判安州、杭州事，知通州、虔州，提点广南东路刑狱公事，又知信州、泉州。享年六十有三，熙宁二年某月某甲子卒于官，四年某月某甲子，与其夫人某县君闾丘氏合葬于扬州江都县之广陵乡。

公为人乐易慈恕，寡言笑，人不见其喜怒，遇事果于有为，人亦罕能及者。其为常熟，修学校，理沟防，人赖其利。为兰溪，绳奸字穷，境内和洽。通判安州，州政待公而决。通判杭州，州将矜己自肆，上下莫能变，公徐与之论可否，语平而气和，将畏且从也。由是，上下倚公以治，至今杭人称之。其为虔州，州近盐，多盗与讼，公至，修弛废，督奸强，威信盛行，盗不敢发，而狱无系囚。及在广南，其用法常宽，而欲人自避，曰治有先后缓急者，谓此也。其视部吏，孜孜恐失一善，而恶人亦莫敢犯公法。其为通判，如广南，为信州、泉州，如虔州，所至人皆安公之政，而去常思之。盖公之行己居官而见于事者如此，而其大抵则于仁厚最隆也。

母张氏，寿安县太君。子男二人，曰仲景，海州司理参军；曰仲孺，试将作监主簿。孙男三人，曰端复，曰端俨，皆太庙斋郎；曰某，未仕也。女六人，长适太常博士、集贤校理曾巩，铭公墓者也。次适某官刘某、某官高元振、某官燕若济，今存惟燕氏妇，余早世。闾丘夫人为身治家皆应仪度，卒于公殁之明年某月某甲子。公殁，家无余财，而仲景、仲孺皆谨厚自刻厉，能世其先人，于是又知公之教行于其家也。铭曰：

晁世来西，大自文元，有卿有公，继属绵绵。曰卿谓谁？时维光禄，作其德音，光于外服。其光伊何？有善自身，匪饰匪雕，璞玉之纯。治有恩威，时其张弛，彼畏此怀，吾宁一理。于虔于泉，于岭之南，里安户扰，罔有不咸。宜寿而昌，胡不百龄？尚兹介祉，维后之成。

【解题】

作于熙宁四年。曾巩为岳父晁宗恪作墓志铭，主要突出其治理才能。

刑部郎中致仕王公墓志铭

君讳逵，字仲达，家晋阳。其谱云：隋文中子通之后，唐季避乱家濮阳，故今为濮阳人。曾祖考温。祖考名犯濮王讳。考翰，赠尚书工部侍郎。

君幼学于母史氏，聪警绝人。及长，学于侍御史高弁。天禧三年及进士第，为广济军司理参军，母丧去。姜遵知永兴军府事，取君主万年簿。万年令免官，君行令事，大去旧弊。王文康公代遵，与安抚使王沿、转运使李纮皆荐君宜令万年，诏特以为试秘书省校书郎知县事，后不得为例。晏殊为三司使，奏君为三司检法官。李谘代殊，会天圣十年掖庭火，谘任公具材用治宫室，五日而用足。仁宗闻而嘉之，迁秘书省著作佐郎。王鬷知益州，取君佥书节度判官厅公事，迁秘书丞，通判益州事，迁太常博士。新都里胥捕罪人杀之，狱具当死，君求得其情，为奏谳，里胥得不死，蜀人以为德。入为开封府推官，赐绯衣银鱼。府史冯士元家富，善阴谋，广市邸舍女妓，以啖诸贵人，一时多与之亲。会士元有罪系狱，君治之，竟其事，及诸贵人。以其故多得罪去者，或谓君祸始此矣。君笑曰："吾知去恶人耳。"出为湖南路转运使，蛮人归附。迁尚书祠部员外郎，坐小法。知虔州、池州、福州、扬州、江南西路转运按察使，迁尚书刑部员外郎，按知洪州卞咸抵其罪，改荆湖北路转运使。初，谏官李京尝奏君某事，及是，京以言事斥监鄂州税，闻君至，移病不出。君要谕之曰："前事君职也，于吾何负哉？"卒与之欢甚。京死，又力赒京家，而奏官其子。改河东转运使，赐紫衣金鱼，坐小法，知光州，逾月迁尚书兵部员外郎，知徐州。是时山东大饥，君所活数万人，收遗骸为十二冢葬之，亦数万。是时富丞相弼为京东东路安抚使，自为文祭其冢。明年，迁尚书工部郎中、淮南转运使。岁饥，又多所全活。就加直昭文馆，知越州浙东兵马钤辖，迁尚书刑部郎中，判刑部，加直龙图阁、知荆南府荆湖北路兵马钤辖，浚渠为水利，又开新河通漕，公私便之。请知兖州，坐法免。起知金州，提举兖州景灵宫，知莱州，迁尚书兵部郎中，知西京，留司御史台，提举崇福宫，皆不赴，遂乞致仕。居郓州，熙宁五年四月癸亥终于郓州昭庆坊之私第，享年八十有二。有文集五十卷。

君娶朱氏、贾氏、高氏。高氏封长安县君，其父弁，君所从学者也。皆先卒。有子五人。子骏，卫尉寺丞。子渊，郓州寿张主簿。子建，河南伊阙尉。子皋、子英，未仕也。女七人，适蕲州黄梅令李纲、尚书职方员外郎马渊、右班殿直侍其珪、进士程行、大理寺丞刘士部、邓州穰县主簿李毅、进士张伉。

君为人志意广博，好智谋奇计，欲以功名自显，不肯碌碌。所至威令大行，远近皆震。然当是时，天下久平，世方谨绳墨，蹈规矩，故其材不得尽见于事，而以其故，亦多龃龉，至老益穷。然君在撼顿颠踬之中，志气弥厉，未尝有忧戚不堪之色，盖人有所不能及者也。君尤笃于好善，一时与之游者，皆当世豪杰、知名之士。若予者，亦君之所厚。故君之葬，其子来属以铭，而予不得辞也。君葬于其卒之岁某月某甲子，而墓在郓州之某乡某原。铭曰：

维特材，志横出。世拘牵，困羁帚。见事为，万之一。形则潜，名不没。

【解题】

作于熙宁五年（1072）。王逵聪明能干，不畏权贵，而又胸怀宽广，不记人过，确有过人之处。曾巩在文章里作了较为详细的记述。同时，对王逵几次坐法免职也如实记述。

殿中丞致仕王君墓志铭

君讳某，字某，其先琅邪人，尝徙家于蜀。至君之考，又徙家于扬，故今为扬之江都人。曾祖讳锡。祖讳得中，为真定府获鹿县令，赠尚书刑部侍郎。考讳汝能，为尚书都官郎中，赠尚书工部侍郎。

君少以父任为太庙斋郎，养其父，不忍一日去左右。至卒丧，年已四十余，始出为南剑州司户参军，历监剑州银铜场、和州司户参军，用荐者监颍州税，去为越州山阴县尉、滑州录事参军、随州唐城县令。其为银铜场，冶者复业，而岁课大溢。为尉能发奸偷，为录事能治狱不挠，为令能有惠爱于人，其试于事者如此。其为人，居家孝友，遇人和易质厚，不为聪明机巧以哗世动俗，故知之者少，而君亦自若也。至年七十，遂上书还政，迁太子中舍。今上即位，恩迁殿中丞，赐绯衣银鱼。卒于熙宁五年之五月甲辰，年七十有七。以其年十月乙酉葬于江都之东兴宁乡马坊里，以其配永嘉县君周氏祔。有子二人。曰几，大理寺丞。曰深，润州丹徒县主簿。皆有文行，能世其家。有女一人，嫁陆氏。有孙男二人，孙女二人，尚幼也。

寺丞娶余之仲妹，以书来乞君之墓铭，余不能辞也。铭曰：

养心以和，动己以直。不为世巧，安于自得。显不在躬，实诒尔子。欲鸿厥声，勒铭于此。

【解题】

作于熙宁五年。

天长朱君墓志铭

君姓朱氏，讳延之，字某。其先彭城人，今家于扬州之天长县。曾祖某，赠尚书右仆射。祖某，赠尚书工部侍郎。考某，赠太子中舍。母贾氏，某县太君。君年若干，卒于熙宁六年六月之丙申，葬于某年某月之某甲子，其墓在天长之同人乡秦兰里。

君聪明敏悟，少力学问，为文章，数就进士试，不合，乃叹曰：“与其屈于人，孰若肆吾志哉?”因不复言仕。方是时，朱氏世以仕宦显于淮南，君居其家，尤孝谨慈良。然与人，非其意不肯苟合。既果于自为，而其治见于家者，规画纤悉备具，推之知其可任以事，然卒于无所遇，君亦未尝不自得也。

君少孤，养母母之，父死岁久，其丧寓于远，贫不能归也。君居穷经营，卒能使之返葬。及晚而饶财，又能乐赈施，人以此多君也。

君娶沈氏，谏议大夫立之女，早卒；再妻王氏，殿中丞鼎臣之女。子男四人，寅、方、广、寓，皆有学行。女五人，许嫁进士满希远、太庙斋郎马某，余尚幼。君，余舅也，故为之铭其墓。其辞曰：

势不云泰，志则非屯。彼毂之丹，岂易吾仁。廪有余粟，及里与邻。藏有图书，遗其子孙。己则无憾，尚畀后人。识美幽堂，日远弥新。

【解题】

作于熙宁六年（1073）。作者由朱延之的持家本领推知他具备为官任事的本领，显然受“修齐治平”说的影响。

司封郎中孔君墓志铭

君姓孔氏，讳延之，字长源。幼孤，自感厉，昼耕读书陇上，夜燃松明继之，学艺大成。乡举进士第一，遂中其科，授钦州军事推官。杜杞之使南方，诛欧希范蒙赶，君策画居多。其书奏谋议，皆君为属草稿。监杭州龙山税，知洪州新建县，又知筠州新昌县。还朝，会开封界中治孟阳河，中作而开封奏可罢，御史与开封争不决。诏君按视，君言费已巨，成之犹有小利，遂从君言。知封州，即用为广南西路，相度宽恤民力，所更置五十五事，弛役二千人。使者欲城封州，君争以谓无益，乃不果城。迁为广南西路转运判官，辞母老，不许。广西人稀，耕者少，而赋籴于民，岁有至六百万石，程督与租税等，然不过能致数十万石而止，君计岁籴二十万石而足，高其估以募商贩，不赋籴于民。初，侬智高平，推恩南方，补虚名之官者八百人，多中户以上，皆弛役，役归下穷，君使复其故。钦、廉、雷三州蜑户，以采珠为富人所役属，君夺使自为业者六百家，皆定著令。交阯使来桂州，阴赍货为市，须负重三千人，君止不与，使由此不数至。雷州并海，守方倪为不善，官属共告之。倪要夺其书，悉收官属并其孥系狱，昼夜榜笞，军事推官吕潜以庾死。君驰至，取倪属吏，纵系逮者七百余人，倪坐法当斩，亦以庾死，人欢叫感泣，声动海上。改荆湖北路提点刑狱，即本路为转运使，罢鼎州六寨，岁戍土丁千余人。提点刑狱言溪洞南江宜麻稻，有黄金丹砂之产，遣人谕祸福，以兵势随之，可坐而取也。君奏以为不可，乃止。召为开封府判官，以母老辞。知越州，移知泉州，以母老辞。改知宣州，未至，言者奏越州盐法不行，故课负，坐罢宣州。而课法以满岁为率，岁终，越之盐课应法。乃以君为权管勾三司都理欠凭由司出知润州。未行，暴得疾，卒京师，熙宁七年二月癸未也，年六十有一。自钦州九迁至尚书司封郎中，赐服绯鱼。君之得见于用，掇其大者如此。

君气仁色温，寡笑言，言若不能出口，及见义慷慨，辩且强也。方微时，已数劘切上官，无顾避。及老，益自强，守所闻于古，不肯苟随，以故龃龉，一不以易意。君事母孝，持己约，与人交，尽其义，其于恩尤至也。治人居官，一以忠厚，不矜智饰名。噫！可谓笃行君子矣！其家食不足，而俸钱常以聚书，至老，读书未尝一日废也。工于为文，诸子皆自教以学，子多而贤，天下以为盛云。

君临江军新淦县人，孔子之后四十六世孙。曾大父令倩。大父文质。考中正。母刘氏。君登朝，考赠光禄卿，母封仁寿县太君。娶杨氏，封仁和县君。有子七人：文仲，台州军事推官。武仲，江州军事推官。平仲，衢州军事判官。和仲，进士。羲仲，太庙斋郎。余早卒。女三人，嫁袭庆军节度推官曾准、吉州吉水县主簿应昭式、进士蔡公彦。孙男女八人。

初，君乐江州之佳山水，买宅将居之，故其子以八年九月乙酉葬君于江州之德化县仁贵乡龙泉原，以杨氏祔君。有文集二十卷。其子以余与君为最旧，来乞铭，铭曰：

有绰厥政，流播在民。有蔚斯文，荐美于身。孰委于外，不源于内？于内曷以？以其岂弟。其立桓桓，不回不倚。施不尽有，子则多贤。曷久厥问？闷辞幽阡。

【解题】

作于熙宁八年（1075）。孔延之有学问，有胆识，有治才，而且道德高尚，曾巩称颂他为“笃行君子”，评价很高。这种评价在曾巩所作的墓志铭中并不多见。另外，孔延之喜爱读书，使有同好的曾巩倍感亲切。

太子宾客致仕陈公神道碑铭

太子宾客致仕陈公既葬，其孤聃与其宗亲属人谋曰：公殁，所以原大追功，既有太史之状，幽宅之铭，维墓道有碑，可以明著公之休德遗泽，章视万世，以假宠陈氏之子孙于无穷。而其辞未立，于谊谓何？乃相与来请于余。余辞不能，既不获，乃论具公胄出位序行治之实，以为碑辞，而属之以铭。其辞曰：

惟陈氏其先虞舜之后，封于陈。春秋时陈灭入楚，其子孙以国为氏，世为显姓，见于记录。至公之先，始家南康军之星子。至公，又家江州之德化。曰知□□□，公曾祖考也。曰彦璩，公祖考也。曰累赠礼部尚书俊，公考也。

公讳巽，字公顺，祥符八年进士及第，历常州团练推官。盗有弃财走者，公以谓不应死，通判不肯用公言。是时，公起家少年，及遇事坚争，不可夺其守，老吏皆惊，盗卒得不死。以尚书忧去位。服除，补武安军节度推官。侍御吏李偕守武安，事倚公决，州赖以治。转运使陈从易以公为材，狱有久不决者，皆属公治之。凡治二十四狱，人皆服其平。以皇妣嘉兴郡太君冯氏忧去位，服除，补岳州军事判官，举监潭州茶米仓。天圣初，潭州茶课视景德亏十之六，公谨于绳吏，而果于去民之所素不便者，茶视旧课岁增九百万斤。用荐者改秘书省著作佐郎，知吉州庐陵县。庐陵人喜斗讼，械系常充县庭。公除其害政者，人心大变，月余，囹圄空虚，而人自得田里之闲。枢密副使姜遵尝为庐陵，民便之，至是，有“前姜后陈”之谚。移知资州资阳县，迁秘书丞。用荐者通判戎州，州将武人，以州任属公，民夷允附，政以大和。迁太常博士、尚书屯田员外郎，通判潭州。溪洞诸蛮犯约，知州事刘夔、刘沆继出行边。公实总州任，内修民事，外奉师费，凡输粟帛金钱四十有八万，兵械称之，用足于军，而赋役不加于民。沆及荆南王居白、岳州滕宗谅与湖南北部使，凡十有二人，请即用公为转运判官。会转运判官废，故不行。迁都官员外郎，知抚州，恩信行部中，奸强扰服，贫细得其职。迁职方员外郎，明堂恩迁屯田郎中，赐服金紫，去。知安州，以宽静顺其俗，教民通沟洫，趋农桑。迁都官郎中，知蜀州，大兴学校。迁职方郎中、太常少卿，知蕲州，居半岁，以目疾请老，迁光禄卿致仕，始家江州。英宗即位，迁秘书监。今上即位，迁太子宾客。

公少长闾巷，能自感发，强志力学。为进士，一出遂收其科。为吏明悟敏捷，见义敢为，不少屈以求合。盖从事于州郡，久之不进，而其志弥厉。其治，于恶人无所贷，至其过失，则无所不容，而于善人，惟恐失其所也。遇人豁然，不为畦畛。于其所长，未尝不荐借成就之。于其急难与贫不能自存者，未尝不赈而助之。公既好学，至于声音星历之伎，无所不知。及退而自休，日使家人诵书，常数千言，危坐听之，未尝有倦色。江于东南为水陆之冲，宾客日凑，公广于招纳，与之釃酒高会，弹琴赋诗，曰："是足以佚吾老也。"及间而言天下之事，于其是非得失之际，慨然奋励，少者有所不能及，闻其言者，莫不壮其意。少客京师，有欲教公以化黄金者，公辞不受，教公以寡欲，乃受而行之。盖出事天子四十有八年，退老于家又十有五年，年八十余，饮食倍人，仪状甚伟，声音满堂，进拜公于前者，不知其已老也。前终十余年，自为冢于南康军星子县白鹿原，距尚书之兆千有八百步，棺椁衣衾，皆豫自制。属疾至终，容止如常。遗言里中亲疏，各尽其意。享年八十有五，殁于熙宁九年五月壬申，葬以是年八月壬寅。累阶至朝散大夫，勋至上柱国，封至颍川郡开国侯，食邑至一千二百户。

娶张氏，尚书屯田员外郎诩之女，封清河县君。再娶王氏，尚书都官员外郎告之女，封同安郡君。子男二人，曰耆，太庙室长，有易疾。次即聃也，守江州瑞昌县主簿。女五人，嫁太常博士文劝、进士吴鹭、光禄寺丞曾轸、进士陶舜仪、吉州庐陵县主簿薛缝。孙男一人，曰瑰。女三人。聃承德袭教，能世其家者也。铭曰：

允穆陈公，学繇自力。收科于少，其髦维特。于陪于贰，懿其壮画。于附于翽，焯其伟绩。驱之磔之，于其螯贼。膏之妪之，于其黍稷。彼疾而驰，我徐不亟。宁无尔谐，不渝我则。于郎于卿，进皆以序。疾集于微，乃谢而去。乃长书省，乃宾宫朝。宠则日跻，身焉逍遥。世狠而争，公裕有之。世惴而持，公恬处之。公有宾事，鼓瑟吹竽。公退燕私，左《诗》右《书》。年则大耄，气盖坐人。笑谈待终，曾不颦呻。有岿墓隧，丰碑螭首。勒辞告休，尚慰尔后。

【解题】

作于熙宁九年（1076）。本文不仅记叙了陈巽为官的业绩，而且刻划出一个博学多才、正直慷慨、风神潇洒的致仕官员形象。语言平易明畅。

王容季墓志铭

容季王氏，讳冏。其先太原人，中徙河南，其后自光州之固始徙福州之候官，徙候官者五世矣。曾大父讳廷铭，仕闽王为安远军使。大父讳居政，赠秘书丞。考讳平，为侍御史，葬颍州之汝阴，故今为汝阴人。容季嘉祐六年进士及第，主蔡州之新蔡簿。治平某年某月某甲子卒于家，年三十有二。熙宁某年某月某甲子，葬汝阴旌义乡众义营侍御府君之兆。母曾氏，金华县君，尚书刑部郎中、集贤殿修撰、赠太师、中书令兼尚书令、某国公某之女。妻贾氏，尚书司门郎中昌期之女。男女二人，男曰某，始若干岁。

容季孝悌纯笃，尤能刻意学问，自少已能为文章，尤长于叙事，其所为文，出辄惊人。为人自重，不驰骋炫鬻，亦不孑孑为名。日与其兄讲唐虞孔子之道，以求其内，言行出处，常择义而动。其磨礲涵养而不止者，吾未能量其所至也。不幸其志未就，其材未试，而短命死矣。

初，容季之伯兄回深甫，以道义文学退而家居，学者所崇。而仲兄向子直亦以文学器识名闻当世。容季又所立如此。学士大夫以谓此三人者皆世不常有，藉令有之，或出于燕，或出于越，又不可以得之一乡一国也，未有同时并出，出于一家。如此之盛，若将使之有为也，而不幸辄死，皆不得至于寿考，以尽其材，是有命矣！而命之至于如此，何也？

初，子直之遗文，深甫属予序之。数年，又叙深甫之文。复数年耳，而容季葬有日，其仲兄固子坚又属予铭其墓，而且将叙其文。呜呼！非其可哀也夫！铭曰：

学足以求其内，辞足以达其外。守之用刚，养之用晦。如泉之进，如木之升。奄焉以止，不究其成。维友作诗，以永厥声。

【解题】

作于熙宁九年。曾巩与王冏及其兄王回、王向为同道好友，对王氏兄弟十分推崇，并曾于庆历四年（1044）向欧阳修推荐王回、王向。王氏兄弟死后，曾巩又一一为他们的文集作序，可参看。本文叙事议论兼出，而重点在议，笔端饱含感情。

寿安县君钱氏墓志铭

刘凝之仕既龃龉，退处庐山之阳。初无一亩之宅、一廛之田，而凝之嚣嚣然乐若有余者。岂独凝之能以义自胜哉？亦其妻能安于理，不戚戚于贫贱，有以相之也。凝之晚有宅于彭蠡之上，有田于西涧之滨。子进于朝廷，荐于乡闾。凝之夫妇，康宁寿考，自肆于山川之间，白发皤然，体不知驾乘之劳，心不知机擭之畏。世人之所慕者无慊焉，世人之有所不能及者独得也。其夫妇如此，可不谓贤哉！

熙宁九年，凝之年七十有七，哭其妻之丧，自为状，次其妻之世出行事来乞铭。予为之，因其言而识之曰：

夫人姓钱氏，考内殿崇班穆，祖考内园使昭晟，曾祖考宣德军节度使、同中书门下平章事湛，高祖吴越文穆王元瓘。夫人色庄气仁，言动不失绳墨，居族人长幼亲疏间尽其宜，事夫能成其忠，教子能成其孝，是皆可传者也。夫人年七十有三，卒于四月之庚子，而葬于其岁某月某甲子，墓在南康军西城之某原。初以凝之恩封寿光县君，再以子恕恩封寿安县君。有子曰恕，秘书丞。曰格，乡贡进士。皆以文学显于世。女嫁进士徐彦伯、太子中允黄廉。孙某、某。凝之名涣，筠州某人，今为尚书屯田员外郎致仕。铭曰：

仕不苟合，安于贱贫。其难其豫，由媲有人。维不终窭，又寿以康。有续孔辰，既庶而臧。世迫而求，独优以取。世懦以处，独肆而有。士也则然，女实作辅。考则钱媛，尚配于古。

【解题】

作于熙宁九年。这篇墓志铭写法独特，开篇不写钱氏，却冒出一个刘凝之，如奇峰突起。直到“可不谓贤哉”之后，才进入了墓志铭的惯常写法，这样的文章实属罕见。

秘书省著作佐郎致仕曾君墓志铭

君姓曾氏，讳庠，字明升，建昌军南丰县人。曾祖讳某，尚书水部员外郎。祖讳某，尚书户部郎中、直史馆、赠右谏议大夫。考讳某，舒州军事推官。君进士及第，历邵州司理参军，用荐者为衡州常宁县令、福州福清县丞，以疾自陈，迁秘书省著作佐郎致仕。卒于熙宁九年十月某甲子，年五十有九，以其年十一月某甲子葬南丰龙池乡之源头。母吴氏，妻黄氏、朱氏，有子曰扩，曰某，曰某，女四人。

君少孤，自感励好学，能文章，为人聪明敏达，喜事有大志，不肯少屈。为吏以材称，治狱能尽其情。为令丞，易敝兴坏，纲纪具修，吏不敢犯，而民安之也。有声显闻，荐者自许得人。不幸不寿，不克尽其用。将葬，扩来告曰："愿有纪也。"乃为其铭曰：

发其华，见于文。收其实，见于事。于其小，绰有闻。于其卓，屈不试。尚不没，慰后昆。矢以辞，列幽隧。

【解题】

作于熙宁九年。曾庠为曾巩从兄。

都官员外郎曾君墓志铭

君曾氏，讳谊，字子常，建昌军南城人。曾祖暹。祖士宗。考充，赠殿中丞。君进士及第，补洪州新建县主簿、循州龙川令，知筠州之上高、临江军之新淦、舒州之桐城三县，提举江南东路常平仓，兼农田水利差役事，权知楚州，历秘书省著作佐郎，至尚书都官员外郎。

君生而好学，其家学者自君始。博闻强志，明于大体，善属文，一时名出众右。其家故贫，然君为人，节廉自重。罢吏归，常阖门居，不与人事，或日昃不得食，晏如也。为吏平恕质悫，务在爱人，不为刻察，所历县称治。江东同职欲增赋役钱于民，君争不能得，则自请罢去。遂知楚州。楚饥，四方之船粟至者，市易吏定取价贱，予价贵，计其赢取于民，而粟未尝出纳也，贩者为不行，人以乏食。又取民之食其技者锢于官禁，不得私鬻，市里骚然。君初止之，不变，则按致之法，朝廷遣他吏覆视，不能易君言，市易吏得罪免，君益不合，卒以他法罢。既去而楚人思之，既死而楚人迎哭其丧甚恸。至今言治楚者，以君为不可及也。君平居恂恂持卑，及遇事不可夺其守如此。

君熙宁九年四月癸巳卒于开封府咸平之驿舍，年五十有一，明年某月某甲子葬于南城之某乡某原。

子景初、景倩、景融、景裔、景献。景初蚤世。女嫁袁州万载令董沂、进士夏时中、陈卞。母郑氏，崇德县太君。妻傅氏，仁寿县君。铭曰：

江东之议，不俯而随。山阳之治，违世所驰。有挟之强，以弱犯之。有丑之正，以独守之。彼不我与，我不尔欺。尚告厥忘，作此铭诗。

【解题】

作于熙宁十年（1077）。曾谊为官清正，关心民生疾苦，深受治下百姓的爱戴。曾巩对这类无傲气、有傲骨的人总是十分敬佩，他的许多文章都反映出这一点。

光禄寺丞通判太平州吴君墓志铭

龙图阁直学士、给事中吴仲庶具书载其子业官世行治，属余曰："吾子某不克寿，不得见其志，幸得铭信后世，则某其不泯泯，尚足以慰吾思也。"余为之述曰：

维吴氏以文学直道继有显人，其家子晚出并茂，亦多以材能见于世。君居其间，孝友笃学有大志，未见其止。其不幸蚤死，故君既自重无所试，而其家盖识君之事亦略也。

君以父任守将作监主簿，今上即位，恩迁太常寺奉礼郎，是岁进士及第。佥书广济军判官公事，上书言时事，有人之所难言者。部多盗，君请取酒场羡钱益赏购，转运使难其言，君以闻，诏用君议，盗以衰息。君以母济阳郡君蔡氏忧去官，服除，迁光禄寺丞，通判太平州，州赖以治。行部中，视河还，不入其家。将行广济圩，度姑熟溪，桥坏以水死，年三十有三，熙宁八年四月某甲子也。朝廷闻而官其一子。

君娶陈氏，尚书职方员外郎亢之女，前君一年死。子曰埙，郊社斋郎。曰圻，未仕。女一人，始五岁。君初名秉礼，字子钧。其先兴国军某人。曾祖考某。祖考某，赠户部尚书。

仲庶名中复，以君卒之二年正月某甲子葬君南康军都昌县沐浴保之龙回山，以陈氏祔。铭曰：

家纪其行，官纪其能。收科于少，是绍是承。维曰未试，方勃而起。云胡不遐，一跌而逝。命则谁为？昧不可稽。畀尔万年，式谂以辞。

【解题】

作于熙宁十年。

亡妻宜兴县君文柔晁氏墓志铭

文柔姓晁氏，讳德仪，字文柔，年十有八嫁余。余时苦贫，食口众，文柔食菲衣敝，自若也。事姑，遇内外属人，无长少远近，各尽其意。仁孝慈恕，人有所不能及。于栉珥衣服，亲属人所无，辄推与之，不待己足。于燕私，未尝见其惰容。于与人居，未尝见其喜愠。折意降色，约己以法度，学士大夫有所不能也。为人聪明，于事迎见立解，无不尽其理，其概可见者如此。

盖天畀之德而夭其年，遗以相余而夺之蚤。余不知其所以，而又不自知其哭之之恸也。

文柔以嘉祐七年三月甲子卒于京师，年二十有六，余时校史馆书。熙宁四年追封宜兴县君，十年二月庚申葬于建昌军南丰县龙池乡之源头，余时为洪州。

文柔有子，男曰绾，太庙斋郎；曰琮，未仕也。女曰庆老，三岁而死。晁氏世家澶州清丰县，今为开封府祥符县人。文柔曾祖佺，赠太师中书令。祖遘，尚书驾部员外郎，赠开府仪同三司、吏部尚书。考宗恪，光禄少卿。余，南丰曾巩子固也。铭曰：

人孰不贵？子逢其穷。世谁不寿？子罹其凶。维德日跻，生不见其止；维声日远，殁不见其终。子能自得，怼者在人。遗以辅余，曾不逡巡。岁云其逝，予悲孔新。其孰昭之？瑑此幽珉。

【解题】

作于熙宁十年。晁氏知书达礼，温柔贤惠，至和元年嫁与曾巩，使正处于困顿、磨难中的曾巩在心灵上得到了莫大的安慰。然而，晁氏却过早辞世，使曾巩遭受巨大的打击。墓志铭较为理性，曾巩有《祭亡妻晁氏文》、《合酱作》等诗文抒发自己的哀思。此文写得感情色彩十分强烈。

亡弟湘潭县主簿子翊墓志铭

熙宁十年春，予蒙恩予告，葬其弟子翊于南丰。维子翊姓曾氏，讳宰，字子翊，世鲁人，今家建昌军之南丰。子翊少力学，六艺百子、史氏记、钟律地理、传注笺疏、史篇文字，目览口诵手抄，日常数千言，手抄书连榻累笥不能容。于其是非治乱之意既已通，至于法制度数、造物立器，解名释象、声音训诂，纤悉委曲，贯穿旁罗，无不极其说。且老，未尝一日易意。其为文驰骋反复，能传其学。为人质直孝弟，抑畏小心，少年饮酒歌呼、饶乐放纵之事，未尝一接焉。其学行如此，于世用宜如何也？然位不过主簿，寿止于四十七，其非可哀也夫？子翊嘉祐六年进士及第，历舒州司户参军，潭州湘潭县主簿。所居官理，其去人思之。其学于古者，盖未尝试也。

有子经、绶、纯、约，女适饶州军事判官曹唐弼，次尚幼也。曾祖讳某，尚书水部员外郎。祖讳某，尚书户部郎中，直史馆，赠右谏议大夫。考讳某，太常博士，赠尚书都官员外郎。先太夫人吴氏，吴兴郡太君。今太夫人朱氏，南昌郡太君。妻张氏。

子翊熙宁元年四月乙巳卒于湘潭，十年三月庚申葬于南丰龙池乡之源头。铭曰：

好学不倦，以及其详。力行不已，亦蹈其常。见于遗文，华衮之章。含其淳德，璞玉之良。于舒于潭，非试其有。方强而尽，又夺其寿。畜而不施，则既已矣。潜而益明，尚监于此。

【解题】

作于熙宁十年。曾巩对弟弟有很深的了解，为他作墓志铭，自然真实可信。从曾宰身上，我们可以约略了解曾氏的家学。

曾氏女墓志铭

先君太常博士、赠尚书都官员外郎曾公之第八女，讳德耀，字淑明。生而慧淑，于女工不学而能，于孝爱天成也。生二十岁，许嫁大理寺丞王几，行有日矣。嘉祐六年九月戊寅以疾卒于京师，熙宁十年三月壬申葬南丰之源头。其兄巩为铭曰：

孰讹尔质，而化其成。尚千万年，尔室之宁。

【解题】

作于熙宁十年。德耀为曾巩第八妹，生于庆历二年。

二女墓志

南丰曾氏，葬其二女。其父巩为志曰：予校书史馆凡九年，丧女弟，丧妻晁氏及二女。余穷居京师，无上下之交，而悲哀之数如此。

二女，曰庆老，吾妻晁氏出也。生三岁而夭，实嘉祐六年十一月壬申。方是时，吾妻晁氏病已革，庆老疾未作之夕，省其母，勉慰如成人，中夕而疾作，遂不救。盖若与其母诀也。曰兴老，吾继室李氏出也，卒时始二岁，实治平三年九月甲寅。是时，余方锁宿景德寺，试国子监进士，不得视其疾、临其死也。二女生而值予之穷多故，其不幸又夭以死，所谓命非邪？

熙宁十年，予为洪州，始以三月庚申瘗二女于南丰之源头，同穴，庆老在右，兴老在左，是为志。

【解题】

作于熙宁十年。熙宁二年曾巩主动要求外迁，历知越、齐、襄诸州，于熙宁九年调任洪州（今江西南昌），多年来第一次离家这么近，使他有机会将亡妻、亡女、亡弟、亡妹完葬于南丰县龙池乡的源头。

金华县君曾氏墓志铭

夫人嫁王氏，为侍御史讳平妻，姓曾氏，泉州晋江人。祖讳穆，殿中丞，追封魏国公。考讳会，尚书刑部郎中、集贤殿修撰，追封楚国公。皆累赠太师中书令兼尚书令。妣黄氏，楚国太夫人。

未嫁，承顺父母尽子道。既嫁，夫家贫，养姑尽妇道。辅其夫尽妻道。夫死，寓食于颍，以勤俭积日大其家，以诱教不倦成其子，又可谓尽母道也。盖其子五人，回、向、固、同、冏，皆有学行。回有道为儒宗，向、冏尤有文，三人皆身在隐约，而声震天下。于是时，夫人兄鲁公公亮实为宰相当国，然夫人处里舍弥约，未尝以为泰。及其后，回、向、同、冏皆蚤世，人以为难处，夫人能自广以理，未尝乱其志。教养其孙，至男有立，女有归。熙宁之间，鲁公告老，以太傅侍中就第。夫人少鲁公一岁，食其子禄，皆居京师。二人白首相顾怡然。元丰元年春，鲁公薨。四月丁卯，夫人亦以疾终，春秋七十有九。

夫人以夫恩封金华县君，以鲁公恩赐冠帔。子回，忠武军节度推官，知陈州南顿县事。向，峡州硖石县主簿。固，大名府军巡判官，国子监主簿。同，陈州宛丘县令。冏，蔡州新蔡县主簿。女嫁太子右赞善大夫陈臻古。孙五人，泌、汾、汶、沂、澺。汾，郊社斋郎。汶，试将作监主簿。

夫人既卒之明年，某月某甲子，葬颍之汝阴县怀音乡南高村，祔御史之兆。其将葬也，固以状来乞铭。惟夫人为子若妇，为妻若母，皆尽其道，于艰厄流寄之中，能立其家，成就其子，所以自处于通塞之际者，无不当于理，是其智术德性过人远甚，宜得铭。且余实与其子游最旧，乃不辞而为铭曰：

曾禹之苗，氏自鄫子。或言厥志，有称阙里。或以孝显，于经实纪。或守所闻，羞践霸轨。遥遥千载，历世有闻。自荆徂粤，笃生夫人。楚公之子，魏公之孙。鲁公维伯，御史是嫔。乃立厥家，自坠而兴。乃教厥子，自幼而成。卷服貂冠，伯也在廷。子也在幽，硕实洪声。莫亲己宗，莫重夫氏。两有其盛，世谁与媲？维能既试，维德实孚。尚宠尔后，列铭阴墟。

【解题】

作于元丰二年（1079）。从墓志铭来看，曾氏确是一个很有主张、无论穷通得失都把持得住的人，难怪作者称赞她“智术德性过人远甚”。她教育出来的王回兄弟都是很有名声的人物。

尚书都官员外郎陈君墓志铭

尚书都官员外郎、权知泉州事陈君讳枢卒于位，其孤敥以君之丧归葬于湖州长兴县尚吴乡雉山原。前葬，其弟杞以书之亳州，乞铭于南丰曾巩。

盖元丰元年，巩为福州，充福建路兵马钤辖，奏疏曰：“臣所领内，知泉州事、尚书屯田员外郎陈枢，质性纯笃，治民为循吏，积十有五年，不上其课，故为郎久不迁。方朝廷抑浮竞、尚廉素之时，宜蒙特诏有司奏枢课，优进其官，以奖恬退。”于是天子特迁君尚书都官员外郎，诰曰：“吾宠枢也，所以戒奔竞。”明年六月甲子，君以疾卒，享年若干。又明年八月甲寅乃葬。

君事亲以孝闻，为人恂恂蹈规矩，有善不自伐。于势与利无秋毫顾计心，于义所在，侃然自任，人莫能及也。为吏去觚角，绌雕琢，以平易敦朴为务。于刑宁失有罪，惟恐伤人。于赋役，度所不可蠲除者，然后调发，与民为期会，未尝取疾争先。其为民去害兴利，若疾痛嗜欲在己。所至必兴学校，以教化为先。初尉鄱阳，令得盗五人，属尉使为功，君辞不受。及令宜黄，宜黄在穷绝山谷之间，旧令无显者，至君为之，名常出众上。令旌德亦然。旌德之民，岁输米于太平州芜湖县仓，路回远，费甚，君请输钱以便民。谯县民输麦于酂阳仓，以供漕；输豆于会亭仓，以给驿行者。君复请输钱，以籴供漕，以直给驿行者，各得其所便。罢县，民绝桥闭门留君，以间乃得去。泉州岁凶，君筑室止穷民，饥者给食，病者给医，人忘其穷。使者搜兵于闽，以益戍广西，君建言兵当搜者，父母老，或疾，至无他子，皆可听免，诏定著于令。余尝闻繁昌有大姓杀人，州县不能正其罪，君时令旌德，或徙其狱属君，君验治僮客，尽得其隐伏。杀人者论死，人以为尽其情。又闻君之令旌德也，州有所赋调，他县皆奉行，至旌德，令独计曰："非吾土之所有也，非吾人之所堪也，不敢以赋民。"争或至十反。守恚，出语诋君，君益争，州听然后止。最后闻泉州旱，君图所以赈民者，欲预为具。或讥君近名，君不为动。此君之事，余得之于耳目者也。

昔司马迁记前世循吏，下上数千载，所列叙者五人，详者人数事，略者一二事而已。今余所论次君事，与迁所记五人者相似否，必有能识之者。君之事多矣，然犹为所试者小也，令所试者大，则其事可胜传邪？

君字慎之，湖州长兴人。曾祖彦夔。祖文倚。考迪，赠尚书屯田员外郎。君进士及第，初尉饶之鄱阳，用荐者令抚之宜黄，避亲嫌，令宣之旌德，用荐者迁秘书省著作佐郎，知亳之谯县。英宗即位，恩迁秘书丞，徙签书资州判官厅公事，迁太常博士。今上即位，恩迁尚书屯田员外郎，用荐者知越州司录。未至，丁父忧。服除，授三司盐铁判官。未至，丁母忧。服除，驿召对崇政殿，以为提点淮西刑狱公事，愿得治一州，徙权发遣明州事。未至，又徙泉州。留再任，以疾请致仕，未报而卒。母某氏，某县太君。娶赵氏，某县君。又娶刘氏，吏部员外郎述之女，某县君。又娶石氏，某县君。一子，敩也。

君既行治高，世皆以谓宜不次用，而任事者亦意向君为尤甚。然卒不得至中寿，而用止于此，其非命也夫！余与君好为最久，故不辞而铭君墓。辞曰：

人孰宜之？以夷易也。物孰诚之？以朴质也。所处而安，绌外累也。所守而固，笃自强也。古有循吏，其尚似也。诗以铭之，其常存也。

【解题】

作于元丰三年（1080）。作者以平实的笔调详细记述了陈枢的为官业绩，仿司马迁作《循吏列传》，推许陈枢为宋代的循吏。

刘伯声墓志铭

庆历之间，余家抚州。州掾张文叔与其内弟刘伯声从予游。余与伯声皆罕与人接，得颛意以学问磨砻浸灌为事，居三年乃别。后数年，余以贫而仕，见伯声于京师，年益壮，学日以益。又数年，余校书史馆，伯声数过余，饮酒谈笑，道旧故相乐也。伯声未老，然以疾故，亦衰矣。既而余去京师而东，更七州，至于亳。伯声子之美来告曰，伯声死八年矣，将死时，命之美属余铭。其言曰，葬而不得余铭，如不葬也。余惟伯声始从余游，至今三十年，见其少壮，至于有疾而衰，与之故最久，于其死而托铭于余，故不得而辞也。

伯声讳震，为人质厚沉深，寡言笑，恂恂蹈规矩。与人游，见其一善，若恐不能及；见其一失，若恐不能拔。其笃于谊如此。读书有大志，慨然欲有为者也。少孤能自立，尤贫，然营疏属之葬、孤侄之嫁娶，忘其力之不足也。数以进士荐于乡，卒不合。晚乃得试将作监主簿。曾大父泽，左补阙，赠吏部尚书。大父居仁，单州单父县主簿。考纮，济州司理参军。其先清河人，自吏部葬开封府之东明，今为东明人。伯声卒于熙宁五年二月戊戌，年五十有三。葬于东明之阳山乡白驹里，以元丰三年十一月某甲子。妻贾氏，尚书比部员外郎式之女。子四人，曰之美、之纯、之奇、之邵。二女，嫁倪良器、李日新。张文叔名彦博，余为之叙其文者也。铭曰：

敏于求己，尚行寡言。笃于求古，广见多闻。有既畀之，而施则屯。维旧则信，以谂后人。

【解题】

作于元丰三年。这篇墓志铭开篇即叙与刘伯声三十年的交情，文笔质朴，简淡中分明流露出一种深情。

尚书比部员外郎李君墓志铭

康定初，行人寓南康，与李君居并舍。是时君年未四十，游余父子间，相好也。后十余岁，君为临安，遇余于浙西，道旧故，喜甚。又十余岁，君已退而家居，复见之山阳。又九岁，而君年七十有一以卒。明年，其孤仲熊自山阳抵京师，拜且泣曰："愿得铭也。"余惟君游余父子间四十年矣，铭其可辞？

君姓李氏，讳丕，字子京，初名真卿。曾大父讳某。大父讳某。考讳某，赠光禄卿。母丁氏，仙源县太君。继母王氏，仁寿县太君。君海州朐山人，家故寒也。学为士，自君始。出举进士，中其科，得主楚之淮阴簿。岁凶，转运使调军食，用君主宿州籴。他州皆强赋，民犹不足，君随便开诱，粜者悦趋，籴最他州。去为处州司法参军，能随用见，声出众上，荐者十四人，不用。迁宁国军节度，掌书记，转运使属君市翎毛，君扰致如主籴，所市以赤，数之至十万，复最他州。又属君主作院，君考校程度，所作兵器总一万一千三百二十有四，皆精且利。他军州事，有不能决者，多属君，君所决者三十有八事。盖复太平州囚管寿活之，明通判歙州林瑀无罪释之，类如此。于是能益白，荐者十三人。迁秘书省著作佐郎，用荐者监兴元府税，急吏宽商，课赢十有七万。岁中，以岁次迁秘书丞，以课迁太常博士，以覃恩迁尚书屯田员外郎，知杭州临安县，召为审刑院详议官，赐绯衣银鱼。迁尚书都官员外郎，通判蜀州。蜀少事，然他州讼有积岁不能决者，转运使以属君，君所决八事，民信服之。迁尚书职方员外郎，监在京内衣库，枢密使田况奏用君删定马军司条贯，既成，诏加赏赍。滨州有狱久不能决，辞连大臣家子，遣吏治之辄辞，诏遣君乃决。累迁尚书职方郎中，以母老出通判杭州，坐法免。复为尚书比部郎中，监沂州承县盐酒税。未逾月，自罢归。又监陕州集津垛盐务，不行，以本官致仕。元丰三年九月己卯以疾卒山阳之私第，十一月甲寅葬安乐乡之杨兴里。

君娶葛氏，仙居县君。再娶乔氏，寿安县君。子男七人：曰仲熊，卫州军事推官。曰仲谟，以进士再试礼部。曰仲将，曰仲杰，曰仲倩，曰仲昌，皆未仕也。女六人，嫁吴好礼、于锐，皆奉议郎；马察、于镗，皆进士；余幼也。

君既自奋拔，立其家，盖仕四方，惟蜀去其亲，其事兄抚孤弟侄，皆尽恩意。其为吏不独能自任其官，盖他吏之不能任其事者，或属君兼任之，办其裕也。不幸一跌，世无力振达之者，故以坎壈终。铭曰：

海区氏李，有启厥世。富辞与能，自约而侈。曰父与子，郎官卿士。曰妻及母，翟衣象揥。谓势方利，孰辐以毁。施不尽有，故也则喟。尚祐尔裔，以追厥始。

【解题】

作于元丰四年（1081）。这篇也是开篇先叙交情，比通常先写墓主世系有一点变化。文章重点突出李丕的办事才能，并围绕这一中心来组织材料，有很强的说服力。

仙源县君曾氏墓志铭

吾妹十人，其一蚤夭，吾既孤而贫，有妹九人皆未嫁，大惧失其时，又惧不得其所归。赖先人遗休，嫁之皆以时，所嫁之者皆良士。谓宜皆寿而昌，以延光荣于父母家也，而十余年间，死者四人。先人之盛德也，吾妹之懿也，曾不章显于世而夭，吾故不知夫哭之之恸也。

讳德操字淑文者，吾之第九妹也，嫁江都王氏，为殿中丞、赠尚书屯田员外郎讳某之子妇，殿中丞几之妻，封仙源县君。为人柔嫕静颛，动止以仪度，平居温温，一言笑不妄也。与人群居，自处者常取其后。与人共衣食，自与者常取其薄。王氏故贫，垢衣菲食，未尝以为歉。恭大慈小，辅其夫以义，无不得其宜者。不幸年三十有一以死。有子男二人，曰某，曰某。女二人，皆幼也。

曾氏其先鲁人，今家建昌军之南丰。吾妹为尚书户部郎中、直史馆、赠右谏议大夫讳某之孙女，太常博士、赠尚书都官郎中讳某之女，卒于熙宁七年三月庚子，葬于扬州江都县东兴乡，元丰四年某月某甲子也。铭曰：

既艰其生，又不介之寿。维笃于仁，尚克臧厥后。

【解题】

作于元丰四年。德操生于庆历四年（1044），为曾巩第九妹。在此之前，曾巩已分别于嘉祐二年、四年和六年失去长妹、次妹和第八妹德耀。

故翰林侍读学士钱公墓志铭

公钱氏也，故为王家，有吴越之地。五世祖镠，号武肃王。高祖元瓘，文穆王。曾祖俨，昭化军节度使。祖昭慈，赠左卫将军。考顺之，左侍禁阁门祗侯，赠尚书刑部侍郎。

公应说书进士、贤良方正，能直言极谏，皆中其科。历宣州旌德县尉、大理寺丞、殿中丞、太常博士、尚书祠部度支司封员外郎、工部郎中，换朝奉大夫，充国子监直讲、编校集贤院书籍，迁秘阁校理。选为修英宗实录院检讨官，直舍人院，同修起居注，遂知制诰，直学士院，迁枢密直学士、翰林侍读学士。尝通判秀州，知婺州，入判尚书考功，改开封府判官。出知邓州，入判尚书吏部流内铨，兼判集贤院，又兼判礼部，权知开封府。数请去，得知审官东院，兼判军器监，兼提举司天监公事。

公幼孤，家贫母嫁，既长，还依其族之大人，刻励就学，并日夜，忘寝食，于书无所不治，已通其大旨。至于分章别句、类数辨名、丛细委曲，无不究尽。其见于文辞，闳放隽伟，故出而与天下之士，挟其所有，较于有司，常出众上，以其故名动一时。

其为尉，及为秀、婺、邓州，皆有治行。秀州击奸仆强，果于力行。婺、邓更革弛坏，理具设张。为直讲，以能教诱，学者归之。为校理，属英宗之初，慈圣光献皇后听政，公三上书请还政天子。为吏部，谨绳墨，选者称其平。为开封，以慈恕简静为体，不求智名，以投世取显。为公属者，有不与公合，然公遇之，未尝有厚薄意，士以此多公，而为公属者，后卒亦心服也。公于众不矫矫为异，亦不翕翕为同，以其故，人莫能亲疏。至于利势之际，人所竞逐，公方隤然，迹与众远，故虽有夸者，亦不以公为可忌也。公之为判官也，府尝有狱，或探大臣意，谓欲有所附致，公不为动，徐论其意而已。公平居乐易，无崖岸，及至有所特立，人固有所不能及者，类如此也。公为人谨畏清约，与人交淡然，久而后知其笃也。

公之先，既藉疆土归天子，其后至昭化，守和州，十有八年以卒。诏葬和州，子孙因家焉。至公，始葬其母于苏州吴县龙冈村之天平山，故今又为苏州人。

公讳藻，字纯老，封仁和县开国伯，赐服金紫，年六十有一，元丰五年正月庚寅卒于位。某年某月某甲子葬天平山，从其母永嘉郡太君丁氏之兆。公妻孙氏，泰兴县君。男曰某、曰某，蚤世。曰皞，某官。孙曰某，某官。公卒，上驰使临视其家，知其贫，特赐钱五十万，而官其弟若子孙凡三人。

公与余尝为僚，相善，其且殁，以遗事属余，而其家因来乞铭。铭曰：

钱姓武王，五世之孙。开迹东南，以学以文。学则知经，文则能赋。矧曰方闻，扬声天路。乃校中书，乃掌帝制。乃列禁林，从容讽议。治己伊何？维直而清；治人伊何？维简而平。人以怒迁，公能自克；人以利回，公能不惑。士夫所望，天子所器。胡不百年，胡不三事！龙冈之宅，考卜维新。公安于此，尚利后人。

【解题】

作于元丰五年（1082）。从墓志铭看，钱藻可谓深得“持中”之意。曾巩与钱藻曾为馆阁同僚，熙宁三年曾作《馆阁送钱纯老知婺州诗序》。

秘书丞知成都府双流县事周君墓志铭

君姓周氏，讳旻，字梦臣，衢州江山人也。曾祖汉规，祖德厚，父幹。君以进士及第，历南剑州之将乐、建昌军之南城主簿，监虔州雩都银场，又为泰州司户参军，用荐者为秘书省著作佐郎，知宣州南陵县事，迁秘书丞，知成都府双流县事。嘉祐六年正月某甲子至江陵，卒于舟中，年五十有一。母某氏。先娶毛氏，又娶祝氏。子男三人：曰某，曰某，曰某。女四人。君之卒，某始七岁，清江李中为之具丧事所须。某年某月某甲子，君之弟鬲葬君于某州某县某里之原。

君少孤力学，不问生业，事母以孝称。其在仕也，嫁姊之贫者，君常分月俸三之一以奉之，余以与诸弟，君与妻子或止食馆券而已。为人和平质简，其施于为政亦然。及至有所必行，人亦多所不能及也。其为南城、雩都，取豪猾尤难治者三人，皆绳以法。君既见恶果于绳而去之，故其余皆敛迹不敢犯君法。此君之行已居官已试者也。所试者大，将岂止于是欤？铭曰：

婉婉为人，嶷嶷为吏。此有爱慕，彼无怨议。孰厚其有，孰艰厥施。维铭昭之，以谂来裔。

【解题】

本文作年不详。墓主人周旻同样具有曾巩心目中的理想人格，既“婉婉为人，嶷嶷为吏”，又敢于任事。虽然比起那些曾巩着力加以表现的无傲气、有傲骨的人物稍逊，但仍大致合乎理想。

赠大理寺丞致仕杜君墓志铭

君姓杜氏，澶州濮阳人，卒于皇祐元年十月庚申，葬于熙宁八年十月丁酉。其墓在濮阳县桂枝里之栾邨，以夫人仙居县太君潘氏祔。君曾王考佑，王考延嗣，考珣。子男三人。曰言，曰宗谏，皆蚤世。曰宗诲，殿中丞。女二人，嫁马氏、栾氏。孙男二人，曰良辅，余未名也。

君讳莹，字德温，赠大理评事，又赠大理寺丞。为人孝友温良，以清静为学，而以淡泊自足。行修于家而誉闻于乡，其自得者寿考见于身，其有余者流泽见于后。故其年至于八十，而有子能大其门，言理之士，以此多君也。

宗诲为人，质厚恬夷，世俗之所为有不为者。余为襄阳，宗诲实佥书节度判官公事，爱其所守，而知其有所受也。其以君之铭乞于余，故不辞。铭曰：

有以养其内，克遐者寿。有以行于远，克昌者后。帝原厥初，追锡命书。余与此铭，贲于幽墟。

【解题】

本文写作年代不详。杜莹没什么业绩可谈，所谓“清静为学”、“淡泊自足”也是不得已的写法。何焯评：“简净可法。”

殿中丞监扬州税徐君墓志铭

唐之亡，强者分其地，为国以十数。杨行密有淮南，称吴。海州人徐温为吴将，有功。行密死，三子相次立。温用事贵显，温死，其养子知诰遂代杨氏，尽有江淮之地，称唐。去温所与为姓名者，姓李氏名昪。温己子知谏，事昪为将，死，昪追以为中书令、监淄王。知谏子逊，事昪子璟，为中书侍郎，上饶郡公。逊子徐君，事璟子煜，为其秘书郎，赐绯鱼袋。宋既受命平天下，俘李氏以归，徐君亦随之京师，得为太常寺太祝，不乐，弃官归江南，久之为殿中丞、监扬州税以死。子天锡为秘书丞，亦死。女四人，其第二女与季皆嫁吕氏。徐君死祥符间，后四十余年，嫁吕氏女有子倚，始葬徐君与徐君之母李氏、妻陆氏于扬州之某原。

方徐氏之先，与杨氏俱起东南，收其土地而有之，遭行密子弱，徐氏实任其国，至昪遂代吴。而徐氏子孙，亦皆据士民之上，有王公之势，于其一时富贵之际，岂非盛哉！百年之后，其世凌迟，至于徐君，遂死而无以葬，葬于异姓之孙。盛衰之变，何其速也！然自前世无不皆若此，富贵之不可以久恃，亦何必异也。而世之不安其命者，方枉义挈挈以觊幸其偶得之者，又惴惴恐失之，是真可以常处也哉！

初，东南之地既入于有司，天子怜士民，许皆复田其故所有地。徐君之地为尤多，多不取。有冒徐君之地以卖之者，亦不问。是以其贫甚，而徐君独自得。徐君讳元榆，字仙材，好学，善属文，吏部贾黄中尝试其书判曰："元、白不足多也。"尤能诗，诗数百篇，号《南归集》，大抵多慨其不得志，徐君之所以自见也。

嫁吕氏女之夫名某，怜徐君之死无以葬，死以属其子倚。倚贫甚，能自力，卒葬徐君而就其父志。铭曰：

富吾不争，可谓既好之。贫吾不怼，可谓又安之。谐归此丘，女子之为。永昭厥声，维此铭诗。

【解题】

本文有两个特点：一，不单纯地叙述徐氏世系，而着意反映其兴衰变迁；二，记叙、议论结合较好。由于前面的记叙打下了较好的基础，所以议论部分显得水到渠成、言之有物。这是一篇较好的墓志铭。何焯评："笔力驰骤，何必韩、欧。"写作年代不详。

天长县君黄氏墓志铭

夫人姓黄氏，福州福清县人。祖讳某，考讳伦，皆仕闽越。夫人嫁同县林氏，为殿中丞讳某之冢妇，尚书屯田员外郎讳某之妻。有子曰概，为太常博士、集贤校理。有孙八人。曰希，宣州泾县主簿，编校集贤院书籍。曰旦，明州象山县令。曰邵，杭州南新县令。曰颜，许州临川县令。曰稽，曰雄，未仕也。其二人早卒。有曾孙十有一人，曰睿、虑、虞、虡、虔、肤、据、处，其三人亦早卒。夫人年七十有七，治平四年正月癸丑卒于京师之昭化坊，累封嘉兴、天长二县君。

始，殿中府君与其配福清县太君郑氏皆春秋高，安其乡里不肯出。屯田府君乃从事漳州、泉州、兴化军，逾二十年，终养而后去。夫人能尽其力，治饮食、衣服以进，及丧，能尽其哀，皆如其夫之志。其子既就学，夫人常夜治丝台，居其旁以勉之。至其后，其子遂以文学名天下。既而其子不克寿，屯田府君亦卒于官，诸孙皆幼，夫人已老矣，乃栖吴郡，斥卖簪珥以经理其家，丝蓄粒聚，至有田以食，有宅以居。平居日夜课诸孙以学，有不中程，辄扑之。及长，遂多知名，连以进士中其科，泾县复校书集贤，世其父职。夫人乃顾诸孙谓曰："吾始得事祖姑，今得弄曾孙。遂保有汝家起于既坠，吾老且死，不恨矣！"

泾县既服夫人之丧，以其柩归吴郡宝华山，某年某月某日，祔屯田府君之兆，而属余铭。铭曰：

女职在宫，行止于柔。扶微救厄，则匪我谋。势有孔棘，义不得宁。任重于己，振坏为兴。我储我积，乃续烝尝。我字我饬，乃袭印章。苍颠秀眉，燕其作止。其燕伊何？维终受祉。莫仁且智，畴济登兹。播告无极，视此铭辞。

【解题】

黄氏是个普普通通的妇女，但又有些不一般：她在丈夫和儿子去世、孙子们还年幼的困境下独力支持全家，以严为慈，终于使孙辈出人头地。在她身上，颇有一些阳刚之气。作年不详。

德清县君周氏墓志铭

夫人姓周氏，湖州长兴人。曾大父讳某，大父讳某，父讳某。嫁同县陈氏，为秘书省著作佐郎讳某之妻。为人柔嫕静庄，在父母家至归于夫氏，本于自修，而卒于能孚于属人。陈氏有姒妇，寡居当家事，夫人常曲意下之，于事常退避不敢与。姒妇以其故，顾夫人甚欢，而亲疏观者莫不悦。著作有田数千亩，而爱士好施，夫人常悉力助之。以其故至不能自给，而夫人处之自若。遇子之非己出者，与己子无毫发厚薄意，人以为过人，而夫人若有所不及也。享年三十有五，封德清县君。子曰枢，为尚书屯田员外郎。曰楷，曰权，未仕也。卒于庆历五年之二月辛丑，葬于熙宁三年之三月庚申，其墓在长兴县永昌乡卞山之阳。铭曰：

嗟淑人，体明德。外惟均，内自克。不永年，陨嫔则。兆亲宫，藏石刻。

【解题】

姒妇即大伯的妻子。周氏处理妯娌关系以及与非亲生孩子的关系都很好，若不是天性善良，恐怕很难做到这一点。足见周氏有过人之处。作年不详。

双君夫人邢氏墓志铭

夫人邢氏，无为军巢人也。嫁为赠大理寺丞姓双氏讳华之妻，封万年县太君。子男三人：曰渐，为尚书屯田员外郎、通判吉州军州事。余未名，皆早夭。夫人年八十有六，嘉祐四年九月二十七日卒于宣州之官舍，六年十二月二十七日葬于无为军巢县无为乡恽良里之原。

方大理府君之在隐约，屯田始就书学，夫人能经理其家，使无内忧，以卒就其志。及屯田有列于朝，夫人食其禄养，就封大县，实受成报。天之施与善人，岂非信哉！

夫人之在疾也，屯田之配长寿县君陈氏，供养营救，有过人之行。州上其事，天子闻而嘉之，敕州使致粟帛赐其家。于是人知夫人之善，不独能成其子，又能化其家也。铭曰：

允淑夫人，秉是壶彝。有韠车服，维宠嘉之。葬有卜壤，其吉在斯。推求美实，视此铭辞。

【解题】

其实邢氏并没有多少值得称颂的善行，而用儿媳陈氏的善行加以烘托，以增强说服力，不失为一种较聪明的写法。本文作年不详。

旌德县太君薛氏墓志铭

夫人姓薛氏，累封旌德县太君。为故太子右清道率府副率致仕、赠右监门卫将军姓段氏讳某之妻，今提点江南东路刑狱公事礼宾副使名某之母。某州某县人也。大父讳某，当吴越钱忠懿王时，娶王女，为王国官。父讳某，祥符初，为东头供奉官。供奉常将屯宫门，而监门之父、右班殿直讳某者，屯三阳，二人者，以意气喜相得也，遂以夫人归段氏。夫人性柔淑，能和其属人，自佩服栉珥，凡资己者，常出于俭而有余，好施，虽尽费不以为侈也。生男一人，礼宾也。女二人，长适开封黄思问，次适吴郡潘孝孙，皆进士。夫人年四十有三，大中祥符七年五月某甲子以疾卒于京师之敦教坊，某年某月某甲子祔其夫之柩，葬于某州之某县某乡某所之原。前葬，礼宾称夫人之行与其世序封号之详，托铭于南丰曾巩，为述而铭之曰：

约乎己，厚乎人。发其积，在子孙。韠兮翟，列封君。硞兮石，瑑铭文。

【解题】

所谓“约乎己，厚乎人”的道德评价经常出现在曾巩所作的墓志铭中。本文作年不详。

沈氏夫人墓志铭

夫人姓沈氏，其先家于越之会稽。曾祖仁谅，令海州之朐山，徙家于和州历阳，故今为历阳人。祖平，赠尚书刑部侍郎。父立，今为右谏议大夫，判都水监。母冯氏，濮阳县君。董氏，仁寿郡君。夫人年二十有二，嫁扬州进士朱延之。有子三人：寅、万、广。女五人，尚幼。夫人年四十有五，卒于熙宁元年十一月之庚辰，葬于某年某月之某甲子，其墓在扬州天长之秦兰里。

夫人为人柔闲静专，事父母尽子道，事姑长兴县太君贾氏尽妇道，事夫尽妻道，为母及与内外属人接，一皆尽其道。故其处也，爱于其家；其嫁也，夫之属人上下远近皆爱之；而其殁也，哭之者皆哀。是不宜无铭。而朱君，余舅也，属余铭。铭曰：

媛维沈女，经德以身。柔嫕静简，孚于属人。维祉在后，有子诜诜。瑑诗告美，愈远弥新。

【解题】

本文作年不详。称颂某夫人能尽子道、妇道、妻道、母道成为墓志铭的俗套，但对于封建时代的一般妇女来说，她们只能把全部精力放在家庭事务中，能使家族兴旺、家庭和睦、丈夫和儿孙安心读书做官就已是她们的最大成就了，作者只能这么写。

故高邮主簿朱君墓志铭

君讳某，字齐卿，姓朱氏。其先家于彭城，五代之乱，徙于淮南，今为淮南人。曾祖某不仕，祖某赠刑部尚书，父某赠殿中丞。君尝试为秘书省校书郎、苏州之长洲尉、高邮军之高邮主簿以卒，卒时乾兴元年六月十九日也。后卒之若干年，其子象之、东之、升之、延之奉君之丧，葬天长县之秦兰里。于是时，象之某官，东之某官，以材名。余皆为士。

某官以书命巩曰："子其为我铭之。"而以状言公之为人，有智计，喜施与，少从师学问，已而舍学业其家。家之食口数百，仰于君，君能资之，皆出乎衣食，嫁娶皆有余法。殿中之弟、工部侍郎巽，初举进士，数困，欲不复往。君劝之曰："第行无以废为念。"故侍郎得曲就其志，至为达官，大其家，后卒官。君既居官，以材称，其为身务于廉，临狱讼务为恕。

母某氏，旌德县太君。娶耿氏，又娶贾氏。女归太常博士吴祥，柳州马平知县陈许，池州推官李枢。其季归于曾氏，某之先君博士也。舅氏实命巩铭，其敢辞？铭曰：

推心于家，其爱已乎。用力于官，盖以其余。得官于晚，寿五十四。故不太显，以极其志。

【解题】

朱齐卿没什么突出的业绩，所以这篇墓志铭也就写得平淡简略。曾巩继母朱氏为朱齐卿之女。此文作年不详。

故太常博士吴君墓志铭

君讳祥，字某，姓吴氏，事宋为太常博士。年六十二，某年某月某日以官卒于家。卒之若干日，葬真州扬子县之某乡某原。

初，君从进士试，屡不中。年四十余始中第，为吉州军事推官。归，以选为开封府开封县丞。大臣称其材，遂为秘书省著作佐郎，知考城县，又知河中府之龙门县，再迁为博士，知蕲州之蕲水县。父丧除，朝京师，疾作，遂求归真州。真州，君家也。

初，君之屡斥于进士也，既自力学问，充其业，又帅其弟，务刻苦，养其亲。入其门内，尊安其卑，卑慕其尊，一时皆称之。及从事于吉州，弟已死，君夫妇痛自节衣食，遂能嫁其孤女若干人，皆不失所时。其在开封，衣食常不自足，而亲戚故旧之至京师者，多以君为归。其丧父也，以家之有无葬，故葬不缓。亲戚或忧其贫，欲出钱为基址，谓君一强出，可以取其赢。君叹曰："吾不敏，既位于朝，贫我素也，丧乃欲为利乎？"平居恂恂，不与犯者校，及其自守，人亦不能移也。官归，常僦屋以居，既卒，几不能葬。

曾大父某。大父某。父某，以君之恩为大理评事。妣某氏，某县太君。太君之丧，君致其哀有过人者。妻朱氏，某县君，余姨也，有助于君。子曰某，女嫁亳州观察推官张天经。既葬，某为碣于墓，而与天经来乞铭于巩。天经以材名，人皆曰其尚能存君之家者。铭曰：

维吾先君，太王之嫡。禅圣图民，于东窜迹。其后孔蕃，以国为氏。君绍厥宗，其德则类。俭著于家，勤著于身。不苟其赢，卒死于贫。维时之人，命士大夫。缟冠素盖，争利于涂。曾不君慕，顾或笑之。非彼可议，维世足欷。较于铭章，君有则多，以遗其孥，非厚如何。

【解题】

吴祥为曾巩的姨父。这篇墓志铭称扬吴祥的孝友慈爱和慷慨大度，而对其家贫，作者的感情较为复杂，既有同情、惋惜，又有对他不以钱财为意的敬佩。作年不详。

知处州青田县朱君夫人戴氏墓志铭

知处州青田县事、天长朱君讳某之夫人曰高邮戴氏，年七十有七，治平元年九月庚午，以疾卒于楚州监仓之官舍，某年某月某甲子，葬于天长之某乡某原。

夫人之考讳奎，娶徐氏女，夫妇皆有善行，闻于其乡。夫人受教于始笄，从事于既嫁，少而行修于身，老而教行于家。故父母曰“不遗吾忧”，舅姑曰“能顺吾志”。夫受其助，子赖以成。其平居深静有仪法，不妄笑言，就之色庄而气仁。居贫，自薄衣食，而厚于施与。属人之孤女为收嫁者，盖二人云。既老矣，女事不废，而妇容益恭，虽少者有不及也。

有子四人，曰某，曰某，曰某，早卒。某，某州录事参军，监楚州装卸米仓。某，衢州西安县令。皆及进士第，好古而有文。夫人于某，外叔祖母也。故舅氏属以铭。铭曰：

淑哉戴氏，青田之肋。允直且仁，蓄德于身。为下肃祗，为上惠慈。安意处贫，薄己裕人。其承有子，以文起仕。秀发垂领，享有多庆。卜壤之良，乃兆新堂。刻此幽文，美实长存。

【解题】

显然，戴氏又是一个符合封建道德标准的妇女。本文作年不详。

夫人曾氏墓志铭

夫人，吾从女兄也，姓曾氏。沉静谨约，不妄笑言。遇人一以恕，于其内外属之间，孝友慈顺，无不当于理，故与之处者皆爱，哭其死者皆哀。呜呼！为女如是，足以知其贤，又足以知吾之祖考以来，教行于其家也。夫人考讳某。王考讳某，尚书户部郎中，直史馆，赠右谏议大夫。曾王考讳某，尚书水部员外郎，建昌军南丰人。夫人嫁为同县朱君某之妻。有子曰某，曰轼，以文行称于乡。有孙曰京，曰彦。京为真州司法参军、亳州教授。

夫人享年若干，某年某月某甲子卒于寝，某年某月某甲子葬于南丰之某乡某原。将葬，轼以书来请铭。余曰：“铭莫如余宜为。”乃为其辞曰：

女德在幽，而始人伦。诗有显扬，以立生民。尚类于古，淑为夫人。壶有彝则，仔肩以身。曾不蕃宠，畀其子孙。曾不遐年，善则长存。维仲荐美，列辞墓门。

【解题】

这篇墓志铭除了对死者的褒扬外，还表达了作者作为曾氏家族成员的自豪感。本文作年不详。

宝月大师塔铭

君名修广，字叔微，杭州钱塘人，姓王氏。九岁出家学佛，居州之明庆院，十一岁落发为僧。景祐二年诏赐紫衣，五年又赐号宝月大师。治平某年，州选为管内僧正。熙宁元年十月感疾，癸丑，会门人与常所往来学佛之人，告以将终。其夕沐浴易衣，正坐而卒，享年六十有一。

门人曰慈化大师了性，曰崇照大师了然，曰赐紫衣了蕴，以明年某月某甲子为塔，葬君于某县某乡某原。

君为人乐易慈祥，有智识度量，人不见其喜怒。读五经，略知大义，颇喜为诗。少羸多病，始学为医。既成而有疾者多归之。无贵贱贫富，皆为之尽其术，未尝有所厚薄。尤贫者，或资之衣食。以其故，自京师至于四方，自公卿至于学士大夫，多知其名，既见皆乐从之游。而乡邑之人，至于羁旅游客，其归之者，无不厌其意。君于接之虽劳，未尝有懈倦不欲之色。于资之药物衣食，虽穷无，未尝有所计惜。其应外者如此。及退而处夫贫富死生之际，又有所不累其心，故至于不能自给，而未尝动意，至于且死而未尝改容变色。噫！是非可铭也欤！铭曰：

不以贫故累其心，此学士大夫所难。至于遭死生之变而不惊，又难也。君之学不同，而自得者则然，固不可以无传。况于名闻于世，行信于人，故为之书，尚使长存。

【解题】

本文写作年代不详。曾巩为僧人作塔铭，见于曾巩文集中，只宝月大师一人而已。曾巩不喜佛学，与僧人交往不多，但他对宝月大师的德行还是十分敬佩的。铭文以押韵为常体，这篇用散体文，为变体。

十　祭吊

吴太初哀辞

吴太初象先，今为单州单父人。父祐之，从事广州，勤事死州外瘴沴地。象先以丧至州下，亦死，年三十一岁。三试于礼部，不中。余与之善。后七年，其弟景初来，视余于临川，庆历六年也。余思象先，如初失之，为之追考其为人，为辞以哀之曰：

越山如鳞兮远海而穷，势阻以偏兮毒潜其中。子之自重兮卒与此逢，我知子初兮其父之从，为其子孤兮吾未之恫，孰神之苛兮又速子终，嗟嗟乎然兮维戚吾衷。维子之生兮顺祥于宫，父母之欢兮兄弟以雍。出与人游兮有守有容，其材甚良兮剞劂又工。一日而弃兮卒偶蒿蓬，云谁不死兮万古一空。吾辞传子兮无有春冬，子夭且屈兮犹寿而隆。

【解题】

作于庆历六年（1046）。此时的曾巩本来就与屡试不中的吴太初同病相怜，而吴太初英年早逝，更引发曾巩的感慨。不过，从“吾辞传子”中可看出曾巩的自信。

代太平州知州谒庙文

天子不以某不敏，使有兹土。凡境之内，鬼神能福于人，敢不恭事？今得日之吉，始兹荐见。惟神之赐，使民宜其家，及其岁事，则某敢不继？自今具酒醴牲牷，以报于神，神其鉴之。

【解题】

作于嘉祐三年（1058）。这一年，曾巩被任命为太平州（今安徽当涂一带）司法参军，负责办理一州的刑法事务，职位很低。这是曾巩中进士后的第一个官职。

太平州祈晴文

去岁之水，其为害大矣。民之免于死亡而不为盗贼，亦幸而已矣。水之既去，民于完堤防、修疆陇，以从事于田，其艰且劳亦甚矣。使今岁大穰，恐未足以复其力。今苗始莳而雨不止，若将又病之，民有转死之忧。吏之不能事神治民，以降兹沴，不敢逃其责。然沴之既降，非吏之所能捍而止也。惟神旧依吾民，而食于此土，捍患除灾，固神之职，敢不以告？使雨速止，而岁有成，亦惟神于此土，永有依归，惟神其图之。

【解题】

作于嘉祐三年。爱民之心使无计可施的曾巩对神十分虔诚。

祭亡妻晁氏文

子有仁孝之行，勤俭之德。宏裕端庄，聪明静默。穷达能安，死生不惑。可以齐古淑人，为世常则。归我之昔，明年始笄。言无疵悔，动应衡规。亲疏悦慕，稚艾嗟咨。事姑之礼，左右无违。服难体顺，惟日孜孜。谐我属人，又笃以私。有犯不校，有劳不施。人隆己约，乃以为宜。衣有穿弊，珥无光辉。曰顺吾性，余复何为。纷纶世务，逼仄群疑。子陈得失，效若蓍龟。及其既退，婉婉其仪。不矜以色，不伐以辞。幽闲深谧，度量谁窥？吾贫口众，智不继资。脱粟藜藿，具无盐醯，人不堪忧，子独怡怡。绾综虽爱，不偏以慈。训诲惟谨，曰宜幼时。我扶我翼，共处穷羁。锄荒补漏，细大无遗。

呜呼！天祸我家，降集凶厉。始来京师，辛丑之岁。子之方壮，疾疹中伤。孰云此日，一女先亡。子虽自达，病岂宜然？自秋至春，有益无痊。迎医市药，我力为殚。术宁非善？不胜于天。将逝之夕，逆知其期，语论自若，精神不衰。遍召室人，告以长归。

呜呼哀哉！父失贤女，姑亡孝妇，子丧严师，吾亏益友。岁时虽往，悲酸则新。禫月之终，奠此一尊。教养二子，期获子心。时良返子，托葬先林。言如不复，谁谓我人。长号叙哀，寓以斯文。

【解题】

本文作于治平元年（1064）五月三十日。晁文柔于至和元年（1054）嫁与曾巩，嘉祐七年（1062）二月病逝京城，这八年间，两人同甘共苦，相濡以沫。曾巩于嘉祐六年失去爱女，次年又痛失爱妻，在生活刚有好的转机的时候，心中的哀痛难以言状。除了这篇祭文，曾巩还作有《亡妻宜兴县君文柔晁氏墓志铭》和《合酱作》等诗文，从中可以看到曾巩对妻子的一片深情厚意。

苏明允哀辞

明允姓苏氏，讳洵，眉州眉山人也。始举进士，又举茂材异等，皆不中。归，焚其所为文，闭户读书，居五六年，所有既富矣，乃始复为文。盖少或百字，多或千言，其指事析理，引物托喻，侈能尽之约，远能见之近，大能使之微，小能使之著，烦能不乱，肆能不流。其雄壮俊伟，若决江河而下也；其辉光明白，若引星辰而上也。其略如是。以余之所言，于余之所不言，可推而知也。明允每于其穷达得丧，忧叹哀乐，念有所属，必发之于此。于古今治乱兴坏，是非可否之际，意有所择，亦必发之于此。于应接酬酢万事之变者，虽错出于外，而用心于内者，未尝不在此也。

嘉祐初，始与其二子轼、辙复去蜀，游京师。今参知政事欧阳公修为翰林学士，得其文而异之，以献于上。既而欧阳公为礼部，又得其二子之文，擢之高等。于是三人之文章盛传于世，得而读之者皆为之惊，或叹不可及，或慕而效之，自京师至于海隅障徼，学士大夫莫不人知其名，家有其书。既而明允召试舍人院，不至，特用为秘书省校书郎。顷之，以为霸州文安县主簿，编纂太常礼书。而轼、辙又以贤良方正策入等。于是三人者尤见于当时，而其名益重于天下。

治平三年春，明允上其礼书，未报。四月戊申以疾卒，享年五十有八。自天子辅臣至闾巷之士，皆闻而哀之。

明允所为文，有集二十卷行于世，所集《太常因革礼》者一百卷，更定《谥法》二卷，藏于有司，又为《易传》未成。读其书者，则其人之所存可知也。明允为人聪明辨智，遇人气和而色温，而好为策谋，务一出己见，不肯蹑故迹。颇喜言兵，慨然有志于功名者也。

二子，轼为殿中丞直史馆，辙为大名府推官。其年，以明允之丧归葬于蜀也，既请欧阳公为其铭，又请予为辞以哀之，曰：铭将纳之于圹中，而辞将刻之于冢上也。余辞不得已，乃为其文。曰：

嗟明允兮邦之良，气甚夷兮志则强。阅今古兮辨兴亡，惊一世兮擅文章。御六马兮驰无疆，决大河兮浮啮桑。粲星斗兮射精光，众伏玩兮雕肺肠。自京师兮泊幽荒，矧二子兮与翱翔。唱律吕兮和宫商，羽峨峨兮势方飏。孰云命兮变不常，奄忽逝兮汴之阳。维自著兮暐煌煌，在后人兮庆弥长。嗟明允兮庸何伤！

【解题】

作于治平三年（1066）。这篇文章简要叙述了苏洵努力读书创作到名扬天下的经历，有助于人们对于苏洵其人的了解。尤其是文中对苏洵文风的评价内容值得重视。哀辞一般用于对没有成年或虽已成年但死得过早的人，不过到唐时人们就已不那么严格遵守了，苏洵就活了五十八岁。茅坤评："叙明允生平，亦尽有生色可观。"张伯行评："古人文字不溢美一词，而其人精神愈见，此类是也。"

馆中祭丁元珍文

嗟乎元珍，别子几时，孰谓子往，无复来期。子之为人，浑厚平夷，不阻为崖，不巧为机。朋僚悦附，族党怀依。其动恂恂，必应绳规。其语谆谆，不见瑕疵。从事之画，吾无妄随。长人之政，彼有遗思。其蓄钧石，其出铢锱，惟夫学问，富有书诗。濡墨操纸，写之文辞。春阳满野，万物荣滋。匪营匪饰，叠异并奇。既精众作，于诗复尤。清新俊逸，与古为俦。读之洒然，可破百忧。哀乌之秩，天禄之游，谓淹已久，既晚方收。孰云未几，斥置南州。书犹未复，讣已来投。众为哀伤，况于吾属。初疑终骇，失泪满目。莫纼子棺，莫襚子服。礼多不及，情岂能忘？寓辞千里，侑此一觞。

【解题】

作于治平四年（1067）。这篇祭文赞扬了丁元珍的品德、政事和诗才，表达了对死者的哀思。曾巩另有五律《丁元珍挽词二首》。

又祭亡妻晁氏文

巩无状遭祸，早失贤妻。徘徊京师，零丁孤宦。乃致旅榇，未就先茔。夙夜思惟，心颜愧怍。今蒙恩补外，道出东南，敢启菆宫，进登舟御，间关回阻，将致乡园。而巩比至淮濒，迫趋官守。其于奉承灵舆，经涉大江，方复假人，经营护视，永惟见亮，尚赖有灵。若夫触冒川途，几数千里，使保清谧，则惟余休。至于推择吉辰，修严葬礼，俟得时日，敢不躬亲？惟其鉴之，故以情告。

【解题】

曾巩妻晁氏于嘉祐七年二月病逝于京城，曾巩于治平元年曾作《祭亡妻晁氏文》。从此文内容看，应是作于熙宁二年（1069）。祭文表达了因仕途奔波不能亲送灵舆归葬先茔的无奈，并向亡妻致歉。

齐州到任谒舜庙文　岳庙云：维神以丰功盛德，作镇地方，宜有［□□以］称民望。

维帝侧微之初，躬耕此土，历数千载，盛德弥新，传于无穷，享有庙食。巩受命出守，敢陈薄荐。维帝常垂阴施，惠此困穷，庶使遗民，永有依赖。

【解题】

作于熙宁四年（1071）。这年元月曾巩由越州改知齐州（今山东济南），六月到任。

齐州谒夫子庙文

惟夫子言行之所及，盖不可得，而学者师仰，各以其材之所及而已。巩潜心久矣，兹者受命抚封，进谒庙下，敢陈薄荐，式遵典礼。

【解题】

作于熙宁四年。

齐州谒诸庙文

维神以功德之美，列于祀典。受命守土，敢陈薄荐。惟神常垂阴施，以惠此邦。

【解题】

作于熙宁四年。

泰山祈雨文

维泰山，历古至今，有天下者，巡狩封禅，勒成告代，莫不之焉。或企足动容，卒莫能至。实卓玮殊尤，神明之地，故天下宗焉。二典所记，其光灵威烈，焯示万世，夫岂他山可得而视！维齐与鲁，获仰而事，粒食缕衣，莫匪阴施。

今二邦不雨，自四月以讫于兹。积水之泽，尘起冥冥。粟将槁死，蝗亦滋生。虽政或不良，足以致此，而百姓何罪？宜蒙哀矜。彼撮土之山，勺水之川，尚能与民为福，锡之有年。岂如泰山，朝出一云，暮泽天下，其势之易，易于转圆，而比近托丽，顾不能怜。殆莫之或告，告或不虔。夫民之生，盖亦艰矣，无储与藏，重敛烦使，岁一不登，多滨于死。奸强无知，或起乘时，聚为盗攘，以取诛夷。循理安业，田间之民，亦与俱亡，奚可不伤！巩受命天子，守藩于东，敢斋以严，告于灵宫。惟神闵人之病，助岁之功，霈然下雨，变沴为丰。尚俾斯民，以牛羊黍稷，得承事于无穷。

【解题】

作于熙宁四年。这年从四月起，齐鲁大旱，曾巩焦虑万分，祈雨于泰山。此文表现出作者的悯农思想和关心民瘼的情感。

泰山谢雨文

臣愚，行为时之所背，言为时之所轻。寡俦少和，耿耿茕茕。奇于人而如此，敢望信于冥冥？属东辕而进谒，托斯文而荐诚。眷齐鲁之旧邦，依大镇之峥嵘。苦旱魃之方骄，忧岁事之不登。民且瘠于沟壑，或椎埋而死兵。冀聪明之响答，霈膏雨之宵零。言丁宁而上诉，心惝恍而潜惊。顾不能以谐世，将何动夫威灵！乃不知夫神与道而为徒，虽窅默而难明。其虚心也，物有来而必应；其公听也，无憎爱之常情。彼大虽自大，小虽谓小，吾与善而已矣，常一视而持平。故微衷得以上彻，利泽为之旁行。或噫为风，或震为霆。隐然雷出，霭然云蒸。洒甘霔以兼夕，灭害气于无形。盖西极于甸服，东属乎沧溟。人盈其望，物遂其生。黍芃芃而擢秀，粟薿薿而敷荣。使时沴遂熄，年功可成。人食丰乎钟鬴，神祀衍乎粢盛。民相安于田里，吏无用于威刑。信大恩之莫报，而至德之难名。愚所以意激而感深者，方涉世之零丁。荷降鉴之不昧，知忠信之可凭。敢因辞以进谢，愧抽思之非精。

【解题】

作于熙宁四年六月。大旱两个月后，齐鲁终于普降喜雨。此文表现了曾巩久旱得雨后的喜悦心情，从中我们可以看到他对农事和民情的关切。此外，曾巩还因此喜赋《喜雨》一诗。

祭欧阳少师文

惟公学为儒宗，材不世出。文章逸发，醇深炳蔚。体备韩马，思兼庄屈。垂光简编，焯若星日。绝去刀尺，浑然天质。辞穷卷尽，含意未卒。读者心醒，开蒙愈疾。当代一人，顾无俦匹。谏垣抗议，气震回遹。鼓行无前，跋疐非恤。世伪难胜，孤坚竟窒。紫微玉堂，独当大笔。二典三谟，生明藏室。顿挫弥厉，诚纯志壹。斟酌损益，论思得失。经体虑萌，沃心造膝。帝曰汝贤，引登辅弼。公在庙堂，尊明道术。清静简易，仁民爱物。敛不烦苛，令无迫猝。栖置木索，里安户逸。椟敛兵革，天清地谧。日进昌言，从容密勿。开建国本，情忠力悉。卯未之岁，龙驾飙欻。再拯大艰，垂绅秉笏。乾坤正位，上下有秩。功被社稷，等夷召毕。公在庙堂，总持纪律。一用公直，两忘猜昵。不挟朋比，不虞讪嫉。独立不回，其刚仡仡。爱养人材，奖成诱掖。甄拔寒素，振兴滞屈。以为己任，无有废咈。

维公平生，恺悌忠实。内外洞彻，初终若一。年始六十，恳辞冕黻。连章累岁，乃俞所乞。放意丘樊，脱遗羁皁。沉浸图史，左右琴瑟。气志浩然，不陋蓬荜。意谓百龄，重休累吉。还斡鼎轴，赞微计密。云胡倾殂，慭遗则弗。闻讣失声，眦泪横溢。戆冥不敏，早蒙振拔。言由公诲，行由公率。戴德不酬，怀情独郁。西望辒车，莫持绋绋。

维公荦荦，德义撰述。为后世法，终天不没。托辞叙心，曷究仿佛。

【解题】

作于熙宁五年（1072）。这年闰七月，欧阳修逝世，此时曾巩在齐州任军州事，闻讯痛哭失声，和泪作此祭文，对欧阳修一生品德、政事、文章作出了自己的评价，真情迸发。

祭王逵龙图文

惟公有独立之志，不羁之材。扬旌闽楚，按节江淮。止如山渊，动若风雷。众皆异其施设，曾孰测其津涯。若夫拯急难于水火，下隽杰于蒿莱，越拘挛而不惑，岂浅狭之能偕？至于称物引类，兴言寓怀，远参骚雅，近杂嘲谐，丽兼组藻，美轶琼瑰，皆足以声驾多士，望隆九陔。然而位不过郎中，名不过直阁，流落白头，委蛇一壑，岂人事之当然，信命存于冥漠？

昏愚不肖，早辱公知。拊循爱勉，施及其私。闻公之逝，恻楚歔欷。戴德莫酬，寓荐以辞。

【解题】

作于熙宁五年。祭文赞美了王逵的侠义心肠和过人的才华，而感叹其名位不显。写得十分传神。

泰山祈雨文

惟神含德体仁，镇兹东夏。兴云致雨，泽施八纮。今此齐邦，近在山趾。方夏久旱，麦苗将萎。吏思其由，奔走群望。而人微言贱，不能上动。频阴复散，忽已兼旬。念此疲民，弊于征敛。方岁之富，食常不足。一遇灾害，必捐沟壑。惟神威烈，覆被群生。顾此比州，宜先蒙赐。岂伊灵眷，独忍遗之？今是用饬遣士民，布诚祠下。情穷词急，冀获哀矜。使一雨霈然，则倒悬可解。尚其降鉴，无作神羞。

【解题】

作于熙宁五年。这年夏天，齐鲁又遇大旱，曾巩不得已再次祈雨。“情穷辞急”，恰好可以概括此文。

岳庙祈雨文

去岁之旱，有请于神。蒙畀嘉泽，田则大稔。今春河役，发民二万。更迭赍送，众又倍之。盖此齐人，出者几半。迨其反室，维夏之初。劳费既深，又违穑事。夫民数载，乃遇一稔。敝之如此，其几尚完。今二麦方包，而亢阳为虐。吏任其咎，所不敢逃。惟民何辜，赖神终惠。能致云雨，则实在神。尚其念之，故敢以告。

【解题】

作于熙宁五年。

襄州谒文宣王庙文

巩获承余教，列职书林，来守此邦，敢遵常礼，躬谒祠下，尚其临之。

【解题】

作于熙宁六年（1073）。这年夏季，曾巩改知襄州，秋季到任。

襄州谒诸庙文

惟灵功德在人，庙食兹土。巩到官之始，敢修礼谒。尚期降惠，以佑吾民。

【解题】

作于熙宁六年。

襄州诸庙祈雨文

今麦苗方出，而时泽尚愆。冬令久行，而寒气未应。嗟吏治之不善，以奸阴阳；惟神理之无方，能兴云雨。是用兢惭以任咎，蠲祓以乞灵。尚期降休，以答人望。

【解题】

作于熙宁六年。这年秋天，曾巩到襄州任上时，正值襄州旱情严重。

大悲祈雨文

惟岁孟冬，盛阳犹亢。旱暵兹久，阴寒未兴。吏非循良，敢不任咎？佛有慈惠，则宜降祥。是敢躬沥悬诚，虔祈觉荫。俾风云之奋作，致雨雪之渐涵。田亩顺成，里闾安辑。仰期真理，俯徇舆情。

【解题】

作于熙宁六年。大悲，佛教语。悲，慈悲。佛欲使众生都得解脱，悲心广大，故称大悲。

襄州岳庙祈雨文

自秋不雨，方冬尚温。麦田苦于旱干，民室忧于病疠。永惟责任，内集兢惭。惟神作镇岱宗，著灵南夏。敢沥由衷之恳，冀回降鉴之仁。遂俾膏泽以时，祁寒式序。畎亩克谐于丰富，里闾皆保于靖康。尚其垂训，副此群望。

【解题】

作于熙宁六年。

祭张唐公文

维公作德于躬，实方实厚，实夷实讦，实坚实茂。彼嗜而争，我有不惑；彼妩为朋，我肆而特。我抗其辞，维彼之默。始烨其华，儒林礼官，乃硕其实，侍从之班，维帝时咨，维士时附。尚其昌言，式久在序。告疾于朝，乃长南服。里无叹声，士女辑穆。以老得谢，俶其归装。车御未驱，讣闻四方。

维余先人，公同年友。公子我侄，又托婚媾。实肴于豆，实酒于觞，驰辞告诚，维以永伤。

【解题】

作于熙宁六年六月，文中充满尊敬之情。

又诸庙祈雨文

去岁经冬，时雪不厚。今兹春晚，膏泽尚微。农于稻田，待水而种。苦兹旱涸，人用焦然。吏不能有惠于民，而惟岁之善，则刑清事简，尚有望焉。是用沥恳，有祷于神。惟神依人，尚其降鉴，使霈然下雨，以大济于此邦。则人于事神，亦曷不尽?

【解题】

作于熙宁七年（1074）春。去年秋天的旱情一直持续到今年春天。这年全国大旱，不只是襄州如此。

薤山祈雨文

自去秋之始，至于今春之暮，雨不雩霈。方麦苗将病，稻种未布，农事急矣，而祷请未效。惟神灵应在人，是用奔告。尚其降鉴，大施泽于此邦，使民获善岁，而不罹于艰厄。则人于报神之赐，亦曷敢不虔?

【解题】

作于熙宁七年春。

邪溪祈雨文

自去秋至今，雨常不足。今麦苗将槁，稻种未布，而春既尽矣。若又不雨，至于十日，则麦必尽死，稻不可种，民将安所寄命乎？吏知其急，而不知其所以为。神知其急，而力能为雨者也。其亦何惜数尺之泽，救民于无所寄命之急乎！故敢以请，神其鉴之。

【解题】

作于熙宁七年春。

诸寺观谢雨文

向者以大田之稼虽多，而西郊之云方密，辄伸虔祷，盖以为民。甫及夏初，霈然蒙润。兹展至诚之谢，式遵旧典之传。钦惟明神，鉴此精意。

【解题】

作于熙宁七年春。

邪溪谢雨文

吏能奉法令，治狱讼，督赋敛而已；导和气，致丰年，则力不能，德不及也。故一有水旱，则奔祷于鬼神。幸蒙降答，则自恕以窃食。此巩之所以不敢不自讼也。今兹请雨，不能异此。获神之赐，敢不虔报？惟神之灵德，既足以惊动，泽施于此民，尚终畀之有年，则神之依人，亦有永赖。

【解题】

作于熙宁七年春。

薤山谢雨文

乃故秋至今，雨不沾足。麦苗将槁，稻不可种。民将无以为命，吏不知其所为。维神能出云致雨，记于古经，信于百姓之耳目，是用奔告。果蒙降答，乃戊辰云起西北，至夕大雨，达于甲戌。四境告足，麦则滋荣，稻可播种。民得以托命，吏得以窃食。维神之威灵大显于此土，泽施大及于斯民，敢不严报？尚其终惠，俾岁大穰。则人于事神，永永其不敢怠。

【解题】

作于熙宁七年春。

诸庙谢雨文

吏治不能顺阴阳，时风雨，而以岁之旱奔告于神。赖神之灵，时赐甘雨。敢不严报，尚其鉴之。

【解题】

作于熙宁七年春。

祭孔长源文

呜呼长源！拔迹孤艰，刻志励力。升德自幽，乃不家食。燕其寿母，归养以色。兴其士友，跂我淳则。微独考古，载辞于策。亦从尔知，有婉军画。为长以舒，为将不亟。乃使荆粤，铨材著职。灭熄苛娆，苏僵博瘠。会稽之治，里无猝迫。初以诋去，民实戴德。卒还省部，廷论之直。维曰将归，东符之析。孰云不幸，奄与生隔。有亲九十，世为楚恻。维其笃行，匪矜匪饰。其彪为文，其霈为泽。天与厥后，贤能交蹠。有实有华，光长誉白。善岂无劝，庆焉兹得。维我与公，绸缪平昔。诗书讨论，相求以益。我试于乡，自公考择。弥久弥亲，情隆意获。闻公之讣，泫然心畵。驰奠千里，寓陈悃愊。

【解题】

作于熙宁七年二月。

诸葛武侯庙祈雨文

天子以岁久旱，所被者广，分命守臣，祷其境内鬼神之有灵德在于人者。维灵有志于民旧矣，故敢以告。尚其降鉴，大施泽于四方，以称天子忧人闵雨之意。

【解题】

作于熙宁七年五月。这年夏，襄州又旱。

五龙堂祈雨文

乃四月以旱，祷于邪溪薤山，应时得雨，麦以丰成，稻可播种，独异于他境，实维其赐。今稻田又干矣，此邦之人，皆谓龙虎之河，五龙之神，祷雨辄应。余敢不告？神其降鉴，大施泽于斯民，使获有年，则人于报神，亦维无斁。无俾薤山邪溪专美于此邦，以作神羞。

【解题】

作于熙宁七年五月。

灵溪洞祈雨文

吏不胜任，荐致旱灾。祷于山川，为黩已甚。然稻田日瘁，民命所托，夙夜忧惧，不知所为。维尔有神，世载灵德。是用觍颜有请，忘其惭羞。尚其降祥，时赐甘雨。俾岁无害，维神之休。

【解题】

作于熙宁七年五月。

又大悲祈雨文

盛夏在辰，常旸为沴。稻将萎瘁，人用嗟忧。由吏治之不明，致奸和气；维佛乘之无碍，善济群生。是敢同祓精诚，虔祈觉荫。觊滂沱于膏泽，俾浃洽于原田。用救焦枯，实依慈惠。

【解题】

作于熙宁七年五月。

大悲谢雨文

民无常心，惟安于足食；佛有慧力，善救于含生。比缘盛夏之辰，久苦骄阳之沴。惧伤稼穑，将致凶饥。故仗节之隽良，暨守藩之孤陋，俱陈精恳，虔对睟容。果蒙感答之慈，立致滂沱之泽，涤除害气，勃起良苗。变瘁为荣，物遂更生之理；易忧以喜，人谐望岁之心。维是鸿私，敢忘昭报？尚期降鉴，常畀有秋。

【解题】

作于熙宁七年。

诸庙谢雨文

吏之罪大矣，一切从事于谨绳墨、督赋役而已，民之所欲不能与，所恶不能去，自恕以窃食，不知其可愧，安能使阴阳和、风雨时乎？故若巩者，任职于外，六年于兹，而无岁不勤于请雨。赖天之仁、鬼神之灵，闵人之穷，辄赐甘泽，以救大旱，吏知其幸而已，其为酒醴牲饔，以报神之赐，曷敢不虔？维神尚终惠之，使永有年，则神亦无穷，有依于人。

【解题】

作于熙宁七年。

诸庙谢雨文

积是骄阳．莫救稻苗之悴；获兹嘉霔，尚滋秋物之荣。是荷灵休，敢忘祗服。

【解题】

作于熙宁七年。

诸寺院谢雨文

比以常旸，仰祈真荫。果获滂沱之泽，大苏焦旱之田。敢择佳辰，特申严谢。尚期降佑，常畀有秋。

【解题】

作于熙宁七年。

诸庙祈雨文　诸寺改作：敢于真觉，伸布虔诚。惟佛至慈，与人为归。

今岁之初，未愆雨泽。然而麦才薄稔，蚕不甚宜，则民之穷盖可知矣。今兹农望，惟在秋成。而温风方腾，旱气弥盛。是用侧身以惧，有祷于神。尚其降衷，时赐甘霔。俾岁无害，亦神有依。

【解题】

曾巩对佛教本持排斥态度，但为了民生，也顾不得许多了。作于襄州任上。

薤山祈雨文

志言众山云起，此山无云，终不降雨；众山无云，此山云起，必降大雨。是能为雨，能为不雨，在神而已。今岁数不登，而旱气又作。吏之不良，无所逃罪。民贫可悯，神能为雨而不为，是何情哉！神其为民出肤寸之云，致数尺之雨，使凶为穰，以救民之急。则此邦之人，所以报事神者，子子孙孙，其孰敢怠？尚其念之，无作神羞。

【解题】

当作于襄州任上。

祭王平甫文

呜呼平甫！决江河不足以为子之高谈雄辩，吞云梦不足以为子之博闻强记。至若操纸为文，落笔千字，徜徉恣肆，如不可穷，秘怪恍惚，亦莫之系，皆足以高视古今，杰出伦类。而况好学不倦，垂老愈专，自信独立，在约弥厉。而志屈于不申，材穷于不试。人皆待子以将昌，神胡速子于长逝！

呜呼平甫！念昔相逢，我壮子稚，间托婚姻，相期道义。每心服于超轶，亦情亲于乐易。何堂堂而山立，忽泯泯而飙驶。讣皎皎而犹疑，泪汎汎而莫制。聊寓荐于一觞，纂斯言而见意。

【解题】

本文作于熙宁七年。据近代周明甫《曾子固年谱》，王平甫为曾巩妹夫，卒于熙宁七年八月，此文也作于那一年。此文笔力高超，神完气足，为曾文力作。

洪州谒诸庙文

惟神播泽在人，庙食兹土。巩守藩之始，敢修祷谒。尚祈灵德，常庇斯民。神于无穷，亦永有赖。

【解题】

作于熙宁九年（1076）。这年，曾巩从襄州调任洪州（今江西南昌）。洪州是曾巩非常熟悉的地方，早在进入仕途之前，他就常和朋友游览洪州城、滕王阁、百花洲等名胜，都留下了他青年时代的足迹。

洪州谒夫子庙文

惟神播泽在人，庙食兹土。巩守藩之始，敢修礼竭。永惟灵德，覆被无穷。尚其降衷，启寤学者。

【解题】

作于熙宁九年。

洪州诸寺观祈晴文

佛有大慈，速于善应。人无常产，理则难安。惟穑事之将成，而雨淫之不止。惕然省惧，岂敢皇宁？盖兹疲瘵之民，已出旱灾之后。室家凋弊，闾里愁嗟。如复荐饥，将焉托命？今早稼甫毕，晚苗方兴。洼下之田，已伤流潦。亢爽之地，实惧浸淫。是敢虔对睟容，仰陈净恳。伏望廓山川之曀滞，回日月之光华。谐此顺成，湛然澄霁。实繄慧荫，感慰舆情。

【解题】

作于熙宁九年。知襄州时，遇上旱灾；改知洪州，又遇上涝灾，加上瘟疫流行，曾巩的地方官生涯实在奔波劳碌。

诸寺观庙谢晴文

比虞水溢，将败岁功。不自皇宁，敢陈恳迫。果蒙阴施，即畀时旸。田里欢呼，粢盛有望。惟神灵所以赐于人者，岂愚足以当之。尚冀余休，终成多稼。民能自保，神则有依。

【解题】

作于熙宁九年。

祭西山玉隆观许真君文

阴功及物，灵德在天。缅惟真驭之升，实以中秋之序。人思余烈，岁即遗祠。故兹守土之微，敢体爱民之素。俾往陈于薄具，尚永庇于群生。

【解题】

作于熙宁九年。

福州谒夫子庙文

惟夫子之德，仰之弥高；夫子之言，穷之益远。学者潜心，庶几仿佛。某守邦之始，躬即学宫，敢修礼谒，尚其降鉴。

【解题】

作于熙宁十年（1077）。此年春，朝廷授曾巩直龙图阁学士，命其移知福州军州事，兼福建路兵马钤辖。

福州谒诸庙文

惟神作德自幽，信于兹土。人用报事，秩祭有常。巩甫此守邦，敢修礼谒。尚其降福，终赉斯民。

【解题】

作于熙宁十年。

福州鳝溪祷雨文

曰嗟乎旱也，谁则为之？芃芃之稼，将槁而萎。嗷嗷之众，曷望而依？维闽属者，寇贼之罹。逮其既附，我士已疲。余丑成群，百十睢睢。跳踉出没，负力乘巇。亦有为渠，诸偷所推。相望棋布，未受aaa羁。室家莫宁，远近并疑。我畜以柔，亦震以威。从有法赏，不从系累。或扰而序，或就缠徽。逮岁朔易，荡定无遗。山林夜行，笑语追随。吾人即安，含糗而嬉。士马亦奋，桓桓骙骙。天子圣德，海邦是绥。维此海邦，初亦难饥。今宁宇矣，师征始归。今食足矣，廪实尚微。若岁大熟，如梁如茨，如京如坻，自公及私。狱无讼系，里无盗窥。式于永世，方始在兹。今此大田，既硕而齐。俾不卒成，孰忍为斯？神有灵迹，国人所祇。神有显号，天子所跻。萎能起之，槁能泽之。胡宁有余，敛而不施？我用卜日，早驾以驰。即告潭侧，尚其听之。攘除骄阳，腾云圹霓。播为甘液，霈洒淋漓。俾农有秋，百物具宜。熄偷与争，长置刑笞。人于报事，岂有斁思。

【解题】

作于元丰元年（1078）。曾巩赴闽之前，福建境内的治安很乱。曾巩到任后，恩威并施，基本平息了“盗寇”之乱。然而元丰元年入夏，福州久旱不雨，曾巩非常忧虑，为此写下祷雨文。

诸庙祷雨文

常旸为沴，将害农功。夙夜忧怀，不皇启处。敢徼灵贶，时赐膏泽。俾人获济，惟神亦永有依。

【解题】

作于元丰元年。

谢　雨　文

维闽之人，前岁苦饥，去岁苦盗。足食而安，期自今始。而方夏旱暵，惧害穑事。兹余用稽于众，盖可以徼福于民者，罔不驰告。不敢爱力，’不敢宁居。赖神之仁，畀以膏泽。自未至酉，远近周浃。维岁大熟，可立而需。敢饬豆笾，报用典礼。吏无明德，而但知告其困急于神。神既赐之，其尚终惠。

【解题】

作于元丰元年。曾巩在《题祷雨文》中记载："自四月甲子至五月辛巳，凡十有八日不雨，田已忧旱。"现在天降大雨，曾巩高兴地写下了这篇《谢雨文》。

戊午十月展墓文二首

巩去春在江西，蒙恩予告，得省视松楸。今自福州被召还朝，又得便道展拜墓下。敢陈薄荐，用申感慕。仰惟降鉴，俾蒙福于无疆。

巩自福州被召还朝，得便道展墓。敢陈薄荐，用申感慕。仰惟降鉴，俾蒙福于无疆。

【解题】

作于元丰元年。展墓，即省视坟墓。

祭宋龙图文

嗟乎次道！公之于古今典章沿革，得之于心，山藏海积。又于旧闻，隐显纤悉，析之以口，天高日白。公在朝廷，群公百司，解惑释疑，公为蓍龟；公在太史，维僚与属，正缪辨讹，公为耳目。今公亡矣，廷有大议，问故事者，众失其归；国有大典，考前载者，人失其师。况公行不绝俗，而动有常度；言不忤物，而辞无可疵。靖退之风，愈老而弥邵；方直之操，自信而不回。至于笃友尚旧，比义亲仁，追往烈而竞逐，岂庸态之能邻？然而蚤蹈历于儒馆，晚委蛇于从臣。曾未得历禁林之献纳，任廊庙之弥纶。何鸾仪而鹄峙，忽飙逝而星沦。哭公之丧者，客不绝于门庭；吊公之家者，使相望于道路。维昏钝之少与，独绸缪而有素，泪淋浪而莫收，情忉怛而奚愬。

呜呼！唐季五君，史旷其录，公搜亡而集贳，盖旁罗而远属。至于帝宅神州，祖功宗德，咸在笔削，具存方册，争日月之光辉，与天地而终极。则公位虽屈而未尽，名益久而逾章；彼富贵而磨灭，岂得公之毫芒？纂余哀而以此，聊寓荐于一觞。

【解题】

宋龙图，即宋敏求（1019—1079），字次道，龙图阁直学士，修《两朝正史》。宋曾为馆阁校勘、编修官，治平中累擢知制诰、判太常寺，熟于朝廷典故。此文作于元丰二年（1079），张伯行认为“典切而非谀”。

明州修城祭土神文

州有帝命，缮治城墉。得日之良，啸工始事。斯人允赖，维尔土神。尚其降休，敢不以告。

【解题】

作于元丰二年。这年正月，曾巩到明州任职。

亳州谒诸庙文

维此谯都，年岁顺而风俗厚者，虽人之力，实神之助。巩获守此土，敢荐樽爵。与人为福，实待神休。

【解题】

作于元丰二年。这年，曾巩在明州任职仅五个月，又徙知亳州，七月到任。

亳州谒夫子庙文

维人之生，尊卑长幼，知有其序。悖于理者，知有所畏。何以致然？实自夫子。巩长人于此，敢不严事？是用寅荐樽爵，式遵典礼。

【解题】

作于元丰二年。

亳州明堂后祭庙文

维季秋辛巳，天子宗祀英宗皇帝于明堂，以配上帝。既成礼，乃诏天下遍祭于群神。故州得以众羞醪酒祗荐祠下。神其诞降嘉福，无有不暨，以称天子所以事神爱民之意。

【解题】

作于元丰二年。

朝中祭钱纯老文

呜呼公乎！穷经及史，旁兼百氏。废寝与食，不虚寸晷。笃好无倦，华颠愈励。强记多识，箱输屋偫。阔议崇论，河垂海委。诗赋讲说，射策三科。金马玉堂，经帷三职。寒苦自至，无冯与翼。铨综再试，士曰子归。尹正三岁，众曰子依。公于所闻，维学之力。公于所知，则维自得。利害之际，人鲜能安。彼为惴惴，公独桓桓。爱恶之情，人鲜自克。彼有赘亏，公为衡石。世所并逐，公有不求。彼嚣我静，则莫我尤。曾不三事，位云未究；曾不百年，数云非寿。歼国之良，在列嗟咨；聩民之望，耋艾歔欷。天子闻丧，驰使临视。劳恤茕孤，赒怜乏匮。凡我同朝，矧曰同志，哀由感触，孰知失涕。寓马在庭，荐羞在几，公乎来哉，寄诚兹诔。

【解题】

此文作于元丰五年（1082）正月。钱纯老曾为馆阁官员，后出知婺州。曾巩与钱纯老曾为同僚。此文赞扬钱纯老的博学与淡泊，对他的去世表示哀悼。

祭晁少卿文

巩蚤以孤，蒙与托嘉好，自始迄今，逾二十载。缱绻相与，义厚情亲。会合乖阔，则有书问。开纸披辞，犹若际遇。不意今者，公遽沦亡。得讣歔欷，涕随声发，海滨独哭，心与谁言？仍闻归旐，旅次余杭，隔此涛江，寓陈薄奠。公乎知否？已矣奈何！

【解题】

这篇祭文虽然简短，但情真意切。晁少卿，即光禄少卿晁宗恪，曾巩岳父，卒于熙宁二年。本文作年不详。

祭李太尉文

公先种德，硕大于久。母宋仁祖，维庄懿后，公维后侄，考异姓王。入长六师，外垣大邦。不以贵盈，逊悌慈良。昭陵未远，公奄云亡。辅车之东，致荐一觞。

【解题】

本文作年不详。这篇祭文写得庄重有余，而哀悼之意不足。大约是身份悬隔，又无过厚交情之故。

代人祭李白文

子之文章，杰立人上。地辟天开，云蒸雨降。播产万物，玮丽瑰奇。大巧自然，人力何施？又如长河，浩浩奔放。万里一泻，末势犹壮。大骋厥辞，至于如此。意气飘然，发扬俊伟。飞黄駃騠，轶群绝类。摆弃羁馽，脱遗辙轨。捷出横步，志狭四裔。侧睨驽骀，与无物比。始来玉堂，旋去江湖。麒麟凤凰，世岂能拘？古今僻儒，钩章摘字。下里之学，辞卑义鄙。士有一曲，拘牵泥滞。亦或狡巧，争驰势利。子之可异，岂独兹文？轻世肆志，有激斯人。姑熟之野，予来长民。举觞墓下，感叹余芬。

【解题】

祭文高度评价了李白的文学成就，赞美其为文与为人的豪放奔逸，同时批评僻儒俗士的卑下。本文作年不详。

祭致仕湛郎中文

维公早以郎潜，安于养志。晚而家食，曾不待年。治迹纪于朝廷，行实推于乡里。沦亡未远，窀穸有期。窃仰高风，敢陈薄奠。

【解题】

郎中，官名。尚书省及其所属各部高级官员，位次尚书丞与各部侍郎。这篇祭文极其简洁。写作年代不详。

祭王都官文

维公材敏而宏，志视万里。高辞大篇，出仕天子。主簿于闽，声驾其长。清江之谋，矫矫逾壮。于韶于升，条教出己。伺公所为，万目齐视。夺奸于幽，蠹吏丧胆。悍党睢睢，根柢卒斩。里讴户歌，惟茕寡独。在右惟监，在下惟属。在侧惟僚，相讲戴服。将起将昌，俞考以难；曷赴曷归，忽殒无还。公于先人，实欢实厚。至公诸子，巩辱亲友。于公家行，表里洞知。于党不校，于尊不违。出升公堂，不挠毫发。退从其私，婉婉曲折。钟山峥嵘，下惟江水。昔公此临，委蛇舄履。今子六人，葬公于此。铭巩之为，辞贫事踶。千里寄诚，以兹一篇。

【解题】

写作年代不详。王都官指王益（993—1038），王安石之父。曾巩于庆历八年（1048）作《尚书都官员外郎王公墓志铭》，可参看。

祭袁太监文

於乎！越蜀荆吴，三方万里。公马骓骓，幞印而使。蛮墟海聚，狱无滥辞。峨峨邛僰，货走京师。东南之粟，风舠手筰。岁填太仓，万艘尾错。遂副会府，肆其心画。出屏于宣，以我偃侧。九卿之行，得谢以归。冕弁入里，昔时布衣。进退则然，当世所嗟。不贵以骄，不富以奢。翼翼其行，坦坦其衷。隤然顺退，长者之风。白发虽多，几杖未随。笑言在耳，已哭于帷。眷然抚我，孰如公尤。先人不幸，托载公舟。我生方屯，戴德莫酬。羞醪则微，以陈我悲。

【解题】

祭文称许袁大监的政绩及其谦和平易的长者风范。太监，官名。唐高宗龙朔二年，改殿中省为中御府，改监为中御太监、少监，辽置太府、秘书、都水等监，皆有太监。明代以后才成为宦官的专称。写作年代不详。

祭关职方文

呜呼关公！以文中科，以材为吏。艰于厥初，四十始仕。终领两州，其治大肆。告老于朝，郎官以归。卿士大夫，观望嗟咨。孰为公居？竹水之寰。孰为公园？正据湖山。公出公休，八子侍侧。仕者大半，同时共籍。其声显扬，其习顺慈。万石之风，百世相差。有后如斯，世谁能及？而况公年，跻于八十。或如公寿，莫如公安。履劳抚少，其意桓桓。拜公以晚，见托以姻。书犹在几，讣已及门。福禄之全，在公奚憾？念昔思来，族亲之感。吊庐在东，远不及会。泣叙斯文，千里之外。缱绻之情，已于一爵。

【解题】

职方，官署名，属兵部。宋初，设判职方事一人，以朝官充任。元丰改制，设郎中、员外郎，掌管地图、图经等。后或兼领库部，或由兵部郎官兼。写作年代不详。

祭黄君文

呜呼！宋且百年，号令万里。奸臣黜除，尤者摈死。岩材里秀，驱驾而使。盖君之生，有时如此。当世之官，有微有盛。盛者庙堂，斟酌王命。千隶百司，进竢退听。出长四方，玉斧金乘。邦侯众将，传牒而令。微者纷纷，或陪或正。千品万名，各有操柄。人皆敏手，捷取能并。君独于求，以死终病。同时之人，勤营善畜。万籝储金，万袭藏玉。遗余野积，不能匮椟。君独一身，衣食常蹙。兹非其命，曷以至兹？君能自达，可以无悲。亲戚念君，能不歔欷！我之老姑，归君为妇。与君历年，颠沛同有。今对其孀，宁匪我伤！来问来吊，屡至其堂。葬君南山，冬气已烈。薄醪时馐，觞豆肃设。侑以兹文，与君一诀。

【解题】

祭文感慨黄君遭时却不遇的不幸命运。由于是祭姑父，写来情真意切。作年不详。

祭汉徐孺子文

年月日，具官曾某，谨以少牢清酌，致祭于汉聘君徐孺子之灵。维君见几遁世，降德在人。此邦所仰，千载弥新。是用访旧作室，设象依神。尚昭潜美，开警聋嚚。敢偕宾属，躬荐蘩苹。

【解题】

作年不详。徐孺子，即徐稺（97—168），东汉南昌人。家贫，躬耕而食。朝廷多次征聘，不仕。《后汉书》有传。

祭王益都官

呜呼！钟山南下，百里平野。江流滂滂，从此东泻。昔公来临，诸侯是监。何荒不耕？何莠不芟？人乐公德，公乐其和。公与邦人，从容笑歌。今公之谢，伤怀孔多。即起幽宅，其封坡坨。公灵不忘，岂去而他。公退于家，自克以宽。人谁如公，内外行完。人皆望公，寿考而贵。若可以谐，而止于是。公卿穰穰，十百为辈。朝门一开，巷满车盖。可耻之事，多于所得。公不为彼，其又何戚。维公有子，实天启之。文可为法，行可为师。某之不肖，辱遇山交。相从于今，古道是守。公之方葬，某在哀荒。执事不获，寓荐一觞。

【解题】

作年不详。王益，王安石之父。曾通判江宁府，改都官员外郎，卒于宋仁宗宝元元年（1038）。

祭王元泽文

自周为秦，六艺散亡。泯泯纷纷，更汉终唐。诐行淫辞，悖离经常。天生相君，典领斯文。笃生我公，达观博闻。左右元后，遂迪天民。皇帝曰咨！汝实大器。方见相君，汝嗣讲求，辅训厥遗，以悟后觉。三年书成，赐在太学。皇帝曰俞，道废千年，乃昭于今，亦推汝贤。汝登龙图，以对文功。公孙不居，道则弥冲。昔者孔孟，子实克嗣。韶向被凿，自为同异。问时述作，惟我公是。道德之泽，遂及后然。呜呼公才，其得自天。不自雕镌，其中塞渊。湛然清明，毁誉不惊，出没纵横，渊默雷声。我意彼天，以继有为。命难谌哉，而不耆之。己酉讣闻，皇帝曰吁！天与汝能，圣女衡枢。今其亡矣，人孰助予？吾岂能忘？赠谏大夫，相君白首，陨涕悲创，归公朝夕，曰予天丧。某等备数胶庠，辱赐则深。闻问侧然，疾首薰心。循祭以辞，其或来归。

【解题】

王元泽，即王雱（1044—1076），王安石之子。治平间中进士，调旌德尉。熙宁四年除太子中允、崇政殿说书，擢天章阁待制兼侍讲。熙宁八年，迁龙图阁直学士，以病辞。曾巩在祭文中高度赞扬了王雱的才华，并为他英年早逝深感痛惜。此文作年不详。

祭曾太博文

呜呼！公以罪废，实以不幸。卒困以天，亦惟其命。命与材违，人实知之。名之不幸，知者为谁？公之闾里，宗亲党友，知公之名，于实无有。呜呼公初，其志如何？孰云不谐？而厄孔多。地大天穹，有时而毁。星日脱败，山倾谷圮。人居其间，万物一遍。固有穷通，世数之然。至其寿夭，尚何忧喜。要之百年，一蜕以死。方其生时，窘若囚拘。其死以归，混令空虚。以生易死，死者不祁。唯其不见，生者之悲。公今有子，能隆公后。虽彼生者，可无甚悼。嗟理则然，其情难忘。哭泣驰辞，往侑奠觞。呜呼哀哉！

【解题】

因为自己也有着坎坷经历，所以作者对“命与材违”的现象总是十分感慨。此文作年不详。

祭吴彦弼文

维年月日，某谨以庶羞之奠，致祭于彦弼吴兄之灵。子之为人，温良沉实，寡笑与言，不随众浮，其举轩轩。书无不讲，尤精左氏。连辞累句，浩浩能记。秦汉至今，千载所录。子以一心，万事渟滀。识能议论，文可传道。偶章刻句，独弃于子。自昔取士，归之有司。今独不然，左绳右规。愚庸不肖，得以达进。优材秀行，往往而摈。故子之生，不荐于乡，不试于位，郁塞埋藏。子于众人，意尤少可。病写其文，独以示我。意谓予能，可以存子。子望则然，予岂堪此？惟昔与子，齿于学官。京师之旅，江南之还，离行旅食，尝同苦艰。缱绻之义，两是以亲。忆问心病，去岁之春。子形已革，谢我犹勤。谓其母妻，曰我知子。子母吾姑，只益其悲。江冬之仲，日黯风恬。有弟有子，殡子居南。我命为具，觞豆具设。兴言涕随，长与子别。

【解题】

此文作年不详。曾巩与吴彦弼为姑表兄弟。祭文追忆与死者生前的深厚情谊，表达作者的悲痛心情，并对科举取士中的不合理现象表示愤慨。

祭柳子玉文

呜呼子玉，南国之秀。甚敏而文，声发自幼。纵横武库，炳蔚文囿。独以诗鸣，天锡雄咮。元轻白俗，郊寒岛瘦。嘹然一鸣，众作卑陋。凡今卿相，伊吕朋旧。平视青云，可到宁骤。孰云坎轲，白发垂脰。才高绝俗，性疏来诟。谪居穷山，遂是猩狖。夜衾不絮，朝甑绝馏。慨然怀归，投畀缨绶。瀫山之麓，往事神后。道味自怡，世芬莫嗅。凡世所欲，有辟无就。谓当乘除，并畀之受。云何不淑？命也谁咎？顷在钱塘，惠然我觏。相从半岁，曰饮醉酬。朝游南屏，暮宿灵鹫。雪窗虚坐，清阙间奏。沙河夜归，霜月□酉，纶巾鹤氅，惊笑美妇。会合之难，沁刺组绣。翻然失去，覆水何救。□□耆老，名□□茂。嗟我后来，匪支谁媾。子有令子，将大子后。项然二孙，则谓我舅。念子来归，涕如县溜。歌此奠诗，一樽往侑。

【解题】

作年不详。又见《苏轼文集》卷六十三。曾作？苏作？存疑待考。

祭寿阳县君文

贤矣夫人，善扬门间。皓若玉雪，一其终初。允孝□妇，□□维姑。实生才子，一乃叹誉。秉义率法，困而不渝。夫人之致，著□□□。归殡□穹，□□实愉。惟子之故，具以俎壶。

【解题】

作年不详。县君，妇女封号。晋时，褚裒妻谢氏封浔阳县君，庾琛妻丘氏封安阳县君，为县君名号之始。唐制，五品官的母亲、妻子为县君，宋朝因袭这一制度。

王君俞哀辞

京师多尊官要人，能引重后辈，公卿家子，有宾客亲党之助，略识文书章句，辄出于寒士较重轻，由此名称多归之，而主升绌者，因得与大位。君俞在京北门外，不交人事，读书慕知圣人微言大法之归趣，孜孜忘昼夜寒暑之变，其为辞章可道，耻出较重轻，漠然自如，由此名与位未充也。

庆历元年，予入太学，始相识。馆余于家，居数月，相与讲学。会余归，遂别。常爱君俞气貌端然，虽燕休未尝慢，在众中恂恂，或不知其为朝士也。至相与言天下士，白黑无所隐，其方且勇亦少及也。

太夫人素严，君俞怡怡奉子职，退事寡嫂无闲言，蓄妻子不骄，为家不问田宅，平居无亵私流侈之好。以某年某月疾，遂不起。

始，丞相冀文穆公无主祀，扳君俞以托其后，君俞亦尽诚奉之，兹可以不坠矣。今太夫人年高，而天夺君俞之命，是于君俞之心不为大恨欤？夫为人如前之云，而不卒于贵且寿，曾未少施其所学，又负其所承之心，是于众人之情不能泯哀也。况重以相知，其悲塞可胜乎？作辞以泄其哀，且系曰：君俞姓王氏，讳寅亮，官至殿中丞，年二十六云。

维相其初兮择嗣于宗，君提而秀兮乃立于宫。庙门有戟兮祭祀以时，相不失托兮君无坠恭。庭闱乐康兮妻子不骄，又事寡嫂兮端其服容。众人剪剪兮趋慕要津，我躬处方兮不夸以从。《诗》《书》百家兮甚博而殽，我讲其疑兮往趋于中。虽裕于实兮不耀其华，维友则信兮其位未充。方期显行兮羽仪于世，孰尸变化兮亟畀之凶。沕穆无端兮莫致责辞，维旧及知兮哀搅余胸。老母无抚兮少妇失依，赖有息子兮可望其隆。呜呼哀哉兮子悲曷胜，托辞于牍兮恨与天终。

【解题】

此文作年不详。赞美王君俞的淡泊、刚正和孝义，对他的英年早逝表示哀悼。林纾评价此文说："正以君俞有老母在，且孝而不昌其年，此所以可哀也。则亦仍守前人之法律。至于辞中之哀惋与否，则子固、震川皆不长于韵语，去昌黎远甚。"（《春觉斋论文·流别论》）

先君焚告文

巩蒙昏不肖，不能称先君教诲养育之意。赖遗德所及，嗣有官禄，以世其家。今天子始见郊庙，加恩朝臣，以及其先。而先君、先夫人咸有官封追荣之赐，巩系官京师，谨遣弟布、肇奉告第至墓次以告。

【解题】

曾巩父亲曾易占庆历七年（1047）病卒，当时曾巩还只有二十九岁，功名未立。此文作年不详。

皇妣仙源县太君周氏焚黄文

巩薄陋，获守绪业，常惧失坠。赖先君、先夫人余泽，有列位于朝。今天子始郊，加恩群臣，皆得追荣其先。故先君、先夫人咸被命书，赠官封邑。巩伏念厥由，不任感慕。隶职京师，谨遣弟布、肇奉告第焚黄，诣墓次以告。

【解题】

此文作年不详。周氏为曾易占原配。

皇妣昌福县太君吴氏焚告文

维先君、先夫人，积德累善，巩获蒙余泽，备位于朝。今天子始郊，加恩群臣，皆许追荣其先。故先君、先夫人咸被赞书，命官封邑。而巩方羁于职事，不得躬至墓下，谨遣弟布、肇奉告第以告。

【解题】

此文作年不详。吴氏为曾易占继室，曾巩生母。

秋　赛　文

岁既顺成，时方揪敛。神能施泽以及物，人能备物以事神。兹惟旧章，夫岂敢怠？庶其为福，无斁于人。

【解题】

此文作年不详。秋赛指秋日报祭。陆游《秋词》："大牲如阜酒如江，相唤龙祠作秋赛。"

诸庙祈雨文

今者盛秋已晚，庶物将成。矧兹麦苗，实待雨泽。而骄阳尚炽，畏暑未消。野有焦枯之忧，人怀膏泽之望。敢祈灵德，俯徇舆情。荡蕴隆之灾，以升严气；濡渗漉之施，以遂嘉生。实赖神休，允谐众志。

【解题】

此文及以下诸文写作年月均不详，解题从略。

诸庙谢雨文

比吁众情，仰祈灵施。果蒙薄雨，小润焦原。已祛畏暑之烦，遂适戒寒之渐。敢忘祗报，更俟余休。克终播泽之祥，俾获有年之望。

诸庙谢雨文

比苦亢阳，具陈致祷。实蒙甘泽，敢不昭报。

诸庙祈晴文

曰涉岁以来，自春徂夏，久阴不解，积雨日多。今麦待燥而成，粟待旸而种，而云屯尚密，土润方升。民皆窃忧，吏用深惧。百姓之困甚矣，惟神得无念乎？尚其开除山川，相导出日，俾岁无害，为民之休。

谢　晴　文

比苦雨淫，惧为岁害。蒙神之德，赐以时旸。今蚕麦甫成，里闾相庆。敢不严报，尚祈终惠。

仲秋告祭诸庙文

岁在仲秋，祀有常典。维神迈德，实庇此邦。敢率旧章，用陈明荐。

诸寺观祈雪文

穷腊未雪，方冬尚温。人有疾疠之忧，地无膏泽之润。职在绥抚，心焉震惭。敢祈肤寸之云，播为盈尺之瑞。荡除沴气，顺致时寒。使闾巷消荐瘥之灾，田畴成多稼之利。实依孚佑，俯徇微诚。

诸寺观谢雪文

比缘穷腊之期，久苦亢阳之沴。敢徼灵施，仰布愚诚。蒙膏泽之应时，致祁寒之协序。人无疵疠之患，物有丰成之祥。实赖洪休，敢忘昭报？更祈密雪，尚及余冬。

祭顺济王文

维尔有神，克相王师，章示见象。皇帝侈神之德，俾锡号位，秩尊礼盛，非以序升。今州遣从事，即神之祠，致皇帝命。尚其钦哉，以对休宠。

诸庙祈雨文

时寒未若，雨雪尚愆。麦有立苗之艰，人违墐户之适。敢依灵德，沥致勤诚。惟顺导于太和，俾霈施于膏泽。克谐众望，实赖阴休。

诸庙谢雨文

比苦愆阳，再徼灵施。蒙报如响，得雨应时。泽润焦枯，荡除烦郁。物有丰成之望，人无疾疠之忧。敢忘大恩，尚觊终惠。

祭勾芒神文

宿官于木，用事在春。敢奉岁祠，庶为民福。

【解题】

勾芒，五行神之一，木神名。东方青帝之佐，鸟身人面，乘两龙。（以下诸文解题从略）

诸庙祈雨文

民之艰于稼穑，赖岁屡丰，得以足衣食而偿其力，吏亦得以无所事于勤而偷禄。今兹春仲，麦苗满野，得雨而成。则民得以继其丰年之乐，而吏亦得预其幸。神之食于此土，为能泽于斯民也，故敢以告。尚其赐之，以称人望。

诸寺观祈雨文

春气已中，农功方急。而膏泽未洽，土脉尚干。敢恭致于精诚，用仰祈于觉道改“觉”作“真”荫。尚其降雨，俾获有年。

诸庙春祈文

神之于人，能康岁时而阜庶物，故人得以岁时备物以事神。今兹春仲，敢遵常典。神可不懋，以无废其康阜之功；则人敢不尽，以无斁于事神之礼。

祭土祈雨文

农勤甚矣，岁既暮春，麦待雨而成，菽粟待雨而种，而旱暵为虐，人用忧嗟。今将为坛，象龙以祷，是用先事告尔土神。尚其降休，无咈人望。

祭五方龙祈雨文

龙之变化无方，而其有功于人者，则在于能兴云雨。呜呼！今旱甚矣，是用稽古。为尔某龙之象，位于某方，薰祓以祷。尔尚图厥职，其亟以时肆为膏泽，以大施于此土。无愆厥应，俾有后羞。惟尔有神，亦尚永有依归。

太清明道宫祈雨文

旱逾时矣，麦既萎死，而菽粟未种。皇帝忧劳，遣吏分祷。尚其致雨，无俾岁害。允兹东眷，实在灵德。

诸庙谢雨文

维岁大旱，蒙赐甘雨。洼邪之麦，冀可以苏。菽粟之田，有望自此。实神之德，敢忘昭报？尚其终惠，俾获有秋。

诸寺观谢雨文

气之不若，旱实为灾。蒙在正阳，畀之甘泽。维灵休之所自，岂昭报之敢忘？俾获有秋，尚赖终惠。

太清明道宫谢雨文

旱久未解，贻上之忧。得雨应祈，曾不旋日。焦萎可起，种艺可施。实惟灵休，副此东眷。尚其终赐，俾获有秋。

秋　　祭

年谷登，所以祀山川鬼神，报成也。刺史不敢堕旧典，惟神歆之。尚享。

【解题】

秋祭即秋季的祭祀。《礼记·祭统》："凡祭有四时，秋祭曰尝。"

十一　杂体

慈圣光献皇后百日转经疏

至恩难称，欲报者惟尽于精诚；大觉可依，有祷者必蒙于善应。敢缘慧力，辄罄愚衷。伏以大行太皇太后淑圣在躬，聪明先物。仪刑宫壸，德大而不矜；镇抚国家，功崇而不宰。未穷遐筭，奄背盛辰。皇帝陛下务极孝思，永怀慈荫。内遵丧纪，不缘易月而断恩；外异寝园，特以因山而建号。矧惟臣庶，实自生成。虽衔有恸之情，未识论酬之所。是资佛果，少即人心。伏愿克配坤元，宁至神于不测；浸昌天极，介景德于无疆。实赖梵因，允谐众望。

【解题】

《文体明辨序说》云："按法堂疏者，长老主持之词也。其用有三：未至用以启请，将行用以祖送，既至用以开堂。其事重，其体尊，非夫高僧，恐不足以当此。"元丰二年十月，太皇太后曹氏崩，谥慈圣光献。曹氏为真定灵寿（今属河北）人，宋开国名将曹彬孙女。此疏作于元丰三年（1080）。

请文慧和尚住灵岩疏

伏以道本无言，理惟尽性，非得圆通之士，孰开方便之门？

长老夙悟宗乘，深明行相，家唱天衣之曲，印传达磨之心，自建法幢，久□□价。今览阖郡之请，延居古佛之场，幸结众缘，时垂重诺。谨疏。

【解题】

据周明泰《曾子固年谱》，曾巩在知齐州军州事期间曾有《灵岩寺兼简重元长老二刘居士》诗，那么请文慧和尚的两篇疏文也应当作于这期间。

请文慧和尚开堂疏

窃以心虽离相，因相始可明心；道固无言，藉言所以显道。若投声于空谷，求应系于洪钟，感而遂通。欲其自得此者，三学并凑，四众齐臻，咸伸半偈之咨，共望一言之益。幸提海印，直示真诠，开倍迷徒，光扬拂事。谨疏。

【解题】

文慧和尚生平不详。与上篇写作时间相近。

讲周礼疏

《周礼》之书于汉最晚出，刘歆以为圣人之迹，世亦皆以为然。然其有难合者，则自汉之学士往往疑之。余观其大法，成天下之务者，不能改也，非出于圣人，岂能如是哉？而班固称孟子之言，以谓周衰，诸侯恶其害己，灭去其籍，自孔子时而不具。至余考于《书》之《武成》，与《孟子》所称周之爵禄之法，则皆与今《周礼》异，岂其亦有所损益者邪？又观其反复其文，至数万余言，上下亦已广矣。其中或一事散于数篇，一篇散于数职，而用意之密若答符然，其思虑岂不诚深矣哉？其书如此，注义又数十万言，非深考而精通者，不得其终始之详，数制之要，则未可以传之人，而学者不得人之传，则亦未可以进于此。

南城王君补之，于此书深考而精通者也。今岁之冬，可以群居，余欲共过此，而与州之君子者相从听其口讲，观其指画，以释所未寤，不识其可乎？苟不以为否者，各著其名氏焉。

【解题】

本文作年不详。提出了有关《周礼》的一些问题，因为《周礼》难而深，所以作者准备和同州其他儒士请精通此书的王补之进行讲解。王补之即王无咎，为曾巩妹婿。这篇疏文虽不是法堂疏，但总是词疏一类，所以附在这里。

问　　尧

或曰："尧之圣不逮舜，尧不能用九官、诛四罪，而舜能焉。"曰："舜之所以圣，由尧之圣。舜之用与诛，宜也。"曰："然则尧之时，独不可用与诛乎？"曰："将以遗舜也。""其以遗舜奈何？""尧信舜之圣久矣，将举而禅焉，且以信于众，因四岳之举，遂试之。其试由是夫起，圣人不苟以名服天下，必信其德于众。德莫大于用贤诛恶，于是遂授以位焉，而天下率信，用与诛，盖假之舜云耳。"曰："然则尧之圣，将蔽贤纵恶乎？"曰："否。用与诛至于舜之时可也，故尧迟之云尔，以成乎舜也，则其德在尧者多矣。"曰："然则尧其私于舜乎？""非私舜也，私其所以为天下也。"曰："《左氏传》所谓不能者，何也？"曰："吾所论圣人之说，彼左氏何与焉！"

【解题】

作者以答问形式否定了尧不能用贤诛恶所以不如舜的观点，

认为尧是在有意作成舜德，以利禅让。结尾表现了作者不轻信前人的勇气。作年不详。

书与客言

居十日，求文于某者四人，义不克与也。客至曰："盍与之？不然，子其戒，毁且至矣。"应之曰："与非义，吾不敢违义也。虽然，君子者未尝不戒也，毁何患？""吾闻君子之不志于毁誉也久矣，其何以应之？"曰："君子之于道德，力行不倦而已矣，内顾不愧而已矣。誉，恶乎喜而慕；毁，恶乎惧而避。古之人如吕尚者，观其成功，其道德可知也。方其渭水于渔，自修于己而已耳，天下之不己知无以为也。盖尝穷困且老矣，及周之逢，而天下乃克知其懿。由是观之，其自守如何也？力行不倦而已矣，内顾不愧而已矣，其不志于毁誉也，以此。"曰："彼自守其如是也，孔孟何以不如彼？"应之曰："子以孔孟之汲汲于行其道为其自守欤？孔子拒王孙贾，而孟子亦不枉尺以直寻，夫不自守乎哉？君子者未尝不自守也。""然则彼何以不汲汲于行其道也？"应之曰："彼有文王以为之归也，何汲汲哉？卒武王之相而东也，非汲汲哉，惟其时而已矣。""然则士奚师？""师孔孟与彼之自守，而为其所汲汲，可；师所汲汲，而不为孔孟与彼之自守，其可哉？"客曰："然。盍书之？"遂书。

【解题】

本文作年不详。通过记叙与客人的对话内容，表达了作者学习圣人循义自守、毁誉不为所动的决心。